Von William Diehl
sind als Heyne-Taschenbücher erschienen:

Thai Horse · Band 01/7839
Chamäleon · Band 01/8078

WILLIAM DIEHL

27
SIEBENUNDZWANZIG

Roman

Deutsche Erstausgabe

WILHELM HEYNE VERLAG
MÜNCHEN

HEYNE ALLGEMEINE REIHE
Nr. 01/8207

Titel der Originalausgabe
27
Aus dem Amerikanischen übersetzt
von Ronald M. Hahn

Copyright © 1990 by William Diehl
Copyright © der deutschen Ausgabe 1991
by Wilhelm Heyne Verlag GmbH & Co. KG, München
Printed in Germany 1991
Umschlagfoto: Photodesign Mall, Stuttgart
Umschlaggestaltung: Atelier Ingrid Schütz, München
Gesamtherstellung: Ebner Ulm

ISBN 3-453-04609-9

Für die vier Menschen, die diese Insel
ebenso lieben wie ich:
den großartigen (verstorbenen) Bobby Byrd,
meine Tochter Temple,
Mark Vaughn
und – wie immer – für Virginia

›Die Vergangenheit ist nur der Auftakt‹

William Shakespeare
Der Sturm

Erstes Buch

›Welche Gruft ist finsterer
als eines Menschen Herz!
Welches Gefängnis ist unerbittlicher
als das eigene Ich.‹

Nathaniel Hawthorne, 1851

Kapitel 1

Das Wesen war ein Schreckgespenst, ein bizarrer Zerrspiegel. Teilweise menschlich und teilweise animalisch, schien das narbige, keuchende, wildäugige Ding der Beweis dafür zu sein, daß die Natur nicht in jeder Hinsicht perfekt arbeitet und auch Gott in seiner unendlichen Weisheit gelegentlich zu monströsen Stümpereien fähig ist.

Sein Gesicht war ein Netzwerk aus roten, aufgeworfenen Narben, und eine davon vernähte buchstäblich sein linkes Auge. Seine Nase sah aus wie ein zermalmter Klumpen, die Nasenflügel flachten sich vor dem bleichen, leichenhaften Gesicht wie ein Schweinerüssel ab. Hinter seinen dicken Lippen zeigten sich entstellte, schartige Zähne, die sich ungeordnet überlappten, als seien sie in einem göttlichen Hintersinn wahllos in sein Zahnfleisch gerammt worden. Sein Haar war eine dichte, struppige, blonde Mähne, die in der Mitte gescheitelt nach unten fiel. Sie verlieh seiner Abnormität einen passenden Rahmen und hob sie nur noch mehr hervor.

Auch sein Körper war dem Wüten der natürlichen Verwirrung nicht entgangen: Er war klein, knapp eineinhalb Meter groß, durch ein verkrümmtes Rückgrat vornübergebeugt, und die Schultern stachen wie bei einem permanenten Achselzucken gegen seinen Hals. Einer seiner Füße war schräg nach innen gedreht, so daß er sich mit einem eigentümlichen Hinken bewegte, dem jeglicher Rhythmus fehlte.

Jede Pore und jeder Muskel des mißgestalteten Wesens verbreitete Elend. Sein gesundes Auge verdeutlichte eine bösartige Seele, die in einem deformierten Haut- und Knochenkäfig lebte; ein furchterregend graues, glitzerndes Kügelchen, das unfähig war, den zügellosen Haß auf die normalen Menschen zu verbergen, die, wenn sie ihn schon einmal sahen, von seiner grauenhaften Deformation dermaßen abgestoßen waren, daß sie den Blick von Grauen erfüllt abwandten.

Nur seine Arme und Hände schienen den zügellosen Genen, die ihm als menschliche Katastrophe Gestalt verliehen hatten, entgangen zu sein: Seine Arme waren kräftig und muskulös, seine Hände lang, ausdrucksvoll und zierlich. Und doch – als erinnere ihre Schönheit ihn an das, was aus ihm hätte werden können, hielt er sie in den Achselhöhlen verborgen, was seinen eigenartigen, hüpfenden Gang noch unheimlicher machte. Wie ein nächtliches Raubtier tauchte er nur nach Einbruch der Dunkelheit auf, um das zu stehlen, was er zum Leben brauchte. Und um zu töten.

In einen langen, dunkelgrünen Lodenmantel gehüllt, dessen Kapuze sein Gesicht verbarg, pirschte er durch die Finsternis, suchte sich den Weg an der Polizei und an den Braunhemden vorbei und hielt nach Opfern Ausschau. Er jagte nur schöne und unschuldig wirkende Frauen, und wenn er eine fand, brachte er sie um und verstümmelte sie mit einem schartigen Metzgermesser – als wolle er sich dafür rächen, was das Schicksal ihm angetan hatte.

In den drei Jahren bis zum Frühjahr 1932 hatte er nicht weniger als zwei Dutzend Frauen abgeschlachtet. Die Berliner Polizei verwünschte den monströsen Massenmörder, der stets wieder in der Finsternis der Stadt untertauchte. Sie bekam keinerlei Hinweise. Das einzige, was seine Untaten miteinander verband, waren die Jugend und die Schönheit seiner Opfer. Für jeden, der Zeitung las oder Radio hörte, war er als *Nachtbestie* bekannt.

Heute abend lauerte die Nachtbestie in der tiefen Dunkelheit drei Meter über der schmutzigen, mattbeleuchteten Gasse, die sich zwischen dem Städtischen Krankenhaus und dem Friedhof dahinwand. Sie endete einen Häuserblock weiter an der Straßenbahnhaltestelle Gelderstraße. Die Nachtbestie hatte sich mit den Händen an den an der Gassenmauer nach oben führenden Rohren ins Dunkel hinaufgezogen. Dort wartete sie ab. Sie war da, als die Nachtschicht endete, und Ärzte, Pfleger und Krankenschwestern ins Freie strömten und plaudernd zu ihren Autos oder durch die unter ihm liegende Gasse zur Straßenbahnhaltestelle gingen.

Eine Viertelstunde verging. Die Nachtbestie hatte die Gasse mehrere Nächte lang beobachtet und sich in den Schatten geduckt. Sie hatte die Schwestern überprüft, nach einer perfekten Schönheit gesucht und auf den Augenblick gewartet, in dem ihr Opfer ohne Begleitung durch die enge Gasse kam.

Die Nachtbestie war *unendlich* geduldig.

Zwei Krankenschwestern kamen aus dem Personalausgang und blieben eine Weile unter der hellen Beleuchtung der Notaufnahme stehen. Die eine war klein und pummelig, die andere hochgewachsen und schlank. Die hochgewachsene Schwester trat aus dem Lichtkreis und zündete sich eine Zigarette an, die sie mit ihrer Kollegin teilte. Die beiden kicherten albern, wechselten sich beim Rauchen ab und paßten auf, daß sie nicht von einem Arzt oder von einer Oberschwester erwischt wurden. Das Rauchen auf dem Krankenhausgelände war verboten; erwischte man sie, mußten sie mit einer ernsten Strafe rechnen. Die Nachtaufsicht hielt ganz und gar nichts davon, wenn Frauen rauchten – ihrer Ansicht nach war der Genuß von Tabak eine gewöhnliche und vulgäre Verhaltensweise, die nur Männern zustand.

Die Schwestern rauchten die Zigarette zu Ende und warfen einen Blick auf den Personalausgang. Die Kleinere zuckte die Achseln. Schließlich gingen sie durch die Gasse zur Haltestelle. Die dritte Frau, die das Krankenhaus verließ, war etwa Anfang Zwanzig. Ihr engelhaftes Gesicht strahlte Unschuld und Naivität aus. Sie war eine zarte Schönheit und befand sich erst seit ein paar Wochen in der Ausbildung. Als sie das Krankenhaus verließ, schaute sie sich um und rief: »Anna? Sophie?«

Keine Antwort. Die Schwesternschülerin trat vorsichtig an den Rand der Gasse, dann beugte sie sich vor und riskierte einen Blick in die tiefe Finsternis. Die Gasse beschrieb fünfzig Meter weiter einen Knick. Sie konnte die langen Schatten ihrer Kolleginnen sehen, die an der Haltestelle von den Straßenlaternen gegen die Ziegelmauer geworfen wurden, und hörte sie in der Ferne lachen.

Die Schwesternschülerin kuschelte sich in ihren Mantel und eilte schnell hinter ihnen her.

Als die Nachtbestie sich auf ihr Opfer warf, erzeugte der Lodenmantel ein leises, schlagendes Geräusch, und das Mädchen drehte sich in dem Augenblick um, als die unheimliche Gestalt hinter ihr auf dem Boden landete.

Sie erhaschte einen kurzen Blick auf die entstellten Gesichtszüge, doch bevor sie schreien konnte, zuckte eine Hand vor, schlug gegen ihren Mund und drückte sie gegen die Gassenmauer. Die Augen des Mädchens traten vor Entsetzen aus ihren Höhlen. Der Unhold schlug sofort mit der Faust auf ihre Schläfe, und der flinke, feste Hieb betäubte sie. Das Mädchen stieß einen leisen, klagenden Laut aus. Ihre Knie knickten ein, und als sie zu Boden sank, fing der Angreifer sie mit den Armen auf und zerrte sie in eine Toreinfahrt. Alles ging völlig lautlos vor sich. Plötzlich war die Gasse wieder leer.

»Schnitt!« Zwölf Meter von den beiden entfernt erhob sich der Regisseur von seinem leinenbezogenen Stuhl und klatschte in die Hände.

»Wunderbar!« sagte er, als er durch die gespenstisch anmutende Dekoration auf die beiden Schauspieler zuging. »Wunderbar! Den Leuten werden die Haare zu Berge stehen!«

Das Mädchen trat mit einem Seufzer wieder vor die Kamera.

»Du warst wundervoll, Schätzchen«, sagte der Regisseur schmeichelnd und berührte ihre Wange kurz mit seinen Lippen. Er war ein schmächtiger, hochaufgeschossener, penibel wirkender Mann mit dem Auftreten eines Aristokraten.

»Danke, Fritz«, sagte sie, ehrlich erfreut über sein Kompliment. Es war ihr dritter Film, und der erste, in dem sie eine Hauptrolle spielte. Sie konnte es noch immer nicht fassen, daß sie das Glück gehabt hatte, mit dem bekannten Johann Ingersoll aufzutreten – und auch noch unter der Leitung Fritz Jergens', der zu den prominentesten deutschen Regisseuren gehörte.

Hinter ihr tauchte das Wesen auf.

»Ausgezeichnet, Johann. Großartig, wie immer.« Jergens schüttelte dem Ungeheuer die Hand. »Ihr könnt jetzt essen gehen. – Frieda, bevor wir Schluß machen, brauchen wir noch ein paar Nahaufnahmen von dir.«

Ingersoll nickte nur. Seine Rolle weiterspielend, durchquerte er die Dekoration in einem seltsamen hinkenden Gang und begab sich in seine in der Studioecke liegende Garderobe.

Wie üblich wurde er von seinem Diener Otto Heinz erwartet. Als Ingersoll die Tür hinter sich zuzog, schüttete der kleine, grauhaarige Mann ihm einen Cognac ein. Ingersoll schien plötzlich um dreißig Zentimer zu wachsen: Er reckte die Schultern, richtete sich zu voller Größe auf, schüttelte sich, nahm die seltsame Platte aus dem Mund, die seine echten Zähne verhüllte, und legte sie in ein Glas, das Heinz ihm geöffnet hinhielt. Dann nahm er sorgfältig die zerzauste Perücke ab, und als Heinz sie auf einen Kunstkopf auf dem Schminktisch plazierte, ließ er sich müde auf ein Chaiselongue fallen, das in der Zimmerecke stand.

»Bald haben wir es hinter uns«, sagte der hinter ihm stehende Heinz. Er war untersetzt und in den Fünfzigern, aber er hatte noch immer den Körper und die Arme eines Gewichthebers. Er knetete Ingersolls Schultern mit seinen muskulösen Händen.

»Noch zehn Drehtage«, seufzte Ingersoll mit einer Stimme, die kaum einen Akzent aufwies. »Einen so schwierigen Film habe ich noch nie gedreht! All diese Kraftakte ... Und erst die Maske! Mein Gott, bevor ich *so was* noch einmal mache, werde ich es mir wirklich gut überlegen.«

Heinz lachte leise. Er wußte, wie weh es tat, wenn man täglich sieben bis acht Stunden unter einer so komplizierten Verkleidung aushalten mußte. Es war unbequem und unerträglich heiß unter der Latex- und Kosmetikschicht, und gelegentlich tat es sogar weh. Aber Heinz hatte auch Verständnis für Ingersolls Besessenheit, jeden seiner Charaktere noch erschreckender und furchtsamer zu gestalten als den davor. Ingersoll entwarf seine Masken selbst; wenn er ins Studio mußte, stand er viele Stunden früher auf, um sie anzulegen. Nur Heinz half ihm dabei, der nebenher sein Diener, Koch und Chauffeur war.

»Das sagen Sie doch immer«, sagte Heinz.

»Diesmal meine ich es ernst. Ich schwöre es bei meinem Leben.«

»*Natürlich!*«

Heinz hatte eine beachtliche Karriere als Maskenbildner ersten Ranges aufgegeben, um Ingersolls Vertrauter und Bediensteter zu werden. Er war eine Schlüsselfigur in einem der meistbesprochenen deutschen Geheimnisse: *Wer war der echte Johann Ingersoll?*

Ingersoll hatte sieben äußerst populäre Gruselfilme gedreht – darunter fünf Tonfilme – und wurde mit dem großen amerikanischen Schauspieler Lon Chaney verglichen, der ebenso ein Meister der Verkleidung war. Dennoch gab es niemanden, der auch nur *das geringste* über Ingersoll wußte. Es gab keine Fotos von ihm – nur solche, die ihn in den grausigen Masken zeigten, die er für seine Filme ersann. Seine Biographie war eine Liste seiner Filme. Er gab keine Interviews und legte größten Wert darauf, seine Identität geheimzuhalten. Dazu kam noch, daß er dem exzentrischen Verhalten frönte, jeden Tag in voller Maske ins Studio zu kommen und es ebenso zu verlassen: Er verschwand durch die unterirdischen Gänge des Heizungskellers und begab sich an einen abgesprochenen Ort, an dem Heinz ihn mit der Limousine erwartete. Ingersoll war den Zeitungsreportern und seinen Anhängern, wenn sie versucht hatten, einen Blick hinter seine Maske zu werfen, seit vier Jahren stets entwischt.

Seine Masche war der Traum jedes Presseagenten und hatte seine Prominenz vorangetrieben. Jetzt nannte man ihn in einem Atemzug mit Conrad Veidt, Emil Jannings und Peter Lorre. Er gehörte zu den bekanntesten Schauspielern, die die deutsche Filmindustrie hervorgebracht hatte.

Jemand klopfte leise an die Tür.

Ingersoll stöhnte auf. »Wer ist *das* denn schon wieder?«

»Ja?« sagte Heinz.

»Ich bin's – Friedrich. Tut mir leid, daß ich stören muß, aber es ist wichtig.«

»Komm rein, komm rein«, sagte Ingersoll ungeduldig.

Friedrich Kreisler war ein großer, eifriger Mann Mitte Dreißig; ein Bonvivant, der sich nach der neuesten Mode kleidete. Den Filzhut hatte er schelmisch übers Auge gezogen, und momentan trug er ein Monokel. Er war der Anwalt und Manager des Schauspielers. Ingersoll hatte ihn im bankrotten Deutschland, in dem solche Kunststücke nicht sehr oft vorkamen, zu einem reichen Mann gemacht. Außer Heinz gab es nur einen, der die Wahrheit über ihn kannte: Kreisler. Er war auf die Idee gekommen, einen Filmstar zu ›erschaffen‹, dessen wahre Identität niemand kannte. Er hatte seinen Klienten zu den ersten Probeaufnahmen begleitet, und Ingersoll hatte das Studio schockiert, indem er – als Charakter seiner privaten teuflischen Fantasie – maskiert gekommen war. Kreisler handelte all seine Verträge aus und kümmerte sich um seine geschäftlichen Unternehmungen.

Für alle anderen – für Freunde und Nachbarn – war Ingersoll Hans Wolf, ein zurückgezogen lebender Geschäftsmann aus Berlin, der regelmäßig mehrere Wochen im Ausland verbrachte.

»Na, wie geht's?« fragte Kreisler.

»Ich brauche Ruhe«, sagte Ingersoll.

»Wenn du fertig bist, hast du drei Monate Ruhe. Die Aufnahmen für den *Werwolf* fangen erst im Frühjahr an.«

»So lange brauche ich schon, um den Charakter zu entwickeln. Aber einen Werwolf habe ich schon mal gespielt. Der neue muß unbedingt anders aussehen.«

»Ach was, du fährst vier Wochen zum Skilaufen nach Österreich; dann kannst du dir die Figur abends am Kamin ausdenken.«

»Das werde ich wohl.«

»Ich ...«, sagte Kreisler zaghaft. »Du hast Besuch.«

Ingersoll blickte ungehalten auf. »Ich empfange keine Besucher im Studio«, fauchte er. »Das weißt du doch!«

»Ich könnte mir vorstellen, daß du diesmal vielleicht eine Ausnahme machst.«

»Ich mache keine Ausnahmen!«

Kreisler zog einen Brief aus der Tasche und gab ihn an Ingersoll weiter. »Er wartet draußen«, sagte er.

Ingersoll drehte den Brief herum. Auf der Rückseite prangte ein amtliches Siegel. Seine Unduldsamkeit über die Störung war deutlich zu erkennen, als er den Umschlag aufriß und den Brief auseinanderfaltete. Da stand:

Sehr geehrter Herr Ingersoll,
dieses Schreiben dient dazu, Ihnen Dr. Wilhelm Vierhaus vorzustellen, einen Angehörigen meines persönlichen Stabes. Ich wäre Ihnen sehr verbunden, wenn Sie ihm ein paar Minuten Ihrer Zeit schenken würden, denn es geht um eine Sache, die für uns beide außerordentlich wichtig ist.

Er war unterschrieben mit ›A. Hitler‹.

Kapitel 2

Als Vierhaus die Garderobe betrat, schrak Ingersoll auf, denn die Gestalt seines Besuchers hätte leicht eine seiner eigenen Schöpfungen sein können. Vierhaus hatte einen kleinen Buckel auf der linken Schulter, den er teilweise mit einem Umhang verbarg. Statt zur Seite geneigt, hielt er den Kopf hoch aufgerichtet, und er stand, um seine körperliche Deformation geringfügiger erscheinen zu lassen, so gerade, wie er konnte. Dicke Brillengläser ließen seine scharfen, forschend blickenden blauen Augen noch größer erscheinen. Sein Haar war sauber geschnitten, doch nicht so militärisch kurz, wie man es von einem Angehörigen der Nazi-Hierarchie erwarten konnte. Wären seine Verkrüppelungen und die dicken Gläser nicht gewesen, hätte man ihn stattlich nennen können, denn seine Gesichtszüge waren sauber gemeißelt, und sein Kinn war hart und fest. Abgesehen von dem physischen Streich, den ihm seine Geburt gespielt hatte, strahlte alles an ihm Stärke aus. Seine Mißbildung überspielte er mit Selbstvertrauen und einem Gespür für sicheres Auftreten. Sein Händedruck war fest und zuversichtlich, sein Lächeln warm und aufrichtig.

»Verzeihen Sie bitte mein Eindringen«, entschuldigte er sich. »Aber man hat mir zu verstehen gegeben, daß man Sie am Ende des Tages nur selten antrifft. Herr Kreisler war der Meinung, dies sei die beste Möglichkeit für ein Gespräch.«

»Das ist es in der Tat«, antwortete Ingersoll. Heinz stellte ein Tablett mit einer kleinen Portion Salat und einer Tasse Tee auf seinem Schoß ab.

»Möchten Sie auch etwas essen?«

»Nein, danke«, wehrte Vierhaus ab, »ich habe spät gefrühstückt. Aber machen Sie doch ruhig weiter. Ich weiß, daß Ihre Zeit begrenzt ist.«

Ingersoll nickte; er stocherte in seinem Salat herum und musterte Vierhaus durch sein graues Auge. »Tja, Herr Doktor ... Wieso bin ich dem Führer und Ihnen plötzlich so wichtig?«

»Ganz einfach, Herr Ingersoll«, sagte Vierhaus. »Der Führer ist einer ihrer größten Anhänger. Er hat alle Ihre Filme gesehen, und manche sogar mehrmals. In ein paar Wochen empfängt er auf dem Berghof ein paar seiner Freunde – man will sich ein Wochenende lang unterhalten, und wenn der Frühschnee es erlaubt, vielleicht auch Ski laufen. Der Führer würde sich freuen, wenn Sie ebenfalls kämen.«

Die Einladung überraschte Ingersoll; er empfand freudige Erregung. Obwohl er alles tat, um äußerlich gelassen zu erscheinen, schlug sein Herz aufgeregt. Man hatte ihn gerade in den allerprivatesten Schlupfwinkel des Führers eingeladen – auf den hoch über Berchtesgaden liegenden Berghof, in den bayerischen Alpen.

Hitler wollte *ihn* kennenlernen!

»Ich habe erfahren, daß die *Nachtbestie* in zehn Tagen abgedreht ist«, sagte Vierhaus schnell. »Also müßte der Termin genau richtig für Sie liegen. Der Empfang findet in der ersten Februarwoche statt. Die Privatmaschine des Führers kann Sie von Berlin nach München bringen, und von dort aus können Sie seinen Wagen benutzen. Ich versichere Ihnen, daß es ein sehr aufregendes Wochenende werden wird.«

»Davon bin ich überzeugt«, erwiderte Ingersoll. Die abscheuliche Maske half ihm, seine Erregung zu verbergen; denn auch wenn es um den Führer ging – er wollte seine Begeisterung nicht allzu deutlich zeigen. »Die Einladung schmeichelt mir sehr. – Heinz, haben Sie meinen Terminplan gerade zur Hand?«

»Ich hole ihn, Herr Ingersoll.«

»Wenn Sie indisponiert sind . . .«, sagte Vierhaus.

»Nein«, erwiderte Ingersoll schnell, »ich habe keinen Termin, den ich nicht verlegen könnte.«

»Ausgezeichnet. Dann kann der Führer also auf Sie zählen?«

Angesichts der Vorstellung, Deutschlands Führer kennenzulernen, war Ingersoll kaum noch in der Lage, seine Erregung zu verbergen, denn er war ein glühender Parteigänger der Nazis und ein aufrechter Verehrer Hitlers. Wie viele andere Deutsche sah auch er in dem kein Blatt vor den Mund nehmenden, fesselnden Redner die Antwort auf die Probleme seines Landes. Hitler predigte einen anderen Patriotismus als der Kaiser und seine Vorgänger. In jedem seiner Worte war Feuer, und wenn er eine Rede hielt, schien die Luft in seiner Umgebung zu knistern. Zum ersten Mal seit dem Großen Krieg gab es einen Menschen, der den Deutschen ihren Stolz und ihre Hoffnung zurückgab und ihnen Vergeltung für die schrecklichen Ungerechtigkeiten versprach, die die Alliierten ihnen in Versailles aufgezwungen hatten.

Als Ingersoll 1916 zur Reichswehr gegangen war, war jeder davon ausgegangen, der Krieg sei mehr oder weniger schon gewonnen. Und die Lage entwickelte sich weiterhin recht gut. Europa war vom Ärmelkanal bis zum Schwarzen Meer ein großer Schützengraben, und die Nachrichten von daheim waren immer ermutigend. Die Türken hatten im palästinensischen Gaza 6000 britische Soldaten getötet.

Im italienischen Caporetto waren bei Regen und Schnee 400 000 Mann desertiert, nachdem in zwei Tagen 10 000 ihrer Kameraden umgekommen und weitere 40 000 verwundet worden waren. Ein einziger Tag an der Somme hatte die Briten über 19 000 Tote gekostet. In Rußland tobte die Revolution; sie bekämpfte an der Grenze die Deutschen, und in den Straßen von Petrograd und Moskau das eigene Volk. An der gesamten Front kursierten Meutereigerüchte: Es hieß, die Briten und Franzosen hätten ihre Waffen weggeworfen und seien auf der Flucht. In der Tat, ermutigende Nachrichten!

Doch 1917, bei seinem ersten Urlaub, hatte er erkannt, daß die Gerüchte Lügen waren. Die Kosten des blutigen, seit drei Jahren währenden Krieges hatten die Stadt Berlin in ein ziviles Schlachtfeld verwandelt. Es gab nicht genug Essen: Das Land stand vor dem Bankrott. An seinem ersten Tag zu Hause hatte Ingersoll sich auf der Straße in einem Aufruhr wiedergefunden und ungläubig beobachtet, wie deutsche Soldaten gegen Streikende vorgingen. Er hatte sich – vor Entsetzen wie gelähmt – in eine Toreinfahrt geduckt.

»Los, an die Arbeit, sonst werdet ihr erschossen!« hatte er einen Hauptmann der Reichswehr befehlen hören. »Das ist ein Befehl des Kaisers!«

Die Streikenden hatten sich geweigert, und so hatte der Hauptmann seinen Männern befohlen, in die Menge zu schießen. Kavalleristen waren auf die Demonstranten zugesprengt, sie hatten Männer und Frauen niedergeritten, mit Säbeln zerfetzt und alles niedergeschossen. Das Chaos war perfekt.

Am gleichen Abend hatte man Ingersoll in einem Lokal Pferdefleisch serviert. Auf seine Beschwerde hin fauchte der einbeinige Kellner, der ein Eisernes Kreuz am Revers trug: »Selbst die Pariser essen im Moment Pferdefleisch! Wenn Sie erst mal an der Front sind, werden Sie schnell erkennen, daß es auch bei denen keine Bauernhöfe mehr gibt. Da gibt's nur noch Schlamm und Stacheldraht!«

»Ich komme gerade von der Front!« hatte Ingersoll zurückgefaucht.

An diesem Tag war ihm erstmals der Gedanke gekommen, Deutschland könne den Krieg verlieren. Und als er dann in das Grauen der Schlacht zurückgekehrt war, hatte er mit Entsetzen gesehen, wie die Reichswehr angesichts der nun in die Kämpfe eingreifenden amerikanischen Marineinfanteristen die Waffen wegwarf und völlig aufgelöst die Flucht ergriff.

Die Marineinfanteristen – man nannte sie ›Hunde des Teufels‹ – hatten beim Vorrücken laut gebrüllt und wie irre um sich geballert. Als ihr Gebrüll erklungen war, hatten die Deutschen die Flucht ergriffen. Sie waren übereinandergefallen, waren durch den Dreck gewatet und hatten vor Schmerz und Entsetzen geschrien, als ihre Reihen sich immer mehr lichteten. In schlußendlicher Verzweiflung hatten sie dann tödliche Giftgasgranaten geworfen, doch in einer letzten Schicksalswende hatte sich der Wind gedreht, und die giftigen Wolken waren in ihre eigenen Gräbern zurückgeweht. Nach Luft ringend, hatten sie fieberhaft ihre Gasmasken gesucht. Viele hatten die klobigen Dinger gedankenlos weggeworfen: Nun griffen sie ihre eigenen Kameraden an und entrissen ihnen verzweifelt die lebensrettenden Geräte.

Ingersoll hatte sich in einen Bombentrichter geduckt und seine kaputte Maske mit schmutzigem Wasser gefüllt, bis er schließlich einem toten Engländer die seine abgenommen und sie übers Gesicht gezogen hatte. Das Gas war an seinen Händen und an seinem Hals haftengeblieben. Dann hatte er den Kopf gehoben und einen über ihm stehenden amerikanischen Marineinfanteristen gesehen. Der Amerikaner richtete sein Gewehr auf ihn, und die Spitze seines Bajonetts deutete auf Ingersolls Kehle. Ingersoll hatte die Waffe fallen lassen und in einer letzten Geste der Niederlage langsam die Hände gehoben.

Als er wie viele Tausend andere Soldaten in seine verwüstete Heimat zurückgekehrt war, hatte er erkennen müssen, daß die Zivilbevölkerung ihn verhöhnte und der Kaiser und seine Politiker ihn verraten hatten. Bald hatte er zu den vielen Millionen Verarmten gezählt, die entwurzelt und allein um Nahrung bettelten und von Stadt zu Stadt zogen, um Arbeit zu finden. Und wie die anderen verfluchte auch er die Briten, Franzosen und Amerikaner, die sein Vaterland gedemütigt und in die Knie gezwungen hatten. Der leibhaftige Alptraum der unehrenhaften Rückkehr in die bankrotte Heimat, das Anstehen nach Brot, die Straßenschlachten und das politische Chaos hatte er nie vergessen können. Noch heute wachte er manchmal nachts in Schweiß gebadet auf. Seine lebhaften Erinnerungen an die Kälte und an den Hunger, an die Nächte in irgendwelchen Gassen unter einem Stück Teerpappe waren so frisch, als wäre all dies in diesem Moment geschehen.

Er war 1928 der NSDAP beigetreten, und ein paar Monate zuvor hatte er Friedrich Kreisler kennengelernt, der sein Leben für immer verändert hatte. Ingersoll war zwar nie in der Partei aktiv gewesen, doch sie hatte ihn mit dem Buch Mein Kampf *und dem genialen Adolf Hitler bekannt gemacht. Er hatte das immer wieder gelesen; er hatte manche Abschnitte unterstrichen und auswendig gelernt.*

Später, als er in der Nähe von Braunschweig Urlaub gemacht hatte, war er aus Neugier in die Stadt gefahren, um sich einen Nazi-Aufmarsch anzusehen. Er hatte ehrfürchtig zugeschaut, als Hunderte von Braunhemden im Gänsemarsch durch die gepflasterten Straßen gegangen waren.

»Heil Hitler! Heil Hitler!« hatte es durch die uralte Stadt geschallt.

Frauen hatten mit vor Verehrung glasigen Augen ihre Kinder hochgehoben, damit sie den Retter sahen, und Blumen vor seinen Wagen geworfen. Die Männer hatten die Arme zum deutschen Gruß hochgerissen und im Chor geschrien.

»Sieg Heil! Sieg Heil! Sieg Heil!«

Doch erst an diesem Abend, während Hitlers Rede, hatte Ingersoll die wahre Kraft dieses Mannes erkannt. Tausende hatten sich auf dem Marktplatz gedrängt; die Gesichter starr im flackernden Licht der Fackeln, hypnotisiert vom Klang der Stimme und der ernsten Disziplin von Hitlers Blick. Es war eine schaurige Oper gewesen, eine Mischung aus Choreographie, Chor und Arie, die es Ingersoll zwar kalt den Rücken hinablaufen ließ, ihn aber auch erregte.

Er verstand sofort das, was man das Fingerspitzengefühl des Führers nannte: Der Mann hatte die Gabe, Reiche und Arme mit einem berauschenden Gebräu aus politischer Strategie, übertriebenem Patriotismus und mitreißendem Redetalent gleichermaßen zu bewegen. Er verdammte beherzt die Alliierten, widerlegte den Versailler Vertrag und rief das Volk mit Inbrunst und Zorn dazu auf, sich zu weigern, die verheerende Reparationslast zu bezahlen und das Joch des verlorenen Krieges abzuschütteln.

Außerdem bewunderte Ingersoll den Schauspieler in ihm, denn Hitler würzte seine Vorstellung mit einem genialen Gespür für Effekte: Er wußte immer, wann er eine Pause einlegen und abwarten mußte, bis die Menge auf seine Redekunst reagierte.

»Heil Hitler!«
»Sieg Heil!«
»Sieg Heil!«

Zwei Dinge waren für Ingersoll am wichtigsten gewesen: Erstens: Hitlers Angriff auf den Versailler Vertrag. Er hatte sich nie für Politik interessiert. Er war in den Krieg gezogen, weil er eine patriotische Angelegenheit gewesen war – um für seine Familie und für Deutschland zu kämpfen. Das hatten die Alliierten in Versailles übersehen. Des weiteren hatten sie die Millionen Männer vergessen, die gebrochen an Körper, Geist und Seele heimgekehrt waren. Und da der Abgott des einen der Feind des anderen ist, hatten sie sich mit der Gehässigkeit des Siegers auf ganz Deutschland gestürzt, statt auf die Politiker, die das Land in den Krieg geführt hatten. Sie hatten seine Heimat der Ehre und der Rohstoffe beraubt und ein mutloses, bankrottes, vom Chaos zerrissenes Land aus ihr gemacht: eine Alptraumlandschaft, in der niemand mehr Hoffnungen hegte. Der Degen der Rächer hatte das Herz und das Volk seiner Heimat aufgespießt, und in den Kriegsnachwehen hatten Unmut und Völkerhaß das Verlangen nach Rache nur verstärkt. Die Tinte auf dem Friedensvertrag war noch nicht getrocknet, als man in den Restaurants und Kneipen schon von Vergeltung sprach. Und dabei war keine Stimme lauter gewesen als die Ingersolls.

Und noch etwas – die Sache mit den Juden. Schon als Kind hatte Ingersoll gehört, wie sein Vater, ein trunksüchtiger Versager, die Juden für das gesamte Unglück seiner Familie verantwortlich gemacht hatte. Er hatte seine stereotypen Tiraden für bare Münze genommen. Die Wut seines Vaters hatte ihn infiziert, bis er einen fast pathologischen Judenhaß an den Tag legte. So war in letzter Instanz statt Beherztheit Fanatismus zu Ingersolls Halt geworden; er hatte seinen flammenden Zorn unterbewußt nach innen gerichtet, hatte ihn kultiviert und setzte ihn in die furchterregenden, asozialen Ungeheuer um, die er für die Leinwand kreierte.

So hatte Hitlers begeisternder Intuitionismus den Reiz als Führer an ihm vergrößert und Ingersolls kreative Empfindsamkeit in ein Inferno aus Haß und Wut verwandelt. Hitlers rassistische Ausfälle waren für ihn ein Tonikum gewesen; schon bald darauf hatte er mit einer von wütendem Rassismus genährten intellektuellen Begeisterung an den Führer geglaubt. Von der Macht bekehrt, vom Drama

getauft, war Ingersoll kurze Zeit später zu einem Teil der Menge geworden. Er hatte den Arm zum Nazigruß hochgerissen und war in den Chor eingefallen.
»Heil Hitler!«
»Heil Hitler!«
»Heil Hitler!«

Aus diesem Grund war die persönliche Einladung in der Tat ein Anlaß zum Jubeln – ein unerwarteter Bonus in einer Karriere, die Ingersoll schon jetzt weiter gebracht hatte, als er in seinen kühnsten Träumen angenommen hatte.
»Ich komme auf jeden Fall«, sagte er, kaum fähig, seine Begeisterung zu verbergen.
»Ausgezeichnet!« sagte Vierhaus. »Der Führer wird sich freuen und ich nicht weniger. Ich gehöre nämlich auch zu Ihren Anhängern. Ich glaube, Sie sind ein Genie, Herr Ingersoll. Wie ich gehört habe, hat der Führer Sie als Staatsschatz bezeichnet.«
»Wirklich? Nun . . .« Ingersoll stammelte beinahe. »Ich weiß nicht, was ich dazu . . . sagen soll.«
»Sie haben schon alles gesagt«, sagte Vierhaus lächelnd. »Der Chauffeur des Führers holt Sie Freitagmorgen – am 4. Februar, um 6.00 Uhr – zum Flug nach München ab.«
»Ich kenne die Gegend. Ich bin dort Ski gelaufen.«
»Gut. Essen Sie Fleisch?«
»Ja.«
»Der Führer ist Vegetarier. Er bezeichnet Fleischesser als Leichenfresser.«
»Das klingt etwas streng.«
»Wie Sie möglicherweise wissen, neigt der Führer in seinen Ansichten zu Extremen.«
»Ich esse alles, außer Fisch. Alles, was durch Löcher im Hals atmet, macht mich nervös.«
Vierhaus kicherte. »*Das* müssen Sie dem Führer erzählen. Er hat durchaus Sinn für Humor. Nun ja, falls sich noch etwas ändern sollte, melde ich mich bei Herrn Kreisler. Ansonsten sehen wir uns am Vierten. Und toi-toi-toi für Ihren Film.«

Sie schüttelten sich erneut die Hände, und Vierhaus ging so schnell, wie er gekommen war, wieder hinaus.

Ingersoll setzte sich mit offenem Mund zurück und ächzte: »Hitler will mich *kennenlernen!*«

»Warum auch nicht«, sagte Heinz und lachte erfreut. »Wie er selbst gesagt hat: Sie sind ein Staatsschatz. Genießen Sie den Augenblick. Es ist erst der Anfang.«

Vierhaus lehnte sich vor dem Studio in seinem Mercedes zurück und lächelte. Der Mann ist ganz aus dem Häuschen, dachte er. Es stimmt alles, was wir über ihn erfahren haben. Er ist die perfekte Wahl. *Geschafft!*

Und nun würde der Führer für die Verwandlung sorgen.

Der erste Schritt zu der teuflischen Verschwörung, die Vierhaus einfach *27* nannte, war getan.

Kapitel 3

Frisch gebadet und in einen seidenen Morgenmantel gehüllt, streckte sich Ingersoll im Wohnzimmer seines Stadthauses aus, nippte an einem Glas Champagner und blickte auf die Helgestraße hinaus. Die Ereignisse des Tages rasten durch seinen Geist. Er war an diesem Morgen aufgewacht und hatte sich ungewöhnlich gestreßt und müde gefühlt. Dafür gab es eine Menge Gründe. Der Film war drei Tage über den Zeitplan hinaus und würde noch eine weitere Woche in Anspruch nehmen. Die Aufnahmen waren von Anfang an schwierig gewesen. Das junge Mädchen, das sein Opfer spielte, war vom ersten Tag an verkrampft und unsicher gewesen, was ständig neue Aufnahmen erforderlich gemacht hatte. Es war schwieriger als je zuvor, die Maske anzulegen, und sie schmerzte ihn schon nach zwei bis drei Stunden. Wenn er neun Stunden unter der Hülle der gekrümmten Gummi- und Aluminiummaske zugebracht hatte, taten ihm sämtliche Gesichtsmuskeln weh.

Doch der Besuch des Gesandten Hitlers hatte all dies wieder ausgeglichen. Noch vor zwei Jahren war Ingersoll einer von Millionen entmutigten, heimatlosen Deutschen gewesen, die sich verzweifelt bemüht hatten, ihren Lebensunterhalt zu bestreiten. Jetzt war er reich und berühmt, und Deutschlands Retter hatte ihn tatsächlich zu einem Empfang geladen!

Ein wahres Wechselbad.

Ingersoll fühlte sich erschöpft und zugleich freudig erregt. Je mehr Champagner er trank, desto ruheloser wurde er und desto stärker wurde das vertraute innere Sichrühren. Er kannte die Anzeichen, und ebenso wußte er, daß er noch vor dem Ende der Nacht Ekstase und Demütigung erfahren würde.

Er bemühte sich wie immer, den Trieb zu unterdrücken. Er spielte mit dem Gedanken, eine Schlaftablette zu nehmen – bloß waren die Alpträume, die seine eigenartige Obsession begleiteten, manchmal noch schlimmer als die Wirklichkeit.

Ingersoll hob das Champagnerglas hoch und sah es an. Seine Hand zitterte kaum merklich. Er stellte das Glas hin und rieb sich fest die Hände. Der Drang wurde stärker. Das Gefühl nahm zu. Schließlich klingelte er nach seinem Diener.

»Ich habe mir für das Abendessen etwas anderes überlegt«, sagte er. »Wird das problematisch für Sie, Heinz?«

»Natürlich nicht, Herr Ingersoll. Ich habe es gerade erst aufgesetzt.«

»Gut. Rufen Sie bitte das Ritz an, und besorgen Sie mir eine Suite im zweiten Stock. Und bestellen Sie ein Abendessen für zwei Personen.«

»Sofort, Herr Ingersoll. Werden Sie heute abend als Mr. Sanders auftreten?«

»Ja. Legen Sie bitte meinen Smoking heraus. Ich habe das Gefühl, daß ich heute abend elegant auftreten sollte. Mir ist irgendwie nach Feiern zumute.«

»Sie sollten auch feiern, Herr Ingersoll.«

»Ja. Es war ein bedeutungsvoller Tag, nicht wahr?«

»Ich werde mich um alles kümmern.«

Nachdem Heinz den Raum verlassen hatte, trank Ingersoll den Rest des Champagners und ging in eine Ecke des Zimmers. Er schob einen hohen Bücherschrank zur Seite und öffnete einen dahinter befindlichen Tresor. In ihm befanden sich dicke Umschläge mit Bargeld: Dollars, Pfund und Francs. Nur keine Reichsmark. Bei der zunehmenden Inflation brauchte man einen ganzen Tresor voller Reichsmark, um einen Teller Suppe zu bezahlen. Ingersoll öffnete einen Umschlag, zählte fünfhundert britische Pfund ab und schob sie in eine Tasche seines Gewandes.

Zwei Stunden später betrat er das Hotel, wo man ihn als Harry Sanders kannte – einen englischen Kunsthändler um die Fünfzig, mit dichtem weißem Haar und elegant gestutztem Bart. Sanders war ein willkommener Gast im Ritz. Er reiste in der Regel mit einem kleinen schwarzen Koffer an, machte beeindruckende Zechen, blieb nur eine Nacht und zahlte stets mit englischem Geld. Harry Sanders ging in seine Suite, sah sich um und verließ dann das Hotel, um in seinem Mercedes die Helgestraße entlangzufahren.

Als er durch die dunklen Straßen fuhr, war er fast schwindlig vor Erwartung. Kaum zwei Häuserblocks vom Ritz entfernt kam er an vier Braunhemden vorbei, die vor dem Schaufenster eines Juweliers standen. Einer der Männer hielt einen alten Juden am Kragen fest, während zwei andere dem ein Käppchen tragenden alten Mann dicht auf die Pelle rückten und ihn beschimpften. Der vierte SA-Mann malte einen sechszackigen Stern auf die Wand neben dem Schaufenster. Ingersoll hielt an, schaltete die Scheinwerfer ab und schaute zu, wie die Sturmtruppler anfingen, den Alten von einem zum anderen zu schubsen und ihn um die eigene Achse wirbelten. Sie rissen ihm das Käppchen vom Kopf und warfen es in die Gosse. Dann gingen sie auf den weinenden Alten los und droschen auf ihn ein, bis er auf die Knie fiel. Der größte SA-Mann nahm Anlauf, trat dem Alten vor die Brust. Der Alte fiel zu Boden, krümmte sich wie ein Fötus und legte schützend die Hände über seinen Kopf. Die SA-Männer lachten. Sie umkreisten ihr geducktes Opfer, traten nach ihm und brüllten Verwünschungen. Dann packte der größte von ihnen eine Mülltonne und schlug mit ihr das Schaufenster ein. Das Glas splitterte in einem funkelnden Scherbenregen und spritzte über den Gehsteig. Die SA-Männer traten zurück und begutachteten ihr Zerstörungswerk, dann machten sie sich zufrieden singend und lachend davon.

Der Alte bewegte sich nicht. Er lag zusammengekrümmt und zitternd auf dem Gehsteig. Ingersoll verbrachte ein paar Minuten damit, ihn zu beobachten. Schließlich rührte sich in der Finsternis etwas. Zwei Männer kamen eilig aus dem Haus und halfen ihm auf die Beine.

Tja, dachte Ingersoll böse, das wird der Alte so schnell nicht wieder vergessen. Er wunderte sich nicht im geringsten über seine nüchterne Reaktion, denn er hatte keinerlei Mitleid mit dem hilflosen Alten. *Natürlich* verachtete er die angetrunkenen, krakeelenden Braunhemden-Lümmel. Sie waren in ihrer Blödheit wie das Vieh. Aber man lebte in extremen Zeiten, und da brauchte man nun mal extreme Maßnahmen. Früher oder später würde der jüdische Marxismus schon kapieren, was anstand. Während ganz Deutschland bis zum Hals in Schulden steckte, wurden die Juden immer reicher. Sie horteten Mammon, beherrschten die Banken und unterstützten die Kommunisten; und *die* wollten die Wirtschaft *wirklich* zerstören.

Früher oder später, dachte Ingersoll, als er weiterfuhr, kapieren sie es schon. Früher oder später werden sie ihre gesamten Geschäfte schließen und aus Deutschland verschwinden. Und je früher, desto besser.

Sie hatte langes, dunkles Haar, das im Nacken zu einem Knoten geflochten war, aber ihre Haut war hell, fast blaß, und sie hatte schöne dunkelbraune Augen. Sie könnte Italienerin sein, dachte er, oder Spanierin. Eine Deutsche war sie ganz sicher nicht. Sie hatte kaum Rouge und nur sehr wenig Lippenstift aufgelegt – sie schien nichts von dem dikken, theatralischen Make-up zu halten, das für die deutschen Huren typisch war. Vielleicht war sie Griechin.

Ingersoll fuhr nun seit fast einer Stunde an den Straßenhuren vorbei. Er schaute sie sich an und wurde allmählich ungeduldig. Er bremste und beobachtete die junge Frau, während sie einige Männer beäugte, die ein Lokal namens Happy Club verließen.

Sie war höchstens dreiundzwanzig oder vierundzwanzig, hatte aufregende Beine und einen strammen kleinen Po. In seinem Schritt regte sich etwas. Ingersoll fuhr an sie heran und blieb neben ihr stehen. Sie beugte sich vor und musterte ihn durch das Fenster.

»Na, so was«, sagte sie. »Du bist mir aber 'n ganz Schikker.« Sie sprach Cockney-Dialekt. Es überraschte ihn, aber sie war einwandfrei ein Cockney. Ingersoll war Experte für Dialekte und Akzente.

»Du bist Engländerin, was? Aus London, würde ich sagen.«

»Na so was! 'n Schlauer biste auch noch, Schnucki. Ich komm aus'm East End, um genau zu sein.«

»Und was machst du in Berlin?«

»Was glaubst du wohl, Süßer?«

»Na«, sagte er sarkastisch, »ich frage mich, wieso du gerade *hier* stehst.« Trotz aller Bemühungen hatte er beim Handeln mit Straßenhuren immer Schwierigkeiten.

»Sag mal, du bist doch auch Engländer, nich?«

Er überhörte ihre Frage.

»Also was machst du *wirklich* hier?« wiederholte er.

»Das geht dich zwar nix an, aber ich hab' Urlaub und bin 'n bißchen knapp bei Kasse. Ich geb dir 'n Tip, Süßer: Ich zeig dir 'n paar Tricks, von denen die deutschen Damen noch nie was gehört haben. Yeah, ich bezweifle sogar, daß sie sich die Sachen, die ich kenne, auch nur *vorstellen* können.«

»Und was wird mich diese außerordentliche Vorstellung kosten?« sagte er höhnisch und fügte ». . . Schnucki« hinzu.

»Tja, das is'n Problem. Ich hab' nämlich noch nicht kapiert, wie's mit dem deutschen Geld so geht . . .«

»Sag's mir in Pfund, dann rechne ich es aus.«

»Mann, du hast vielleicht 'ne Art zu reden, Schatz.«

»Nenn mir deinen *Preis*«, sagte Ingersoll kalt.

»Ich sag' dir was . . . Wir fangen mit 'ner Massage an. Die

macht dich *geil*. Und dann kannst du den Rest der Vorstellung genießen.«

Er fühlte sich zwar gedemütigt und schmutzig, doch als er daran dachte, was er später mit ihr machen würde, wurde sein Ding noch härter. Und ob ich es genieße, dachte er.

»*Wieviel?*« fragte er erneut.

»Zehn Pfund; die Massage ist gratis.«

Ingersoll warf lachend den Kopf zurück. »Mach dich doch nicht lächerlich!«

»Na, hör mal . . .«

»Du hast doch in deinem ganzen Leben noch nie mehr als einen Fünfer gekriegt, *Schätzchen*! Ich gebe dir siebeneinhalb für den Abend.«

Das Verhandeln war ein fester Bestandteil der Sache, ein Teil seines unwiderstehlichen Triebes.

»Was? Ich krieg zwanzig für 'ne Nacht; das is 'n fairer Preis. Siebeneinhalb für 'ne Nummer.«

»Zehn für die Nacht.«

»Hör mal«, winselte sie, »kannst du mir nich mal 'ne Chance geben? Sei doch nicht so hart. Gib mir fünfzehn – und 'n Lächeln als Zugabe!«

»Zwölfeinhalb. Du kannst auf die Massage verzichten; ich verzichte dafür aufs Lächeln.«

»Es wird dir leid um die Massage tun.«

»Steig schon ein.«

Er ist 'n Abartiger, dachte sie. Normalerweise kam ihre Kundschaft immer sofort zur Sache. Doch der hier bestellte ihnen zuerst ein feines Abendessen; dann wies er sie an, ein Bad zu nehmen, und gab ihr frische Kleider und ein Fläschchen Parfüm. Er war ganz und gar nicht in Eile. Jetzt hielt sie sich in einer Suite des schicksten Hotels der Stadt auf und musterte sich in einem mannshohen Spiegel. Sie trug ein viktorianisches Kleid, das bis zum Boden reichte. Das schwarze Korsett, das sie darunter trug, drückte und hob ihren Busen, bis er fast aus ihrem Ausschnitt quoll. Die langen schwarzen Strümpfe, die er ihr gegeben hatte, hatte sie an einem Strumpfgürtel befestigt.

Ich seh aus, als wenn ich gerad aus'm Theater käm, dachte sie, als sie sich das Parfüm hinter die Ohren, ans Knie und in die Armbeuge sprühte.

Sie ging ins Schlafzimmer und blieb überrascht stehen. Der ältere Gentleman war nicht mehr da. Statt seiner saß ein junger Mann in der entgegengesetzten Raumecke auf dem Sofa. Er hatte kurzes blondes Haar, war glattrasiert und trug eine schwarze Maske, die den oberen Teil seines Gesichts bis an die Unterlippe verdeckte.

»Wo ist der andere Gentleman?« fragte sie.

»*Ich* bin der andere Gentleman«, sagte er.

»Was soll 'n das bedeuten?«

»Ein harmloses Spielchen. Hast du etwas dagegen, mir ein bißchen vorzuspielen?«

»He, du bist wirklich 'n eigenartiger Bursche. – Na, von mir aus . . .«

»Dann komm her zu mir.«

Sie durchquerte den Raum, stützte die Hände auf ihre Hüften und blieb vor ihm stehen.

»Jetzt schiebst du die Hände unters Kleid und streichelst dich«, sagte der Mann fast im Flüsterton. »Aber zeig mir nichts. Du behältst das Kleid über den Händen.«

»Wa . . . ?«

»Mach schon.«

Sie schob die Hände an den Schenkeln entlang nach oben, bis er den Rand ihres Korsetts sehen konnte, und bewegte sie, bis das Kleid sich wölbte.

»Wir haben keine Eile«, flüsterte der Mann. »Du kannst es genießen.«

Ingersoll fing an zu schwitzen. Sein Herzschlag wurde schneller. Er spürte, wie sein Puls in seinen Schläfen hämmerte. »Keine Eile«, wiederholte er.

»Na weißte, Mann, wenn man 'n gewissen Punkt erreicht hat, kann man einfach nicht mehr langsam werden.«

»Was gefällt dir am besten dran?«

»Na, natürlich, wenn ich komm'. Is das nich bei allen so? Isses nich auch für dich das Beste, Schätzchen?«

Seine blauen Augen funkelten hinter der Maske.

»Das Beste kommt erst hinterher.«
»Hinterher?«
Er atmete schwerer, schien kaum noch Luft zu kriegen.
»Streck eine Hand aus und nimm mir den Schlips ab.«
Als sie es tat, konnte er den moschusartigen Duft ihres Geschlechts an ihren Fingern riechen. Sie zog langsam an einem Ende der Krawatte, bis sie sich löste. Die Hand unter ihrem Kleid bewegte sich schneller, ihre Beine fingen an zu beben. Sie schloß die Augen, senkte das Kinn auf ihren Busen und leckte ihr Fleisch, während sie sich noch schneller liebkoste.
»Yeah, Mann...«, stöhnte sie. »O yeah...«
»Hör auf«, befahl er.
»Was?«
»Hör auf. Knöpf mein Hemd auf.«
»Also, jetzt hör mal...«
»*Mach schon.*«
Sie war außer Atem, und ihr Gesicht war gerötet, aber sie tat, was er verlangte, und öffnete mit bebenden Händen die Knöpfe. Als sie damit fertig war, zog er das Hemd aus. Er setzte sich aufs Sofa und lehnte sich auf den Ellbogen nach hinten.
»Mach meine Hose auf... Jetzt greifst du rein und streichelst mich eine Weile... Und jetzt machst du es wieder bei dir... Hör auf! Nein, nicht bei mir – bei dir... Zieh das Kleid aus... Ja, jetzt das Korsett... Langsam, nicht so schnell...«
Er sah, wie ihre üppigen Brüste aus dem engen Korsett quollen, und schaute ihr zu, wie sie das Korsett abstreifte; er starrte auf das schwarze Dreieck, das wenige Zentimeter vor seinem Gesicht gleißte. Ihre Hände rieben ihn fest, und er legte sich nach hinten. »Jetzt wieder du... Ja, so... Nicht so schnell, fang ganz langsam an.«
Sie konnte sich nicht mehr beherrschen.
»Ich kann nich mehr warten, Schatz.« Sie schloß die Augen. Ihr Arm bewegte sich krampfhaft.
Ingersoll beobachtete das Schnellerwerden ihrer Hand und schaute zu, wie sie ihn im gleichen Rhythmus mastur-

bierte. Sie fing an zu zittern und versteifte sich. Er spürte, wie er zu explodieren drohte.

»Hör auf!« schrie er. Aber sie beachtete ihn nicht.

»Hör auf!« Er packte ihre streichelnde Hand am Gelenk. Sein Griff war so fest, daß es weh tat, aber sie hörte immer noch nicht auf. Statt dessen streichelte sie sich noch fester und fing an zu stöhnen.

Ingersoll drehte sich etwas auf die Seite, versetzte ihr einen heftigen rechten Haken und schlug ihr, so fest er nur konnte, auf den Mund. Ihr Kopf flog zurück, ihr Körper sackte zusammen; sie fiel seitlich auf den Boden und blieb besinnungslos liegen.

Er richtete sich auf dem Sofa auf, holte tief Luft und entspannte sich. Sein Brustkorb hob und senkte sich zwei-, dreimal, dann war er wieder ruhig. Er sah auf sie hinab, schaute zu, wie die Schramme an ihrem Kinn blau wurde, und fing dann leise zu lachen an.

Sie kam langsam wieder zu sich, und ebenso langsam wurde ihr bewußt, daß ihre Hände und Beine an die vier Bettpfosten gefesselt waren. Er war in ihr drin und stieß zu wie ein Tier. Ihr Mund war mit einem Baumwollstreifen geknebelt. Sie hob entsetzt den Kopf. Er beugte sich mit halboffenem Mund über sie. Schweiß tropfte von seinem Kinn, und als er sah, wie sie ihn anschaute, richtete er sich auf und schlug sie erneut; weniger fest diesmal, aber fest genug, um ihre Lippe platzen zu lassen. Sie spürte, wie die Lippe taub wurde, dann schmeckte sie den salzigen Strom des Blutes in ihrer Kehle. Sie wollte schreien. Er schlug erneut zu, und dann fing er an zu keuchen, während er sie schlug. Er prügelte auf ihren Brustkorb, auf ihre Rippen und ihr Gesicht ein, doch je weiter er sich mit jedem Schlag zu einem Höhepunkt hochputschte, wurden die Schläge weniger und weniger brutal. Sie hatte fast schon wieder die Besinnung verloren, als sie ihn schreien hörte und spürte, wie er vornüber auf sie fiel. Sein Kopf fiel neben den ihren. Sein Herz schlug an ihren zerschrammten Rippen. Sie spürte, wie er in ihr abschlaffte.

Sie fing vor Schmerzen an zu stöhnen. Wenn er ihren Schmerz überhaupt wahrnahm, schenkte er ihm keine Beachtung.

Als er ins Bad ging, um zu duschen, ließ er sie gefesselt und blutend zurück. Als er wiederkam, trug er wieder die weiße Perücke und den Bart. Er löste zwar die Fesseln, doch nicht ihren Knebel. Ihre aufgesprungenen Lippen waren um ihn herum geschwollen. Er half ihr beim Anziehen und warf das blutige Kleid, das Korsett und die schwarze Maske in einen Koffer.

»Wir gehen über die Hintertreppe«, flüsterte er ihr ins Ohr. »Wir nehmen den gleichen Weg, den wir gekommen sind. Du hältst den Kopf nach unten, verstanden? – Ob du verstanden hast!«

Sie nickte.

»Tu so, als wenn du betrunken wärst. Wenn jemand an uns vorbeikommen sollte, schau nicht hoch. Wenn du nur einen Ton sagst, brech' ich dir den Hals.«

Er führte sie am Arm und trug den Koffer in der anderen Hand. Sie hielt den Kopf nach unten gerichtet, wie er es befohlen hatte, doch niemand begegnete ihnen. Er schubste sie grob auf den Vordersitz seines Wagens und warf die Tür ins Schloß, dann fuhren sie schweigend zur Helgestraße zurück. Sie starrte auf das Bodenbrett und drückte ein Handtuch auf ihre aufgesprungenen Lippen.

Zwei Jahre als Schwarzfahrer auf Güterzügen. Schlafen unter den Eisenbahnbrücken und in den Ecken finsterer Tunnels. Stehlen, um zu essen. Manchmal hatte er Arbeit bekommen, schwere körperliche Plackereien – beim Verlegen von Eisenbahnschienen oder für ein paar Mark beim Waldroden. Für das Geld hatte man sich kaum eine Mahlzeit kaufen können. Doch manchmal war genug übriggeblieben, um eine von den Huren zu bezahlen, die an den Bahngleisen lebten – alte Huren, die zu krank oder zu ausgebrannt waren, um irgend jemandem begehrenswert zu erscheinen. An ihnen hatte er seine Raserei in flüchtiger Leidenschaft erstickt, doch die Demütigung hatte seine Seele wie mit einem Brandeisen gezeichnet. Ein at-

traktiver Mann wie er – ein Kriegsheld! – mußte mit schmutzigen, übelriechenden menschlichen Wracks, die kein Mensch mit Selbstrespekt ertragen konnte, um Pfennige feilschen und in zerlumpten Zelten oder auf dem Boden vögeln, wenn das Wetter warm genug war! Da respektable Frauen nicht das geringste mit Tippelbrüdern zu tun haben wollten, war all dies nur eine flüchtige Entspannung vom Schmerz der Armut.

Ingersoll wußte nicht mehr genau, wo er in dieser Nacht gewesen war. Vielleicht in Brandenburg, vielleicht im Raum Münster. Die Tage und Städte waren zu einem wirren Alptraum geworden, in dem jeder Ort aussah wie der andere. Dreckige Bahngleise mit kleinen Lagerfeuern, an denen man es warm hatte. Hände, schorfig, voller Blasen, schmutzverkrustet. Das endlose Geräusch des Hustens. Ein warmer Sommerabend. Unter ihm: weiches Gras. Und dann hatte er den Kopf gehoben und die Gesichter gesehen, die nebeneinander über den Rand des Hohlwegs schauten. Grinsende Münder mit verrotteten Zähnen, hohle Blicke. Sie hockten nebeneinander in der Dunkelheit und schauten ihnen zu. Seine Wut hatte sich in Raserei entladen. Er hatte mit Kohlenstücken nach ihnen geworfen, einen der Gaffer am Haar gepackt und ihn mit einem Knüppel verprügelt.

»Wir haben aber fürs Zuschauen bezahlt«, hatte sich eine schwache Stimme verteidigt.

Und als er sich umgedreht hatte, hatte er sie da liegen sehen – das Kleid bis an die Taille hochgezogen, und sie hatte ihn ebenfalls ausgelacht.

»Wenn ihr eine Vorstellung haben wollt«, hatte Ingersoll gebrüllt, »dann bitte!« Und er hatte sie bestiegen wie ein Bulle eine Kuh, vor Zorn brüllend, und er hatte mit den Fäusten auf sie eingeschlagen und sie gestoßen, bis er gekommen und auf ihr zusammengebrochen war. Erst dann hatte er erkannt, daß sie nicht mehr lebte.

Der erste Impuls: flüchten. Aber man hatte ihn gesehen. Also hatte er sie auf die Arme genommen, zu einer nahen Gleisüberführung getragen und gewartet, bis ein Zug kam. Er hatte ihren schlaffen Leib über das Geländer gewuchtet und ihn, als der Zug unter ihm war, auf die Schienen geworfen.

Am nächsten Morgen war er auf einen anderen Güterzug gesprungen. Die Tote war nur noch ein häßlicher Traum gewesen.

Aber sie war ein Traum, der nicht sterben wollte, deswegen erlebte er den Alptraum stets aufs neue, wenn die Besessenheit ihn packte und der Drang nicht gehen wollte. Wenn er vorbei war, empfand er keine Reue mehr. Dann hatte er kein schlechtes Gewissen mehr und verspürte keinen Zorn. Dann genoß er den erleichternden, traumlosen Schlaf.

Ingersoll brachte sie bis auf einen Häuserblock an die Stelle heran, an der er sie aufgegabelt hatte, dann fuhr er an den Rinnstein und schaltete die Scheinwerfer aus.

»Schau mich an«, sagte er leise.

Sie starrte einige Sekunden lang auf den Wagenboden, doch seine leise Stimme führte schließlich dazu, daß sie ihn anschaute. Eine Hälfte ihres Gesichts war blau und grün, ihr Auge war fast zugeschwollen. Ihre Lippen waren dick.

Er hielt ihr einen Stapel Pfundnoten hin und wedelte damit vor ihrem gesunden Auge herum. »Zweihundert Pfund, mein Schatz. was ist dir lieber? Willst du die zweihundert, oder willst du, daß ich dich zum nächsten Polizeirevier fahre, damit du mich wegen Körperverletzung anzeigen kannst? Zweihundert, Schatz; denk darüber nach. Das würdest du nicht mal in zwei Wochen verdienen, stimmt's?«

Sie schaute ihn lange an, dann streckte sie den Arm aus und nahm das Geld.

»Steig aus«, befahl er. Das Mädchen trat mühsam auf den Gehsteig. Ingersoll zog die Wagentür zu und tauchte mit quietschenden Reifen in der Dunkelheit unter.

Kapitel 4

Ingersoll erwachte um vier Uhr morgens. Die seit dem Besuch des sonderbaren Professors vergangenen zwei Monate kamen ihm wie im Flug vergangen vor. Man hatte den Film fieberhaft geschnitten, und er hatte die Rohfassung der *Nachtbestie* am Abend zuvor zu sehen bekommen. Alle waren der Meinung, es sei sein bisher bester Film. Man hatte die Rohfassung mit Untertiteln versehen, damit er sie mit nach Berchtesgaden nehmen konnte, um sie dem Führer zu zeigen. Es würde die erste öffentliche Aufführung sein. Die Premiere sollte Ende Februar bei einem Galaabend in der Kroll-Oper stattfinden.

Ingersoll hatte zwei Stunden an einer neuen Maske gearbeitet: Er wollte als Geschäftsmann in mittleren Jahren auftreten – unter einer Latexmaske, die seine Stirn höher machte und ihn teilweise kahlköpfig aussehen ließ. Heinz hatte seinen Nasenrücken bearbeitet, um ihm ein adlerartiges Aussehen zu verleihen. Gummi machte seine Wangen und seine Kinnlinie dicker. In seinem schütter wirkenden Haar befanden sich graue Strähnen, und ein grauer Schnauz, ein Spitzbart und nickelumrandete Brillengläser mit Fensterglas rundeten sein Aussehen ab. Ingersoll zog einen Zweireiher an und schlüpfte in einen pelzverzierten schwarzen Trenchcoat. Dann lächelte er den älteren Herrn im Spiegel an: Er sah aus wie ein fünfundvierzigjähriger, ziemlich wohlhabender, leicht beleibter Geschäftsmann.

Um Punkt sechs erschien ein uniformierter Feldwebel an seiner Tür und brachte ihn in einem von Hitlers Privatwagen zum Flughafen. Der Flug nach München dauerte zwei Stunden. Man behandelte Ingersoll wie einen Angehörigen des Hochadels. Um halb neun stärkte er sich im alten Barlow-Palast am Münchner Königsplatz mit Kaffee und Gebäck und wartete darauf, daß Hitlers Leibchauffeur ihn abholte.

In der Eingangshalle spürte man Hitlers Gegenwart an allen Ecken. Im Januar hatte man den alten Palast nach monatelanger Renovierung zum Hauptquartier der Nazipartei gemacht. Er hieß nun ›Das Braune Haus‹; Albert Speer, Hitlers persönlicher Architekt, hatte ihn umgestaltet. Die Kosten waren überwältigend gewesen, doch niemand wußte genau, welchen Preis die Veränderung gekostet hatte. Blutfahnen des Bierkellerputsches und anderer früher Straßenschlachten der Nazis knatterten im Wind über dem Eingang, und das gesamte Gebäude wirkte wie ein aktiver Bienenstock. Kuriere rasten auf Motorrädern heran. Offiziere marschierten mit strammen Schritten in das Haus hinein oder verließen es; ihre Reitstiefel klackten auf den Marmorböden. Überall klingelten Telefone. Das Gebäude war antiseptisch rein und roch nach Leder, kaltem Stahl und Stiefelpolitur.

Obwohl Ingersoll darüber informiert war, daß Hitler sich im 160 Kilometer entfernten Berchtesgaden aufhielt, wurde das Braune Haus von seinem dynamischen Charisma beherrscht. Hier war das Herz der Nazipartei, das Nervenzentrum des Neuen Deutschland. Er bildete sich ein, die Stimme des Führers, der hinter den Wänden der weiträumigen Büros im ersten Stock die Zukunft Deutschlands diktierte, fast vernehmen zu können.

Ingersoll brauchte nur wenige Minuten zu warten, dann tauchte der Chauffeur in Hitlers offenem Mercedes auf.

»Soll ich das Verdeck schließen?« fragte der Chauffeur. »Es ist ziemlich kalt.«

Ingersoll schüttelte den Kopf. Die Strecke nach Süden zur bayerischen Grenze und zum alpinen Vorgebirge gehörte zu den schönsten Teilen Deutschlands, deswegen wollte er die Szenerie genießen. Eine Decke und sein dicker Mantel würden reichen. Der Chauffeur reichte ihm eine mit Ohrenklappen versehene Mütze, dann fegte er über die Hauptstraße dem Heim des Führers entgegen.

Hitler – normalerweise ein Langschläfer – erwachte, als das erste Licht lange, rote Schatten in sein Schlafzimmer warf. Er blieb hellwach liegen und starrte ein paar Minuten lang an die Decke. Dann glitt er aus dem Bett, das er mit Eva Braun teilte, und ging durch das Badezimmer in sein Arbeitszimmer. Vor vier Tagen hatte Hindenburg ihn zum deutschen Reichskanzler berufen. Zum Reichskanzler!

Er war der Reichskanzler Deutschlands.

Hitler streckte eine Hand aus und musterte sie. Als neuer Reichstagspräsident lagen die deutschen Gesetze in dieser seiner Hand. *Reichskanzler* Hitler.

Er ging im Bademantel durch den Raum, lachte laut und

sagte das Wort immer wieder. Dann bestellte er Kaffee und Brötchen und ging ins Bad.

Nun stand er am Fenster des Arbeitszimmers und warf einen Blick nach Norden – nach Braunau am Inn, seine Heimatstadt. Dann schaute er nach Osten – nach Wien – und erinnerte sich voller Wut an die Worte, die ihm einst das Herz gebrochen hatten.

Nicht zur Prüfung zugelassen.

Hitler tippte mit einem Zeigefinger gegen seine Wange und lachte selbstzufrieden vor sich hin. Ingersoll! Einer der bekanntesten Schauspieler der Welt stand ihm zur Verfügung – und er war unterwegs zum Berghof. Nun würde er die elenden Trottel aus dem Waldviertel-Mittelstand demütigen, die ihn in seiner Jugend ausgelacht hatten. Sie hatten ihn als ›Friedhofsdepp‹ bezeichnet, weil er manchmal die ganze Nacht an der Mauer des mittelalterlichen Friedhofes verbracht, zu den Sternen hinaufgesehen und vor sich hin geträumt hatte. Ebenso hatten sie seine Träume verspottet, ein neuer Rembrandt zu werden – wie auch seine dämlichen Lehrer an der Kunstakademie in Wien, deren Worte ihm sogar noch zwölf Jahre später sauer aufstießen.

Nicht zur Prüfung zugelassen. Zweimal hatte ihn die Kunstakademie zurückgewiesen, zweimal hatte sie ihn gedemütigt. Die Lumpen hatten sich sogar geweigert, ihm den Zutritt zur Kunstschule zu gestatten! Hitler schaute über das Vorgebirge und den Wald auf die Gegend, die er noch immer haßte. Das Waldviertel, ein Grenzland bodenständiger Grausamkeit, mittelalterlicher Architektur und engstirniger Geister. Dort war er zur Welt gekommen, in einer öden, niederschmetternden Ecke Österreichs; dort hatte man ihn zurückgestoßen und erniedrigt.

Er hatte nur böse Erinnerungen an den Landstrich und seine Bewohner, die in ihm nur einen streitsüchtigen, sturen, arroganten jungen Mann mit schlechten Umgangsformen gesehen hatten. Man hatte ihn so wenig leiden können, daß man ihn hinter seinem Rücken verspottet hatte. Sogar August Kubizek – der alte Gustl –, sein einziger

Freund, hatte ihn für leicht absonderlich gehalten. Keiner hatte ihn damals verstanden. Aber das war jetzt anders.

Hitler lachte laut und schlug mit der Faust in seine offene Hand. Niemand wußte, was er als Kind erlitten hatte. Keiner dieser Leute verstand seine Träume.

»Schwachsinnige!« sagte er laut, als er durch den Raum schritt. Hin und wieder redete er in der Privatheit seines Büros mit sich selbst.

Hin und wieder plante er in den finstern Ecken seines Geistes die scheußlichste Art der Vergeltung an den Beamten an der Wiener Kunstakademie, die seine Jugendträume zerschmettert hatten. Sie hatten ihn gezwungen, handgemalte Postkarten auf der Straße zu verkaufen. Er hatte gerade soviel verdient, um sein Essen und die zwei Kronen zu verdienen, die man brauchte, um die Woche in einem kalten, schmutzigen Männerheim an der Donau zu verbringen. Sie hatten ihn zu drei Jahren in der Gosse verurteilt und ihn zu einem Verlorenen gemacht, der in geistesabwesender Trance frierend und hungrig durch Wien gewandert war. Er fürchtete und haßte den Winter noch immer. Und er haßte die Juden, die ihm seine Postkarten abgekauft hatten. Er haßte sie wegen ihres Mitleids. Mitleid war ein Wort, das für ihn einen üblen Beigeschmack hatte.

Doch nun lachte niemand mehr über ihn. *Niemand.* Fünf Nächte zuvor hatte er vier Stunden lang am Fenster der Reichskanzlei gestanden, und Tausende waren im Schein der Fackeln an ihm vorbeimarschiert, hatten seinen Namen gerufen und das Horst-Wessel-Lied gesungen. Die Erregung dieses Abends hatte ihn immer noch nicht losgelassen. Nun warf man Blumen vor seine Füße, stellte seine frühen architektonischen Zeichnungen in der Sonderabteilung des Wiener Museums aus, hob die Hand zum Salut und schrie *Heil Hitler*, wenn er durch die Stadt fuhr. Im Waldviertel deutete man stolz auf das Haus, in dem er geboren worden war – es war nun eine billige, rotgestrichene Schänke – und strich gebührend heraus, daß das Leben des Retters Deutschlands ausgerechnet dort seinen Anfang genommen hatte. Vielleicht war das schon Vergeltung genug.

Hitler stand am Fenster und lächelte. Sein Schoß bebte vor Erregung, und er sagte leise vor sich hin. »Heil Hitler. Heil Hitler. Heil Hitler.« Und dann lachte er leise.

Die Fahrt nach Berchtesgaden hatte zwei Stunden gedauert, doch noch am frühen Vormittag näherten sie sich der unbefestigten Straße, die zum Berghof hinaufführte. Als sie den zweieinhalb Meter hohen Drahtzaun hinter sich gelassen hatten, dessen oberer Teil unter Strom stand, und an den Wachhunden und Posten vorbei auf die unbefestigte Straße fuhren, über die man Hitlers Berglandhaus erreichte, konnte Ingersoll das in einem dichten Kiefernforst stehende Haus des Führers sehen. Es war zwar kleiner und einfacher, als er erwartet hatte, doch die Umgebung – sie befanden sich tausend Meter über dem Dorf in den Alpen – war umwerfend.

Ingersoll warf einen Blick auf das Anwesen, dann fiel ihm eine vielzitierte Phrase aus Hitlers Reden ein.

»Absolute Autorität kommt von Gott, der absolute Gehorsam kommt vom Teufel.«

Der Spruch gehörte zu Hitlers Lieblingsaphorismen, denn er rechtfertigte seine Machtergreifung.

Ist das Haus ein Versteck Gottes oder eins des Teufels? fragte sich Ingersoll. Ist Hitlers Wunschbild für Deutschland eine göttliche Fügung oder Teufelei?

Aber es machte keinen Unterschied. Nun hatte Deutschland einen Führer, der die Alliierten verhöhnte und ihren verfluchten Vertrag mit Füßen trat. Sein Wunschbild war ein göttliches, wo immer seine Wurzel auch lag.

Ingersoll hatte die neudeutsche Geschichte fleißig studiert; er wußte, daß vieles auf Lügen basierte – oder um es anders auszudrücken, auf Propaganda. Er wußte, daß das Horst-Wessel-Lied nach einem lumpigen Zuhälter benannt worden war, den Nazi-Lügen zum Märtyrer gestempelt hatten. Und er wußte auch, daß die *Machtergreifung* eine Lüge war. Hitler hatte sich die Macht nicht genommen, er hatte sie gekauft und sie erschachert. Doch er akzeptierte Hitlers Manipulationen als Handlungen eines politischen

Genies, das auf schmutzige Intrigen zurückgreifen mußte, um den Sieg zu erringen. Und das gleiche galt für die rammelvollen Veranstaltungen in den rauchgefüllten Sälen und die Schmiergeld-Millionen der Ruhr-Industriekapitäne und Bankiers wie von Schröder, die Hitlers SA zugute kamen, die die Bevölkerung terrorisierte, und für die Lügen über den Einfluß, den die Juden nie gehabt hatten. Hitler spann seine Fantasien über sie aus; er machte sie für den Aufstieg des Marxismus in Deutschland und für die schreckliche Wirtschaftslage verantwortlich, die inzwischen sechs Millionen Menschen erwerbslos gemacht und dem Verhungern ausgeliefert hatte.

Auch dies akzeptierte Ingersoll, denn sein Judenhaß war ebenso bösartig wie der Hitlers. Und er anerkannte ebenso, daß Elend und Armut zu Hitlers stärksten Verbündeten geworden waren. Je tiefer ein Deutscher in der Armut versunken war, desto eher wandte er sich diesem eigenartigen politischen Agitator zu, der manchmal – begleitet von im Gleichschritt marschierenden, Hakenkreuzfahnen schwenkenden Sturmtrupplern – an einem Tag fünf bis sechs Reden hielt und ankündigte, er werde Deutschland ganz allein von seinen Schulden und Gegnern befreien. Er garantierte den Bauern Land, den Arbeitern den Sozialismus und den Reichen den Antikommunismus, ohne je zu erklären, wie er dies bewerkstelligen wollte. Und obwohl er nie eine Wahl gewonnen hatte, hatte er genug Stimmen erhalten, um den alternden, senilen Hindenburg dazu zu bewegen, ihn zum Reichskanzler zu ernennen. Hitler war nur noch einen Schritt davon entfernt, sich zum Diktator aufzuschwingen.

All dies akzeptierte Ingersoll unausweichlich als einen kleinen Preis, den man bezahlen mußte. Wenn Rechtsbeugung und Lügen einem den Weg zum Erfolg ebneten, war Ingersolls ernste Ansicht, hatte Deutschland in Hitler den perfekten Führer gefunden, um sich den Erfolg nutzbar zu machen. Des weiteren empfand er eine geistige Verwandtschaft zu Hitler, denn sein eigener Aufstieg war parallel zu dem des Führers verlaufen. Nun war er Gast des Reichskanzlers. Ingersolls Nerven waren zum Zerreißen gespannt, als er den Berghof erreichte.

Vierhaus klopfte leise an die Tür des Arbeitszimmers, das – außer für Eva Braun – eigentlich ein verbotener Ort war. Doch an diesem Morgen hatte man ihn eingeladen, mit dem Führer Kaffee zu trinken und sich mit ihm über Ingersoll zu unterhalten. Vierhaus war geschmeichelt. Hitler stand in der Regel erst gegen elf auf, dann sah er sich die morgendlichen Meldungen an und kam erst gegen Mittag herunter.

»Herein, herein«, rief der Führer ungeduldig.

Vierhaus war erst einmal in dessen Arbeitszimmer gewesen. Als er ihn betrat, fiel ihm ein, wie überrascht er beim erstenmal gewesen war: Der Raum war klein und ziemlich kahl, er hatte eine hohe Decke mit einem einfachen Kronleuchter und verfügte über dicke Doppeltüren. Eine geteilte Balkontür erlaubte den Blick ins Tal, denn die schweren Vorhänge und Baumwollgardinen waren zurückgezogen. Hitlers Schreibtisch stand in einer Ecke am Fenster. Vierhaus sah einen Schaukelstuhl, ein Bücherregal und ein Sofa mit drei handgenähten Kissen. Mehr nicht. Zwei teure, doch abgetretene Orientteppiche bedeckten einen Teil der glänzend gebohnerten Eichendielen. Über dem Sofa hing ein recht ödes Landschaftsbild. Neben dem Schreibtisch, an der Wand, hing ein Foto von Hitler, auf dem er irgendwo eine Rede hielt. Ein Kaffeeservice stand auf dem Schreibtisch. Das war alles.

Hitler saß am Schreibtisch und schrieb. »Ich arbeite an meiner Antrittsrede«, sagte er, ohne den Kopf zu heben. »Warten Sie einen Augenblick, Vierhaus, ich möchte den Faden nicht verlieren.«

»Soll ich später wiederkommen?«

»Nein. Es dauert nur einen Moment.«

Vierhaus stand so stramm wie möglich; er hob die Schulter, um seinen Buckel kleiner erscheinen zu lassen, und bemühte sich, die durch seine Deformation hervorgerufene groteske Haltung auszugleichen. Hitler schenkte ihm einen Blick.

»Nehmen Sie Platz, Vierhaus.«

»Jawoll, mein Führer.« Vierhaus setzte sich. Hitler fuhr mit seiner Tätigkeit fort; das Kratzen seines Füllers war das einzige Geräusch im Raum, wenn man von dem Wind absah, der in den Dachrinnen ächzte. Hitler hielt inne, klemmte sich den Füller zwischen die Lippen und schrieb kurz darauf einen weiteren Satz aufs Papier.

»Es wird die wichtigste Rede meines Lebens«, sagte er und musterte das Blatt. »Ich werde sie provozieren wie noch nie.«

»Jawoll, mein Führer.«

Schließlich legte Hitler den Füller hin, lehnte sich in seinem Stuhl zurück und las, was er geschrieben hatte.

»Hören Sie es sich an, Vierhaus. – ›Wir müssen das deutsche Volk auf seine Arbeit, seine Industrie, seine Zielstrebigkeit, seinen Wagemut und seine Beharrlichkeit stolz machen, damit es Deutschland nicht als Geschenk begreift, sondern als Nation, die sich selbst erschaffen hat.‹ – Was halten Sie davon?«

Vierhaus dachte eine geraume Weile nach, ehe er antwortete. »Ausgezeichnet, mein Führer, ausgezeichnet! Gewaltig! Ich würde nur einen klitzekleinen Vorschlag machen wollen.«

Hitler schaute finster drein, sagte aber nichts.

»Die Stelle, an der Sie ›begreift‹ sagen . . . ›Begreift‹ klingt vielleicht etwas zu intellektuell. ›Erkennt‹ wäre für die Öffentlichkeit eventuell verständlicher.«

»Hmmm . . .« Hitler schnaubte. »Das Wort klingt etwas schwach.« Er konnte zwar Kritik nicht sonderlich vertragen, aber obwohl er anderer Meinung war, strich er das Wort ›begreift‹ und ersetzte es durch ›erkennt‹.

Als klinischer Psychologe verstand Vierhaus Hitlers Widerspruchsgeist weitaus besser als die meisten seiner Spießgesellen, und er förderte und benutzte ihn, um die schändlichsten Intrigen in Gang zu bringen. Er hatte mehr als eine in den Geist des Führers gepflanzt. Hitler war ein Mensch, dessen persönliches Allerheiligstes zwar bestenfalls bescheiden war, doch hatte er Millionen für die Renovierung des Braunen Hauses ausgegeben. Er war ein Mensch, der den Genuß von Alkohol heruntermachte, aber dennoch Bier, Champagner und Wein trank. Er liebte Würstchen, verbreitete sich jedoch verächtlich über den Verzehr von Fleisch; er haßte das Jagen, doch er rief bereitwillig zum Mord an politischen Gegnern und Juden auf. Er konnte in einem Augenblick wie eine Taube gurren und kurz darauf einen Wutanfall bekommen, bis die Paranoia ihn alle Kontrolle verlieren ließ. Er nahm in der Öffentlichkeit nur karge Speisen zu sich, verfügte aber über einen Koch, der ihn mit den exquisitesten Acht-Gänge-Mahlzeiten versorgte. Er verlangte radikale Selbstdisziplin und schlemmte in Süßigkeiten, Obst- und Kremkuchen und ersäufte sich buchstäblich in Tee, Kaffee, Zucker und Sahne. Er förderte und belohnte öffentlich die Ehe des reinen Ariers und hielt sich dennoch eine Geliebte.

»Es ist klüger, eine Geliebte zu haben, statt eine Ehe zu führen«, hatte Hitler ihm einst erklärt, und dann mit einem Zwinkern hinzugefügt: »Natürlich gilt das nur für außergewöhnliche Männer.«

Obwohl all dies psychotische Verhaltensweisen waren, nahm Vierhaus sie nicht nur hin, sondern förderte sie noch, denn er kannte den anderen Hitler ebenso gut. Der blasse, hagere Mann mit dem über ein Auge gekämmten dünnen braunen Haar war dermaßen gewöhnlich, daß man ihn nur allzuleicht übersah, aber andererseits war er auch jemand, den man – in welcher Gesellschaft auch immer – einfach nicht übersehen *konnte*. Er war selbstsicher, zuversichtlich und hochtrabend, und seine blitzenden, stahlkalten Augen zeigten den Fanatiker und wiesen auf den messerscharfen Geist hin, der in ihm steckte und hinter seinem falschen Lächeln lauerte. Ohne den Grund zu kennen, war in seiner Gegenwart jedermann von Ehrfurcht erfüllt.

Und all das verstand Vierhaus. Im Gegensatz zu Goebbels, Göring, Himmler und den sonstigen Lakaien Hitlers, die blindlings allem zustimmten, was der Führer sagte, hatte Vierhaus sowohl das Genie als auch den Wahnsinn des Mannes erkannt. Er hatte beides schon vor neun Jahren in Landsberg erkannt, als er Hitler in der Festung erstmals begegnet war. Er hatte als politischer Gefangener in relativem Prunk gelebt und seine Zelle mit Blumen und Gemälden dekoriert. Er hatte eine besondere Bettstelle gehabt, man hatte die Mahlzeiten speziell für ihn zubereitet, und er hatte ein Buch geschrieben, das seinen Plan zum Sturz der Regierung erklärte. Der kleine Mann mit der unglaublichen Selbstsicherheit, den die Macht mit Elektrizität aufzuladen schien, hatte Vierhaus erstaunt, und er hatte gedacht: Wenn man ihn nicht in eine Klapsmühe verlegt oder umbringt, kann er ein sehr gefährlicher Mensch werden.

Jetzt wunderte er sich über seine Untertreibung. Was hatte Nietzsche gesagt? *Jegliche Größe hat den Anflug von Wahnsinn.*

Hitler stand mit dem Rücken zur Tür und blickte aus dem Fenster. »Mein Vater hat die Welt nie verstanden«, sagte er, ohne sich umzudrehen. »Er hat einfach alles mit sich machen lassen.« Er drehte sich um und schenkte Vierhaus einen finsteren Blick. »Das ist es, was mit Deutschland nie gestimmt hat. Das Volk hat alles mit sich machen lassen. Aber jetzt lernt es. Meinen Sie nicht auch, Vierhaus?«

»Jawoll, mein Führer. Und *wie* es lernt!«

Hitler lächelte und stampfte mit dem Fuß auf. »Reichskanzler, Vierhaus. Ich bin der *Reichskanzler.*«

Vierhaus deutete eine Verbeugung an. »Meinen Glückwunsch, Herr Reichskanzler.«

Hitler schenkte sich eine Tasse Kaffee mit Sahne und Zucker ein und gab Vierhaus mit einer Geste zu verstehen, daß er sich bedienen solle.

»Mir ist ein Gedanke gekommen, den ich gern mit Ihnen teilen möchte, mein Führer«, sagte Vierhaus leise, während er seinen Kaffee zubereitete.

»Aber nicht heute morgen«, sagte Hitler schnell. »Sie kennen die Regel, Vierhaus: Keine beruflichen Dinge auf dem Berghof. Die Sache kann warten, bis wir am Montag wieder in München sind.«

»Gewiß, gewiß«, antwortete Vierhaus rasch. »Ich dachte nur, es wäre etwas, worüber Sie gelegentlich nachsinnen sollten. Zugegeben, es ist ein ziemlich waghalsiger Plan, aber ...« Und dann warf er den Köder aus, denn er wußte genau, wie er den kleinen Mann in seinem Netz fangen konnte. »Aber er könnte alle Probleme lösen, die wir mit den Kommunisten haben.«

Hitler setzte sich wieder an den Schreibtisch und sah Vierhaus an.

»Sie sind wirklich ein verschlagener Hund, Vierhaus«, sagte er. »Vielleicht kommen wir deswegen so gut miteinander aus.«

»Danke, mein Führer«, sagte Vierhaus mit einem Grinsen.

»Und was schlagen Sie vor? Daß wir die 77 Kommunisten, die im Reichstag sitzen, umbringen?« Hitler kicherte und nippte an seinem Kaffee.

»Ja«, sagte Vierhaus. Er beugte sich vor und fügte im Flüsterton hinzu: »Aber wir brauchen einen Vorwand, um sie uns vom Hals zu schaffen.«

Hitlers Lächeln gefror. Sein Kinn spannte sich, sein Blick wurde schlangenhaft. »Und wie sähe dieser Vorwand aus?«

Vierhaus schaute ihm fest in die Augen. »Wir stecken den Reichstag in Brand«, sagte er.

Hitler schaute eine Weile recht perplex drein, dann verzogen sich seine Lippen zu einem Lächeln, und er sagte: »Vierhaus, Sie sind verrückt.«

»Ich meine es todernst.«

»Wir sollen den *Reichstag* in Brand stecken?«

»Denken Sie darüber nach, mein Führer.« Vierhaus' Stimme wurde leiser, als er fortfuhr. »Der Reichstag ist das *heiligste* Gebäude der Deutschen. Im Moment ist die KPD die stärkste deutsche Partei. Wenn wir den Reichstag in Brand stecken und es der KPD in die Schuhe schieben, geht das Volk auf die Barrikaden. Das ist Grund genug, um die Linken ein für allemal zu zerschmettern. Wir machen das Braune Haus zum neuen Regierungssitz. Wir schaffen uns die Roten vom Hals, stürzen das Parlament ins Chaos ...«

»... und setzen einen Erlaß durch, um die Macht für alle Zeiten zu übernehmen«, warf Hitler ein.

»Sie sind mir schon einen Schritt voraus.«

»Ein gefährliches Spiel, Vierhaus«, sagte Hitler. Seine Augen verengten sich.

»Ich weiß von Göring, daß es einen Geheimgang gibt, der von der Residenz zum Reichstag führt. Es wäre kein Problem, dort ein Feuer zu legen. Dann brauchen wir nur noch einen Sündenbock. Ich bin sicher, Himmler oder Göring können das arrangieren.«

Hitler hatte Vierhaus zunächst verblüfft zugehört, doch nun nahm die Verschwörung in seinem Geist allmählich Formen an. Waghalsig? Ja. Verwegen? Ja. Möglich? Er tippte nervös mit einem Finger gegen seine Wange.

»Es ist nur ein Gedanke, mein Führer. Etwas, worüber man nachdenken sollte. Aber *wenn* wir es tun, sollten wir es *schnell* tun.«

Der Plan veränderte Hitlers Stimmung. Er war zum Scherzen aufgelegt gewesen, doch nun wurde er finster und nachdenklich. Vierhaus sah ein, daß er seine Laune erneut ändern mußte.

»Der Reichstag ist doch *sowieso* ein häßlicher alter Kasten«, sagte er locker, schenkte sich einen frischen Kaffee ein und schaute den Führer lächelnd an.

Hitler musterte ihn einen Augenblick, dann entspannten sich seine Züge, und er lehnte sich lachend zurück.

»Sie haben also wieder mal einen Plan ausgeheckt. Ruht Ihr Geist eigentlich nie?«

»Hin und wieder.«

»Wenn Sie schlafen, was?«

»Nein. Manchmal habe ich im Traum die besten Ideen.«

Eine kluge Antwort – sie appellierte, wie Vierhaus wußte, an die Faszination, die Hitler für Träume, übersinnliche Einflüsse und Astrologie empfand.

»Nun«, sagte Hitler, »ich werde über Ihre Reichstagsidee nachdenken. Vielleicht ist sie doch nicht so verrückt, wie sie klingt. – Aber jetzt wollen wir uns über das Projekt 27 unterhalten. Erzählen Sie mir etwas über den Schauspieler.«

Vierhaus lehnte sich auf dem Stuhl zurück und musterte

für einen Moment die Decke. Dann fing er an, Ingersolls Akte zu rezitieren.

»Er ist ein verläßliches Parteimitglied und einer Ihrer glühendsten Bewunderer. Er war, wie Sie, ein Kriegsheld. Er war noch keine zwanzig, als ihm das Eiserne Kreuz verliehen wurde ...«

»Wofür?« Hitler unterbrach seine Gesprächspartner, wann immer ihm danach war; Vierhaus war daran gewöhnt. Er spürte aber auch einen Anflug von Eifersucht in seiner Frage. Hitler war das Eiserne Kreuz zweimal verliehen worden, was bei Mannschaftsdienstgraden nur selten vorgekommen war. Es überraschte ihn, daß Ingersoll diese Auszeichnung ebenfalls bekommen hatte.

»Bevor er verwundet wurde, hat er einen Panzer und zwei Gruppen amerikanischer Marineinfanteristen unschädlich gemacht. Er ist wieder an die Front gegangen und geriet gegen Kriegsende bei Cambrai in Gefangenschaft. – An dem Tag, an dem der Wind sich gedreht hat.«

»Diesen Tag würde ich am liebsten vergessen. Er war eine Tragödie. – Hat er von dem Gas etwas abbekommen?«

»Nein, er konnte einen Engländer töten und ihm seine Gasmaske abnehmen.«

»Findig, wie?«

»Sehr.« Vierhaus nickte. »Er ist in der Nähe von Linz geboren ...«

»Ah, ein Österreicher.«

»Ja. Und er ist ziemlich stolz darauf. Sein richtiger Name ist Hans Wolf ...«

»Ach, Wolf? Ein *guter* Name. Und vielversprechend.«

»Ja, mein Führer. Sein Vater hat ein Geschäft betrieben. Er ist früh gestorben, als Wolf zehn war. Seine Mutter war Lehrerin. Sie starb, als er im Krieg war. Er hat an der Universität Berlin ein Maschinenbaustudium begonnen, ist aber in den zwanziger Jahren ausgeschieden. Dann ist er ungefähr zwei Jahre lang herumgezogen ...«

»War er in der SA?«

Vierhaus schüttelte den Kopf. »Nein. 1929 ist er in Nürnberg in die Partei eingetreten. Ein Jahr später hat er Probeaufnahmen für eine kleine Filmrolle gemacht – und bekam die Hauptrolle. Damit fing seine Scharade an. Er lebt als Johann Ingersoll in Berlin und hat eine Sommerresidenz bei München, wo er unter seinem wirklichen Namen auftritt. Und ... er spendet der Partei sehr viel Geld.«

»Ausgezeichnet. Und sein Charakter?«

»Arrogant, herausfordernd, egoistisch, explosiv. Aber auch außergewöhnlich intelligent und sehr belesen. Er kann sogar lange Absätze aus *Mein Kampf* zitieren.«

»Wirklich?« sagte Hitler, ganz offensichtlich erfreut.

»Ja. Er kann außerdem hin und wieder sehr deutlich und beleidigend werden; und wie ich gehört habe, hat er einen recht zynischen Humor. Diejenigen, die ihn in München als Hans Wolf kennen, halten ihn für einen Geschäftsmann. Für seine Umwelt ist er charmant und großzügig. Wenn er nicht im Studio ist, ist er ein völlig anderer Mensch.«

»Dann hat er also zwei verschiedene Persönlichkeiten?«

Vierhaus nickte. »Und er hat allem Anschein nach keine Probleme, von einer zur anderen zu wechseln.«

»Ein *echter* Schauspieler.«

»Ja, mein Führer. Und dazu noch ein ziemlicher Athlet. Er ist ein meisterhafter Skiläufer und Schwimmer, und in der Reichswehr hat er geboxt. Außerdem ist er aktiver Bergsteiger und Jäger.«

»Frauen?«

»Er ist Junggeselle, aber er hat regelmäßige Affären.«

»Nicht homosexuell?«

»Aber nein«, sagte Vierhaus schnell.

»Und er hat *Mein Kampf* gelesen?«

»Er ist von dem Buch besessen.«

»Ich hoffe, er fühlt sich hier nicht unwohl – als fünftes Rad am Wagen. Die anderen kennen sich alle.«

»Ich nehme an, es wird für ihn ein besonderer Reiz sein.«

»Ach?«

»Es trennt ihn von den anderen. Es erinnert alle daran, daß *er* der Star ist.«

Hitler schaute Vierhaus an. »In *diesem* Haus nicht«, sagte er.

Vierhaus lachte. »Er ist zwar egozentrisch, mein Führer, aber nicht verrückt.«

Hitler schlug sich lachend aufs Knie. »Dann brauchen wir uns also nur noch zu fragen, ob er es tut?«

»Ich glaube, mein Führer, es hängt hauptsächlich von Ihnen ab.«

Hitler nickte, dann trat er wieder ans Fenster. Tief unten sah er den Mercedes, der die schmale Bergstraße hinauffegte; Staub wirbelte hinter ihm auf.

»Ah«, sagte er und rieb sich die Hände. Sein Ton verhüllte seine Erregung nicht. »Der Schauspieler ist schon da.«

»Ausgezeichnet!« sagte Vierhaus. »Das Spiel kann beginnen.«

Kapitel 5

»Willkommen auf dem Berghof, Herr Ingersoll«, begrüßte Vierhaus den Schauspieler am Haupteingang.

Er musterte den überraschend lässig wirkenden Ingersoll eindringlich. Wirklich, ein kaltblütiger Kerl. Vierhaus führte ihn in das große Foyer.

»Lernen wir jetzt den echten Ingersoll kennen?« fragte er mit einem Lächeln. »Oder nur einen der Charaktere, die Sie sich ausgedacht haben?«

Ingersoll schüttelte seine Frage mit einer vielsagenden Antwort ab. »Vielleicht gibt es den *echten* Ingersoll gar nicht«, erwiderte er und folgte Vierhaus durch den Hauptkorridor des Hauses. Hinter ihm kamen zwei Bedienstete mit seinem Gepäck und den fünf schweren Filmrollen.

»Ah, Sie haben den Film mitgebracht!« rief Vierhaus laut. »Ausgezeichnet! Das wird den Führer sehr freuen. Er hat Ihnen im Nordwestflügel ein Zimmer neben dem seinen zugewiesen. Ich schätze, Sie werden die Aussicht atemberaubend finden.«

»Danke, Herr Professor.«

»Sie können sich beim Führer persönlich bedanken. Er kann es kaum erwarten, Sie kennenzulernen.«

»Und wann wird das sein?«

»Es wird nicht mehr allzu lange dauern. Wenn der Führer hier ist, beschränkt er die Arbeit gern auf ein Minimum. Er schläft lange und schaut sich die morgendlichen Meldungen an. Normalerweise kommt er um die Mittagszeit nach unten.«

»Soll ich den Film in den Vorführraum bringen, Herr Professor?« fragte einer der Lakaien.

»Entschuldigen Sie mich einen Augenblick«, sagte Vierhaus zu Ingersoll, »aber ich möchte dafür sorgen, daß alles nach Vorschrift abläuft.« Er ging mit den Bediensteten fort, und Ingersoll blieb allein im Korridor zurück.

Die Sauberkeit des Hauses beeindruckte ihn. Der Parkettboden war hell gebohnert, nirgendwo sah man eine Staubflocke. Irgendwo im hinteren Teil des Gebäudes fing ein Kanarienvogel an zu trillern, dann aus einer anderen Richtung fiel ein zweiter ein, dann antwortete ihnen schrill ein Kuckuck, darauf ein zweiter. Hier schienen überall Vögel zu sein; das Haus echote von ihrem Gezwitscher. Ingersoll schlenderte zur Tür der Bibliothek und warf einen Blick hinein. Sämtliche Bücher waren in Leder gebunden. Im Speisesaal war die Tafel schon für das Abendessen gedeckt. Er hob im Vorbeigehen eine Tasse hoch und musterte ihren Boden. Das Service bestand aus feinstem Meißener Porzellan; sämtliche Teller, Tassen und Untertassen zeigten Hitlers Initialen und ein Hakenkreuz. Die Kelche und das Teeservice waren aus Gold. *Der Führer hat einen auserlesenen Geschmack.*

In den Erdgeschoßräumen hingen ein paar wertvolle Gemälde, und eins von ihnen erweckte sein Interesse auf der Stelle: Es war fast lebensgroß und in Blattgold gerahmt. Eine Leuchtröhre verlief über den oberen Teil des Rahmens und warf weiches Licht auf das Gemälde. Die Porträtierte trug eine Bauernbluse und einen rosafarbenen Rock. Die Farben waren hell und fröhlich, doch keineswegs grell. Er sah eine ansehnliche Frau, sie war jung und außerordentlich hübsch. Ihre blaßblauen Augen zeigten eine entwaffnende Pose der Unschuld, doch ihr arrogant geneigtes Kinn bewies einen festen Willen. Ingersoll fühlte sich von ihrer schelmenhaften Unschuld erregt, und einen Augenblick lang glaubte er zu sehen, daß sich in der Finsternis am oberen Ende der Treppe etwas bewegte. Er richtete den Blick wieder auf das Gemälde.

Am oberen Treppenabsatz stand Hitler in der Dunkelheit und starrte zu Ingersoll hinunter. Er erkannte, daß der Schauspieler von dem Gemälde fast hypnotisch angezogen wurde. *Sieh mal an... Wie er sie anstarrt. In seinem Blick ist Gier.*
In Ingersolls Blick war tatsächlich sexuelle Gier, und er machte keinen Versuch, ihn zu verbergen. Hitler spürte einen plötzlichen Ansturm von Eifersucht. Er drehte sich abrupt um und ging durch den Korridor in das Arbeitszimmer zurück. Er setzte sich auf den Rand eines Stuhls, als wolle er dort hockenbleiben, drückte beide Fäuste gegen seine Lippen und kämpfte gegen die überwältigenden Gefühle des Verlangens, der Wut und der Reue.
Er konnte Ingersoll verstehen, hatte er selbst das Bild doch mit dem gleichen Sehnen und Verlangen betrachtet. Mit der gleichen perversen Fantasie.
Hitler fing unbeherrscht an zu zittern. Zuerst zuckte sein Knie, dann bebte seine Hand. Er schlug mit den Fäusten auf seine Schenkel ein und dämpfte den Schrei des Zorns, der in seiner Kehle schmerzte. Er kämpfte gegen die Tränen der Wut an, die in seinen Augenwinkeln brannten. Die Zeit hatte das Elend ausgerottet. Nur Groll war geblieben.
Wie konnte sie es wagen! Wie konnte sie es wagen, mich geringzuschätzen und zu demütigen! Wie konnte sie mich auf diese Weise berauben!
Diese Frage hatte er sich in den achtzehn Monaten seit Geli Raubals Selbstmord oft gestellt. Anni Winter, sein Hausmädchen, hatte sie mit seiner Walther 6.35 in ein Handtuch gewickelt gefunden; die Mündung war noch an ihre Brust gedrückt.
Ich kann deine Raserei und deinen Zorn nicht mehr ertragen; manchmal glaube ich, es wäre besser, tot zu sein.

Sie hatte den Satz zwar sehr oft und in immer neuen Abwandlungen gesprochen, aber er hatte sie stets verspottet und verhöhnt. Er hatte sie dazu *getrieben*.

Und dann, in einer schrecklichen Nacht, hatte sie den Schritt gewagt, und Rudolf Heß und Gregor Strasser hatten die Aufgabe auf sich genommen, den drohenden Skandal zu vertuschen; ebenso wie sie die Erpresser zum Schweigen gebracht hatten, denen es gelungen war, sich die obszönen Aktgemälde anzueignen, die er von Geli angefertigt hatte.

Sie hatten ihn gebändigt und mehrere Tage lang bewacht, weil er am Rande der Selbstzerstörung getobt hatte.

Das Datum des 18. September 1931 war in sein Gedächtnis eingebrannt – ebenso wie das Datum des Putsches und das Datum des Tages, an dem Hindenburg ihn zum Reichskanzler ernannt hatte. Das Datum von Gelis Tod allerdings war ein Alptraum, dem er nicht mehr entkommen konnte.

Als Vierhaus mit dem eigentümlichen Hinken zurückkehrte, das seine Mißbildung ausgleichen sollte, musterte Ingersoll das Gemälde immer noch.

»Sie ist wunderschön«, sagte er und betrachtete das Gesicht des Modells. »Wer ist das Mädchen?«

»Angela Raubal. Die Nichte des Führers. Die Tochter seiner Lieblingsschwester. Er hat sie sehr verehrt. Sie ist vor eineinhalb Jahren ums Leben gekommen. Ein tragischer Unfall. Er hat sich noch immer nicht völlig von dem Schock erholt.«

»Das kann ich verstehen«, sagte Ingersoll.

»Tja, ich zeige Ihnen jetzt Ihr Quartier«, sagte Vierhaus und geleitete Ingersoll die Treppe hinauf. »Sie können sich ein bißchen frischmachen. Der Führer müßte bald herunterkommen. Er nimmt das Mittagessen normalerweise im Teehaus ein – unten, am Aussichtsplatz. Übrigens ... gibt es hier ein paar Regeln, die Sie kennen sollten. – Der Führer erlaubt nicht, daß im Haus geraucht wird. Er kann den Geruch von Tabak nicht ausstehen. Aber er hat nichts dagegen, wenn man draußen raucht. Er gestattet auch nicht, daß auf dem Berghof Tagebuch geführt wird oder daß man Briefe von hier abschickt. Und er kann es nicht ausstehen, wenn man pfeift.«

»Wenn man pfeift?«

»Ja. Pfeifen geht ihm auf die Nerven. Pfeifen Sie, Herr Ingersoll?«

»Hin und wieder schon. Ich finde, Pfeifen ist eine nette Ablenkung.«

»Aber nicht hier. – Der Führer ist zwar Vegetarier, aber er hat nichts dagegen, wenn seine Gäste Fleisch essen. Und auch wenn er abstinent ist – für seine Gäste gibt es Wein und Champagner.«

»Das klingt, als sei er anderen gegenüber sehr tolerant«, sagte Ingersoll.

»O ja, der Führer ist ein absolut toleranter Mensch . . .«

Punkt zwölf Uhr kam er herunter. Ingersoll war überrascht, wie klein er war. Und er wußte nicht, was ihn erwartete. War das wirklich der ernste, stürmische Hitler, den er so oft auf Veranstaltungen in Berlin, Nürnberg und München gesehen hatte? War das der eindrucksvolle Führer, der die Verehrung von Tausenden verlangte und auch bekam; der die Briten und Franzosen beschimpfte und die Juden und Kommunisten verdammte? Oder würde er sich als der umgängliche Hitler entpuppen, den er in der Menge gesehen hatte; der Hitler, der leise und schmeichelnd sprach, der sich oft nach vorn beugte, um jungen Mädchen die Hand und kleinen Kindern die Stirn zu küssen und mit ihnen scherzte?

Hitler trug einen grauen Wollzweireiher mit den Insignien der Wehrmacht über der Brusttasche. Er war ein lächelnder, netter freundlicher Mann. Er war der umgängliche Hitler.

»Also«, sagte er, »lernen wir uns doch noch kennen. Ich gehöre zu Ihren glühendsten Bewunderern, Herr Ingersoll. Ich kenne Ihre sämtlichen Filme, und manche habe ich sogar mehr als einmal gesehen. Sie haben Deutschland einen guten Namen gemacht. Vielen Dank, daß Sie meiner Einladung gefolgt sind . . .«

»Ich bin sehr geschmeichelt, daß Sie mich zu sich gebeten haben, mein Führer.«

»Ich hoffe, Sie sind mit Ihren Räumlichkeiten zufrieden?«

»Sie sind herrlich.«

»Gut. Gut! Normalerweise mache ich mittags einen Spaziergang zum Teehaus hinab, um dort mit meinen Gästen zu essen, aber da Vierhaus und Sie bisher die einzigen sind und er noch ein paar Dinge zu erledigen hat, können wir beide vielleicht allein hinuntergehen.«

Dieser Mann in dem gewöhnlichen Straßenanzug, der ein patriarchalisches Bild der Freundlichkeit und Leutseligkeit ausstrahlt, soll der Mann sein, der die Welt verändern will?

Lakaien halfen Hitler und Ingersoll in ihre Mäntel. Hitler trug einen schweren Herrenmantel. Er schlang einen dicken Schal um seinen Hals, reckte die Schultern und lächelte Ingersoll an.

»Sie sind doch sicher darauf vorbereitet, in diesem Wetter spazierenzugehen?« fragte er.

»Ich kann es kaum erwarten.«

Der Wind fegte den Berg herauf; er war so scharf wie ein Messer. Hitler ging gebückt in seinem dicken Herrenmantel, dessen hoher Kragen seine Ohren schützte. Er trug Handschuhe und schob die Hände unter seine Achselhöhlen. Zwei bewaffnete Posten folgten ihnen in einer Entfernung von etwa sieben Metern, sie waren knapp außer Hörweite. Als sie sich dem Aussichtspunkt näherten, breitete sich unter ihnen das Tal aus. Schnee glitzerte in der Sonne des Mittags.

Ingersoll blieb auf halbem Weg zum Teehaus stehen und wies auf die Berge. »Da drüben sind Sie zur Welt gekommen, nicht wahr? Hinter den Bergen da, im Waldviertel?«

»Ja. In Braunau. Ein schrecklicher Ort. Zwar nicht ganz so schlimm wie Wien, aber schrecklich genug.«

»Was ist so schrecklich an ihm?«

»Die Gegend gilt als ziemlich hinterwäldlerisch«, sagte Hitler, ohne die Verbitterung in seiner Stimme zu verbergen. »Man lebt dort sehr karg. Das Land ist karg und ebenso die Menschen. Es ist öde und mittelalterlich. Das Land war über Jahrhunderte hinweg die Beute jedes marodierenden Heeres. Die Hunnen haben es ausgeplündert und dann Ottokar II. aus Böhmen. Die Schweden haben sich im Dreißigjährigen Krieg dort aufgehalten. Selbst Napoleon ist 1805 auf dem Weg nach Wien durch die Gegend gezogen. Die Waldviertel-Trottel haben ein Erbe, das nur aus Niederlagen besteht. Sie sind alle Defätisten.«

Als die Verärgerung die Stelle seiner Verbitterung einnahm, wurde Hitlers Stimme allmählich lauter.

»Heutzutage leben in Deutschland zu viele Menschen, die ebenso fühlen«, fuhr er fort und schlug mit den Händen auf seine Oberschenkel. »Deswegen muß ich den Alliierten auch den verfluchten Versailler Vertrag ins Gesicht schlagen. Stolz, Herr Ingersoll – *Stolz*, das ist es, was ich meinem Volk zurückgeben will. Ich muß dafür sorgen, daß das Wort Niederlage für die Deutschen zu einem Fremdwort wird.«

»Damit haben Sie bereits angefangen, mein Führer«, sagte Ingersoll.

»Ich danke Ihnen«, sagte Hitler mit echter Freude und stampfte wegen der Kälte mit den Füßen auf.

Schöntun und Schmeichelei.

»Wie nennt man Sie? Johann? Hannes?«

»Meist Hans«, sagte Ingersoll.

»Ah, Ihr *wirklicher* Name.« Hitler lächelte.

Also wollen sie etwas von mir, dachte Ingersoll. *Sie haben sich viel Mühe gegeben, um mich zu überprüfen. Wissen Sie irgend etwas? Kennen Sie alle Geheimnisse des Johann Ingersoll? Geht es um irgendeine Erpressung?*

Er wischte seine bösen Vorahnungen als Paranoia beiseite.

»Sie brauchen nichts zu befürchten«, sagte Hitler. »Ich weiß es von Himmlers SS. Die SS ist übervorsichtig. – Aus Sicherheitsgründen. Dafür haben Sie doch bestimmt Verständnis.«

»Ach ja, die Sicherheit.«

Hitlers Atem wirbelte aus den Falten seines Kragens.

»Ich bin kein Freund des Winters«, sagte er. »Als ich nach

Wien kam, um mein Studium anzufangen, war der Winter endlos ... Zwei Jahre lang war die Sorge meine einzige Geliebte, und mein einziger Gefährte war der Hunger. Aber am besten erinnere ich mich daran, wie kalt es war.«

Er blieb fröstelnd stehen und zog den Kopf noch tiefer zwischen seine Schultern, bevor er weiterging.

»Ich hatte es nie warm im Winter. Hier ist es zwar sehr schön, wenn man über den Schnee blickt, der auf den Bergen liegt, und dem Knirschen des Schnees unter den Füßen lauscht, aber die Kälte zerschneidet mich wie ein Säbel.«

»Sollen wir zum Berghof zurückgehen?«

»Nein! Es ist eine Angst, mit der ich fertig werden muß. Eines Tages werde ich sie besiegen. Vielleicht handle ich mir irgendwann einen schlimmen Sonnenbrand ein – und fürchte die Wärme dann mehr als die Kälte. Ha! Ich bin mir übrigens sicher, daß Sie wissen, wie es ist, wenn man auf kalten Pflastersteinen schlafen muß.«

»Es ist nicht so schlimm wie bei Regen im Schützengraben«, sagte Ingersoll. »Die meiste Angst hatte ich davor, im Schlamm zu ersticken. Wenn es geregnet hat, hatte ich furchtbare Angst, daß der Schützengraben auf mich rutscht. Ich bin dann im Dunkeln immer rausgekrochen und habe bei den Toten geschlafen – bis zum nächsten Morgen. Wenn man lieber bei den Toten schläft, dann weiß man, was Angst ist.«

»Sie waren ein guter Soldat«, sagte Hitler.

»Das waren Sie auch.«

»Wir sind es noch immer. Der Krieg fängt erst an.«

»Je früher, desto besser.«

»So redet nur ein echter Nazi.«

»Ich habe Ihr Buch ein dutzendmal gelesen, mein Führer«, sagte Ingersoll enthusiastisch. »Ich habe ganze Abschnitte auswendig gelernt, um ihre Kraft zu hören. Ich habe *alle* Ihre Werke gelesen.« Und er rezitierte: »Ohne Juda, ohne Rom, wird gebaut Germanies Dom! – Heil!«

»Mein Gott«, sagte Hitler überrascht. »Das habe ich ... Warten Sie mal ...«

»Sie haben es 1912 geschrieben.«

»Ja, 1912«, sagte Hitler überrascht. »Da war ich vierundzwanzig Jahre alt. Die Leute haben noch über mich gelacht.«

»Jeder Prophet muß die Geringschätzung ertragen.«

»Haben Sie sich auch mit Nietzsche beschäftigt?«

»Seine Werke sind mir vertraut.«

»Sie sind mir ja ein ganz Schlauer, Herr Wolf«, sagte Hitler beeindruckt. »Mögen Sie Musik? Wagner?«

»Sehr.«

Sie gingen weiter, über den Pfad auf das Teehaus zu.

»Wissen Sie eigentlich, daß ich mit meinem Freund Gustl, als wir noch Jungen im Waldviertel waren, eine Oper geschrieben habe? Ein abscheuliches Ding – voller Wahnsinn, Gewalt, Mord, Wunder, Mythologie, Zauber und Selbstmord. Oh, es war äußerst wagnerhaft.«

Urplötzlich veränderte sich Hitlers Laune wieder – sie wechselte von der Nostalgie zur Verdrießlichkeit. Seine Stimme wurde etwas lauter, ihre Tonlage eine Spur schriller.

»Das ist auch so eine Sache mit den Trotteln da unten«, fuhr er fort. »Sie *verstehen* Wagner nicht einmal. Nur *ich* habe die gewaltige Größe der Wagnerschen Vision begriffen. *Nur ich habe verstanden, daß die Schöpfung ein Gewaltakt war und daß deswegen jegliche Schöpfung auf einem gewaltsamen Weg fortgeführt werden muß.*«

Ebenso plötzlich wie seine Stimme leiser wurde, wurde sie beinahe zu einem Flüstern. Hitler beugte sich näher zu Ingersoll vor. »Wir stehen erst am Anfang. Letzten Montag, als der senile alte Tattergreis mich zum Kanzler gemacht hat, hat alles erst seinen Anfang genommen. Zuerst war das Heilige Römische Reich, dann kamen die Hohenzollern, und jetzt haben wir das ruhmreiche Dritte Reich. Wir werden die Welt verändern. Wir werden Versailles null und nichtig machen. Wir werden die Juden, die Zigeuner und die Kommunisten ausradieren. Wir werden ein Volk reiner Arier hervorbringen, eine gerissenere, stärkere und stattlichere Rasse als jede andere in der Geschichte. All das haben wir *fest* vor.«

Er hielt einen Augenblick inne; seine Augen flammten, sein Atem kam in kurzen, schnellen Stößen. »Glauben auch Sie daran, Herr Wolf? Glauben auch Sie, daß das Dritte Reich *jetzt* existiert?«

»Ja, mein Führer«, sagte Ingersoll. Er schaute Hitler wie gebannt an. Die simple Kraft seiner Stimme faszinierte ihn. Zwar hatte er all diese Worte schon vorher gehört oder in verschiedenen Reden und Büchern gelesen, aber er hatte sie noch nie mit solcher Meisterschaft vorgetragen gehört. Natürlich glaubte er daran. Er bezweifelte es nicht im geringsten.

»Sie, mein Führer, sind das Dritte Reich«, stieß Ingersoll leidenschaftlich hervor, dann trat er impulsiv zurück und reckte den Arm zum Nazigruß. »Heil Hitler«, sagte er. »Heil dem Reichskanzler.«

Ein schwaches Lächeln spielte um Hitlers Lippen. Er hob den Arm zum Gegengruß. Dann setzten sie den Weg über den schmalen Pfad fort.

Das Teehaus wirkte wie ein großer, umzäunter Aussichtsturm auf einem Fels am Fuß aufragender Berge. Je näher sie ihm kamen, desto schneller wurde Hitlers Schritt; er schien darauf bedacht zu sein, die Kälte hinter sich zu lassen. Sie eilten ins Haus und warfen die Tür gegen den eiskalten Zug ins Schloß. Ein weiß livrierter Lakai stand stramm und salutierte.

»Sie können in die Küche gehen, Fritz. Wir bedienen uns selbst.«

»Jawoll, mein Führer«, sagte der Lakai und verschwand.

Draußen fegte der Wind den Schnee zu verdrehten Haufen zusammen, die an den von Eisblumen bedeckten Fenstern vorbeitanzten. Im Inneren des Hauses knisterte ein gewaltiges Feuer und schickte helle Funken in den Schornstein hinauf.

»Ah«, sagte Hitler und schloß die Augen. Er knöpfte seinen Mantel auf, hielt ihn wie einen Schild vor den Kamin und sammelte Wärme. »Das Feuer ist ein großer Reiniger«, sagte er. Als er die flammenden Scheite anstarrte, sah er den brennenden Reichstag vor sich. In seinem Geist sammelten sich leuchtende Funken, die über der Stadt dahinschwebten.

Vor dem Kamin stand ein Tisch. Da waren Teller mit selbstgebackenem Brot, Gebäck, Käse und dicke Würstchen, die man gekocht hatte, bis ihre Haut geplatzt war. Eine riesige Teekanne hockte in der Tischmitte, der Tee brodelte dampfend vor sich hin. Zwei geöffnete Weinflaschen standen ebenfalls auf dem Tisch.

»Der Spaziergang war gut für die Disziplin. Sind Sie ein disziplinierter Mensch, Herr Wolf?«

»Wenn es nötig ist ...«

»Eine gute Antwort. Unter anderem komme ich auch deswegen hierher, weil ich hier entspanne.« Hitler legte einen Finger auf eine Weinflasche.

»Roten oder Weißen?«

»Ich glaube, Roter wäre mir lieber.«

Hitler füllte zwei Rotweingläser, dann nahm er ein Messer, schnitt ein Stück Wurst für sich ab und schob es in den Mund. Er schloß einen Moment die Augen und genoß den würzigen Bissen, ehe er ihn mit einem Schluck Wein hinunterspülte.

»Dann vergessen Sie die Disziplin schon mal für ein, zwei Tage, was?«

»Das ist eine absolute Notwendigkeit, mein Führer.«

»Genau. Genau. – Bedienen Sie sich doch.« Hitler belegte einen Teller mit Brot, Käse und Wurst und füllte sein Weinglas nach. Vom Feuer erwärmt, zog er den Mantel aus und warf ihn über einen Stuhl. Er zog einen anderen zur Feuerstelle heran und nahm mit ausgestreckten Beinen, die er an den Knöcheln übereinanderschlug, Platz. Dann seufzte er zufrieden. Ingersoll zog sich ebenfalls einen Stuhl heran und setzte sich neben Hitler. Sie starrten beide wie gebannt ins Feuer und unterhielten sich.

»Im Berghof rede ich nie über Politik«, sagte Hitler. »Wir sind schließlich hier, um uns zu entspannen und die Probleme zu vergessen, nicht wahr? Allerdings glaube ich auch, daß es gewinnbringend wäre, wenn wir uns verstünden, meinen Sie nicht auch?«

»Gewiß, mein Führer ...«

»Da ist etwas, das mich neugierig macht«, sagte Hitler. »Ich weiß, daß Sie ein oder zwei schlimme Jahre hinter sich hatten, bevor Sie Schauspieler wurden. Warum sind Sie nicht in die SA eingetreten? Einem guten Nazi wie Ihnen hätte das Braunhemd doch bestimmt Prestige verliehen.«

»Ich konnte es nicht«, erwiderte Ingersoll.

»Warum nicht?«

»Aus persönlichen Gründen«, sagte Ingersoll etwas zögernd.

»Die Sie Ihrem Führer nicht anvertrauen können?«

Bevor Ingersoll antwortete, dachte er einen Moment nach.

»Ich bin nicht hergekommen, um mir Feinde zu machen.«

»Niemand wird davon erfahren.«

Ingersoll dachte etwas länger nach. Einerseits fürchtete er, daß seine privaten Vorurteile Hitler in Wut versetzen könnten, doch andererseits sagte ihm sein Instinkt, daß er auf seine Ehrlichkeit gefällig reagieren würde.

Doch er fragte sich auch, warum er überhaupt hier war. Waren Hitlers politischen Fragen bloß simple Neugier? Oder stand irgendein finsteres Motiv hinter diesem Gespräch? Ingersoll überlegte beide Möglichkeiten, als werfe er eine Münze. Dann entschied er sich für Offenheit. Schließlich war er ein nationales Vorbild. Seine Popularität war über jede Politik und Ideologie erhaben.

»Ich fürchte, daß meine Ansichten etwas ... snobistisch sind«, sagte er endlich.

»Snobistisch?«

»Die Art der Braunhemden ist mir fremd. Ich sehe zwar ein, daß ihre Funktion nötig ist, aber ... Sie sind großmäulige Schläger, ungestüm und ...«

»Ja? Und?« Hitlers Blick durchbohrte ihn, doch er wich ihm nicht aus.

»Und dann Ernst Röhm«, sagte Ingersoll schroff. »Er ist ... Er ist mir nicht geheuer. Er steht auf kleine Jungen. Er ist ein Sadist und Säufer ...«

»Sie kennen ihn?«

»Ich bin ihm einmal begegnet. Es war 1925 oder 1926, in Berlin. Er hat eine Rede gehalten. Stocknüchtern war er nicht sehr logisch.«

»Er wurde nicht wegen seines Redetalents ausgewählt – oder wegen seines guten Benehmens.«

»Gewiß, mein Führer, aber . . .«

»Ihre Mutmaßungen über Röhm stimmen«, sagte Hitler. »Es ist ihm nicht gelungen, der SA eine eigene Seele zu geben.« Er stand auf, drehte den Rücken zum Feuer und zuckte mit den Achseln. »Die SA hat weder Stolz noch eine Richtung.« Er dachte kurz nach, dann sagte er geheimnisvoll: »Dinge wie sie werden möglicherweise ihren Zweck nicht überleben.«

Er verstummte erneut und sagte dann: »Außerdem hat Röhm Schweinsäuglein.« Seine Laune veränderte sich erneut, und er lachte leise über die Beleidigung.

»Ich würde zwar nicht gern einen Abend mit Attila dem Hunnenkönig zubringen«, sagte Ingersoll, »aber auch er hat ziemliche Wirkung erzielt.«

»Eben«, sagte Hitler. »Ich sehe, Sie verstehen, daß auch Ratten nützlichen Zwecken dienen können. Auch Röhm dient einem Zweck, und zwar einem äußerst notwendigen. Aber ich kann Ihnen versichern, daß er im zukünftigen Deutschland keine Stimme haben wird. Er ist zu ungeschlacht.«

»Genau!« Ingersoll hat sich ganz offensichtlich mit Politik beschäftigt, dachte Hitler. Seine Beobachtungen sind akkurat. Die SA, seine persönliche Sturmtruppe, bestand aus Raufbolden und Schlägern. Die meisten Braunhemden waren zu Anfang in Gefängnissen und aus Kneipen rekrutiert worden, wo sie als Rausschmeißer gearbeitet hatten. Inzwischen hatten sie sich zu einer undisziplinierten paramilitärischen Streitmacht entwickelt. Sie veranstalteten Umzüge, schlugen Fenster ein, verprügelten Juden, bewachten politische Versammlungen und beschäftigten sich privat mit Erpressung und Nötigung. Die SA war gefährlich außer Kontrolle geraten, deswegen hat Hitler Ernst Röhm, einen Kampfgefährten aus den alten Putschzeiten, von seinem diplomatischen Posten in Bolivien geholt, um sie zu leiten. Er brauchte seine Privatpolizei zwar immer noch, aber er hatte eigene Pläne, um mit ihr fertig zu werden. Er hatte die SS – die Schutzstaffel – gegründet und Heinrich Himmler, einen seiner engsten Freunde, an ihre Spitze gestellt. Die SS verfügte außerdem über den SD, eine Unterabteilung, die sich in Deutschland und im Ausland mit der Spionageabwehr beschäftigte. Im SD spielte Wilhelm Vierhaus eine zwar nicht durchschaubare, doch deutlich wichtige Rolle. Hitler hatte den Plan, die SS zur gefürchtetsten Organisation der NSDAP zu machen und ihre Macht zu stärken, bis sie der SA überlegen war. Und dann . . .

Doch eins nach dem anderen.

»Mir ist klar, daß ich möglicherweise elitär wirke . . .«, fing Ingersoll an.

»Sie *sind* elitär«, sagte Hitler sachlich. »Aber daran ist nichts falsch. Deswegen sind Sie doch hier.«

»Abgesehen von der Politik habe ich mit Röhm und seinen Braunhemden wenig gemeinsam. Ich unterstütze die nationalsozialistische Bewegung lieber auf andere Weise.«

Hitlers Augen verengten sich; er beugte sich ein Stück vor und fragte: »Zum Beispiel?«

»Mit finanziellen Spritzen. Indem ich meine Bekannten auffordere, der Partei beizutreten. Indem ich Ihre Ideen gegen jene verteidige, die sie . . . äh, nicht ganz verstehen.«

»Dann sind Sie also ein aktiver Nazi?« fragte Hitler.

Ingersoll dachte kurz nach, bevor er antwortete.

»Vielleicht bin ich ein aktiver Hitler-Anhänger, mein Führer. Das wäre wohl eine zutreffendere Bezeichnung.«

»Was meinen Sie damit?«

»Für mich ist eine Partei ein Mittel, um etwas zu erreichen. Für mich ist sie die notwendige Schau, die einem Glanz verleiht. Es gibt in ihr zu viele Hanswurste und Schläger.«

»Hanswurste und Schläger?« echote Hitler überrascht. Vierhaus hatte recht gehabt; Ingersoll war in der Tat äußerst offen.

Ingersoll, der Hitlers zunehmende Irritation spürte,

fügte rasch hinzu: »Ich würde zwar für Sie durchs Feuer gehen, mein Führer, aber ich kenne einige Leute, die ich lieber zuerst in die Flammen schieben würde.«

Schöntun und Schmeichelei. Wollen wir ihn mal aushorchen.

»Wie ich schon sagte, ich habe *Mein Kampf* mehr als einmal gelesen. Das Buch steht auf meinem Nachtschrank. Es ist großartig; größer als die Bibel. Ich stimme mit allem überein, was Sie sagen, besonders was die Judenfrage angeht.«

»Sagen Sie die Wahrheit: Welche Gefühle hegen Sie wirklich für die Juden?«

»Ich kann sie nicht ausstehen«, sagte Ingersoll mit fester, leiser Stimme. »Ich verabscheue ihre marxistischen Schachzüge. Und ihr Gewinsel . . .«

»Ja! ja! Sehr gut! Sie sind *wirklich* Winsler! Sie haben völlig recht: Die Juden sind das Rückgrat der marxistischen Bewegung. Sie haben vierzehn – *vierzehn* – Jahre gehabt, um uns zu zeigen, was sie können, aber sie haben nur Trümmer produziert. Sehen Sie sich doch um! *Trümmer!* Das Geheimnis *unseres* Erfolges ist unsere Ehrlichkeit. Wir handeln ehrlich. Wir wollen nur das, was anständig und gerecht ist. Was gut für Deutschland ist.«

Hitler setzte ein maßvolles Lächeln auf; es war eine kurzfristige Manipulation seiner Mundwinkel, die fast ein Grinsen erzeugten. Er setzte sich wieder hin, hockte sich auf den Stuhlrand und beugte sich mit geballten Fäusten vor.

»Wir *müssen* die Juden vom Markt vertreiben – aus den Banken und aus unserer Industrie. Vielleicht müssen wir Deutschland sogar . . . von der jüdischen Pest befreien. Stimmen Sie mir zu?«

Ingersoll nickte lächelnd. »Ja, aber wie? Und wie wollen Sie es vor der restlichen Welt rechtfertigen?«

Hitlers Stimmung änderte sich radikal. Sein Gesicht wurde rot. Seine Stimme stieg inbrünstig an, und die Wut glomm tief in seinem Inneren. Er warf einen Blick aus dem Fenster.

»Rechtfertigen? Wir rechtfertigen *gar nichts*! Vor der restlichen Welt? Wer soll das denn sein? Frankreich etwa?« Er schnaubte höhnisch. »Wie kann man Verständnis für einen

Menschen haben, der einen würgt, während man mit ihm redet? Die Amerikaner mit ihrer Monroe-Doktrin? Mein Gott! Das ist doch die allergrößte Heuchelei! Sie schicken Emigrierwillige zurück, wenn sie ihnen nicht *genehm* sind. Setzen Quoten fest. Verlangen bestimmte physische Normen, bestehen darauf, daß Emigranten eine bestimmte Geldsumme mitbringen, verhören sie wegen ihrer politischen Ansichten. Ja, mein Freund, man lernt von seinen Feinden! Man kann mit den Amerikanern fertig werden. Die Roten behaupten, die Macht käme aus den Gewehrläufen. Nun, ich werde ihnen zeigen, was Macht ist. Ich werde Ihnen unsere *Gewehrläufe* zeigen.« Hitler schlug mit der Faust in seine offene Handfläche und stampfte mit dem Fuß auf. »Wie können Sie uns etwas vorwerfen, was sie selbst tun? Die Juden in den anderen Ländern scheren mich einen Dreck. Das hier geht nur die *Deutschen* an. Es ist ganz allein *unsere* Sache.«

Über einen kurzen Zeitraum hinweg hatte Ingersoll den Eindruck, daß Hitler seine Gegenwart völlig vergessen hatte. Er wirkte, als spräche er zu den unsichtbaren Horden der Entrechteten draußen im Land. Und sein Eifer war hypnotisch. Ingersolls Herz schlug wie rasend. Dann, ebenso plötzlich, wurde Hitlers Stimme leiser. Er wandte sich Ingersoll wieder zu; seine Augen brannten immer noch im Fieber der Macht.

»Und die Engländer? Kompromißler! Sie sind zäh und stolz. Und Ausbeuter. England ist eine psychologische Macht, die die ganze Welt umklammert. Es wird von einer großartigen Marine und einer äußerst mutigen Luftstreitmacht beschützt. Aber auch damit werden wir beizeiten fertig.

Ich sage, zur Hölle mit dem Rest der Welt«, flüsterte Hitler und beugte sich vor. »In einem Jahr ist unsere Partei die mächtigste in der politischen Historie. Dann liegt ganz Europa vor uns auf den Knien. Morgen sind *wir* die Welt, mein junger Freund.«

Also bereitet er sich insgeheim schon auf den Krieg vor, dachte Ingersoll. *Für ihn ist er unausweichlich.*

Hitler legte eine Pause ein und sah die unverhüllte Erregung in Ingersolls Gesicht. »Daran glauben Sie doch auch, oder nicht?«

Ingersoll nickte wie in Trance.

Ich habe ihn an der Angel, dachte Hitler. *Er ist auf unserer Seite.* »Und Sie möchten doch bestimmt eine wichtige Rolle in diesem Kreuzzug spielen, nicht wahr?«

»Ja!«

»Es ist mehr, als der Partei Geld zu geben, oder?«

»Jawoll, mein Führer!«

»Dann helfen Sie uns«, sagte Hitler und tätschelte Ingersolls Knie. »Dann helfen Sie uns.«

Ingersoll blickte durch das mit Eisblumen bedeckte Fenster und sah Wilhelm Vierhaus schwerfällig über den vereisten Pfad zum Teehaus eilen.

Kapitel 6

So sehr Vierhaus offensichtlich auch fror, er blieb vor dem Teehaus stehen und klopfte an. Hitler winkte ihn herein.

»Mein Gott, ist es kalt draußen«, klagte Vierhaus, als er durch die Tür stürmte. »Der Posten sagt, wir haben zehn Grad unter Null.«

Er begab sich ans Feuer, baute sich auf der Stelle mit dem Rücken vor dem Kamin auf und verbarg seinen Buckel. Als die knisternden Flammen ihn wärmten, schloß er die Augen und fröstelte.

»Wir werden wohl einen Krieg in Afrika anzetteln müssen, Vierhaus, damit Sie es bequem haben«, sagte Hitler.

»Das wäre noch viel schlimmer«, sagte Vierhaus. »Der Staub! Ich glaube, Staub ist noch viel schlimmer als Kälte.«

»Jedem seine eigene Aversion«, entgegnete Hitler. »Herr Wolf haßt Schlamm noch mehr als Kälte, und für Sie ist Staub das Schlimmste.«

»Und Sie, mein Führer? Was ist für Sie schlimmer als Kälte?«

»Versagen«, sagte Hitler.

»Manchmal trifft beides zusammen«, sagte Vierhaus. »Napoleon hat in Rußland beides kennengelernt.«

»Das Problem der Franzosen ist, daß sie sich immer mehr auf den Teller schaufeln, als sie essen können«, sagte Ingersoll und musterte ein Butterbrot.

»Das Problem der Franzosen«, fügte Hitler hinzu, »besteht darin, daß sie beim Kämpfen einen nervösen Magen kriegen. Die Liebe ist ihnen allemal lieber als das Gewinnen einer Schlacht.«

»An der Somme habe ich gesehen, wie ein ganzes Bataillon vor uns davongelaufen ist«, sagte Ingersoll. Er biß in ein Butterbrot und spülte es mit einem Mundvoll Wein hinunter. »Soweit man sehen konnte, gab es nur noch französische Hinterteile.«

»Ein lieblicher Anblick, da gehe ich jede Wette ein«, sagte Vierhaus lachend.

»Absolut lieblich«, erwiderte Ingersoll.

»Wahrscheinlich sind sie nach Paris zurückgelaufen, um sich eine Flasche Wein und ein Fräulein für die Nacht zu suchen«, sagte Hitler kichernd. »Können Sie sich vorstellen, daß sie wirklich glauben, die Maginot-Linie könnte uns aufhalten? Ha! Ein Kuhzaun aus Zement soll die Wehrmacht bremsen? Ich kann den Tag kaum erwarten.«

Er schnitt sich noch ein Stück Wurst ab und kaute es genüßlich; er wendete das Fleisch mit der Zunge und saugte jedes Gramm Saft aus ihm heraus, bevor er es verschluckte.

»Es fängt an zu schneien, mein Führer«, sagte Vierhaus. »Die Maschine aus Berlin könnte Probleme kriegen, wenn sie in Linz landen will.«

»Ich bin sicher, daß Göring den Piloten nicht umkehren läßt. Der Chef der Luftwaffe wird sich doch nicht von etwas Schnee ins Bockshorn jagen lassen.«

»Tja, und hier die gute Nachricht: Speers Maschine ist gelandet. Er ist vom Dorf aus jetzt auf dem Weg zu uns.«

»Ausgezeichnet!«

»Ich habe die Nachricht für ihn hinterlassen, daß er zu uns herunterkommen soll«, sagte Vierhaus. »Ich nehme an, das geht in Ordnung?«

»Ja, ja«, stimmte Hitler ihm schnell zu. »Ich kann es kaum erwarten, daß Speer und unser neuer Gast sich kennenlernen. Wenn zwei kreative Genies den Geist aneinander reiben, müßte es doch sehr stimulierend sein.«

Er stand auf, gesellte sich zu Vierhaus ans Feuer, richtete den Flammen den Rücken zu und verschränkte die Hände hinter sich.

»Ich hatte gehofft, daß Leni Riefenstahl auch kommen könnte, aber sie beendet gerade einen Film. Und wenn sie einen Film fertigstellt, ist sie . . . wie in Trance.«

»Fritz Lang hält sie für eine der größten Regisseurinnen der Gegenwart«, sagte Ingersoll.

»*Eine* der größten?« sagte Hitler. »Sie ist *die* größte! Deswegen ist sie auch offizielle Kamerafrau des Dritten Reiches. Nehmen Sie zum Beispiel Albert Speer. Speer hat eine majestätische Vision. Es ist ihm unmöglich, in kleinen Dimensionen zu denken. Wenn ich ihn um einen Kieselstein bitten würde, würde er mir einen ganzen Berg liefern.«

»Ich habe heute morgen das Braune Haus gesehen«, sagte Ingersoll. »Es sieht großartig aus.«

»Das müssen Sie ihm erzählen«, sagte Hitler. »Er hat es gern, wenn man ihm schmeichelt, auch wenn er sein Bestes gibt, um es nicht zu zeigen.«

»Ich hoffe, er bringt das Nürnberg-Modell mit«, sagte Vierhaus.

»Alles, was Speer anfängt, hat Größe«, sagte Hitler. »Er ist mein Architekt, weil er den deutschen Geist erhöht. Das Nürnberger Stadion wird zu einem Symbol werden. Ich verspreche Ihnen, wenn wir bei der Einweihung den Aufmarsch abhalten, werden alle Deutschen wissen, daß das Dritte Reich ihr Schicksal ist.«

Er trat vor Ingersoll hin und drückte die Fäuste eng an seine Brust. »Ich rede über den Stolz, Herr Ingersoll. Hitler ist der Stolz. Speer ist der Stolz. Wagner ist der Stolz.« Er legte eine effekthascherische Pause ein und beugte sich noch einen Zoll weiter vor. »Johann *Ingersoll* ist ebenfalls der Stolz.«

Und jetzt zum *pièce de résistance*. Hitler kam noch näher; er sah Vierhaus kurz an, dann richtete er einen festen, beinahe fiebrigen Blick auf Johann Ingersoll.

»Ich bin sicher, daß Ihnen die SS, mein persönliches Elitekorps, vertraut ist. Die SS ist mächtiger als die Wehrmacht, die SA und die Polizei zusammen. Himmler leitet sie. Haben Sie die Uniform schon gesehen?«

»Das Schwarz ist sehr beeindruckend«, sagte Ingersoll.

»Sie haben unserem Vaterland zu hohem Ansehen verholfen«, fuhr Hitler fort. »Es wäre mir sehr lieb, und ich glaube auch zu Ihrem Vorteil, wenn Sie einen Dienstgrad der SS annehmen würden.«

Ingersoll war verblüfft. »Einen Dienstgrad? Wie das?«

»Sie sollen mein persönlicher Gesandter in der Welt der Künste werden. Wenn Sie die Uniform bei offiziellen Anlässen tragen, wird dies der SS weiteres Prestige und noch mehr Respekt einbringen. Ich dachte, wir könnten Sie vielleicht zum *Gruppenführer* ernennen.«

Zum Gruppenführer! dachte Ingersoll. *Mein Gott, Gruppenführer in Hitlers privatem Elitekorps!*

»Ich fühle mich sehr geschmeichelt, mein Führer.«

»Dann nehmen Sie also an?«

»Mit Freuden, mein Führer!«

»Ausgezeichnet! – Vierhaus, geben Sie mir die Bibel; sie liegt da drüben auf dem Tisch. Ich werde ihm den Eid persönlich abnehmen.«

»Jawoll, mein Führer.«

Vierhaus holte die Bibel und händigte sie Ingersoll aus.

»Heben Sie die rechte Hand«, sagte Hitler, »und sprechen Sie mir nach . . .«

Ingersoll nahm die Bibel in die Linke und hob die rechte Hand.

Hitler sprach den Eid der SS: »Dir, Adolf Hitler, als Führer und Kanzler des Deutschen Reiches, schwöre ich Treue und Tapferkeit. Ich gelobe Dir und meinen von Dir ernannten Vorgesetzten Gehorsam bis in den Tod. So wahr mir Gott helfe.«

Ingersoll wiederholte den gesamten Eid wörtlich.

Hitler reichte ihm lächelnd die Hand. »Herzlichen Glückwunsch, Gruppenführer. Ich werde Sie mit meinem Leibschneider in Berlin bekannt machen. Ihre Uniform ist ein Geschenk von mir. Und auch das hier.« Er streckte den Arm aus. Vierhaus zog ein Päckchen aus seiner Manteltasche und gab es ihm. Es war wie ein Geschenk eingepackt; eine lange, schlanke Schachtel, etwa dreißig Zentimeter lang und zehn breit. Hitler drückte sie Ingersoll in die Hand und sagte lächelnd: »Herzlichen Glückwunsch.«

Als Ingersoll ihm in die Augen schaute, sah er mehr als nur das Lächeln. Er sah Stolz. Und er sah Erwartung.

Er nahm das Päckchen langsam in die Hände und schaute es einen Moment lang an. Er wog es ganz unbewußt ab, wie in seiner Kindheit, als die schwersten Geschenke immer die besten gewesen waren. Das Päckchen war schwer genug.

»Öffnen Sie es doch«, sagte Hitler ungeduldig.

Ingersoll legte es auf den Tischrand und löste das Geschenkpapier. Ein Mahagonibehälter. In ihm lag ein Dolch, das langschäftige Messer der SS. Es hatte einen Griff aus Ebenholz, eine funkelnde, doppelschneidige Klinge und steckte in einer langen Scheide aus schwarzem Leder. Auf dem Griff befanden sich die Insignien der SS, zwei zuckende goldene Blitze. Er drehte das Messer herum und sah auf der Griffrückseite einen goldenen Adler auf einem Blumengebinde sitzen, den ein diamantengesäumtes Hakenkreuz umrahmte. Ingersoll zog den Dolch aus der Scheide. Ein Stück unter dem Griff waren die Initialen ›A.H.‹ in den Stahl graviert.

Er war sprachlos. Innerhalb von wenigen Sekunden hatte man ihn zum SS-Gruppenführer ernannt und ihm ein persönliches Geschenk überreicht.

Ingersoll schaute Hitler bewundernd an. »Jetzt kann ich es ja sagen«, stieß er hervor, »obwohl wir es bisher sorgfältig geheimgehalten haben. Ich habe zwar in kaum zwei Jahren fünf Gruselfilme gedreht, aber offen gesagt, möchte ich solche Reißer in Zukunft nicht mehr machen. Ich will dramatische Rollen spielen, mein Talent ausbreiten. Wir wollen die *Nachtbestie* am 27. in der Kroll-Oper uraufführen. Ich habe vor, an diesem Abend ohne Maske aufzutreten und die öffentliche Scharade aufzuhören. Sie ist mir zu einer furchtbaren Last geworden. Jetzt kann ich als Gruppenführer Hans Wolf auftreten. Das wird die Werbung noch viel mehr ankurbeln!«

Hitler musterte Vierhaus kurz und spitzte die Lippen. *Die Zeit ist reif*, dachte er. *Er ist bereit.*

Er durchquerte mit auf dem Rücken verschränkten Armen den Raum und schlug mit der Faust in seine offene Hand. Als er das Wort ergriff, schaute er zur Decke hinauf.

»In Ihnen vereinen sich einmalige Talente, mein Freund. Sie sind ein ausgezeichneter Schauspieler. Sie sprechen fließend vier Sprachen und sind ein Meister der Dialekte und Akzente. Sie sind Meister der Maske, ein Überlebenskünstler und Akrobat. Sie glauben an das Dritte Reich. Und Sie sind das, was die Engländer als ... Killer bezeichnen. Sie haben zwei amerikanische Kampfgruppen auf einen Streich erledigt, stimmt's?«

Hitler blieb stehen und blickte auf Ingersoll hinab.

»Jawoll, mein Führer, es stimmt.«

»War es schwierig? Das Töten, meine ich?«

Ingersoll schaute Hitler ein paar Sekunden an und lächelte. »Im Gegenteil, mein Führer«, sagte er, »es war sehr befriedigend.«

»Na bitte«, sagte Hitler und breitete die Arme aus. »Sie haben einmalige Talente. Habe ich Ihnen schon gesagt, daß er einmalig ist, Vierhaus?«

»Ja, mein Führer, das haben Sie«, stimmte Vierhaus ihm zu und nahm die Tatsache hin, daß aus seinem Plan plötzlich ein Plan Hitlers geworden war.

»Ist das Dritte Reich das, was Sie sich erträumt haben, Gruppenführer?«

»Jawoll, mein Führer.«

»Die wichtigste Sache der Welt?«

»Jawoll, mein Führer.«

»Wichtiger als Ihr Beruf? Vielleicht sogar wichtiger als das Leben?«

»Jawoll, mein Führer!«

Hitler schenkte sich noch ein Glas Wein ein. Sein Blick

nagelte Ingersoll fest. Er nippte an dem Getränk, beugte sich wieder vor und nickte.

»Ich glaube Ihnen. Und ich nehme an, wenn ich Ihnen sagen würde, ich müßte eine unmögliche Mission ausführen – eine Mission, die ein großes persönliches Opfer beinhaltet, eine Mission, die es erforderlich macht, daß Sie Ihren Namen, Ihren Beruf und Ihr Vermögen – *all das* – aufgeben müßten –, dann nehme ich an, Sie würden ja sagen, wenn ich Sie bäte, diese Mission auszuführen.«

Ingersoll sagte nichts. Hitlers Worte hatten ihn fast in ekstatische Trance versetzt.

»Selbst dann, wenn diese Mission bedeutet, daß Sie in einem Land leben müßten, das Sie verabscheuen, und daß diese Mission vielleicht sechs, sieben Jahre dauert.«

Hitler beugte sich noch weiter vor; seine Stimme wurde zu einem Flüstern. »Sie täten es selbst dann, wenn ich Ihnen sage, daß die Mission so geheim ist, daß ich nicht einmal *Ihnen* erzählen kann, um was es geht. Nur Vierhaus und ich werden davon wissen – bis für Sie die Zeit zum Losschlagen reif ist. Selbst dann, glaube ich, würden Sie einen solchen Auftrag annehmen.«

»Es wäre mir schon eine Ehre, wenn man mich nur für einen solchen Auftrag ins Auge fassen würde«, entgegnete Ingersoll flüsternd.

»Nun, *Herr Wolf*, man hat Sie ins Auge gefaßt. Ich will, daß Sie der Mann sind, der das Unternehmen ausführt.«

Ingersoll blickte fasziniert zwischen den beiden Männern hin und her.

Meint er es ernst? fragte er sich. *Oder ist es nur eine Prüfung, um festzustellen, ob ich ihm treu ergeben bin und ihm vertraue?*

»Innerhalb der SS existiert eine äußerst geheime Gruppe; wir nennen Sie die Sechs Füchse. Professor Vierhaus leitet sie. Die Gruppe hat bisher nur fünf Mitglieder – ihn eingeschlossen. Jeder Angehörige dieser Gruppe ist ein Mensch, wie er nur einmal vorkommt – wie Sie. Jeder hat einen bestimmten Auftrag auszuführen. Jeder ist nur mit seinem Tarnnamen bekannt, den nur Vierhaus und ich kennen. Nicht einmal Himmler hat eine Ahnung, wer die Sechs

Füchse sind und welchen Auftrag sie haben. Über sie existieren keine schriftlichen Unterlagen, und auch die Sechs Füchse selbst legen keine Akten an. Und warum? Weil ihre Missionen so heikel und geheim sind, daß wir uns nicht das kleinste Leck erlauben können. Nicht einmal die Füchse wissen etwas über die Natur ihrer Aufträge, denn würde man sie fassen und bekäme das Geheimnis heraus, müßten wir unsere Pläne aufgeben. Jede einzelne Mission der Füchse ist *lebenswichtig* für Deutschlands Zukunft.«

»Ich verstehe«, sagte Ingersoll.

»Die Sechs Füchse sind nur Vierhaus meldepflichtig, und Vierhaus meldet nur an mich. Der Sonderauftrag, den wir für Sie erwägt haben, soll dazu führen, daß Sie – vorausgesetzt, wir stehen vor einem Krieg mit den Vereinigten Staaten – die Kriegsanstrengungen der USA lähmen und neutralisieren. Ihre Mission würde sein – und dessen sind wir uns sicher –, die USA von einem Krieg abzuhalten. Mit anderen Worten, Gruppenführer Wolf, Ihre Mission könnte den direkten Ausgang unseres Kampfes beeinflussen. Wenn Sie sich bereit erklären und erfolgreich sind, werden Sie der wichtigste Kriegsheld in der Geschichte des Dritten Reiches sein.«

Ingersolls Erregung floß über. Er wollte etwas sagen, doch Hitler hob einen Finger.

»Bevor Sie etwas sagen, muß Ihnen eins klar sein: Hans Wolf und Johann Ingersoll müssen sterben, wenn Sie den Auftrag annehmen. Aus Ihnen hingegen wird ein Mensch ohne Identität. – Eine Nummer.«

»Eine Nummer?«

»Vierhaus ...«, sagte Hitler.

»Ihre Nummer wäre *Siebenundzwanzig*.«

»Siebenundzwanzig? Warum gerade siebenundzwanzig?«

»Sie werden es bald verstehen«, sagte Vierhaus. »Wenn wir unter uns sind, nennen Sie sich *Schwan*. Ich schlage vor, daß wir Ihr Privatvermögen auf Schweizer Banken transferieren. Sie müssen schwören, von diesen Konten kein Geld abzuheben, bevor Ihre Mission beendet ist. Sollten Sie umkommen, würde man Ihren Besitz verkaufen und den Erlös in der Schweiz deponieren. Wir können es uns nicht leisten, auch nur die kleinste Spur auf Papier zu hinterlassen. Sehen Sie das ein?«

Ingersoll, fast in einem Schockzustand, nickte nur.

»Man wird Sie in jeder Facette der Spionage, Sabotage und Überlebenstechnik ausbilden«, fuhr Vierhaus fort. »Wenn Sie fertig sind, sind Sie der fähigste Agent der deutschen Abwehr. Dann gehen Sie in den Untergrund, bis die Zeit reif ist. Und das, mein Bester...«, er legte eine Pause ein, bevor er den Satz beendete, »... könnte in etwa fünf bis acht Jahren der Fall sein.«

»Und was soll ich in diesen acht Jahren tun?«

»Abwarten«, sagte Hitler. Dann lächelte er. Es war ein echtes, unkompliziertes Lächeln. »Und sich in einen Amerikaner verwandeln. In einen gewöhnlichen, unauffälligen Amerikaner.«

Ingersoll konnte nicht sprechen. Die schreckliche Reichweite des Hitlerschen Vorschlags hatte seine Geisteskräfte kurzgeschlossen. In den letzten Minuten war zuviel passiert, er konnte es auf rationale Weise kaum verarbeiten. Nur ein Gedanke drang zu ihm durch: *Ein anderer Mensch werden, in einem fremden Land. Welch eine Rolle für einen Schauspieler. Die allergrößte Rolle überhaupt...*

»Reichtum, Anerkennung, Ruhm... All das genießen Sie«, fuhr Hitler fort. »Es ist kaum vorstellbar, all dies für *irgendeine Sache* aufzugeben.« Er starrte ins Feuer. Die Flammen knisterten in der sich ausbreitenden absoluten Stille. »Zum Ruhme Deutschlands sind viele Opfer gebracht worden, aber es wird noch viele weitere geben. Doch keins wird größer sein als das Ihre, Gruppenführer Wolf.«

Ingersoll hörte seine Worte kaum. *Zum Ruhme Deutschlands... keins wird größer sein... kaum vorstellbar... Gruppenführer Wolf...*

Die allergrößte Rolle überhaupt...

Kapitel 7

Ingersoll betrat sein Zimmer, entledigte sich rasch seines Jacketts und ersetzte es durch einen schwarzen Rollkragenpullover. Heinz und er hatten eine einfache Maske angefertigt, die bei oberflächlicher Betrachtung wie jene aussah, die er in der *Nachtbestie* trug. Er nahm den Umhang aus dem Koffer und schüttelte ihn.

Das Abendessen hatte ihn elektrisiert. Die Luft im Speisesaal hatte von der kombinierten Macht der rund um den Tisch sitzenden Menschen beinahe geknistert, doch man hatte sich nur unterschwellig auf die Politik und die Probleme des Staates bezogen. Ingersoll hatte sich nach der Bedeutung der Sitzordnung gefragt – vorausgesetzt, sie hatte überhaupt eine. Hitler, Göring, Himmler, Goebbels und Eva Braun hatten am Fußende des Tisches gesessen, und Ingersoll zwischen Eva Braun und Albert Speer. Walther Funk, Vierhaus und Rudold Heß hatten zur Rechten des Führers gesessen. Er hatte sofort erkannt, daß Heß und Goebbels, die direkt rechts und links neben Hitler Platz genommen hatten, die wichtigsten Männer der Hierarchie waren.

Alle hatten hingerissen Speers Worten gelauscht, als er seine Pläne für das Stadion und einige andere Staatsgebäude ausgebreitet hatte. Speer war anders als die anderen; sein Interesse an Architektur war größer als die an politischen Verästelungen. Er hatte mit solcher Leidenschaft über die Bauwerke geredet, daß man sie sich tatsächlich hatte vorstellen können.

Himmler hingegen hatte gelangweilt gewirkt. Ihm schienen die Gespräche, die sich von der Architektur bis zur entarteten Kunst des kommunistischen Malers Picasso bewegten, dessen erste Pariser Ausstellung in aller Munde war, nicht zu gefallen. Des weiteren hatte man über Spielfilme, Heß Okkultismus- und Numerologie-Theorien und Wagners *Rienzi, der letzte der Tribunen* gesprochen.

Hitler war fasziniert von der Geschichte Cola Rienzis: Er hatte die Römer im 14. Jahrhundert von der Unterdrückung durch den Adel befreit und war dafür gesteinigt worden, da er dem Volk eine Freiheit verschafft hatte, die es gar nicht hatte haben wollen. *Rienzi* war im besten Fall ein kläglichves Märchen.

»Als ich den *Rienzi* zum erstenmal gehört habe«, sagte Hitler, »war ich zwölf oder dreizehn. Ich habe die ganze Nacht darüber nachgedacht. – Über die Lehren, die man aus der Oper ziehen kann. – Und was, Heinrich, was hast du daraus gelernt?«

»Daß Rienzi ein Trottel war«, sagte Himmler humorlos.

»Und wieso?«

»Er hätte wissen müssen, daß es keine mildtätigen Führer gibt. Der Terror ist das Werkzeug der Macht. Körperlicher ... und geistiger. Und die einzige Methode, sich den Sieg zu sichern, besteht in der völligen Ausrottung aller inneren Staatsfeinde. Entweder erschreckt man sie zu Tode oder bringt sie um.«

»Meinst du jetzt die Juden?« fragte Hitler.

»Die Juden und die Dissidenten«, sagte Himmler und zuckte mit den Achseln.

»Du sprichst über Millionen von Menschen«, sagte Heß. »Was willst du mit ihnen anstellen? Willst du alle in Deutschland vergiften? Das wäre bestimmt keine leichte Aufgabe.«

Ein leises Gelächter kam auf.

»Das weiß *ich* doch nicht«, erwiderte Himmler. »Die Türken haben sich von 1915 bis 1917 achthunderttausend Armenier vom Hals geschafft. *Achthunderttausend,* und zwar mit den primitivsten Methoden! Ich könnte mir vorstellen, daß man mit dem passenden Erfindungsreichtum, ausreichender Planung und einem hochentwickelten Verfahren ...« Er zuckte erneut mit den Achseln und ließ den Satz von der Fantasie der Anwesenden vervollständigen.

»Das ist aber eine recht finstere Interpretation des *Rienzi*«, meinte Vierhaus.

»Wagner ist nun mal finster«, sagte Hitler fest.

Ob er damit *alle* deutschen Juden gemeint hat? fragte sich Ingersoll. Unmöglich.

»Und welche Lehre haben Sie aus dem *Rienzi* gezogen, mein Führer?« fragte Goebbels und gab das Gespräch wieder an Hitler ab.

»Daß man dem Volk nie etwas geben soll, bevor man es nicht davon überzeugt hat, daß es etwas haben will«, sagte Hitler mit einem Lachen. »Aber das dürfte keiner besser wissen als du. Es ist *deine* Aufgabe, das Volk davon zu überzeugen.«

Alle lachten, dann wandten sie sich einem anderen Thema zu.

»Ich habe gehört, daß man bei Verhören jetzt Hypnose einsetzt«, sagte Göring. »Stimmt das, Vierhaus?«

»So neu ist das Verfahren gar nicht«, erwiderte Vierhaus. »Die Psychiatrie wendet schon seit Jahren Hypnose an, um ins Bewußtsein vorzustoßen.«

»Ich bin schon einmal hypnotisiert worden«, sagte Ingersoll.

»Wirklich?« fragte Hitler. »Warum?«

»In einem meiner Filme hat ein Hypnotiseur mitgewirkt. Ich war halt neugierig; ich habe es aus reiner Neugier getan.«

»Und was ist passiert?« fragte Vierhaus.

»Ich mag nämlich keine Austern. Also habe ich ihn gebeten, mich zu hypnotisieren und mir einzureden, daß sie mir schmecken. Es ist ihm gelungen! Ich habe Platz genommen und eine ganze Portion Austern gegessen. Sie haben mir tatsächlich geschmeckt. Später – bevor die Dreharbeiten zur *Nachtbestie* anfingen – habe ich ihn gebeten, das Experiment zu wiederholen. Er sollte mich den Schmerz spüren lassen, den man hat, wenn man verkrüppelt ist, damit ich mich bei den Aufnahmen an das Gefühl erinnern konnte.«

»Und?« Vierhaus beugte sich ein Stück vor.

»Als ich im Kostüm war, konnte ich den Schmerz tatsächlich künstlich hervorrufen.«

»Erstaunlich!« sagte Vierhaus.

»Dann besteht also die Möglichkeit, einem Delinquenten in Hypnose Fragen zu stellen, die er normalerweise nur zögernd beantworten würde?« fragte Himmler.

»Ich könnte es mir vorstellen«, sagte Ingersoll. »Natürlich ist es nicht ungefährlich.«

»Wieso?« fragte Hitler.

»Nun, angenommen, man hypnotisiert mich und redet mir ein, ich sei ein Schwein. Doch plötzlich erleidet der Hypnotiseur einen Herzschlag und fällt tot um. Müßte ich mich dann nicht bis in alle Ewigkeit für ein Schwein halten?«

Einen Moment lang herrschte Stille. Dann fing Eva Braun an zu lachen.

»Welch komische Vorstellung«, kicherte sie. Auch die anderen fingen an zu lachen. Himmler blieb die einzige Ausnahme. Zwar lächelte er, doch nur für einen kurzen Augenblick. Ingersoll sah ihm in die Augen und erkannte an seinem Blick, daß er sich fragte, ob es wirklich so war.

Während des größten Teils der Mahlzeit saß Ingersoll wie in Trance da. Die Leute, die ihn umgaben, stellten die Creme der Hitler-Elite dar. Bisher waren diese Männer für ihn einfach nur Gesichter und Namen gewesen, doch nun standen sie mit ihm auf einer Stufe. Hitler hatte sie persönlich ausgewählt, um aus seinen Vorstellungen die neue deutsche Ordnung zu schmieden.

Jeder von ihnen war anders; jeder hatte ein besonderes Ziel. Himmler, der Reichsführer der SS, war ein Mann ohne Humor. Sein Geist war so kalt wie eine Gruft; er war offenbar unfähig, ein oberflächliches Gespräch zu führen. Er war der perfekte Mann, um die SS zu leiten.

Göring, der feiste Chef der Luftwaffe und der Polizei, der außerdem Reichsforst- und Jagdmeister war, hatte den Ruf eines Weltkriegs-Asses, denn er hatte 22 britische und amerikanische Flugzeuge abgeschossen. Göring war, seit er 1923 zusammen mit Hitler den Bierkellerputsch veranstaltet hatte, der engste Freund und Vertraute des Führers. Während des Putsches hatte er zwei Schüsse in den Oberschenkel abbekommen. Außerdem war Göring der Hofnarr; er riß ständig Witze, und nicht selten über sich selbst.

Goebbels. Ein klumpfüßiger Wicht. Er war leichenblaß, energisch, zynisch und lachte nervös. Er hatte Hitler 1926 im Zirkus Krone zum erstenmal reden hören und daraufhin geschrieben ›Ich bin neugeboren‹. Als Meisterpropagandist war er allem Anschein nach die perfekte Wahl, um das Glaubensbekenntnis des Dritten Reiches zu verkünden.

Walther Funk, ein mausgrauer kleiner Mann mit ausweichendem Blick, sagte nur wenig. Er war das Finanzgenie der NSDAP. Es war kaum zu glauben, daß der stille, in sich gekehrte, sich selbst geringschätzende Mann den Stahlbaron Fritz Thyssen, Schnitzler, den Führer der chemischen Industrie, und den Bankenchef von Schröder auf die Parteilinie gebracht und sie und die anderen Industriellen bei der Stange gehalten hatte. Funks Versprechen, daß Hitler die Kommunisten und die Gewerkschaften entmachten würde, hatte die industrielle Macht in die NSDAP gelockt. Funk ist ein Ränkeschmied, dachte Ingersoll. Wahrscheinlich ist er am besten, wenn er die Ideen anderer ausführen soll.

Dann Speer, der Architekt: Er war jung und stattlich und hatte den wachen Blick des Idealisten. Das jugendliche Genie wirkte ein bißchen ehrfürchtig, weil es sich in einer derart mächtigen Gesellschaft befand. Speer, der nur wenig redete, wenn es nicht gerade um Bauwerke ging, war der Träumer, der den Phönix aus der Asche der deutschen Niederlage hervorzaubern wollte.

Eva Braun, das lebhafte junge Mädchen aus dem Dorf, schien Hitlers momentane Freundin zu sein. Sie war zwar oberflächlich und auf eine gewöhnliche Weise hübsch, aber hohlköpfig. Allem Anschein nach war sie nur eine harmlose Ablenkung für den Führer.

Vierhaus. Deformiert, beharrlich. Eine geheimnisvolle Figur, die zwar keinen Dienstgrad führte, doch innerhalb der Gestapo eine autonome Position hielt und nur dem Führer persönlich meldepflichtig war. Sollte er der Jago für Hitlers Othello sein?

Und Heß. Dunkelhaarig, ansehnlich, geistreich und sarkastisch. Heß war ein rätselhafter Charakter. Er hatte einen Großteil der Aufzeichnungen von Hitlers *Mein Kampf* abgetippt, als der Führer im Zuchthaus gesessen hatte. Er stand ihm möglicherweise näher als alle anderen, Hermann Göring ausgenommen. Seine Rolle in der Hierarchie war Ingersoll nicht ganz klar, obwohl er als Stellvertreter des Führers sein Nachfolger und der Kronprinz der NSDAP war.

War Heß, wie Vierhaus, ein Planer am grünen Tisch, ein unsichtbarer Berater, der nur im Dunkeln tätig war? Oder war er einfach ein Vertrauter, dessen Meinung Hitler respektierte und dem er zutraute, seinen Traum weiterzuführen, falls ihm irgend etwas zustieß?

Es gab noch etwas anderes, das Heß mit dem Führer verband – ein außergewöhnliches Interesse an Hexerei und Okkultismus. Von Heß assistiert, sagte Hitler nach dem Essen mit Hilfe eines altmodischen Wünschelverfahrens die Zukunft voraus. In gespenstischem Kerzenlicht hielt er einen Löffel voll Blei über eine Kerze und kippte es, als es geschmolzen war, in eine Schale mit kaltem Wasser. Dann deutete Heß die deformierten Klumpen und prophezeite dem Führer, zu dessen großer Freude, ein verblüffendes und erfolgreiches Jahr.

Ingersoll hatte sich schweren Herzens mit dem Vorwand entschuldigt, er wolle sich versichern, daß der Film auch richtig für die Vorführung vorbereitet werde. Doch in Wahrheit hatte er etwas anderes vor: Er hatte sich einen verrückten, waghalsigen und gefährlichen Kraftakt ausgedacht – und zwar einen solchen, dem sein Darstellerinstinkt nicht widerstehen konnte.

Völlig in Schwarz gekleidet und mit einem wehenden Umhang angetan, ließ er sich mit einem extra für diesen Zweck mitgebrachten Seil vom Balkon seines Quartiers zum darunterliegenden hinab – bis vor das Zimmer, in dem der Film vorgeführt werden sollte. Als er zwei Meter über dem Balkon schwebte, hörte er Göring fragen: »Wo steckt denn unser Schauspieler? Er wird sich doch nicht zu seiner eigenen Premiere verspäten?«

»Sie wissen doch, wie Künstler sind«, erwiderte Eva Braun.

Ingersoll ließ sich bis zum Ende des Seils hinab und stieß einen erleichterten Seufzer aus. Er wirkte wie ein an der Hauswand klebendes schwarzes Gespenst.

Im Inneren des matt beleuchteten Zimmers hatte Hitler neben Göring auf einem Stuhl Platz genommen. Eva Braun saß auf der anderen Seite. Der Rest der Gäste hatte sich anderswo Sitzplätze gesucht. Vierhaus war besorgt. Wo steckte Ingersoll?

Plötzlich flog die Balkontür auf, und ein abscheuliches Gespenst wirbelte auf dramatische Weise zu ihnen herein.

Die Anwesenden rissen den Mund auf. Eva Braun kreischte. Himmler griff nach seinem Schießeisen. Hitler warf sich gegen die Rückenlehne seines Stuhls; seine Augen waren weit aufgerissen.

»Mein Führer«, sagte Ingersoll. »Meine Dame, meine Herren: Ich präsentiere Ihnen *Die Nachtbestie*.«

Dann zog er sich die Maske vom Gesicht und machte eine tiefe Verbeugung.

Ingersoll saß in seinem Zimmer auf dem Bett.

Was für ein Tag! Er hatte einen persönlichen Sieg errungen. Die Vorführung war ein Triumph gewesen. Und sein kleiner Kraftakt hatte den Führer wegen seines Wagemuts begeistert.

Er trat auf den Balkon und zündete sich eine Zigarette an. Er war erschöpft, brauchte Zeit zum Nachdenken, mußte seine Zukunft planen.

Eine Etage tiefer sprachen die Herren des Dritten Reiches über Geschäftliches – über Dinge, von denen Hitler und Vierhaus gesagt hatten, sie seien auf dem Berghof nicht gestattet.

Unter Ingersoll öffnete jemand die Terrassentür, und er konnte ihre Stimmen hören und fing, obwohl er sich bemühte, nicht zu lauschen, hin und wieder ein Wort oder einen Satz auf. Der Gedanke, daß man keine sechs Meter unter ihm das Schicksal Deutschlands plante, faszinierte ihn.

»Ich finde, wir sollten es machen«, hörte er Görings polternde Stimme sagen. »Und zwar schnell.«

». . . sehr riskant«, sagte jemand – möglicherweise Funk.

»Natürlich ist es riskant«, sagte Himmler. »Na und?«

Seine Stimme wurde unverständlich. Man unterhielt sich in einem gedämpften Tonfall weiter, doch Ingersoll schnappte hin und wieder ein paar Satzteile auf.

Goebbels: ». . . müssen jeden davon überzeugen, daß es eine kommunistische Verschwörung war.«

Hitler: »Das ist dein Problem, Josef.«

Göring: ». . . Sorge; ich weiß, wer einen perfekten Sündenbock abgibt . . . ein Halbgescheiter . . . Er wohnt . . .«

Himmler: ». . . fünf Tage, dann habe ich ihn davon überzeugt, daß er der Anführer aller Kommunisten in Europa ist.«

Brüllendes Gelächter.

Mehr gedämpftes Gerede. Dann hörte Ingersoll, wie Göring sagte: ». . . den Brand zu inszenieren.«

Den Brand?

Noch mehr gedämpftes Gerede. Ingersoll trat näher an die Balkonbrüstung heran, um besser zu hören, dann fing er einen Halbsatz Görings auf: ». . . der Tunnel von der . . .« Er wurde erneut leiser. Und kurz darauf . . .

Himmler: »Vielleicht eine Rattenbombe . . .«

Eine Rattenbombe? fragte sich Ingersoll.

Hitler tat es ihm gleich: »Eine Rattenbombe?«

»Man braucht einer Ratte nur ein, zwei Tage nichts zu fressen zu geben. Man bereitet alles für den Brand in den Heizungsgängen im Keller vor und baut eine Falle auf, die ihn zündet, wenn sie zuschnappt. Man läßt die Ratte im Heizungsgang los. Hungrige Ratten wittern Nahrung kilometerweit. Und wenn sie sich über das Futter hermacht – Wumm! Das Gebäude ist steinalt; es wird hochgehen wie ein vertrockneter Weihnachtsbaum.«

Welches Gebäude? fragte sich Ingersoll. *Und warum?*

Unter ihm trat jemand auf die Terrasse. Ingersoll drückte seine Zigarette an der Tür in einer Schneewehe aus und trat ins Zimmer zurück.

Warum? dachte er. Und was hat Goebbels gemeint, als er gesagt hat, sie wollen es *den Kommunisten in die Schuhe schieben*?

Er setzte sich in der Zimmerecke an einen Sekretär und

bemühte sich, seine Gedanken auf den Film zu konzentrieren. Es gab ein paar Kleinigkeiten, die er gern geändert hätte. Doch er konnte die Ereignisse des vergangenen Tages und Hitlers unerhörtes Angebot nicht abschütteln.

Seine Entscheidung war plötzlich und unwiderruflich.

Ingersoll stand abrupt auf und öffnete die Zimmertür um ein paar Zentimeter. Er hörte, wie im ersten Stock die Salontüren geöffnet wurden, und vernahm die gedämpften Stimmen der Männer, die sich eine gute Nacht wünschten. Leises Gelächter drang zu ihm herauf. Er ließ die Tür angelehnt und ging zum Sekretär zurück.

Am Fuß der Treppe wandte sich Hitler zu Vierhaus um und sagte leise: »Was halten Sie davon, Vierhaus? Wird unser Schauspieler die Herausforderung annehmen?«

»Ich glaube, das steht außer Frage«, antwortete Vierhaus zuversichtlich.

»Nun, nach seinem heutigen Auftritt glaube ich, daß man seinen Mut nicht in Frage stellen kann.«

»Offen gesagt«, erwiderte Vierhaus, »nach seiner heutigen Kletterpartie glaube ich, daß er zu den Menschen gehört, die das Risiko geradezu *lieben*. Möglicherweise denkt er nicht einmal über die Konsequenzen nach.«

»Wie kommen Sie zu diesem Schluß?«

»Er hat sein Leben aufs Spiel gesetzt, als er sich an der vereisten Wand herabgelassen hat. Und es war ihm völlig gleichgültig, wie Sie darauf reagieren würden. Er hat sich einfach keine Sorgen gemacht.«

»Hmmm«, machte Hitler. »Meinen Sie damit, der Bursche könnte uns *noch* ein paar unerwartete Überraschungen bieten? Glauben Sie, er könnte – wie Sie es sicher ausdrücken würden – verhängnisvolle Schwächen haben?«

»Nicht im geringsten. Ich glaube, er ist genau der Richtige für diese Aufgabe.«

Vierhaus verbog die Wahrheit ein wenig. Er wußte, daß jeder Mensch für unerwartete Überraschungen gut ist. Er war ausgebildeter Psychologe und geborener Skeptiker, der rein impulsiv hinter die Oberflächen schaute. Er wußte, daß es innerhalb der kalten Zellen des Geistes Obsessionen, Zwänge, finstere Impulse, Geheimnisse und sogar imaginäre Begleiter gab und daß die Grenze zwischen Neurose und Psychose in der Tat sehr dünn ist. Neurotiker unterwarfen sich den Gemütsbewegungen. Psychotiker waren ihre Opfer.

Bis jetzt verfügte Vierhaus lediglich über Geheimdienstberichte, auf deren Grundlage er ein Urteil über Ingersoll abgeben konnte. Es waren simple Fakten, denn Himmlers Leute interessierten sich nicht für Interpretationen, sondern sammelten nur Daten. Und die Daten allein erlaubten keine verläßliche Analyse des Mannes. Doch nun, nach einem Tag und einem Abend, an dem er Ingersoll hatte beobachten können, taten sich in seinem Inneren einige Fragen auf.

Als Vierhaus in dem verdunkelten Filmraum gesessen hatte, hatte er sich auf den Schauspieler konzentriert. Sein Einstieg durch die Balkontür war ein verblüffendes Stück Publikumswirksamkeit gewesen – aber deutete es nicht auch noch etwas anderes an? War Ingersoll nur ein exzentrischer Künstler, oder schlummerte in seinem Kopf ein dunkles Geheimnis, das in irgendeinem kritischen Augenblick wie ein Vulkan ausbrechen und seine gesamte Mission in Gefahr bringen konnte? Kurz gesagt: War er ein Exzentriker, ein Neurotiker oder ein Psychotiker? Oder alles zugleich?

Vierhaus wußte es einfach nicht, doch da er von seinem eigenen Größenwahn beherrscht wurde, war er davon überzeugt, daß er Ingersoll beherrschen konnte, sollte er Hitlers Vorschlag annehmen. Es war eine riskante Mutmaßung, aber er mußte sie eingehen. Er hatte den Führer davon überzeugt, daß Ingersoll hundertprozentig der richtige Mann für die Aufgabe war; jetzt war es zu spät für einen Rückzieher.

Fünf Minuten vergingen, bevor Ingersoll die Schritte hörte, die zur Treppe herauf und durch den Korridor kamen. Er beugte sich über seine Notizen und vernahm, wie die Schritte erstarben, dann klopfte es an der Tür. Er drehte sich um und tat überrascht. Hitler lugte zu ihm herein.

»Entschuldigen Sie, Gruppenführer, aber Ihre Tür stand offen.«

Ingersoll raffte sich auf, doch Hitler winkte ab.

»Bleiben Sie doch sitzen. Ich wollte nicht stören.«

»Bitte, kommen Sie doch herein«, sagte Ingersoll. »Ich habe mir gerade ein paar Notizen über den Film gemacht. Es sind nur Kleinigkeiten. Ein Schnitt hier, ein Schnitt da.«

Hitler schob die Tür auf, trat aber nicht ein. Er blieb im Türrahmen stehen und verschränkte die Arme auf dem Rücken. »Der ständige Perfektionist, wie?«

»Ich bin wohl einer. Ich treibe die Techniker noch in den Wahnsinn.«

»Dann sollten Sie sich bessere Techniker zulegen.«

»Ich glaube immer noch, daß wir die besten haben.«

»Nun, ich wollte Sie nicht stören. Vielen Dank noch mal für den Film. Sie haben ja bemerkt, daß er uns allen sehr gefallen hat. Ich bin sicher, ich werde ihn mir noch oft anschauen. Und vielen Dank, daß Sie in mein Haus gekommen sind.«

»Es war der Höhepunkt meines Lebens, mein Führer. Ich bin derjenige, der zu danken hat.« Ingersoll hielt einen Moment inne und sagte dann: »Ich würde Ihnen diese Freundlichkeit gern vergelten ... natürlich nur in geringerem Maße. Ich fürchte, ich kann Ihnen nichts bieten, was dem Dolch gleichkommt.«

»Normalerweise gehört noch ein Schäferhundwelpe zum SS-Offizierspatent. Damit man in der Zeit der Ausbildung einen Gefährten hat. Aber in Ihrem Fall kam es mir unpassend vor.«

»Eins meiner Laster ist guter Wein«, sagte Ingersoll. »Ich habe etwa zweihundert Flaschen französischen Spitzenrot- und -weißwein in meinem Landhaus. Ich möchte, daß Sie sie annehmen, mein Führer.«

Hitler war von seinem Angebot deutlich überrascht. Dann wurde ihm langsam die große Bedeutung des Geschenks klar. Sein Ausdruck wurde spöttisch, dann neugierig, dann weitete sich sein Blick, und er lächelte breit.

»Ein wirklich großzügiges Geschenk, Gruppenführer.«

Er verfiel in Schweigen, und seine Brauen wurden zu Fragezeichen.

»Sobald Hans Wolf stirbt«, sagte Ingersoll, »wird man Ihnen den Wein zustellen.«

Hitler preßte die Fäuste gegen seinen Brustkorb. Sein Gesicht zeigte schiere Freude. »Dann nehmen Sie also an?«

»Ja«, sagte Ingersoll und stand auf. »Es ist mir eine Ehre, 27 zu werden.«

»Es war fraglos eine schwierige Entscheidung für Sie.«

»Ja. Aber da ist noch etwas, das schwierig ist.«

»Was könnte das wohl sein?« fragte Hitler.

»Wir müssen mit zwei Problemen fertig werden«, sagte Ingersoll und erklärte gelassen, um was es dabei ging.

Hitler kniff nicht. Und ebensowenig veränderte sich sein Ausdruck.

»Sie werden bald erfahren«, sagte er, »daß wir gerade mit Problemen *dieser Art* schnellstens fertig werden.«

Ihre Blicke trafen sich langsam – sehr langsam –, dann hob Johann Ingersoll die Hand zum deutschen Gruß.

Adolf Hitler erwiderte seinen Salut. Und lächelte.

Kapitel 8

Auf einem unordentlichen Zeitungsstapel mit dem Datum des heutigen Tages lag ein fünf Tage altes Blatt, dessen Schlagzeile lautete:

**LEINWANDIDOL INGERSOLL
BEI AUTOUNFALL UMS LEBEN GEKOMMEN
Leibdiener starb ebenfalls bei
1000 Meter tiefem Sturz in den Alpen**

Von Bert Rudman
Korrespondent der *Herald Tribune*

BADEN-BADEN, Deutschland. 7. März. Johann Ingersoll, der neueste Filmstar Deutschlands, der nach der erfolgreichen Premiere seines aktuellen Film ›Die Nachtbestie‹ Urlaub machte, kam heute ums Leben, als sein Sportwagen von einer Bergstraße abrutschte und 1000 Meter tief in eine Klamm abstürzte.

Der Ex-Maskenbildner Otto Heinz, der seinerzeit aus dem Filmgeschäft ausstieg, um Ingersolls Leibdiener zu werden, kam bei dem Unfall ebenfalls ums Leben. Beide Opfer wurden von Friedrich Kreisler, dem Anwalt und Manager Ingersolls, identifiziert.

»Es war nicht einfach für ihn«, so Bürgermeister Ludwig Bransch aus Baden-Baden, wohin man die Toten nach der Bergung durch eine Rettungsmannschaft überführte. »Der Sturz hat sie grauenhaft zugerichtet.«

Laut Kreisler, den der Tod seines Freundes und Klienten deutlich mitgenommen hat, war Ingersoll Junggeselle und hinterläßt keine Erben.

Ingersoll, ein SS-Gruppenführer und persönlicher Protegé Hitlers, schockierte einige Premierengäste, als er zum erstenmal in voller SS-Uniform auftrat.

»Mit ihm hat Deutschland einen Staatsschatz verloren«, sagte Reichskanzler Hitler vor der Presse. »Er war auf dem besten Weg, zu den größten Filmstars der Welt zu gehören, und als solcher hätte er unserem Vaterland zu neuem Ruhm verholfen.«

Ironischerweise wurde die Weltpremiere von Ingersolls letztem Film, der auf einer Gala-Veranstaltung in der Kroll-Oper aufgeführt wurde, vom Reichstagsbrand überschattet, den man erst während der darauffolgenden Party entdeckte. Die Premierengäste drängten sich auf den Theaterbalkonen, um das nur wenige Häuserblocks weiter wütende Feuer zu sehen, oder eilten von der Party zur Brandstelle.

›Die Nachtbestie‹ wurde von der Kritik als Ingersolls schwierigste und erschreckendste Rolle gepriesen, und man verglich seine Arbeit wohlwollend mit der des amerikanischen Filmstars Lon Chancey.

Fritz Jergens, der Ingersolls letzten Film inszenierte, pries den Schauspieler als ›Höchst erstaunlichen Darsteller, der leibhaftig in die grotesken Charaktere schlüpfte, die er verkörperte. Er hatte großes Potential.‹

Ingersoll, bekannt dafür, daß er zurückgezogen lebte und nie ohne Maske auftrat, unterzog sich größter Mühen, um seine Identität vor

Presse und Publikum geheimzuhalten. In seinem zwei Jahre währenden Aufstieg zum internationalen Star wurden nie Fotos von ihm veröffentlicht. Seine biographischen Daten sind bestenfalls Skizzen. Die einzigen Fotos, die ihn zeigen, sind Kino-Aushangfotos. Alle über ihn verbreiteten Informationen enthalten lediglich die Namen der von ihm verkörperten Rollen und Hintergrunddetails seiner Filme.

Ingersoll beugte sich über den Tisch, gluckste in heller Freude, las den Artikel noch einmal und nippte an einem Weinglas. Er trug eine schwarze SS-Uniform, die ihm wie angegossen paßte. Hitlers Schneider hatte wunderbare Arbeit geleistet.

Das muß man sich mal vorstellen, dachte er. *All das vor dem Hintergrund des Reichstags.* Er schlenderte durch den Raum, hielt vor dem Korridorspiegel an und bewunderte sich. Die tiefschwarze Uniform war ein Wunder steifer Eleganz. Die steifen, glänzenden Wickelgamaschen endeten an der Oberkante der blanken schwarzen Reitstiefel. Auf seiner Mütze befand sich ein Totenkopf, auf der silbernen Gürtelschnalle stand ›Unsere Ehre heißt Treue‹, und die silbernen SS-Runen auf dem Kragen sahen aus wie doppelte Blitze. Er reckte die Schultern und zupfte an seinem Kinn.

»Achtung!« fauchte er sein Ebenbild an.

Ingersoll schlenderte zum Tisch zurück, blätterte die Zeitungen durch und führte sich einen weiteren Artikel über den Reichstagsbrand zu Gemüte.

Noch während das Gebäude brannte, wurde der niederländische Kommunist Marinus van der Lubbe festgenommen und wegen Brandstiftung angeklagt.

Laut Reichsmarschall Hermann Göring, dem Leiter der Staatspolizei, wurde van der Lubbe entdeckt, als er sich hinter dem Reichstag in der Bismarckhalle versteckte. Van der Lubbe hat bereitwillig gestanden, das Feuer ›zum Ruhm der Kommunistischen Partei‹ gelegt zu haben.

Außerdem ließ Göring verlauten, man habe in der Wohnung van der Lubbes kommunistische Schriften und andere Utensilien gefunden. Göring: »Es war einwandfrei eine von den Kommunisten inspirierte Tragödie. Es ist ein Wunder, daß niemand dabei verletzt wurde.«

Welch brillanter politischer Schachzug! Das deutsche Volk hatte sogar die Enthüllung, daß van der Lubbe beinahe blind und kaum zurechnungsfähig war, völlig ignoriert. Es interessierte die Leute einfach nicht. Man hatte sofort fieberhafte Aktivitäten entwickelt. In den fünf Tagen, die seit dem Brand vergangen waren, hatte man Tausende von Kommunisten festgenommen. Die politische Macht ihrer Partei war gebrochen. Unter dem Vorwand, den Staat gegen die Gewalttaten der Kommunisten schützen zu müssen, hatte Hitler ein Gesetz ›zum Schutze des Volkes und des Staates‹ angekündigt und in einem einzigen Handstreich sämtliche verfassungsmäßig garantierte Freiheiten außer Kraft gesetzt.

Fünf Tage war es nun her; jetzt regierte er Deutschland per Erlaß.

Ingersoll ging in die Küche, um sein Glas nachzufüllen. *Jetzt ist er der Kaiser von Deutschland*, dachte er. *Er ist der Herrscher Deutschlands.* Er lachte laut und hob das Glas in einem stummen Salut auf den Führer.

Dann hörte er das Drehen des Schlüssels in der Eingangstür und vernahm das Klicken eines Lichtschalters.

Mein Gott! dachte Ingersoll. *Das muß Friedrich sein! Er hat als einziger einen Schlüssel! Was zum Teufel macht er hier?*

Er hörte, wie die Tür aufging, und vernahm das Knirschen der Dielen und das Schließen der Tür. Er schlich zur Küchentür und riskierte einen Blick. Kreisler zog seinen Mantel aus. Er warf einen Blick auf den Tisch, trat an ihn heran, blätterte die Zeitungen durch und sah sich dann um.

»Hallo«, rief er verwirrt, »ist jemand hier?«

Tja, dachte Ingersoll, *das ist aber eine schöne Scheiße.* Er trat ins Wohnzimmer und sagte ganz beiläufig: »Hallo, Fritz.«

Kreisler zuckte zusammen; er war so erschreckt, daß er kein Wort hervorbrachte. Er starrte das vor ihm stehende Gespenst nur an. »Mein Gott«, sagte er dann mit kaum hörbarer Stimme, »mein Gott, Hans. Du bist es wirklich!«

»In Lebensgröße.«

»Ich verstehe nicht . . . Was in Gottes Namen . . .«

»Es ist eine ziemlich lange und verwickelte Geschichte, Fritz. Entspann dich. Ich hole dir ein Glas Wein. Châteauneuf du Pape, Jahrgang '29. Ein unglaubliches Jahr.«

»Was zum Teufel geht hier vor?« fragte Kreisler, der seine Stimme nun wiederfand. »Herrgott, welche Werbeaktion hast du jetzt schon wieder ausgetüftelt? Wo ist Heinz? Wie hast du ihn dazu gebracht, dabei mitzumachen?«

»Heinz ist tot. Er ist *wirklich* tot.«

»Und wer war der arme Teufel, den ich identifiziert habe? Er hatte doch *deine* Sachen an. Er war . . .«

»Ich habe keine Ahnung, wer er war, Fritz. Ich habe ihn nie gesehen. Ich weiß nicht das geringste über ihn. Und ich will auch nichts über ihn wissen.«

»Was ist denn passiert? Hat Heinz einen Anhalter mitgenommen? Aber wieso hat er dann deine Sachen getragen?«

Die Lüge kam Ingersoll so leicht über die Lippen wie ein sorglos dahingepfiffenes Liedchen. »Er war Heinz' Geliebter«, sagte er. »Ich nehme an, sie kamen aus dem Skilager und wollten ins Dorf hinunter. Die Straße war vereist . . .«

»Aber warum hast du . . .?« Kreisler hielt inne. Er musterte Ingersoll von Kopf bis Fuß. Erst jetzt schien er zu bemerken, daß er eine SS-Uniform trug. »Und was soll die Uniform? Was ist bloß in dich gefahren, Hans? Was geht hier *vor*?«

Es war sinnlos, Kreisler anzulügen. Es gab nichts zu erklären. Er hatte einen Fehler gemacht, als er ins Haus gekommen war. Einen fatalen Fehler.

»Was willst du überhaupt hier?« fragte Ingersoll.

»Ich wollte mir das Haus nur mal ansehen. Ich wollte mir überlegen, was nun mit den ganzen Antiquitäten, den Gemälden und dem Wein geschehen soll. Du hast ein Vermögen an Wein unten im Keller, Hans.«

»Darum kümmert man sich schon. Das Haus wird so verschlossen, wie es ist. Jemand wird nach dem Rechten sehen. Die Wohnung in Berlin wird verkauft.«

»Wieso hast du diese Uniform an?«

Ingersoll warf seinem Freund einen Blick zu. Seine Gesichtszüge wurden kalt. »Es ist vielleicht das letzte Mal, daß ich sie trage«, sagte er, »und zwar für sehr lange Zeit.«

»Du solltest sie überhaupt nicht tragen.«

»Warum denn nicht?« sagte Ingersoll stolz. »Der Führer hat mich persönlich in die SS aufgenommen.«

»Mein Gott, Hans, weißt du denn nicht, was dieser Irre plant? Er hat die Verfassung außer Kraft gesetzt und uns sämtliche Rechte genommen! Die Redefreiheit, die Pressefreiheit, die *Denk*freiheit, die Freiheit, einen Telefonanruf zu machen, und die Freiheit, einen lumpigen *Brief* abzuschicken. Die SA nimmt Berlin auseinander. Hitler ist in wenigen Wochen zu einem gottverdammten *Diktator* geworden.«

»Eigentlich nur in ein paar Tagen«, sagte Ingersoll selbstgefällig. »Nun ja, das Verfahren, zum gewählten Kanzler zu werden und die Partei aufzubauen – *das* hat Jahre gedauert. Aber wenn man es richtig betrachtet, hat er im Grunde nur eine unfähige, korrupte, nichtsnutzige Regierung abgeschafft. Und dazu hat er nur *fünf Tage* gebraucht.«

Er hob lachend fünf Finger hoch.

»Wie kannst du das unterstützen, Hans? Du bist doch ein kreativer Künstler . . .«

Ingersoll schnitt Kreisler das Wort ab. »Ich agiere in Gruselfilmen, Fritz, mehr nicht. – Bis jetzt. Jetzt hat man mich aufgefordert, eine wichtige Rolle in der größten Revolution der Geschichte zu spielen.«

»Das ist doch keine Revolution! Es ist Banditentum! Gewöhnlicher Diebstahl! Er hat den Leuten ihre Rechte genommen. Er ist . . .«

Ingersoll brachte Kreisler mit einer Geste zum Schweigen. »Das Dritte Reich wird die Geschichte verändern, Fritz. Dir fehlt bloß die Fantasie, um das einzusehen. Du *hast* überhaupt keine Fantasie, Fritz! Deswegen bist du der Manager und ich der Schauspieler. Ich möchte ein Teil der Bewegung sein. Ich habe es satt, mit falschen Bärten und Perücken durch Kulissen zu schleichen. Ich habe es satt, meinen Körper diesen lächerlichen Verkleidungen auszusetzen. Ich habe mehr Geld, als ich je ausgeben kann.« Ingersoll nahm die Zeitung und hielt sie Kreisler hin. »Tolle Kritiken zu meinem letzten Film. Und ein großartiger Nachruf. Es war höchste Zeit, daß Johann Ingersoll stirbt.«

»Um Nazi-Schwarzhemd zu werden?«

»Um Nazi-*Patriot* zu werden«, entgegnete Ingersoll fauchend. »Ich gebe alles für mein Land auf – *alles!*«

»Nein, du gibst es für den kleinen Schwachkopf mit dem Zahnbürstl-Schnäuzer auf.«

»Du stellst meine Geduld wahrlich auf eine harte Probe, Fritz.«

»Nun hör mal ... Wir sind doch lange genug miteinander befreundet, um uns solche ... solche ... Herrgott, Hans, ich bin doch dein Freund. Ich mache mir Sorgen um dich.«

»Und um deine zehn Prozent, was?«

Kreisler ließ die Schultern sinken. »Ich war ein erfolgreicher Anwalt, als ich dich traf, und ich bin es immer noch«, sagte er. Seine Stimme bebte wegen der Anstrengung der Konfrontation. »Ich kann bestimmt auch ohne die zehn Prozent weiterexistieren, die ich als dein Manager bekommen habe. Ich habe nicht gewußt, daß du so empfindest, Hans. Ich habe nicht gewußt, daß du das Gefühl hast, ich nutze dich aus.«

Ingersolls Verstand raste. Vor sich sah er das Bild des Premierenabends, kurz nachdem man den Reichstagsbrand entdeckt hatte.

Als man die Nachricht erhalten hatte, waren alle Gäste an die Fenster und auf die Balkone gestürzt. Nur wenige Häuserblocks entfernt brüllte das Feuer zum nächtlichen Himmel hinauf, und glühende Aschefunken wirbelten durch den sich drehenden Rauch in die Höhe.

Ingersoll hatte über diese Ironie gelacht. Der Brand hatte die Galafeier beendet. Nun verstand er auch das Gespräch, das er in Berchtesgaden belauscht hatte. Er hatte sich mit Vierhaus von der Menge getrennt und war mit ihm durch den Zwischenstock in eine stille Ecke gegangen.

»Glauben Sie, daß die Kommunisten hinter dem Brand stecken?« hatte er beiläufig gefragt.

»Daran gibt es keinen Zweifel. Ich sage eine schnelle Festnahme voraus – und den Niedergang der KPD, weil sie diese Abscheulichkeit begangen hat.«

Ingersoll prostete Vierhaus mit seinem Champagnerglas zu. »Wieder ein Sieg für den Führer.«

»Sie haben Nerven, Herr Ingersoll, das muß ich schon sagen«, sagte Vierhaus. »Daß Sie in dieser Maske *und* in Uniform aufgetreten sind, hat viele Leute erzürnt.«

Ingersoll hatte seinen Schädel mit einer hautähnlichen Schicht aus Latexgummi bedeckt und seine Wangen hohl geschminkt. Er war völlig kahlköpfig, sein Schädel sah aus wie ein Totenkopf. Sein Anblick und die steife SS-Uniform hatten die anwesende Menge, darunter auch viele Ausländer, zusammenzucken lassen.

»Und vielleicht auch ein paar Einstellungen gemildert?« deutete er an.

»Ich nehme an, daß der Führer nicht mit ihrer Wortwahl einverstanden wäre. Er wird sich nicht mit gemilderten Einstellungen zufriedengeben. Blinder Gehorsam – das ist es, was er verlangt! Das ist es, was wir alle verlangen. Hat der Führer in Ihrer Gegenwart je von Schäferhundwelpen gesprochen?«

»Ja.« Ingersoll wirkte, als wolle er sich entschuldigen. »Er hat gesagt, daß man SS-Männern in der Ausbildung einen Welpen schenkt, sobald ihr Training beginnt. Doch in meinem Fall . . .«

»Kennen Sie die Bedeutung dieses Geschenks?«

Ingersoll zuckte zögernd mit den Achseln. »Sie sind ausgezeichnete Wachhunde und großartige Haustiere.«

»Und ein wichtiger Bestandteil des Aufnahmerituals«, sagte Vierhaus. »Normalerweise muß sich jeder SS-Offizier einer nachhaltigen Ausbildung unterziehen. Man schenkt ihm einen kleinen Schäferhund als Kursusgefährten. Hund und Mensch werden sich mit der Zeit aufeinander verlassen. Und an dem Tag, an dem die Ausbildung endet und der Mensch den Treueeid auf den Führer ablegt, erhält er den Befehl, dem Hund die Kehle durchzuschneiden.«

»Was?« fragte Ingersoll mit leichter Skepsis und einem großen Schock.

»Gibt es einen besseren Weg, um zu zeigen, daß wir unserem einzigen Herrn treu ergeben sind? Daß wir nur einen Freund haben – Adolf Hitler – und daß wir seinen Befehlen mit blindem Gehorsam zu folgen bereit sind?«

Ingersoll sagte nichts. Seine Augen verengten sich, und er musterte Vierhaus mit einem seltsamen, neuen Respekt.

»Auch das deutsche Volk wird blind gehorchen lernen«, fuhr Vierhaus fort. »Wer nicht *für* die Partei ist, ist *gegen* sie. Es ist eine simple Faustregel, und sie vereinfacht die Dinge.«

Ingersoll nickte zustimmend. »Und jetzt brennt der Reichstag«, sagte er. »Ein Glück im Unglück.«

Vierhaus lachte über den Widerspruch. »Genau, mein Freund. Ein altersschwaches Symbol stirbt; an seine Stelle werden neue treten. Genau das ist das Dritte Reich: eine neue Ordnung der Dinge für Deutschland.«

»Eine neue Ordnung der Dinge«, gab Ingersoll Vierhaus' Worte wie ein Echo wieder. Er sah ihm fest in die Augen und sagte äußerst sachlich: »Ich glaube, es ist Zeit zum Sterben, Herr Professor.«

»Tut mir leid, alter Freund«, sagte Ingersoll, legte den Arm um Kreislers Schulter und führte ihn zu dem von Zeitungen überfüllten Tisch. »Verzeihst du mir? Mein Temperament ist mit mir durchgegangen. Du weißt doch, wie es ist. Die Politik sollte nicht zwischen zwei guten Freunden stehen, nicht wahr?«

Er deutete auf die Zeitungen. »Denk mal darüber nach. Ich hatte die Gelegenheit, meinen eigenen Nachruf zu lesen. Ich konnte der Versuchung einfach nicht widerstehen. Du kennst mich doch. Hätte ich mir *das* etwa entgehen lassen sollen?«

»Hast du es etwa deswegen getan? Damit du deinen Nachruf lesen kannst? Bist du etwa deswegen in die SS eingetreten?«

»Ich bin Nazi, Fritz. Das hast du seit Jahren gewußt. Ich habe es nie vor dir geheimgehalten.«

»Aber du bist öffentlich in dieser Uniform aufgetreten! Ist dir eigentlich bewußt, wie das deinem Ruf im Ausland geschadet hat? Die USA werden deine Filme nicht mehr importieren. Und das gleiche gilt auch für England und Frankreich.«

»Sollen sie doch alle zum Teufel gehen. Irgendeines Tages gibt es in Paris, London und New York eine Johann-Ingersoll-Retrospektive.«

»Ich verstehe dich nicht. Was hast du überhaupt vor?«

»Nicht ich, Fritz. *Wir* haben etwas vor.«

»Und *was* zum Teufel, haben wir vor?«

»Wir werden sterben, Fritz«, sagte Ingersoll. Seine Hand flog über Kreislers Schulter, packte das Haar seines Hinterkopfes und riß seinen Schädel nach hinten. Die andere Hand riß ein langes Messer aus einer Scheide, dann fuhr die blitzende Klinge schnell unter Kreislers linkem Ohr her, und geradewegs zu seinem rechten.

Der SS-Dolch war so scharf, daß Kreisler den Schnitt zunächst gar nicht spürte. Dann brannte es unter seinem Adamsapfel. Er blickte zu Boden und sah, wie sein Blut in einer Fontäne aus dem klaffenden Schlitz an seiner Kehle spritzte.

Er wollte aufschreien, aber er brachte nur ein Röcheln zustande. Er bekam keine Luft mehr. Er griff nach Ingersoll, aber dieser trat zurück, riß das Messer hoch und bohrte es unter seine Rippen und in sein Herz. Kreislers Pupillen klappten nach oben, dann fiel er wie eine schlaffe Puppe auf den Boden, wo er in einer knienden Stellung landete, mit der Stirn auf dem Läufer, die Arme nach hinten zu den Füßen hingestreckt. Blut überflutete den Läufer.

Ingersoll beugte sich vor, wischte die Klinge an Kreislers Jackett ab und schob es in die Scheide zurück. Er drehte Kreisler auf den Rücken und schob mehrere Zeitungen in die Wunde, um den Blutfluß zu stoppen. Kreisler starrte mit leerem Blick zu ihm auf. Ingersoll schloß seine Augen mit einer Hand. Dann rollte er den Toten in den Läufer ein.

Er legte den Kopf in den Nacken und atmete schwer durch den Mund. Der Erregungsschub währte noch eine ganze Minute; er ließ Ingersolls Unterleib anschwellen und pumpte das Blut durch seine Schläfen. Dann sackte er mit einem Luftschnappen am Rand des Tisches zusammen.

Kurz darauf war er wieder in der Lage, den Raum zu durchqueren, den Telefonhörer abzuheben und ein Ferngespräch mit Vierhaus in Berlin zu führen.

»Professor Vierhaus«, meldete sich die ölige Stimme.

»Hier ist Schwan.«

»Schwan?«

»Ja, Schwan. – Erinnern Sie sich?«

»Natürlich.«

»Ich mußte einen Teil der Sache persönlich erledigen.«

»*Das* verstehe ich nun nicht.«

»Ich habe gerade Fritz Kreisler umgebracht. Er liegt in einen Läufer eingerollt in meinem Landhaus. Ich hatte keine andere Wahl.«

Vierhaus schwieg für einen kurzen Augenblick. Ingersoll konnte förmlich hören, wie es in seinem Kopf klickte.

»Haben Sie sonst alles erledigt?«

»Ja. Sämtliche Papiere sind in einer festen Kiste im Weinkeller. Ich verlasse mich darauf, daß Sie alle Angelegenheiten für mich regeln.«

»Natürlich.«

»Sie wissen über den Wein Bescheid, ja?«

»Ja. Ich bin sicher, der Führer wird jede Flasche genießen. Hören Sie jetzt gut zu: Ich möchte, daß Sie so schnell wie nur möglich von dort verschwinden. Nehmen Sie Kreislers Wagen. Ziehen Sie seinen Mantel an, und setzen Sie seinen Hut auf. Fahren Sie zum Bahnhof. Lassen Sie die Wagenschlüssel unter dem Sitz liegen. Jemand wird Sie dort treffen.«

»Woran werde ich ihn erkennen?«

»Er wird nach Kreislers Wagen Ausschau halten. Sie werden ihn erkennen, wenn er Sie ›Herr Schwan‹ nennt. Wir kümmern uns um die Leiche.«

»Danke.«

»Es ist kein großes Problem«, sagte Vierhaus. »Ich ... Schade, daß Sie es tun mußten. Wir hatten einen besser ausgetüftelten Plan.«

»Es ging wirklich nicht anders. Wissen Sie übrigens noch, was Sie mir von den Hunden erzählt haben?«

»Den Hunden?«

»Den Schäferhunden.«

»Ach ja, natürlich.«

Als Ingersoll wieder das Wort ergriff, sprach er mit einem kleinen Anflug von Stolz.

»Ich glaube nicht, daß ich einen Hund brauche, wenn meine Ausbildung anfängt«, sagte er.

Kapitel 9

Felix Reinhardt hastete aus der Straßenbahn durch den Sommerregen zu einem zweistöckigen Gebäude am Rand der letzten Künstlerkolonie Berlins – falls man sie so nennen konnte, da die meisten Künstler und Schriftsteller die Stadt nach dem Putsch der Nazis verlassen hatten. Er schob sich ins Vestibül des heiter bemalten Hauses – ein kleiner, etwas beleibter, ernsthafter Mann. Sein schwarzes Haar und sein struppiger Schnauzbart schrien förmlich nach einer Schere, und seine tief in den Höhlen liegenden Augen lugten hinter dicken Brillengläsern hervor. Sein Anzug war zerknittert. Der urplötzlich ausgebrochene Wolkenbruch hatte ihn ohne Regenschirm erwischt, deswegen schüttelte er jetzt das Wasser von seiner Jacke.

Reinhardt erklomm die Treppenstufen zum Atelier im zweiten Stock. Als er den hellen, freundlichen Dachboden betrat, bimmelte über der Tür leise eine Glocke. In dem großen Raum, der von oben durch zwei gewaltige Dachfenster erhellt wurde, standen halbfertige Skulpturen herum. Reinhardt schloß die Tür und pfiff den Refrain des Donauwalzers.

Aus einer kleinen Kammer neben dem Atelier lugte Oskar Probst durch ein kleines Loch in der Wand. Er trug über seinen grauen Hosen eine Schürze; indem er sie ablegte, verwendete er sie dazu, sich die Hände abzuwischen. Dann legte er sie auf eins der beiden Regale, die die Schriften seiner uralten, fußbetriebenen Angerstadt-Druckmaschine beherbergten.

Als Probst einen Teil des deckenhohen Bücherregals von der Wand schob und ins Atelier kam, hörte Reinhardt das laute Ächzen des Holzes. Das Regal verbarg den Eingang zu der winzigen Druckerei.

»Du bist früh heute, Felix«, sagte Probst lächelnd. Er war ein fröhlicher Mann, jünger als Reinhardt, stattlich und sauber rasiert. Er hatte kurzgeschnittenes blondes Haar, strahlte optimistische Naivität aus und war ein scharfer Kontrast zu Reinhardts beständig finster dreinblickender Erscheinung.

»Ich habe ein paar Änderungen für den Titelaufmacher«, sagte Reinhardt und entnahm seiner Innentasche ein gefaltetes Blatt Papier. »Es ist nicht viel; nur ein paar Kleinigkeiten.«

»Kein Problem«, antwortete der jüngere Mann. »Aber das Fußpedal war schon wieder kaputt. Ich fürchte, die alte Presse wird's nicht mehr lange machen. Außerdem bin ich um eine halbe Stunde hinter der Zeit.«

Probst druckte alle zwei Wochen eine illegale vierseitige Zeitung, die sich *Berliner Gewissen* nannte. Sie gehörte zu den letzten freien Stimmen in der Stadt. Felix Reinhardt war der Herausgeber. Außerdem versorgte Probst politische Dissidenten, die aus Berlin verschwinden mußten, mit falschen Papieren, möglicherweise war er der beste Fälscher im ganzen Land.

Das *Gewissen* und seine Paßfälscherwerkstatt waren äußerst gefährliche Unternehmen. In der Öffentlichkeit trat Probst als strammer Nazi auf; diese Tarnung ermöglichte es ihm, der Entdeckung durch die Gestapo zu entgehen. Reinhardt war eine internationale Berühmtheit. Seine Artikel erschienen in Londoner, Pariser und New Yorker Zeitungen, und gelegentlich sogar in *The New Republic*. Er war dem Zorn der Gestapo nur wegen seiner Prominenz entkommen, aber seine Lage wurde von Tag zu Tag schwieriger. Man hörte sein Telefon ab und beschattete ihn. Der Gestapo fehlte nur noch ein vernünftiger Grund, um ihn für immer zum Schweigen zu bringen.

Die beiden Männer wußten, daß sie mit Katastrophen die Zeit charakterisierten. Das *Berliner Gewissen* stand auf der Liste der Gestapo ganz oben, und jedem von ihnen war klar, daß man sie umbringen würde, wenn man sie schnappte.

»Noch eine Ausgabe«, sagte Probst jeden zweiten Donnerstag. »Wir müssen aufhören, Felix; sie sind schon zu dicht an uns dran.«

Reinhardt wußte, daß Probst recht hatte. Jede Ausgabe trieb sie weiter der Katastrophe entgegen. Und doch brachte jede zweite Woche neue Enthüllungen, neue Abscheulichkeiten und neue Erlasse, so daß die beiden Männer sich verpflichtet fühlten, den Menschen zu sagen, was sich in ihrer Umgebung tat. Nur deswegen führten sie ihr gefährliches Unternehmen weiter fort. Reinhardt erwachte manchmal schwitzend mitten in der Nacht; seine Unruhe lag am heißen Atem der Gestapo, ob er nun wirklich oder nur eingebildet war.

»Ich habe das Pedal wieder repariert«, sagte Probst. »Gib mir die Korrekturen, dann sorge ich für alles. Trink du inzwischen ein Bier. Und sei in einer halben Stunde wieder hier.«

»Soll ich dir was mitbringen?«

»Nein, danke. Geh über die Hintertreppe, da geht's über die Straße direkt zum Brauhaus. Dann wirst du nicht allzu naß.«

»Danke«, sagte Reinhardt. Als er hinausging, konnte er nicht ahnen, daß sein bester Freund nur noch wenige Minuten zu leben hatte. Und wirklich, wenn Probsts Druckerpresse keinen Maschinenschaden gehabt hätte, wäre er sogar mit ihm zusammen umgekommen.

Während sie miteinander redeten, hielt vor dem Haus ein grauer Kommandowagen an, und vier Angehörige der SA sprangen ins Freie. Die Braunhemden wurden von einem untersetzten, granitgesichtigen Sturmbannführer befehligt, dessen Nase die knallroten Adern eines Säufers aufwies. Die Männer bewegten sich schnell, sie betraten die Treppe zum zweiten Stock und nahmen jeweils zwei Stufen auf einmal.

Reinhardt war gerade auf der Hintertreppe unterwegs, als die SA-Männer in Probsts Atelier eindrangen.

»Oskar Probst?« hörte er eine barsche Stimme fragen.

»Was wollen Sie denn?« antwortete Probst.

Als Reinhardt den Wortwechsel hörte, schlich er über die Treppe zurück. Er lugte gerade in dem Augenblick durch die halbgeöffnete Tür, als ein SA-Mann das hohe Bücherregal im hinteren Teil des Studios packte und es krachend zu Boden warf. Er betrat die hinter der Geheimtür liegende Kleindruckerei, sah sich um, nahm mehrere Druckfahnen vom Tisch und las sie schnell durch.

Dann warf er die Papiere mit einem zornigen Brüllen in die Luft, stemmte die Schulter unter den Tischrand, auf dem die Lettern lagerten, und kippte ihn um. Hunderte von Bleilettern ergossen sich über den Boden.

»Nein!« sagte Probst. »Nicht!« Er stürzte sich auf den großen Mann in der braunen Uniform. Der SA-Mann packte ihn am Aufschlag seines Hemdes.

»Du Verräter«, schnaubte er und stieß Probst quer durch den Raum. Dann wandte er sich zu dem zweiten Tisch um.

»Ihr Schweine!« schrie Probst.

Es waren seine letzten Worte. Der Sturmbannführer kam in das Atelier und marschierte zur Druckereitür. Als Probst einen erneuten Vorstoß machte, zog er eine P 38 und schoß auf ihn. Die Kugel bohrte sich in Probsts Brust und stieß ihn nach hinten. Seine Knie knickten ein, aber er fiel nicht um. Er musterte den SA-Mann mit einer Mischung aus Überraschung und Entsetzen.

Der Angriff des Sturmbannführers ließ auch die übrigen drei Braunhemden zur Tat schreiten. Sie zückten Pistolen, und der Raum explodierte im Feuer ihrer Schüsse. Mehrere Kugeln trafen Probst und warfen ihn gegen seinen Schreibtisch. Er fiel rückwärts und mit ausgestreckten Armen über ihn; seine Füße baumelten über dem Boden. Ein halbes

Dutzend Einschüsse hatten seinen Pullover zerfetzt. Blut floß aus ihm heraus.

Reinhardt legte die Hand auf den Mund, um einen Schrei des Entsetzens zurückzuhalten. Da er nichts mehr für Probst tun konnte, rannte er die Treppe hinunter. Seine Blicke hefteten sich auf die Studiohintertür, da er jeden Moment damit rechnete, daß die SA-Mörder ihn verfolgten. Aber sie taten es nicht. Er hörte, wie sie die Druckerei und Probsts Atelier zerschlugen. Dann erklang ein dumpfer Aufschlag, und jemand schrie: »Feuer!«

Mein Gott, dachte Reinhardt, *sie stecken das ganze Haus in Brand!*

Er schlich durch die Hintertür ins Freie, gesellte sich kurz zu der nachmittäglichen Menge, die sich im Regen auf der Straße versammelt hatte, und suchte dann, so schnell ihn seine Beine trugen, das Weite.

Eine Frau, die ihm auf der Straße entgegenkam, deutete in die Richtung, aus der er gekommen war, und rief: »Schauen Sie mal, da brennt's!«

Reinhardt blieb nicht stehen. Er drehte sich auch nicht um. Er riß sich zusammen, nicht in Laufschritt zu verfallen, um sich nicht verdächtig zu machen. Doch die Angst beherrschte ihn vollkommen – es war die Angst, daß die Nazis schon hinter ihm waren und ihm in den Rücken schossen. Halb gehend, halb laufend eilte er an eine Ecke, die einen Block weiter lag, dann blieb er stehen und blickte zum erstenmal zurück. Aus den Fenstern im zweiten Stock des freistehenden Gebäudes stoben Flammen. Reinhardts Herz raste, seine Kehle war trocken. Um nicht naß zu werden, lehnte er sich an die Hauswand und schaute zu.

Ein paar Momente vergingen. An der Hintertür des Hauses tauchten nun zwei Braunhemden auf und suchten die Straße in beiden Richtungen ab. Ein SA-Kommandowagen, an dessen Kotflügeln schwarzrote Hakenkreuzfahnen wehten, fegte um eine Ecke und hielt neben den beiden an. Der häßliche Sturmbannführer, der den ersten Schuß auf Probst abgegeben hatte, stand in dem offenen Fahrzeug und deutete in beide Richtungen der regennassen Straße. Seine Befehle wurden von der Ankunft eines Fahrzeugs der Feuerwehr unterbrochen.

Reinhardt drückte sich fester an die Hauswand. Er stand im Schatten und schaute zu, wie die Feuerwehrleute anfingen, die Schläuche zu montieren. Mehrere SA-Männer standen herum und forderten sie auf, sich Zeit zu lassen.

»Es ist sowieso schon zu spät«, sagte einer. »Das Haus ist nicht mehr zu retten. Warum also Wasser verschwenden, he? Laßt es doch vom Regen löschen.« Sie lachten.

Jetzt stand das Hausdach in Flammen; die Feuerzungen schnappten nach den Regentropfen. Die Braunhemden zogen sich von dem Gebäude zurück und musterten die versammelte Menge. Einige von ihnen hatten Fotos bei sich, die sie den ins Feuer starrenden Leuten zeigten

»Hört mal her«, rief ein SA-Mann der Menge zu und hielt ein Foto in die Luft. »Habt ihr den Mann hier gesehen? Er heißt Felix Reinhardt. Ich weiß, ihr kennt das Foto. Der Mann ist berühmt. Wir haben den Befehl, ihn festzunehmen, weil er Verbrechen gegen Führer und Vaterland begangen hat. Wer ihn versteckt oder nicht ausliefert, wird erschossen! Hat ihn jemand gesehen? Redet!«

Reinhardt setzte sich eilig in Bewegung. Die nächste Straßenbahnhaltestelle war nicht weit. An ihr hatte sich schon eine Menge versammelt, die sich unter ihre Regenschirme duckte. Reinhardt ging direkt auf sie zu und hielt den Kopf wegen des dichten Regens gesenkt. Er konnte nicht heimgehen, man würde sein Haus bewachen. Er konnte auch kein Taxi riskieren. Er brauchte die Sicherheit der Menge. Als sich noch mehr Leute an der Haltestelle sammelten, gesellte er sich dazu. Er hielt eine Zeitung vors Gesicht und tat so, als läse er, doch in Wahrheit lugte er über ihren Rand. Er gab sich Mühe, langsamer zu atmen, aber er hatte sich noch nie im Leben so gefürchtet.

Zwei Häuserblocks weiter kam die Straßenbahn um eine Ecke und kroch auf sie zu. Sie war noch einen Häuserblock entfernt, als zwei Braunhemden die Straße entlang auf ihn zukamen. Der Regen nahm allmählich ab. Die SA-Männer blieben stehen und suchten die Straße ab, dann kamen sie näher. Sie blieben hin und wieder stehen, um den nassen und verärgerten Passanten das Foto zu zeigen.

Der Schweiß vermischte sich mit dem Regen, der an Reinhardts Gesicht hinablief. Er spürte die Feuchtigkeit unter den Armen; sie breitete sich unter seiner Jacke aus.

Die Straßenbahn hielt an, und er stieg ein. Als sie endlich mit einem Ächzen wieder Fahrt aufnahm, erreichten die Braunhemden die Haltestelle. Ein SA-Mann ging forsch neben der anfahrenden Bahn her und warf einen Blick durch die Fenster. Reinhardt wandte ihm den Rücken zu und musterte in einer Scheibe sein Spiegelbild, während der Sturmtruppler neben dem Fahrzeug herging und die Fußgänger musterte. Reinhardt spürte ein Trommeln hinter seinen Schläfen. Er schloß die Augen, holte mehrmals tief Luft und atmete langsam aus, um sich zu entspannen.

Gott sei Dank, er hat mich nicht gesehen.

Er fuhr sieben oder acht Stationen mit der Bahn, bis die Passagiere allmählich weniger wurden, dann stieg er aus und winkte einer Droschke.

»Bringen Sie mich zur amerikanischen Botschaft«, sagte er zu dem Fahrer. »Wissen Sie, wo sie ist?«

»Ja, weiß ich«, sagte der Fahrer. Er schaute in den Rückspiegel und fragte: »Sind Sie Amerikaner?«

»Nein, nein«, sagte Reinhardt schnell. »Ich bin ... Schreiner. Ich soll etwas instand setzen.«

»Die Amis zahlen wohl gut, was?« fragte der Fahrer lächelnd.

»O ja«, antwortete Reinhardt. »Und sie zahlen täglich.« Er bemühte sich, einen entspannten Eindruck zu erwecken.

Als sie noch zwei Häuserblocks von der Botschaft entfernt waren, sah er zwei Tourenwagen, die auf der Straße vor dem gebogenen Tor parkten. Zwei Männer in schwarzen Regenmänteln, die schwarzen Filzhüte tief in die Augen gezogen, unterhielten sich mit dem Marineinfanteristen am Eingang. Vier weitere saßen in den Wagen, die mit offenen Türen auf der anderen Straßenseite standen. Die Gestapo.

»Halten Sie an dem Tabakladen«, sagte Reinhardt plötzlich. »Ich muß mir noch ein paar Zigaretten besorgen.«

»In Ordnung. Soll ich warten?«

»Nicht nötig. Ein Spaziergang wird mir guttun.«

Er entlohnte den Fahrer, betrat den Laden und kaufte sich eine Packung Zigaretten. Dann ging er wieder hinaus, entfernte sich von der Botschaft und bog ab. Er eilte zu einer nahen Telefonzelle und drehte den Rücken zur Straße, als er der Vermittlung die Privatnummer des amerikanischen Attachés gab. Er schwitzte nun wieder, und sein Atem ging keuchend. Er konnte die Angst in seinem Mund schmecken. Es schien eine Ewigkeit zu dauern, bis die Sekretärin sich meldete. »Büro Colonel Meredith.«

»Den Colonel, bitte«, sagte Reinhardt und warf einen schnellen Blick in beide Straßenrichtungen.

»Wen darf ich bitte melden?«

Wird sein Anschluß abgehört? fragte er sich. *Kann ich das Risiko eingehen?* »Bitte ... Es geht um Leben und Tod. Kann ich bitte mit dem Colonel sprechen?«

»Können Sie mir Ihren Namen nicht nennen?« fragte sie.

Reinhardt zögerte einen Moment, dann sagte er: »Nein. Geben Sie nur den Colonel! Um Himmels willen! *Bitte!*«

Pause. Einen schrecklichen Augenblick lang glaubte er, die Verbindung sei zusammengebrochen. Dann hörte er ein Klicken und eine gepriesene menschliche Stimme.

»Hier ist Colonel Meredith. Wer ist da, bitte?«

»Hier ist ein alter Freund, Colonel. Sie haben gesagt, ich soll Sie anrufen, wenn ich Hilfe benötige ...«

»Ich erkenne Ihre Stimme«, unterbrach ihn der Colonel. »Sagen Sie nichts mehr. Sind Sie in der Nähe?«

»Ja.«

Wieder eine Pause. »Zwei Blocks, drei Blocks?«

»Zwei. Nach Osten. Seitenstraße, Telefonzelle.«

»Wissen Sie noch, wo wir die Frankfurter Würstchen gegessen haben?«

Reinhardt warf einen Blick über seine Schulter. Ihm gegenüber lag ein amerikanisches Feinschmeckerrestaurant.

»Ja«, sagte er und fragte sich, warum er plötzlich flüsterte.

»Gehen Sie jetzt dorthin. Sofort. In zwei Minuten ist jemand bei Ihnen.«

»Danke. Bitte, beeilen Sie sich.«

Reinhardt ging festen Schrittes über die Straße und betrat das Lokal. Als er eintrat, stand der Inhaber gerade am Telefon. Er lauschte einen Moment in den Hörer, sah Reinhardt an, sagte etwas, legte auf und deutete mit dem Kopf auf den hinteren Teil seines Geschäfts.

Reinhardt ging geradewegs durch den Gang und stieß hinter einem Vorhang auf ein winziges, vollgepacktes Büro mit einer Hintertür. Auf einem alten Rollschreibtisch stapelte sich Korrespondenz, Regalreihen mit Konservendosen nahmen eine ganze Wand ein. Er wartete und lugte vorsichtig durch den Vorhang. Er konnte die Telefonzelle auf der anderen Straßenseite sehen. Die Zeit wollte einfach nicht vergehen.

Dann hielt ein Mercedes vor der Zelle, und vier SA-Männer sprangen heraus. Eine überprüfte die Zelle, die drei anderen sahen sich auf der Straße um. Dann deutete einer von ihnen auf das Restaurant. Panik ergriff den kleinen Mann. Er drehte sich um und eilte zur Hintertür hinaus.

Vor der Tür standen zwei in Regenmäntel gekleidete Männer. Sie hatten die Hände in den Taschen; Wasser tropfte von den Krempen ihrer Hüte. Einer hielt die Tür einer Limousine auf. Ein dritter Mann saß hinter dem Steuer. Rauch kräuselte vom Auspuff des Fahrzeugs.

»Herr Reinhardt?« fragte einer der Männer.

Reinhardts erschreckte Augen zuckten in ihren Höhlen.

»Es ist alles in Ordnung, Sir«, sagte der größere der beiden und nahm seinen Arm. »Ich bin Major Trace von der US-Botschaft. Steigen Sie schnell ein.«

»Sie sind gleich hier! Die SA ist schon da!« schrie Reinhardt, als er sich auf den Rücksitz fallen ließ. Die beiden Amerikaner folgten ihm, der eine setzte sich nach vorn, Trace nahm hinten bei Reinhardt Platz. Der Motor brüllte auf, noch ehe die Türen geschlossen waren.

»Auf den Boden, bitte«, sagte Trace ernst. Reinhardt ließ sich auf die Knie sinken, und der Major hüllte ihn in eine Decke. »Was auch passiert«, sagte er, »bewegen Sie sich nicht.«

Unter der Decke versteckt, wurde Reinhardt vor Angst beinahe schlecht. Er spürte, wie der Wagen um eine Ecke schlitterte und hörte dessen grelle Hupe. Die nächsten Sekunden kamen ihm wie Stunden vor. Er spürte, wie der Wagen langsamer wurde und anhielt. Er hörte gedämpfte Stimmen.

Mein Gott, dachte er, *sie haben mich erwischt. Ich bin ein toter Mann.*

Dann fuhr der Wagen weiter. Ein paar Sekunden später sagte Trace: »Okay, Sir, Sie können jetzt wieder ruhiger atmen. Sie befinden sich auf amerikanischem Boden.«

Kapitel 10

Keegan stand im Eingang des Hauptsalons der Botschaft, taxierte die Gäste und lauschte der Band im Ballsaal, die den Versuch machte, Jazz in einem Tempo zu spielen, das mehr Victor Herbert als Chick Webb war.

Er wußte nicht mehr genau, aus welchem Grund die Party stattfand, aber es gab ja *immer* einen Grund, und Wallingford hatte eine nette Meute herbeigeschafft. Die obligatorischen Herumhänger waren da, ein paar langweilige ausländische Diplomaten und – wie üblich – ein paar SS-Offiziere in ihren schicken schwarzen Uniformen. Keegan hatte unter den Gästen auch ein paar neue und interessante Gesichter gesehen. Peter Sowieso, der kleinwüchsige Schauspieler mit den Glupschaugen und der Stimme einer aufgebrachten Biene, der, nachdem er einen Kinderschänder gespielt hatte, über Nacht zu einer Sensation geworden war, stand allein in einer Ecke, während auf der anderen Seite des Raumes der englische Dramatiker George Bernard Shaw vor einer großen, wie hypnotisiert wirkenden Gruppe hofhielt. Die Schauspielerin Elisabeth Bergner, die Hauptdarstellerin seines Bühnenstückes *Die Heilige Johanna,* starrte ihn bewundernd an.

Es gab auch noch ein paar andere neue Gesichter. Unter anderem ein halbes Dutzend wunderschöne Frauen. Wallingford hatte eine Nase für hübsche Damen. Eine der hübschen Frauen war ein neuer internationaler Filmstar. Sie stand auf der anderen Seite des Raumes, und der hochgewachsene Mann im Smoking, der den Eingang zu beherrschen schien, als sei er sein persönliches Eigentum, war ihr sofort aufgefallen. Sie war sich dessen bewußt, daß auch die anderen ihn gesehen hatten. Ein leises Raunen schwebte durch den Raum.

»Wer ist das?« fragte sie ihren Begleiter, einen amerikanischen Militärattaché namens Charles Gault.

Sobald Keegan einen Raum betrat, ging das Geflüster auch schon los. Er zog die Gerüchte an wie J. P. Morgan das Geld. Die Männer musterten ihn in der Regel mit Geringschätzung, die Frauen hingegen starrten ihn hungrig an. Der Adel war in ihn vernarrt, und die Schickeria von England, Frankreich, Deutschland und Italien verhätschelte ihn. Keegan tauchte überall dort auf, wo etwas los war. Er war stets leicht reserviert, befleißigte sich einer ätzenden Schlagfertigkeit, die die Männer einschüchterte, und zeigte ein mehr oder weniger arrogantes Lächeln, das die Damen schwindlig machte. Sein Charme wies allerdings eine deutliche Schärfe auf. Der Mann wirkte zäh, was die ihn umgebenden Gerüchte noch verstärkte und seiner Ausstrahlung einen Anflug von Gefahr hinzufügte.

»Das ist Francis Scott Keegan«, antwortete Gault.

»Das also ist Keegan?« sagte die Frau mit leiser, heiserer Stimme, ohne den Blick von ihm abzuwenden.

»Sein Ruf scheint ihm immer vorauszueilen«, antwortete Gault.

Und so war es wohl. Auch sie hatten schon von dem amerikanischen Playboy gehört, der angeblich reicher war als König Midas. Sie hatte gehört, er habe unter den Reichen und Betitelten zwei oder drei illegitime Kinder gezeugt. Daß er ein amerikanischer Kriegsheld sein sollte. Daß er ein Gangster sein sollte, auf dessen Kopf ein Preis ausgesetzt gewesen war. Daß er aktives Mitglied der ›Sinn Fein‹ war, der irischen Rebellenarmee. Daß er einst einen griechischen Schiffsmagnaten beim Pokerspielen bis auf die

Unterhosen ausgenommen und ihm mit einem Achselzukken alles wieder zurückgegeben hatte. Das vergaß man nie zu erwähnen: *Mit einem Achselzucken.*

»Ich habe sogar schon gehört, er soll ein russischer Adeliger sein, dem kurz vor der Revolution noch die Flucht geglückt ist«, sagte Gault leise.

»Er ist kein russischer Adeliger«, erwiderte die Frau mit der heiseren Stimme. Keegan trat jetzt ein und blieb stehen, um sich mit Jock Devane, dem amerikanischen Botschafter, und seiner Gattin Cissy zu unterhalten.

»Du kommst doch zu der Gartenparty, Francis, nicht wahr?« fragte Cissy Devane.

»Ich würde sie um nichts in der Welt verpassen«, sagte Keegan und küßte ihre Hand.

»Ich habe dich nämlich schon zu meinem Federball-Partner auserkoren.«

»Schön«, sagte er, beugte sich vor und vertraute ihr an: »Ich werde für den Rest der Woche meine Rückhand trainieren. Dann seifen wir sie gehörig ein.«

Er ging weiter, schüttelte einem Nazi-Offizier die Hand, tauschte Nettigkeiten mit der Gattin eines amerikanischen Industriellen aus und nahm den Blick nur selten von der Schauspielerin. »Interessant«, sagte sie.

»Wollen Sie ihn kennenlernen?« fragte Gault.

»Ach, der kommt schon von allein«, sagte sie selbstsicher.

Als Keegan sich gleichgültig einen Weg durch den Raum bahnte, hier und da stehenblieb, um Grüße auszutauschen oder eine parfümierte Hand zu küssen, war er sich dessen bewußt, daß ein Gast – ein kleiner Mann mit Buckel – ihn äußerst interessiert im Auge behielt. Keegan tat zwar so, als sähe er ihn nicht, aber er war sich seiner Anwesenheit durchaus bewußt.

Sein Kurs durch den Raum führte ihn schlußendlich genau auf die Schauspielerin zu.

»Hallo, Gault, wie läuft's mit der Army?«

»Langweilig wie immer. – Francis, hast du Marlene Dietrich schon kennengelernt?«

»Nein«, sagte Keegan, küßte ihr die Hand und schaute ihr

direkt in die Augen, »aber ich habe Sie in *Herzen in Flammen* gesehen, und seitdem haben meine Knie nicht mehr aufgehört zu zittern.«

Sie lachte. »Soll das ein Kompliment sein?«

»Auf jeden Fall«, sagte er.

»Und was machen Sie so, Mr. Keegan?«

»Francis.«

»Francis.«

»Von allem wenig«, antwortete er. »Ich nehme an, man könnte sagen, daß ich ausgedehnt Urlaub mache. Und hin und wieder ein kleines Geschäft.«

»Wie schön«, sagte sie. »Und wenn Sie gerade nicht Urlaub machen?«

Sie ist absolut umwerfend, dachte Keegan. Ein Killerblick und eine verlockende Stimme, die gleichzeitig versprechend und bedrohlich ist. Sie nahm eine Zigarette heraus, und er gab ihr Feuer.

»Ich weiß es nicht mehr«, sagte er mit einem schiefen, beinahe überheblichen Lächeln und wechselte das Thema. »Und Sie filmen jetzt?«

»Ich kehre nächste Woche nach Hollywood zurück«, sagte sie. »Ich mache erst im nächsten Jahr wieder einen Film.«

»Wie heißt er denn?«

»*The Devil is a Woman.* – Der Teufel ist eine Frau.«

Keegan grinste schelmisch und sagte: »Wie passend.«

»Auch *Sie* haben irgend etwas Teuflisches an sich, Mr. Keegan«, sagte sie, beugte sich vor und blickte ihm gerade in die Augen.

»Hast du schon das Neueste gehört?« sagte Gault, dem klar wurde, daß sich die Konversation immer weiter von ihm entfernte. »Goebbels hat heute morgen allen amerikanischen Telefongesellschaften befohlen, ihre jüdischen Angestellten rauszuwerfen. Sie dürfen in Zukunft nur noch Mitglieder der NSDAP einstellen. Und die Botschaft darf keine Verträge mehr mit Juden machen. Kannst du dir das vorstellen? Die Deutschen schreiben uns vor, wen wir einstellen und mit wem wir Geschäfte machen dürfen!«

»Es ist nun mal ihr Land«, sagte Keegan gleichgültig.

»Nein, es ist Hitlers Land«, sagte die Dietrich. »Das Ironische ist, daß man ihn nie in eine Funktion gewählt hat. Er hat die Wahl gegen Hindenburg verloren, doch Hindenburg hat ihm zum Reichskanzler gemacht.«

»Was halten Sie denn von ihm?« fragte Keegan.

Sie zögerte kurz und schaute sich im Raum um, ehe sie antwortete. »Ich halte ihn für den Feind eines jeden Menschen, der kreativ oder intellektuell tätig ist.«

»Ich werde nie verstehen, warum die Deutschen sich ihm nicht widersetzt haben«, sagte Gault.

»Man braucht Mut, um sich zu widersetzen, Charlie«, sagte Keegan. »Wir haben Deutschland in eine schreckliche Lage gebracht. Der Versailler Vertrag hat das Land in den Bankrott getrieben. Die Deutschen haben nichts mehr, womit sie Widerstand leisten können.«

»Auf welcher Seite stehst du eigentlich?« sagte Gault, den Keegans Verteidigung der Deutschen offensichtlich verärgerte.

»Es ist keine Frage der Seite. Es sind Tatsachen.«

»Sie haben den Krieg angefangen, und wir haben ihn beendet«, fauchte Gault. »Was hättest du denn getan, ihnen den Hintern versohlt?«

»Wir Amerikaner haben die europäische Politik noch nie verstanden«, sagte Keegan. »Du kennst doch den Spruch: Als Roosevelt gewählt wurde, hat er seinen Gegnern verziehen; als Hitler gewählt wurde, hat er seine Freunde verhaften lassen. Es kommt alles auf den Standpunkt an.«

»Standpunkt?« antwortete Gault. »Die SA ist seine Privatpolizei. Sie schlagen auf der Straße jeden Tag Leute zusammen.«

»Hör auf, Charlie! Bei uns liegen die Dinge auch nicht viel anders. Die SA haut *hier* die Kommunisten zusammen, und wir beschimpfen unsere Veteranen als Kommunisten und hauen sie in Washington zusammen. Die Gestapo beschlagnahmt jüdisches Eigentum, und unsere Banken beschlagnahmen die Häuser unserer Leute. Die SA schlägt die Juden zusammen; der Ku-Klux-Klan lyncht die Schwarzen.

Wir haben die gleichen Suppenküchen für die Armen wie die Nazis; die gleichen Lager für die Landstreicher und die gleiche Arbeitslosigkeit. Verflucht noch mal, wir haben einfach Glück gehabt! Wir haben Roosevelt bekommen, und sie haben Hitler bekommen. – Und eins kannst du mir glauben: Bei uns zu Hause gibt es Leute, für die ist die FDR ebenso gefährlich wie Adolf.«

»Nicht so laut«, zischte Gault und schaute sich um, als erwarte er, hinter den Topfpflanzen könne ein Beamter des Innenministeriums hervorspringen.

»Dann sehen Sie in Hitler also keine Bedrohung für Amerika?« fragte die Dietrich.

»Die Hitlers kommen und gehen«, sagte Keegan. »Die Deutschen haben ihn gewollt und gekriegt. Uns geht das nichts an.«

»Nicht alle Deutschen *wollen* ihn«, sagte sie.

Keegans Blick wurde für einen Augenblick hart.

»Aber ihr *habt* ihn nun mal«, sagte er. Er setzte sein Grinsen wieder auf. »Verdammt noch mal, ich mag die Deutschen. Ich komme mit ihnen aus.«

»Ich habe gehört, im Forst von Belleau hätten sie dich fast erwischt«, sagte Gault.

»Yeah ... Aber jetzt habe ich mit ihnen ein Abkommen getroffen: Ich habe Ihnen wegen des Krieges verziehen und sie mir für den Frieden.«

»Ist er nicht goldig?« sagte Gault sarkastisch.

»Hör mal, Gault, ich habe eine Menge Freunde in diesem Land. Ich bin sicher, daß manche von ihnen in der NSDAP sind ... Teufel noch mal, es kostet nur sechs Mark im Monat, um da einzutreten. Ich frage sie nicht danach, weil es mich nicht kümmert. Wenn Hitler ihr Bier ist, dann sollen sie ihn von mir aus wählen. Es geht uns einen Scheißdreck an, was die Deutschen tun.«

»Bitte«, sagte die Dietrich, »können wir das Thema wechseln? Ich bin es so satt ... Mit jedem, dem man heutzutage begegnet, kann man nur noch über Politik reden.«

»Es ist der Nationalsport«, sagte Keegan. »Bei uns ist es Baseball; bei Ihnen sind es die Sturmtruppler.«

Sie setzte über seinen Vergleich einen finsteren Blick auf.
»Was hat Sie hergeführt?« fragte Keegan in einem Versuch, ihre finstere Miene zu vertreiben.
»Haben Sie es nicht gehört? In dieser Saison ist die amerikanische Botschaft doch *der* gesellschaftliche Mittelpunkt.« Sie schürzte die Lippen zu einem vagen und boshaften Lächeln.
»Ich hoffe, das liegt nicht an Wally Wallingford«, sagte Keegan. »Sein Kopf ist jetzt schon zu groß für seinen Hut.«
»Wenn man vom Teufel spricht . . .« Sie nickte über Keegans Schulter.
Wallace Wallingford war Protokollchef der Botschaft. Er war ein magerer Mann Anfang Dreißig, verkrampft und formell, mit blondem, allmählich schütter werdenden Haar und ängstlichen feuchten Augen. Wie viele Karrierediplomaten hatte er sich eine Aura der Überlegenheit zugelegt, eine Verhaltensweise, die manche Leute in Angst versetzte. Doch an diesem Abend wirkte er nervös und irgendwie nicht bei der Sache. Auf seiner Stirn glitzerten winzige Schweißperlen.
»Marlene, meine Liebe«, sagte er und küßte ihre Hand, »wie *generös* von dir, daß du gekommen bist.«
»Du bist entzückend, Wally«, sagte sie, »aber du hast eine leichte Neigung zu Übertreibungen.«
»Und wie geht es dir, Francis?« sagte Wallingford.
»Recht gut, Wally. *Generös* von dir, danach zu fragen.«
Wallingford musterte ihn kurz mit einem finsteren Blick, dann packte er seinen Ellbogen.
»Marlene, kann ich ihn mir mal für zwei Minuten ausleihen?«
»Natürlich.«
»Ich bin gleich wieder da«, sagte Keegan, als Wallingford ihn entführte.
»Du mußt irgendwas gegen die Band unternehmen, Wally«, sagte Keegan.
»Zum Beispiel?«
»Ich schlage vor, du läßt sie deportieren. Je früher, desto besser.«

»Grins weiter, aber hör zu«, sagte Wallingford leise. »Du weißt doch, wo mein Büro ist?«

»Natürlich weiß ich, wo dein Büro ist. Und hör auf zu reden, ohne die Lippen zu bewegen. Du siehst aus wie Edgar Bergen.«

Wallingford setzte ein starres Lächeln auf und sagte beiläufig: »Warte etwa fünf Minuten. Dann gehst du auf die Terrasse raus und kommst durch die Seitentür wieder rein. Wir treffen uns oben.«

»Hör mal, Wally, ich war gerade dabei, mich mit der schönsten, sinnlichsten und ...«

»Mach keinen Ärger«, sagte Wallingford, ohne sein starres Grinsen aufzugeben. »Die Sache ist ernst.« Dann tauchte er wieder in der Menge unter.

Keegan warf einen Blick zu Marlene zurück, doch Gault hatte sie schon auf den Tanzboden entführt. Der kleine Bucklige war nirgendwo zu sehen. Er ging auf die Terrasse und steckte sich eine Zigarette an.

Von einer Nische im Ballsaal aus beobachtete Vierhaus Keegan pausenlos: Als er gleichgültig seine Zigarette paffte; eine Nelke am Rand des Gartens pflückte; sie in sein Knopfloch steckte; in den Garten hinausschlenderte und in der dunstigen, mondlosen Nacht verschwand.

Keegan ging um die Ecke des Gebäudes, betrat es wieder durch den Seiteneingang und ging die Treppe hinauf, wobei er stets zwei Stufen auf einmal nahm. Wallingford erwartete ihn im oberen Korridor. »Na schön, Wally, was ist los?«

»Du kennst doch Felix Reinhardt?« fragte Wallingford nervös.

»Den Schriftsteller? Klar. Das ist doch der Mann, der Hitler als größten Schauspieler der Welt bezeichnet und gesagt hat, man hätte ihm statt einer Bühne das ganze Land zur Verfügung gestellt.«

»Die ganze *Welt* ist zur Bühne dieses Hundesohns geworden«, sagte Wallingford. »Reinhardt ist hier, in meinem Büro.«

»Warum kommt er nicht runter und gesellt sich zum niederen Volk?«

»Weil er's nicht kann«, sagte Wallingford verärgert und leise.

Keegan lachte. »Was hat er denn? Ist er auf der Flucht?«

»Genau das.«

Sie betraten Wallingfords Büro, einen großen, von Bücherregalen umsäumten Raum, in dem es nach Leder und Pfeifentabak roch. Keegan sah zwei Männer. Einen der beiden kannte er. Sein Name war Hermann Fuegel; er war ein großer, schwerfällig aussehender Einwanderungsbeamter, der in der Botschaft tätig war. Fuegel war Amerikaner, seine Eltern waren aus Deutschland ausgewandert; er beherrschte die deutsche Sprache fließend.

Der andere Mann war Felix Reinhardt. Er saß auf einem Sofa in der Ecke des Raumes, ein untersetzter Mann Anfang Vierzig, mit dichtem, schwarzem Haar, das ihm beinahe bis auf die Schultern fiel. Er hatte tiefliegende, dunkel umrandete Augen. Seine Krawatte war gelöst, und er wirkte ziemlich aufgeregt. Vor ihm stand ein Teller mit einer nur halbgegessenen Mahlzeit.

»Mr. Reinhardt, das ist Francis Keegan. Wir können ihm vertrauen. – Francis, das ist Felix Reinhardt.«

»Freut mich«, sagte Keegan. Reinhardt nickte nur. Es war offensichtlich, daß er zutiefst verstört war.

»Sie haben Probst umgebracht«, stieß er plötzlich hervor. »Es ist kaum zu glauben! Sie sind einfach in sein Atelier gegangen, vier Mann, und haben ihn zusammengeschossen . . . bis ihre Pistolen leer waren. Dann haben Sie das ganze Haus in Brand gesteckt. Es war . . . grauenhaft.«

»Immer mit der Ruhe«, sagte Wallingford und reichte ihm einen Brandy. Reinhardt trank ihn und schien sich etwas zu beruhigen.

»Wer ist Probst?« fragte Keegan, den die Szene in ihrer Gesamtheit verwirrte.

»Ein junger Künstler«, sagte Reinhardt. »Wir haben zusammen das *Berliner Gewissen* herausgegeben. Er hat auch Pässe für uns gefälscht.«

»Uns?« fragte Keegan. »Wen meinen Sie damit?«

Reinhardt sah ihn an. »Staatsfeinde. Kommunisten, Juden – alle, die anderer Meinung sind als unser großartiger Führer«, sagte er verbittert.

»Man hat ihn umgebracht, weil er falsche Pässe hergestellt hat?« sagte Keegan ungläubig. »Wer hat das getan?«

»Die SA«, sagte Reinhardt.

»Entgeht mir hier vielleicht etwas?« fragte Keegan. »Stehen wir hier tatsächlich vor einem Mann von der Einwanderungsbehörde und reden über falsche Pässe?«

»Gott, Keegan, du hast wirklich 'ne lange Leitung«, sagte Wallingford.

»Wenn wir ihm Papiere besorgen können, wird ihm niemand Fragen stellen«, erklärte Fuegel. »Aber wenn er ohne welche ankommt, haben wir keine andere Wahl, als ihn auszuweisen.«

»Selbst wenn Sie wissen, daß sie gefälscht sind?« fragte Keegan.

»Solange er einen Paß und hundert Dollar in der Tasche hat, stellt niemand Fragen. Aber Papiere haben muß er.«

»Gott, was für ein dämliches Spiel.«

»Nicht dämlich, Keegan, notwendig«, sagte Wallingford. »Wenn wir deutschen Flüchtlingen erlauben, das Land ohne Paß zu betreten, kriegen wir die größten Probleme mit ihrer Regierung. Wir müssen in unseren diplomatischen Beziehungen mit Deutschland eine gewisse Form wahren. Wir müssen erfahren, was hier vor sich geht, aber wenn sie uns die Botschaft zumachen, können wir es nicht mehr.«

»Dann sind Sie also auf der Flucht?« fragte Keegan Reinhardt.

»Ja.«

»Was haben Sie angestellt?« fragte Keegan leise.

Reinhardt schaute langsam auf und sagte: »Ich habe andere Ansichten als Hitler. Außerdem bin ich auch noch Jude. – Das habe ich angestellt, Sir. Ich habe eine große Klappe und eine jüdische Mutter.«

»Du hast doch seine Artikel gelesen«, sagte Wallingford. »Er ist ein Staatsfeind.«

»Was zum Teufel macht er hier?« sagte Keegan. »Die halbe SS ist doch da unten.«

»Er wußte nicht, wo er sonst hingehen sollte«, sagte Wallingford. »Es gibt keinen sicheren Platz für ihn.«

»Und was tue *ich* hier, Wally?«

»Wir müssen ihn noch heute abend aus dem Land schaffen.«

»Heute abend?«

»Es liegt ein Haftbefehl gegen ihn vor. Man beschuldigt ihn der Volksverhetzung, weil er das *Berliner Gewissen* herausgegeben hat. Wenn sie ihn erwischen, ist es aus mit ihm.«

»Was meinst du damit?«

»Um Himmels willen, Francis, bist du taub? Die SA hat heute nachmittag aus dem Haus seines Partners Kleinholz gemacht. Sie haben ihn kaltblütig erschossen und dann sein Haus in Brand gesteckt. – Du weißt doch, was hier vor sich geht!«

Keegan dachte über die SA-Männer und ihre abendlichen Umzüge nach. Pechfackeln, die im Wind wirbelten, wenn sie in ihren offenen Lastern durch die Straßen fuhren und ihr stures Klagelied sangen: Nieder mit den Juden, Tod den Juden. Wenn sie ihre Beutezüge machten. Sie waren ein vertrauter Anblick, und wie die meisten Menschen in Berlin war Keegan diesem bedrohlichen Omen gegenüber inzwischen immun geworden. Wie die meisten Ausländer war er zwar von den Braunhemden abgestoßen, aber er fühlte sich machtlos, irgend etwas gegen die betrunkenen Schläger und ihren unersättlichen Appetit nach Gewalt zu sagen oder zu unternehmen. Sie waren mächtiger als die örtliche Polizei, und sie traten, wie hungrige Raubtiere, nur in Rudeln auf. Aber seiner Meinung nach waren sie nur eine Zeiterscheinung. Sie würden nicht überleben. Und wenn das deutsche Volk sich nicht bemüßigt fühlte, sich gegen sie auszusprechen, was sollte *er* dann tun? Schließlich gehörte das Land nicht ihm. Deutschland durchlief das Trauma einer Revolution – und Tod und Angst waren nun mal die Begleiterscheinungen eines Aufstandes. Also hatte er gelernt, die Klänge zerbrechenden Glases und die Schreie der Opfer auszuschließen und den Blick von den

SA-Männern abzuwenden, wenn sie jüdische Geschäfte plünderten, die Inhaber verprügelten und primitive, sechszackige Sterne auf ihre Türen malten.

Keegan schüttelte den Kopf. »Tut mir leid«, sagte er, »aber in politische Dinge mische ich mich nicht ein.« Er lehnte sich zu Wallingford hinüber und fügte hinzu: »Es ist auch nicht dein Problem, Wally.«

Wallingford drehte sich zu Reinhardt um. »Entschuldigen Sie uns einen Augenblick«, sagte er und führte Keegan in das Büro nebenan.

»Wir können ihn doch nicht einfach ignorieren«, sagte er fest.

»Ich bewundere ihn, daß er sich so für sein Land einsetzt, aber es ist und bleibt *sein* Land. Wir müssen mit diesen Leuten *leben*. Die ganze verdammte Sache geht uns nichts an.«

»Hör zu«, sagte Wallingford. »Reinhardt ist einer der wenigen deutschen Autoren, die kein Blatt vor den Mund nehmen und hiergeblieben sind.« Seine Stimme wurde vor Anspannung scharf. »Seine Artikel und Kommentare haben einen großen Einfluß auf die Deutschen. – Zum Teufel, er könnte sogar dieses Jahr für den Nobelpreis nominiert werden . . . wenn er noch lange genug lebt.« Er hielt einen Moment inne, dann beugte er sich vor und sagte leise: »Präsident Roosevelt möchte, daß er von hier verschwindet.«

»Ah«, sagte Keegan schleppend, »endlich ist die Katze aus dem Sack!«

»Nenn es, wie du willst, aber wir müssen schnell handeln, Francis.«

»Was soll das heißen – *wir*?«

»Die Sache geht *jeden* an. Der Mann ist ein Symbol. Wir müssen ihn aus Deutschland rausschaffen.«

»*Du* mußt ihn aus Deutschland rausschaffen. Und wenn du es vermasselst, findest du dich als dritter Attaché-Assistent in irgendeiner Bananenrepublik wieder, wo dir als Stab nur noch Taranteln zur Verfügung stehen. Verdammt noch mal, du hast doch das ganze diplomatische Korps und jede Menge Spione! Und trotzdem möchtest du, daß *ich* euch einen Fälscher besorge? Was soll ich denn machen?

Soll ich ins ›Kit Kat‹ rübergehen und nach einem fragen? Warum gebt ihr ihm nicht einfach politisches Asyl?«

»Dazu ist es zu spät«, sagte Wallingford und zündete sich eine Zigarette an. »Der Mann ist eine heiße Kartoffel. Man beschuldigt ihn des Verrats. Asyl bringt da nichts. Meine Instruktionen lauten, ihn noch heute abend aus Deutschland wegzubringen und die Regierung aus der Sache rauszuhalten. *Du* hast ein Flugzeug. Damit können wir ihn nach Paris bringen. Paris ist nur zwei Flugstunden entfernt. Und ich kümmere mich dann um den Rest.«

»Also *darum* geht es. Du brauchst meine Maschine.«

»Du brauchst ihn nur nach Paris zu fliegen. Es dauert doch bloß zwei Stunden!«

»Erstens ist es nicht meine Maschine«, sagte Keegan schroff. »Sie gehört vieren – einem Franzosen, zwei Briten und mir. Wir teilen sie uns und erstellen einen monatlichen Plan, damit jeder seinen Geschäften nachgehen kann. Ich müßte mich mit den anderen absprechen, aber im Augenblick weiß ich nicht mal, wo sie stecken. Es könnte Stunden dauern. Wenn die Nazis dahinterkommen – und dahinterkommen werden sie –, werden sie die Maschine möglicherweise beschlagnahmen. Ich sehe schon, wie ich meinem Pariser Partner die Sache erkläre: *Deine hundertfünfzigtausend Mäuse kannst du dir ans Bein binden, Louie; Adolf hat beschlossen, unsere Maschine auf ein Wochenend-Picknick mitzunehmen.*«

»Hör zu«, sagte Wallingford verzweifelt. »Wenn sie Reinhardt schnappen, stellen sie ihn an die Wand.«

»Dann sorg dafür, daß sie ihn nicht schnappen. Laß mich da raus. Es ist nicht mein Kampf.«

»Es ist jedermanns Kampf. Das wirst du noch früh genug erfahren.«

»Hör auf zu predigen. Ruf deinen Geheimdienstchef und laß ihn sich darum kümmern.«

»Ich kann ihn nicht da reinziehen, verdammt!«

»Du bist 'n echter Fall, wirklich. Du kannst dich nicht einmischen, weil du Diplomat bist. Fuegel kann sich nicht einmischen, weil er von der Einwanderungsbehörde ist. Reinhardt kann sich nicht einmischen, weil er auf der Flucht ist.

Aber *ich* kann mich einmischen, weil ich der gute alte Frankie Keegan bin, ein reicher amerikanischer Trottel, was?«

»Niemand würde dich verdächtigen«, sagte Wallingford. »Wir bringen ihn in deinem Wagen hier raus. Wir bringen ihn zum Flughafen, und ehe es hell wird, ist er schon in Paris. Und dazu braucht er bloß einen Paß.«

»Zum letztenmal: Ich mische mich in die lokale Politik nicht ein. Was ist überhaupt los? Kennst du wirklich keinen anderen mit einem Flugzeug?«

»Jedenfalls keinen, der gerade hier ist.«

»Wie schmeichelhaft.«

»Hör mal, wir reden hier nicht über Politik, sondern über ein Menschenleben«, flehte Wallingford. »Du hast doch gehört, was die SA mit seinem besten Freund gemacht hat. Weißt du, was sie mit Reinhardt machen werden? Sie werden ihn in einen Keller im Zuchthaus Landsberg schaffen und enthaupten. *Enthaupten!*«

»Das glaube ich nicht.«

»Aber so arbeiten sie heutzutage. Ich kann dir die Geheimdienstmeldungen zeigen. Letzten Monat haben sie drei Studenten geköpft, weil sie das *Berliner Gewissen* einfach nur weitergegeben haben. Reinhardt *schreibt* die verdammte Zeitung. Und da fragst du dich, wieso er in Panik ist?«

Keegan schüttelte den Kopf.

»*Verdammt* noch mal, Keegan!« Wallingford ließ sich schwer auf den Stuhl seiner Sekretärin fallen und schüttelte den Kopf. »Hier geht es nicht mehr um Politik«, sagte er müde. »Hier gibt's nur noch eine einzige Partei. Solange Hitler nicht tot ist, wird es keine Wahl mehr geben.«

»Tja, da hast du deine Antwort«, sagte Keegan. »Schafft euch Hitler vom Hals.«

»Du hast wirklich einen goldigen Humor.« Wallingfords Schultern sackten herab. »Ich hätte dir mehr Mumm zugetraut.«

»Hör zu«, sagte Keegan wütend. »Ein für allemal: Ich habe in der Politik nichts verloren, und schon gar nicht in der deutschen Politik! Die Deutschen beten Hitler an. Wenn er durch eine Straße fährt, schreien sie *Heil* und werfen Blumen vor seinen Wagen. Deutschland liebt ihn. Und für Deutschland ist Reinhardt ein Verräter!«

»Er ist *kein* Verräter. Er ist Schriftsteller; er redet nur gegen Dinge, die er für falsch hält.«

»Wer für den einen ein Verräter ist, ist für den anderen ein Patriot.« Keegan tippte Wallingford auf die Mitte seiner Brust. »Weißt du, was ich glaube? Die Sache hat dich auf dem falschen Bein erwischt. Du hast zwar gewußt, daß der Bursche ein heißer Fall ist, aber du hattest keinen Plan. Jetzt möchte FDR, daß man ihn aus dem Land schmuggelt, und deswegen stehst du mit dem Arsch an der Wand.«

»Ich gebe ja zu, daß ich auf die Reaktion des Präsidenten nicht vorbereitet war. Außerdem ist alles viel zu schnell gegangen. Möglicherweise hat irgendein mieser kleiner Judenhäscher Reinhardt und Probst aufgetan.«

»Ein Judenhäscher?«

»Es gibt Typen, die mit dem Aufspüren von Juden ihren Lebensunterhalt bestreiten. Sie erforschen Familienstammbäume, suchen nach jüdischen Großmüttern und melden Gerüchte an die Gestapo weiter. Manchmal sind es sogar Juden, die so versuchen, sich die Behörden vom Hals zu halten.«

»Spitzel.«

»Ganz recht.«

»Hol deine Leute her«, sagte Keegan und klopfte Wallingford auf die Schulter. »Sag ihnen, was der Präsident möchte, dann laß sie machen. Du hast gar keine andere Wahl. Verdammt, ich glaube sowieso, daß die Maschine in Paris ist! Und selbst wenn sie's nicht wäre, würden wir um diese Zeit keinen Piloten auftreiben.« Er drehte sich um und wollte gehen.

»Ich dachte, man hätte sich auf dich verlassen können«, sagte Wallingford.

»Da siehst du mal wieder, wohin allzuviel Denken führt, Wally«, sagte Keegan, ohne sich umzudrehen. Er kehrte in den anderen Raum zurück.

»Viel Glück, Herr Reinhardt«, sagte er zu dem verschreckten kleinen Mann. »Tut mir leid, daß ich Ihnen nicht helfen kann. Ich kann nur eins für Sie tun: Falls Sie hier rauskommen, werden in New York in der Chase Manhattan Bank unter Ihrem Namen zehntausend Dollar bereitliegen, um Ihnen den Start in Amerika zu erleichtern.«

»Das ist sehr freundlich von Ihnen, Sir. Vielen Dank.« Reinhardt wandte sich zu Wallingford um. »Dann vielleicht die Schwarze Lilie?« fragte er.

»Was ist die Schwarze Lilie?« fragte Keegan.

»Du willst doch nichts damit zu tun haben«, sagte Wallingford. »Dann bleib gefälligst auch ganz aus der Sache raus.«

»Da hast du auch wieder recht«, sagte Keegan nickend und verließ das Zimmer. Als er wieder unten war, war die Schauspielerin gegangen. Der kleine Mann mit dem Buckel war allerdings noch da, und als Keegan die Botschaft verließ, beobachtete er jeden seiner Schritte.

Kapitel 11

Im Schwarzen Stier, dem berüchtigtsten Nachtlokal Berlins, zollte niemand Francis Keegan Beachtung. Das Parterre war kaum mehr als ein kunstvoll gestaltetes Bierlokal, in dem die Massen sich drängten – überfüllt, verräuchert, laut und vor Hitze kaum auszuhalten. Keegan beschloß, nur so lange zu bleiben, bis er seinen Schlummertrunk genossen und die neue Sängerin gehört hatte.

Als er sich durch die Menge zur Theke kämpfte, schob sich ihm Hermann Braff, der Geschäftsführer, durch die Tanzenden entgegen.

»Welche Ehre, welche Ehre«, brabbelte der feiste kleine Mann. »Es schmeichelt mir, daß Sie zu uns kommen, Herr Keegan.« Sein Smoking war eine Katastrophe aus Falten und Schwitzflecken, sein Hemd vorn durchnäßt. Ströme von Schweiß liefen über sein Gesicht, das er pausenlos mit einem Taschentuch abwischte.

»Sieht so aus, als würden Sie heute gute Geschäfte machen«, sagte Keegan.

»Es sind viele hübsche Damen da.« Braff zwinkerte. »Genau Ihr Typ.«

»Und was ist mit der neuen Sängerin?«

»Nein, nein, nein.« Braff schüttelte heftig den Kopf und wies die Vorstellung mit der Hand von sich. »Die ist ganz und gar nicht Ihr Typ.«

»Ich bin hier, um sie singen zu hören; nicht, um ihr einen Heiratsantrag zu machen.«

Braff lachte. Keegan sah sich in dem vollen Nachtlokal um. Rauch kräuselte sich an der Decke; der Geruch abgestandenen Biers war betäubend. Die Kapelle war laut, sie wurde von der Tuba und dem Schlagzeug beherrscht. An den meisten Tischen saßen junge Paare. Manche Gäste trugen braune Uniformen mit dem Hakenkreuz am Ärmel; die meisten waren specknackig, blond und geschwätzig. Die Unbeweibten standen in Zweier- und Dreierreihen an der Theke. Das Ballett wirbelte über die Bühne, als wolle es die Nummer so schnell wie möglich hinter sich bringen. Auf der überfüllten Tanzfläche wiegten sich die Paare, schwangen einander umher und ignorierten die Bühnenshow.

»Wie wär's bei den beiden Mädels da in der Ecknische?« fragte Braff und berührte Keegans Arm. Es war wichtig für ihn, Keegan zu beeindrucken, weil er ein Trendsetter war. Wenn es ihm hier gefiel, brachte er andere mit – in Berlin lebende Amerikaner und Briten, die ihre Dollars und Pfund großzügig ausgaben. »Es sind Amerikanerinnen. Sie sind mit zwei Jungs gekommen. Studenten, schätze ich. Sie scheinen sich zu langweilen.«

»Ich bin nach Europa gekommen, um den Amerikanern zu entgehen«, sagte Keegan und kniff die Augen zusammen, als er durch den wirbelnden Dunst blickte, um die beiden Mädchen so gut wie möglich in Augenschein zu nehmen. Sie waren brünett, sahen atemberaubend aus, waren perfekt frisiert und prächtig aufgedonnert. Die eine – sie trug ein glänzendes, glitzernd kurzes Abendkleid – hatte ihr schwarzes Haar zu einem Pagenkopf geschnitten und schaute so trotzig drein, als wäre jeder Mann im Saal darauf bedacht, es bei ihr zu versuchen. An ihr war irgend etwas, das ihm vertraut erschien. Vielleicht hatte er ihr Foto schon mal in der Zeitung gesehen. Vielleicht war sie Schauspielerin. Der Mangel an klarer Sichtmöglichkeit im Raum verhinderte allerdings jede echte Überprüfung.

Vanessa Bromley und Deenie Brookstone waren drauf und dran, sich die beiden amerikanischen Jungs, die sie in das Lokal gebracht hatten, vom Hals zu schaffen. Vanessa war ihres dämlichen Collegegeschwätzes und ihrer Erstsemestermentalität schnell müde geworden. Schließlich war sie nicht als Touristin nach Berlin gekommen, sondern um, wie sie es ausdrückte, ›die Hölle zu entfesseln‹. Und die Hölle schloß bestimmt keine zwei Jungs aus Dartmouth ein, die ihre Eltern kannten.

»Ich bin doch nicht nach Berlin gekommen, um bei den gleichen Spießern zu landen, vor denen wir abgehauen sind«, sagte sie.

Das Schicksal der Jungs war besiegelt: Sie hatten sich geweigert, mit ihnen nach oben zu gehen, in den Privatclub Zum Goldenen Tor, wo die Bühnenvorstellung angeblich noch schockierender war als im Pariser Crazy Horse.

»Sie sind ganz nackt«, hatte Deenie zuvor in der Abgeschiedenheit ihrer Suite geflüstert. »Männer *und* Frauen.«

»Warum flüsterst du denn so?« hatte Vanessa gefragt.

»Ich weiß nicht«, antwortete Deenie, ohne ihr Flüstern einzustellen. »Es ist nur so . . . *skandalös*.«

»Nur dann, wenn man uns dort sieht. Ich wette, kein echter Bostoner würde sich da hinwagen.«

»Ich bin wirklich nervös.«

»Wann hörst du endlich auf zu *flüstern*?«

»Ich kann einfach nicht anders.«

Und jetzt hielten die beiden Halbwüchsigen sie davon ab, aus erster Hand zu erfahren, wie lasterhaft die Show wirklich war.

»Die beiden sind doch noch Jungfrauen«, sagte Vanessa mit Abscheu, als sie zusah, wie die Jungs sich durch die Menge zur Herrentoilette kämpften. »Das sieht man doch.«

»Bin ich doch auch noch«, sagte Deenie leise.

»Stell dich nicht so blöd an!«

»Bin ich aber doch.«

»Deenie, du bist neunzehn Jahre alt! Wieso hast du es noch nie zuvor erwähnt?«

»Ich weiß auch nicht. Hab' nicht dran gedacht. Wie lange ... Wann hast du ...«

»Letztes Jahr, in den Weihnachtsferien.«

»Mit wem?«

»Donny Ebersole.«

»Donny Ebersole?«

»Was hast du gegen ihn?«

»Donny Ebersole ... Er ist so ... *klein*. Er ist doch nicht mal so groß wie du.«

»Die Größe hat damit nichts zu tun«, fauchte Vanessa zurück.

»Hat es ... Spaß gemacht?«

»Beim erstenmal nicht.«

»Du hast es *mehr* als einmal gemacht?«

»Na ja, wenn man einmal damit angefangen hat ... Was macht es schon aus? Wir haben es die ganzen Ferien hindurch getrieben, Deenie. Und ja, es hat eine Menge Spaß gemacht.«

»Ich hab' mir immer vorgestellt, ich würde damit warten, bis ich verheiratet bin.«

»Deenie, um Gottes willen! Werd endlich mal erwachsen. Wir leben im Jahr 1933.« Vanessa dachte kurz nach und fügte dann hinzu: »Vielleicht sollten wir gehen. Wir nehmen uns ein Taxi, fahren ein bißchen rum und kommen dann zurück.«

»Ob die uns ohne Begleitung da oben reinlassen?«

»Ach«, sagte Vanessa, »wer weiß?« Deenies fortwährendes Genörgel ging ihr sichtlich auf die Nerven. »Ich werde den Abend jedenfalls nicht an diese beiden Wichser vergeuden«, sagte sie. »Los, komm, wir gehen und kommen später wieder. Vielleicht kapieren sie dann und hauen ab.«

»Und wenn nicht?«

»Wenn wir zurückkommen, machen wir sie naß.«

»Vanessa!«

»Deenie, bitte, werde *erwachsen*!«

»Wir sollten wenigstens warten, bis sie zurückkommen. Das gehört sich doch so.«

»Deenie, wenn du vorhast, dein Leben lang das zu tun, was sich gehört, dann bist du noch mit fünfzig Jungfrau.«

An der Theke wartete Keegan ungeduldig darauf, daß das Ballett seinen Auftritt beendete. Hinter ihm sagte eine Stimme. »Francis?« Er drehte sich um und erkannte Bert Rudman, einen Korrespondenten der *Herald Tribune*, der hinter ihm stand. Rudman gehörte zu den etwas prominenteren Vertretern der Zeitung; er war ein guter Schreiber, der über Persönlichkeiten aus ersten Kreisen berichtete, doch in letzter Zeit verbrachte er immer mehr Zeit damit, sich mit europäischer Politik auseinanderzusetzen. Sie hatten sich während des Krieges in Frankreich kennengelernt und ihre Freundschaft in dem Jahr erneuert, in dem Keegan nach Europa gekommen war. Nun stießen sie auf dem Kontinent in mehr oder weniger regelmäßigen Abständen immer wieder aufeinander. Rudman war ein stattlicher Bursche und wirkte zehn Jahre jünger als die fünfunddreißig Jahre, die er alt zu sein vorgab. Er hatte einen ledernen Trenchcoat mit hochgeschlagenem Kragen an und trug einen braunen Filzhut.

»Dachte ich mir doch, daß du's bist«, sagte Rudman. »Hab' dich seit dem schrecklichen Beträknis in Rom nicht mehr gesehen.«

»Die Italiener schmeißen die schlechtesten Partys in Europa.«

»Nein, das tun die Russen.«

»Die Russen wissen überhaupt nicht, wie man Partys schmeißt, Bert. In Rußland ist es gegen das Gesetz, sich zu vergnügen.«

»Da wir gerade von Partys sprechen, fährst du dieses Wochenende nach Bayern runter, um an Runstedts Wildschweinhatz teilzunehmen?«

»Mein Pferd läuft in Longchamps. Ich werde in Paris sein.«

»Es macht seine Sache gut«, sagte Rudman. »Ich hab' es nicht aus den Augen gelassen.«

»Es hat in dieser Saison etwas Geld gemacht. Wenn es in Paris was bringt, probiere ich es wahrscheinlich in den Staaten aus.«

»Soll das heißen, du gehst wirklich nach Hause?« Rudman wirkte überrascht. Auch er kannte natürlich sämtliche Gerüchte, die über Keegan im Umlauf waren. Manche davon – etwa die Schnapsschmuggler-Geschichte – glaubte er schon deswegen, weil er Keegan in einem Army-Krankenhaus an der Westfront getroffen hatte. Damals war er kaum achtzehn und völlig pleite gewesen; jetzt war er Millionär. Irgendwo mußte das Geld schließlich hergekommen sein.

»Nur so lange, bis es in Belmont und Saratoga gelaufen ist«, sagte Keegan. »Mal sehen, was es bringt. Ich hab' ein kleines Füllen gekauft, das es in ungefähr zwei Jahren überflügeln kann. Und was führt dich nach Berlin?«

»Dreimal darfst du raten«, erwiderte Rudman und sah sich im Raum nach Hakenkreuzen um. Er beugte sich vor und sagte in Keegans Ohr: »Mein Redakteur in Paris ist der Meinung, daß der zweite Weltkrieg jede Minute ausbrechen kann.«

»Hier in dieser Kneipe?«

»In Berlin, du Hornochse.«

»Du solltest nicht solche Mäntel tragen«, sagte Keegan, »sonst denken noch alle, du gehörst zur SS.«

»Wie witzig, Francis! Der Mantel hat mich ein Monatsgehalt gekostet.«

»Da haben sie dich beschissen.«

Rudman schaute verletzt drein. »Es ist die neueste Mode!«

»Yeah, bei der SS.«

»Wenn du willst, kannst du wirklich ein Schwein sein.«

»Ach, sei nicht so empfindlich.« Keegan lachte. »Er steht dir ausgezeichnet. Bist du mit dem Zug gekommen?«

»Nein, mit dem Auto, aus Paris. Ich hab' an dich gedacht, Alter. Ich bin mitten durch den Forst von Belleau gefahren. Das Krankenhaus, in dem wir uns kennengelernt haben, ist jetzt ein riesiger Kuhstall.«

Auch nach vierzehn Jahren erinnerte sich Keegan noch sehr gut an diesen Tag. Der Krieg war zwar vorbei, aber er hatte damals zum erstenmal kapiert, was in der Welt eigentlich vor sich ging. Und Bert Rudman hatte das, was er kapiert hatte, schließlich in seinen Artikeln auf einen Nenner gebracht.

»Wirklich?« sagte Keegan. »Ein Kuhstall? Keine Bronzetafel oder so was, um der Ereignisse zu gedenken?«

»Nichts, außer einer Salzlecke.«

»Das beleidigt mich«, sagte Keegan. »*Dich* auch?«

»Ach, Kee ...«

»Man läßt dich jetzt also auch über Politik schreiben, hm?« fragte Keegan.

Rudman nickte. »Hast du von Hitlers Münchener Rede gehört?«

»Sobald sein Auto irgendwo steckenbleibt, hält er doch immer 'ne Rede.«

»Aber nicht solche! Er war kaum fertig, da sind sie schon die Wände raufgelaufen. Man konnte das *Heil*-Geschreie bis nach Brooklyn hören. Es war furchterregend. Ich kriege jetzt noch eine Gänsehaut. Der Typ hat wirklich was an sich. Er ist gefährlich, Francis. Hast du meinen Artikel über München gelesen?«

»Hab' ich«, sagte Keegan.

»Und?«

»Er war leicht hysterisch.«

»Hysterisch?! Hast du ihn gesehen? Ihn sprechen hören?«

»Klar. Die Formulierung, Hitler sei eine dämonische Vision Gottes, war herrlich. Wenn du so weitermachst, bist du dein Visum bald los. Oder du endest mit einer Kugel im Rücken.«

»Wer ist denn jetzt hysterisch? Die werden es nicht wagen, sich mit dem *Herald Tribune* anzulegen.«

»Schau dich doch mal um. Glaubst du etwa, diese Irren geben auch nur das geringste auf deinen großen Namen? Dem armen alten Sid Lewis haben sie in Rom das Gehirn rausgeblasen, bloß weil er Mussolini mit den falschen Adjektiven in Verbindung gebracht hat.«

»Das ist gar nicht wahr«, sagte Rudman. »Sid war schwul. Er ist mit 'nem Faschisten, in den er sich verknallt hatte, in 'ner Kneipe aneinandergeraten, und dabei hat man ihm den Schädel eingeschlagen.«

»Auf dich kann man sich wirklich verlassen, wenn's um Schmuddelgeschichten geht. Solltest deinen eigenen monatlichen Pressedienst herausgeben – in dem steht dann alles, was die anderen nicht zu drucken wagen.«

»Wirklich komisch, Keegan. Und was hast du so getrieben?«

»Ich bin der Federballmeister der Botschaft. Zusammen mit Cissy Devane.«

»Mein Gott, wie *beeindruckend*!« sagte Rudman sarkastisch.

Keegan deutete mit dem Arm auf das überfüllte Lokal.

»Glaub mir, Kumpel, das da sind die Typen, um die du dir Sorgen machen mußt. Hitler ist nur ein Schwätzer.«

»Du klingst wie die Isolationisten in der Heimat. Du solltest mal *Mein Kampf* lesen; da steht alles drin.«

»Ich *kenne* das Buch.«

Rudman sah ihn überrascht an und sagte: »Na, ich gebe ihm zwei Jahre, höchstens drei. Dann hat er das Saarland zurück – und Österreich, Polen und wahrscheinlich auch die Tschechoslowakei. Er benutzt den Versailler Vertrag doch jetzt schon als Toilettenpapier.«

»Rudman, ich bin hergekommen, um mich zu amüsieren, und nicht, um mir Vorlesungen über den Aufstieg und Untergang des Deutschen Reiches anzuhören.«

»Okay«, sagte Rudman und wechselte abrupt das Thema. »Okay. Was hat es mit dem Goldenen Tor auf sich, von dem ich gehört habe?«

»Eine Sex-Show. – Oben.«

»'ne Gute?«

»Wenn es dir gefällt, nackten Männern und Frauen zuzusehen, die sich bei schlechter Beleuchtung eingeölt herumrollen?«

»Ja, gefällt mir«, sagte Rudman mit einem lüsternen Grinsen. »Sollen wir?«

Keegan schüttelte den Kopf. »Ich bin wegen der Sängerin hier.«

»Singt sie auch eingeölt?«

Keegan verdrehte die Augen. »Sie ist gleich dran. Sobald man die Herde zusammengetrieben und von der Bühne gejagt hat.« Er nickte den Ballettratten zu, die samt und sonders zehn Pfund Übergewicht hatten. Endlich verschwanden sie hinter dem Bühnenbild.

»Ich gehe da hin, wo wirklich was los ist«, sagte Rudman und nahm Richtung nach oben. »Essen wir morgen abend zusammen?«

Keegan nickte und scheuchte ihn mit einer Handbewegung fort, denn nun wurde die Bühnenbeleuchtung dunkler und erlosch. Keegan konnte die kleine Frau kaum erkennen, die auf die verdunkelte Bühne kam und einen Barhocker mitbrachte. Sie stellte ihn vor das Mikrofon und setzte sich hin. Der Pianist spielte ein paar Triller und wärmte sich auf. Dann nahm ein kleiner Scheinwerfer die Sängerin aufs Korn.

Ihr Äußeres packte ihn sofort. Sie war kaum eins sechzig groß und dünn, fast zerbrechlich. Ihr Gesicht war schmal, mit hohen Wangenknochen. Sie sah fast gespenstisch aus, und dieser Eindruck wurde durch ihre riesengroßen Augen, die in dem winzigen Licht leuchteten und fast wie tränennaß aussahen, noch verstärkt. Ein einfaches, langes schwarzes Kleid betonte die Aura ihrer Verletzlichkeit. Keegan mußte sich anstrengen, um ihren Namen zu verstehen, als der Ansager ihn nannte. Jenny Gold.

Sie stand wortlos da, gerade lange genug, daß er sich allmählich fragte, ob irgend etwas nicht in Ordnung war; dann fing sie an zu singen.

Ihre Stimme ließ ihn zusammenzucken. Sie war tief und kehlig. Eine Stimme für sentimentale Liebeslieder, die jedes Wort von Cole Porter quälte, das zu interpretieren sie sich entschlossen hatte, doch nicht in einem zynischen

Klagen, sondern als Metapher einer Liebe, an der man die Lust verloren hat.

Die Menge benahm sich schlecht und war unaufmerksam. Sie schwatzte, lachte, klirrte mit den Gläsern und erzeugte ein konstantes Babel, das jedes ihrer gesungenen Worte untermalte. Keegan schob sich schließlich weiter an der Theke entlang zur Bühne, um sie besser zu verstehen. Sie hatte ihn hypnotisiert. Als das Lied zu Ende war, erklang oberflächlicher Applaus. Keegan war der einzige, der sich fast die Hände abhaute.

Während er applaudierte, glaubte er, daß sie ihn ansah, aber er war sich nicht ganz sicher und kam sich wie ein Trottel vor, als er sich darüber freute, daß sie ihn vielleicht wahrgenommen hatte. Dann begann sie das zweite Lied, und er fing sich erneut in dem magischen, sexuellen Bann, den sie um ihn webte.

In dem abgedunkelten Raum faßte Vanessa plötzlich den Entschluß. Sie war es satt. Die Jungs waren auf der anderen Seite des überfüllten Lokals eingeklemmt. Die Sängerin sang ihr zweites Lied, und Vanessa schnappte ihre Handtasche und stand auf, um zu gehen. Von der Theke aus kam ein oberflächliches Pfeifen, das sich im Lärm der Menge verlor. Sie ging durch den Raum, und beim Gehen wogte ihr Kleid in funkelnden Wellen. Deenie rappelte sich auf und trottete hinter der hochnäsigen Schönheit her. Plötzlich blieb Vanessa so abrupt stehen, daß Deenie gegen sie prallte.

»O mein Gott«, sagte Vanessa halblaut.

»Was ist denn?« fragte Deenie.

»Da ist jemand, den ich kenne«, sagte Vanessa und verzog den Mund zu einem listigen Lächeln.

»Aus Boston?« fragte Deenie mit aufgerissenen Augen.

»O ja, aus Boston ist er auch.«

»O *nein*!« schrie Deenie und wandte der Theke den Rücken zu.

»Stell dich nicht so an! Wenn es auch nur einen in Boston gibt, von dem ich gesehen werden möchte, dann ist *er* es. – Komm mit.«

Sie packte Deenies Hand und zerrte sie durch die Menge, ohne sich um die Blicke und Kommentare der Leute zu kümmern. Sie blieb drei Meter hinter Keegan stehen und wartete, bis das Lied endete.

»Wer ist es?« hauchte Deenie.

»Pssst!«

Das zweite Lied war ein deutsches, aber Keegan kannte es nicht. Dann sang sie ›Someone to Watch Over Me‹, und jede Silbe war wehmütig, jedes Wort eine Bitte um Liebe, jeder Akkord ein Herzensbrecher. Dann verließ sie bescheiden die Bühne, und erst jetzt nahm er wieder den Rest des Raumes wahr. Er fing Braffs Blick auf und winkte ihn eilig zu sich herüber.

»Sie ist wunderbar!« sagte er zu dem schwitzenden Geschäftsführer. Er bemerkte zwar, daß er zu enthusiastisch klang, aber das war ihm jetzt egal. »Sie ist absolut . . .«

Dann drehte er sich herum und entdeckte Vanessa.

Deenie hielt den Atem an. Ihr erster Eindruck war: Er ist reich. Das war stets das Wichtigste auf ihrer Liste. Der Mann war reich, modisch gekleidet, attraktiv und hatte Selbstvertrauen. Mit seinem schwarzen Haarschopf, den grauen Augen und dem ständigen überheblichen Lächeln verkörperte er das, was für sie der klassische, weltgewandte Playboy war. Und er ist eindeutig gefährlich, dachte sie.

»Ist was?« fragte er freundlich, doch verärgert. Am liebsten wäre er hinter die Bühne geeilt, um die Sängerin kennenzulernen.

»Kennen Sie mich nicht mehr?«

Das Mädchen streckte den Arm aus und zupfte an seinem Rockaufschlag. Sie unterbrach seine Träumerei, und als er sich zu ihr vorbeugte, flüsterte sie ihm einen Namen ins Ohr. Seine Reaktion kam sofort; er war überrascht, obwohl er seine Haltung schnell wieder zurückerlangte. Keegan starrte sie an; der Blick seiner grauen Augen wurde aufmerksam und fragend.

Es war drei Jahre her, seit ihn jemand so genannt hatte, und das Mädchen war vielleicht neunzehn, höchstens zwanzig Jahre alt. Er musterte sie schnell. Sie war groß, etwa eins fünfundsiebzig, schlank und vollbusig; sie hatte türkisblaue Augen und pechschwarzes Haar. Ihr Gesicht war eckig, ihre Züge perfekt. Wenn sie nicht gerade lächelte, zogen sich ihre vollen Lippen an den Mundwinkeln nach unten, und sie trug kaum Make-up. Der Diamantklunker an ihrem langen, schlanken Hals war ein wirklicher Blickfang. Eine reiche und von sich überzeugte Mieze, dachte er. Und ihre Aussprache zeigt, daß sie aus Boston kommt. Wer zum Henker ist sie? Und woher kannte sie den Namen?

Und dann wiederholte sie ihn laut.

»Frankie Kee.«

Kapitel 12

»Mein Gott«, sagte er schließlich. »Du bist doch wohl nicht Vannie Bromley?«

»Va*nessa* Bromley«, korrigierte sie ihn. »Vannie nennt mich schon seit meinem sechzehnten Geburtstag niemand mehr.«

»Da haben wir was gemeinsam. Auch mich nennt man seit Jahren nicht mehr Frankie. Wo hast du den Namen überhaupt gehört?«

»Bei meinem Daddy«, sagte Vanessa. »Nach einer Party habe ich mal zugehört, und da hat er meiner Mutter alles über Sie erzählt. Ich nehme an, es war für ihn eine Art persönliches Geheimnis. Er hat sie nämlich zum Schweigen verdonnert.«

»Und du?«

»Hab's keiner Menschenseele je erzählt. Es war zu gut, um es weiterzusagen.«

»Wie geht's dem alten David und seiner Linda?«

»Wie immer. Spießig, aber nett.«

»*Worüber* redet ihr eigentlich?« fragte Deenie.

»Oh, Verzeihung. Das ist Deenie Brookstone. Kennen Sie sie noch?«

»Ihr Vater ist der Großzeremonienmeister deines Vaters, nicht wahr? Arbeitet bei Merrill Lynch.«

»Genau«, strahlte Deenie. »Müßte ich Sie kennen?«

»Wahrscheinlich nicht«, sagte Keegan und ließ das Thema sterben: »Was macht ihr zwei in so einem Lokal?«

»Wir sind hier, um die Show zu sehen – oben. Die Jungs, mit denen wir hier sind, sind absolute Dinosaurier. Ich nehme an, sie haben einfach Angst, raufzugehen.«

»Ist auch kaum der richtige Ort für ordentliche Leute aus Boston«, sagte Keegan.

»Wer sagt denn, daß wir ordentlich sind?« Vanessas grüne Augen musterten jede Falte seines Gesichts. Über ihre Absichten bestanden keine Zweifel.

Gott im Himmel, dachte Keegan, *da sitze ich hier in der schlimmsten Kaschemme Europas, und die Tochter der Bank of Massachusetts strahlt eindeutige Signale ab.* Die Kleine hatte sich in einen heißen Hasen verwandelt. Das bedeutete zwar großen Ärger, aber ... eben auch einen heißen Hasen. Sein Dilemma endete abrupt, als die Begleiter der Mädchen aufkreuzten.

»Ist irgend etwas?« fragte einer der beiden mit einer Stimme, die so klang, als bemühe er sich, eine Oktave tiefer als gewöhnlich zu klingen. Vanessa drehte sich um, hakte sich bei Keegan ein und sagte: »Wir haben gerade einen alten Freund getroffen.«

»Ach!«

»Francis, dies ist Donald – und das ist Gerald. Donald ist der Blonde, Gerald ist der Brünette. Man kann sie an ihrer Haarfarbe unterscheiden.«

»Nun mach mal halblang«, zischte Keegan zu ihr und streckte den Arm aus.

»Ich bin Frank Keegan«, sagte er. »'n Freund der Familie.«

Der blonde Donald schüttelte seine Hand, dann schob er die seine in die Tasche und hüpfte nervös von einem Bein aufs andere. Der wie ein Footballspieler gebaute Gerald gab sich aggressiver. »Wir haben beschlossen, im ›Speisewagen‹ zu frühstücken«, sagte er, Keegans Hand übersehend. »Die anderen kommen auch alle.«

»Die anderen hängen mir zum Hals raus«, antwortete Vanessa. »*Wir* gehen nach oben.«

»Kommt doch mit«, winselte Donald. »Euer Alter nagelt uns an die Wand, wenn er rauskriegt, daß wir euch in diesen Laden mitgenommen haben.«

Vanessa sah Keegan hilfeheischend an. »Ist es denn *so* schlimm?«

»Schlimmer geht's nicht mehr«, sagte Keegan.

»Seht ihr?« sagte Donald.

»Tja«, erwiderte Vanessa. »Aber wir brauchen es meinem Alten doch nicht zu sagen.«

»Nein!« sagte Donald fest. »Er kriegt es raus! Eltern kriegen so was immer raus!«

»Donald«, sagte Vanessa entschieden, »zisch ab.« Und sie drehte ihm den Rücken zu.

Als Donald auf sie zukam, gingen drei stämmige junge Braunhemden an ihnen vorbei. Einer der Burschen rempelte Gerald an. Er drehte sich wütend um und schnaubte: »Paß bloß auf, Buddy!«

Der Bursche mit dem Braunhemd nahm eine drohende Haltung ein. Er drehte sich mit einem finsteren Blick zu seinen Kumpanen um und sagte auf deutsch: »Hat sich wat mit Buddy ... Streit anfangen, wat?« Er drehte sich zu Gerald um, drängte ihn an die Theke und sagte bösartig: »Schweinehund.«

Gerald schubste ihn zurück. »Was sagt er?« fragte er.

»Ich glaube«, sagte Deenie, ohne nachzudenken, »er hat dich als Schwein oder so was bezeichnet.«

»Moment mal«, sagte Keegan; aber die Beleidigung hatte Gerald jetzt völlig auf die Palme gebracht.

»Dann sag ihm mal«, sagte er zu Deenie, »er sieht wie ein gottverdammter Clown in einer Pfadfinder-Uniform aus. Die drei Arschlöcher mach ich doch mit einer Hand fertig. Wir können ja mal vor die Tür gehen und ...«

Vanessa bedeckte ihre Augen mit einer Hand. »O mein Gott«, stöhnte sie, »er glaubt, wir sind hier in der Sonntagsschule.«

Keegan winkte Hermann Braff heran und flüsterte ihm

zu: »Schaffen Sie die Braunhemden hier weg, sonst gibt es Ärger. Geben Sie jedem einen Liter Bier aus oder was Sie sonst haben wollen, und schreiben Sie's auf meinen Deckel.«

Braff setzte sein bezauberndstes Lächeln auf und zog die drei Deutschen zur Seite, wobei er unentwegt auf sie einredete.

»Ich muß euch was sagen, Jungs«, sagte Keegan kalt. »Die Typen da haben hier den absoluten Heimvorteil, klar? Versteht ihr überhaupt, was hier vor sich geht?«

»Wir sind Amerikaner«, sagte Donald hochnäsig. »Der ganze Scheiß interessiert uns überhaupt nicht.«

»Diese Typen«, sagte Keegan, »haben das Herz einer Ratte, die Seele einer gelben Kohlrübe und nichts als Muskeln zwischen den Ohren. Sie treten in Rudeln auf. Wenn ihr 'ne große Lippe riskiert, fallen sie im Dutzend über euch her. Macht jetzt, daß ihr hier rauskommt, geht zum ›Speisewagen‹. Vergeßt die Angelegenheit. Ihr habt euer Gesicht nicht verloren, und zu gewinnen gibt es hier sowieso nichts.«

»Sie sind 'n echter Held«, sagte Gerald.

»Hör zu, Bubi«, sagte Keegan, und seine Stimme wurde hart und kantig, »ich bin kein Freund von unberechenbaren Situationen. Ich hab' keine Lust, den Rest der Nacht neben euch im Krankenhaus zu verbringen oder deine Eltern anzurufen und ihnen zu sagen, daß du jetzt 'n Teil der Pflasterstraße da draußen geworden bist. Du bist hier nicht auf 'nem Football-Wochenende in Harvard. Die Typen da sind gefährlich.«

Deenies winzige Stimme piepste: »Bitte, ich habe Angst.«

»Ach was . . .«, sagte Gerald überheblich.

»Wir gehen jetzt zum ›Speisewagen‹«, sagte Donald so hochnäsig, wie er konnte. »Geht ihr jetzt mit oder nicht?«

»Nein«, sagte Vanessa.

»Dann gute Nacht.«

»Vanessa . . .«, setzte Deenie an.

»Was ist, Deenie?«

»Wir sollten lieber mitgehen.«

»Red keinen Unsinn!«
»Aber *ich* möchte mitgehen.«
»Dann hau doch ab. Der Schlüssel liegt am Empfang. Viel Spaß beim Frühstück.«
»Du solltest lieber auch mitgehen«, sagte Deenie, deren Stimme in dem Lärm kaum hörbar war.
»Gute Nacht, Deenie.«
Deenie und die beiden Jungs verließen das Nachtlokal. Vanessa drehte sich zu Keegan um.
»Na so was«, sagte sie. »Jetzt haben *Sie* mich am Hals.«
»Du bist wirklich unheimlich stur, Kleine«, sagte Keegan.
»Nein«, erwiderte sie fest. »Ich weiß nur, was ich will. Und normalerweise kriege ich es auch. Nehmen Sie mich mit ins Goldene Tor?«
Keegan dachte nach und zuckte mit den Achseln. »Warum nicht«, sagte er dann. »Aber zuerst muß ich noch was erledigen.«

Als er hinter die Bühne trat, war Jenny Gold, die ihren letzten Auftritt für diesen Abend absolviert hatte, gerade im Begriff, das Lokal zu verlassen. Sie stand in einen Regenmantel gehüllt an der Tür und wartete darauf, daß es zu regnen aufhörte.
»Fräulein Gold?« sagte Keegan.
Sie drehte sich abrupt um, überrascht, ihren Namen zu hören. Sie sah ihn mit ihren großen Augen an. »Ja?«
»Ich bin Francis Keegan«, sagte er. »Ich wollte Ihnen sagen, daß Ihr Gesang mir gefallen hat.«
»Danke«, murmelte sie und schaute weg.
»Ich habe mich gefragt ... ob wir ... vielleicht morgen zusammen essen könnten«, sagte er.
Der Vorschlag schien sie zu ängstigen; ihr Blick hetzte zur Tür, als hoffe sie, der Regen werde schlagartig aufhören. »Ich glaube nicht«, sagte sie und brachte ein schwaches Lächeln zustande. »Wenn Sie mich entschuldigen wollen? Ich muß gehen.«
»Es regnet sehr stark«, sagte Keegan lächelnd. »Darf ich Sie wenigstens in meinem Wagen nach Hause bringen?«

Sie sah ihn erneut an, dann schüttelte sie den Kopf.

»Es ist sehr nett von Ihnen«, sagte sie leise. »Aber ich muß es ablehnen.«

Und dann war sie auch schon weg. Sie duckte sich unter den Regen, als sie aus dem Bühneneingang flüchtete, und eilte durch die Gasse zur Straße.

Als Keegan wieder in das Lokal zurückkam, musterte Vanessa seinen Gesichtsausdruck. »Sieht aus, als hätte ich das letzte Hindernis beseitigt«, sagte sie. »Gehen wir jetzt hinauf?«

Kapitel 13

Drei Männer und drei Frauen mit eingeölten Körpern, die im düsteren Licht eines halben Dutzends blauer Scheinwerfer glänzten, versorgten das Publikum mit Getränken. Obwohl die Frauen kräftiger gebaut waren, als ihm lieb war, sahen sie jung, üppig und ansehnlich aus. Die Männer wirkten wie Charles Atlas, ihre Mienen deuteten an, daß ihr gemeinsamer Intelligenzquotient zwölf Punkte nicht überstieg. Sie waren ausnahmslos blond; jeder von ihnen trug einen Lendenschurz. Die Brüste der Frauen waren nackt.

Sie nahmen Bestellungen entgegen und servierten die Getränke mit ausdruckslosen Gesichtern. Ihr roboterhaftes Verhalten basierte auf dem erfinderischen Plan, sie derart vom Publikum zu trennen, daß ihre Nichtverfügbarkeit für jeden ersichtlich war, und um die erotische Erwartung der nachfolgenden Vorstellungen zu erhöhen. Ins Goldene Tor kam nicht jeder. Die Eintrittspreise waren für deutsche Verhältnisse irrsinnig hoch.

Vanessa reagierte sofort auf das, was sich ihren Blicken bot. Ihre Wangen röteten sich, ihr Atem wurde etwas schneller. Hypnotisiert von dem, was der Abend versprach, war sie die perfekte Zuschauerin und eine Bestätigung der perversen Schöpfung Conrad Weils, dem der Laden gehörte. Als sie seine Arena betraten, hatte Weil sie schon erblickt, und er beobachtete, wie sie zu einer Couch ging und

Platz nahm. Ihr Kleid glitzerte und reflektierte das blaue Licht wie Sterne in einer klaren Nacht. Sie reckte das Kinn hoch und betonte den königlichen Schwung ihres Halses. Vanessa war sich ihrer Reize mehr als bewußt; sie stellte sie stolz zur Schau. Weil war gleich Feuer und Flamme und zappelte wie eine Forelle an der Angel.

»Francis, welche Ehre, dich wiederzusehen«, sagte er verzückt zu Keegan, ohne den Blick von Vanessa zu nehmen. Und zu ihr: »Ich bin Conrad Weil, der Hausherr.« Er küßte ihre Hand.

»Conrad, das ist Vanessa, eine Freundin von mir. Sie kommt aus den Staaten.«

»Ah, Fräulein Vanessa«, sagte er. »Welch wunderbarer Anblick! Sie werden unseren Darstellern die Existenz erschweren. Niemand wird den Blick von Ihnen wenden.«

Der Honig, den er ihr um den Mund schmierte, machte sie fast schwindlig.

Bert Rudman wurde ebenfalls schwindlig, als er sie sah. Er saß auf der gegenüberliegenden Seite des Raumes, neben einem schwergewichtigen Deutschen mit einem dichten Schnauzbart, der geistesabwesend nickte, als Rudman ihm etwas ins Ohr flüsterte. Dann sah Rudman Keegan und warf ihm einen übertrieben überraschten Blick zu.

Keegan lächelte zuerst Rudman und dann Vanessa an. Als ihre Blicke sich trafen, wurde ihm plötzlich klar, daß der Raum und die sich hier anbahnende Vorstellung auch auf ihn eine plötzliche Wirkung hatte. Er fragte sich, ob sein plötzlicher Hunger sich in seinem Blick zeigte.

Leise setzte die Musik ein. Es war orientalische Musik, eine gespenstische Melodie, in der Glocken und Trommeln vorherrschten. Ihr langsames, sinnliches Tempo wurde zu einem leisen, fortwährenden Schlagen. Zwei blaue Lichter gingen an und konzentrierten sich auf die nun auf der Bühne sichtbar werdenden Lager. Drei Frauen und drei Männer schienen in gelben Seidengewändern aus dem Nichts aufzutauchen, Rücken an Rücken. Sie waren ausnahmslos dunkelhaarig und wirkten nicht im geringsten arisch. Die Frauen – sie wirkten eher sinnlich als schön –

hätten Französinnen sein können. Die Männer wirkten eher südländisch, wahrscheinlich waren sie Griechen oder Italiener.

Ihre ersten Bewegungen waren kaum wahrnehmbar. Die Darsteller wiegten sich langsam im Rhythmus der Musik. Mit zunehmendem Tempo wurden ihre Bewegungen betonter und provozierender. Sie rieben sich kurz aneinander, ohne sich richtig zu berühren, dann trennten sie sich wieder. Im weichen Licht der Scheinwerfer sahen sie anfangs aus wie sich bewegende Skulpturen.

Vanessa starrte sie gebannt an. Die Darsteller gingen langsam auseinander, erweiterten den Lichtkreis und brachen in Grüppchen auseinander. Zwei Frauen und ein Mann; zwei Männer und eine Frau. Die beiden Männer streichelten und liebkosten nun die kleinste der Frauen. Ihre Hände fuhren sanft über ihr Seidengewand und berührten jeden Teil ihres Körpers. Die Frau wiegte sich mit ihnen und fing leise an zu schnurren, als die Männer ihren Hals und ihre Schultern küßten, die Hände unter ihr Gewand schoben und sie mit Öl einrieben. Schließlich zogen sie der Frau das Gewand aus. Einer der Männer stellte sich hinter sie und polierte ihren Bauch und ihre Brüste mit Öl. Ihre Brustwarzen erigierten. Der andere Mann rieb die Innenseite ihrer Schenkel mit Öl ein, seine Hände fuhren langsam nach oben, dann noch langsamer, dann noch höher, bis . . .

Ein leiser Schrei kam aus ihrer Kehle. Sie sank gegen den ersten Mann zurück, während der, der das Öl mit der flachen Hand in sie hineinmassierte, sie mit den Fingern quälte. Ihre Knie knickten ein. Die Männer legten sie auf das Mattenlager, streichelten sie pausenlos und massierten ihre Brüste und ihren Schamhügel. Das Tempo der Musik nahm zu.

Die beiden anderen Frauen konzentrierten sich auf ihren Partner. Er zuckte mit keiner Wimper, als ihre Finger über die Seide flitzten. Eine der Frauen öffnete ihr Gewand, preßte sich an ihn und wiegte sich im Rhythmus der Musik. Die andere ließ ihr Gewand von der Schulter gleiten, blieb nackt auf der Bühne stehen, streichelte die Hinterteile der beiden und wiegte sich im gleichen Rhythmus. Die erste Frau hob die Schultern und ließ die Arme glatt herunterhängen. Das Gewand rutschte über ihren Hintern und fiel zu Boden.

Dann zogen sie den Mann aus. Man sah deutlich, wie erregt er war. Eine der Frauen bückte sich und zog eine Ölflasche unter der Matte hervor. Die beiden ölten ihre Hände ein und fingen an, das Öl auf dem Körper des Mannes zu verteilen, wobei sie unter seinem Kinn anfingen und sich zu seinen Fingerspitzen und über seinen flachen Bauch bis zu seinem Schoß vorarbeiteten. Der Mann schloß die Augen. Sein Kopf fiel zurück, und sie legten ihn auf das seidene Lager. Ihre Hände und ihre Lippen schienen ihn zu verschlingen. Sie streichelten und kneteten ihn und schienen ihn zum Höhepunkt zu treiben.

»Genug gesehen?« flüsterte Keegan Vanessa ins Ohr.

Sie öffnete zwar den Mund, aber sie sagte keinen Ton. Sie schüttelte den Kopf, zuckte jedoch mit keiner Wimper und nahm den Blick nicht von den sexuellen Gladiatoren. Die Musik wurde schneller, und mit ihrem zunehmenden Schlagen wurde die Aktivität in der Mitte der Arena noch ekstatischer. Vanessas Finger gruben sich in Keegans Schenkel, und sie sank tiefer in die Sofakissen.

Die beiden Trios wurden von der Ekstase gepackt und ignorierten den voller Voyeure befindlichen Raum. Die beiden Frauen machten ihren Gefährten mit Lippen und Händen hart, während er sie wiederum streichelte und fast zum Wahnsinn trieb, bis sie sich neben ihm ausstreckten. Die eine streichelte ihn, die andere küßte ihn.

Auf dem anderen Lager fing die Frau nun an zu stöhnen. Ihr Schoß zuckte auf und nieder, während die Männer sie küßten und betasteten und ihren ganzen Körper streichelten. Ihr Rücken krümmte sich, ihr Atem kam stoßweise und schwer. Schließlich legte sich einer der Männer neben sie, zog ihr Bein über seine Hüfte und drang in sie ein. Der Schrei der Frau – halb Pein, halb Genuß – ließ die Zuschauer zusammenfahren. Doch nur für einen Moment. Dann bewegte sich die Frau mit ihm im gleichen Rhythmus. Sie hielt die Augen geschlossen und den Mund leicht geöffnet. Ihre Lippen bebten, als der zweite Mann ihren Leib küßte – zuerst ihre Brüste, dann ihren Bauch. Dann ging er noch tiefer, bis sie sich alle im gleichen Rhythmus bewegten.

»O mein Gott«, murmelte Vanessa atemlos. Sie drückte sich enger an Keegan und streichelte seinen Schenkel mit den Fingerspitzen. Keegan legte einen Arm um ihre Schulter. Sie kuschelte sich an ihn, ihr Busen rieb sich an seiner Seite. Als sie sah, wie die Darsteller zum Höhepunkt kamen, atmete sie schwer.

Und dann war es vorbei. Die Darsteller waren irgendwie verschwunden, die Lichter gingen wieder an. Das Publikum murmelte leise.

»Jetzt kennst du das Geheimnis des Goldenen Tors«, sagte Keegan im Flüsterton, aber Vanessa war geistig zu weit fort, um ihm antworten zu können.

Sie fuhren durch leere Straßen zum Hotel zurück. Die SA-Räuber hatten ihr Treiben für diese Nacht beendet. Vanessa klammerte sich an Keegan. Er nahm ihre Wangen zwischen Daumen und Zeigefinger, drückte ihren Mund zusammen und küßte sanft ihre geschwollenen Lippen. Vanessa reagierte mit einem Stöhnen darauf; ihre Zunge suchte die seine, ihre Arme schlangen sich um seine Taille und zogen ihn an sich.

»Ich möchte dein Zimmer sehen«, flüsterte sie.
»Es sieht genauso aus wie deins.«
»Ist gar nicht wahr. Bei dir schläft keine Deenie.«
»Weißt du, deine Freunde hatten eigentlich recht. Dein Vater würde auf der Stelle tot umfallen, wenn er uns jetzt sähe.«
»Wer soll es ihm sagen?«
»Wie wär's mit Deenie?«
»Das tut die im Leben nicht!«
»Und warum nicht?«
»Weil ich ihr dann das Herz rausreiße. Und das weiß sie genau.«

Vanessa kuschelte sich an ihn, drückte die Hände in seinen Rücken und schaute zu ihm auf. Ihr Mund war leicht geöffnet. Sie knöpfte sein Hemd auf und ließ ihre Zunge über seinen Brustkorb und seine Brustwarzen gleiten. »Sie werden hart, genau wie meine«, sagte sie erstaunt. Sie ließ die dünnen Träger des Kleides über ihre Schultern fallen und schlängelte sich heraus, bis das Kleid zu Boden fiel; sie war nackt darunter. Ihr Körper war jugendlich geschmeidig, ihre Brüste üppig. Sie stellte sich auf die Zehenspitzen und rieb ihre harten Nippel an den seinen.

Sie hob einen Arm, legte die Hand sanft hinter seinen Kopf, zog ihn herab und küßte ihn. Ihre Lippen waren weich und voll. Keegan umarmte sie, hob sie ein Stück hoch, schob ein Bein zwischen die ihren und ließ sie auf seinem Schenkel sitzen.

Vanessa winselte und sah ihn mit rauchigen Augen an. »O ja ... O jaaa ... Francis ...«

Sie bewegte seine Hände mit den ihren und schrie jedesmal vor Lust, wenn er die richtige Stelle fand. Ihre Reaktion war verwegen, schamlos und offen. Sie bewegte sich im Rhythmus ihrer Gefühle, ungehindert und hemmungslos, und sie genoß ihre Leidenschaft ohne eine Spur von Schamgefühl oder schlechtem Gewissen. Sie fragte ihn, was sie tun sollte, folgte seinen geflüsterten Anweisungen und experimentierte dann auf eigene Faust. Und sie übertrug ihre Lust auf ihn. Ihn streichelnd, küssend und berührend, ließ sie sich schließlich auf Keegan fallen und unterwarf sich seinen Berührungen, bis er schließlich, mehr aus Zufall denn aus Absicht, in ihr war.

Sie lag auf dem Bauch neben ihm ausgestreckt und richtete sich auf den Ellbogen auf.

»Frankie«, sagte sie ernsthaft, »es war noch besser, als ich es mir in all den Jahren vorgestellt habe.«

»Soll das heißen, du hast mich schon als Kind begehrt?« sagte er und tat schockiert.

»Ich war *dreizehn*. Da ist man kein Kind mehr.«

»Wie gut, daß ich es nicht gewußt habe«, sagte er, »sonst hätte ich jetzt ein schrecklich schlechtes Gewissen.«

»Wieso solltest du wegen *meiner* Gefühle ein schlechtes Gewissen haben?«

Keegan starrte kurz an die Decke, dann sagte er: »Das ist eine gute Frage. Vielleicht ist es etwas Unbewußtes. Ich glaube nicht, daß ich mir die Mühe machen werde, es zu erforschen.«

Sie lachte und ließ ihren Fingernagel sanft über seine Polinie laufen. Er sprang fast aus dem Bett.

»Kitzlig?« fragte sie.

»Meine Nervenenden zucken immer noch.«

»Ich weiß. Ist es nicht toll?« Dann schlug sie bereitwillig vor: »Möchtest du's noch mal machen?«

»Gib mir ein bißchen Zeit zum Erholen.«

»Pah«, sagte sie und zog eine Schnute. Sie drückte sich enger an ihn und legte das Kinn auf seine Brust. Dann lag sie auf ihm, ihre Schenkel umklammerten die seinen, ihr warmer Leib preßte sich an ihn. Sie duftete nach teurem Parfüm. Er streichelte ihren Rücken und liebkoste die perfekte Rundung ihres Hinterns.

»So hat mich noch keiner geliebt«, murmelte Vanessa.

»Du hast sicher schon einen Haufen Männer gehabt, was?«

»Zwei«, gab sie zu. »Kleine Jungs, die es immer eilig hatten. Ich wußte gar nicht, daß es so lange dauern kann oder daß es mit jedem Mal schöner wird . . .«

Sie schloß die Augen und rutschte auf ihm hin und her, um es bequemer zu haben. Wenige Augenblicke später war ihr Atem tief und konstant, und er spürte, wie ihr Körper sich im Schlaf entspannte.

Keegan glitt unter der Decke hervor und trat ans Fenster. Die Sonne flammte gerade über den Dächern auf und warf dünne, karmesinrote Schatten auf die feuchten Straßen. Die Stadt wirkte sauber, unschuldig und still, ihre Ruhe wurde nur für eine oder zwei Minuten von einem Eiswagen gestört, der klappernd über die Straße kam und hinter einer Ecke verschwand. Dann war wieder alles still.

Er schloß die Vorhänge und glitt wieder neben Vanessa ins Bett zurück. Sie stöhnte im Schlaf auf, legte ein Bein über seine Hüfte und kuschelte sich eng an ihn. Minuten später war auch er eingeschlafen. Als das Telefon zum erstenmal klingelte, war es halb neun. Es klingelte jede halbe Stunde, aber Keegan hörte es nicht. Die Welt interessierte ihn einen feuchten Kehricht.

Kapitel 14

Ein lautes Klopfen an der Tür weckte ihn schließlich auf. Keegan zog einen Bademantel an, ging ins Wohnzimmer der Suite und schloß die Schlafzimmertür hinter sich. Als er öffnete, fegte Bert Rudman, ohne auf seine Einladung zu warten, an ihm vorbei.

»Wo zum Henker hast du gesteckt?« fragte er. »Ich habe den ganzen Morgen über versucht, dich zu erreichen!«

»Ich war todmüde«, grollte Keegan.

»Es ist fast zwölf.«

»Ich bin erst im Morgengrauen ins Bett gekommen.«

»Hör mal, Alter, ich brauche deine Hilfe. Hast du . . .«

Rudman hielt abrupt inne und stierte mit offenem Mund über Keegans Schulter. Keegan drehte sich um. Vanessa stand in der Tür, sie war in ein Bettlaken gewickelt.

»Oh . . . Ich . . . äh . . . Ich . . .«

»Vanessa«, sagte Keegan. »Vanessa Bromley. Dieser wortgewandte Herr hier ist Bert Rudman.«

»Wie geht's?« sagte Vanessa und zog das Laken ein Stückchen höher.

»Was zum Teufel ist denn so wichtig?«

»Ich bin hinter einer heißen Story her, aber ich kriege nichts zusammen. Und da ich weiß, daß Wally Wallingford ein Freund von dir ist, dachte ich . . .«

»Das war er mal«, unterbrach Keegan ihn. »Willste 'n Kaffee?«

»Toll!«

»Ich ruf unten an und bestell was«, sagte Vanessa.

»Was hat Wally mit deinem Fang zu tun?«

»Weißt du, wer Felix Reinhardt ist?«

Keegan zögerte. »Ja«, sagte er. »Ich weiß, wer er ist.«

»Allem Anschein nach ist er letzte Nacht verhaftet worden, obwohl ich's nicht beschwören kann. So wie ich die Sache sehe, war er, als man ihn gekascht hat, mit einem Offizier zusammen, der zur Botschaft gehört. Im Moment braut sich ein gewaltiger diplomatischer Gestank zusammen. Bloß will keiner mit mir reden.«

»Weswegen hat man ihn festgenommen?«

»Aus dem, was ich zusammengekriegt habe, hat er das *Berliner Gewissen* herausgegeben. Ein Mann namens Probst hat die Zeitung gedruckt. Die SA hat Probsts Druckerei gestern auffliegen lassen. Es kam zu einer gewaltigen Ballerei, dann brach Feuer aus. Probst ist erschossen worden; sein Haus ist bis auf die Grundmauern abgebrannt. Sie haben die ganze verdammte SA auf Reinhardt angesetzt, und heute morgen gegen zwei haben sie ihn erwischt.«

»Wo hast du das gehört?«

»Die Nazis haben eine Pressekonferenz anberaumt und die Einzelheiten, soweit sie Probst betreffen, bekanntgegeben. Den Rest habe ich mir zusammengereimt, aber beweisen kann ich natürlich nichts. Was Reinhardt angeht, sind die Nazis so verschlossen wie eine Auster.«

»Es war nicht so.«

»Was?«

»Die Sache mit Probst. Es war nicht so, wie du sagst. Probst war nicht bewaffnet. Die SA hat seine Tür eingetreten. Man hat ihn kaltblütig erschossen und sein Haus dann in Brand gesteckt.«

»Woher weißt du das?«

»Ich hab's mir zusammengereimt.«

»Also bitte – komm mir bloß nicht so! Woher hast du es?«

»Von einem Augenzeugen. Mehr kann ich nicht sagen. Wehe, du druckst den offiziellen Nazi-Scheiß!«

»Wann hast du es erfahren?«

»Ich weiß nicht, Bert, irgendwann gestern abend.«

»Und du hast mir nichts davon erzählt?«

Keegan sagte nichts. Rudman hatte den Ausdruck in den Augen seines Freundes« noch nie gesehen.

»Ist der Augenzeuge deiner Meinung nach zuverlässig?«
»Absolut.«

Rudmans Blick verengte sich.

»Es war Reinhardt, nicht wahr? Du hast mit Reinhardt gesprochen.«

»Ich habe dir alles gesagt, was ich sagen kann. Setz mich nicht unter Druck.« Keegan sah Vanessa an. »Zieh dir was an«, sagte er.

»Ich hab' nur mein Kleid von gestern abend.«

»Hier gibt's ein halbes Dutzend Bademäntel. Nimm dir einen.«

Sie ging aus dem Zimmer und schleifte das Laken hinter sich her.

»Mann!« seufzte Rudman anerkennend.

»Mach dir keine falschen Vorstellungen«, sagte Keegan.

»Ich habe schon so viele Vorstellungen, daß ich . . . Ach, lassen wir das.« Rudman winkte ab. »Rede wenigstens mit Wallingford, okay? Du mußt irgendwas für mich rauskriegen.«

»Wally spricht im Moment nicht mit mir.«

»Was zum Teufel hast du ihm getan? Wally redet doch mit *jedem*.«

»Ich hab' vergessen, auf einer seiner Partys zu erscheinen.«

»Ach, hör doch auf. Lade ihn zu einem Drink ein oder so was, Francis, ich brauche mal wieder einen Aufmacher!«

»Glaub mir, Bert, der Bursche hat keine Zeit für mich.«

»Versuche es.«

Ein langes Schweigen folgte. Dann sagte Keegan leise: »Also schön, ich versuche es.«

»Danke, Kumpel. Du findest mich im Büro der *Tribune* und später in der Bar des Imperial.«

»Ich wußte gar nicht, daß das Imperial auch Presseräume hat«, sagte Keegan sarkastisch.

»Die Imperial-Bar *ist* ein Presseraum«, sagte Rudman. »Da hängt das ganze Pressekorps rum. Sogar Goebbels kommt nachmittags dort rein – mit dem neuesen Kommuniqué.«

»Wie schön. Dann brauchst du ja nicht mehr zum Propagandaministerium rüberzugehen, um dir die neuesten Lügen abzuholen.«

»Das Ministerium ist der Ort, an dem alles anfängt«, sagte Rudman. »Es versorgt uns mit Lügen, und wir brauen uns dann daraus die Wahrheit zusammen.«

Rudman wandte sich zur Tür um, dann blieb er stehen. »Weißt du«, sagte er, »es ist das erste Mal, daß ich sehe, wie sich deine Ansicht über irgend etwas ändert.«

»Vielleicht liegt es daran, daß ich selbst gern die Wahrheit wüßte.«

»Tja, das ist auch wieder ein erstes Mal«, sagte Rudman und ging.

Als Keegan in die Botschaft kam, stand George Gaines hinter der Tür. Er sah ihn scharf an, sein Gesicht war wutverzerrt. »Was zum Teufel machen Sie hier?« fragte der Attaché rauh.

»Ich möchte mit Wally reden«, sagte Keegan gelassen. »Und welches Problem haben Sie?«

»*Sie* sind mein Problem«, antwortete der Major. »Sie sind *alle* Probleme, die wir derzeit haben.«

»Was zum Teufel soll das heißen?«

»Das wissen Sie verdammt gut. Trace hat die Nacht in einer Zelle in Landsberg verbracht. Gott allein weiß, was mit Reinhardt passiert ist. Und den armen alten Wally hat man abberufen.«

»Abberufen?«

Gaines ging die Treppe zu den Büros hinauf, und Keegan eilte neben ihm her. Als sich ein Marineinfanterist vor ihm aufbaute, winkte Gaines ihn beiseite. »Ist okay«, sagte er.

»Die Nazischweine haben seinen Paß eingezogen«, sagte Gaines, als sie in den zweiten Stock kamen. »Wenn *Sie* ihm geholfen hätten . . .«

Keegan schnitt ihm das Wort ab. »Hören Sie, ich werde nicht dafür bezahlt, daß ich meinen Hals in die Schlinge stecke, sobald Roosevelt mit den Fingern schnippt«, grollte er wütend. »Trace hat also die Nacht im Gefängnis verbracht. Wunderbar. Er ist doch okay?«

»Er ist okay«, gab Gaines knurrig zu.

»Wäre Reinhardt bei mir gewesen, wäre *ich* jetzt tot; dann bräuchte ich mir nicht nur Sorgen um meinen Paß zu machen. Ich habe nämlich keine diplomatische Immunität, George.«

»Sagen Sie das mal Wally. *Seine* Karriere geht nämlich jetzt das Spülklosett runter.« Gaines deutete mit dem Kopf auf eine offene Tür. »Da ist sein Büro. Aber ich glaube nicht, daß er wild drauf ist, jetzt mit Ihnen zu reden.«

Als Keegan das Büro betreten wollte, kam ein Soldat mit einer großen Aktenkiste heraus. Keegan machte ihm Platz. Wallingfords Innentür stand offen; Keegan konnte sehen, wie er im Büro Bilder von der Wand nahm.

»Ist schon in Ordnung, Belinda«, sagte Wallingford und trat an seinen Schreibtisch zurück. Als Keegan eintrat, hatte er die Arme gerade voller gerahmter Fotos. Er legte sie sorgsam in eine offene Kiste, die auf dem Tisch stand. Der Rest des Zimmers war fast ausgeräumt.

»Ich hab' gehört, man hat dir den Stiefel gegeben«, sagte Keegan.

»Willst du mich verhöhnen?«

»Bitte, Wally – *ich* habe Reinhardt schließlich nicht zu Trace ins Auto geschoben. Verdammt, ich werde dich vermissen. Du schmeißt die besten Partys in Europa.«

»Mehr bedeutet es dir nicht, stimmt's?«

»Nein, ich mache mir Sorgen um dich. Was hast du jetzt vor?«

»Ich fliege nach Washington, um mir neue Anweisungen zu holen. Mit meiner Karriere ist es aus.«

»Was zum Teufel ist passiert?«

»Ich hab's vermasselt; das ist passiert. Trace wäre beinahe wegen Spionage verhaftet worden. Wir haben versucht, Reinhardt in einem offiziellen Fahrzeug aus dem Land zu schmuggeln, aber die Gestapo hat es angehalten. Roosevelt hat sich bei dem kleinen Drecksack im Reichstag entschuldigt. Mich hat man abberufen. Ich werde wohl meinen Abschied einreichen müssen. Es ist, als würde man vors Kriegsgericht gestellt. Ob du gewinnst oder verlierst, sie machen einen fertig.«

»Haben die Leute vom Geheimdienst dir nicht geholfen?«

Wallingford sah Keegan kurz an, dann setzte er sich auf eine Ecke des Schreibtisches.

»Hör zu, Keegan: Wir *haben* gar kein Geheimdienstnetz. Jedes Land der Erde hat Tausende von Spionen, aber bei uns gibt es so etwas nicht. Weißt du, warum? Weil mein Boß, der mächtige Cordell Hull, der Meinung ist, daß es sich für Gentlemen nicht ziemt, sich in die Angelegenheiten anderer Länder einzumischen. *Es ziemt sich nicht!* Also spielen wir nach den Regeln des Marquis von Queensbury, während die anderen mit der Keule spielen. So sieht es aus, wenn der Innenminister ein Gentleman ist.«

»Tut mir leid, Kumpel . . .«

»He, es ist auch *dein* Land! Und dein gottverdammter Kumpel bin ich nicht.«

»Hör mal, Wally, wir haben doch zusammen 'ne Menge Spaß gehabt. Denk mal an die Wochenenden in Paris. An den Trip nach Monte Carlo im letzten Frühjahr . . .«

»Herrgott, wenn *das* für dich das Leben ist – eine einzige, verfluchte Party! Reinhardt ist tot! Sie haben ihn laut unseren besten Quellen stundenlang gefoltert, und als er sich die Zunge abbiß, damit er nicht reden kann, haben sie ihn gezwungen, Batteriesäure zu trinken. Natürlich haben wir keine Beweise dafür, aber zuzutrauen ist es ihnen allemal. Reinhardt ist tot, meine Karriere ist im Arsch, aber was macht es dir schon aus? Du wirst schon eine Party finden, auf der du weiterfeiern kannst.«

»Das mit Reinhardt tut mir leid. Und es kümmert mich schon, was aus dir wird. Meine Freundschaft zu dir hat doch nichts mit ihm zu tun.«

»Ich habe dich gebeten, mir zu helfen, aber du hast dir bloß Sorgen um dein verdammtes Flugzeug gemacht. Wir hätten ihn außer Landes bringen können.«

»Vielleicht.«

»Was kann dich bloß aufwecken, damit du endlich siehst, was hier vor sich geht?«

»Ich sehe es jetzt schon . . .«

»Ach was! Nichts siehst du. Du fährst zwar an den dreckigen SA-Schweinen vorbei, wenn sie gerade einen Arzt oder Pfandleiher zusammenschlagen, aber *sehen* tust du trotzdem nichts. Und wenn doch, ziehst du zumindest keine Schlüsse daraus. Du glaubst, so was könnte bei uns zu Hause nicht passieren? Ich will dir mal was sagen, *Kumpel*: Es hat nicht mal einen Monat gedauert! Nachdem Hindenburg Hitler zum Reichskanzler ernannt hat, war er der absolute Diktator in diesem Land, und die NSDAP hat bei den letzten Wahlen nicht mal vierzig Prozent der Stimmen geholt. Hitler hatte keine Mehrheit, er ist nie zu etwas gewählt worden. Denk mal darüber nach. Er hat die Verfassung auf den Müll geworfen und den Laden übernommen. Und jedesmal, wenn der arrogante kleine Schweinehund das Maul aufmacht, beleidigt er Amerika. Er macht den Rassismus salonfähig. Nein – *modisch*! Nicht nur hier – überall! *Überall!* Es ist noch gar nicht lange her, da habe ich gehört, wie sich zwei unserer Sekretärinnen über den neusten Judenwitz schier kaputtgelacht haben.«

»Es liegt in der menschlichen Natur.«

»Nenn es, wie du willst; ich nenne es Vorurteile. Hitler weckt den schlafenden Riesen in jedem auf; er macht es verlockend, Haß stolz zur Schau zu stellen. Er hat den Schlüssel, Keegan: Stolz. Er spricht ihren Stolz an.« Wallingford hielt kurz inne, dann sagte er: »Was willst du, Francis? Hinter was bist du her?«

»Ich weiß es nicht, Wally.«

»*Ich* weiß es schon. Hör mal, ich bin nur ein Alltagstyp aus Philadelphia. Ich hab' mein ganzes Leben vorausgeplant. Ich wollte unbedingt in den diplomatischen Dienst. Es war mein Traum. Ich hab' mir den Arsch abgearbeitet, um in den diplomatischen Dienst zu kommen. Und weißt du, wohin ich wollte?« Wallingford deutete mit dem Zeigefinger auf den Boden. »Genau hierhin! Nach Berlin. Sobald ich im diplomatischen Dienst war, wollte ich nach Berlin.

Und weißt du auch, warum? Weil ich wußte, daß Berlin die *heißeste* Stelle der Welt werden würde. Ich habe es einfach *gewußt*! Ich wußte, wenn ich es richtig angehe, würde ich mir hier einen Namen machen. Ich bin es auch richtig angegangen – bis gestern abend.«

Wallingford drehte sich zu den Regalen um und verstaute den Rest seiner Habe in die auf dem Schreibtisch stehende Kiste. Er nahm ein Buch heraus und schlug es auf.

»Die gesammelten Reden von Woodrow Wilson«, sagte er. »Wilson war mein Idol. Er hatte Weitblick. Sein Land hat ihn im Regen stehenlassen. An dem Tag, als er den Kongreß gebeten hat, Deutschland den Krieg zu erklären, hat er davor gewarnt, mit dem Verlierer nicht zu hart umzuspringen, falls wir den Krieg gewinnen sollten. Sonst würde er sich auflehnen und zurückschlagen. Der gute Mr. Wilson hatte 'ne Menge Weitblick. Niemand hat auf ihn gehört. Wir haben Deutschland nichts gelassen. Jetzt ist der Bär los, und Amerika pennt weiter. Wie üblich.«

»Du bist ziemlich geladen, Wally.«

»Ich habe Angst. Leute wie du machen mir angst. Dabei bist du doch gebildet genug, um zu wissen, was hier passiert.«

»Du bist doch nicht beim Innenministerium. Geh nach Hause und laß dich für den Senat oder so was aufstellen.«

»Man würde mich nicht mal zum Hilfssheriff wählen«, sagte Wallingford voller Abscheu. »Es will doch keiner hören, was ich zu sagen habe. Bis *die* alle aufwachen, ist es sowieso zu spät.«

»Trübsal und Untergang hängt den Leuten zum Hals raus«, sagte Keegan. »Sie haben die Schnauze voll vom Krieg. Im Moment bemühen sie sich, über die Jahre der Depression wegzukommen. Sie warten auf gute Zeiten, nicht auf etwas, das sie bedroht.«

»Das ist wieder mal typisch.«

»Ich drücke es nur so aus, wie ich es sehe.«

»Ich muß zugeben, daß du einen gewissen proletenhaften Charme hast, Keegan«, sagte Wallingford müde, »aber meiner Meinung nach ist das alles nur Tünche. Ich habe zwar auch gehört, daß deine Mutter Gräfin gewesen sein soll und das ganze romantische Zeugs, aber für mich ist es wirklich nur Gewäsch. Unter all den Gerüchten bist du nichts; du bist nur ein reichgewordener Gauner.«

Keegan nickte traurig und drehte sich um, um das Büro zu verlassen.

»Ich habe da so eine Theorie, Keegan«, redete Wallingford weiter. »Wenn man nicht gegen etwas ist, ist man dafür. Als du Reinhardt im Regen hast stehen lassen, bist du Hitler in den Arsch gekrochen.«

»Nun mach mal halblang . . .«

»Fällt mir nicht ein. Du hast sogar recht; das hier hat weder was mit Reinhardt noch mit meinem Job zu tun. Ich habe einen Freund um einen Gefallen gebeten, und er hat abgelehnt. Damit hat es sich.«

»Es war ein *verteufelter* Gefallen.«

»Du hättest dir damit selbst einen getan. Du und eine Menge anderer haltet Hitler für eine Eintagsfliege, aber er ist jetzt schon im Begriff, sich Europa einzusacken. Die einzige Möglichkeit, ihn daran zu hindern, besteht in einem neuen Krieg. Wenn du mich jetzt bitte entschuldigen willst . . . Ich muß heute nachmittag um sechs außer Landes sein. Ich werde deportiert, ist das nicht lustig? Tausende würden alles dafür geben, Deutschland verlassen zu können, aber mich schmeißen sie mit dem Arsch zuerst hinaus.«

Wallingford ging an Keegan vorbei zur Tür und rief den Marine-Sergeanten.

»Das ist die letzte Kiste, Jerry«, sagte er.

»Ja, Sir«, sagte der Soldat und trug sie hinaus. Wallingford sah sich noch einmal in seinem Büro um. All seine persönlichen Gegenstände waren jetzt draußen. Er wollte gehen, doch er wandte sich noch einmal zu Keegan um.

»Ich hoffe, ich sehe dich nie wieder, Francis«, sagte er, und in seinen Worten lag deutliche Trauer. »Es würde mich immer daran erinnern, welch schlechter Menschenkenner ich bin.«

Er ließ Keegan allein in dem leeren Büro zurück.

Zum Imperial-Restaurant gehörte die eleganteste Bar von Berlin. Ihre hohe Decke türmte sich zwei Stockwerke hoch über den mit viel Bronze ausgestatteten Innenraum. Hohe, zweiflüglige Glastüren trennten ein Gartenrestaurant von der Bar, in der frische Blumen auf den Tischen standen und Kellner in weißen, goldbetreßten Uniformen gleichmütig hin und her eilten. Als Keegan hereinkam, wimmelte die Bar von Menschen. Die Menge bestand aus einer seltsamen Mischung aus blaugekleideten Journalisten mit Blümchenkrawatten, weißgekleideten Touristen, schwarzgekleideten SS-Offizieren und der üblichen Blase aus Gestapo-Schnüfflern, die man leicht an ihren graubraunen Anzügen und den unpersönlichen Blicken erkannte, die alles und jeden argwöhnisch musterten.

Rudman saß an einem Ecktisch und kritzelte Notizen auf ein Blatt seines wie üblich eselsohrigen und zerknitterten Schreibpapiers.

»Wann legst du dir endlich mal ein Notizbuch zu?« fragte Keegan und setzte sich zu ihm. »Das da sieht aus, als hättest du es aus einem Papierkorb gezogen.«

»Macht der Gewohnheit«, antwortete Rudman. »Außerdem sind mir Notizbücher zu ordentlich. Wie geht's deiner Freundin?«

Keegan nickte bloß.

»Ich hab' ein bißchen recherchiert«, sagte Rudman. »Kommt aus 'ner guten Familie – falls du auf Geld aus sein solltest.«

»Jetzt reicht's aber«, sagte Keegan.

»Hast du Wally gesehen?«

»Nur so lange, um mich beleidigen zu lassen und Lebewohl zu sagen.«

»Lebwohl?«

»Sie haben ihn geschaßt.«

»Was?!«

»Am besten vergißt du sofort, von wem du das, was du jetzt zu hören kriegst, erfahren hast.«

»Natürlich.«

Keegan erzählte ihm alles, was passiert war.

Ein Kellner erschien; Keegan bestellte einen doppelten Martini.

»Gott«, sagte Rudman. »Darf ich das verwenden?«

»Du kannst damit machen, was du willst, aber erwähne bloß nicht meinen Namen. Ich möchte Wally und Trace auf dem Dampfer nach Hause nicht begleiten. Außerdem wird Goebbels bestimmt über die Sache sprechen, wenn er zum Cocktail kommt.«

»Der arme alte Wally. Alle haben ihn für hysterisch gehalten.«

»Er *ist* hysterisch.«

»Er hat Weitblick, Francis. Er sieht voraus, wohin die Reise geht.«

Zum ersten Mal widersprach Keegan ihm nicht. Seiner Meinung hatte er nicht das Recht, darüber zu streiten – nicht mehr, seit er Felix Reinhardt auf dem Gewissen hatte.

»Da kommt die Bank of Massachusetts«, sagte Rudman.

Keegan drehte sich um und sah, wie Vanessa das Imperial betrat. Sie redete mit dem Oberkellner, der sie zu ihrem Tisch führte. »Sie fährt morgen nach Hamburg«, sagte er. »Und dann mit der *Bremen* nach Hause.«

»Wie schade.«

»Wir reden in ihrer Gegenwart nicht über Politik, klar?«

»Ich muß mehr über diese Sache rauskriegen«, sagte Rudman. »Und ich brauche mehr Material über Trace. Weißt du was über ihn?«

»Er ist Major.«

»Alle Militaristen, die hier sind, scheinen Major zu sein.«

»Es klingt doch auch hübsch.«

»Guten Tag«, sagte Rudman fröhlich, als Vanessa an ihren Tisch trat.

Sie nickte ihm freundlich zu und schenkte Keegan ein süßes Lächeln.

»Wie war's in der Botschaft?« fragte sie.

»Die Diplomatie nimmt dort immer mehr überhand«, lachte Keegan leise.

»Ich höre, Sie verlassen uns«, sagte Rudman zu Vanessa.

»Ja. Mein Daddy fährt, seit ich lebe, jedes Jahr einmal in

sein Landhaus bei Saratoga. Er hält mich noch immer für zehn und glaubt, ich *verzehre* mich danach, nachmittags zum Tanztee zu gehen.«

»Ein netter Ort zum Vertrocknen«, sagte Keegan mit einem Kichern.

»Der Tanztee hat mir nie gefallen; nicht mal, als ich zehn war. Und ich *will* gar nicht vertrocknen.«

»Tja, Berlin wird eine Wüste ohne Sie sein«, sagte Rudman mit einem ehrlichen Lächeln.

»Wie lieb von Ihnen. Hast du das gehört, Frankie?«

»Ich lausche seinem Quark schon seit Jahren.«

»Wie können Sie ihn nur ertragen?« sagte Rudman und suchte nach seiner Börse. »Wo er doch so zynisch ist.«

»Es ist alles nur Bluff«, sagte sie.

»Steck deine Börse ein«, sagte Keegan. »Ich bleche für dein Bier.«

»Wie großzügig! Ich nehme an, ich werde dich in den nächsten Tagen irgendwo wiedersehen. Wenn nicht – ich bin beim Rennen in Paris. Könnte ja sein, daß du dir für deinen Gaul irgendwelche Chancen ausrechnest.«

»Er wird sich die Beine ablaufen.«

»Du hast ein Rennpferd?« fragte Vanessa. »Das wußte ich gar nicht.«

»Er hat ein halbes Dutzend«, sagte Rudman. »Und ich wette, es gibt noch vieles, was Sie nicht über Mr. Keegan wissen.« Er stand lächelnd auf, küßte ihre Hand und ging winkend fort.

»Seid ihr schon lange befreundet?« fragte sie.

»Seit dem Krieg«, sagte Keegan. »Er ist ein guter Bursche, aber er wird in eine Menge Schwierigkeiten hineingeraten.«

»Warum?«

»Weil ihn die Nazis zu sehr beschäftigen. Wenn er nicht aufpaßt, endet er noch wie Reinhardt.«

»Der Mann, über den ihr heute morgen gesprochen habt? Was ist mit ihm passiert?«

»Er ist tot«, sagte Keegan, zückte seine Börse und studierte die Rechnung.

»Hat man ihn ... umgebracht?«

Keegan schaute sich in der überfüllten Bar um, ohne Vanessa eine Antwort zu geben. »Laß uns gehen. Die Gesellschaft hier behagt mir nicht.«

»Meinetwegen«, sagte sie. Aber sie bewegte sich nicht; sie lehnte sich in ihren Stuhl zurück und musterte sein Gesicht. Sein Ausdruck verängstigte sie ein wenig. Und es gab nicht viel, was Vanessa Bromley verängstigte. Sie nahm eine langstielige Rose aus der Tischvase und strich sanft und langsam mit ihr über Keegans Wange. »Ich habe eine wunderbare Idee.«

Er sah sie fragend an.

»Abendessen auf dem Zimmer. Auf Kosten der Bank. Ich habe wirklich keine Lust, mich heute abend wieder anzuziehen. Außerdem sind die meisten Sachen schon gepackt.«

»Ich nehme an, du willst dir wieder einen Bademantel ausleihen«, sagte Keegan leise.

»Mein Zug fährt erst morgen um eins«, sagte sie.

»Zufällig habe ich bis morgen um eins frei.« Er nahm ihre Hand. »Laß uns abhauen.« Er bezahlte die Rechnung, und sie eilten zur Tür. Als sie die Drehtür erreicht hatten, hinkte ein kleiner, frettchenhafter Mann in SS-Uniform mit mehreren Begleitern an die Bar. Er starrte Vanessa einen Augenblick an; als sie an ihm vorbeikamen, nickte er ihr zu.

»Der Kleine hat einen Klumpfuß«, flüsterte sie, als sie draußen waren.

»Der Kleine ist Josef Goebbels«, sagte Keegan. »Der Oberlügner des Herrenvolkes.«

Sie fröstelte. »Sind sie alle so ...«

»Häßlich?« fragte Keegan.

»Ja, häßlich.«

»An Leib und Seele«, erwiderte er und winkte einer Droschke.

Vanessa war ein nettes Mädchen. Schön und charmant. Doch in den zwei Tagen, die er mit ihr zusammen war, war etwas Eigenartiges mit ihm passiert. Es war ihm nicht gelungen, die Sängerin zu vergessen: Jenny Gold. Ihre Stimme ließ es ihm kalt den Rücken hinabrinnen; ihr Blick durchbohrte ihn noch immer.

Keegan hoffte, daß er sich nicht in sie verliebt hatte – ausgerechnet in eine deutsche Sängerin.

Kapitel 15

Hinter dem Schreibtisch saß ein stämmiger, dösender Blondschopf.

»Ist Werner schon an der Arbeit?« fragte Keegan.

»Nein«, sagte der junge Mann kopfschüttelnd und erwiderte, der Masseur würde erst in einer Stunde eintreffen. Keegan ging in den Ankleideraum zurück, zog sich aus, schlang ein Handtuch um seine Taille und betrat die leere Sauna. Er schüttete einen Eimer Wasser über die heißen, glühenden Steine in der Ecke des kleinen Raumes, stützte die Ellbogen auf die Knie und ließ den zischenden Dampf die Gifte aus seinem Körper vertreiben.

Er döste fast, als er hörte, wie sich die Tür öffnete und schloß.

Durch den wirbelnden Dampf sah er den kleinen Mann von der Botschaftsparty. Er war in Handtücher gehüllt, die seinen Buckel verbargen. Er lächelte ihn an.

»Guten Morgen«, sagte der kleine Mann in fast akzentfreiem Englisch.

»Hoffen wir's«, antwortete Keegan.

Er fragte sich, ob der Bucklige ein Hotelgast war. Was tat er hier, morgens um sieben? Folgte er ihm? Oder machte ihn sein Kater nur etwas paranoid?

Im Augenblick war es ihm einfach egal. Der Kater in seinem Kopf war wie ein Sturm; Keegan bemühte sich, jede Bewegung und jeden Gedanken zu vermeiden.

»Sind Sie schon lange in Berlin?« fragte der Bucklige schließlich.

»Ich ziehe zwar öfters herum, aber die halbe Zeit verbringe ich hier.«

»Dann gefällt Ihnen die Stadt?«
»Ich mag das Chaos. Erinnert mich an zu Hause.«
»Chaos?«

Keegan warf dem Buckligen einen Blick zu. »Haben Sie's nicht bemerkt?«

»Das Chaos ist vorbei«, sagte der Bucklige. »Der Führer hat das Land unter Kontrolle.«

»Wie beruhigend.«

»Gehören Sie zu den Amerikanern, die glauben, Hitler sei eine Art menschgewordener Teufel?«

»Ich denke überhaupt nicht über ihn nach. Glauben Sie mir, nicht im geringsten.«

»Sie wissen doch, was ich meine.«

Das Vögelchen versucht mich über meine politischen Ansichten auszuhorchen, dachte Keegan. *Was zum Teufel hat er vor?*

»Der Reichskanzler ist für viele ein bißchen radikal, finden Sie nicht auch?«

Der Bucklige lachte und nickte heftig.

»Leicht radikal ist er. Mir gefällt es. Es ist ziemlich drollig.«

Keegan beugte sich vor und warf einen Blick auf seinen Buckel. Er wischte sich mit der Handfläche über den Bauch und entfernte die Schweißperlen, die sich an seiner Taille rund um das Handtuch sammelten und lächelte matt. Das Lächeln blieb auf seinen Lippen.

»Und was ist mit Ihnen?« fragte der kleine Mann. »Glauben *Sie* auch, daß er leicht radikal ist?«

Er ist auf irgendwas aus, dachte Keegan. *Aber was es auch ist, er wird sich Mühe geben müssen, um es zu kriegen.* Er nahm den Köder nicht an.

»Ich habe doch gesagt, ich denke über so was nicht nach. Ich bin der typische Tourist. Ich gebe mein Geld aus und unterstütze ein bißchen die Wirtschaft, mehr nicht.«

»Sie heißen Keegan, nicht wahr? Ich habe es gesehen, als Sie sich an der Rezeption eingetragen haben.«

»Stimmt. Und Sie?«

»Vierhaus. Professor Wilhelm Vierhaus.«

»Freut mich, Sie kennenzulernen.«

»Keegan ... Keegan ... Sind Sie Ire?«
»Irisch-amerikanisch. Meine Eltern stammen aus Irland.«
»Aha. Aus welcher Gegend?«
Also das ist es. Ich bin ein irischer Patriot und kann die Engländer nicht ausstehen. Vielleicht sollte ich auf das Spielchen eingehen und mit ihm essen gehen. Vielleicht sollte ich ihn aushorchen und alles, was ich erfahre, zu Wally in den Staaten weitergeben, bloß um ihm zu zeigen, daß das, was hier vor sich geht, mich doch berührt.
»Belfast«, sagte Keegan. »Aber sie haben sich auch nicht für Politik interessiert.«
»Ach. Waren Sie im Krieg?«
»Sie stellen eine Menge Fragen.«
»Bitte, verzeihen Sie. Ich bin nur neugierig. Ich habe nicht oft die Gelegenheit, mit Amerikanern zu reden.«
»Ja, ich war im Krieg. Auf der anderen Seite.«
Vierhaus lachte. Keegans Lächeln blieb das gleiche – leicht überheblich und etwas rätselhaft. Er schüttete einen neuen Eimervoll auf den Kohlenhaufen. Dampf zischte und wirbelte durch den Raum. Keegan lehnte sich zurück und schloß die Augen.
»Sie haben wahrscheinlich nicht zufällig eine Zigarette unter Ihren Handtüchern versteckt?« fragte er Vierhaus.
»Tut mir leid. Ich habe sie draußen gelassen.«
»Entschuldigen Sie mich.«
Keegan stand auf und verließ die Sauna. Er öffnete seinen Spind, nahm eine Packung Camel heraus und steckte sich eine Zigarette an. Zwei Männer mit Hüten standen im Gang vor dem Klubraum und gaben sich alle Mühe, ihn nicht wahrzunehmen.
Er ging wieder rein und setzte sich hin.
»Ich hoffe, der Rauch stört Sie nicht.«
»Aber nicht im geringsten.«
»Ich habe einen Kater, Herr Professor. Vielleicht ist er tödlich.«
»Tut mir leid, das zu hören.«
»Schon in Ordnung. Ich möchte nur nicht, daß Sie mich für unfreundlich halten.«
»Tue ich nicht.«

Sie saßen schweigend ein, zwei Minuten da. Keegan lehnte sich mit geschlossenen Augen gegen die Holzlatten und rauchte; Vierhaus saß unbehaglich da und starrte zu Boden.

Was macht er wohl jetzt? Macht er nun sein Spiel, oder bricht er es ab? Keegan brauchte nicht lange zu warten, um es zu erfahren.

»Ich leite ein kleines Büro. Es untersteht zwar dem Propagandaministerium, aber ich arbeite ziemlich allein. Das heißt, ich kann mehr oder weniger schalten und walten, wie ich will.«

»Aha.«

»Hauptsächlich halte ich den Führer darüber auf dem laufenden, was in der Welt so passiert. Gesellschaftliche Nachrichten, politische Nachrichten, Dinge dieser Art. Und Standpunkte. Er ist an Standpunkten sehr interessiert. Aber er ist so beschäftigt, daß er keine Zeit hat, überall auf dem neuesten Stand zu bleiben. Verstehen Sie?«

»Mehr oder weniger ... Sie sind 'ne Art gesellschaftlicher Geheimdienst.«

»Ja, sehr gut. Sehr gut. Wir glauben zum Beispiel, daß die amerikanische Öffentlichkeit versteht, wie verheerend der Versailler Vertrag für die Deutschen war. War der Friedensvertrag Ihrer Meinung nach fair? War er ein ehrenvoller Frieden?«

Was zum Teufel will er? Keegan hatte es satt, Spielchen zu spielen. Er beugte sich wieder vor, lugte durch den Dampf und lächelte. *Ein ehrenvoller Frieden?* dachte er.

»An einem Krieg oder an einem Frieden ist nichts ehrenvoll«, sagte er schroff.

»Finden Sie das nicht ziemlich zynisch?« erwiderte Vierhaus.

»Ach, ich glaube nicht mal, daß Zynismus der passende Ausdruck dafür ist. Man hat noch kein Wort erfunden, das meine Gefühle zu diesem Thema ausdrückt.«

Keegan schüttete noch einen Eimer Wasser über die Steine, und eine weitere Dampfwolke zischte durch den Raum.

»Im Krieg geht es um grenzenlose Schlächtereien«, sagte er leise, ohne Verärgerung oder Boshaftigkeit und ohne sein Lächeln einzustellen. »Daran ist nichts gut, anständig oder ehrenvoll. Es ist nichts, worauf man stolz sein könnte; nichts Heroisches oder dergleichen. Krieg ist die Religion reicher Männer und Politiker. Er ist ihre Kirche. Krieg, Herr Professor, ist ein abscheuliches Unternehmen, das sich der Vernichtung der Jungen widmet. Er wird von einer Bande rachsüchtiger, impotenter, gemeiner alter Männer angeführt, die neidisch auf die Jugend sind.«

Er hielt einen Moment inne, um an seiner Zigarette zu ziehen. Dann, noch immer lächelnd, fuhr er fort: »Wenn ein Krieg zu Ende ist, sollte man folgendes tun: Man sollte die Schweinehunde auf beiden Seiten an alle Blinden, Amputierten und Verrückten ausliefern, die sie auf dem Gewissen haben. Man sollte sie bei lebendigem Leib häuten und auf den Stufen der Banken verbrennen, in denen sie ihre Profite gebunkert haben.«

Er blieb stehen, nahm einen weiteren Zug und warf die Zigarette elegant in die brennenden Kohlen.

»Dann sollte man diese Dreckslumpen massenhaft in gewöhnlichen Laugengruben begraben, ihre Namen aus allen menschlichen Unterlagen streichen und sie aus der Geschichte löschen. Das ist noch besser als das, was ihnen wirklich zusteht.«

Vierhaus war über Keegans Reaktion leicht verblüfft.

»N-nun«, stotterte er, »Sie haben allem Anschein nach wirklich darüber nachgedacht. Ein feuriger Standpunkt.«

»Nichts daran ist feurig, Herr Professor. Es gibt keine Seife, die stark genug ist, um den Gestank des Todes abzuwaschen, ebenso wie es keinen Whisky gibt, der stark genug ist, um den bitteren Geschmack hinwegzuspülen, den er im Mund hinterläßt. Der Krieg ist ein mieses, stinkendes, abscheuliches Geschäft. Und wenn Sie mich jetzt entschuldigen wollen . . . Mein Kater ist so schlimm, daß ich vielleicht noch ins Krankenhaus muß, bevor der Tag zu Ende ist.«

»Ich leide mit Ihnen.«

»Danke.«

»Und . . . Entschuldigen Sie bitte.«

»Nicht nötig. Es ist doch sowieso alles Politik.«

»Ach so. Darf ich dann annehmen, daß Sie von der Politik ebensowenig halten wie vom Krieg?«

»Ich halte rein gar nichts von ihr.«

»Aber dieser Jude . . . Rosenfeld, scheint doch an Ihrer Heimatfront gute Arbeit zu leisten.«

Keegan lachte, obwohl es seinen pulsierenden Schädel schmerzte. »Er heißt Roosevelt. Und er ist kein Jude.«

»Wirklich? Ich habe es anders gehört.«

»Tja, dann haben Sie was Falsches gehört, oder jemand hat Sie aufgezogen. Mich kümmert es einen Dreck, was man über ihn sagt, aber ich kann nicht vertragen, wenn intelligente Menschen Lügen weiterverbreiten.«

»Danke. Ich nehme an, es war ein Kompliment.«

»In der Tat.«

»Tut mir leid, daß Sie indisponiert sind. Ich diskutiere sehr gern mit Amerikanern. Vielleicht sollten wir, wenn Sie sich besser fühlen, zusammen speisen.«

»Ich würde gern irgendwann mit Ihnen zum Essen gehen«, antwortete Keegan, »aber Sie haben den Umfang meiner Meinung über alles gehört.«

»Oh, das bezweifle ich – bei einem Mann mit Ihrer Bildung und Erfahrung.«

»Was wissen Sie über meine Bildung und meine Erfahrung, Herr Professor? Wir haben uns doch erst vor fünf Minuten kennengelernt.«

»Ach . . . Ja, stimmt. Äh, darf ich . . . äh . . . offen zu Ihnen sein, Herr Keegan?«

»Es wäre erfrischend.«

»Ich kenne Sie. Ich kenne Ihre Kampfakte und Ihren Erfolg als Unternehmer. Ich bin nicht zufällig hier. Aber daran ist wirklich nichts Mysteriöses. Ich dachte, wir könnten uns vielleicht mal über etwas unterhalten, das für uns beide vorteilhaft wäre.«

»Das gefällt mir, Herr Professor. Bei uns zu Hause gibt es ein Sprichwort: Eine Hand wäscht die andere.«

»Ausgezeichnet. Das gibt es bei uns auch. Ich werde die

Stadt für ein paar Tage verlassen. Vielleicht kann ich Sie mal anrufen, wenn ich zurück bin?«

Keegan schaute ihn an, dann nickte er langsam. »Tun Sie das. Wenn Sie wieder da sind, rufen Sie mich an.«

Vanessa hätte fast den Zug verpaßt.

»Laß uns noch mal«, bat sie ihn, als er aus der Sauna kam. »Es kann Jahre dauern, bis wir uns wiedersehen.«

Und dann hatten sie die Zeit vergessen.

Sie zog das Abteilfenster auf und küßte ihn.

»Auch wenn du für die anderen ein gewöhnlicher Spritschmuggler bist«, sagte sie lachend, »für mich bist du der Weiße Ritter.«

Als der Zug anfuhr, hob sie plötzlich den Arm, riß sich die Baskenmütze vom Kopf und warf sie ihm zu.

»Mein Talisman«, sagte sie strahlend. »Trage ihn in stolzer Schlacht.«

Keegan schaute zu, wie die große Dampflok aus dem riesigen, überdachten Bahnhof fuhr, und ging zum Hotel zurück. Es überraschte ihn, als er feststellte, daß Vanessa ihm fehlte. Es war nicht unbedingt ihre Gesellschaft, es war eher ihr Potential. Aber es hat alles keinen Sinn, dachte er.

Als er wieder im Hotel war, änderte er seine Absicht und nahm eine Droschke zum Schwarzen Stier.

Abgesehen von einem Putzkommando war der Nachtklub praktisch leer. Es roch nach schalem Bier und Zigarettenqualm. Keegan ging in den hinteren Teil und nahm die Treppe zum zweiten Stock. Conrad Weil, der Inhaber des Goldenen Tors, lebte in einer Wohnung, die sich direkt an sein fensterloses Unternehmen anschloß. Als Keegan klopfte, öffnete ihm Weils Diener, ein älterer Mann, der jeden mit deutlichem Argwohn beäugte.

»Ich sehe nach, ob Herr Weil anwesend ist«, versetzte er mürrisch.

Die Wohnung war ein Art-deco-Modell und blau und grün tapeziert. Im Wohnzimmer gab es keine eckigen Tische und Stühle. Rüschenlampen warfen Lichtflecke an die Decke; die Bar in der Ecke bestand aus Rauchglas und wurde von unten beleuchtet. Ein großes Fenster erlaubte den Ausblick auf die Innenstadt von Berlin.

Kurz darauf trat Weil ein; er trug dunkle Hosen und einen roten Seidensmoking.

»Also kommst du mich endlich doch mal besuchen«, sagte Weil lächelnd.

»Tut mir leid, daß ich nicht vorher angerufen habe«, sagte Keegan. »Aber es fiel mir erst im letzten Moment ein.«

»Was der Grund auch ist – ich freue mich. Wie wär's mit einem Brandy? Ich hab' Napoléon da.«

»Warum nicht?«

»Kommst du nur so vorbei, oder geht's um ein Geschäft?« fragte Weil, als er ihnen großzügig einschenkte. Seine falkenhaften Züge wirkten in der Reflexion der Barbeleuchtung unheimlich.

»Ich brauche die Adresse von Jenny Gold.«

»Wofür?«

»Was glaubst du wohl? Ich will sie verklagen, weil Sie mich nicht erhört hat.«

Weil schnalzte mit der Zunge. »An den amerikanischen Sarkasmus werde ich mich nie gewöhnen«, sagte er. »Bist du in sie verknallt, Francis?«

»Ich weiß nicht, Conrad; das will ich ja gerade rauskriegen. Ich dachte, sie wäre vielleicht bei einer Probe hier.«

»Sie arbeitet nicht mehr hier.«

»Was?!«

»Meine Gäste haben sich beschwert.«

»Worüber?«

»Ihr Gesang hat ihnen nicht gefallen. Oder, um genauer zu sein, sie haben ihre Lieder nicht gemocht.«

»Meinst du die Braunhemd-Arschlöcher mit den dämlichen Kreuzen auf dem Ärmel?«

»Leider sind die SA-Schläger meine Kunden. Wir hatten gestern nacht ziemlichen Ärger. Sie hat ein Lied aus der Zeit der Depression gesungen. Es hieß, glaube ich, ›Brother, Can You Spare a Dime‹. Es hat die Menge ziemlich unruhig gemacht, und dann haben sie geschrien, sie soll was Deutsches singen. Aber sie hat weitergemacht, und dann hat einer aus der Meute geschrien, sie wär 'ne Jüdin. Und schon fiel der nächste ein. Dann ist einer aufgestanden und hat ›Heil Hitler‹ gebrüllt, bis der ganze Laden auf den Beinen war. Ich habe Jenny von der Bühne geholt. Dann hat die Meute das Horst-Wessel-Lied gesungen, und plötzlich hatte ich 'n Nazi-Aufmarsch. Dabei ist Jenny gar keine Jüdin.«

»Aber du hast sie trotzdem gefeuert? Obwohl sie so gut ist?«

»Ihr Können hat nichts damit zu tun. Glaubst du etwa, die Typen könnten Qualität erkennen?«

»Warum hast du sie dann überhaupt engagiert?«

»Ich habe mich in ihr geirrt. Ich dachte, sie könnte meinem Laden etwas Klasse verleihen. Aber wenn sie hier weitergemacht hätte, hätte ich jeden Abend Aufruhr gehabt. Einer aus der Meute braucht nur ›Jude‹ zu schreien, dann fliegen schon die Stühle.«

»Auch wenn's nicht wahr ist?«

»Die Wahrheit, mein lieber Francis, ist unerheblich. In Deutschland ist es die schlimmste Beleidigung. Und bevor es dir zu heiß unterm Kragen wird, du alter Ire: Ich habe ihr ein anderes Engagement besorgt, wo sie das gleiche Geld verdient.«

»Wo?«

»Ein Stück weiter, im Kit Kat. Der Laden ist für ihren Gesang sowieso besser situiert. Da verkehrt ein ziemlich anspruchsvolles Publikum, das sich amerikanischen Jazz anhört. Im Kit Kat verkehren viele amerikanische Touristen. Da kriegt sie keine Schwierigkeiten. Da gehen die Braunhemden nicht rein.«

»Es ist eine Spelunke!« sagte Keegan säuerlich.

»Ja, aber eine sehr nette. Glaubst du, im Stier werden Symphonien aufgeführt?«

»Und all das, weil man sie beschuldigt, Jüdin zu sein«, sagte Keegan kopfschüttelnd.

»Also bitte, Francis, du weißt doch, daß es heutzutage ein Vergehen ist, Jude zu sein – oder Kommunist, Sozi, Zigeuner oder Künstler. Es gilt für jede Minderheit – und für alle, die anderer Meinung sind. Es gibt keine anderen Meinungen. Man könnte mich festnehmen, bloß weil ich mit dir darüber rede. Wie ist es dir nur gelungen, das alles zu ignorieren?«

»Ich habe es nicht ignoriert. Es ist mich nur nichts angegangen.«

»Und jetzt geht es dich plötzlich was an, wie?«

»Ich interessiere mich nur für das Mädchen.«

Weil schüttelte den Kopf. Er setzte sich neben Keegan aufs Sofa, beugte sich zu ihm hinüber und sagte mit leiser Stimme: »Du bist ein charmanter Halunke, Francis. Jetzt, wo es um eine junge Frau geht, greift dich plötzlich dein Gewissen an. Plötzlich bist du aufgebracht.«

»Stimmt, ich bin aufgebracht.«

»Aber du verstehst nicht, mein Freund, daß der Zorn der Nazis viel stärker ist als der deine. Ihr Zorn ist Haß, den jemand angestiftet hat. Haß, der akzeptiert wird. Rassismus ist hierzulande die akzeptierte Ordnung der Dinge. In Deutschland ist es unpopulär, *nicht* zu hassen. Wer nicht haßt, ist Nonkonformist. Wir sind eine geschlossene Gesellschaft – und die *verlangt* nun mal nach Gleichschritt. Unsere Führer wiederholen die gleichen Lügen immer wieder, bis sie zu einer Art nationaler Wahrheit geworden sind.«

Weil stand auf und wanderte durch den Raum. »Weißt du, was ich gemacht habe, bevor ich ...« Er deutete auf den Raum. »... Besitzer eines Nachtlokals wurde? Hm? Ich war Dozent. Ja, Dozent für Geschichte, an der Universität Heidelberg. Ich habe es aufgesteckt. Lehrer sind von Natur aus Nonkonformisten und rebellische Geschöpfe, weil sie gern eine andere Meinung vertreten, um Auseinandersetzungen zu entfachen. Der Krieg hat das unmöglich gemacht.«

»Was hat denn der Krieg damit zu tun?«

»Ich fürchte, die wirkliche Gefahr im Krieg ist, daß der Konformismus zum einzigen Wert wird und daß die, die sich nicht anpassen wollen, die Zeche bezahlen müssen. – Weißt du, wer das gesagt hat?«

»Nee.«

»Euer Woodrow Wilson. Am gleichen Tag, als er *euren* Reichstag gedrängt hat, Deutschland den Krieg zu erklären.

Er hat verstanden, daß Konformismus im Krieg notwendig ist, weil Patriotismus Konformismus verlangt. Und da Konservative in der Regel Konformisten sind, folgt daraus, daß man, um Patriot zu sein, Konformist sein muß. Wenn man es nur oft genug sagt, wird eine Wahrheit daraus.«

»Ich kann mir nicht vorstellen, daß das ganze Land darauf reinfällt. Hitler wird sich nicht halten.«

»Du irrst dich, Francis. Hitler wird bleiben, weil er schon jetzt Krieg führt.« Weil tippte an seinen Kopf. »Er verbrennt Bücher, wenn das, was in ihnen steht, nicht mit seinen Ansichten übereinstimmt; er greift Künstler an, weil sie unzuverlässig sind – weil sie denken. Und die Ironie an der Sache ist, daß alles im Namen der Freiheit und des Patriotismus geschieht. Um heutzutage Deutscher zu sein, mußt du Faschist sein, sonst bist du ein Verräter. Und um Faschist zu sein, muß man die Juden hassen. Was macht man, wenn man etwas haßt? Nun? – Man schafft es sich vom Hals.«

»Und das unterstützt du?« sagte Keegan.

»Na, hör mal, mein Freund, überrascht dich das?« Weil streckte die Hände aus. »Habe ich dir, seit wir uns kennen, je irgend etwas vorgespielt? Ich bin weder ein Held noch ein Revolutionär. Ich bin ein inbrünstiger Feigling. Ich betreibe das verkommenste Lokal Europas. Ich bin reich geworden, weil ich die niedrigsten menschlichen Instinkte anspreche. Ob ich glaube, daß das, was Hitler tut, richtig ist? *Nein.* Stelle ich mich gegen ihn? *Nein.* Unterstütze ich seine Partei?« Weil zuckte die Achseln. »Ich bin wie ein Grashalm, ich wiege mich mit dem Wind. Deswegen erspare ich dir eine Menge Kummer: Vergiß das Mädchen. Früher oder später wird es wieder Schwierigkeiten kriegen. So ist die Sache nun mal.«

»Ich glaube nicht, daß ich das tun werde.«

»Du hast sie einmal singen hören, hast sie dreißig Sekunden gesprochen. Du weißt nicht mal, wo sie wohnt. Und doch kannst du dich nicht von ihr losreißen.«

»Sehr komisch.«

»Aber wahr.«

»Ich mag es nicht, daß jeder mir sagt, was ich tun oder nicht tun kann.«

Weil zuckte die Achseln. »Sehr altruistisch. Im heutigen Deutschland leider nicht sehr praktisch.«

»Wo wohnt sie, Conrad?«

Weil stieß einen Seufzer aus. »Albertstraße 236. Sie fängt heute abend im Kit Kat an. Zwei Auftritte, um neun und um elf.«

»Danke«, sagte Keegan. Er leerte seinen Brandy und stand auf.

»Du bist ein Mensch, der Schwierigkeiten immer aus dem Weg gegangen ist, Francis. Zumindest bist du so, seit ich dich kenne. Warum fängst du jetzt an, sie dir auf den Hals zu laden?«

»Vielleicht kennst du mich nur noch nicht lange genug.«

Als Keegan wieder im Hotel war, schickte er Jenny Gold zwei Dutzend Rosen. Ohne Begleitschreiben.

Kapitel 16

Wilhelm Vierhaus eilte die Treppen des Braunen Hauses hinauf und ging durch den langen Marmorgang zum Büro des Führers. Jeden Dinestag, pünktlich um Viertel vor zwölf, meldete er sich bei Hitler, um ihn mit interessanten Neuigkeiten zu versorgen. Das Treffen dauerte zwölf bis fünfzehn Minuten, bis Hitler zum Mittagessen ging.

Als Vierhaus ins Vorzimmer kam, legte Hitlers Sekretärin stirnrunzelnd einen Finger auf ihre Lippen. Sie machte einen besorgten Eindruck. Die Stimme Hitlers echote schrill und wütend durch die holzgetäfelte Tür.

»Ich möchte so etwas nicht mehr hören, verstanden? Kein Wort mehr! Das ist doch alles Unfug! Sie sind ein Dummkopf, Plausen! Ich habe Sie für klug gehalten, aber Sie sind der größte Dummkopf, der mir je begegnet ist! Raus mit Ihnen. Sie sind von Ihren Pflichten entbunden. Packen Sie Ihren Kram und verschwinden Sie.«

»Jawoll, mein Führer. Heil Hitler.«

»Raus!«

Die Tür flog auf, und Plausen, ein Mäuschen von einem

Mann, der im Kapitalbeschaffungsbüro tätig war, fegte mit kalkweißem Gesicht an ihnen vorbei. Aus dem Inneren seines Büros sah Hitler Vierhaus und winkte ihn herein.

Vierhaus trat ein und hob den Arm zum deutschen Gruß.
»Heil Hitler!«

Hitler erwiderte den Gruß schlaff, doch seine Laune änderte sich schlagartig. Sie änderte sich immer, wenn Vierhaus ihn besuchte. Er liebte Intrigen und Klatsch, und Vierhaus versorgte ihn mit beidem.

»Nun, Vierhaus, was gibt es Neues? Heitern Sie mich auf. Bis jetzt war der Tag grauenhaft. Ich habe den ganzen Morgen Idioten zusammengestaucht...«

»Tut mir leid, mein Führer.«

»Erzählen Sie mir ein paar saftige Neuigkeiten.« Hitler lächelte knapp und erwartungsvoll.

»Kennen Sie General Romsdorf, mein Führer?«

»Dritte Division. – Natürlich.«

»Seine Elfriede hat eine Affäre mit einem Tänzer des Berliner Balletts.«

»Mit einem Ballettänzer?« rief Hitler aus.

»Ja, aber er ist nicht mal Solist.«

Hitler kicherte. Dann wurde sein Gesicht wieder ernst.

»Das könnte problematisch werden. Romsdorf hat einen sehr wichtigen Posten.«

»Jawoll, mein Führer.«

»Ganz zu schweigen davon, daß er besonders stolz auf seine... Männlichkeit ist.« Hitler ließ ein weiteres Kichern ertönen.

»Jawoll, mein Führer.«

»Außerdem«, sagte Hitler und lachte nun laut, »hält er sich für einen ausgesprochenen Frauenhelden.«

Vierhaus fühlte sich sicher genug, um ebenfalls zu lachen.

»Der arme alte Romsdorf«, sagte Hitler. »Und erst der arme Tänzer! Wenn unser General von der Sache Wind kriegt, landet der junge Mann in Dachau. Gibt es sonst noch etwas Neues?«

»Ich fürchte, die Woche war ziemlich öde. Es gibt die üblichen Gerüchte über Röhm. Er fällt immer mehr auf. Man hört unglaubliche Geschichten über seine Vorliebe für junge Burschen. Er scheint immer zügelloser zu werden. Und es heißt, er trinkt jetzt noch mehr als früher.«

»Er war schon immer ein schwuler Säufer«, fauchte Hitler.

Ernst Röhm war mehr als ein Ärgernis; er war für Hitler eine schlimme persönliche Beleidigung. Er hatte seinen alten Freund aus Südamerika zurückgeholt, ihn zum Anführer der Braunhemden gemacht, ihm einen der mächtigsten Posten im Reich und Carte blanche gegeben, um mit den Roten und den Juden aufzuräumen, und jetzt wollte er noch mehr. Röhm redete darüber, sich für die Wahl zum Reichskanzler aufstellen zu lassen. Das war ein verräterischer Affront seinem Mentor gegenüber.

»Das Problem ist . . .«, setzte Vierhaus an.

»Das Problem ist, daß die SA aus sechshunderttausend Mann besteht!« brüllte Hitler zornig. Er warf wütend den Kopf in den Nacken, holte tief Luft und ging auf und ab. Als er dann wieder das Wort ergriff, war seine Stimme beinahe ein Flüstern.

»Dieses Problem kann ich nur mit Unterstützung meiner Leibstandarte lösen . . . Aber es dauert noch ein Jahr, bis die SS stark genug dazu ist.« Er winkte ab. »Ich weiß, ich weiß. In einem Jahr ist Röhm auch stärker.« Er blieb stehen, beugte sich zu Vierhaus hinunter und kniff die Augen zusammen. »Wir können die SA erst vernichten, wenn die SS stärker ist als sie. Das ist die einzige Möglichkeit, um mit Röhm und seinen Schlägern fertig zu werden. Sie müssen vernichtet werden.«

»Jawoll, mein Führer.«

»Danke, daß Sie es mir erzählt haben. Ich muß über Röhms . . . Perversionen auf dem laufenden bleiben.« Hitlers Stimmung änderte sich radikal, und er entspannte sich. Was er über die SA hatte sagen müssen, hatte er gesagt.

»Also«, sagte er erfreut, »wie ich gehört habe, hat Ihr Mann in der amerikanischen Botschaft Reinhardt verpfiffen.«

»Jawoll, mein Führer. Er ist Pförtner. Er ist zwar ein Judenhäscher, aber sehr verläßlich.«

»Himmler ist recht ungehalten«, sagte Hitler und ging mit hinter dem Rücken verschränkten Händen um seinen Schreibtisch herum. »Er hätte sich die ganze Affäre gern selbst ans Revers geheftet. Es ärgert ihn, daß Sie Judenhäscher und Spezialagenten für sich arbeiten lassen.«

»Hat er sich beschwert?«

»Nein, nein, natürlich nicht«, antwortete Hitler und wies die Vorstellung mit einer Geste von sich. »Himmler ist nicht dumm. Er weiß, daß es meine Idee war, Ihre kleine Einheit aufzustellen.«

Eigentlich war es Vierhaus gewesen, der mit der Idee zu Hitler gegangen war, innerhalb der SS eine Eliteeinheit zu gründen, aber natürlich waren sämtliche engen Mitarbeiter des Führers daran gewöhnt, daß er gute Ideen im nachhinein stets für sich in Anspruch nahm. Hitler hatte den Vorschlag zuerst für einen Witz gehalten, aber schließlich hatte er Vierhaus ein kleines Budget und die Erlaubnis zugestanden, fünf Männer auszubilden. Vierhaus war es durch erpreßte Spitzel und einige Speichellecker gelungen, die Einheit bis auf dreißig Personen auszudehnen.

Er hatte die Sache in Angriff genommen, indem er einige Gemischtblütige als Agenten eingesetzt hatte – in der Regel Enkel oder Urenkel von Deutschen jüdischen Glaubens. Er hatte ihnen versprochen, daß man sie nicht verfolgen würde, solange sie ihm nützlich waren. Diese Leute waren unter der Bezeichnung *Judenhäscher* bekannt; man setzte sie hin und wieder dazu ein, um an Informationen über andere Juden heranzukommen. Die Judenhäscher verbrachten oft Wochen mit dem Studium familiärer Aufzeichnungen und suchten nach Urgroßmüttern oder Kusinen zweiten Grades, die eventuell jüdischer Herkunft waren. Vierhaus brachte die Papiere dann zu Himmlers SS. Die Aktenberge wurden jeden Tag höher; sie warteten darauf, daß Himmler sie für irgendeinen finsteren Plan verwendete, den sein Geist ausbrütete.

Hitler lachte und schlug mit der Hand auf den Tisch.

»Wissen Sie, was mir an Ihnen gefällt, Vierhaus? Sie sind ein Mann der Praxis. Erzählen Sie mir mehr. Waren Sie bei Reinhardts Verhör zugegen?«

Vierhaus nickte.

»Was hat er verraten? Was ist mit der Schwarzen Lilie?«

»Er hat behauptet, nie von ihr gehört zu haben.«

Das Telefon klingelte. Hitler wirbelte herum und riß es von der Gabel. »Nein, nein, nein!« rief er und hängte wieder ein. Er drehte sich schnell zu Vierhaus herum.

»Er ist ein Lügner!« bellte er. Sein Gesicht wurde rot, und er schlug mit den Fäusten auf den Tisch. »Natürlich kennt er diesen Verein! Er hat ihn doch selbst mitbegründet!« Hitler riß sich zusammen, holte tief Luft und tippte mit dem Zeigefinger gegen seine Wange. »Es ist von höchster Wichtigkeit, diese Organisationen so schnell wie möglich zu zerschlagen! Diese Leute sind Fanatiker. Und Fanatismus ist ansteckend. Die Sache hat allerhöchste Priorität. Radieren Sie die Schwarze Lilie aus!«

»Ist das nicht Aufgabe der Gestapo, mein Führer?«

Hitler winkte heftig ab und schüttelte den Kopf. »Göring muß sich um andere Dinge kümmern. Sorgen Sie sich nicht um die Politik.«

»Jawoll, mein Führer. Reinhardt hat mir allerdings noch etwas anderes von Interesse berichtet. Über den Amerikaner, von dem ich Ihnen erzählt habe. – Keegan.«

»Über den Iren?«

»Seine Eltern stammen aus Irland. Wallingford, der stellvertretende Botschafter, hat allem Anschein nach versucht, sich Keegans Flugzeug für Reinhardts Flucht auszuborgen. Aber er hat sich geweigert.«

»Aha! Vielleicht stimmen Ihre Vermutungen doch.«

»Ich habe heute morgen mit Keegan gesprochen. Er ist recht zynisch, aber ich habe das deutliche Gefühl, daß er mit der Lage in Amerika nicht sehr zufrieden ist. Er mißtraut besonders Banken und Geschäftsleuten. Er sagt, bei Kriegen seien sie die einzigen Gewinner.«

»Das stimmt ja auch«, sagte Hitler und nickte zustimmend. »Was haben Sie mit Keegan vor?«

»Ich weiß es noch nicht. Er ist sehr reich und ziemlich unabhängig. Er kennt alle Welt – Botschaftspersonal, Militärs und Leute aus Regierungskreisen. Er kennt auch die meisten adeligen Familien hier und in England. Ein Mann wie er könnte uns sehr nützlich sein, wenn er für Ihre Visionen Sympathie aufbrächte. Er kennt wichtige Geheimnisse – er weiß, wer vielleicht erpreßbar ist: Homosexuelle, Bankrotteure und einflußreiche Persönlichkeiten, deren Neigungen man nicht an ihren Bankkonten erkennen kann.«

»Das finde ich auch«, sagte Hitler. »Aber seien Sie vorsichtig mit ihm. Amerikanern darf man nie trauen. Sie sind zu idealistisch eingestellt.«

»Jawoll, mein Führer.«

»Was ist mit 27?«

»Seine Ausbildung macht gute Fortschritte. Ludwig hat gemeldet, er sei ein ausgezeichneter Schüler. Ich habe übrigens etwas Besonderes mit ihm vor – es ist vielleicht etwas hinterhältig.«

»Natürlich«, sagte Hitler mit einem boshaften Seitenblick. »Was sollte ich auch sonst von Ihnen erwarten?«

»Ich habe noch einen Schüler in Schwans Ausbildungskurs gelegt. Schwan hat natürlich nicht die geringste Ahnung, aber der Mann wird ihn ablösen, falls es einen Unfall geben sollte oder er geschnappt wird. Schwan glaubt, daß er für einen völlig anderen Auftrag ausgebildet wird. Das gibt uns eine gute Möglichkeit, die beiden zu vergleichen.«

»Ich brauche Ihnen wohl nicht zu sagen, daß Sie im Umgang mit 27 vorsichtig sein müssen«, sagte Hitler und legte seine Stirn wieder in ernste Falten. »Wir haben einen großartigen Fang mit ihm gemacht, aber wenn man ihn desillusioniert oder wenn er glaubt, daß wir ihm nicht voll und ganz vertrauen, könnten wir ihn verlieren.«

»Ich werde es nicht vergessen, mein Führer. Ich werde das Lager persönlich aufsuchen.«

»Ausgezeichnet. Ich kann es kaum erwarten, Ihren Bericht zu hören. Haben Sie die Einzelheiten des Unternehmens schon ausgearbeitet?«

»Ich werde fertig sein, wenn Schwan es ist.«

»Ausgezeichnet. Ich bin stolz auf Sie.«
»Danke, mein Führer.«
»Und vergessen Sie nicht . . .« Hitler hob einen Finger in die Luft. ». . . die Schwarze Lilie.«
»Nein, mein Führer. – Heil Hitler.«
»Heil Hitler.«

Kapitel 17

Schwan fegte die steile Bergseite hinunter, und der Wind brüllte in seinen Ohren. Er beherrschte den Abfahrtslauf aus dem Effeff, und sein Kurs verlief so steil, als sei er darauf aus, von einer Klippe zu springen. Er ignorierte die Gefahren ebenso wie die Schönheit der ihn umgebenden Alpen und den Schmerz der Anstrengung in seinen Schenkeln und Schultern. Er war hundertprozentig konzentriert, und sein Blick richtete sich auf das dreißig Meter vor ihm liegende Gelände. Er schweifte hin und her, um nach Findlingen, kleinen Bäumen oder anderen Hindernissen Ausschau zu halten, die der tiefe Schnee verbarg. Wenn er irgendeine Bedrohung wahrnahm, änderte er den Kurs so gering wie möglich, um ihr auszuweichen, und sein Tempo nahm niemals ab. Seine Skier ließen unter ihm den Schnee aufstieben; er fuhr gegen die Stoppuhr seines Geistes.

Ungefähr eineinhalb Kilometer von ihm entfernt, fast am Fuß des Berges, stand ein hochgewachsener, muskulöser Mann mit einem weißen Tarnanzug schenkeltief im Schnee und suchte die Bergseite mit einem Fernglas ab. Er war fast eins neunzig groß, in ausgezeichneter körperlicher Verfassung und von der langen Zeit auf den Berghängen tief gebräunt. Der Mann hatte ein langes, dreieckiges Gesicht und blasse, forschende Augen. Er trug nur ein Abzeichen – den silbernen SS-Adler auf der Mütze. Plötzlich hielt er inne und trat ein Stück zurück. Der Skiläufer war ein bloßer, an der Bergseite herunterfegender Fleck.

»Da ist er«, sagte der Mann. »Er hat die Hälfte hinter

sich. Gütiger Gott, er hat mindestens hundert Stundenkilometer drauf.«

Vierhaus beobachtete den Fleck, als er an der steilen, glatten Seite des Dolomitengipfels herunterkam, dann hob er ebenfalls ein Fernglas und musterte den schwarzgekleideten Sportsmann, der ohne abzuschwenken den Hügel nach unten nahm. Der Schnee stob hinter ihm auf.

»Ich hoffe, er verletzt sich nicht«, sagte Vierhaus.

»Das ist kaum möglich«, sagte der große SS-Offizier. »Schwan verletzt sich nie. Er wird auch nie einen Unfall haben. Er läßt es einfach nicht zu.«

»Sie können ihn nicht leiden, was, Ludwig?« fragte Vierhaus.

»Ob ich ihn leiden oder nicht leiden kann, hat eigentlich nichts damit zu tun«, antwortete Ludwig. »Er ist ein Einzelgänger, der sich abends nie auf ein Bier zu uns setzt. Er ist zwar freundlich zu seinen Lehrern und den anderen Auszubildenden, aber das ist auch schon alles. Er ist auf absolute Perfektion aus.«

Ludwig ließ sein Glas einen Augenblick sinken.

»Andererseits ist er ein recht guter Schauspieler. Er hat sich drei- oder viermal verkleidet und den ganzen Stab an der Nase herumgeführt.«

»Wirklich?« fragte Vierhaus.

Ludwig setzte das Glas wieder an die Augen.

»Er kann sogar ziemlich charmant sein, wenn er sich verkleidet hat«, fügte er hinzu.

Der Skiläufer erreichte selbstsicher das Ende des steilen Abhangs und verschwand zwischen den Bäumen.

»Ich muß sagen, Sie haben den perfekten Ausbildungsplatz gefunden. Wieso gerade die Dolomiten?«

»Hauptsächlich wegen des Schnees. Auf den Gipfeln hier verschwindet er nie. Und die Gegend ist isoliert. Niemand stolpert über unser Lager. Die Leute in Millstatt glauben, wir seien eine Grenzstation. Italien ist nur etwa dreißig Kilometer von hier entfernt.«

»Das Örtchen sieht ganz nett aus.«

»Es ist nett. Und ziemlich abgelegen.«

»Erzählen Sie mir mehr über Schwan«, sagte Vierhaus.
»Er ist der beste Schüler, den ich je hatte«, erwiderte der große SS-Ausbilder. »Ein sehr kluger Mensch. Man braucht ihm alles nur einmal zu sagen, dann weiß er es. Er hat schon alles gelernt, was ich und die fünf anderen ihm beibringen können.«
»Glauben Sie, daß er fürs Examen bereit ist?«
Ludwig dachte eine Weile darüber nach. Vierhaus hatte Schwan vom SD rekrutiert, wo man der Meinung gewesen war, er sei für einen erfolgreichen Agenten im Außendienst zu groß. Diese Geschichte hatte man Ludwig erzählt, da er zu den scharfsinnigsten Männern gehörte, die Vierhaus kannte. Ludwig hatte mit Auszeichnung die Berliner Universität absolviert und war ein ausgezeichneter Menschenkenner. Vierhaus hatte ihm die Ausbildungsleitung und Elimination der Agenten überlassen, die er rekrutierte. Ludwig hatte ein Programm entwickelt, daß auch die zähesten und härtesten Burschen daran zerbrachen.
»Vielleicht«, sagte Ludwig schließlich. »Vielleicht sollte man aber auch noch etwas warten, um sicherzugehen, daß er wirklich perfekt ist. Schließlich hatten wir den Kurs auf ein Jahr angelegt. Er ist erst sieben Monate hier.«
»Wir haben keine Eile«, sagte Vierhaus. »Er muß jeder Aufgabe gewachsen sein, Ludwig – *jeder Aufgabe!* Wie führt er sich auf?«
»Er ist kalt wie ein Eisberg. Nicht kleinzukriegen. Er hat drei Wochen allein in den Bergen überlebt, obwohl wir ihm außer seinen Waffen nichts mitgegeben haben.«
»Und im Umgang mit Waffen?«
»Er ist ein bemerkenswerter Scharfschütze und wirft das Messer wie ein Zirkusartist. Ashita, der Bursche aus Okinawa, sagt, Schwan sei der beste Jiu-Jitsu-Kämpfer, den er je ausgebildet hat. Der Mann hat Hände aus Eisen.«
»Wird er töten, wenn die Zeit reif ist?«
»Schneller, als man schauen kann. Er würde seine eigene Mutter umbringen, wenn es der Sache dienlich wäre.«
»Interessant. Und Sie glauben, dieser Einzelgänger wird Befehlen folgen?«

»Er wird alles tun, was zur Durchführung seiner Mission nötig ist. Er hat sich ganz einfach in eine Maschine verwandelt.«

»Und was ist mit den Dingen, die man einen Menschen nicht lehren kann?«

»Er ist schlau, gerissen, schnell und gefährlich. Ein geschickter Lügner. Und ... wie ich schon gesagt habe, ein ziemlich guter Schauspieler. Er ist gerade so paranoid, wie man sein muß, um die Vorsicht nicht zu vergessen. Und wie Sie sehen, ist er nicht nur ein erstklassiger Skiläufer, sondern auch ein völlig furchtloser. Er ist fraglos eine Entdeckung, Herr Professor.«

»Und der andere? Kraft?«

»Er hat auch seine Spezialitäten. Er ist ein leiser Mörder, aber nicht so vielseitig wie Schwan. Auf manchen Gebieten ist er fast ebenso gut.«

»Wie gescheit ist er, Ludwig?«

»Gescheit? Nicht in Schwans Klasse. Ich will Ihnen ein Beispiel geben. Wir hatten eine Übung – es ging um die Sprengung eines schwerbewachten Lagerhauses. Drei der Männer wurden erwischt, als sie versuchten, in das Gebäude einzudringen. Soweit wir wissen, ist Schwan dem Haus nicht mal nahe gekommen. Trotzdem kam er zu mir und sagte, ich solle die Posten abziehen, das Haus würde in die Luft fliegen. Zwei Stunden später machte es Rumms! Es war weg. Zerstob in tausend Fetzen.«

»Wie hat er es gemacht?«

»Mit einer Rattenbombe.«

»Wirklich?« sagte Vierhaus überrascht.

»Kennen Sie sich mit Rattenbomben aus?«

»Ich habe davon gehört«, sagte Vierhaus nach einem kleinen Zögern.

»Er ist durch die Abwasserleitung gekrochen und hat die Falle gestellt. Er hat Limburger Käse verwendet, damit die Ratten ihn auch rochen. Es hat bestens funktioniert.«

»Zeigen irgendwelche von den anderen Auszubildenden ähnliche Talente?«

Schwan schoß am Fuß des Berges aus dem Kieferndikkicht hervor, beugte sich mit eingeknickten Knien vor, um sein Tempo zu erhöhen, und kam lautlos auf sie zu.

»Nein. Die Leute sind zwar gut, aber so wie er ist keiner. Ich sage Ihnen, Herr Professor, er ist geradezu beängstigend erfolgreich.«

»Macht er Ihnen angst, Ludwig?« fragte Vierhaus gleichgültig.

Gruppenführer Ludwig schüttelte lächelnd den Kopf. »Niemand macht mir angst, Herr Professor. Ich stehe über solchen Dingen. Nein, ich bewundere ihn. Er war kaum eine Woche hier, da wurde mir schon klar, daß ich für ihn das Härtetraining streichen konnte. – Mein Gott, er hätte es selbst lehren können! Er ist der perfekte SS-Offizier. Der Mann ist alles, was der Führer sich *erträumt*.«

»Hätten Sie Lust, ihn herauszufordern?«

Ludwig schaute Vierhaus einen Moment fragend an, dann nickte er langsam. »Ja. Eine interessante Aufgabe. Er hat die seltene Fähigkeit, sich auf ein Einzelziel zu konzentrieren und sofort Entscheidungen zu treffen, die auf seinem Wissen, seinem Instinkt und der Logik basieren. Und dann reagiert er auch schon. Die meisten Männer in der Branche operieren nach dem Instinkt ihres Bauches. Das hat nur selten etwas mit Logik zu tun.«

»Lernt er aus seinen Fehlern?«

»Schwan macht keine Fehler.«

»Was sind seine Schwächen, Ludwig?«

»Die einzige Schwäche, die ich an ihm erkennen kann, ist seine Ungeduld. Wenn er etwas lernt, will er es auch immer sofort ausprobieren.«

»Hm. Das könnte sich zu einem ernsthaften Problem auswachsen. Der Mann muß vielleicht mehrere Jahre im Untergrund leben, ehe er zum Einsatz gelangt.«

»Dann müssen Sie sich etwas ausdenken, das ihn anderweitig beschäftigt. Er ist wild auf Gefahren.«

Vierhaus kicherte.

»War das witzig?« fragte Ludwig.

»Ich habe mir gerade vorgestellt, wie ironisch es wäre, wenn wir ihn *über*ausgebildet hätten.«

»Man kann niemanden überausbilden, Herr Professor«, sagte Ludwig. »Kraft und die anderen drei sind zwar sehr vielversprechend, aber sie würden zwei bis drei Jahre brauchen, um Schwans Klasse zu erreichen. Und wer weiß, wo *er* dann wäre.«

»Ich gratuliere Ihnen, Gruppenführer«, sagte Vierhaus und schüttelte Ludwigs Hand. »Sie leisten bemerkenswerte Arbeit. Was steht als nächstes an?«

»Ein Wettstreit.«

»Ein Wettstreit?«

»Ja. Ich werde Schwan in einem sehr schwierigen Aufstieg und Wettrennen gegen Kraft antreten lassen.«

»Warum?«

Ludwig zuckte mit den Achseln. »Um zu sehen, wer als erster zurückkommt. Um zu sehen, wie sie in einer Situation reagieren, die eine wirkliche Herausforderung darstellt – unter echter körperlicher und geistiger Anspannung. Es gibt ein paar Dinge, die man beim Training nicht imitieren kann. Es dürfte recht aufschlußreich werden.«

»Aber auch gefährlich, Gruppenführer. Wenn Ihre Ausbildung so gut ist, wie ich annehme, könnten sie *im Übermaß* auf den Sieg aus sein. Und vielleicht gehen sie dann unnötige Risiken ein.«

»Ich bin ganz Ihrer Meinung«, sagte Ludwig lächelnd. »Aber das ist ein Teil des Experiments, Herr Professor: Die Prüfung des Urteilsvermögens. Es geht nicht nur ums Siegen, sondern auch um eine Prüfung des Geschicks und des Urteilsvermögens. Es wird bestimmt interessant werden, meinen Sie nicht auch?«

»Und ein bißchen diabolisch.«

»O ja.«

»Wissen die beiden schon Bescheid?«

»Sie wissen nie etwas im voraus, Herr Professor. Überraschungen sind ein Bestandteil der Ausbildung.«

»Ich frage mich, ob Schwan vermutet, daß Kraft als sein Ersatz ausgebildet wird.«

»Gott weiß, was er vermutet – oder denkt.«

Schwan jagte über die letzten siebenhundert Meter und bog scharf nach rechts ab, um einen Schritt vor Vierhaus und Ludwig stehenzubleiben. Sein Atem, der sich vor seinen Lippen kräuselte, ging regelmäßig. Eis bedeckte die Ränder seiner Schutzbrille und seinen Jackenkragen. Er schob die Brille auf die Stirn und nickte. Vierhaus fiel auf, daß er Schwan jetzt zum erstenmal ohne Verkleidung sah. Sein strohblondes Haar war lang und ungeschnitten, und er trug einen Vollbart. Seine Augen waren türkisblau und so durchdringend wie die eines Falken. Er trug keine Mütze. Kleine Klümpchen schmelzenden Eises glitzerten an seinen langen Locken und seinem Gesichtshaar.

Ein stattlicher Teufel, dachte Vierhaus.

»Es freut mich, Sie wiederzusehen, Herr Professor. Es ist lange her.«

»Ich mich auch, Gruppenführer Schwan«, sagte Vierhaus und schüttelte ihm die Hand. »Es war sehr beeindruckend, was ich da gerade gesehen habe.«

»Ja. Ich würde sagen, ich war eineinhalb Sekunden langsamer als beim letztenmal.«

Ludwig schaute auf die Stoppuhr. »Es waren genau 1,2 Sekunden«, sagte er lachend. »Wenn Sie noch schneller werden, Herr Schwan, müssen wir Schwingen für Sie besorgen.«

»Ich dachte, wir könnten vielleicht heute abend in meinem Hotel miteinander essen«, schlug Vierhaus vor.

»Ich muß leider ablehnen, Herr Professor«, erwiderte Schwan. »In den nächsten beiden Tagen steht mir allerhand bevor, und ich muß unbedingt in Form bleiben.«

»Ach«, sagte Vierhaus scheinheilig. »Warum denn?«

»Es ist an der Zeit, daß ich meine Kräfte mit denen Krafts messe«, sagte Schwan. »Meinen Sie nicht auch? Ich kann mir keine Ablenkungen leisten.« Lachend fuhr er zur Basishütte weiter.

»Woher hat er das gewußt?« fragte Vierhaus. »Ich dachte, es sollte eine Überraschung werden.«

»Ja«, antwortete Ludwig mit deutlicher Verärgerung. »Das habe ich auch gedacht.«

Die Hütte am Fuß des Berges war klein, sie verfügte über zwei Schlafräume, eine Küche und einen großen Wohnraum, der auch Planungs- und Lehrzentrum war. Eine ganze Wand war mit der zwei Quadratmeter großen Landkarte der Umgebung bedeckt.

Kraft war zwar kleiner als Schwan, aber kräftiger. Er hatte einen Stiernacken und muskulöse Arme, die sich unter seinem Baumwollunterhemd deutlich zeigten. Er war glattrasiert, und sein dunkles Haar war kurz geschnitten. Er saß starr und aufmerksam da – in scharfem Gegensatz zu Schwan, der sich auf seinem Stuhl nach hinten lümmelte. Kraft hatte eine vielversprechende Karriere als olympischer Skiläufer aufgegeben, um sich zu den Sechs Füchsen zu gesellen. Er war Ex-Student und sprach fließend Englisch, Französisch und Italienisch.

Schwan ignorierte seinen Gegenspieler. Er schaute statt dessen Ludwig an und lauschte jedem Wort, das sein Tutor sprach.

»Bei der Übung geht es um folgendes«, sagte Ludwig in diesem Moment. »Sie werden den Berg von dieser Seite aus besteigen.« Er nahm einen Zeigestock, um ihnen klarzumachen, wo das Unternehmen begann und welchen Verlauf es nehmen sollte. »Sie steigen an der Westseite auf, das sind etwa elfhundert Meter; dann gehen Sie zur Rückseite hinüber und fahren auf Skiern wieder nach unten. Das Ziel der Aufgabe besteht darin, diese Flagge vor ihrem Gegner zu erwischen.«

Er hob eine kleine rote Nazifahne mit einem schwarzen Hakenkreuz hoch.

»Das Ziel besteht darin, die Fahne zu erwischen«, wiederholte Ludwig. »Sie haben eine Viertelstunde, um die Karte zu studieren. Das ist alles. Heil Hitler.«

»Heil Hitler«, sagten die beiden Männer einstimmig und rissen den Arm hoch. Ludwig und Vierhaus verließen die Hütte. Schwan und Kraft sahen sich schweigend die Karte an. Kraft machte sich ein paar Notizen, während Schwan sich dicht vor die Karte stellte und sie ausdruckslos musterte. *Die Übung ist ein Schachspiel,* dachte er. *Ein äußerst ge-*

fährliches Schachspiel. Der rückwärtige Berghang war ein Schneegletscher, der an warmen Augusttagen schmolz und in der Nacht wieder fror.

Es gab zwei Wege, die den Hang hinabführten. Den auf der Westseite des Gletschers konnte man zwar schneller hinter sich bringen, aber er war viel gefährlicher, denn er wies eine Baumfalle auf, die sich mindestens dreihundert Meter weit über seine Hälfte zog. Die östliche Strecke hatte sporadische Baumfallen und auf halbem Weg ein natürliches Schelf, um die Abfahrt zu bremsen. Beide Wege liefen auf halber Strecke den Hang hinunter zusammen. Dann ging es in einem Rutsch nach unten – eine Kleinigkeit. Die alles entscheidende Frage war, ob man es riskieren konnte, die Westseite hinabzufegen oder ob man zur Ostseite hinübergehen sollte.

Ludwigs Instruktionen waren einfach – er mußte die Flagge an sich bringen. Das war das ganze Unternehmen. Es war eine Prüfung seiner Geschicklichkeit, seiner Intelligenz und seines Tempos. Hier ging es nicht um Heldentum.

Schwan konzentrierte sich auf die Landkarte. Da sie an der Westwand aufsteigen würden, mußte er den Gletscher überqueren, um zur östlichen Abfahrt zu kommen. Das allein war schon eine gefährliche Aufgabe. Ein Ausrutscher – dann fiel er fünfhundert Meter tief in den Gletscher hinunter. In den sicheren Tod.

Ludwig hatte sich eine teuflische Prüfung ausgedacht.

»Na denn, Schwan, viel Glück«, sagte Kraft und hielt ihm die Hand hin. »Möge der Bessere gewinnen.«

»Der Bessere gewinnt auf jeden Fall«, sagte Schwan, ohne Kraft anzusehen. Ohne seine Hand zu beachten, drehte er sich abrupt um und verließ die Hütte.

Gegen Mittag hatte Schwan den Kamm an der Rückseite des Berges erreicht. Seinen Berechnungen zufolge hatte er zwei bis drei Minuten Vorsprung. Er vergeudete eine halbe Minute damit, indem er ins Tal hinunterschaute, und konzentrierte seinen Geist auf die Landkarte. Der Gipfel brach nach Osten weg, während die Westabfahrt, die gefährlichere der beiden Strecken, nur knapp fünfzig Meter von ihm entfernt am Rande des Berges begann. Eine Abfahrt über den Gletscher auf der Rückseite war nicht nur riskant, sondern auch närrisch. Und es gab noch einen anderen Faktor: den Wind. Er heulte wie irre um ihn herum und warf den Schnee zu Wirbelstürmen auf. Wenn er die Vorderseite des Kamms umfuhr, konnte er auf gutem Pulver zur anderen Seite hinüberkommen. Das sind noch zweihundert Meter, schätzte er. Kraft kam allmählich näher.

Die Flagge erwischen. Das war Ludwigs einzige Anweisung gewesen.

Schwan stieß sich ab, umfuhr die Vorderseite des Gipfels, hielt auf die Rückseite zu, beugte sich auf den Skiern vor, drehte dem rauhen Wind den Rücken zu und ließ sich von ihm hinübertragen. Er wollte Kraft dazu zwingen, die gefährliche Westabfahrt zu nehmen. Schwan fegte über den Kamm, bog scharf ab, als er die Ostseite erreichte, jagte um den Gipfel herum und hielt wenige Schritte vor einer jäh abfallenden Baumfalle an.

Schwan stand direkt über der abfallenden Seite des Gletschers auf einem schmalen Sims. Er musterte den Weg kurz und schaute zu, wie der Wind den Schnee aus dem vereisten Fluß fegte. *Gutes Pulver,* dachte er. Unter ihm breitete sich der Gletscher fast über die gesamte Breite des Berges aus. Funkelndes Eis, dazwischen schmale, tiefe Rinnen, die Ströme von geschmolzenem Eis und Schnee hervorgerufen hatten.

Schwan blickte zum Gipfel hinauf, der etwa dreißig Meter über ihm aufragte. In der Nähe des Bergrückens häufte sich ein breiter, gefährlicher Überhang aus Schnee. Ströme schmelzenden Schnees troffen von seinem gezackten Rand und bildeten tiefe Einschnitte in der vereisten Bergoberfläche. Hier und da waren in dem breiten Schneeüberhang tiefe Risse zu erkennen.

Eine Lawine, die nur darauf wartet, daß sie losgehen kann, dachte Schwan.

Er blickte nach Westen. Der natürliche Weg führte nach

unten durch die Bäume; eine steile Abfahrt, an manchen Stellen fast senkrecht. Direkt unter ihm wurde die Strecke durch Findlinge und struppige Bäume behindert. Es war die langsamere, aber sicherere Strecke. Aus den Augenwinkeln sah Schwan, wie Kraft an der anderen Gletscherseite auftauchte. Auch er hatte den Gipfel erreicht; er war nur ein paar Sekunden hinter ihm. Doch nun hatte Kraft offenen Zugang zu der schnelleren und gefährlicheren Strecke. Würde er sie nehmen? Oder würde er wertvolle Zeit verlieren, um Schwan zur einfacheren Seite des Hanges nachzujagen?

Er wird rein instinktiv handeln, dachte Schwan. Kraft hatte seine Entscheidung schon vor seiner Ankunft auf dem Kamm an der Landkarte getroffen. Jetzt war er in die Enge getrieben. Er konnte es sich nicht leisten, den Strom aus schmelzendem Eis zu überqueren, der sie voneinander trennte. Er mußte die westliche Strecke nehmen. Als Schwan ihm zuschaute, machte Kraft einen Luftsprung, schwang die Bretter herum und jagte die Westseite hinab. Ein fataler Entschluß.

Schwan sprang in die Luft, warf sich mit den Stöcken über den Sims und nahm die Oststrecke in Angriff. Unter ihm verlief der Weg in geradem Kurs halb den steilen Abhang hinab, dann bildete ein Grat aus Findlingen eine natürliche Wand, die sich halb über das Angesicht des Berges von Osten nach Westen zog. Er stürmte auf das Schelf zu, obwohl er wahrnahm, daß Kraft Sekunden vor ihm auf der Gegenseite des Gletschers war. Rechts von ihm rasten steile Klippen vorbei. Er hielt nach Eisflecken Ausschau, die ihn stürzen lassen konnten. Weit links von sich konnte er Kraft sehen, Sekunden vor ihm, wie er gegen den Wind ankämpfte und über die gefährliche Weststrecke raste. Schwan erreichte die Wand, hielt gerade auf sie zu und kam zu einem Halt.

Kraft raste weiter, er wurde zu einem flachen Punkt. Am Ende der Strecke mußte er den Gletscher dreißig Meter weit überqueren, um an den letzten Abhang zu gelangen. Schwan beobachtete, wie Kraft seine Abfahrt verlangsamte und sich dem gefährlichen Weg über den Eisfluß näherte. *Er wird kurz anhalten, um den Eiswulst zu studieren,* dachte er. *Er ist nicht dumm genug, um ihn blind zu nehmen.*

Schwan griff in seine Jacke und zog eine P 38 hervor. Er zielte zum Berg hinauf und auf den Schnee, der sich an seinen Gipfel klammerte. Dann feuerte er einen Schuß ab, darauf einen zweiten und einen dritten.

Unter ihm zuckte Kraft zur Seite, neigte sich zum Berg hin und spürte, wie seine Bretter gegen den harten Schnee am Rand des Gletschers schlugen. Er blieb ein paar Schritte vor dem Rand der Baumfalle stehen. Vierhundert Meter unter ihm breitete sich das Tal aus. Er war außer Atem; seine Schutzbrille war beschlagen. Er schob sie nach hinten um den Hals und musterte den Gletscherwulst.

Dann hörte er den Schuß. Und noch einen. Dann den dritten. Er schaute zum Berg hinauf. Was zum Teufel machte Schwan da?

Die gewaltige Drift auf dem Gipfel ächzte im Wind und bebte, als der wellenförmige Klang der Schüsse zu ihm hinaufkroch. Die Risse wurden größer und platzten wie Feuerwerksraketen. Eine Schneewelle, drei Meter tief und fünfzig Meter breit, riß ab und donnerte den Berg hinunter.

Schwan stieß sich mit den Stöcken vom Schelf ab und flog auf dem breiten Weg nach unten. Er neigte sich so weit nach vorn, wie er konnte, ging in die Knie und fegte den Hang hinab, vor der Schneemauer her. Er schwenkte vom Gletscher fort und streifte den äußeren Rand der östlichen Baumfalle.

Kraft schaute zu der donnernden Schneewelle hinauf, die auf ihn herunterkrachte. Er saß in der Falle, aber er machte weiter. Seine Bretter klapperten über das verkrustete Gletscherbett, als er weiter und zur Seite jagte und der Senke immer näher kam. Er war fast hinüber, als die Bretter unter ihm wegflogen. Er fiel und langte verzweifelt nach einem Grat oder einem Spalt; nach allem, was seinen Rutsch auf den Klippenrand zu aufhalten konnte. Seine

Finger krallten sich ins Eis. Die scharfen Kanten schälten seine Handschuhe ab und schnitten in seine Finger, bevor sie in eine Eisspalte griffen und sein Rutschen stoppten.

Kraft schaute entsetzt auf, als die Schneelawine sich wütend auf ihn herabsenkte, ihn überschwemmte, seinen Mund füllte und ihn einen Moment blendete, bevor sie ihn über den Rand warf. Gefangen in einer gewaltigen Schneefontäne fiel er vierhundert Meter tief dem Talboden entgegen.

Schwan schaute nicht einmal zurück. Zwar hörte er das entsetzliche Brüllen der Lawine hinter sich, aber er fuhr schneller und schneller, den Blick stets auf Hindernisse gerichtet, bis er zum letzten Abhang kam und auf den Fuß des Berges zujagte. Als er immer schneller wurde, war er dem Moment, die Kontrolle zu verlieren, gefährlich nahe, also setzte er jeden Muskel ein, um sich vor einem Sturz zu bewahren. Er dachte nicht an die Lawine, die hinter ihm heranraste. Er machte einfach weiter ...

Schwan nahm die Brille vom Hals und schüttelte den Schnee aus seiner blonden Mähne. Dann kniff er wegen des grellen Sonnenlichts die Augen zusammen und sagte: »Bei Gott, haben Sie das gesehen? Ich war nur ein paar Meter vor dem Schneerutsch.« Er warf einen Blick zum Berg hinauf und fragte: »Wo steckt Kraft?«

»Er hat es nicht geschafft«, sagte Ludwig emotionslos. »Die Lawine hat ihn erwischt. Er hat die Westseite genommen.«

»Welch eine Schande«, sagte Schwan. »Er war ein guter Mann. Aber er hätte die Weststrecke nicht nehmen dürfen.«

»Warum sagen Sie das?« fragte Vierhaus.

»Sie ist einfach zu unberechenbar«, antwortete Schwan. »In der heißen Sommersonne ist der Schnee instabil. Ein starker Wind kann ihn losreißen. Die Strecke ist auch zu riskant. Es war ein schwerwiegender Beurteilungsfehler. Ihre Instruktionen lauteten, es gelte, die Fahne zu holen; nicht, sich umbringen zu lassen.«

»Haben Sie deswegen lieber die Oststrecke genommen?« fragte Ludwig.

»Ja. Sie ist zwar auch sehr gefährlich, aber nicht selbstmörderisch. Die Aufgabe hieß, zum Gipfel vorzustoßen und dann so schnell wie möglich wieder runterzukommen und Kraft zu schlagen, ohne dabei umzukommen. Märtyrer gewinnen keine Kriege, meine Herren: Sie geben nur hübsche Gesichter in Geschichtsbüchern ab. Kraft hat einen tödlichen Beurteilungsfehler gemacht. Es war meine Aufgabe, aus seinen Fehlern Gewinn zu schlagen; nicht etwa, mir Sorgen um ihn zu machen.«

»Ich dachte, ich hätte vor dem Schneerutsch Pistolenschüsse gehört«, sagte Ludwig.

»Wirklich?« sagte Schwan. »Wahrscheinlich war es das Aufbrechen der Drift. Es klang nach Explosionen.«

Er knöpfte seine Jacke auf. »Meine Aufgabe bestand darin, die Fahne an der Ziellinie an mich zu nehmen, Herr Kollege«, sagte er. Er nahm die Standarte heraus, faltete sie sauber zusammen und händigte sie Ludwig aus.

»Mein Glückwunsch, Herr Kollege«, sagte Ludwig.

»Noch irgendwelche Fragen über Schwans Qualifikation?« fragte Ludwig.

»Nein«, sagte Vierhaus. »Keine Fragen. Aber ich möchte, daß Sie ihm das hier geben.« Er reichte Ludwig ein schlankes goldenes Dunhill-Feuerzeug von etwa sieben Zentimeter Länge. Seine Seiten waren glatt, an der Oberseite befand sich ein kleiner, handgravierter Wolfskopf, das Wahrzeichen der SS.

Ludwig fuhr mit dem Daumen über das Feuerzeug. Es war eine fast sinnliche Berührung.

»Es ist ein Examensgeschenk«, sagte Vierhaus. »Sagen Sie ihm, er soll es ständig bei sich tragen. Als Erinnerung daran, wer er ist.«

»Ach so. Sie glauben also, daß er jetzt fertig ist?«

»O ja«, sagte Vierhaus mit einem Lächeln. »Ich glaube, er ist fertig.«

Zweites Buch

›Das Schicksal leitet die Willigen,
doch die Unwilligen
zerrt es hinter sich her.‹
Seneca

Kapitel 18

Sie saß auf einem hohen Hocker in einer Ecke der winzigen Bühne; nur ein pastellfarbenes Scheinwerferlicht war auf sie gerichtet. Ein Piano, ein Tenorsaxophon und ein Baß sorgten für den subtilen Hintergrund ihrer Stimme, obwohl sie eines solchen kaum bedurfte. Sie arbeitete nicht mit Arrangements; jedes Lied war improvisiert. Die Lichter verdunkelten sich in dem kleinen Lokal, der Ansager stellte sie vor, dann kam ein Pianotriller, und das weiche Licht verblaßte, als sie anfing zu singen.

›*I'm not much to look at/nothin' to see/just glad I'm living/and happy to be. I got a man/crazy for me/he's funny that way.*«

Sie sang das Lied in englischer Sprache, und ihr Akzent trug noch zu seinem Charme bei. Nach wenigen Akkorden beherrschte sie den ganzen Raum.

Keegan saß jeden Abend stundenlang am gleichen Tisch. Er schickte ihr täglich – ohne Begleitschreiben – zwei Dutzend Rosen und ging davon aus, daß sie die Blumen irgendwann mit dem verrückten Amerikaner in Verbindung brachte, der jeden Abend kam, um sich ihre Vorstellung vom Anfang bis zum Ende anzusehen. Doch sie ignorierte ihn. Schließlich unternahm er den Versuch, ein Treffen mit ihr zu arrangieren, doch der Manager erzählte ihm, sie möge keine Amerikaner. Keegan war noch nie zuvor so resolut von einer Frau abgewimmelt worden. Ihr Mangel an Reaktion entmutigte ihn dermaßen, daß er seine Lokalbesuche einstellte.

Der nahende Winter wurde der Winter seines Mißvergnügens. Er war mild, und so verbrachte Keegan den größten Teil in Südfrankreich, in einem Städtchen namens Grenois. Er hatte beschlossen, eines seiner Rennpferde hier überwintern zu lassen, um es auf die lange Sommersaison in Longchamps vorzubereiten. Die Stute hatte als Zweijährige auf amerikanischen Parcours gute Leistungen gezeigt, nun wollte Keegan sehen, was sie auf den europäischen Rennbahnen brachte. Sein Trainer war Alouise Jacquette, der sich Al Jack nannte, ein Mann aus dem Deltaland in Louisiana. Das Deltaland war bekannt für seine Pferderennen, und Al Jack hatte sich als scharfer Meisterschaftsschiedsrichter und als Trainer einen Namen gemacht. Er war eins fünfundsiebzig groß und trat auf wie ein West-Point-Kadett. Er trug stets einen Anzug mit Weste, Krawatte und einen Panamahut, selbst dann, wenn er mit den Pferden in der Arena war. Al Jack war ein Mensch, der glaubte, Rennen seien das Spiel für Gentlemen, und dementsprechend kleidete er sich.

»Wenn man von gemischtem Blut spricht«, lautete eine seiner stolzen Redensarten, »redet man über Al Jack. Ich bin ein Viertel Cherokee, zwei Viertel Cajun und ein Viertel Neger; und der einzige, der mehr über Pferde weiß als Al Jack, ist Gott höchstpersönlich.«

Wenn Al Jack arbeitete, redete er nur wenig. Ob er gut oder schlecht gelaunt war, konnte man an seinem leisen Lachen erkennen. Wenn man erzählte, der Weltuntergang stünde bevor, kicherte er sich eins und überbrachte einem dann die *wirklich* schlechten Nachrichten. Nach einer Weile hatte Keegan herausgefunden, welches Lachen gute und welches schlechte Nachrichten bedeutete. Al Jack pflegte zudem ein Katastrophenkichern, aber Keegan hatte es erst einmal vernommen – als Al Jack erfahren hatte, daß es in Frankreich keinen Crayfisch gab. Zum Glück hatte er bald erkannt, daß Schnecken ein vernünftiger Ersatz waren. Nun war er süchtig nach Escargots. Keegan und Al Jack standen jeden Tag im Morgengrauen auf, bewegten die Pferde, wanderten am Spätnachmittag durch die Ortschaft und stopften sich mit Escargots voll, die sie mit Châteuneuf du Pape hinunterspülten.

»Wir haben einen Sieger an der Hand, *mon Ami*«, sagte Al Jack bei solchen Gelegenheiten in seinem Sprachenmischmasch. »Die Kleine wird jede Börse einsacken, wenn sie nur durchs Törchen geht.«

»Wenn nicht, wandert sie in die Leimfabrik«, erwiderte Keegan dann, und sie lachten sich eins und bestellten noch eine Portion Schnecken.

»Kennst du meinen Traum, Kee? Mein Traum ist, daß ich genug Geld sparen kann, um ihr erstes Fohlen zu kaufen, wenn sie sich aufs Altenteil zurückzieht.«

»Es gehört dir, Al. Nimm's als Bonus an. Wenn sie an Tempo verliert, setzen wir sie zur Zucht ein.«

»Ich würde lieber für das Pony bezahlen.«

»Reden wir später darüber.«

Es war eine recht angenehme Zeit. Tagsüber arbeiteten sie hart. Sie redeten über Pferde und gutes Essen, doch er konnte die Sängerin einfach nicht vergessen. Obwohl er nie ein Wort über sie verlor, hielt sie sein Herz in Händen und war nie weit von seinen Gedanken entfernt. Er verbrachte Weihnachten mit Rudman in Spanien beim Forellenangeln. Dann fuhr Rudman einen Monat nach Äthiopien, um über das Land zu berichten, von dem viele glaubten, es werde Mussolinis erste Eroberung sein. Seine Reportagen erschienen fast täglich auf der Titelseite der *Tribune*. Von Äthiopien ging Rudman nach Spanien, um über den Bürgerkrieg zu berichten, von dem jeder annahm, er werde bald ausbrechen. Sein Stil wurde immer pedantischer, subjektiver und verbissener. Mit jeder Reportage schien seine Fähigkeit zuzunehmen, den Lesern die flatterhafte europäische Politik zu interpretieren. Seine Hitler-Fixierung, die Nazi-Bewegung und der Aufstieg des Faschismus in Deutschland, Italien und Spanien brachte ihm zunehmend Reputation; er gehörte bald zu den am meisten respektierten Europa-Korrespondenten. Als Rudman wieder fort war, verbrachte Keegan einen Monat beim Skilaufen in den Schweizer Alpen und dann ein paar Wochen in Berlin. Er wich dem Kit Kat aus und machte die übliche Partyrunde, wobei er hin und wieder auf den kleinen, buckligen Vierhaus stieß, Hitlers private Klatschtante, der sich stets bis zur Unterwürfigkeit erfreut zeigte. Dann kehrte Keegan nach Frankreich zurück.

Anfang März zog er mit Al Jack nach Deauville, wo sie jeden Morgen die paar Kilometer zum Strand fuhren, um das Füllen in der Brandung laufen zu lassen und so seine Läufe zu stärken und seine Ausdauer für die längeren europäischen Rennstrecken aufzubauen. Keegan, der fleißig die Karriere seines Freundes verfolgte, war hocherfreut, als Rudman schließlich nach Paris zurückkehrte und sie besuchen kam.

»Sie lernt gerade den *Rückwärtslauf*«, sagte Al Jack stolz – denn die meisten europäischen Rennen verliefen von rechts nach links, entgegengesetzt der Richtung, wie man sie in den Staaten trainierte.

»Na los, erzähl mal«, sagte Keegan zu Rudman, als sie in den Dünen saßen und zuschauten, wie Al Jack die Stute trainierte. »Wie ist es in Äthiopien?«

»Heiß, abscheulich, schmutzig und trocken. Und voller Sand. Man hat ihn im Haar, in den Augen und im Kaffee.«

»Wird es Krieg geben?«

Rudman nickte nachdrücklich. »In einem Jahr hockt der Löwe von Juda in einem italienischen Käfig.«

»Das sind ja schöne Aussichten. Und in Spanien? Wie steht's mit den Damen?«

»Du kennst doch ihren Typ. Sie sind nie beleidigt, wenn man sie zu sich nach Hause einlädt, aber sie kriegen auch keinen Anfall, wenn man sie nicht einlädt, zum Frühstück zu bleiben. Spanien ist ziemlich niederschmetternd. Der Bürgerkrieg steht vor der Tür. Es wird sehr brutal zugehen.«

»Krieg ist immer brutal, Bert.«

»So habe ich es nicht gemeint. Hör zu, Kee, ich habe in der Nähe von Madrid einen Flughafen gesehen. Da stehen ein Dutzend Heinkel-Bomber in den Hangars. Sie verwenden ausnahmslos deutsche Waffen. Wart's ab, Hitler macht aus Spanien sein privates Testgelände.«

»Spielst du wieder mal das politische Orakel, Alter?«

»Wart's nur ab.«

»Das ist wirklich ein ausgezeichnetes Pferd, Boß«, sagte Al Jack. Er stiefelte die Düne hinauf und blieb steif – die Mütze bis an die Brauen gezogen – in seinem besten Sonntagsanzug stehen. Keegan und Rudman schauten zu, wie Rave On durch die Brandung galoppierte. Ihr Atem dampfte aus aufgeblasenen Nüstern, als sie in dem eiskalten Wasser bockte und sprang.

Mitte April waren sie soweit, daß sie nach Paris fahren konnten, wo Rave On in Longchamps, der möglicherweise elegantesten Rennbahn der Welt, in den Stall ging. Die meisten Rennstrecken – Chantilly, St-Cloud de Maisons, Evry und Longchamps – lagen in einem Kreis von sechzig Kilometern um Paris herum.

Als Rave On untergebracht war, traf Keegan Rudman in Berlin.

»Du wirst es nicht glauben«, sagte er, als sie sich zum Essen trafen. Rudman vibrierte förmlich vor Erregung. »Man hat mir gerade angeboten, das Berliner Büro der *New Yorker Times* zu übernehmen.«

»Mach keine Witze! Nimmst du an?«

»Darauf kannst du Gift nehmen! Mann, das ist der beste Job, den Europa anzubieten hat. Goebbels hat angedroht, mir mein Visum zu entziehen. Aber jetzt bin ich zu wichtig, als daß die Nazis mich rauswerfen können.«

»Sei vorsichtig, Junge«, sagte Keegan, der sich ehrliche Sorgen machte. »Die Lumpen werden dich umbringen.«

»Das werden sie nicht wagen«, sagte Rudman grinsend.

Für einen Monat kehrte er in die Staaten zurück, um Gespräche zu führen. Fit und mit den neuesten Nachrichten und dem neuesten Klatsch kam er zurück, voller Enthusiasmus für Roosevelt und die Zukunft Amerikas; auch brachte er begeisternde Berichte über die Broadway-Saison mit. Er redete unentwegt über einen Tänzer namens Fred Astaire, den Star der neuen Cole-Porter-Show, über James Hiltons *Irgendwo in Tibet*, das er auf der Hinreise, und *Conditio humana* von André Malraux, das er auf der Rückfahrt gelesen hatte. Zudem war er ganz aus dem Häuschen über einen Film namens *King Kong*, in dem ein Menschenaffe das Empire State Building bestieg, und über einen Zeichentrickfilm, der auf dem Märchen von den drei kleinen Schweinchen basierte. Des weiteren hatte er sich wahnsinnig in Greta Garbo verliebt, nachdem er sie in zwei Filmen gesehen hatte. Zum erstenmal seit seiner Abreise aus den USA empfand Keegan ein gewisses Heimwehgefühl, doch die Aufregung über die sich ankündigende Rennsaison in

Longchamps und Rudmans Rückkehr vertrieben sie bald. Sein Pferd Rave On sah noch immer gut aus und lief vielversprechende Zeiten. Rudman wollte seinen neuen Job erst Mitte Sommer antreten; also hatten sie zwei Monate, um sich herumzutreiben.

»Hast du je den Drang verspürt, wieder ganz nach Hause zu gehen?« fragte Keegan.

»Ich kann nicht«, sagte Rudman. »Meine Zukunft liegt hier. Weißt du, was mein Redakteur bei der *Times* sagt? Er sagt, meine Wahrnehmung der politischen Dynamik Europas sei schärfer als die jedes anderen lebenden Journalisten.«

»Gut. Aber kann man das auch essen?«

»Du Hundesohn.«

»Na ja – *du* müßtest es jedenfalls essen. Du hast Politik zum Frühstück, zu Mittag und zum Abendessen. Ein gesellschaftliches Leben führst du wohl gar nicht mehr.«

»Ich stelle fest, daß die Dinge sich hier immer schlimmer entwickeln«, sagte Rudman. »Jetzt boykottieren sie schon die jüdischen Geschäfte. Weißt du eigentlich, daß sie die Juden aus dem Geschäftsleben verdrängt haben? Sogar aus den Schulen.«

»Es ist kein Geheimnis. Sie prahlen mit allem, was sie anstellen, jeden Tag in diesem Naziblatt, dem *Völkischen Beobachter*.«

»Rat mal, was ich heute gehört habe, worüber sie nicht prahlen.«

»Hitler ist ein Transvestit«, sagte Keegan.

»Möglicherweise ist er das; aber das meine ich nicht. Ich habe gehört, man hat in der Nähe von München ein Lager für politische Gefangene gebaut. Und daß man zwanzig – *zwanzig* – weitere baut, und zwar nur für Juden. Ich habe eine Quelle, die besagt, daß die Nazis über hunderttausend Menschen verhaftet und ohne Verhandlung oder sonst etwas dorthin verfrachtet haben. Sie lassen die Gefangenen verhungern und prügeln sie.«

»Davon solltest du dich lieber persönlich überzeugen«, riet Keegan ihm. »Ich glaube nur das, was ich sehe.«

»Sie veranstalten aber keine Führungen für die Presse.«

»Ich meine damit nur, daß du große Glaubwürdigkeit hast. Biete Goebbels keine Möglichkeit, dich abzuschießen.«

»Was gibt es daran zu zweifeln? Wir reden über ein Land, dessen kollektiver Körper kein moralisches Rückgrat hat. Es geht nicht mehr um Politik. Die Sache geht viel weiter. Ich bin mir sicher, daß du der Sache längst überdrüssig bist; schließlich lebst du jeden Tag damit. Was ist los mit dir? Weinst du dieser Sängerin noch immer nach?«

»Wer sagt denn, daß ich jemandem nachweine?« fragte Keegan.

»Komm schon, Kee, du läßt doch schon seit einem Jahr wegen dieses Mädchens den Kopf hängen. Zum Teufel, sie hat wahrscheinlich längst einen Gigolo und ist inzwischen womöglich schon verheiratet.«

»Sie ist weder verheiratet, noch hat sie einen *Gigolo*«, sagte Keegan und betonte Rudmans antiquierten Begriff.

»Dann schnüffelst du ihr also noch hinterher?«

»Ich hab's irgendwo gehört.«

»Aha.«

»Sprechen wir von was anderem, ja?«

»Klar. Ich habe bloß noch nie gesehen, daß du so schnell die Klamotten hingeworfen hast.«

»Die Klamotten hingeworfen?«

»Du hast ihr eine Woche lang Blumen geschickt. Sie hat dich abgewimmelt. Du hast aufgegeben.«

»Ich habe nicht aufgegeben.«

»Wie würdest du es denn nennen?«

»Ich habe das Interesse verloren.«

»Francis, ich bin dein alter Kumpel, erinnerst du dich noch? Du benimmst dich wie ein liebeskranker Drugstore-Cowboy.«

»*Verdammt noch mal!*«

»Okay, okay. Aber wenn *ich* wegen dieser Dame in mieser Laune wäre...«

»Sie ist keine Dame – und jetzt hör auf!«

»Na schön, ich hör auf.« Sie blieben schweigend eine

Weile sitzen, dann sagte Rudman: »Aber weißt du, wenn sie die Blumen wieder kriegen würde und sie erkennt, wie ernst und fest du es meinst ...«

»*Rudman!*«

»Ich weiß schon – hör auf.«

An ihrem Tisch breitete sich mehrere Minuten lang Schweigen aus.

»Ich würde sie gern mal singen hören«, sagte Rudman.

Keegan funkelte ihn an.

»He«, sagte Rudman und breitete die Arme aus, »sie arbeitet doch in der Unterhaltungsbranche. – Lassen wir uns doch ein bißchen unterhalten.«

In dem Augenblick, in dem sie sang, war Keegan völlig hingerissen.

»*Some day he'll come along/the man I love ...*«

Rudman schaute Keegan an, der völlig verzückt zuhörte.

Am nächsten Tag schickte Rudman ihr ein gewaltiges Frühlingsbukett und ließ es auf Keegans Rechnung setzen. Ohne Begleitschreiben. Und sie kehrten an diesem Abend in das Nachtlokal zurück. Und am nächsten. Und am übernächsten. Jeden Tag schickte Rudman ihr einen weiteren Blumenstrauß. Am Ende der Woche beichtete er Keegan, was er angestellt hatte.

»Sie singt wie ein Vogel, und wenn du dich nicht hinter ihr hermachst, tue ich es«, drohte er.

Und so fing alles wieder an, bloß daß Jenny Gold seine Hartnäckigkeit diesmal spürte. Aus Neugier fragte sie herum und erfuhr, wer er war. Eine Woche lang bekam sie jeden Tag zwei Dutzend Rosen, und an jedem Abend reservierte der Amerikaner für sich und seinen Freund den gleichen Tisch an der Bühne des Kit Kat, obwohl er keinen Versuch unternahm, sie anzusprechen. Er saß nur da, sah sie an und applaudierte. Und dann, eines Nachmittags, stand er vor ihrer Tür.

»Es ist Essenszeit.« Er war so verlegen wie ein Schuljunge. »Sie müssen etwas essen. Ich meine, wenn Sie nichts essen, werden Sie schwach und brechen mitten in einem Lied zusammen. Und da ich *ganz zufällig* hier in der Nähe zu tun hatte ...« Sie warf einen Blick auf seinen Wagen und dann auf ihn. Schließlich stieß sie einen Seufzer aus und nahm Keegans Arm, und er führte sie in den herrlichen Spätfrühlingstag hinaus.

Er hatte in einem kleinen Park am Opernhaus ein kleines Picknick mit Blumenvase, Champagner und Sandwiches mit Kasseler Rippchen arrangiert; dazu kleine, geräucherte und gesalzene Schweinelendchen, von denen er wußte, daß sie sie mochte. Zum Nachtisch gab es mehrere Sorten Gebäck. Er hatte ein aufdrehbares Grammophon und mehrere Rundfunkaufnahmen, die ihm ein Freund geschickt hatte, und sie saßen auf einer Decke und lauschten Billie Holiday, die ›My Man‹ und ›Stormy Monday‹ sang. Er war freundlich und an ihr interessiert; er war lustig, vergnügt und um sie bemüht. All diese Dinge hatte sie am wenigsten von diesem Mann erwartet, den ihr jeder als reichen, gewissenlosen Playboy geschildert hatte. Nach diesem Tag waren sie ständig zusammen. Kurz nachdem sie sich kennengelernt hatten, zog sie in ein kleines Haus am Rand von Berlin. Sie verbrachten die Tage zusammen, und am Abend saß er treu an seinem üblichen Tisch und lauschte ihrem Gesang. Als er schließlich die Stadt verließ, um nach Paris zu fahren, wo die Rennsaison eröffnet wurde, hielt sie es nur drei Tage ohne ihn aus. Sie telefonierten täglich drei- bis viermal miteinander, und schließlich rief sie ihn spät in der Nacht an.

»Ich bin noch nie im Leben so traurig gewesen«, sagte sie.

»Komm nach Paris, Jenny«, sagte er. »Geben wir der Sache eine wirkliche Chance.«

»Aber meine Arbeit ...«

»Mit deiner Stimme wirst du dir um Arbeit nie Sorgen machen müssen.«

Am nächsten Tag schickte er ihr das Flugzeug.

Als das Pferd an ihm vorbeizog, drückte Keegan die Stoppuhr. Sein Gesicht strahlte.

Jennys Augen leuchteten vor Aufregung. »Was meinst du?« fragte sie.

Keegan warf einen Blick auf die Uhr. »Nicht übel. Gar

nicht übel. Wenn's nicht regnet, könnte sie gewinnen.« Er schaute kurz auf den hellen, wolkenlosen Himmel.

»Sie hat wirklich was drauf«, sagte Rudman. »Wo hast du sie her?«

»Ich habe sie bei einem Testrennen im Aqueduct bekommen.«

»Könnte sein, daß sie sich zu 'ner neuen Kavalkade auswächst.«

»Sie ist zwar gut«, sagte Keegan, »aber ich glaube nicht, daß sie das Zeug hat, ein Triple-Crown-Sieger zu werden.«

»Sie sieht so schön aus, wenn sie die langen Beine wirft«, sagte Jenny. »Warum hast du ihr einen so lächerlichen Namen gegeben?«

»Wie würdest du sie denn nennen?« Keegan lachte. »Honey Bunch?«

»Irgend etwas anderes als Rave On.«

»Rave On ist doch ein toller Name«, sagte Keegan.

»Für mich ergibt er überhaupt keinen Sinn.«

»Es ist eine amerikanische Redensart«, sagte Rudman. »Aber du hast recht; er ergibt keinen Sinn.«

»Das soll er auch nicht«, sagte Keegan. »Ich kannte mal ein Rennpferd, das John J. Four Eyes hieß. Das ergibt auch keinen Sinn.«

Jenny schaute den grinsenden Rudman hilflos an. »*Den* Namen will ich gar nicht erst versuchen zu erklären«, sagte er, als sie über das Innenfeld der Rennbahn von Longchamps zum Tor gingen. Der Jockey, ein Pariser namens Jaimie Foulard, rutschte aus dem Sattel und blieb vor Keegan stehen.

»*C'est magnifique, c'est* wunderbar!« sagte er begeistert.

»Sie kann gewinnen, was?« fragte Keegan mit Recht zuversichtlich.

»*Qué sera*«, sagte er mit einem Achselzucken und zwinkerte.

Sie gingen zu den Ställen zurück und schauten Al Jack zu, der – in einem weißen Leinenanzug – die Stute abrieb. Er tat die Arbeit, ohne seine Kleider zu beschmutzen.

»Dein Glück steckt in dieser kleinen Mam'selle«, kicherte Al Jack. »Yes, Sir, du hast in den Sack gegriffen und einen goldenen Kiesel gefunden.«

»*Du* hast in den Sack gegriffen, Al Jack«, sagte Keegan. »Und wie golden das kleine Kieselchen ist, wissen wir spätestens nach dem dritten Rennen.«

Al Jack schaute lächelnd auf. »Mam'selle wird ihr Bestes geben, Kee; das ist so sicher wie ein Safe in der Bank. Wenn sie nicht gewinnt, hat sie eben Pech gehabt. Die Kleine legt ihr Herz in die Waagschale, wenn sie durch das Tor geht.«

Jenny streichelte vorsichtig die lange Nase der Stute. »Wie Samt«, sagte sie mit einem bewundernden Blick.

»Na schön, Al Jack«, sagte Keegan. »Wenn sie heute gewinnt, gehört sie dir.«

»Was du sagen, Massa?«

»Sie gehört dir. Ich habe noch keinen gesehen, der Pferde liebt, wie du das hier liebst.«

»Nein, unmöglich«, sagte Al Jack und schüttelte den Kopf. Er kicherte nicht. »Zum Teufel noch mal, *mon Ami*, ich könnte nicht mal ihre Futterrechnung bezahlen.«

»Dafür sorge während dieser Saison ich. Du kannst es mir aus den Gewinnen zurückzahlen. Du kannst Rave On auf der Farm in Kentucky überwintern lassen, und wenn sie aus dem Dienst scheidet, kriege ich ihr erstes Fohlen.«

Al Jack brach zusammen. Er lachte; Freudentränen sprühten aus seinen Augen. »Tja, da weiß ich nicht mehr, was ich sagen soll.«

Keegan lächelte ihn an. »Du hast es schon gesagt, mein Freund«, sagte er und klopfte dem Trainer auf die Schulter. Al Jack wandte sich wieder dem Pferd zu.

»Hast du *das* gehört, Mam'selle? Du mußt heute gewinnen. Wenn du auch noch nie ein Rennen gewonnen hast, heute mußt du dich anstrengen. Hörst du, was ich sage, Lady?«

»Das war aber verdammt großzügig von dir, Kee«, sagte Rudman, als sie wieder zu den Parkplätzen zurückkehrten.

»Ja«, sagte Jenny, »es war wunderschön.«

»Wenn er nicht gewesen wäre«, sagte Keegan, indem er

ihre Lobpreisung abwinkte und die Morgenzeitung aufschlug, »würde Rave On mir gar nicht gehören. Er hat sie aufgetan. Er hat sie zu einer Siegerin gemacht. Man muß mit Leib und Seele dabeisein, wenn man in der Rennbranche tätig ist, und für Al Jack sind Rennen das ganze Leben. Für mich ist es nur ein Hobby. Außerdem wollte ich mein Glück mit jemandem teilen.«

»Welches Glück?« fragte Jenny.

»Daß ich mit dir zusammensein kann«, sagte Keegan mit einem breiten Grinsen. Dann sah er Rudmans Foto in der Zeitung. »He«, sagte er, »dein Bild ist auf Seite zwei.« Er zeigte ihm einen Artikel, der Rudmans Berufung zum Berliner Redaktionsleiter der *Times* meldete.

Es war eine ihm völlig gerecht werdende Skizze mit den üblichen biographischen Daten, von denen er die meisten schon kannte. Rudman stammte aus Middleton, Ohio. Sein Vater führte seit dreißig Jahren ein Textilgeschäft, seine Mutter war Hausfrau. Keine Geschwister. Er hatte an der Universität Columbia einen journalistischen Grad erhalten und sich gerade auf einer Reise in Europa befunden, als Amerika in den Krieg eingetreten war. Keegan erfuhr aus dem Artikel zwei Neuigkeiten über ihn: Rudman hatte seine erste Reportage ohne Auftrag für die *Herald Tribune* geschrieben; er hatte sich per Anhalter von der Rainbow-Division der US-Army zur Front fahren lassen und über ihre erste Begegnung mit den Deutschen bei Aisne-Marne berichtet. Sein Artikel war so gut angekommen, daß er ihm im Alter von zweiundzwanzig Jahren einen Korrespondentenposten eingebracht hatte. Außerdem hatte er sich auf dem College als Ringer betätigt.

Keegan schaute Rudman von oben bis unten an. »Für mich siehst du nicht wie ein Ringer aus«, sagte er.

»Ach ja? Und was meinst du, wie Ringer aussehen?«

»Na ja ... stiernackig, mit einem Brustkorb wie Mae West und Schultern wie ein Elefant ... So was in der Art.«

Rudman nickte langsam. »Hmmm. Den blöden Gesichtsausdruck hast du vergessen.«

»Yeah, der kommt auch noch dazu. Nun ja, du bist zwar

nicht gerade Haut und Knochen, aber wie ein Ringer siehst du nicht gerade aus.«

»Gott erhalte mir meine Vorurteile«, seufzte Rudman. »Wenigstens haben sie nicht erwähnt, daß ich ein mörderisch guter Ukulelespieler bin.«

»Danke für die Warnung«, sagte Keegan. »Aber trotzdem – es ist toll, dich zu kennen. Vielleicht färbt etwas von deinem Ruhm auf uns ab, wenn wir uns in Paris bei einem gesellschaftlichen Ereignis zeigen.«

»Ganz bestimmt«, sagte Rudman und tippte auf Jennys Arm. »Siehst du den Gentleman da drüben – in dem zweiteiligen Tweedanzug, mit dem dicken Schnauzer? *Der* ist wirklich berühmt. Das ist H. G. Wells, ein sehr wichtiger Schriftsteller.«

»Ich weiß selbst, wer H. G. Wells ist, du Dummerchen. Wir lesen in Deutschland nämlich auch. Aber schau dir die beiden uniformierten SS-Typen an. So was macht mich krank.«

Zwei SS-Offiziere in steifen schwarzen Uniformen gingen durch die Menge und hielten vertrauliche Berichte über Rennpferde in den Händen. Sie blieben stehen, um sich mit einem gutgekleideten Paar zu unterhalten.

»Der Große da«, sagte Rudman verbittert, »ist Reinhard von Meister. Ob ihr's glaubt oder nicht, er hat bei Rhodes studiert.«

Rudman nickte dem größeren der beiden zu. Der Mann war ein ausgemergelter Hauptsturmführer mit geierartigen, furchteinflößenden Gesichtszügen und blassen, kobaltblauen Augen. Alles an ihm paßte zu seiner Uniform.

»Er ist Militärattaché der hiesigen Gesandtschaft. In Wirklichkeit ist er, wie jeder weiß, nichts anderes als ein verdammter Spion.«

»Wer ist der alte Sack mit der jungen Frau, der sich mit ihm unterhält?« fragte Keegan und deutete mit dem Kopf auf ein Paar auf der anderen Seite der Koppel.

»Sie ist nicht seine Frau; sie ist seine Tochter. Er heißt Colin Willoughby – *Sir* Colin Willoughby. Er hat früher die Klatschkolumne für den *Manchester Guardian* geschrieben.«

Sir Colin Willoughby war ein gepflegter, leicht spießig aussehender Brite, der auf eine langweilige Art gut aussah. Sein Schnauzbart war gestutzt und gewachst, seine Finger waren manikürt. Er hielt sich übertrieben gerade, seine Haltung war militärisch und von hochnäsiger Überheblichkeit. Er trug einen eleganten blauen Zweireiher und eine rote Krawatte, die in diesem Frühjahr die allgemeine Uniform der Engländer zu sein schien. Sein silbernes Haar war vollkommen geschnitten.

Seine verwitwete Tochter, Lady Penelope Traynor, war ebenso beeindruckend. Ihre Haltung war überkorrekt. Ihre Züge waren klassisch perfekt; sie hatte eine gerade Nase, blaßblaue Augen und einen mürrisch verzogenen Mund. Sie war fast ein weibliches Ebenbild ihres Vaters. Auch sie umgab eine kühle, maßgeschneidert-unnahbare Aura, die von ihrer natürlichen Schönheit ablenkte. Nur ihr rotes Haar, das länger war, als die Mode vorschrieb, und am Hinterkopf einen Knoten aufwies, war eine Konzession an ihre Weiblichkeit.

»Das ist also das alte Irrlicht«, sagte Keegan. »Ich habe seinen Schund jahrelang gelesen.«

»Er schreibt keinen Schund mehr. Er ist jetzt politischer Wahrsager. Seine ›Irrlicht‹-Kolumne heißt jetzt ›Willow-Report‹. Mehr macht er nicht mehr. Vor zwei Jahren ist seine Frau gestorben. Sein Schwiegersohn ist vor einem Jahr umgekommen.«

»Ich erinnere mich daran«, sagte Keegan. »Er ist bei einem Wettflug über Cleveland ums Leben gekommen.«

»Stimmt. Tony Traynor war im Krieg ein Fliegeras. Er hat zwölf oder dreizehn Mühlen heruntergeholt. Seine Witwe ist Assistentin des Alten; sie geht überall mit ihm hin.«

»Und er berichtet beim Rennen in Longchamps über Politik?«

Rudman zuckte mit den Achseln. »Vielleicht sind sie auch nur auf Urlaub, wie ich.«

»Vielleicht ist sie dein Typ«, sagte Keegan. »Warum machst du sie nicht mal an?«

»*Die* doch nicht«, sagte Bert. »Die ist ein Eisberg.«

»Du weißt doch, was man so sagt«, sagte Keegan und zwinkerte ihm zu. »Von Eisbergen sieht man nur die Spitze. Achtzig Prozent von ihnen liegen unter Wasser.«

»Glaub mir, die besteht bis ins Mark aus Eis«, sagte Rudman. »Sie ist der ultimate englische Snob. Kommt mit, ich stelle sie euch vor. Mal sehen, ob sie von meiner Ernennung wissen.«

Rudman geleitete Keegan und Jenny durch die Menge auf sie zu.

»*Bonjour*, Sir Colin«, sagte er. »Wie schön, Sie mal wieder zu sehen.«

»Ah, Rudman, nett, Sie zu treffen«, sagte Willoughby mit einem herablassenden Lächeln. »Ist lange her.«

»Das sind meine Freunde – Jennifer Gold und Francis Keegan«, sagte Rudman. »Sir Colin Willoughby und seine Tochter, Lady Penelope Traynor.«

»Es ist mir eine Freude«, sagte Keegan und schüttelte Willoughbys Hand. Lady Traynor musterte ihn mit hochnäsiger Geringschätzung, als wäre er Zugschaffner oder Kellner. Zu anderen Zeiten hätte ihre unzugängliche Aura Keegan möglicherweise angezogen, doch jetzt störte sie ihn ebenso wie die Sir Colins, den die Ereignisse vom Schreiber einer Klatschkolumne zum politischen Beobachter erhöht hatten. Doch wo Rudman sich mit der Realität Hitler auseinandersetzte, gebärdete sich Willoughby wie der Papst; seine üppig ausufernde Leitartiklerei hatte nicht einmal den Anschein von Objektivität.

»Ich habe gehört, daß Sie in Afrika und Spanien waren«, sagte Willoughby. »Sie sind ja sehr geschäftig. Stimmt es, daß Sie das *Times*-Büro in Berlin übernehmen?«

»Ja.«

»Hitler ist im Augenblick einfach zu sehr mit sich selbst beschäftigt«, sagte Willoughby stur. »Mit sich und seinem Erfolg. In ein paar Monaten muß er sich einer moralischeren Weltsicht anpassen. Ich glaube, der Mann dürstet nach Anerkennung. Ich bin ihm nämlich mal begegnet. Ich habe eins der ersten Interviews für die britische Presse mit ihm gemacht.«

»Wir rechnen auch damit, Mr. Roosevelt zu interviewen, wenn wir im Frühjahr in den Staaten sind«, sagte Lady Penelope.

»Tja, Sie wissen ja, was die Leute sagen«, merkte Willoughby an. »In Amerika wählt man jemanden in ein Amt und lehnt sich dann in den Sessel zurück, um zu sehen, wie er all die Lügen mit Leben erfüllt, die er erzählt hat, um gewählt zu werden. In Europa wählt man jemanden und lehnt sich dann zurück, um darauf zu warten, daß er Fehler macht.«

»Die Politik hängt mir wirklich zum Hals heraus«, sagte Jenny. »Die Leute reden über gar nichts anderes mehr. Wir sind hier in Paris, nicht in Berlin. Wechseln wir doch das Thema. Francis hat heute ein wichtiges Rennen.«

»Stimmt«, sagte Keegan. »Hat jemand Lust, über Pferde zu reden?«

Lady Penelope maß ihn mit einem Blick, aus dem reine Verachtung sprach, und sagte: »Ich habe schon gehört, daß Sie recht gewöhnliche Interessen haben.«

Jenny wurde wütend. »Sie sind ungehobelt«, sagte sie plötzlich. »Und ich bin der Meinung, daß jemand mit Ihren Privilegien es besser wissen sollte, als solche Reden zu schwingen.«

Lady Penelope wich überrascht zurück. Jenny war von ihrem eigenen Ausbruch nicht weniger überrascht.

»An einem guten Vollblut ist nichts gewöhnlich«, sagte Keegan mit einem schiefen Grinsen und bemühte sich, den Wortwechsel zu überhören. »Sind wir etwa nicht alle deswegen hier?« Er wandte sich Lady Penelope zu. »Wie nennt man Sie – Penny?«

»Sie dürfen mich Lady Penelope nennen«, fauchte sie zurück, wirbelte herum und rauschte davon.

Willoughby zuckte mit den Achseln. »Sie werden meiner Tochter vergeben müssen«, sagte er entschuldigend. »Ihr Sinn für Humor hat sich seit dem Tod ihres Gatten irgendwie verändert.«

»Vielleicht war ich etwas zu vertraulich«, antwortete Keegan. »Bitte, richten Sie ihr meine Entschuldigung aus.«

»Natürlich. Übrigens, Keegan – sollte ich auf Ihr Pferd wetten?«

»Ich werde es jedenfalls tun«, sagte Keegan, als der spießige Brite ging.

»Dem verwöhnten Balg hast du es aber gegeben«, kicherte Rudman.

»Tut mir leid«, sagte Jenny. »Es brach einfach aus mir raus.«

»Du hast ihr ganz schön einen reingewürgt«, sagte Keegan lachend. »Sie sah aus, als hätte sie eins mit dem Paddel gekriegt.«

»Ich schlage vor, wir futtern bei Maxim auf meine Rechnung und kommen zur Siegerehrung zurück«, sagte Rudman.

»Wir müssen leider passen«, sagte Keegan und legte einen Arm um Jennys Taille. »Wir haben andere Pläne.«

»Ach?« sagte Jenny. »Und dabei kann Bert nicht dabeisein?«

»Nee«, sagte Keegan und führte sie zu seinem Packard. »Wir sehen uns in zwei Stunden auf der Siegesfeier.«

Rudman schaute zu, wie sie zum Parkplatz zurückgingen und in den hinteren Teil des Wagens stiegen. Er hatte Keegan noch nie so aufgeregt und glücklich gesehen. Heute war der Eröffnungstag der Longchamps-Rennsaison, ein wichtiges gesellschaftliches Ereignis, und sie waren großzügig gewesen, ihre Tage mit ihm zu teilen, deswegen fühlte er sich nicht zurückgesetzt, als sie beschlossen, sich die paar Stunden bis zum Rennbeginn zurückzuziehen.

Rudman war so in seine guten Gefühle für Keegan und Jenny versunken, daß er gar nicht bemerkte, wie von Meister quer über den Parkplatz auf ihn zukam.

»Herr Rudman«, sagte er. »Wie nett, Sie zu sehen.«

Rudman musterte ihn finster. »Ihre Uniform wirkt hier fehl am Platze«, sagte er.

»Sie werden sich daran gewöhnen.«

Rudman wollte sich in Bewegung setzen, aber der hochgewachsene von Meister verstellte ihm den Weg.

»Übrigens«, sagte er, »haben Sie in Ihrem Büro einen Angestellten ... einen Fotografen namens Marvin Klein.«

»Stimmt.«

»Vielleicht hat die *New York Times* die Anweisung von Reichsminister Goebbels nicht erhalten. Sie dürfen in Deutschland keine Juden mehr für Ihre Arbeit einstellen.«

»Wir haben ihn nicht in Deutschland eingestellt. Er ist Amerikaner.«

»Tja ...« Von Meister lächelte. »Es braucht Sie ja nicht zu kümmern.«

Als Rudman gerade weitergehen wollte, sagte er: »Ihr Freund ... dem das Rennpferd gehört. Wie heißt er?«

»Keegan.«

»Ach ja, Keegan. Ich glaube, seine Freundin ... oder ist sie seine Frau? Nein, seine Freundin, glaube ich ... Ich glaube, sie ist Deutsche.«

»Na und?«

»Ich bin nur neugierig. Ich interessiere mich immer für deutsche Mädchen.« Von Meister lachte leise. »Tja ... Richten Sie ihm aus, ich hoffe, daß sein Pferd gewinnt. Ich werde auf es setzen.«

Kapitel 19

»Der arme alte Bert«, sagte Jenny, als sie in den Wagen stiegen. »Wir müssen eine Frau für ihn finden, damit er an unserem Glück teilhaben kann.«

»Der alte Bert wird's schon richten. Sein Beruf ist seine Geliebte. Wenn es ihm zu einsam wird, zieht er seinen Trenchcoat an. Dann muß er sie mit einem Knüppel abwehren.«

»Hör auf damit. Du ärgerst ihn so oft.«

»Ich zeige ihm nur meine Zuneigung. Das ist die einzige Möglichkeit, einem Mann Zuneigung zu beweisen, ohne daß man verhaftet wird.«

Sie warf lachend den Kopf zurück. »Manchmal bringst du mich zum Lachen, ohne daß ich weiß, warum.« Sie kuschelte sich an ihn. »Ich bin so glücklich, Kee.« Sie lebten nun seit einem Monat in einer Traumwelt. Die Themen Hitler und Politik sprachen sie kaum an.

»Irgendeines Tages werden wir uns an diese Zeit erinnern, und dann wird uns klar werden, wie besonders sie war«, sagte Keegan zärtlich.

»Versprochen?«

»Allemal. Das Verliebtsein ist eine zauberhafte Zeit.«

»Verlieben wir uns, Francis?«

»Für mich ist es ein *fait accompli*, meine Liebe«, sagte Keegan leise. »Ich habe mich schon an dem Abend in dich verliebt, als ich dich in Conrads Lokal zum erstenmal sah.«

»Welch herrliche Vorstellung.«

»Du *bist* eben eine herrliche Vorstellung«, sagte er.

»Ach, Francis, es war so wunderbar, daß es mich nervös macht. Ich bin so glücklich.«

Er lachte. »Das war wahrscheinlich das Schönste, was du je zu mir gesagt hast.«

»Schöner als ›Ich liebe dich‹?« sagte sie, nahm seinen Arm zwischen die ihren und preßte ihn an sich.

Er schaute überrascht auf sie hinab. »Du hast nie ›Ich liebe dich‹ gesagt«, sagte er. »Jedenfalls nicht zu mir.«

»Doch – gerade eben.«

»Aber sehr indirekt.«

»Dann sage ich es direkt«, sagte sie und schaute mit Tränen in den Augen zu ihm auf. »Ich liebe dich. *Je t'aime.* I love you.« Sie hob die Hand und berührte seine Lippen sanft mit den Fingerspitzen. »Ich liebe dich so, Francis. Wenn wir zusammen sind, schmerzt meine Brust, aber es ist ein schöner Schmerz. Wenn wir getrennt sind, tut es weh.«

Sie nahm sein Gesicht zwischen ihre Hände und berührte seine Lippen sanft mit den ihren. Sie rieb ihre Lippen an den seinen, und ihre Zungen spielten miteinander, als der Chauffeur sie zu einem Park am Rand des Bois de Boulogne an der Seine fuhr.

Sie breiteten eine Decke aus, er zog das Grammophon auf und legte ›Any Old Time‹ von Lady Day auf. Sie lehnte sich zurück und sang leise mit.

»Ich habe das Lied gelernt, als ich Billie Holiday im Radio hörte«, sagte sie. »Hast du sie schon mal gesehen?«

»Einmal. Johnny Hammond, ein Freund von mir, hat darauf bestanden, daß ich zu Monroe's hinauffahre. Das ist ein Nachtlokal in Harlem. Ich sollte mir eine Sängerin anhören, und es stellte sich heraus, daß es Lady Day war. Sie war – ich weiß nicht, wie ich es beschreiben soll – herzzerreißend und himmlisch zugleich. Ich weiß noch, daß wir bis zum Morgengrauen dort geblieben sind. Wenn sie lächelte, riß es mir das Herz heraus. Du hast die gleichen Qualitäten, Jen.«

Er setzte sich plötzlich aufrecht hin. »Gott, was ist bloß mit mir los!« sagte er. »John Hammond ist doch ein guter Freund von mir!«

»Wer ist dieser John Hammond?«

»Ein Spitzenproduzent. Er arbeitet für Columbia Records, eine der großen Firmen. Er hat ein paar ganz große Jazzmusiker herausgebracht. Hör zu, ich bin mir ganz sicher, daß er ausklinkt, wenn er dich singen hört. Wir rufen ihn heute abend vom Hotel aus an. Du kannst ihm am Telefon etwas vorsingen.«

»Du hast sie wohl nicht alle . . .«

»Ich meine es todernst. Eins verspreche ich dir: Wenn er dich einmal hat singen hören, bietet er dir einen Vertrag an.«

»Nein, nein. Ich kann doch nicht . . . doch nicht am Telefon. Und dann auch noch bei einem Ferngespräch . . .«

»Jenny, es sind schon komischere Dinge passiert. Amerika ist ein lustiger Ort.«

»Vermißt du es?« fragte sie.

»Ich weiß nicht«, sagte er. »Ich schätze schon. Könnte sein, daß ich für eine Weile zurückkehre. Ich bin schon sehr lange von da weg.« Dann, kurze Zeit später: »New York wird dir gefallen.«

Sie setzte sich ruckartig hin. »Was?«

»Ich sagte, New York wird dir gefallen. Wir können unsere Hochzeitsreise dorthin machen.«

»Unsere Hochzeitsreise?«

»Heirate mich, Jen. Ich bete dich an. Ich werde mein ganzes Leben deinem Glück und deiner Sicherheit widmen.«

Sie wirkte verstört und reagierte nicht sofort. »Ich möchte dich auch heiraten, Kee. Und schönen Dank, daß du mich darum gebeten hast. Ich weiß nicht . . .«

»Jenny, in New York kannst du an einem Abend sämtliche lebenden Jazzgrößen hören. Wir gehen ins Apollo und ins Harlem Opera House, ins Savoy, in den Cotton Club . . .«

»Ich glaube, ich bin noch nicht weit genug, um Deutschland den Laufpaß zu geben.«

Keegan gab nach. »Okay, dann bleiben wir hier. Wenn du mich heiratest, bist du automatisch amerikanische Bürgerin. Dann können sie dir nichts mehr anhaben.«

»Ach, Kee – für einen so weltlichen Menschen bist du furchtbar naiv. Erkennst du denn nicht, daß sie alles tun können und tun werden, was sie wollen? Würdest du deine Staatsbürgerschaft aufgeben und Deutscher werden? Und hierbleiben, ohne zu wissen, ob du je zurückkehren kannst? Würdest du das tun, Francis?«

Er antwortete nicht.

»Der Unterschied zwischen dir und mir ist, daß du weißt, daß du jederzeit nach Hause gehen kannst, wenn du es nur willst. Wenn ich nach Amerika ginge, könnte ich nie wieder zurückkehren. Kee, mein Vater hat für dieses Land gekämpft, ebenso wie du für das deine. Er ist 1916 für den Kaiser gestorben. Ich kann nicht mit dem Gedanken von Deutschland fortgehen, keinen Versuch gemacht zu haben, das Land zu verbessern. Hast du Amerika etwa aufgegeben, weil die Dinge sich dort schlecht entwickelt haben? Hast du das getan? Lebst du deswegen in Deutschland?«

»Nein«, antwortete Keegan. »Deswegen bin ich nicht gegangen.«

»Dann sag es mir«, sagte sie leise. »Ich möchte alles über dich wissen. Vielleicht kann es mir helfen.«

Während seines gesamten Erwachsenenlebens war Keegan stets stolz darauf gewesen, nie einen Blick zurück getan zu haben. Wenn die Vergangenheit hinter ihm lag, war es zu spät, sie zu verändern, also weg damit. Doch in den letzten paar Monaten war er gezwungen gewesen, sie sich erneut anzusehen – wegen Vanessa, wegen Vierhaus und nun wegen Jenny. Ihm erschien alles zu komplex, um es zu erklären; selbst er verstand nicht ganz, warum er Amerika den Rücken gekehrt hatte, um in Europa wie ein Nomade zu leben. Er hatte seine Vergangenheit bisher mit niemandem diskutiert, nicht einmal mit Bert. Es dauerte eine Weile, bis er antwortete, und als er schließlich zu reden anfing, brach es wie eine Flut aus ihm heraus, und er versuchte, alles in einen Zusammenhang zu bringen. Seine Erinnerungen kehrten zu dem schrecklichen Sommer von 1932 nach Washington zurück – in die Nacht, die sein Leben für immer verändert hatte.

»Ich war in Washington«, begann er. »Ich weiß nicht mal mehr, aus welchem Grund. Es war eine heiße Sommernacht. Ich hatte einen Bekannten namens Brattle getroffen. Er stammte aus Boston und lud mich zum Essen auf seine Jacht ein. Sie lag im Potomac River vor Anker, am Rand der Stadt.«

Die Nacht fing mit einem Schock an. Dem Schock, Bonus City zu sehen, an der sie auf dem Weg zur Pier vorbeikamen. Seit drei Monaten lagerten die Armeeveteranen und ihre Familien, die sich als Bonus-Armee bezeichneten, nun in Washington und verlangten den Fünfhundert-Dollar-Bonus, den man ihnen 1924 in Aussicht gestellt hatte. Er wurde zwar erst 1945 fällig, aber sie brauchten ihn jetzt, und zwar dringend.

Keegan war auf das schreckliche Spektakel der 20 000 Ex-Soldaten und ihrer Familien, die völlig verwahrlost rund um das Weiße Haus lagerten, nicht vorbereitet. Es war nicht nur das Jahr des Washington-Bonus-Marsches, sondern auch das Jahr, in dem man den zwanzig Monate alten Sohn des größten lebenden amerikanischen Idols – Charles Lindbergh – entführt und ermordet hatte. Lindbergh, ein schüchterner und zurückgezogen lebender Mann, den jeder im Land als ›Einsamer Adler‹ kannte, hatte den Atlantik in einer einmotorigen Maschine allein überquert. Er, seine Frau Anne und ihr Baby waren der Heiligsprechung nahe, deswegen beherrschte die Nachricht, daß man ihr Kind aus dem Lindbergh-Haus in New Jersey entführt und seine Leiche nach siebenundzwanzig Tagen gefunden hatte, alle Zeitungen. Dann wurde die Suche nach den Mördern zu einer nationalen Besessenheit.

Aber auch andere Nachrichten hatten den Marsch aus den Schlagzeilen vertrieben. In Frankreich war Charles Doumer in einer Buchhandlung ermordet worden. Franklin D. Roosevelt, der relativ unbekannte Gouverneur von New York, kämpfte gegen Herbert Hoover um die Präsidentschaft. Der Olympiasieger Johnny Weissmueller war über Nacht zum Star geworden, indem er ›Ich Tarzan – du Jane‹ und fünf weitere Sätze in einem Film namens ›Tarzan, der Herr des Urwalds‹ gegrunzt hatte. Ein Maschinenbauer namens George Blaisdell hatte ein Feuerzeug erfunden, das er Zippo nannte.

Der Schriftsteller Erskine Caldwell hatte das Land mit seinem Roman *Die Tabakstraße* schockiert, in dem es um sein Leben bei den Farmpächtern im tiefsten Süden ging, und in Boston und im Süden stieß man Drohungen aus, gewisse Bücher zu verbieten. Aldous Huxleys *Welt – wohin?* hatte jedermann mit seiner düsteren Science-fiction-Weltsicht entsetzt, und im Rundfunk stellte man *Buck Rogers* vor, der völlig andere Zukunftsvisionen präsentierte.

In Oklahoma, wo Jahre armseliger landwirtschaftlicher Praxis das Land ausgelaugt hatten, hatte eine verheerende Dürre den Prozeß beendet und den 13 Millionen Arbeitslosen Hunderttausende von Farmern hinzugefügt. In London gab es zweitausend Hungermarschierer. New Yorks Bürgermeister Jimmy Walker trat mitten in einem saftigen Skandal von seinem Amt zurück. Der junge John Wayne kämpfte jeden Samstagnachmittag in einer Filmserie namens *Hurricane Express* um sein Leben. Herbert Hoover bezeichnete die Prohibition als nutzlos und forderte staatliche Alkoholgesetze. Flo Ziegfeld, der der Bezeichnung Showgirl eine neue Bedeutung gegeben hatte, als er das

›Ziegfield Girl‹ kreiert hatte, starb in Hollywood an der Seite seiner Frau Billie Burke. Walter Winchell, der finstere Prinz des Klatschrundfunks, sagte eines Abends im Stork Club »Dies ist ein verfluchtes Jahr«, und niemand stellte seine Worte in Abrede.

Es war kein Wunder, daß all diese und andere Geschichten den Marsch der Veteranen zuerst von den Titelseiten und dann völlig aus den Zeitungen verdrängten; im Rundfunk kam er ohnehin nicht vor. Washington war zu einem gewaltigen ›Hooverville‹ geworden – so nannte man die unbefestigten Proletendörfer im ganzen Land, in denen die Millionen nomadisierender Habenichtse und arbeitsloser Wanderer lebten, die sich auf der Suche nach ihren verlorenen Träumen befanden. Als die Wochen sich zu Monaten ausdehnten, wurde die mißliche Lage der Veteranen zu einer weiteren Fußnote im bisher schlimmsten Depressionsjahr.

Die Hoovervilles waren jämmerliche Ansammlungen aus Schuppen, Pappdeckel- und Lattenverschlägen, sie badeten im Schweiß des heißesten Sommers in der Geschichte Washingtons. Hier und da bemühten sich Hintergärtchen in der Hitze, verkümmerte Tomaten und hartähriges Getreide zu produzieren. Die Frauen badeten ihre Kinder in Wannen mit Wasser aus den Flüssen Potomac und Anacostia. Die Menge war weder aufsässig noch bedrohlich.

Als sie an den elenden Lagern vorbeikamen, wurde Keegan klar, wie leicht er einer dieser Menschen hätte werden können. Jocko Nayles, der ihn von Washington nach Pierce Arrow gefahren hatte, hatte kommentiert: »Herrgott, Frankie, das sind alles Leute unserer Art. Sie haben mit uns zusammen gekämpft. Wenn die Lage so schlecht steht, warum bezahlt man sie dann nicht?«

»Hast du's nicht gehört?« hatte Keegan erwidert. »Hoover sagt, die Depression ist vorbei. Er will, daß sie nach Hause gehen und verhungern, damit er sie nicht ständig vor Augen hat.«

Das Schlimme war, daß die meisten weder einen Job noch eine Heimat hatten, in die sie gehen konnten. In diesem

Sommer, dem schlimmsten in der Geschichte des Landes, waren dreizehn Millionen ohne Arbeit. Die Zahl der Selbstmorde war dreimal so hoch wie sonst. Und Herbert Hoover, der Präsident der Vereinigten Staaten, predigte fortwährend das, was inzwischen zu einer verdrehten und ungereimten Litanei geworden war – die Wirtschaft Amerikas sei voll gesundet, und die größte Gefahr gehe von den ›Prohibitionsgangstern‹ aus, »die unsere Straßen in Schlachtfelder verwandelt haben«. Außerdem sichere die Familie das Wiederauferstehen Amerikas. Damit meinte er natürlich nicht jene Familien, die inmitten einer hoffnungslosen und versagenden Wirtschaft, die sich in der Hand arroganter Millionäre befand, ihre Jobs, ihr Zuhause und ihre Würde verloren hatten. Er meinte mit seinen Worten die ›anständigen‹ Familien, die noch Jobs und ein Einkommen hatten, die abends vor ihren Atwater-Kent-Radios saßen, sich *Jack Armstrong, der uramerikanische Junge* und *Li 'l Orphan Annie* anhörten und jeden Sonntag in ihren Fords und Chevrolets zur Kirche fuhren.

Für Hoover und seinesgleichen waren nur die anständig, die Arbeit hatten, Steuern zahlten und monatlich die Pacht zur Bank trugen – nicht etwa die Vergessenen, die alles in einer schwelgerischen Orgie der Industriekapitäne verloren hatten. Hoovers Vorgänger Calvin Coolidge hatte durch seine Predigten vom ›beständigen Aufschwung‹ noch alles übertroffen. Er hatte natürlich gelogen; Coolidge, der die anstehenden Kalamitäten vorausgesehen hatte, hatte sich 1928 entschieden, lieber keine zweite Wahlperiode durchzustehen. Er hatte es Hoover überlassen, die Rolle des Sündenbocks in der schlimmsten Depression der geschriebenen Geschichte zu spielen. Acht Monate nach Coolidges Amtsniederlegung war das Kartenhaus zusammengebrochen.

»Das Land ist in einem saumäßigen Zustand, Jocko«, hatte Keegan gesagt.

Während des Essens war ihm fast übel geworden, denn Brattle hatte schäumend über die ›Roten, die auf dem Rasen des Weißen Hauses kampieren‹, geredet und Phrasen wie

›Warum suchen sie sich nicht Arbeit wie anständige Menschen‹ von sich gegeben. Er selbst hatte sein Geld bezeichnenderweise geerbt und in seinem ganzen Leben höchstens einen halben Tag gearbeitet. Er hatte nur jenen arroganten Sermon über den Zustand des Landes verbreitet, der für einen Menschen, der in Wahrheit an der Depression verdient hatte, typisch war.

»Man sollte das verfluchte Lumpenpack einfach aus der Stadt werfen«, sagte Brattle. »Die sollen nach Hause gehen, sich einen verdammten Job suchen und sich nützlich machen.«

»Also bitte, Charlie«, sagte Keegan. »Die Leute sind doch keine Drückeberger. Sie *finden* keine Arbeit, Herrgott noch mal! Man braucht ein Staatsexamen, um im Kaufhaus Macy eine Stelle als Liftboy zu kriegen. Seit dem ersten Tag des Jahres haben eine Viertelmillion Menschen ihr Zuhause verloren.«

»Fünftausend Banken sind ihretwegen im Orkus gelandet«, fauchte Brattle zurück. »Die Leute kommen ihren Verpflichtungen nicht mehr nach. Gott, da draußen gibt es elf Millionen Farmer, die sich Banken und Versicherungen mit einem gottverdammten Schießeisen vom Hals halten, weil sie sich weigern, die Pacht zu bezahlen.«

»Yeah, sie verbrennen den Mais, weil er billiger ist als Kohle, und murksen ihr Zuchtvieh ab, weil sie es sich nicht leisten können, es durchzufüttern«, sagte Keegan. »Du kannst das doch gar nicht nachvollziehen, du bist doch noch nie pleite gewesen. So was versteht man erst, wenn man morgens wach wird und sich fragt, warum es kein Steak zu den Eiern gibt.«

»Auf welcher Seite bist du überhaupt?« fragte Brattle böse.

»Ich habe gar nicht gewußt, daß es *Seiten* gibt.«

»Hoover hat alles unter Kontrolle«, sagte ein Gast, ein junger Mann mit gestreiftem Jackett und Kreissäge. »Haben Sie heute morgen nicht die *Tribune* gelesen? Das Bruttosozialprodukt geht wieder rauf, der Wirtschaft geht es wieder besser ...«

»Daß das Scheißdreck ist, wissen Sie ja wohl selbst.«

Brattles Frau schnappte empört nach Luft.

»Verzeihung«, sagte Keegan. »Ich habe wohl vergessen, wo ich mich befinde.«

»Das *hoffe* ich aber auch«, grollte Brattle.

Keegan lehnte sich in seinen Stuhl zurück und nahm eine Ausgabe des heutigen *Star* von einem Sessel. Er hielt die Zeitung hoch, damit jeder sie sehen konnte.

»Da haben wir unseren großartigen Präsidenten, wie er mit Zelluloidkragen und Knopfstiefeln einem Trupp weiblicher Pfadfinder erklärt, wie toll die Lage ist. ›In diesem Land‹, behauptet er, ›ist noch niemand verhungert.‹ Und nun wenden wir uns einem aus drei Absätzen bestehenden Artikelchen auf Seite sechsundzwanzig zu.« Keegan las ihn langsam vor: »Das Sozialamt der Stadt New York gab heute bekannt, daß in dieser Stadt im Juni 29 Menschen verhungert und 194 weitere – meist Kinder – an Unterernährung gestorben sind.« Er hielt einen Augenblick inne. »Welche Seite dieser Zeitung haben *Sie* denn gelesen?«

Es gab einen flüchtigen Aufruhr über das Gespräch, und Evelyn Brattle sagte sybillinisch: »Na ja, so ist New York City eben.«

Eine junge Frau zuckte mit den Achseln. »Die Börse ist daran schuld«, fiepte sie. »Zu viele Leute haben sich halt in Geschäfte eingemischt, von denen sie nichts verstehen.«

»Ganz recht, Darling«, sagte Brattle blasiert. »Hör zu, Francis: Die Investoren haben an der Börse 74 Milliarden Dollar verloren; das ist dreimal soviel, wie der Krieg gekostet hat, und die meisten von ihnen waren Pappnasen aus der oberen Mittelklasse. Sie hätten ihre Pfoten aus solchen Dingen einfach rauslassen sollen.«

»Aber Leute wie uns haben sie reich gemacht, nicht wahr, Charlie?«

»Allmählich klingst du wie ein gottverdammter Bolschewik.«

Keegan lachte. »Es ist immer das gleiche«, konterte er. »Wenn man nicht so denkt wie die anderen, muß man eben ein Roter sein.«

»Jedenfalls ist es ein natürlicher Prozeß«, sagte Brattle und ließ Keegans Antwort an sich abprallen. »Die Welt durchläuft alle dreißig, vierzig oder fünfzig Jahre so eine Sache. So was dünnt die Börse aus und verdrängt die Wichte.«

Er sagte es ungeachtet der Tatsache, daß viele der ruinierten Bankiers und Börsenmakler Leute seiner Klasse waren und auch sie in ihren Homburg-Hütten und Chesterfield-Mänteln bei den Hungrigen vor den Suppenküchen anstanden. Brattles Verhalten war typisch; die Reichen ›verdrängten‹ die lumpigen Wichte. Keegan unterdrückte seinen Abscheu. Es hatte keinen Sinn, die Sache mit Leuten wie Brattle an der Tafel zu diskutieren. Sie waren satt und hatten für die anderen – die Wichte – nur kalte Verachtung übrig.

Gegen neun Uhr abends vernahm Keegan das unmißverständliche Krachen von Gewehrfeuer. Ein paar Minuten später trieb der süße, stechende Geruch von Tränengas über den Fluß zu ihnen heran.

Dann kamen die anderen Geräusche: ferne Aufschreie, das Wiehern von Pferden und das bizarre Klirren von Panzerketten auf Pflastersteinen. Plötzlich schien die Nacht von Dutzenden von Feuern erfüllt zu sein.

»Bei Gott, es hat angefangen!« rief Brattle aus. »Hoover jagt die Schweinehunde endlich aus der Stadt!«

Die Gäste der Dinnerparty drängelten sich an der Reling seiner Jacht und blickten in die Nacht hinaus, um einen Blick auf die Schlacht zu erhaschen. Eine weitere Jacht kreuzte an ihnen vorbei, und jemand rief: »He, Charlie, sie kommen über die Brücke an der Elften Straße!«

Brattle befahl seinem Kapitän auf der Stelle, das Boot auf den Fluß hinaus und zur Brücke zu fahren, wo es sich in Ufernähe zu den sonstigen Jachten und Vergnügungsschiffen gesellte, die sich das billige Spektakel ansahen. Sie gingen näher heran, um bessere Sicht zu haben, und blieben in der Nähe der Brücke liegen, wo ein Major namens Eisenhower MGs hatte aufstellen lassen, um die Veteranen daran zu hindern, wieder in die Stadt zurückzuströmen. Sie sahen, wie ein feister berittener Major, dessen Revolvergriffe mit Perlen verziert waren, seinen Männern befahl, das schäbige Hauptdorf am Rand des Anacostia River mit Benzin zu überschütten und zu verbrennen. Die Szene wurde zu einem Alptraum. Flammen stoben zum dunklen Himmel hoch, und Reiter mit gezückten Säbeln galoppierten auf ihren Pferden vor dem knisternden Inferno hin und her. Tränengasgranaten flogen durch die Nacht und platzten auf den Gehsteigen, während Frauen und Kinder vor dem Überfall schreiend davonliefen.

Keegan empfand plötzlich das drängende Bedürfnis zu erfahren, was dort vor sich ging. Er stand an Deck und war entsetzt über das, was die Armee mit seinen ehemaligen Kameraden anstellte. Er dachte an die Zeit vor vierzehn Jahren, als er ein kleiner Teil der Katastrophe gewesen war, die all dies ihren Anfang hatte nehmen lassen.

In diesem Moment, als er auf Brattles Jacht stand, verspürte er das verzweifelte Bedürfnis nach einem Bert Rudman, um das volle Ausmaß dessen zu beschreiben, was um ihn herum passierte. Ob der unglaubliche Angriff auf die Veteranen in der gesamten Stadt stattfand, oder war diese Gegend nur eine isolierte Insel der Gewalt? Er mußte es wissen.

»Herrgott, endlich räuchern sie diese Kommunistenbande aus«, frohlockte Brattle stolz und schlug sich auf die Schenkel.

»Es sind keine Kommunisten, verdammt«, schrie Keegan wütend. »Es sind Ex-Soldaten!« Er wirbelte auf dem Absatz herum und winkte dem Beiboot, ihn an der Pier abzusetzen.

Auf dem Weg zum Hotel hatte Jocko Nayles den Hauptstoß des Army-Angriffs auf die Hoovervilles umfahren. Die Straßen waren voll mit leeren Tränengaskanistern und den Überresten der Leinwand- und Pappdeckelhütten. Als sie an einem verlassenen Park vorbeikamen, wies Keegan Jocko an, er solle stoppen.

Er stieg aus dem Wagen, legte Jacke und Krawatte ab und ging einen Abhang hinunter. Er kam zu den Überbleibseln eines Zeltdorfes, das jetzt nur noch eine Szene der Verwüstung war. Hier stand nichts mehr aufeinander.

Ein Mann in einem zerlumpten Hemd – sein rechter Ärmel war über dem Stumpf seines amputierten Armes gefaltet und an seine Schulter geheftet – wanderte steifbeinig auf ihn zu. Er stolperte durch die Reste des Lagers, und die Feuer des mehrere Häuserblocks entfernten Hauptlagers hüllten ihn in eine Silhouette. Er blieb kurz stehen und stierte auf ein zerfetztes Schild, auf dem ›Gott schütze unser Heim‹ stand. Es hing an einem zerbrochenen Zeltpfosten.

Die vom Gas erzeugten Tränen hatten helle Streifen auf die Wangen des Mannes gemalt. An seinem Hemd baumelten zwei Orden – der Purple Heart und der Silver Star. Er ging weiter, taumelte in einem Zustand des Schocks durch das verwüstete Zeltdorf und starrte dumpf auf ruinierte Unterkünfte, verbrannte Schuppen, die zerschlagenen Reste eines Hühnerstalls, zertrampelte Gärten, kaputte Koffer und zerfetzte Kleiderreste.

»Tommy!« rief er. »Tommy! Junge, ich bin's doch, dein Papa.«

Er wäre fast mit Keegan zusammengeprallt, so sehr war er auf die Untersuchung der Trümmer konzentriert. Er schaute ihn von oben bis unten an und musterte sein frisch gebügeltes Hemd und seine Palm-Beach-Hosen.

»Was zum Teufel wollen Sie hier?« fragte er, wobei jede seiner Silbe blanken Haß verkündete.

»Hier sieht's aus wie an der Argonne am Tag danach«, sagte Keegan leise.

»Warst du auch dabei?«

Keegan nickte.

»Aber das hier war schlimmer«, krächzte der Mann verbittert. Und dann fing er an zu reden; seine Sätze gingen beinahe zusammenhanglos ineinander über. »Drüben war'n wir die Helden, hier machen sie uns fertig; sie haben die Flagge und die Army entehrt, das fette Schwein im Weißen Haus und sein Zuhälter MacArthur. Es is' 'ne Parade, hat mein Tommy heute nachmittag gesagt, da sind wir alle zur Pennsylvania Avenue raufgegangen und ham uns abgesehen, wie die Army die Straße runtermarschiert is'; 'n paar von uns ham sogar gejubelt ... Und dann ... Dann sind sie direkt auf uns zu ... Auf *uns*! Die Kavallerie, 'n ganzes Bataillon mit MGs. Ich hab' auch die Standarte der 34. Infanterie gesehn – meine eigene Einheit ... Dann hamse Bajonette aufgepflanzt, gottverdammt; kaum zu glauben ... Wir dachten alle, es wär 'ne Art Parade; daß die Army kommt, um uns zu unterstützen, und 'n paar von uns haben auch da noch gejubelt. Gott, Mann, wir ham doch keine Kanonen, wir ham keine Bajonette oder Pferde – und *die* kommen mit Panzern! Sie schicken uns *Panzer* auf den Hals! Und dann befiehlt der Hundesohn plötzlich 'n Angriff! Der verdammte, polospielende Salonlöwe Patton mit seinen gottverdammten elfenbeinverzierten Schießeisen! Und unsere eigenen gottverdammten Kameraden hauen uns mit ihren Säbeln nieder, als wären wir Weizen auf dem Feld; sie rennen uns nieder, wie 'ne Herde Schweine. Ich hab' gesehn, wie sie zwei junge Burschen aufgespießt ham, die nicht älter waren als mein Tommy, und dann ham sie 'n halbes Dutzend Frauen mit den Pferden niedergetrampelt; Frauen und Kinder sind heute hier gestorben ... 'n Baby, tot vom Gas, die Mutter hat's noch im Arm gehabt, verdammich! Verdammt! *Verdammt*! Ich muß meine Frau und meinen Jungen finden; er is' erst sieben; is' weggelaufen, als sie mit ihren Scheißgäulen über uns herfielen. Is' hinter seinem Hund her, und meine Emma hinter ihm; ich hab' sie beide im Rauch und in der Dunkelheit und im Gas verloren. Gottverdammt; *gottverdammte* Schweinehunde. Sie ham die Flagge entehrt ... und jeden, der je 'n Gewehr gehoben hat, um sie zu verteidigen ... Jeden, der je für sein Land gekämpft und stolz seine Uniform getragen hat. Jetzt spuck ich auf die Flagge! Ich werd' sie nie wieder grüßen, ohne daß es mir das Herz im Leibe bricht. Diese Schande, diese Schande ...«

Er ging weiter durch den Dunst, immer noch vor sich hin redend, und er unterbrach das Einerlei seines wütenden Monologs nur hin und wieder, um nach seiner Frau und seinem Kind zu rufen.

Der blaue Gasdunst stach nun in Keegans Augen und in die Haut seiner Arme. Umrahmt vom hellroten Glühen des Himmels sah er Patton breitbeinig auf seinem weißen Gaul sitzen, den er durch die Verwüstung lenkte. Hin und wieder hielt er an, um seine Marodeure mit einem ›Gut gemacht‹ und ›Eine gute Show‹ zu loben. Keegan stolperte über das Schlachtfeld zu seinem Wagen zurück. Jocko Nayles stand an den vorderen Kotflügel gelehnt, und die Tränen flossen nur so aus seinem gesunden Auge.

»Ich kann's nicht glauben«, sagte er. »Wir haben mit einigen von diesen Jungs Seite an Seite gekämpft, Frank.«

»Ich weiß, ich weiß«, hatte Keegan geantwortet und sich bemüht, einen Rest von Haltung zu bewahren. »Laß uns von hier verschwinden, Jocko.«

Sie waren zum Hotel gefahren, hatten ausgiebig geschlafen und waren vor Sonnenaufgang zu der zwei Tage langen Rückreise nach Boston aufgebrochen. Im ersten Licht des Tages hatte der von Washington wegführende Haupthighway wie eine Nachwehe von Gettysburg oder Atlanta ausgesehen. Frauen, Kinder, zerlumpte Männer, verwirrt und verloren, schlurften wie Roboter über die zweispurige Asphaltstraße dahin; ein Vagabundenvolk, das keine Heimat, nichts zu essen und keine Hoffnung in ihrem gequälten Blick hatte – auf einem Pilgerzug ins Nichts, da es für sie kein Heim gab, dem sie sich zuwenden konnten. Unter den Brükken und an jedem Eisenbahngleis, das sie überquerten, standen die zerlumpten Hoovervilles: Zeltstädte voller anständiger Menschen, die auf der Suche nach Hoffnung mit der Bahn von einem verzweifelten Lager zum nächsten fuhren. Männer, die jeglichen Glauben an Institutionen, Banken, Fabrikanten, Versicherungen und Führer verloren hatten.

Sie hielten an, um zu tanken, und Keegan kaufte sich eine Morgenzeitung in der Hoffnung, etwa in dem Tenor über die tragischen nächtlichen Ereignisse zu lesen, wie sie ein Bert Rudman zustande brachte. Er sehnte sich danach zu erfahren, welch fehlgeleiteter Irrsinn die Armee gegen die Männer ausgeschickt hatte, die sich einst für ihre Flagge dem Tod ausgesetzt hatten. Doch die Artikel waren nur bruchstückhaft, sie zogen keinerlei Schlüsse und entsprachen nicht den Tatsachen. Hoover pries MacArthur auf der Titelseite, weil er ›uns davor bewahrt hat, aus Washington eine belagerte Stadt zu machen‹, und später hieß es im gleichen Artikel: ›Hütet euch vor der Masse! Sie zerstört, sie konsumiert, sie haßt – aber sie baut nie etwas auf.‹

Keegan zerknüllte die Zeitung und warf sie zu Boden.

»Als wir dann nach New York kamen, sind wir zu Roosevelts Wahlkampfbüro gefahren, und ich habe ihm einen Scheck über 250 000 Dollar ausgeschrieben. Das war nicht alles; es war noch eine Menge mehr, was ihn schließlich an die Spitze brachte. Trotzdem bin ich eine Woche später abgereist. Und seitdem bin ich nie wieder dort gewesen.« Keegan blieb einen Moment stehen und musterte einige Schwäne, die durch die Flußmündung auf sie zu paddelten.

»Und jetzt vermißt du dein Land und möchtest gern nach Hause«, sagte Jenny. »Du hast Amerika nicht den Laufpaß gegeben. Und ein paar von uns haben auch Deutschland noch nicht aufgegeben.«

Keegan nickte bedächtig. »Ich verstehe, was du meinst«, sagte er. »Aber trotzdem, Jenny, man muß weiterleben. Die Menschen verlieben sich noch immer; sie heiraten und kriegen Kinder. Das kann Hitler nicht aufhalten. Politik und Liebe haben nichts miteinander zu tun. Sie sind wie Öl und Wasser. Sicher, die Dinge stehen schlimm. Sie sind noch mehr ein Grund, von hier wegzugehen. Heirate mich, Darling. Komm mit nach Amerika. Gib uns eine Chance. Wenn sich die Dinge hier etwas beruhigt haben, kommen wir wieder zurück.«

»Ich liebe dich wahnsinnig«, stammelte sie, »aber ich . . . ich . . .« Sie blieb stehen und versuchte sämtliche Fäden ihres Dilemmas zu entwirren. Als Keegan ihre Bestürzung spürte, legte er die Hand unter ihr Kinn.

»He«, sagte er zärtlich, »denk jetzt nicht darüber nach. Schau dir die Schwäne an.«

Die Schwäne zogen langsam an ihnen vorbei und ließen sich ziellos von der Strömung treiben.

»Weißt du eigentlich, daß Schwäne sich nur dann hörbar machen, wenn sie sich lieben und wenn sie sterben?«

»Ach, das hast du doch erfunden«, sagte sie.

»Es ist wirklich wahr«, sagte er und legte eine Hand auf sein Herz. »Deswegen bezeichnet man die letzten Worte eines Sterbenden auch als Schwanengesang.«

Sie legte die Hand auf seinen Brustkorb, und in ihrem Gesicht flackerte kurz Angst auf. Er beugte sich vor und küßte sie. Ihre weichen, vollen Lippen teilten sich langsam, und ihre Zunge spielte mit seiner Unterlippe.

»Hab' keine Angst«, flüsterte Keegan. »Für uns wird es keinen Schwanengesang geben.«

Kapitel 20

Der Frühling kam früh in diesem Jahr, und er brachte eine Erleichterung vom Schnee des Winters, vielbenötigten Regen und honigsüße Präriewinde, die den ersten Mais und den ersten Weizen sprießen ließen. Außerdem versprach er, daß das Jahr 1934, wie die fünf vorherigen, ein fruchtbares und wachstumsreiches Jahr werden würde. Früher war das Land der Delaware- und Potawatomi-Indianer – die zentrale Ebene von Indiana – sehr fruchtbar gewesen. Es hatte in üppiger Pracht gestrotzt und Schweine von Ponygröße hervorgebracht, auf die die Bewohner dieser Gegend verständlicherweise sehr stolz gewesen waren. Dies war das herrliche Land Booth Tarkingtons und James Whitcomb Rileys, eine Gegend, die die Nachfahren von Schotten, Iren und Deutschen besiedelt hatten, die nur ungern eingestanden, daß Cole Porter, der Autor ›schmutziger‹ Lieder für Broadway-Shows, ebenfalls einer der Ihren war.

Auf der Route 36 stand eine kleine Anschlagtafel, auf der zu lesen war: ›Drew City, Indiana. Gegründet 1846. Heimstatt von 2162 glücklichen Menschen.‹ Darunter hatte jemand geschrieben: ›Und eines alten Griesgrams.‹ Ein etwa dreißig Meter weiter stehendes Schild war mit Pfeilen versehen, die nach Nordwesten deuteten – zum 225 Kilometer weit entfernten Chicago, nach South Bend (130 Kilometer nördlich) und nach Indianapolis (115 Kilometer südlich).

Drew City war ein typischer mittelamerikanischer Ort am Südostufer des Wabash River. Er lag an der Strecke der Illinois-Central-Eisenbahn und war stolz auf sein Erbe. Die Schlacht von Tippecanoe war bei Lafayette geschlagen worden, und das war ungefähr dreißig Kilometer entfernt. Drew City war von vielen Kilometern fruchtbarer, sich wiegender gelber Weizenfelder und mannshohen Stengeln aus saftigem Mais umgeben. Außerdem gab es hier die süßesten Tomaten des ganzen Landes, wenn man den Farmern glaubte, die sich samstags vor Jasons Eisenwarenhandlung oder im Park vor dem Gericht unterhielten, wo sie sich zu Klatsch und Tratsch einmal pro Woche versammelten. Es gab in Drew City vier Kirchen; der Ort war zu einem Drittel katholisch und zu zwei Dritteln lutheranisch, episkopalisch und presbyterianisch. Hier wohnten zwei jüdische Familien, keine Farbigen, und eine kleine Mennonitengemeinde, die ein paar Meilen östlich der Stadt lebte.

Die Hauptstraße, die man Broadway nannte, obwohl sie nur zwei Fahrspuren hatte, war in Wirklichkeit der Highway 36. Die Straßen waren über drei Häuserblocks auf jeder Seite der Hauptstraße gepflastert. Am Stadtrand gab es einen kleinen Park und am Flußufer ein Baseballfeld, das die Freimaurer instand hielten, und dazu ein halbes Dutzend Kochstellen und mehrere Holztische. Die Strecke der Illinois Central verlief auf der anderen Seite des Flusses und überquerte eine Brücke zu den westlich der Stadt liegenden Randgebieten. Drew City war zwar weder isoliert noch an die Hauptverkehrsadern angeschlossen, doch für diese Zeiten war der Ort eine fruchtbare Gegend: Obwohl er den Stachel der Depression verspürt hatte, hatte er fünf oder sechs gute Erntejahre hinter sich, und die einheimische Industrie – eine Maschinenfabrik, der Rangierbahnhof der Illinois Central und eine Schuhfabrik – hatte das Übel der Depression relativ unbeschadet überstanden.

Nichts an Drew City war malerisch oder einmalig. Der Ort war eine einfache amerikanische Kleinstadt, ein Kaff aus Stuck, Ziegeln, Holz, verzinkten Eisendächern, Simsen und viktorianischen Geländern. Sie hockte auf dem flachen Boden des nördlichen Indiana und unterschied sich nur für ihre Bewohner von allen anderen Ortschaften dieser Größenordnung. Das Geschäftsviertel bestand im Grunde nur aus zwei Häuserblocks. Die Läden lagen im Parterre zweistöckiger Ziegelhäuser, und darüber befanden sich Büros. Dr. Kimberly, der Ortsarzt, hatte seine Praxis über Dairy Foods, und Dr. Hancrafter, der Zahnarzt, war auf der anderen Straßenseite, über Brophy's Dry Goods Shoppe. William Horton, der Anwalt der Stadt, der eine Menge trank, hatte seine Kanzlei über Aaron Moores Drug Emporium eingerichtet. Auf seinem Schild stand ›W. B. Horton, Rechtsanwalt‹, und in der Zeile darunter ›Testamente – Scheidungen – Eingaben‹. Hortons Büro hatte die perfekte Lage, da er jeden Tag in Aarons Drugstore begann, wo er über einem winzigen runden Ladentisch hockte, um seinen Kater mit einem B-C-Fizz und schwarzem Kaffee zu füttern.

Zwar hatte auch Drew City seinen Anteil an Tunichtguten, Alkoholikern und Exzentrikern, aber der Ort war dem moralischen Zusammenbruch, den die wilden Zwanziger und die Depression mit sich gebracht hatten, entgangen. Als der *Literary Digest* gemeldet hatte, sieben von zehn Menschen beiderlei Geschlechts hätten schon vor der Ehe sexuelle Beziehungen, hatte sich dies als Schock für das Nervensystem der Stadt erwiesen. Man hatte das Thema nur hinter vorgehaltener Hand in Mildred Constantines Frisiersalon und bei der wöchentlichen Bridgepartie diskutiert, denn Fummeln auf dem Autorücksitz wurde von einigen noch immer für eine Sünde gehalten, und ledige Mütter und – noch schlimmer – Abtreibung waren Worte, die man in der Öffentlichkeit nur flüsternd aussprach.

Na schön, die Lehrer und Polizisten wurden mit Notgeld bezahlt, das seine Entsprechung in den Schuldscheinen ziviler Arbeitgeber hatte; es war ein Versprechen, sie zu bezahlen, wenn die Lage besser wurde. Aber das Notgeld wurde fast überall in der Stadt in Zahlung genommen. Die Bank hatte den Zusammenbruch überlebt, und in der Stadt war es nur zu einem Selbstmord gekommen: ein Angestellter der Eisenbahn, der heimlich mit dem Kapital des Unternehmens spekuliert hatte. Der Zusammenbruch hatte ihn ans Messer geliefert. Er war zum Picknickplatz am Fluß gegangen, hatte einen halben Liter schwarzgebrannten Gin getrunken, den er bei Miß Belinda Allerdy gekauft hatte, und sich dann mit einem Schießeisen ins Jenseits befördert.

»Hier ist noch keiner aus'm Fenster gesprungen«, hatte Ben Scoby, der Geschäftsführer der Bank, einst geprahlt.

»Aber nur deswegen, weil das höchste Gebäude der Stadt nur zwei Stockwerke hat«, merkte seine Tochter Louise an.

»Man könnte ja auch den Wasserturm nehmen«, konterte Ben. »Wenn man es wirklich will, könnte man auf ihn raufklettern und runterspringen.«

Noch immer kamen die Hobos, die Gelegenheitsarbeiten suchten, um sich ein Sandwich oder ein Stück Kuchen zu verdienen. Doch wie in den meisten Kleinstädten Amerikas, behandelte man sie mit Anstand. Hin und wieder fanden sie sogar Arbeit auf dem Feld oder in den Randgebieten des Ortes an der Eisenbahnstrecke. Der Polizeichef zog allerdings sofort los, wenn sich Hoovervilles bildeten – dann handelte er schnell und bewegte die wandernden Unglücklichen zu einem schnellen Weiterziehen. Gewalttaten waren, wenn man von gelegentlichen Schlägereien um eine vollbusige Jublerin beim Ballspiel absah, in der Umgebung praktisch unbekannt, und Tyler Oglesby, der Chef der Polizei, der zudem noch Bürgermeister war, lag nachts oft in seinem Bett, lauschte dem klagenden Seufzen des Zehn-Uhr-Güterzuges, der ratternd nach Lafayette fuhr, und dankte insgeheim seinem Glücksstern, daß er in zwölf Jahren kein einziges Mal die Kanone aus dem Holster hatte ziehen müssen. Es sei denn, um sie zu reinigen.

Doch all das sollte sich bald ändern.

Als Fred Dempsey von der Chicagoer Bank in den Ort kam, war Louise Scoby eine hochgewachsene, schlanke, grobknochige Frau, die ihr strohfarbenes Haar stets in zwei Zöpfen trug, die ihre ernsten, schweren Gesichtszüge umrahmten. Seit ihrer Teenagerzeit hatte sie ihre prächtige Figur unter lose hängenden Baumwollkitteln verborgen, und sie trug so gut wie nie Make-up, um ihre von Wind und Wetter gegerbten und von der Sonne faltigen Züge weicher erscheinen zu lassen. Sie hatte das Aussehen einer Pionierfrau aus der Gründerzeit, sie wirkte wie eine abgehärtete Frau mit einem ernsten und formellen Gesicht, und manche Leute in der Stadt hielten sie für hochnäsig.

Dann kam Fred in die Bank, und kurz darauf fing Louise an, sich schrittweise zu verändern. Es ging alles recht langsam und dauerte Monate. Sie fing an, Lippengloss aufzulegen. Dann nahm sie Gesichtspuder. Sie fing an, sich die Augenbrauen auszuzupfen. Sie ließ ihr Haar kürzer und noch kürzer schneiden, dann ließ sie sich eine Dauerwelle legen. Bei manchen Gelegenheiten – etwa beim samstagabendlichen Tanzvergnügen im CVJM-Haus – erschien sie in seidenen Kleidern und Pullovern, die andeuteten, daß an ihr etwas mehr war, als man auf den ersten Blick vermutete. Doch ihre größte Veränderung hatte nur wenig mit Lippengloss, Seide und ihrer neuen Frisur zu tun: Ihre Züge wurden weicher, und sie lächelte sehr oft. Fred Dempsey hatte in Louise Scoby ein Licht angezündet, und den Bewohnern von Drew City wurde klar, daß sie endlich einen Mann gefunden hatte, der ihren hochnäsigen Ansprüchen gerecht werden konnte.

Dempsey war ein großer, muskulöser, stiller Mann; sein an der Stirn zurückweichendes schwarzes Haar wurde schon grau an den Schläfen. Er hatte stahlgraue Augen und trug eine dünne Nickelbrille. Sein dichter schwarzer Schnauzbart zeigte das Grau seiner Jahre ebenfalls. Obwohl er nie über sein Alter redete, wußte die ganze Stadt, daß er vierzig war – und damit hatte er fast das perfekte Alter für Weezie Scoby, die bald fünfundzwanzig wurde. Dempsey war ein umgänglicher Mensch, er hatte eine ordentliche Bildung und war bestens informiert. In der Bank hatte er schnell Karriere gemacht: vom Hilfskassierer zum Kassierer und dann zum Kreditberater. Er hatte es sich zur Aufgabe gemacht, die Bewohner Drew Citys kennenzulernen und ihnen ein freundlicher Bankier zu sein. Er war nicht der furchteinflößende Vielfraß, an den die meisten dachten, wenn sie einen Kredit aufnehmen mußten, um einen neuen Pflug zu kaufen oder sich einen der neuen Elektro-Eisschränke oder ein Automobil zuzulegen. Dempsey war ein sympathischer Mensch. Wenn er irgend jemandem einen Kredit verweigerte, spürte man seine Anteilnahme; er machte jedem den Vorschlag, es in ein paar Monaten erneut zu versuchen.

Dempsey verbrachte darüber hinaus viel Zeit mit dem kleinen Roger Scoby. Auch der Junge kam so aus seinem Schneckenhaus. Er war nicht mehr das empfindliche, einsame Bürschlein, das kaum ein ›Hallo‹ über die Lippen brachte und stets zu Boden sah, wenn er etwas sagte. Roger hatte sich in einen typischen Siebenjährigen verwandelt, und das war zumindest teilweise Dempseys Verdienst, denn auch wenn Ben Scoby ein netter Kerl, so ehrlich wie ein Zehncentstück und genau jene Art Mensch war, für den man den Ausdruck ›das Salz der Erde‹ geprägt hat, so hatte er doch nie genug Zeit mit seinem Sohn verbracht. Scoby vergötterte seine beiden Kinder, doch obwohl es ihn fast ein Jahr gekostet hatte, um sich vom Tod seiner Gattin zu erholen, war er nun in der Bank zu einem langweiligen, selbstzufriedenen Routinier geworden. Insgeheim freute er sich, als Louise und Fred anfingen, miteinander auszugehen. Ben Scoby wußte tief in seinem Herzen, daß es unfair gewesen war, seiner heranwachsenden Tochter jene Last von Verpflichtungen aufzubürden, die man normalerweise einer Mutter aufbürdete. Louise war unter dem Joch schneller als gewöhnlich gealtert, und Dempsey schien ihren jugendlichen Geist wiedererweckt zu haben. Deswegen erschien es Ben Scoby ebenso wie den Tratschweibern von Drew City, daß Fred Dempseys Ankunft wahrhaftig ein Geschenk des Himmels war.

Louise reservierte den Samstag für Roger, fürs Einkaufen und um sich das Haar machen zu lassen. Und für Fred Dempsey.

Obwohl die Scobys nur knapp einen Kilometer vom Ort

entfernt wohnten, erlaubte man Roger an den Samstagen und bei besonderen Gelegenheiten, in die Stadt zu gehen, denn sein Vater war der Meinung, einmal pro Woche sei genug Verlockung für einen siebenjährigen Jungen. Deswegen war es stets ein besonderes Erlebnis für Roger. Der Besuch in der Stadt gab dem Kleinen, der Woche für Woche erfuhr, daß noch immer alles am gleichen Ort und unverändert war, ein Gefühl der Sicherheit. Zumindest war es fast so. Dann und wann wurde auch ein neues Lädchen eröffnet oder eins wechselte den Besitzer, wie das neue Woolworth-Geschäft. Jerry, der Geschäftsführer, war im Frühjahr aus dem Osten zurückgekehrt, um den Laden aufzumachen. Er hatte Roger einen japanischen Drachen geschenkt und später mit Louise geflirtet. Roger war alt genug, um *so etwas* zu erkennen. Louise war freundlich gewesen, aber sie hatte Jerry wissen lassen, daß sie mit Fred Dempsey ging. Roger hatte den Drachen trotzdem behalten, und einmal, im Park, hatte Jerry ihm dabei geholfen, ihn in die Luft zu kriegen. Roger mochte den jungen Geschäftsführer zwar, aber nicht so, wie er Fred mochte. Neben Paul Silverblatt und Tommy Newton war Fred sein bester Freund. Außerdem gingen Fred und Louise fest miteinander. Fred arbeitete in der Bank für seinen Papa, und darum war alles perfekt. Rogers Loyalität war absolut in Ordnung, ob mit oder ohne Drachen.

Samstags gingen Louise und Roger zusammen in die Stadt. Dann nahm Louise seine Hand, und er schaffte es, immer auf der richtigen Seite der Straße zu gehen, um Louise an der Tankstelle vorbeizusteuern, deren Boden schlüpfrig von Öl und Schmiere war. Die Tankstelle jagte Roger Angst ein, aber er wußte nie genau, aus welchem Grund. Es lag nicht an den Reifenstapeln. Auch nicht an dem vielen Getriebeöl auf den durchhängenden Regalen oder an dem durchdringenden Benzingeruch, der so schwer in der Luft hing. Es war die Abschmiergrube. Für Roger hatte das gruftartige Loch im Boden etwas Gefährliches, Bedrohliches und Mysteriöses. Und insgeheim bewunderte er Frankie Bulfer, dessen Vater die Tankstelle gehörte, weil er erst siebzehn war und sich der schrecklichen Gefahr aussetzte, mit seiner kleinen Lampe in das schreckliche Loch hinabzusteigen und an den Automobilen zu arbeiten. Manchmal stand Roger am Garagentor, schaute ihm mit untertassengroßen Augen zu und lauschte, wenn Frankie seine Operationen an den Eingeweiden der sperrigen Wagen vornahm, die über ihm auf der Grube hockten, dem Klicken der Sperrwerkschlüssel und dem Zischen des Luftschlauches.

Dann kam der Dairy-Foods-Laden, der ziemlich neu und der Schülertreffpunkt war – der einzige Ort in der Stadt, an dem man eine gezapfte Coca-Cola kriegen konnte. Dann kamen Otis Carnabys Kolonialwarenladen, Mr. Hobarts Metzgerei und der Lesesaal der Christlichen Wissenschafter. Fred hatte ihm erklärt, er sei so etwas wie eine kleine Bibliothek. Daneben hatte Barney Moran seinen Lunchroom mit der Wachstuchtheke und den rissigen Linoleumsitzen. Hier roch es nach starkem Kaffee, Pfannkuchen und angebranntem Toast, und Speck und Würstchen zischten brutzelnd in der geschwärzten Pfanne. Und dann die an der Ecke liegende Bank seines Vaters.

Auf der anderen Straßenseite, mitten in einem Häuserblock, befand sich Rogers Lieblingsplatz, das Tivoli-Kino. Es wurde an der einen Seite von der Buchhandlung des ältlichen Fräuleins Amy Winthrop und an der anderen von Lucas Baileys General Store umsäumt, einem Geschäft, das Manchestersamt, Baumwollsatin, auf kleinen Karten befestigte Knöpfe, Galoschen, Schnittmuster, Overalls und Hemden führte. Im General Store wimmelte es von Puzzlespielen, Eisenbahnen, Sammlerbriefmarken und Holzflöten, doch der wahre Reiz des Geschäfts waren für Roger die an der Kasse stehenden Bonbon-Glasbehälter. Hier gab Roger meist zehn Cent aus, die Hälfte seines wöchentlichen Taschengeldes – für Karamellen, Kieferknacker, Riesenlutscher, rotes oder schwarzes Lakritz, Negerküsse und Necco-Waffeln. Das restliche Geld sparte er sich für die Vormittagsvorstellung im Tivoli auf.

Die meisttabuisierte Ecke an der Hauptstraße war Joshua

Halems Billardsaal; er lag neben dem General Store. Die Jungen durften ihn erst ab vierzehn betreten, da sich hier die Männer trafen und sich die neuesten schlüpfrigen Geschichten erzählten – wobei sie sich einer nicht ganz stubenreinen Sprache bedienten. Roger und die anderen Jungen trafen sich meist vor dem schmutzigen Schaufenster und wagten einen Blick auf die grünen, von Deckenlampen erhellten Filztische. Der alte Halem – er hatte im Krieg ein Bein verloren und verfügte über ein echtes Holzbein – hockte stets auf einem hohen, langbeinigen Hocker am Fenster, streckte sein hölzernes Gehwerkzeug aus und überblickte die Tische. Wenn er in die Richtung der neugierigen Kleinen die Stirn runzelte und sie mit seinem bösen Blick bedachte, zerstreuten sie sich.

Dann kam Isaac Cohens Möbelgeschäft, ein finsterer, unübersichtlicher Laden mit vielen Sesseln, Betten, Matratzen, Schaukelstühlen, Krippen und Sofas. Daneben lag Nick Constantines Friseurladen, in dem es nach Talkum und Schuhpolitur roch. Hier hatte Roger den ersten Haarschnitt bekommen, und hierhin kam er einmal im Monat, damit seine Haare auch kurz blieben. Über dem Friseurgeschäft lag der Schönheitssalon, den Nicks Frau Mildred führte, und an der Ecke, die der Bank gegenüberlag, befand sich das Zachariah House, ein heruntergekommenes Hotel, in dem Vertreter und Reisende für zwei Dollar eine Nacht auf ausgeleierten Federn verbringen konnten. Die einzige sanktionierte Bar der Stadt befand sich neben der Lobby des Hotels; sie war ein Ort, der sowohl Kindern *als auch* Frauen verboten war.

Roger ging auch sehr gern in Jesse Hobarts Metzgerei, da er dort sein erstes echtes ›Wunder‹ erlebt hatte. Mr. Hobart hatte aus dem rückwärtigen Teil seines Geschäfts, wo er Federvieh in Käfigen hielt, ein Huhn nach vorn gebracht und es hochgehalten, damit Louise es sich ansah. Das Huhn hatte gackernd mit den Flügeln geschlagen. »Ein Prachtexemplar«, hatte Hobart zu Louise gesagt. »Es wiegt glatt fünf Pfund.«

»Es ist genau richtig«, hatte Louise erwidert und sich

weggedreht. Mr. Hobart wirbelte das Huhn am ausgestreckten Arm herum, bis es schwindlig war, dann legte er es auf einen Holzklotz und schlug ihm mit einem großen, glänzenden Hackbeil – *Watsch!* – den Kopf ab. Normalerweise hielt er, wenn er derartige Untaten beging, das Huhn mit dem Kopf nach unten in einen Eimer, bis es aufhörte zu zucken, doch an diesem Tag war es ihm aus der Hand *gesprungen*! Das kopflose Huhn war wie irre durch den Laden gerannt. Blut spritzte aus seinem Hals; es prallte gegen die Ladentheke und rutschte auf dem Sägemehl aus, bis es zukkend zu Boden fiel und Hobart sich erneut seiner bemächtigte. Louise war übel geworden, und sie ging auf die Straße. Später gab sie zu, daß es ihr nicht leichtgefallen war, das Huhn zu kochen. Roger war damals fünf gewesen. Das Ereignis gehörte zu seinen erstaunlichsten Erinnerungen.

Später hatte Roger den Zwischenfall mit dem kopflosen Huhn seinem Vater und Fred in allen Einzelheiten beschrieben. Er neigte den Kopf auf die Brust, schob die Hände unter seine Achselhöhlen, lief in der Küche umher und bumste – wie das Huhn – gegen die Möbel. Dabei erzeugte er abscheulich gackernde Laute und führte mit wedelnden Armen vor, wie das Blut aus dem Hals des Huhns gespritzt war. Er war dann auf dem Küchenboden zusammengebrochen und hatte die heftigen letzten Zuckungen des Huhns imitiert. Ben Scoby hatte ihm etwas über Reflexe erklärt und daß das Huhn die ganze Zeit über tot gewesen sei, doch das machte das Phänomen für Roger nur noch faszinierender.

An diesem speziellen Samstag gingen sie wieder zum Einkaufen. Roger hatte zwei Jahre darüber nachgedacht, und nun nahm er sich den Mut, Mr. Hobart darum zu bitten, die Vorstellung für ihn zu wiederholen. Als Hobart Anstalten machte, das Huhn schwindlig zu machen, rief er: »Stellen Sie's auf den Boden, und lassen Sie's rumlaufen!«

Louise drehte sich schockiert auf der Stelle zu ihm um.

»Rogie, wie kannst du es *wagen*, einen solchen Vorschlag zu machen! *Wehe*, wenn Sie es tun, Mr. Hobart! – Roger, du gehst raus und wartest draußen auf mich.«

»Och, Weezie . . .«

»Raus, junger Mann.«

Fred Dempsey saß, wie an jedem Samstagmorgen, auf der Bank vor der Eisenwarenhandlung und unterhielt sich mit Bürgermeister Oglesby. Roger lief über den welligen, von der Hitze buckligen Gehsteig auf ihn zu.

»Weezie will nicht, daß Mr. Hobart mir den Trick mit dem toten Huhn zeigt«, klagte er, als Louise hinter ihm herkam.

»Mann«, drückte Fred seine Sympathien aus, »was ist sie doch für 'ne Spielverderberin!«

»Fang du nicht auch noch an!« fauchte Louise.

»Weißt du was?« sagte Fred. »Ich schlage vor, wir gehen zu Dairy Foods und genehmigen uns eine Limo, während Weezie sich die Haare machen läßt. Wenn sie fertig ist, gehen wir zu Barney, essen ein Hot dog und setzen dich am Tivoli ab.«

»Yeah!« schrie Roger und sprang begeistert in die Luft, obwohl sie im Grunde dem gleichen Terminplan folgten, den sie seit sechs Monaten jeden Samstag einhielten. Er schaute die Straße hinauf zu den Tivoli-Schaukästen. Johnny Weissmueller spielte in *Tarzan, der Herr des Urwalds*, und außerdem lief die vierte Folge von *Hurricane Express*. Dazu gab es ›ausgewählte Kurzfilme‹ – was bedeutete, es gab auch etwas Lustiges zu sehen.

»Klasse«, flüsterte Roger. »Tarzan!«

Louise wandte den Blick zum Himmel.

»Es ist eine Urwaldgeschichte«, sagte Fred beruhigend zu Louise. »Mit einem Haufen wilder Tiere.«

»Ich *kenne* den Film, Fred«, sagte Louise in spöttischer Verärgerung. »Na schön. Ich erledige meine Einkäufe und hole das Huhn dann nach der Vorstellung ab.«

»Hurra!« sagte Roger, dann schaute er hoch und flüsterte Fred zu: »Können wir auch mal bei Mr. Bailey vorbeigehen?«

Und Fred zwinkerte ihm zu und nickte.

Die Samstagnachmittage waren für Fred und Louise etwas

Besonderes. Sie lieferten Roger im Kino ab, überzeugten sich davon, wann die Vorstellung zu Ende war, gingen dann zum Haus der Scobys, nahmen Louises Buick und fuhren die drei Blocks zu dem kleinen Holzhaus, das Fred gemietet hatte. Das Haus gehörte zu den wenigen, die auch eine Garage hatten. Die Garage war mit dem Haus verbunden, so daß sie es betreten und verlassen konnten, ohne von den Nachbarn gesehen zu werden. Da Fred sich regelmäßig Louises Buick auslieh und ihn in seiner Einfahrt wusch, schenkte ihm niemand viel Beachtung, wenn er mit dem Wagen nach Hause fuhr. Louise setzte sich dann vor dem Beifahrersitz auf den Boden, und oft konnte sie sich vor Lachen nicht mehr halten, weil sie ihre Scharade aufführten, um die einheimischen Klatschtanten an der Nase herumzuführen.

Ihre samstäglichen ›Partys‹ waren Freds Idee gewesen. Im Kino traf Roger sich in der Regel mit Paul und Tommy, und dann war er zufrieden. Sie hingegen hatten dann zwei Stunden für sich. Wenn sie in Freds Haus waren, war ihr Geschlechtsakt stets wild und gierig, und auch an diesem Samstag war es nicht anders. Louise hockte auf dem Boden des Wagens, schob eine Hand unter seinen Schenkel und streichelte ihn.

»Was ist nur aus der schüchternen jungen Dame geworden, die ich vor neun Monaten kennengelernt habe?« fragte Fred.

»Sie hat entdeckt, was Liebe wirklich ist«, sagte Louise und rieb ihren Kopf an seinem Bein.

»Und was ist sie?«

»Sie ist etwas Schönes. Sie ist ein *wirklich gutes* Gefühl.«

Dempsey war ihrer Beziehung mehrere Monate aus dem Weg gegangen, aber dann hatte er sich doch darauf eingelassen. Roger hatte ihn schnell als Vaterstellvertreter akzeptiert, nachdem ihre Freundschaft gewachsen war, und so war auch seine Beziehung zu seiner Schwester gewachsen. Seine Beziehung zu ihr war nicht ungefährlich, weil Eheschließungen in Kleinstädten unausweichlich waren, doch Dempsey hatte den Gedanken erst einmal hintangestellt. Die Vorstellung, eine Ehe einzugehen, reizte ihn zwar nicht, aber er wollte erst über diese Dinge nachdenken, wenn es nicht mehr anders ging. Bis jetzt hatte sich Louise als ungestüme und leidenschaftliche Geliebte erwiesen.

Als sie im Inneren des Hauses waren, schien ein Dämon aus ihr hervorzuspringen. Sie hatte ihre Gelüste jahrelang unterdrückt; sie hatte für Roger als Mutter und Schwester agiert und für ihren Vater als Herrin des Hauses. Keiner der Männer in Drew City übte einen Reiz auf sie aus, zudem kannte sie die meisten seit ihrer Kindheit. Als Fred Dempsey in ihr Leben getreten war, war es für Ben nur natürlich gewesen, den neuen Angestellten zum Essen einzuladen. Nicht nur Roger hatte sich sofort zu ihm hingezogen gefühlt. Louise hatte ihn schon bei seinem ersten Besuch gemocht. Fred war ein schüchterner, zurückgezogener Mann, der einmal im Monat mit dem Bus nach Chicago fuhr, um seine kränkelnde Mutter zu besuchen. Er redete nur selten über sich. Sogar seine Ansichten erschienen ihr zurückhaltend und unverbindlich. Doch wenn er über Kunst, Bücher, Theater und Musik redete, spürte sie die gleiche unterdrückte Leidenschaft in ihm, die auch sie in ihrer Pubertät erfahren hatte.

Das erste Mal hatten sie sich auf dem Rücksitz ihres Buicks geliebt, hinter dem Rangierbahnhof der Eisenbahn. Sie hatten es zwar wochenlang vermieden, doch ihr Betatsche war bei jedem Mal, wenn sie allein waren, leidenschaftlicher geworden. Sie hatten einander erforscht und sich in der Ekstase der Entdeckungen verloren. Schließlich hatte Louise vorgeschlagen, sich nach hinten zu setzen. Als er die Tür geschlossen hatte, hatte sie sofort ihre Bluse aufgeknöpft und ihren üppigen Busen seinen hungrigen Küssen dargeboten. Dann hatte er sie angefaßt; er hatte ihr das Höschen ausgezogen und ihre Hand auf seinen Schoß gelegt. All dies war in einer solchen Hast geschehen, daß sie sich nur noch teilweise an ihre erste Verführung erinnerte. Louise wußte nur noch, daß er bedächtig und sanft gewesen war. Sie hatte jeden Augenblick genossen, und bei ihrem ersten Orgasmus war sie beinahe ohnmächtig geworden.

Als sie ins Haus kamen, warf sie ihre Bluse ab.

»Laß uns zusammen unter die Dusche gehen«, sagte sie. »Ich kann seit einer Woche an nichts anderes mehr denken.« Sie nahm seine Hand und führte ihn die Treppe hinauf zum Bad. Als sie dort angekommen waren und Fred anfing, sie auszuziehen, ihren flachen Bauch streichelte und ihre Brüste küßte, riß sie ihm gierig die Hosen herunter, und er zog sie an sich.

»Mach's mir hier«, keuchte sie, »auf der Stelle.« Fred hob sie hoch, setzte sie auf den Waschbeckenrand und streichelte sie, bis sie anfing zu stöhnen und ihr Körper sich versteifte. Als sie aufschrie, drang er in sie ein.

Dempsey lag mit geschlossenen Augen auf dem Rücken und entspannte sich. Sie waren beide nackt. Louise saß mit gekreuzten Beinen auf dem Bett und drehte eine Zigarette. Dempsey drehte sich seine Zigaretten gern selbst; der süße Geschmack des Prinz-Albert-Tabaks war ihm lieber als grobe Zigarettentabake, und Louise war zu einer ausgezeichneten Zigarettendreherin geworden. Sie hielt die beiden fertigen Stäbchen hoch.

»Hübsch«, sagte er. »Bald bist du Expertin in meinen sämtlichen Lastern.«

Louise zündete die Zigaretten an; eine behielt sie, die andere schob sie ihm zwischen die Lippen. Fred nahm einen tiefen Zug und ließ den Rauch langsam zur Decke steigen.

Nicht übel für einen Samstagnachmittag, dachte er.

»Wieviel Zeit haben wir noch?« fragte er.

Louise schaute an ihm vorbei auf den Westclox-Wecker auf dem Nachttisch.

»Vierzig Minuten«, sagte sie.

»Das reicht noch für eine schnelle Nummer.«

Sie schwang sich über seine Beine und beugte sich über ihn; ihre Brustwarzen rieben sich leicht an den seinen.

»Ich mag keine schnellen Nummern«, hauchte sie. »Danach will ich immer noch mehr. Wollen wir nach dem

Abendessen zum Tanzen ins CVJM gehen – und früh wieder gehen? Du kannst es dir beim Essen überlegen.«

»Heute war ich eine Viertelstunde länger als sonst beim Friseur«, sagte Louise, als sie mit dem Abendessen fertig waren. »Alle wollten etwas über *Antonio Adverso* hören.« Sie war die erste auf der Liste gewesen; der Bestseller war heute in der Stadtbibliothek eingetroffen. »Und alle wollten nur etwas über die . . .« Sie warf einen kurzen Blick auf Roger. ». . . schlüpfrigen Stellen wissen.«

»Was sind schlüpfrige Stellen?« fragte Roger prompt.

»Die Liebesszenen«, antwortete sie schnell. Roger verzog das Gesicht und verlor sofort das Interesse. Er befingerte einen fünf Zentimeter dicken Stapel Räuber-und-Gendarm-Kaugummibilder, die – mit einem schmuddeligen Gummiband zusammengehalten – neben seinem Teller lagen.

»Tommy hat zwei Bilder von John Dillinger!« sagte er sauer. »*Zwei Stück!* Und eins von Melvin Purvis hat er auch! Er will fünf Bilder von mir für einen John Dillinger haben. Das is' nich' gerecht!«

»Das *ist nicht* gerecht«, korrigierte Louise ihn.

»So ist es nun mal im Geschäftsleben, mein Sohn«, sagte Ben Scoby. »Man nennt es Gesetz von Angebot und Nachfrage. Tommy hat die Ware, und du willst sie haben.«

»Aber er ist doch mein Freund!«

»Das zählt nich' im Geschäftsleben«, sagte Scoby.

»Zählt *nicht*«, korrigierte Louise ihren Vater.

»Nicht«, sagte Scoby mit finsterer Miene.

»Aber du und Fred . . . Ihr macht in der Bank doch auch Geschäfte mit euren Freunden«, sagte Roger.

»Das ist was anderes«, sagte Scoby und wollte anfangen, dem Siebenjährigen beiläufig etwas über Zinsen zu erklären. Doch Rogers Desinteresse brachte ihn schnell wieder davon ab. Der Junge wollte wissen, wie er Tommy Newton das Dillinger-Bild abluchsen konnte, ohne seine Sammlung wesentlich zu verringern.

»Welches Bild ist denn am meisten wert?« fragte Fred.

»Na, das von John Dillinger«, sagte Roger. »An zweiter Stelle steht Pretty Boy Floyd; aber er kommt Dillinger nicht mal nahe.«

Ben Scoby seufzte. »Da bin ich nun im Bankgeschäft, und mein Sohn interessiert sich nur für die Frage, wie er an ein Kaugummibild mit dem Gesicht des schlimmsten Bankräubers der Geschichte herankommt.« Er schüttelte den Kopf. »Wo ist die Welt nur hingekommen?«

»Zu Angebot und Nachfrage«, antwortete Roger. Alle lachten.

Das Abendessen bei den Scobys war reine Routine. Die Gespräche kreisten um Roosevelt und die Frage, wie er mit der Wirtschaft umsprang, um die Baseball-Saison, die in zwei Wochen anstehende Landwirtschaftsausstellung, was die Dillinger-Bande wohl gerade jetzt wieder im Schilde führte und ob Jack Sharkey das Zeug dazu hatte, Max Schmeling bei der Schwergewichtsweltmeisterschaft auf die Matte zu legen. Näher kamen sie dem Thema Deutschland nicht. Schließlich war Europa fast eine halbe Welt von Drew City entfernt.

»Ich sag dir was, Roger«, sagte Dempsey. »Ich fahre dieses Wochenende nach Chicago und besuche meine Mutter. Vielleicht kann ich da ein John-Dillinger-Bild für dich auftreiben.«

»*Wirklich?*«

»Vielleicht. Ich kann's dir nicht versprechen, aber ich will mal sehen, was sich machen läßt.«

»Nimm doch meinen Wagen«, bot Louise ihm an. »Ich brauche ihn sowieso nicht. Dann bist du Sonntag viel früher wieder hier.«

Dempsey griff in die Tasche und zog seine Rauchutensilien hervor. Roger schaute aufmerksam zu, wie er ein Zigarettenblättchen nahm und es mit dem Zeigefinger zu einer kleinen Wanne rollte. Dann schüttete er den Tabak aus dem Päckchen in das gerollte Papier, drehte es zu einem dichten Stäbchen, leckte das Papier an und klebte es zu.

Als Dempsey sein Feuerzeug zückte, streckte Louise den Arm aus. Er legte es auf ihre Handfläche. Sie liebte das sinnliche Gefühl seiner glatten, goldenen Seiten; mit dem Daumen rieb sie darüber und betastete den eigenartigen Wolfskopf an der Spitze des Feuerzeugs, ehe sie es aufschnappen ließ und Freds Zigarette anzündete.

Schließlich schüttelte Dempsey den Kopf. »Ich fahre mit dem Greyhound«, sagte er. »Wie immer.«

Er ging im kühlen Frühlingsregen zu Fuß nach Hause, und als er die Third Street erreicht hatte, blieb er auf der anderen Straßenseite stehen und schaute sich das alte viktorianische Gebäude an, das vor ihm stand. Der Regen ließ ihn den Kopf einziehen; er vergrub die Hände tief in den Taschen und warf einen Blick zu Miß Beverly Allerdys Salon hinauf. Die Vorhänge waren stets zugezogen, und hinter den stumpfen Mauern hörte man lauten schwarzen Blues. Männer schlichen durch die Hintertür hinein. Er hörte eine Menge Gelächter, Frauengelächter, und fragte sich, wie weit die Damen in diesem Kaff wohl gingen. Er konnte es nicht riskieren, Miß Allerdys Salon aufzusuchen. Als er dastand, spürte er wieder das vertraute Drängen in seinem Schoß, und Wut breitete sich in ihm aus.

Dempsey hatte seine kränkliche Mutter in Chicago erfunden, als ihn das vertraute Drängen zum erstenmal überkommen war. Seither hatte er alle sechs oder sieben Wochen den Vier-Uhr-Bus nach Chicago genommen, war ins Edgewater Hotel gezogen und hatte sich der Dienste eines der teuersten Partyservice-Unternehmen im Mittelwesten versichert: Mädchen, die für das richtige Honorar bereit waren, seine sadistischen Spielchen zu ertragen. Er dachte schon seit mehreren Tagen daran, wieder eine Reise zu machen. Das Drängen wurde immer stärker.

Als er durch den Regen nach Hause ging, dachte Dempsey über das nach, was er in den neun Monaten seiner Anwesenheit in Drew City über die Amerikaner erfahren hatte. Sie waren großzügig. Sie waren zu vertrauensselig. Sie waren, hatten sie einen erst einmal kennengelernt, gute Freunde. Sie waren verrückt auf Modetorheiten. Sie liebten Sport und Unterhaltung, und sie hoben Sportler und Filmstars in den Himmel. Die Superreichen standen bei ihnen in einem Ansehen, als wären sie von Adel. Sie legten großen Wert auf Freiheit. Ihre Slangausdrücke wechselten von einem Kaff zum nächsten, es war unmöglich, sprachlich auf dem neuesten Stand zu bleiben. Sonntags gingen sie alle zur Kirche. Sie interessierten sich ausnahmslos übertrieben für das Wetter. Die ganze Nation schien sich abends an den Rundfunkgeräten zu versammeln.

Doch das allerermutigendste, dachte 27 zufrieden, ist ihre Selbstzufriedenheit.

Kapitel 21

Der Indiana Highway 29, ein langer, dünner Finger aus Beton, breitete sich südlich von Logansport in Richtung Indianapolis unter einem trüben und bedrohlichen Himmel aus. Ein schwarzer Packard summte auf die Ortschaft Delphi zu. Die fünf Insassen trugen Anzüge und dunkle Filzhüte – ausgenommen der Mann, der vorn neben dem Fahrer saß. John Dillinger trug die Kreissäge, die zu seinem Markenzeichen geworden war.

»Die Karre summt wie 'n Bienchen, Russ«, sagte Dillinger zu dem Fahrer.

»Hab' neue Zündkerzen eingebaut und 'n neuen Luftfilter ...«

»Spar dir den Scheiß, okay?« grollte Lester Gillis. Er nannte sich Big George, aber die Welt kannte ihn unter dem Namen Baby Face Nelson. Er saß hinten. »Ich kann keine Zündkerze von 'ner Herzkönigin unterscheiden. Und ich will's auch gar nicht.«

»Habt ihr den Plan alle kapiert?« fragte Dillinger. Er lehnte sich in seinem Sitz zur Seite und musterte die drei Männer auf dem Rücksitz. Sie nickten selbstsicher. »Sollen wir ihn noch mal durchgehen?«

»Um Gottes willen, nee, wir wissen Bescheid«, sagte Nelson.

»Du gehst einem wirklich auf die Nerven, Lester«, sagte Dillinger.

»Nenn mich nicht Lester. Ich hab' doch gesagt, ich will George genannt werden.«

»Ist doch ganz normal«, kicherte der Fahrer. »Wenn dein Name George wäre, würdest du wahrscheinlich verlangen, daß wir dich Percy nennen.«

»Sei bloß vorsichtig!«

»Sachte, sachte«, sagte Dillinger. »Kein Grund, gleich an die Decke zu gehen. Auf uns wartet Arbeit.«

Nelson lehnte sich zurück und reckte die Schultern. Seine Ungeduld übertraf sogar noch seinen Minderwertigkeitskomplex. Er war eins fünfundfünfzig groß, und es stank ihm, daß Dillinger der meistgesuchte Mann Amerikas war. Nelson meinte, die Position des Bösen Buben Nummer eins stünde *ihm* zu. Aber die Cops hatten seine Bande weggeputzt, und allein konnte er nun mal kein Ding drehen.

»Wie bist du auf den Plan gekommen?« fragte er Dillinger.

»Ich habe alles Wichtige von einem Experten.«

»Von wem denn?«

»Von Herman K. Hase.«

»Von *wem*?« fragte Homer van Meter, der seit dem Frühstück zum erstenmal etwas sagte.

»Herman K. Hase. Ihr müßt ihn doch kennen. Hase war der Begründer des modernen Bankraubs. Ihr wißt doch, was es heißt, wenn man ›einen Hasen macht‹? Der Ausdruck bezieht sich auf ihn. Hase hat dreizehn Jahre lang Banken ausgeraubt, bis sie ihn erwischt haben.«

»Na, ich weiß nicht«, sagte van Meter skeptisch.

»Wo hast du den denn kennengelernt?« fragte Nelson.

»Ich kenne ihn gar nicht. Erinnerst du dich noch an Walter Dietrich?«

»Yeah, is auf Rente, nich?«

»Sozusagen«, sagte Dillinger. »Ich hab' Wally schon gekannt, als ich in Michigan City mein erstes Ding gedreht hab'. Er war dreizehn Jahre mit Hase zusammen. *Dreizehn*

Jahre, ohne geschnappt zu werden. Hases Erfolgsrezept war das reine Tempo. Er ist nie länger als vier Minuten am Tatort geblieben und hat immer gewußt, wie man von da wegkam.«

Dillinger war ein Mann von durchschnittlicher Größe. Er hatte schütteres, strohblondes, im Moment schwarz gefärbtes Haar und eine hohe Stirn. Seine stechend blauen Augen waren mit einer goldumrandeten Brille aus Fensterglas getarnt. Obwohl er viele Stunden damit zugebracht hatte, seine Fingerabdrücke mit Säure zu verändern und sein Gesicht liften zu lassen, war er noch immer eitel. Er war ein Schürzenjäger, der sich nicht von seinem dünnen Schnauzer trennen konnte, den die Damen so liebten. Auch er war, wie sein kuchenförmiger Strohhut, sein Markenzeichen.

Die anderen Männer waren Harry Pierpont, ein eleganter, hagerer Bursche; Homer van Meter, ein schweigsamer Kerl, der am längsten mit Dillinger zusammen war; und Russell Clark, ein hagerer, hartgesichtiger Mann, von dem manche glaubten, er sähe Charles Lindbergh ähnlich. Clark war Automechaniker und ein ausgezeichneter Fahrer.

Van Meter, Clark und Dillinger waren alte Kumpane. Nelson war ziemlich neu bei der Bande, und Dillinger machte sich ernsthafte Gedanken über ihn. Nelson mordete gern; er hatte so viele Menschen umgelegt, daß er eigentlich nicht zu Dillinger paßte. In seiner Gegenwart hatte er erst einmal gegen Dillingers Regeln verstoßen: Er hatte einen Cop erschossen, um Dillinger aus den Händen der Polizei zu befreien. Darüber konnte er sich kaum beschweren.

»Wie heißt das Kaff noch mal?« fragte Russell Clark.

»Delphi«, antwortete Dillinger; seine Stimme war spröde, autoritär und so flach wie Indiana.

»Delphi«, sagte Pierpont. »Was is 'n das für 'n Name?«

»Es ist griechisch«, antwortete Dillinger.

»Wieso haben sie den Ort nach 'nem Griechen benannt?«

»Ich glaub, mich holen sie gleich ab«, stöhnte Dillinger und zuckte mit den Achseln.

»Was zum Teufel ist das da?« sagte van Meter plötzlich.

Etwa achthundert Meter vor ihnen hielt ein State Trooper den Verkehr an. Die Autos standen in Zehnerreihen.

»Was zum Teufel ...«, sagte Clark.

Dillinger schaute nach rechts und links. Vor ihnen, hinter einem Maisfeld, befand sich ein unbefestigter Weg.

»Dahin«, sagte er. »Bieg ab, Russ.«

Russell verlangsamte nicht mal das Tempo.

»Bieg ab, Russ! *Dahin!* Verdammt noch mal!«

Clark bremste den Ford mit quietschenden Reifen ab und ließ ihn auf den unbefestigten Weg schlittern.

»Was zum Teufel geht da vor?« fragte Homer. »Ham die da 'n Cop-Treffen oder so was?«

»Verdammich, Homer, halt die Klappe! Du fährst weiter, Russ. Fahr einfach so, als wenn wir hier hingehören.«

»Jemineh«, sagte van Meter. »Guckt euch mal den Rauch an!«

Links von ihnen brodelte ein schwarzer Rauchpilz aus der Ortschaft zum Himmel hinauf.

»Mann, da brennt sicher das ganze Kaff.«

»Isses nich wunderbar?« sagte Homer.

Dillinger zog eine Straßenkarte aus der Ablage unter dem Armaturenbrett und faltete sie auseinander. »Wo zum Teufel sind wir?« sagte er vor sich hin und fuhr mit einem Finger über die Mitte der Karte.

»Der Weg is gleich zu Ende.«

»Wir sind hier«, sagte Dillinger. »He, es ist alles okay. Bieg am nächsten Weg nach links ab. Dann kommen wir südlich hinter der Stadt wieder auf den Highway. Bombig! Hätte gar nicht besser kommen können!«

»Das is 'n böses Omen«, sagte Pierpont. »Fast hätten sie uns am Arsch gehabt. Jetzt regnet's auch noch.«

»Der Tag liegt noch nicht hinter uns«, sagte Dillinger. »Der dauert noch was. Aber Regen ist gut, da bleiben die Leute im Haus.«

»Was machen wir jetzt?« höhnte Nelson. »Ein Picknick?«

»Yeah, ein Picknick; ungefähr dreißig Kilometer die

Straße runter. In der anderen Bank servieren sie uns Tee und Gebäck.«

»In welcher anderen Bank?«

»Homer und ich haben gestern drei Banken ausbaldowert«, sagte Dillinger. »Wir nehmen uns Nummer zwei vor. Die ist wahrscheinlich genauso fett. Und sie hat freitags bis drei Uhr auf. Wir stürzen um Viertel vor drei rein – dann ist es drei Stunden später dunkel.«

»Das gefällt mir nicht«, sagte Homer van Meter. »Ich hab' dir doch gesagt, die Kuhdörfer, in die nur eine Straße rein und raus führt, machen mich nervös.«

John Dillinger schüttelte eine Picayune aus einem Päckchen und zündete sie an. »Das Problem mit dir, Homer, ist, daß du 'n Nörgelpeter bist.«

»Ich versuch nur, nichts außer acht zu lassen, Johnny.«

»Du würdest lieber wieder in der Großstadt arbeiten?«

»*Das* hab' ich nicht gesagt.«

»Wir haben es in Ost-Chicago versucht; du weißt, wie es ausgegangen ist. Charlie ist nicht mehr. Es hat einen Wachmann erwischt. Jetzt halten mich alle für einen Killer. Ich bin immer der, dem sie alles in die Schuhe schieben.«

»Deswegen bist du auch so berühmt, Johnny«, höhnte Nelson neidisch.

»Ich kann es aber nicht ausstehen, wenn man mir was anhängt, was ich nicht getan habe«, fauchte Dillinger zurück.

»Was soll ich machen?« sagte Nelson lachend. »Soll ich 'n Brief an die *News* schreiben und ein Geständnis ablegen?«

»Teufel«, warf Pierpont ein, »Johnny schreibt doch laufend Briefe an die Zeitungen. Er hat diesem – wie heißt er doch gleich? – sogar 'n Buch geschickt.«

»Matt Leach«, sagte Dillinger stolz. »*Captain Leach* von der Indiana State Patrol. Ich habe ihm ein Exemplar des Buches *Wie werde ich ein guter Detektiv* geschickt.«

»Ganz schön frech, wenn du mich fragst«, sagte van Meter. »Es hat doch keinen Zweck, sie noch wütender zu machen, als sie schon sind.«

»Also hör mal, Homer«, erwiderte Dillinger. »Wütender, als sie ohnehin schon sind, können sie gar nicht mehr werden, und noch enger auf den Pelz rücken können sie uns auch nicht mehr.«

»Trotzdem, mich macht's nervös«, sagte van Meter. »Am Freitagnachmittag sind bestimmt 'ne Menge Leute auf der Straße. Da ist doch Zahltag und so.«

»Wir werden schon keinem weh tun«, sagte Dillinger gelassen. »Sie werden sich auf den Bauch werfen, und vier Minuten später sind wir unterwegs nach Indianapolis. Wenn sie sich wieder aufgerappelt und die G-Men angerufen haben, sind wir längst über alle Berge. Die Bullen brauchen drei bis vier Stunden, um von Chicago aus hierherzukommen.«

»Und was ist mit den State Cops?« fragte Pierpont.

»Die sind doch zu blöd, um ein Loch in den Sand zu pissen«, antwortete Dillinger.

»Verdammtes Kuhdorf«, murmelte van Meter.

»Mit der fettesten Bank in Indiana, und nur drei Cops im ganzen Ort.«

»Wenn bloß nichts schiefgeht«, sagte Clark. »Ihr wißt ja, was mit Charlie Mackle passiert ist, als er sich mit den G-Men angelegt hat.«

»Charlie war ein verdammter Schwachkopf«, sagte Dillinger leicht erzürnt. »Läuft Melvin Purvis genau in die Arme, der ihn mit 'ner MP auf dem Schoß erwartet. Eins sag ich euch – dieser Purvis ist kein gewöhnlicher G-Man, der hat sie nicht alle. Hoover hat ihm grünes Licht gegeben, damit er uns alle ausradiert. Ich leg keinen Wert drauf, mich mit solchen Leuten anzulegen. Ihr etwa?«

Niemand antwortete.

»Also bleiben wir bei den Kleinstädten mit den fetten Banken.«

»Vielleicht sollten wir in Rente gehen«, sagte Pierpont.

»Ach was«, sagte Nelson, »wir gehen da rein, ballern alles um, was sich bewegt, und schießen uns den Rückweg frei, bis sie sich vor Angst in die Hose scheißen.«

»Du hältst deine Knarre gefälligst nach unten, Lester, ist das klar?« sagte Dillinger mit harter Stimme. »Das Kaff da ist 'ne taube Nuß. Da macht uns keiner Schwierigkeiten.«

»Wißt ihr, was ich gehört hab'?« sagte Pierpont. »Ich hab' gehört, Purvis steckt sich immer erst 'ne Zigarre an, bevor er 'ne Spur aufnimmt. Er nennt es Geburtstagskerze. Er soll angeblich 'ne Liste mit zweiundzwanzig Namen haben. Und wenn er die zweiundzwanzig Kerle erledigt hat, will er 'ne Party schmeißen.«

»Kaum zu glauben«, sagte Dillinger.

»Und jetzt hat er sich 'ne MG-Brigade zugelegt«, sagte Nelson. »Ihr Motto ist ›Gnadenlos‹.«

»Studierte Bübchen«, sagte Dillinger. »Die haben doch Angst vor ihrem eigenen Schatten. Purvis ist nur deshalb so geladen, weil Floyd und seine Jungs einen G-Man umgelegt haben, als sie Jelly Nash in Kansas in die Pfanne gehauen haben. Der Bursche war ein persönlicher Freund von Purvis.«

»Was soll das heißen, als sie Jelly in die Pfanne gehauen haben?« sagte Pierpont. »Die wollten ihn doch da rausholen.«

»Nix da. Hat Conco mir selbst erzählt. Sie wollten sich Nash vom Hals schaffen, weil der nämlich schwatzkrank war. Die Cops waren schießgeil, und da ging es so aus, daß sie Nash *und* vier Bullen umgenietet haben; den G-Man inklusive.«

»Und das hat Purvis so wütend gemacht?«

»Nehm ich an. Er hat 'ne ziemlich kurze Leitung.«

»Dann sollte man sie nicht anstecken, wenn er im selben Zimmer mit einem ist«, sagte Pierpont.

Dillinger lachte. »Der war gut, Harry.«

»Wie heißt die Bank noch mal?«

»Drew City Farmer's Trust and Mortgage Bank.«

»Wie groß ist der Ort?«

»Dreitausend Einwohner, meist Farmer, draußen auf dem Feld. Die Bank steht mittendrin. Ich glaube, es gibt im ganzen Bezirk keine zweihundert Autos.«

»Womit wollen sie uns verfolgen – mit Pferd und Wagen?« höhnte Clark.

»Yeah, wie Jesse James«, antwortete Nelson.

»Klappe halten und zuhören«, sagte Dillinger. »Wir machen es so . . .« Er zog ein Blatt Papier mit einer Skizze der Bank hervor und hob es hoch, damit alle es sahen. »Die Bank ist an der Ecke, die Tür liegt gegenüber der Kreuzung. Wenn man reingeht, sind die Kassen links. Die Burschen, die was zu sagen haben, sitzen frei auf der rechten Seite. Ich nehme die Tür und die Stoppuhr. Nehmt nur Zwanziger und kleinere Scheine; ihr wißt, wie schwer es heutzutage ist, Hunderter loszuwerden. Homer und Lester arbeiten in der Gruft, Harry und Russell sahnen an den Kassen ab. Wir fahren einmal durch die Stadt und peilen die Lage. Lester und Harry steigen aus, dann Homer und ich. Russ parkt die Kiste vor der Bank. Vergeßt nicht: Wenn wir drin sind, haben wir noch vier Minuten.«

»Was ist mit den Wachen?« fragte Pierpont.

»Es ist nur ein Oldtimer in der Bank«, sagte van Meter. »Er ist etwa siebzig. Wahrscheinlich sieht er sowieso nicht weiter als bis zum Ende seiner Nase.«

Dillinger fuhr fort: »Das Bullenrevier ist zwei Blocks weiter. 'ne Telefonzelle ist direkt hinter der Banktür; um die kümmere ich mich. Wir melden einen Unfall auf dem Highway, damit der Sheriff die Stadt verläßt. Dann haben wir nur noch die beiden Stadtbullen und den Opa in der Bank.« Er kicherte. »Mensch, Jungs, dann sind wir ihnen ja *überlegen*!«

Der junge Polizist betrat die Bank und schüttelte den Regen aus seinem Mantel. Er ging mit dem wöchentlichen Gutschein in der Hand durch den Raum und legte ihn Dempsey vor, der ihn abzeichnete. Luther Conklin war ein Einheimischer; er hatte auf der High-School Football gespielt und zwei Jahre am State College verbracht. Er war Tyler Oglesbys Stellvertreter. Seit acht Monaten war er jetzt im Dienst, und die ganze Stadt war stolz auf ihn.

»Wie geht's denn heute, Luther?« fragte Dempsey und kritzelte seine Initialen auf den grünen Schein.

»Sehr gut, Sir. Haben Sie schon von dem Brand in Delphi gehört?«

»Nein. Wann war das? Gestern nacht?«

»Es brennt noch immer«, sagte Luther ernsthaft. »Sie haben schon um Hilfe gebeten. Sheriff Billings ist auf dem Weg nach hier, um sich über die Lage zu informieren. Der neue Woolworth-Laden ist ausgebrannt.«

»Nun, hoffentlich ist niemand verletzt worden«, sagte Dempsey. Der Kassierer nahm Conklins Gutschein entgegen und zahlte ihm fünfundzwanzig Dollar aus. Conklin verließ die Bank und zählte im Gehen sein Geld. Dempsey warf einen Blick auf die Uhr über der Tür. Noch zehn Minuten, dann war er für diese Woche fertig – und nach Chicago unterwegs. Sein Mund wurde trocken, als er an die bevorstehende Reise dachte.

Clark steuerte den Packard langsam über den Broadway. Er bog nach rechts ab, fuhr einen Block weiter und dann zu dem Weg zurück, den sie gekommen waren. Sie fuhren gerade an der Polizeiwache vorbei, als ein junger Cop hineinging. Der Polizeiwagen stand in der Einfahrt.

»Tja, ich schätze, wir wissen, wo sich das Gesetz gerade aufhält«, kicherte Dillinger. »Dreh an der Ecke da, Russ. Wir lassen Homer und Lester raus.«

Die beiden stiegen aus dem Wagen und gingen unauffällig auf die Bank zu, während Russell noch einmal über die Kreuzung fuhr. Dann ließ er Harry Pierpont und Dillinger aussteigen. Sie gingen am Polizeirevier vorbei auf die Bank zu, die Schießeisen hatten sie mit der Mündung nach unten unter den Regenmänteln verborgen. Als sie an der Bank waren, kamen van Meter und Nelson über die Straße auf sie zu.

»Okay, an die Arbeit«, sagte Dillinger und betrat die Bank. Einen Augenblick später waren die anderen hinter ihm. Als sie die Bank betraten, schaute Dempsey auf wie immer. Fremde, dachte er. Dann nahm er sie näher in Augenschein. Der Mann mit der Brille kam ihm irgendwie bekannt vor . . .

Dillinger zog seine Kanone unter dem Mantel hervor. Der Mann, der hinter ihm stand, drehte das ›Geöffnet‹-Schild an der Tür zu ›Geschlossen‹ herum und zog das

Rollo vor den Haupteingang. »Aufgepaßt, Leute«, rief er mit lauter, heiserer Stimme. »Schnauze halten und zuhören! Ich bin John Dillinger. Wir sind hier, um die Bank auszurauben. Schreien Sie nicht, Lady; schlucken Sie's runter. Schreihälse erkenne ich auf den ersten Blick. Ihr haltet jetzt die Klappe und setzt euch auf den Boden. Löst keinen Alarm aus, schreit nicht und werdet nicht irgendwie laut, sonst könnte jemand zu Schaden kommen. – Der da ist Baby Face Nelson; er hat einen ganz nervösen Zeigefinger. *Vier Minuten, Homer!* Wir haben wirklich nicht vor, irgend jemandem weh zu tun; wir sind nur gekommen, um 'ne Abhebung vorzunehmen.«

Er schaute lachend durch das Fenster und deutete mit dem Schießeisen an die Decke. In der Bank hielten sich sechs Angestellte und vier Kunden auf. Van Meter, Clark und Pierpont fielen auf die Knie, Nelson lief über ihren Rücken und sprang über das Kassenfenster. Er schubste eine der beiden dort tätigen Damen beiseite und öffnete die Tür. Als Dillinger auf die Stoppuhr schaute, standen die drei anderen auf und gingen ins Geschäftsbüro. Die Gruft war offen.

Dillinger starrte durchs Fenster und sah auf der anderen Seite des Broadway einen Polizisten vorbeigehen.

»Gott«, sagte er atemlos. »Ein Bulle.«

Tyler Oglesby hatte Luther Conklin ans Telefon gesetzt, um seine Drei-Uhr-Runde zu machen. Eigentlich hatte er zur Bank gehen wollen, aber die Rollos waren heruntergezogen, an der Tür stand ›Geschlossen‹. Er blickte auf seine Armbanduhr. Entweder war er zu langsam, oder Ben Scoby war zu schnell gewesen. Er ging in den Friseurladen.

»He, was hört man da von einem Brand drüben in Delphi?« sagte Nick Constantine, als er eintrat.

»Yeah«, antwortete Tyler. »Ist 'n Großbrand. Immer noch nicht unter Kontrolle. Lester ist raufgefahren, um zu helfen...«

Wahrscheinlich läßt er sich die Haare schneiden, dachte Dillinger, als Oglesby in den Friseurladen ging. Er wandte sich zu den Geiseln um und schlenderte an ihnen vorbei. Seine Puste ruhte auf seiner Hüfte. Er nahm eine Zigarette heraus, schob sie zwischen die Lippen und zündete mit dem Daumennagel ein Streichholz an.

»Eins will ich noch klarstellen«, sagte er. »Ich bin kein Gangster, sondern Bankräuber. Gangster sind Abschaum; sie arbeiten für Kerle wie Capone und seinesgleichen und werden dafür bezahlt, andere Leute kaltzumachen. Ihr wißt, was man über John Dillinger sagt: Er hat das schnellste Köpfchen und die langsamste Kanone im ganzen Land. Ich bin kein Killer, was ihr auch in der Zeitung über mich gelesen habt. *Drei Minuten, Homer!* Wir rauben Banken aus, weil Banken euch ausrauben! Sie nehmen euch eure Häuser, sie berechnen euch Zinsen, damit ihr an euer eigenes Geld rankommt, und sie führen sich auf, als wären sie noch heiliger als Gott. Sie haben gar nichts anderes verdient als das, was wir mit ihnen machen.«

Hinten in der Gruft warf Baby Face Nelson Geld in einen Sack, den Homer van Meter aufhielt.

»Warum zum Teufel muß er immer solche Sachen erzählen«, knurrte Nelson, als er einen Packen Zwanziger in den Sack stopfte. »Der macht uns noch alle lächerlich!«

»Weil es die Leute ablenkt, Lester«, antwortete van Meter. »Wir machen hier unseren Job und Johnny macht seinen, wie's ihm paßt. Er ist die absolute Nummer eins, wenn's darum geht, die Leute von dummen Gedanken abzuhalten.« Er grinste breit, als er den Sack schüttelte und die Beute dem Boden entgegenfiel.

»Sieht gut aus, Johnny!« rief er Dillinger zu.

Dillinger überprüfte noch einmal den Haupteingang. Kein Zeichen von dem Bullen. Er griff in seine Manteltasche, nahm eine zweite Pistole heraus und winkte damit den zehn auf dem Boden hockenden Leuten zu.

»Seht ihr das? Mein Talisman. – Eine Holzpistole. Ja, wirklich, sie ist *aus Holz*! Ich hab' sie mir aus einem Waschbrett geschnitzt und mit Schuhcreme gefärbt. Dann bin ich aus dem Knast von Crown City rausspaziert – direkt an der Nationalgarde vorbei –, und bin mit dem Wagen des Sheriffs abgehauen. Es gibt keinen Knast, der John Dillinger halten kann, Leute.«

Dempsey saß auf dem Boden, umklammerte seine Knie, überdachte die Lage und mußte lächeln. Sein Lächeln fiel Dillinger auf. Er kam über die Dielen auf ihn zu und beugte sich zu Dempsey hinunter.

»Das hältst du wohl für komisch, Kumpel?«

»Nein, Mr. Dillinger«, antwortete Dempsey.

»Tja, aber mir gefallen Menschen mit Humor, mein Freund. – Hier, da hast du 'ne Zigarre.«

Er schob eine Zigarre in Dempseys Jackentasche. »Wenn du Nichtraucher bist, kannst du sie dir einrahmen lassen.«

Er schaute auf die Stoppuhr. »*Zwei Minuten, Homer.*« Während er dies sagte, schlenderte er wieder zur Tür zurück; er war nicht im geringsten aufgeregt oder in Eile. Er öffnete die Blende um drei Zentimeter und schaute hinaus. Kein Zeichen von dem Bullen. Er drehte sich zu der Gruppe auf dem Boden um.

»Teufel, die Zeiten sind auch nicht mehr das, was sie mal waren. Niemand kriegt mehr einen anständigen Job, wenn er einen haben will. Hört zu, ich komm aus Mooresville, direkt die Straße da runter. Ich hab' zum erstenmal im State Reformatory gebrummt. Wenn man's richtig bedenkt, bin ich an sich nur 'n Kleinstadtjunge. Mein Paps hat unten in Mooresville 'n Gemüseladen, der genauso aussieht wie der da drüben. Man sucht mich in sieben Staaten! Teufel, man sucht mich sogar in Staaten, in denen ich nicht mal *gewesen* bin! Nicht etwa, daß wir nicht 'ne Menge Banken überfallen hätten – i wo! Wir haben sogar über 'n Dutzend ausgenommen. Harry Pierpont, der Schicke da, hat sogar fünfzehn oder sechzehn ausgeraubt. Und Homer van Meter hat bestimmt an die zwanzig Banken leergemacht, was, Homer?«

»Zweiundzwanzig«, rief van Meter aus der Gruft zurück.

»Zweiundzwanzig. Also wirklich, das ist 'ne Zahl, die mir allmählich zu denken gibt. Ich bin am 22. geboren, ich hab' den ersten Wagen auf der 22. Straße geklaut und bin am 22. entlassen worden. An einem 22. hab' ich die erste Bank überfallen, und den G-Men oben in Washington bin ich erst vor einem Monat am 22. entkommen. Heute haben wir den 22. Mai. *Eine Minute, Homer.* Tja, Sie, meine Damen und

Herren, werden sich für den Rest Ihres Lebens an diesen Tag erinnern – an den 22. Mai 1934. Sie werden Ihren Enkeln erzählen, daß Sie an dem Tag in der Drew City-Bank waren, als John Dillinger und seine Bande sie überfallen hat. Das ist sicher viel aufregender, als mit 'ner Fliegenklatsche rumzusitzen und Fliegen zu verscheuchen, da gehe ich jede Wette ein. Meint ihr nicht auch? Die Leute werden von nah und fern zu euch kommen; sie werden noch in Jahren davon reden. Dann könnt ihr allen erzählen, daß John Dillinger gar kein übler Bursche war; daß er Benimm hatte und freundlich war, daß er keiner Seele was zuleide getan hat und nur Geld mitgenommen hat, das der Bank gehört hat. *Zehn Sekunden, Jungs, packt alles ein.*«

»Hier is noch 'n Haufen mehr!« schrie Nelson aus der Gruft.

»Ich hab' *einpacken* gesagt.«

»Johnny«, sagte Harry Pierpont und schaute aus dem Fenster. »Da drüben, auf der Straße . . . da kommt der Cop aus dem Friseurladen.«

»Verdammt!« Dillinger dachte kurz nach. »Okay, Russ, geh raus, steig in den Wagen und laß ihn wie gewöhnlich an. Zeig deine Waffe nicht. Wenn er auf die Bank zukommt, leg auf ihn an und sag ihm, er soll stehenbleiben, wenn ihm sein Leben lieb ist. Sag ihm, wer wir sind. Sobald die Karre läuft, stapeln wir uns rein. Mach jetzt.«

»Klar«, sagte Clark.

Auf der anderen Straßenseite schaute Oglesby zur Bank hinüber. Seine Uhr behauptete, es sei fünf vor drei. Er beschloß, trotzdem hinüberzugehen; er war sicher, daß Ben ihn seinen Gutschein deponieren lassen würde.

Als er über die Straße setzte, kam ein Mann aus der Bank und stieg in einen an der Ecke stehenden schwarzen Pakkard. Oglesby lächelte ihn an, als er sich dem Wagen näherte, doch dann riß der Mann die Hand hoch und legte mit einer .38er auf ihn an.

»Stehenbleiben, Bulle. Wir sind die Dillinger-Gang. Wenn du dich rührst, ergeht's 'ner Menge Leute dreckig.«

Oglesby blieb stehen. Sein Mund klappte auf. Dann

wurde die Banktür aufgestoßen, und vier Männer stürmten mit Säcken beladen aus dem Haus. Ohne nachzudenken, griff Oglesby nach seiner Waffe. Er riß sie aus dem Holster und trat im gleichen Augenblick zurück.

Russell Clark schoß. Oglesby spürte die Kugel in seinem Brustkorb. Es fühlte sich an, als hätte ihm jemand einen harten Schlag versetzt, und er fiel hintenüber, auf den Rücken. Er hörte die Leute aufschreien und dann das Kreischen von Reifen, aber alles schien weit weg von ihm zu passieren. Er fühlte sich am ganzen Leib wie taub. Dann schien die Welt sich von ihm fortzudrehen, und er fiel in einen tiefen, dunklen Brunnen.

Die Bewohner von Drew City wirkten einen Augenblick lang wie gelähmt. Sie starrten ungläubig auf Tyler Oglesby, der alle viere von sich streckte, mitten auf dem Broadway lag und in den Regen hinaufschaute. Dempsey war als erster bei ihm. Er rannte aus der Bank heraus und ließ sich neben ihm auf die Knie fallen.

»Tyler!« schrie er. Er drehte sich um und rief zu Dr. Kimberlys Fenster über Dairy Foods hinauf: »Doc! He, Doc! Kommen Sie, schnell! Man hat auf Tyler Oglesby geschossen!«

Oglesby sah ihn zwar, aber er erkannte ihn nicht. Kurz darauf verlor sein Blick alle Schärfe und wurde glasig. Dempsey vernahm einen tiefen Seufzer und wußte, daß er tot war. Er schaute zu der Menge hinauf, die sich rund um ihn versammelt hatte, und schüttelte den Kopf. Oglesbys junger Stellvertreter kam in seinem städtischen Ford um die Ecke gefegt.

»Hinter ihnen her, Luther!« schrie Ben Scoby von der Banktür aus. »Es ist die Dillinger-Bande!«

Als das Fluchtfahrzeug über den Broadway jagte, schob Nelson seine Maschinenpistole aus dem Wagenfenster und gab eine lange Salve auf das Schaufenster der Eisenwarenhandlung ab. Die Kugeln zerschmetterten die Scheibe, ließen Axtgriffe und Kerosinbehälter splittern und zerfetzten die an den Deckenhaken hängenden Pferdegeschirre wie Zweige. Die Kunden im Laden warfen sich zu Boden, als die Kugeln die Ladendecke über ihnen zerfetzten und sie deshalb mit Trümmern überschüttet wurden.

»Was zum Teufel soll das?« schrie Dillinger.

»Damit die Leute was zu reden haben«, schrie Nelson zurück. »He, sieht so aus, als käm da 'n Polizeiwagen hinter uns her.«

»Das muß der andere Bulle sein. – Gib Gas, Russell.«

»Wir fahren schon fast hundert!«

»Dann werd' ich den Hundesohn mal 'n bißchen stoppen«, sagte Nelson.

»Keine Leichen mehr, Lester!« schrie Dillinger.

»Gemacht«, sagte Nelson. Er zerschlug die Heckscheibe des Packards mit der MP und wartete darauf, daß der Polizeiwagen näher kam. Als er in Reichweite war, feuerte er eine Salve ab, und dann noch eine.

Im Inneren des Polizeiwagens sah Luther Conklin, wie die Scheibe zerbrach, aber wegen des Regens war seine Sicht beeinträchtigt. Dann sah er das Mündungsfeuer einer MP und hörte, wie die Kugeln in den Kühler fetzten und der Dampf nach draußen zischte. Die Kühlerhaube flog hoch, Dampf trat aus. Conklin wich von der Straße ab, als eine weitere Salve seine Vorderreifen traf. Sie zerplatzten unter ihm; der Wagen schleuderte und rutschte wild über das feuchte Pflaster. Conklin kämpfte in Panik mit dem Lenkrad und versuchte erneut, die Kontrolle über den Wagen zu erringen. Dann spürte er, wie der Wagen auf den Randstreifen zuschlitterte, und sah, wie ein Baum auf ihn zuraste. Er bohrte sich in die Seite des Fahrzeugs. Luther wurde gegen das Steuer geworfen, die Luft entwich aus seinen Lungen.

Nelson setzte sich mit einem Grinsen zurück. »Dem kleinen Sausack hab' ich's aber gegeben«, sagte er.

»Gott, wir haben schon wieder einen Bullen umgelegt«, sagte Dillinger kopfschüttelnd. »Vielleicht sogar zwei!«

Conklin taumelte aus dem Wagen, hielt seine schmerzenden Rippen und fiel gegen den ruinierten Einsatzwagen. Der Regen strömte über sein Gesicht. Er stierte enttäuscht vor sich hin, während die berühmteste Räuberbande der Geschichte auf dem regennassen Highway verschwand. Dillinger, Pierpont, Clark, Nelson und van Meter. Er ahnte nicht, daß sie in sechs Monaten alle tot sein würden – gestellt von dem Mann, den sie am meisten fürchteten, dem G-Man Melvin Purvis. Dillinger würde als erster sterben, in genau zwei Monaten. Am 22. Juli.

Kapitel 22

Was für ein mordsmäßiges Pech! Was für ein unglaubliches Pech! Wie hatte Vierhaus damals gesagt? *In der Regel macht einem das Unerwartete zu schaffen.* Jetzt steckte er in der Klemme, weil er nie auf die Idee gekommen war, er könnte hier in eine Falle hineingeraten. Ihm war nie eingefallen, er könnte es hier mit dem FBI zu tun bekommen. Und jetzt war genau das passiert.

Dempsey saß auf der Bettkante und sah sich die Regentropfen an, die auf der Fensterscheibe dünne Spuren hinterließen. Er saß jetzt seit zehn Minuten hier, ohne sich zu bewegen. Er schaute auf die Uhr. Es war zwanzig nach drei.

Als Ben Scoby das FBI in Chicago benachrichtigt hatte, war Purvis persönlich an den Apparat gekommen. Er wollte persönlich mit einer Gruppe von FBI-Agenten herkommen und hatte Scoby angewiesen, bis dahin die Bank zu schließen und alle nach Hause zu schicken. Scoby hatte für sieben Uhr ein allgemeines Treffen vor der Bank anberaumt.

Er mußte verschwinden, bevor das FBI in Drew City war. Er konnte es nicht riskieren, von G-Men verhört zu werden. Ebensowenig konnte er es riskieren, den Bus zu nehmen oder per Anhalter zu fahren. Es gab nur einen Weg aus dem Ort heraus: Er mußte auf einen Güterzug springen. Doch auch das war riskant. Wenn er nicht zur Bank kam, würde man ihn suchen. Dann überprüften sie vielleicht auch den Zug, wenn er Lafayette erreichte. Aber das Risiko mußte er eingehen.

Dempsey faßte einen Entschluß. Zuerst rasieren wir uns mal den Schnauzer ab, dachte er. Dann spülen wir uns die

Farbe aus dem Haar. Ich muß mich warm anziehen. Nachts ist es noch immer kalt. Wollene Socken. Die dick besohlten Stiefel, die Louise ihm zum Geburtstag geschenkt hatte. Geld war kein Problem. *Ich bin nicht unvorbereitet,* dachte er. *Nur etwas in Eile.*

Er nahm eine dicke Kordhose und eine dicke, karierte Jacke aus dem Schrank und kramte Socken und Stiefel hervor. Als er zum Dachboden ging, ertönte die Türklingel. Dempsey sank gegen die Wand. Die G-Men konnten es nicht sein. Sicher war es Louise. Er blieb eine Minute lang reglos stehen, doch es klingelte ein zweites und drittes Mal. In seinem Geist formte sich ein Plan. Er ging langsam die Treppe hinunter und dachte nach. Selbst wenn man seinen Plan später durchschaute, er gab ihm einen Vorsprung. Wenn er erst mal in Chicago war, konnte ihm egal sein, was sie dachten; dann war er nicht mehr Fred Dempsey.

Er öffnete die Tür, und Louise warf sich in seine Arme.

»Mein Gott, mir ist fast das Herz stehengeblieben, als ich es gehört habe«, sagte sie und drückte sich an ihn. »Gott sei Dank ist dir nichts passiert! Ich hatte Angst, sie hätten dich getroffen.«

»Sie haben Tyler Oglesby erschossen.«

»Ich weiß, ich komme gerade von Dad. Bist du auch ganz bestimmt in Ordnung?«

»Natürlich. Ich habe nur fünf Minuten auf dem Boden gesessen und John Dillinger beim Prahlen zugehört, was er doch für ein guter Junge ist.«

»Es ist unglaublich! Wir haben doch laufend Witze darüber gerissen, wie jemand die Bank ausraubt! Und Roger und seine Sammelbilder...«

»Immer mit der Ruhe«, sagte Dempsey. »Wir haben's doch hinter uns. Es ist sogar für den armen alten Tyler zu Ende. Komm, wir gehen nach oben.«

»Nach oben?«

»Wir haben noch drei Stunden, bis das FBI hier ist.«

»Fred!«

Er beugte sich vor und küßte ihren Hals.

»Aber...«

»Die ganze Aufregung... Es hat mich erregt.« Er küßte ihren Nacken, und sie drehte bebend den Kopf.

»Ich krieg eine Gänsehaut.«

»Du verpaßt mir *ständig* eine Gänsehaut.«

Dempsey zog sie langsam die Treppe hinauf. Er küßte sie und streichelte ihre Wange. Er führte sie ins Schlafzimmer und drängte sie aufs Bett. Sie lag neben der Hose und der Flanelljacke und fragte: »Was ist das denn?«

Er beugte sich auf steifen Armen über sie und schaute auf sie hinunter. »Heute abend wird es kalt und naß. Ich wollte mich umziehen, bevor ich wieder zur Bank gehe. Du kannst mich ausziehen, Louise. Du kannst mich entkleiden.«

»O Demps«, hauchte sie. »Wie ich dich liebe...«

Es war das erste Mal, daß einer von ihnen das Wort aussprach. Er ließ sich langsam auf sie hinunter.

»Und ich liebe dich«, flüsterte er ihr ins Ohr.

Sie drehte ihn herum und knöpfte seine Weste auf. Dann nahm sie ihm die Krawatte ab und knöpfte, während er ihr die Bluse auszog, sein Hemd auf. Sie spielte mit den Haaren auf seiner Brust und küßte seine Brustwarzen; ihre Zunge umkreiste die eine und wechselte dann zur anderen. Dempsey knöpfte ihren Rock hinten auf, und als dieser sich gelöst hatte, glitt seine Hand an ihrem Schoß nach unten und betastete ihr Baumwollhöschen und ihr Schamhaar.

»O Gott, ja...«, sagte sie. Seine Hand glitt weiter hinunter, und er spürte, wie sie sich unter der Berührung versteifte. Dann streichelte er sie und schmierte sie mit ihrem eigenen Saft ein. Schließlich schob er die andere Hand unter den Saum ihres Rockes und zog ihn ihr aus. Sie knöpfte seinen Hosenstall auf. Ihre Bewegungen waren gierig. Ihr Atem ging schneller, als sie an seinen Hosen zerrte und ihm dann das Hemd auszog. Als sie beide nackt waren, legten sie sich auf die Seite und schauten sich an. Sie streichelten sich, und schließlich rollte sie sich auf ihn, richtete sich auf den Armen auf und krümmte sich, bis er in sie eindrang. Louise seufzte und ritt auf ihm; zuerst langsam, dann immer schneller.

»O ja...«, hauchte sie. »Gleich... gleich. Wie leicht es geht...Oh, schneller...schneller. O Gott, *schneller*...«

Ihre Leidenschaft stimulierte ihren eigenen Höhepunkt. Dempsey spürte, wie sie sich verengte, dann streckte er die Arme aus und streichelte ihre Schultern. Louises Bewegungen wurden immer schneller, ihre Worte gingen ineinander über. Dann schrie sie plötzlich auf, und im gleichen Moment kam auch er. Dempsey bohrte sich tief in sie hinein, schob schnell eine Hand unter ihr Kinn, legte die andere um ihren Hinterkopf und brach ihr das Genick.

Louises Freudenschrei wurde zu einem Keuchen. Das Geräusch ihres brechenden Genicks erstickte ihren Schrei. Ihre Kinnlade fiel herunter. Sie stierte ihn eine Sekunde lang ungläubig und voller Grauen an, dann erloschen ihre hervortretenden Augen. Sie fiel nach vorn und sank auf ihn.

Dempsey schob sie von sich herunter, bis sie auf dem Rücken lag, dann blieb er zwei bis drei Minuten schwer atmend liegen. Sein Herz klopfte so fest, daß es sich anfühlte, als wollte es seine Rippen sprengen. Schließlich drehte er sich zur Seite und wandte ihr den Rücken zu. Er erhob sich auf den Ellbogen und langte nach seinen Rauchutensilien.

Das Telefon unterbrach seine Vorbereitungen. Es hing an der Wand in der Küche. Dempsey schlang ein Handtuch um seine Hüften und ging, jeweils zwei Stufen auf einmal nehmend, die Treppe herunter.

»Fred, hier ist Ben. Ist Weezie schon bei dir?«

»Sie ist gerade gekommen. Sie ist ganz schön durcheinander, Ben.«

»Das sind alle in der Stadt. Die arme Liz Oglesby hat einen Schock. Der Doc ist gerade bei ihr. Ich rufe an, weil gerade das FBI noch mal angerufen hat. Das Wetter macht ihnen zu schaffen. Wir treffen uns lieber erst um halb acht. Ich gebe auch den anderen Bescheid.«

»Schön. – Hör zu, ich fahre vielleicht mit Louise zu Shortys Steak House nach Delphi rüber. Damit sie auf andere Gedanken kommt. Wir haben ja noch Zeit genug.«

»Gute Idee«, sagte Scoby. »Dir fällt wirklich immer genau

das richtige ein, Fred. Ich weiß gar nicht, was wir ohne dich machen würden.«

»Tja, wir leben in schrecklichen Zeiten, Ben. In wahrscheinlich schrecklichen Zeiten.«

»Wem sagst du das. Ich lasse Mrs. Ramsey rüberkommen, damit sie sich bis nach dem Treffen um den Jungen kümmert.«

»Gut. Dann bis um halb acht.«

Dempsey ging wieder nach oben, rauchte seine Zigarette zu Ende und ging ins Bad. Er rasierte sich den Schnauzer ab, nahm eine Dusche und wusch sich mit einer dicken Teerseife die Farbe aus dem Haar. Dann trocknete er sich ab, ging wieder ins Schlafzimmer, öffnete die unterste Schublade der Anrichte und löste den Dolch ab, den er an der Rückseite des Schranks festgeklebt hatte. Im Bad befestigte er die Naziwaffe mit Klebeband an seinem Unterschenkel. Er ging auf den Dachboden, zog die Feldkiste hervor und entnahm ihr das Bargeld, den neuen Paß, die Geburtsurkunde und die Sparbücher seines New Yorker Kontos. Sein Haar scheitelte er in der Mitte und drückte es nach vorn – über die Stellen, die er ausrasiert hatte, um älter zu erscheinen. Das Bargeld legte er in einen Umschlag und klebte ihn auf seinem Bauch fest. Dann überprüfte er methodisch das Haus. Er fand nichts, was seine Identität verraten hätte.

Dempsey zog lange Unterhosen, Kordhosen, ein dickes Unterhemd und ein Flanellhemd an, dann nahm er den langen Regenmantel. Er ging wieder ins Schlafzimmer, kleidete die tote Louise an, trug sie zum Wagen hinunter und legte sie zusammen mit der leeren Feldkiste in den Kofferraum.

Dichte Wolken und Regen ließen es an diesem Freitag früh dunkel werden. Dempsey parkte unter einer Ansammlung von Bäumen in der Nähe des Parks. Die tote Louise saß hinter dem Steuer, die steifen Finger ihrer rechten Hand lagen auf dem Lenkrad, ihr anderer Arm ruhte auf dem Sitz. Dempsey hatte ihre Hand geöffnet und ihre Finger um das Jackett geschlossen, das er während des Banküberfalls getragen hatte. Er hatte seinen Ärmel an der Schulter zerrissen, damit es so aussah, als hätte er sich ihrem Griff buchstäblich entrissen. Als er sicher war, daß ihm niemand zusah, warf er die schwere Feldkiste und die Brille in den Fluß. Er überprüfte seine Uhr. Viertel vor sechs.

Es war Zeit. Er warf den Wagen an, setzte sich dicht neben die Leiche, wechselte in den niedrigsten Gang und fuhr auf den Highway 25. Nirgendwo waren Autos in Sicht. Er fuhr auf die Flußbrücke zu. Kurz davor existierte ein steiler Streifen, der geradewegs zum brausenden Fluß abfiel. Er beschleunigte, bis er fünfzehn Meter vom Ufer entfernt war, dann trat er auf die Bremse und verdrehte das Steuer. Der Wagen schlitterte auf den Randstreifen, jagte wieder über die Straße und hinterließ dicke, schwarze Bremsspuren. Dann steuerte er das Fahrzeug auf das Flußufer zu. Er bremste bei 15 Stundenkilometern ab, riß die Tür auf, schob Louises Fuß auf das Gas und hechtete hinaus.

Als er auf dem schlammigen Randstreifen auftraf, rollte er sich ab und spürte, wie der Ellbogen seiner Jacke zerriß. Der spitze Schotter stach in seine Haut. Als er sich auf den Rücken drehte, stemmte er beide Fersen in den Boden und kam rutschend zum Halten.

Der Schub des Buicks reichte aus, um ihn über das Ufer zu bringen. Der Wagen kippte auf die Seite, Felsen und kleine Bäume rissen an den Kotflügeln und Türen, dann erreichte er den Uferboden, blieb einen Moment hängen und rutschte darauf mit dem Kühler zuerst in den tosenden Strom. Der rasende Fluß trug ihn flußabwärts. Er dümpelte wie ein Korken, dann versetzte die Strömung ihm eine halbe Drehung, und er verschwand im brodelnden, schlammigen Wasser.

Dempsey sprang auf die Beine und verwischte die schlammige Spur schnell mit den Händen. Er lief zu den Bahngleisen zurück und trottete auf die Eisenbahnbrücke zu. Der Sechs-Uhr-Güterzug mußte bremsen, wenn er den Brückenbogen zum westlichen Ende des Ortes kreuzte. Die Stelle war ein perfekter Ort zum Aufspringen. Als er die Brücke erreicht hatte, duckte er sich zwischen die Streben und wartete ab. Der Zug hatte fünf Minuten Verspätung. Er wurde langsamer und fuhr über die Brücke. Als er neben ihm dahinrumpelte, ließ der Lokführer einen einsamen, klagenden Pfeifton ertönen. Dempsey richtete sich auf und rannte neben den Waggons her. Er mußte jeden Schritt abmessen, damit seine Füße auf den Schwellen landeten. Als ein Güterwagen mit halboffener Tür hinter ihm ratternd aus der Dunkelheit kam, rang er nach Atem. Er streckte die Arme aus und tastete verzweifelt nach etwas, woran er sich festhalten konnte. Sein Fuß rutschte auf der nassen Schwelle aus. Dempsey stieß sich verzweifelt mit dem anderen Bein ab, packte den Rand der offenen Tür und zog sich in den Waggon hinein.

Drittes Buch

›Die Vorstellung, übernatürliche Kräfte
seien an allem Bösen schuld, ist überflüssig:
Der Mensch ist durchaus selbst
zu jeder Bösartigkeit fähig.‹

Joseph Conrad

Kapitel 23

Bert Rudman schrieb gern in dem kleinen Leseraum vor der Lobby des Hotels Bristol. Er war ihm lieber als sein viel zu ruhiges und abgelegenes Quartier und sein Büro, in dem es ihm zu hektisch war. Der Raum war ruhig und still, die an der Wand stehenden Messinglampen, die vom Boden bis zur Decke reichten, warfen indirektes weiches Licht auf die schwarz-rot gestreiften Tapeten. In diesem Raum gab es neben einem halben Dutzend Mahagonitischen befranste Lampenschirme und Messingtintenfässer. Sofas und Sessel waren aus Leder, und die Menschen, die sich normalerweise hier aufhielten, unterhielten sich wie in Bibliotheken, nur im Flüsterton.

Wenn er das Bedürfnis nach einem Drink verspürte – der Lobby gegenüber lag die Hotelbar, eine ruhige, vertraute Wasserstelle mit einer sieben Meter langen Theke, die eine ganze Wand einnahm. Dort gab es glasbedeckte Sockeltische und bequeme Sessel. Romey, der Mixer, spielte seine Lieblingsschallplatten auf einem Grammophon ab, das in einen Vorratsschrank eingebaut war. Sein Geschmack reichte von der Oper über klassische Musik bis zu den neuesten Jazzaufnahmen. Romey war möglicherweise der rüdeste Mixer in Paris; er reagierte auf gelegentlich vorgetragene Musikwünsche von Gästen mit einem verächtlichen Grunzen, dem unweigerlich ein ›Non‹ folgte. Er weigerte sich, in oberflächlich geführte Unterhaltungen einzusteigen und murmelte Obszönitäten vor sich hin, wenn man ihn bat, einen Drink zu mixen, der seinem persönlichen Geschmack zuwiderlief. Doch wenn er besserer Laune war, machte er sein Verhalten mit einem phänomenalen Erinnerungsvermögen wett. Er vergaß nie, was ein bestimmter Gast am liebsten trank, selbst dann nicht, wenn er ihn vor einem halben Jahr zum letztenmal gesehen hatte.

Rudman führte seit zwei Jahren Tagebuch. Es drehte sich um seine Aktivitäten, seine Standpunkte und Eindrücke der eskalierenden Krise in Europa und war eine Chronik seiner innersten Gedanken und Befürchtungen – eine Bewertung der sich sammelnden Kräfte des Sturms.

An diesem Abend schrieb er einen Aufsatz über den Elan der Franzosen, die – oberflächlich betrachtet – scheinbar die Bedrohung ignorierten, die ihnen im Norden und Süden blühte. Immerhin hatten sie doch die Maginot-Linie, eine Kette aus vertikalen Betonstreben, hinter denen Bunker lagen, die sich über ihre gesamte Grenze erstreckten. Die Maginot-Linie und das französische Heer sollten Hitlers Wehrmacht aufhalten. Rudman hielt es für einen Witz. Er hatte seiner Ansicht auch in mehreren Kolumnen Ausdruck verliehen – was ihn bei der französischen Regierung und dem Militär kaum liebenswert machte.

Jeden Abend saß er mit einem Glas Absinth im Schreibraum des Bristol und ließ seine Gedanken schweifen. Dann dehnte er seinen subjektiven Standpunkt aus und reicherte ihn mit unbewiesenen Gerüchten und Voraussagen über die Zukunft Europas an, die er in einem Zeitungsartikel nicht verwenden konnte. Bevor er angefangen hatte, für die *Times* zu arbeiten, hatte er seine freie Zeit dazu verwendet, das Tagebuch mit dem Titel *Ouvertüre zur Katastrophe* auf den neuesten Stand zu bringen. Außerdem hatte er sich bemüht, eine beharrliche innere Stimme zu ignorieren, die ihm sagte, er schriebe in Wirklichkeit an einem Buch. Rudman war noch nicht bereit, diese Verpflichtung als Realität anzuerkennen.

Das Hotel Bristol war zwar klein, aber exklusiv. Es beherbergte eine Reihe von Stammkunden und Prominenten, die jene Art der Anonymität suchten, die sie im größeren, viel berühmteren Ritz nicht fanden. Auch Keegan stieg stets hier ab. Das Bristol war komfortabel, und da man ihn hier kannte, behandelte ihn die Geschäftsführung auf besondere Weise. Keegan und Jenny schauten stets in den Leseraum hinein, wenn sie von den abendlichen Streifzügen zurückkehrten, auf denen sie Unterhaltung suchten. Für Rudman war dies das Zeichen, für heute aufzuhören. Sie nahmen stets noch einen Schlaftrunk zusammen.

Heute abend waren sie spät dran. Als Rudman, ermüdet

von der akribischen Textüberarbeitung, den Beschluß faßte, sich noch einen zu genehmigen, hob er den Kopf und sah von Meister, den Botschaftsattaché, der auf der anderen Seite der Lobby im Eingang der Bar stand. Abgehoben durch die von hinten beleuchteten Glasvitrinen der Bar, wirkte er wie eine bedrohliche Gestalt. Er war hochgewachsen und aufgerichtet, eine fast satanische Personifikation des Dritten Reiches. Statt seiner Uniform trug er einen dunkelblauen Zweireiher, doch Rudman verspürte trotzdem eine plötzliche Kälte, als sei er an einem offenstehenden Kühlschrank vorbeigegangen.

»*Bon soir*, Monsieur Rudman«, sagte von Meister. Dann, mit einer Kopfbewegung auf sein Tagebuch hin: »Lassen Sie mal wieder Ihre Fantasie schweifen?«

Rudman lächelte. »Ich nenne es lieber Wahrheit.«

»So, so. Und des einen Wahrheit ist des anderen Lüge, nicht wahr? Ich weiß zwar nicht, von wem es stammt, aber gewiß von einem raffinierten Poeten.«

»Hundertprozentig«, antwortete Rudman.

»Ich habe gehört, Ihr amerikanischer Freund ... Wie hieß er doch gleich wieder?« Rudman antwortete nicht, und von Meister machte eine abwertende Geste, als verzeihe er ihm sein Schweigen. »Ach, ja. Ich habe gehört, er will das deutsche Mädchen heiraten.«

»Ja, das hört man da und dort.«

»Ich hoffe, sie werden glücklich«, sagte von Meister ohne Überzeugung.

»Ich werde ihm sagen, daß es Ihnen am Herzen liegt.«

Von Meister deutete erneut auf Rudmans Tagebuch; diesmal jedoch mit einem angedeuteten Lächeln.

»Ihr Standpunkt ist kaum objektiv«, sagte er. »Und dabei habe ich immer gedacht, Objektivität sei das Markenzeichen guter Journalisten.«

»Haben Sie das in Cambridge gelernt?«

»Was ich in Cambridge gelernt habe, bringt mir wenig Nutzen. Aber *eins* habe ich wirklich in Cambridge gelernt: Das britische Weltreich ist dem Untergang geweiht. Es herrscht keine Zucht mehr. Nur noch Inzucht.«

»Das haben Sie beim letztenmal auch gedacht, als Sie England herausgefordert haben. Und was war das Resultat? Man hat Ihnen den Arsch versohlt.«

Von Meisters Lächeln verschwand. Seine Gesichtsmuskeln spannten sich.

»Sie wissen sicher, daß es ein Privileg ist, in Deutschland arbeiten zu dürfen. *Wir* stellen Ihnen das Visum aus, und *wir* können es Ihnen auch jederzeit wieder entziehen. Das würde ich an Ihrer Stelle nicht vergessen.«

»Ich vergesse überhaupt nie was«, sagte Rudman.

»Wie interessant«, antwortete von Meister. »Ich nämlich auch nicht.«

»Herrgott, von Meister, Sie sind doch ein gebildeter Mensch! Sehen Sie eigentlich nicht, was mit Ihrem Land passiert ist? Haben Sie eigentlich gar kein Gewissen?«

Von Meister starrte ihn an. »Hitler ist mein Gewissen«, sagte er.

Er wendete sich ab, um an die Theke zurückzukehren. *»Bon soir«*, sagte er, ohne sich umzuwenden. »Empfehlen Sie mich Herrn Keegan und seiner *deutschen* Freundin.«

Das Gespräch hatte Rudman zutiefst verstört. In seinem Geist rotierte alles; er hatte mit Unterbrechungen fünfzehn Jahre in Deutschland verbracht und geglaubt, dieses Volk zu kennen. Doch seine Reaktion auf den erstaunlichen Aufstieg Hitlers vom Knastbruder zum absoluten Diktator verblüffte ihn.

Er wandte sich wieder seiner Kladde zu und schrieb:

»Wie haben sie es zulassen können? Wie haben sie die Freiheit der Rede, die Freiheit des Ausdrucks und die Freiheit von Forschung und Lehre so einfach aufgeben können?

Das deutsche Volk ist praktisch ein Gefangener im eigenen Land. Es wird erstickt von der Zensur und willkürlichen Polizeiübergriffen. Seine Belesenheit, sein Geschmack wird von bauernschlauen Analphabeten kontrolliert. Goebbels und seine Spießgesellen haben, unterstützt von religiösen Opportunisten, die Bibliotheken von allen großen Büchern gereinigt – Kipling, Mark Twain, Dante, Steinbeck, Hemingway, Freud, Proust, Thomas Mann; die

Liste hat kein Ende –, die sie als entartet verdammt haben. Und auch die Museen, in denen es keine Gemälde von van Gogh, Picasso, Modigliani, Gauguin, Degas und vielen Dutzenden anderen mehr gibt.

Wie können sie sich mit dem Mord an der Verfassung durch Richter abfinden, die politische Speichellecker sind, die ihre Entscheidungen nicht auf der Grundlage von Moral und Gerechtigkeit fällen, sondern einfach, weil sie Hitler und seinem Mob gefallen wollen? Legalisierung der Sterilisation? Legalisierung der Lobotomie? Diese Männer sind *Richter*! Sie legalisieren alles, was er will. Mein Gott, welche Verbrechen im Namen der Justiz gerechtfertigt werden!

Wie kann eine ganze Nation im Grunde anständiger Menschen den Blick einmütig abwenden von dieser Räuberei, von den Angriffen und Morden an Juden und politisch Andersdenkenden? Gütiger Gott, diese Dinge geschehen doch nicht versteckt! Man muß sich geradezu *anstrengen*, um sie nicht zu sehen! Ja, wie? Wenn wir die Antwort auf *diese* Frage kennen, können wir vielleicht verhindern, daß eine solche menschliche Tragödie je wieder stattfindet. Aber ich bezweifle, daß wir sie erfahren. Wir lernen offenbar nie etwas hinzu.

Wenige Minuten später kamen Keegan und Jenny engumschlungen und lachend zurück. Rudman schloß seine Kladde.

»Wie war's denn heute abend?« fragte er, legte die Papiere zusammen und schob sie in eine Ledermappe.

»Wir waren im Casino de Paris«, sagte Jenny aufgeregt. »Wir haben die Dolly Sisters, den Herzog von Edinburgh und Maurice Chevalier gesehen. – Wie hieß noch mal der Boxer, Francis?«

»Jack Sharkey«, sagte Keegan und richtete den Blick zum Himmel. »Er ist nur der Ex-Schwergewichtsweltmeister.«

»War wieder mal ein erinnerungsträchtiger Abend, was?« fragte Rudman.

»O ja«, sagte Jenny und hakte sich bei Keegan ein. »Wie jeder andere auch.«

Kapitel 24

Wilhelm Vierhaus' Erinnerungen an den ersten Schultag kehrten manchmal ohne Vorwarnung zurück – unterbewußt gezündet durch irgendeinen realen oder eingebildeten Blick oder ein Wort. Wenn dies geschah, wurde er von einer fürchterlichen Wut gepackt, die durch die eiskalte Beherrschung seiner Emotionen nur noch schrecklicher wurde. Der Grund dieser Wut war und blieb David Kravitz.

Vierhaus hatte bis zu diesem Tag ein ziemlich behütetes Leben geführt, denn seine Familie und seine Freunde hatten über seine Deformation keine großen Worte verloren. Obwohl er wußte, daß der häßliche Buckel ihn von den anderen unterschied, hatte er noch nicht gewußt, wie grausam Kinder sein können.

Der reiche David Kravitz war der ursprüngliche Anlaß gewesen. Kravitz war eine Art selbsternannter Klassensprecher, ein ausgezeichneter Schüler, dem schnell klar geworden war, daß der kleine Vierhaus eine Bedrohung für ihn darstellte. Der deformierte Junge war intelligent, meldete sich im Unterricht immer recht fix und wirkte, als sei er auf jedem Gebiet beschlagen. Also hatte David Kravitz dazu angesetzt, Vierhaus – er nannte ihn stets den Neuen mit dem Berg auf dem Rücken – zu demütigen und herabzusetzen. Er deutete an, die Deformation des Kleinen sei in Wirklichkeit das Ergebnis eines finsteren, grauenhaften genetischen Experiments, das seine Familie sorgsam hütete. Einmal hatte er die Geschichte verbreitet, Vierhaus habe – obwohl er ein Einzelkind war – eine dermaßen deformierte Schwester, daß man sie unter Verschluß halten mußte. Die anderen Kinder nahmen schnell an der Verschwörung teil.

Kravitz war der erste Mensch, den Vierhaus wirklich gehaßt hatte, und sein Haß breitete sich schnell über alle anderen Juden aus. Er schwelgte in den Lügen und Gerüchten, die die Rassisten über sie verbreiteten, und als er *Mein Kampf* gelesen hatte, gaben Hitlers rassistische Verdrehungen seinem Haß weitere Nahrung. *Mein Kampf* wurde zu seinem Talmud, zu seiner Bibel; zu den Psalmen, die ihn motivierten. Hitler war Gott, die Juden waren Teufel, und Blut war das heilige Wasser des Lebens, das man läutern, reinigen und zum Ruhme des Dritten Reiches arisieren mußte. Vierhaus war der perfekte Nazi – ein intelligenter, fanatischer Mann, dessen blinder Haß die moralische Überzeugung ersetzt hatte und dessen Rassismus so widerwärtig war, daß er einem pervertierten religiösen Fanatismus nahekam, in dem Erniedrigung, Verrat, Folter und Mord die Rituale abgaben.

Vierhaus verstand die Ironie der Tatsache, daß er völlig von den Juden abhängig war, um seine allerwichtigsten Ziele auszuführen. Und so lächelte er, als er durch einen Schlitz in der Tür seines Salons schaute und Hermann Adler sah, den man gerade in sein Büro führte. Er warf einen Blick auf seine Armbanduhr. Er würde Adler zehn Minuten schmoren lassen. Zehn Minuten allein in diesem unheilvollen Raum, in dem er nur die Paranoia zum Gefährten hatte, waren eine ergötzliche Vorstellung.

Hermann Adler saß auf dem Stuhlrand und hielt seine Aktentasche so fest an die Brust gepreßt, als habe er Angst, sie könne ihm davonfliegen. Der Raum war dunkel, über ihm waren nur zwei Lampen; eine strahlte auf den Schreibtisch hinab, die andere auf Adler. Die Oberfläche des Eichentisches war bis auf einen Tintenlöscher, das Telefon und einen Aschenbecher leer. Der Rest des Büros lag im Dunkeln, doch bevor Adlers Augen sich an die finsteren Schatten gewöhnen konnten, ging die Tür auf, und Vierhaus trat ein. Er ging in einer Art schlurfendem Hüpfen, als er versuchte, den Buckel auf seinem Rücken zu verkleinern. Er schaute Adler nicht an. Er nahm hinter dem Schreibtisch Platz, setzte eine Brille auf, öffnete eine Schublade und entnahm ihr einen Aktendeckel. Er nahm eine Taschenuhr heraus, legte sie auf den Tisch, öffnete die Akte und blätterte ihren Inhalt durch, wobei er gelegentlich innehielt, um etwas zu lesen. Dann nickte er und murmelte zufrieden vor sich hin.

Schlußendlich steckte er sich eine Zigarette an und lehnte sich in den Stuhl zurück. Sein hartherziger Blick heftete sich auf Adler, der auf dem Stuhlrand sitzengeblieben war und seine Tasche umklammert hielt.

»Also . . .«, begann Vierhaus freundlich. »Sie waren bei der Bearbeitung des Stammbaumprogramms bemerkenswert erfolgreich, Adler. Ich habe Sie längst kennenlernen wollen, aber . . . Man hat heutzutage allerhand zu tun.«

»Gewiß, Herr Professor.«

Eins hatte Vierhaus erkannt: Je mehr man leistete, desto mehr verlangte Hitler von einem. Zuerst war es nur die Geheimdiensteinheit gewesen, dann hatte man ihm die Schwarze Lilie und nun das Stammbaumprogramm aufgehalst. Er war dafür verantwortlich, daß das Experiment funktionierte. Während Himmler und Heydrich damit beschäftigt waren, das Juden-Hauptproblem zu lösen, betrieb Vierhaus im stillen seinen eigenen Dienst mit gemischtblütigen Untertanen – Halb-, Viertel- und Achteljuden. Es war schwierig, sie aufzuspüren. Adler hatte sich in diesem Projekt als wertvoller Mitarbeiter erwiesen.

»Ich sehe, wir interessieren uns beide für die Oper«, sagte Vierhaus, ohne aufzuschauen. Adlers Liebe zur Oper interessierte ihn nicht im geringsten; er wollte dem Juden nur zeigen, daß die SS *alles* über ihn wußte.

»Ja, sie interessiert mich am meisten. Als meine Frau noch lebte, haben wir den Urlaub immer in Italien verbracht. Wir sind jeden Abend in die Scala gegangen.«

»Wie schön. Tja, wie ich schon sagte, Ihre Akte ist wirklich bemerkenswert.«

»Vielen Dank«, antwortete Adler, während sein Kopf nervös wippte.

»Wie viele sind es jetzt – zwölf, dreizehn Familien?«

»Fünfzehn, Herr Professor«, sagte Adler zurückhaltend.

»Hmmm. Wissen irgendwelche von den Leuten aus Ihrer Gemeinde, daß Sie diese Arbeit verrichten?«

»Nein, nein, Herr Professor«, sagte Adler mit einem verschreckten Blick. »Dann würde keiner mehr mit mir reden.«

»Natürlich.«

»Deswegen komme ich auch immer abends, um meine Meldung zu machen.«

Vierhaus schaute Adler durchdringend an. Adler war vierundfünfzig Jahre alt. Ein kleiner, pummeliger Mann, aber nicht dick, mit faltigen Händen und weichen Augen. Sein allmählich ergrauendes schwarzes Haar wurde dünner, sein Gesicht war faltig und blaß. Er trug einen blauen, an den Ellbogen fadenscheinigen Sergeanzug, und sein Hemdkragen war ausgefranst. Ein dünner Schweißfilm glitzerte auf seiner Oberlippe. Ordentlich, aber geschmacklos, dachte Vierhaus. Und dankbar – nein, in meiner Schuld – für den kleinsten Gefallen.

»Da ist etwas, das mich neugierig macht«, sagte Vierhaus. »Geht es Ihnen eigentlich nahe? Auf diese Weise Juden aufzustöbern?«

Adler brauchte nicht nachzudenken; er schüttelte auf der Stelle den Kopf.

»Es ist doch das Gesetz«, sagte er. »Ich glaube, ich bin froh, daß ich die Gelegenheit dazu habe.«

Einen Moment lang funkelten Vierhaus' Augen, und er hob überrascht die Brauen. »Ich muß schon sagen, Sie sehen die Sache sehr pragmatisch«, sagte er. Dann schaute er wieder in die Akte. »Sie sind Juwelier von Beruf, ja?«

»Ja. Ich war selbständig.«

»Ihr Geschäft ist verstaatlicht worden?«

»Ja.«

»Ihr Haus auch?«

»Ja.«

»Sie wohnen jetzt am Königsplatz 65. In einer Wohnung?«

»Ja, Herr Professor. Ein Zimmer mit Küche.«

»Wie ich sehe, haben Sie keine Familie.«

»Mein Sohn ist 1916 an der Westfront gefallen. Meine Frau ist vor drei Jahren gestorben.«

»Ja, wie ich sehe, an einem Herzschlag.«

»Ja. Sie hat den Tod unseres Sohnes nie verwunden.«

»Sie sind ebenfalls herzkrank?«

»Ist nicht so schlimm. Ich hatte vor etwa einem Jahr einen kleinen Anfall. Ich nehme Tabletten, für alle Fälle. Sonst bin ich ganz gut in Schuß.«

»Gut. Wir würden Sie ungern verlieren. Sie sollten wissen, daß es in der Partei Leute gibt, die mit der Politik unserer gemischtrassigen Abteilung nicht einverstanden sind. Sie meinen, nur Volljuden sollten sich mit Repatriierung und Emigration beschäftigen. Es sind meist Bürokraten. Sie lernen nur langsam. Bürokraten wachsen geradezu auf dem Status quo. Das wird sich mit der Zeit natürlich ändern. Bis dahin hat der Führer mir die Verpflichtung auferlegt, mit diesem Experiment anzufangen. Sie verstehen die vertrauliche Natur dieser Arbeit doch, Adler, oder? Daß Sie es bloß nicht mit dem sonstigen SS-Personal diskutieren.«

»Ich bin im Bilde, Herr Professor.«

»Ich persönlich meine, es reicht absolut, sich auf die vier zurückliegenden Generationen zu begrenzen. Die Zahlen häufen sich auch so genug. Es wird also stets eine Menge Arbeit für Sie geben, Adler.«

»Vielen Dank, Herr Professor.«

»Vielleicht könnte ich Sie sogar in den Stand eines Ariers erheben. Wie Sie wissen, kommt dergleichen in Fällen besonderer Leistungen vor. Dann könnten Sie zwar nicht zur Wahl gehen oder eine arische Frau heiraten, aber das sind doch Kleinigkeiten. Wenn Ihr Erfolg weiterhin anhält, könnten wir Ihnen vielleicht eine bequemere und größere Wohnung besorgen. Vielleicht findet sich sogar ein neues Geschäft für Sie.«

Adler schloß die Augen. Er hatte schon gehört, daß die Nazis manchmal Juden entstigmatisierten, aber dies war die erste offizielle Bestätigung, daß es wirklich möglich war. *Mein Gott,* dachte er, *wieder ein eigenes Geschäft haben, ein anständiges Haus. Dann verschwindet das ›J‹ aus meinem Ausweis. Wieder einmal die Freiheit zu spüren . . .* Es war mehr, als er sich je erhofft hatte.

»Das wäre ungeheuer großzügig, Herr Professor«, sagte er mit bebender Stimme. Sein Herz fing an, schneller zu schlagen.

»Ich biete Ihnen eine weitere Herausforderung, Adler«, sagte Vierhaus. Er stand auf und wanderte um den Tisch herum. »Himmler möchte gern ein paar einflußreiche Juden zurückholen, die Deutschland ... verlassen haben. Es handelt sich dabei um Leute, die wir aus vielen Gründen gern wieder hier hätten. Es sind Verräter, die in anderen Ländern über uns hetzen. Sie haben sich überall verstreut.« Er machte eine pompöse Geste mit der Hand. »In Italien, Frankreich, Ägypten, Griechenland und Amerika. Jede Spur, die Sie für uns finden können, wäre ein Meilenstein in Ihrer Karriere. Sie würden nicht nur meine Dankbarkeit erringen, sondern auch die von Reichsführer Himmler. Ich kann Sie mit einer Namensliste versorgen. Sie halten die Ohren offen, ja?«

»Ich werde mich sofort darum kümmern, Herr Professor.«

Vierhaus klopfte ihm auf die Schulter.

»Möchten Sie eine Zigarette?« Er nahm die Schachtel und schüttelte ein Stäbchen heraus. »Es sind französische. Gauloises.«

»Oh, vielen Dank, Herr Professor«, sagte Adler und nahm sie mit zittriger Hand. Als sie brannte, öffnete er seine Tasche und entnahm ihr einen Dokumentenstapel.

»Hier habe ich etwas ... Ich nehme an, es wird Ihnen sehr gefallen.« Er legte die Unterlagen präzise vor sich auf den Tisch. Und als käme ihm die Idee erst jetzt, stellte er die Tasche neben dem Stuhl auf dem Boden ab.

»Familienpapiere«, sagte Adler. »Geburtsurkunden und Protokolle von Gesprächen mit Verwandten und Freunden. Dieser Oskar Braun hat eine Bank bei Coburg. Sehr erfolgreich.« Er blätterte die Papiere durch und hielt an einer Tabelle inne. »Ich bin vier Generationen zurückgegangen, Herr Professor«, sagte Adler stolz und hielt vier Finger in die Luft. »Sein Großvater mütterlicherseits war Jude. Joshua Feldstein. Er war Kantor in der Synagoge und hat die Bank gegründet. Ich habe eine Liste seiner gesamten Nachkommen, inklusive seiner Neffen und Vettern. Es sind insgesamt sechsundvierzig.«

»Ja, das ist recht fein«, sagte Vierhaus. »Die SS wird sich um Herrn Braun kümmern.« Er entnahm seiner eigenen Akte eine Notiz. »Aber hier steht, Sie hätten Informationen, die nur für meine Ohren bestimmt sind. Um was geht es?«

»Ja, Herr Professor. Es geht um das Memorandum, das Sie vor etwa einem Monat verschickt haben.«

»Ich schreibe täglich ein Dutzend Memoranden, Adler.«

»In diesem ging es um die Schwarze Lilie.«

Vierhaus sah ihn scharf an. »Sie haben Informationen über die Schwarze Lilie?« fragte er, ohne einen Versuch zu machen, sein plötzliches Interesse zu verheimlichen.

Adler nickte.

»Nun . . .?« Vierhaus deutete mit den Fingern auf Adler, als wolle er ihm die Information aus der Nase ziehen.

Adler blätterte wieder die Papiere durch. »Ah«, sagte er, »hier ist es ja! Sie . . . äh . . . wissen sicher von der Verbindung zwischen Reinhardt und . . .«

»Ja, ja, das wissen wir alles«, sagte Vierhaus langsam, nahm die Brille ab und legte sie auf den Tisch. Seine Augen verengten sich zwar zu schmalen Schlitzen, aber seine Stimme nahm nie einen anderen Tonfall an. Sie wurde höchstens noch beherrschter. Er drückte die Zigarette im Aschenbecher aus. »Wir haben Reinhardt längst verhaftet. Ich brauche Namen, Adler, *Namen*!«

»Ich *habe* die Namen für Sie, Herr Professor«, stammelte Adler furchtsam. »Und einige Tabellen.«

Er fummelte nervös an den Papieren herum, als Vierhaus' Laune sich plötzlich radikal änderte. Er ging zu etwas über, das er als neutrales Verhör bezeichnete. Es war zwar nicht zu irgendeines Menschen Schaden, aber er wandte die gleichen Methoden an, die er auch bei weniger freundlichen Begegnungen angewendet hätte: Er befleißigte sich subtiler Veränderungen seines Temperaments und kombinierte gleiche Dosen von Grausamkeit und Großzügigkeit, die dazu bestimmt waren, seine Beute aus dem Gleichgewicht zu bringen und zu verängstigen. Methoden, die er vom Meister dieser Technik gelernt hatte – Adolf Hitler. Der Unterschied bestand darin, daß Vierhaus im Gegensatz zu seinem launischen und psychotischen Chef ein Muster an tückischer Beherrschung war.

»Möchten Sie eine Tasse Kaffee?« fragte er mit einem abrupten Lächeln. »Es ist südamerikanische Importware, ein ausgezeichnetes Gebräu.«

»Oh, das wäre sehr freundlich«, sagte Adler, zog ein Taschentuch hervor und wischte sich übers Gesicht. Er trank schon seit Monaten Ersatzkaffee und konnte sich gar nicht mehr daran erinnern, wann er zum letztenmal echten Kaffee gesehen hatte.

Vierhaus stand auf, ging in eine Ecke und schaltete eine Stehlampe ein. Auf einer Heizplatte schimmerte eine Kaffeekanne. »Mit Sahne?« fragte er.

»Gern.« *Sahne. Echte Sahne.* Adler schlürfte den Kaffee mit geschlossenen Augen; er genoß jeden einzelnen Tropfen.

»Sagen Sie mir, was Sie über die Schwarze Lilie wissen.«

»Reinhardt war regelmäßig zu Besuch im Haus eines jüdischen Dozenten namens Isaak Sternfeld. Sternfeld hat an der hiesigen Universität politische Wissenschaften gelehrt, bevor er nach Dachau geschickt wurde.«

»Ist er Kommunist?«

»Nein, Sozi. Aber radikal gegen den Führer und die NSDAP eingestellt. Bevor der Führer Reichskanzler wurde, haben ein paar Studenten, die ebenfalls regelmäßig bei Sternfeld zu Gast waren, eine Kampfschrift mit dem Titel *Die Fackel* herausgegeben. Sie richtete sich hauptsächlich an Studenten und bestand aus studentischem Humor ... Äh, ich meine, aus ziemlich bissigen Satiren. Und als Hitler ...«

»Der Führer!« korrigierte Vierhaus ihn.

»Ja, der Führer ... Als der Führer dann Kanzler wurde, wurde die *Fackel* noch schärfer. Das heißt, als Reinhardt zu ihr stieß; er hat gelegentlich für sie geschrieben und sie redigiert. Sternfeld war Berater, gedruckt wurde das Blatt bei Oscar Probst.«

»Wie das *Berliner Gewissen*«, sagte Vierhaus.

»Ja. Und als dann die ... äh ...«

»Repatriierung?«

»Ja, die Repatriierung ... losging, gründeten die Studenten die Schwarze Lilie, um Juden aus Deutschland herauszuhelfen.«

»Und wie sind sie auf diesen Namen gekommen?« fragte Vierhaus aus reiner Neugier.

»Es gibt keine schwarzen Lilien, Herr Professor. Sie wollten eine Organisation gründen, die ebenso ein Phantom ist wie die Blume.«

»Schuljungenquatsch«, sagte Vierhaus und winkte ab. »Was sonst noch?«

»Sie haben Geld auf Schweizer Banken transferiert, gefälschte Pässe ausgegeben und für Reisemöglichkeiten und dergleichen gesorgt.«

»So was machen Studenten?!« sagte Vierhaus kopfschüttelnd. Er konnte sich jetzt schon vorstellen, wie Hitler auf *diese* Nachricht reagieren würde.

»Es waren sehr engagierte Studenten«, sagte Adler.

»Politisiert durch Reinhardt und diesen Sternfeld, was?«

Adler nickte erneut.

»Der Herausgeber der *Fackel* war ein junger Mann namens Abraham Wolfsson. Er ist jetzt fünfundzwanzig. Seine besten Freunde sind Werner Gebhart und Joachim Weber. Soweit ich weiß, ist Wolfsson der Kopf der Schwarzen Lilie. Gebhart kümmert sich um die Ausreise der Juden aus Deutschland und Weber um Geld, Papierkram, gefälschte Pässe und so.«

Vierhaus hörte Adler zu und strich sich übers Kinn. Jetzt wurden ihm auch manch andere Dinge klar.

»Ich glaube, jetzt weiß ich auch, was mit Otto Schiff und Tol Nathan passiert ist. Die Studenten haben sie wahrscheinlich aus dem Land gejagt. Und wahrscheinlich haben sie Simon Kefar auch gezwungen, sich zu erhängen.«

»Dann hat Kefar auch für Sie gearbeitet?«

»Wußten Sie das nicht? Schiff, Nathan und Kefar waren Judenhäscher wie Sie. Kannten Sie sie?«

»Ich habe Kefar hin und wieder gesehen. Die anderen kenne ich nur dem Namen nach.«

Vierhaus strich sich erneut übers Kinn. »Wie können sie das alles nur finanzieren?« fragte er schließlich.

»Mit den Spenden reicher Juden und Sympathisanten im In- und Ausland.«

»Wolfsson und ein paar Studenten sollen für diese ganzen Machenschaften verantwortlich sein?« sagte Vierhaus, noch immer kaum fähig, Adlers Theorie anzuerkennen.

»Im Grunde glaube ich, daß es Sternfeld war, der die Sache organisiert hat, als er die ... Repatriierung voraussah. Aber Wolfsson war ein hochintelligenter Student und sehr pragmatisch eingestellt, wenn ich es richtig sehe.«

»Woher wissen Sie das alles?«

Adler schaute ihn ein paar Sekunden lang an. »Joachim Weber ist mein Neffe«, sagte er. »Der Junge und ich sind uns zwar nie sehr nahe gewesen, aber ich spreche regelmäßig mit seiner Mutter – meiner Schwester.«

»Wie viele Personen gehören zu dieser Bande?«

Adler schüttelte den Kopf. »Ich nehme an, es sind Dutzende. In Berlin, München, Linz, Paris und Zürich.«

»Alles Juden?«

»Nein. Es sind Juden und Nichtjuden.«

»Wie konnte es nur so weit kommen«, sagte Vierhaus. Der Führer würde toben. »Und wo können wir Wolfsson finden?«

»Das ist das Problem, Herr Professor. *Niemand weiß es.* Es gibt keine Mitgliederliste; die Organisation ist vom Typ her nicht militärisch. Sie ist wie die besagte Blume; sie scheint gar nicht zu existieren. Sie ist wie ein Zug, der nur dann eingesetzt wird, wenn es nötig ist. Kein Mensch hat Wolfsson in den letzten Monaten gesehen. Aber ich glaube fest, daß er sich in Berlin aufhält. Und ich habe das hier.«

Er reichte Vierhaus einen Bogen Schreibmaschinenpapier. Er enthielt zwei Spalten voller Namen und Adressen.

»Dies sind achtundvierzig Personen, die mit Wolfsson verwandt sind. Die Liste umfaßt drei Generationen, bis zu Vettern und Neffen vierten Grades. In der Akte befinden sich ähnliche Listen, die sich auf Weber und Gebhart beziehen.«

Vierhaus war beeindruckt. »Eine bemerkenswerte Meldung, Adler.« Er wandte sich der Namensliste zu und berührte sie, als er sie las, mit dem Zeigefinger. »Und das haben Sie in einem Monat geschafft?«

»Genaugenommen in drei Wochen.«

»Wirklich – äußerst bemerkenswert. Die Gestapo untersucht die Sache schon seit Monaten, doch ohne den kleinsten Erfolg.«

»Es sind halt keine Juden«, sagte Adler fast flüsternd.

»Das kann man wohl sagen«, erwiderte Vierhaus. »Man braucht wohl einen Juden, um Juden zu schnappen, was?« Er lächelte Adler an, der sich jetzt allmählich entspannte und sich den Schweiß von der Stirn wischte. »Wenn Sie ihn finden können, Herr Professor . . . Ich glaube, ich kann Ihnen genügend Beweise liefern, um . . .«

»Ich lege auf Beweise keinen Wert«, sagte Vierhaus mit einem Schwenken der Hand, während er die Liste überflog. »Geben Sie mir die Namen und Adressen, dann bringe ich diese Schuljungen schon zu einem Geständnis. Ich brauche überhaupt keine Beweise.«

Vierhaus wollte noch etwas anderes sagen, doch dann hielt er inne. Sein Finger kreiste über einem Namen.

»Ist das seine Schwester? Jennifer Gold?«

»Seine Halbschwester, Herr Professor. Ihre Mutter hat den alten Wolfsson geheiratet. Ich glaube, sie ist katholisch.«

»Bei *dem* Namen?«

»Zufall«, sagte Adler, und Vierhaus fiel ein, daß auch Herr Rosenberg, der Intimus des Führers, trotz seines Namens ein Arier war.

»Haben Sie ihre Adresse auch?«

»Nein. Sie ist vor einem Vierteljahr verzogen. Man hat sie aus den Augen verloren.«

»Hmmm«, sagte Vierhaus. »Es scheint eine Epidemie zu sein mit diesem Verschwinden . . .«

Er schaute plötzlich auf, seine Augen lugten in eine dunkle Ecke des Raumes, dann klatschte er in die Hände. Adler zuckte bei dem scharfen Klang in dem stillen Zimmer zusammen.

»Ich *weiß*, wo sie ist!« sagte Vierhaus. Er öffnete eine Schreibtischschublade, durchwühlte die Aktenmappen und zog eine heraus. In ihr befanden sich Kopien der wöchentlichen Meldungen militärischer Spione aus einem halben Dutzend europäischer Großstädte, einschließlich jene, die von Meister gerade aus Paris geschickt hatte. Vierhaus befeuchtete seinen Daumen, blätterte die Seiten durch und hielt inne. »Ja, natürlich! Keegan!«

Er lehnte sich zurück und lächelte. Er war stolz auf sich, weil er die langweiligen Berichte nicht nur jede Woche las, sondern auch, weil er sich an die kurze Erwähnung Keegans und der Gold erinnert hatte.

»Sie ist Sängerin«, höhnte er. »Singt amerikanischen Niggerjazz. Und sie ist mit diesem amerikanischen Schmieranten Rudman befreundet.« Er sah Adler an und lächelte. »Vielleicht weiß sie, wo Wolfsson steckt. Vielleicht ist sie die Verbindung zur Schwarzen Lilie. Sie ist in Paris.«

Die Tasche noch immer an die Brust gepreßt, eilte Adler über die Straße zu einem kleinen Delikatessengeschäft. Es hatte angefangen zu regnen, und ein hartnäckiger Nebel legte sich auf sein Haar, seine Haut und seine Kleider. Er zog den Kopf ein. Er mußte eine Tablette nehmen. Sein Herz raste vor Aufregung. Einen Laden, dachte er. Und einen anständigen Platz, an dem man leben kann, möglicherweise sogar mit einem arischen Ausweis. Es war alles äußerst schwindelerregend.

Als er an einer am Rinnstein geparkten Limousine vorbeikam, sagte hinter ihm eine heisere Stimme: »Hermann Adler?« Adler wollte sich gerade umdrehen, als zwei muskulöse Arme ihn packten und die seinen an den Körper preßten. Die Tasche fiel zu Boden.

Adler öffnete den Mund, um etwas zu sagen, doch bevor er ein Wort herausbrachte, preßte jemand einen Wattebausch auf seine Nase. Er roch den stechend süßen Geruch von Chloroform, dann wurde er ohnmächtig. Als die beiden Männer ihn in den Wagen hoben, fiel ein Tablettenfläschchen aus seiner Westentasche und rollte in die Gosse.

Vierhaus hatte noch ein paar Minuten, bevor er seine Verabredung zum Essen einhalten mußte. Er lehnte sich in seinen Stuhl zurück. Er mußte jetzt sehr vorsichtig vorgehen, besonders wenn er es mit Himmler zu tun hatte. Es gab viele Leute in Deutschland, die Sympathie für die Juden hatten, besonders die Beamten und Bürokraten in der Provinz. Hitler wollte seine Macht über sie nicht aufs Spiel setzen. In dieser Situation brauchte der Führer die Unterstützung von allen. Vierhaus' Arbeit mit Gemischtblütigen und Abtrünnigen durfte auf keinen Fall allgemein bekannt werden, jedenfalls jetzt noch nicht. Aber es gab viele, die von der Säuberungsarbeit wußten und an sie glaubten. Theodor Eicke gehörte ebenfalls dazu.

Vierhaus hob den Telefonhörer ab und meldete ein Gespräch mit dem ungeschlachten Ex-Braunhemd an, der jetzt Angehöriger der SS und Leiter des KZ Dachau war. Eicke war für seine starre Roheit bekannt. Als Mitglied der SA hatte er einst einen Juden mit bloßen Händen zu Tode geprügelt. In Dachau hatte er einen Gefangenen mit einer Schaufel erschlagen. Eicke war ein Mann, mit dem Vierhaus fertig werden konnte.

»Hier ist Willi Vierhaus, Theo«, sagte er, als Eickes rauhe Stimme sich meldete.

»Willi! Wie steht's in Berlin?«

»Ausgezeichnet. Alles läuft bestens. Und bei dir?«

»Oh, gut. Ist eine nette Gegend hier.«

»Und im Lager?«

»Alles klar.«

»Keine Probleme?«

»Nein. Die Juden machen uns keine Schwierigkeiten, die Politischen dafür um so mehr. Aber wir haben sie unter Kontrolle. Unser einziges Problem ist die Überbevölkerung.«

»Das neue Lager in Sachsenhausen ist im Frühjahr fertig; das wird euch etwas Luft geben. Außerdem sind welche bei Bergen-Belsen und Buchenwald geplant.«

»Wunderbar!«

»Und Anna? Wie geht's ihr?«

»Sie meckert gelegentlich. Ein oder zwei Leute haben Fluchtversuche unternommen; immer in der Nacht. Sie bleiben zwar immer im Stacheldraht hängen, aber es ist ziemlich nervend. Das Zischen der Drähte weckt sie auf.«

»Legt euch schwerere Schlagläden zu«, schlug Vierhaus vor.

»Ja, sicher«, sagte Eicke lachend.

»Hör zu, Theo, ich muß dich um einen Gefallen bitten. Ihr habt da einen Gefangenen namens Sternfeld.«

»Den Lehrer?«

»Ja. Er hat möglicherweise Informationen über eine Gruppe namens Schwarze Lilie. Der Führer braucht unbedingt sämtliche Informationen, die er über diese Organisation kriegen kann. Ich habe gedacht, du könntest vielleicht eine von deinen Überredungsmethoden gegen diesen Sternfeld anwenden.«

»Tut mir leid, Willi; da kommst du ein bißchen zu spät.«

»Zu spät?«

»Sternfeld ist tot. Vor einem Monat gestorben.«

»Was ist denn mit ihm passiert?«

»Er war allergisch gegen Schwerarbeit«, sagte Eicke kichernd. »Aber eigentlich ist er an Lungenentzündung gestorben.«

»Verdammt!«

»Tut mir leid«, sagte Eicke. »Haben wir sonst noch jemanden hier, der vielleicht Informationen hat?«

»Das weiß ich nicht«, sagte Vierhaus. Man merkte seinem Tonfall deutlich an, wie enttäuscht er war. »Ich schau mal nach.«

»Tja, Willi, wenn du was findest, ruf mich nur an«, erwiderte Eickes schroffe Stimme. »Wenn's nötig wäre, könnten wir zwar sogar das Brandenburger Tor dazu bringen, das Horst-Wessel-Lied zu singen, aber mit Leichen haben wir bisher noch kein solches Glück gehabt.« Er lachte.

Vierhaus lehnte sich in den Stuhl zurück und leerte seine Kaffeetasse. Er mußte die Schwarze Lilie zerschlagen, und bis Adler neue Informationen brachte, hatte er nur eine einzige Spur. Jennifer Gold.

Kapitel 25

Adler erwachte mit dröhnenden Kopfschmerzen. Er lag auf einer Koje in einem dunklen Zimmer. Langsam setzte er sich aufrecht hin, und seine Füße tasteten unter ihm nach dem Fußboden. Dann sah er seine Aktentasche, die neben dem Bett stand. Der Verschluß war aufgerissen, sie war leer. Plötzlich flammte ein Licht auf. Es war etwa zehn Meter von ihm entfernt – ein Scheinwerfer, der genau auf ihn zielte. Davor sah er die Umrisse eines Mannes auf einem Stuhl.

»Wer sind Sie?« fragte Adler und kniff die Augen wegen des Lichts zusammen. »Was haben Sie mit mir vor? Ich habe doch nichts . . .«

Der Arm des Umrisses bewegte sich. Das Licht flammte auf, und er warf Adler etwas zu. Die Aktenordner aus seiner Tasche klatschten auf den Boden und rutschten ihm vor die Füße; der Inhalt verstreute sich um sie herum.

»Sie irren sich, Herr Adler«, sagte die Silhouette des Mannes in einem flachen, einsilbigen Tonfall, der so klang, als verstelle er sich. »Sie haben etwas getan. Was ist das da? Was soll es werden, wenn es fertig ist?«

»Das geht Sie nichts an.«

»Wir wissen alles, was Sie getan haben. Fünfzehn Familien: vierundsechzig Menschen; alle hat man zum Arbeiten ins KZ Dachau geschickt. Sie sind zum Henker geworden; Sie bringen Ihr eigenes Volk um.«

»Es ist nicht *mein* Volk.«

»Es ist das gleiche Blut.«

»Lassen Sie mich in Ruhe!« sagte Adler elend.

»Wir wollen Ihnen ein Angebot machen, Herr Adler. Wir bringen Sie heute nacht aus Berlin hinaus. Morgen um diese Zeit sind Sie in einem neutralen Land, mit einem Paß und einem Fahrschein nach England oder Amerika. Doch zuerst müssen Sie uns sagen, was Sie Vierhaus gemeldet haben.«

»Ich kann Deutschland nicht verlassen . . .«

»Natürlich können Sie es. Sie leben wie eine Schabe in

einem Loch und verraten Ihre Freunde. Sie können nicht mehr so weitermachen, Herr Adler. Nehmen Sie unser Angebot an, dann werden Sie frei sein und können wieder arbeiten.«

»Als was denn? Als Lehrling eines hochnäsigen englischen Diamantenschleifers? Ich bin Deutscher! Das hier ist mein Land.«

»Nein. Es ist nicht mehr Ihr oder mein Land. Wir dürfen nicht wählen, nichts besitzen, nicht in anständige Restaurants gehen und keinen Beruf haben. Um Gottes willen, Mensch, man hat Ihnen allen Besitz genommen: Ihr Bankkonto, Ihr Heim – alles, was Ihnen mal gehört hat. Wie können Sie nur für *die* spionieren?«

»Ich möchte halt weiterleben!« schrie Adler wütend.

»Das möchten wir *alle*. Und deswegen können Sie nicht mehr so weitermachen.«

Adler kniff die Augen zusammen und sah den Mann an. »Und was wollen Sie tun, wenn ich mich weigere? Mich umbringen?«

Die Umrisse des Mannes bewegten sich eine ganze Weile nicht. Dann stand er auf und trat aus dem Lichtkreis heraus. Adler kniff die Augen zusammen und wandte den Blick ab, da der Scheinwerfer ihn teilweise blendete. Der Mann blieb in der Finsternis stehen, die Spitze seiner Zigarette glühte hin und wieder auf.

»Nein«, sagte er schließlich. »Wir werden folgendes tun: Wir drucken Ihr Bild auf der Titelseite des *Berliner Gewissens* ab – zusammen mit einem Artikel, in dem jeder namentlich erwähnt wird, den sie ans Messer geliefert haben. Wir sorgen dafür, daß jeder deutsche Jude erfährt, wer Sie sind und was Sie tun. Da Sie dann für Vierhaus keinerlei Wert mehr haben, bringt man Sie entweder um oder schickt Sie zusammen mit den Leuten, die Sie verraten haben, nach Dachau. Überlegen Sie es sich.«

Adler schüttelte heftig den Kopf. »Nein, nein! Das kann ich nicht! Sie bringen mich um.« Er spürte plötzlich ein vertrautes Beben in seiner Brust.

»Sie haben keine Wahl. Freiheit und Vergebung jetzt,

oder Sie sind mit Sicherheit ein toter Mann. Wen haben Sie heute abend ans Messer geliefert, Adler? Vielleicht haben wir noch Zeit, die Leute zu retten.«

»Niemanden«, log Adler. »Vierhaus wollte mich nur sehen.«

»Warum?«

»Um mich kennenzulernen.« Ein plötzlicher Schmerz zuckte tief in seiner Brust. Er massierte seinen Brustkorb mit der Handfläche.

»Warum wollte er Sie kennenlernen? Damit Sie ein Paar Ohrringe für ihn anfertigen? Oder seine Kuckucksuhr reparieren? Warum hat er nach Ihnen geschickt, Adler?«

»Er hat mich ermahnt, in Zukunft besser zu arbeiten.«

»Sie lügen.«

»Nein. Nein, ich . . .«

»Hör auf damit, Hermann«, sagte nun eine andere Stimme, diesmal aus der Finsternis hinter der Lampe. »Du lügst, und das wissen wir.«

»Und weißt du auch, woher wir wissen, daß du lügst?« meldete sich eine dritte Stimme. »Weil du ihr bester Spitzel bist. Der beste, Adler; wie fühlt man sich da eigentlich, he?«

»Hat er dich kommen lassen, um dir einen Orden zu verleihen, Hermann? Um dir einen Kuß auf beide Wangen zu drücken und dir zu gratulieren, weil du ein guter jüdischer Nazi bist? Warst du deswegen bei ihm, Hermann?«

»Und was kriegst du dafür?« fragte die erste Stimme nun aus dem Dunkeln. »Dein Zimmer? Es ist nicht viel größer als eine Gefängniszelle. Du hast nicht mal genug zu essen, um dir eine Ameise zu halten. Sie geben dir Rationen und ein paar Mark, nicht wahr? Mein Gott, Mensch, wie kannst du nur mit dir selbst zusammenleben?«

»Hast du je über die Folgen deiner Taten nachgedacht?«

»Es ist das Gesetz!« kreischte Adler. »Ihr seid die Verräter, nicht ich!«

»Es ist *nicht* das Gesetz«, fauchte die gedämpfte Stimme zurück, und das war der Augenblick, in dem sie Adler irgendwie schwach vertraut erschien. »Es ist unmoralisch. Es ist schändlich. Es ist die Herabsetzung von allem, was menschlich und anständig ist.«

»Warum bringt ihr mich nicht einfach um? Darum geht es euch doch bloß, oder etwa nicht?« sagte Adler in einem plötzlichen Anfall von Mut und Verärgerung, und er reckte seine Schultern und stierte in die Finsternis hinein. Der Schmerz hatte kurzfristig nachgelassen.

»Wir töten nicht – das ist *deren* Sache. Wir versuchen nur, es dir zu verdeutlichen; wie schon Schiff und Nathan.«

»Habt ihr Kefar auch das Seil besorgt, mit dem er sich erhängt hat?«

»Nein«, antwortete die gedämpfte Stimme. »Sein Gewissen hat den Knoten gebunden.«

Adler blieb einen Moment ruhig sitzen. Er wandte den Blick vom Scheinwerfer ab und versuchte, die Schatten in der Finsternis zu unterscheiden. Die gedämpfte Stimme kam ihm immer bekannter vor.

»Hör zu, Hermann«, sagte der erste Mann mit teilnahmsvoller Stimme. »Wenn du jetzt aufhörst, verspreche ich dir, daß niemand je erfährt, was du getan hast. Wir verstehen, unter welchem Druck du stehst. Aber wenn du weitermachst, gibt es keine Möglichkeit mehr, dir das Blut von den Händen zu waschen. Dein Volk wird dich ächten, und die Nazis werden dich wie einen Zweig zerbrechen.«

»Hört auf!« schrie der kleine Mann. Die Aufregung des Treffens mit Vierhaus, gepaart mit der Furcht, in den Händen dieser Entführer zu sein, verlangte allmählich seinen Preis. Adler atmete schwer. Schweiß befleckte seinen Hemdkragen und badete sein Gesicht, das inzwischen die Farbe feuchten Lehms angenommen hatte. Er drückte mit einer Hand auf seinen Brustkorb und fletschte die Zähne.

»Ich brauche meine Tabletten«, sagte er und durchwühlte in Panik seine Taschen. »Bitte, wo sind meine Tabletten?«

»In Ihren Taschen waren keine Tabletten, Herr Adler. Ich habe sie ausgiebig untersucht.«

»Natürlich hatte ich Tabletten«, keuchte Adler. »Ich gehe nie ohne meine Tabletten aus dem Haus.«

Er stand auf, verlor den Halt, und einer seiner Häscher sprang aus der Dunkelheit hervor und packte ihn.

Adler hielt sich am Hemd des Mannes fest. »Meine Tabletten«, krächzte er. »Bitte, helfen Sie mir.« Und dann, als er aufschaute, traten seine Augen hervor. Der Mann, der ihn hielt, war untersetzt und breitschultrig. Er war jung, Mitte Zwanzig, und hatte einen dichten schwarzen Bart und langes Haar. Adler brauchte eine Weile, um seinen Neffen zu erkennen.

»Mein Gott, Joachim, was machst du?« rief er aus. »Ich bin doch dein Onkel!«

Der junge Mann geleitete ihn wieder zum Bett zurück.

»Wo sind die Tabletten, Onkel Hermann?« fragte er mit ruhiger Stimme.

»W-w-westen-t-t-tasche ...« Adlers Stimme wurde zu einem verängstigten Winseln. Seine Hände zitterten unbeherrscht, als er seine Taschen durchsuchte. »Hier ... Sie waren hier drin ...« Aber da waren keine Tabletten, und als er es begriff, wurden der Streß und die Angst, die ihm zu schaffen machten, noch schlimmer. Sein Herz raste wild und schickte schmerzende Blitze in seine Brust und seinen Bauch. Er fing an, nach Luft zu ringen.

»O mein Gott«, stöhnte er. Er krallte beide Hände in seinen Brustkorb und beugte sich vornüber, bis seine Stirn fast seine Knie berührte. »Helft mir. Helft mir doch.«

Die beiden anderen Männer gesellten sich zu Weber. Sie lösten Adlers Schlips und knöpften sein Hemd auf.

»Immer mit der Ruhe«, sagte Abraham Wolfsson, der sich Adler nur als Umriß gezeigt hatte. Er fing an, seine Gelenke zu reiben. »Bitte, entspannen Sie sich. Die Tabletten müssen Ihnen aus der Tasche gefallen sein. Holen Sie langsam und tief Luft, machen Sie es nicht noch schlimmer. Wir besorgen Ihnen einen Arzt. Gib ihm etwas Wasser, Werner.«

Adler schaute auf, sein Atem kam in kurzen Stößen. »Wozu denn?« fragte er jämmerlich und brach auf dem Bett zusammen. Als Werner Gebhart mit dem Wasser zurückkam, lebte er nicht mehr.

Kapitel 26

John Hammond gehörte zu Keegans ältesten Freunden. Er war der Erbe der Hammondorgel-Familie; ein Jazzfan, der eine Kolumne für die Musikzeitschrift *Metronome* schrieb und stolz darauf war, ständig neue Talente zu entdecken. Um sich einen vielversprechenden Jazzmusiker anzuhören, wäre Hammond überall hingegangen, selbst in die kleinste Stadt und in den winzigsten Club. Der junge Entrepeneur hatte unter anderem Billie Holiday und den Klarinettisten Benny Goodman entdeckt. Goodman war mit seiner Schwester verlobt und sammelte mit seinem Swing-Orchester in den Staaten allmählich Ruhm. Hammond hatte Billie Holidays und Goodmans erstes musikalisches Zusammentreffen auf Platte arrangiert, hatte Count Basie von Chicago nach New York gelockt, den frenetischen Drummer Gene Krupa entdeckt, und er war der erste gewesen, der über den Schlagzeuger Chick Webb und seine Big Band geschrieben hatte. Außerdem hatte er den großartigen Pianisten Teddy Wilson entdeckt und ihn mit Goodman zusammengebracht. Er hatte eine Reihe von Platten für Columbia Records produziert, und sein Ruf – der eines Impresarios neuer Talente – stand inzwischen außer Frage. Wenn Hammond sich von Jennys einmaliger Singerei am Telefon beeindrucken ließ, konnte er ihr viele Türen öffnen – zu Nachtclubs, Orchestern, Plattenfirmen und Rundfunksendern.

Keegan hatte Charlie Kraus, einen in Paris lebenden amerikanischen Pianisten und Jazz-Arrangeur, engagiert, um sie beim Vorsingen zu begleiten. Das hatte Hammond beeindruckt, denn er wußte, daß Kraus ein harter und urteilsfähiger Musiker war, der seine Zeit nicht an irgendwelche zweitklassigen Talente vergeudete. Kraus war ein eleganter kleiner Mann, der sich nach der neuesten Mode kleidete und sein Barett schief über dem Auge trug. Seine Mutter war schwarz gewesen, und Kraus hatte, bevor er die Staaten desillusioniert vom Rassismus in der Musikbranche vor zwei Jahren verlassen hatte, als Arrangeur für Fletcher Henderson, Duke Ellington, Cab Calloway und andere aufgehende Sterne gearbeitet.

Er lebte recht gut als Musiklehrer und Arrangeur und hatte eine kleine Combo, die an Wochenenden in einem Pariser Club auftrat. Dort hatte Keegan ihn eines Abends überzeugt, Jenny ein oder zwei Stücke singen zu lassen. Kraus hatte sich überrascht gezeigt und sie dazu überredet, den ganzen Abend in seiner Band zu singen; dann hatte er ihr einen festen Job angeboten. Doch Keegan hatte ehrgeizigere Pläne. Er hatte Hammond in Kansas City aufgespürt und Kraus ans Telefon gesetzt.

»Sie ist was Besonderes, Johnny«, sagte Kraus zu Hammond. »Hat die Atmung wahnsinnig unter Kontrolle. Ihre Phrasierung ist 'n Wunder! Der Ton ist einmalig, nicht ganz Alt, aber fast. Und die Lady hat 'n Wahnsinnsrespekt für den Text, die läßt wirklich keine Silbe aus. Die weiß wirklich genau, wie 'n Song klingen soll. Mensch, sie beherrscht vier Noten, die manche von uns nicht mal *im Kopf* hören. Ich sag dir was, Johnny, die könnte mir noch das eine oder andere zeigen.«

Aufgrund dieses Zusatzes hatte Hammond sich einverstanden erklärt, sich eine noch nie dagewesene Stimmprobe am Telefon anzuhören. Keegan träumte davon, daß Jenny ihn genug beeindruckte, um sie nach New York zu locken.

Sie waren in Kraus' Studio am Montmartre gegangen und hatten dort einen Nachmittag verbracht. Sie hatten Ideen ausgetauscht, Neuheiten ausprobiert und an Songs gearbeitet, die Jenny noch nicht kannte. Dann hatte Keegan das Piano in ihre Suite bringen lassen; sie und Kraus hatten zwei Wochen lang zusammen geübt, um sich auf das Ereignis vorzubereiten.

Keegan meldete das Gespräch dreimal an, bevor die Überseeleitung ihn endlich zufriedenstellte. Schließlich war es so weit. Er nahm im Schlafzimmer den Hörer ab und hielt ihn vor den Lautsprecher, dann ging er wieder ins Wohnzimmer und nahm den zweiten Hörer ab.

»Fertig?« fragte er.

»Ab die Post«, sagte Hammond.

Jenny legte los. Keegan und Rudman saßen nervös auf dem Sofarand, schlürften Champagner und lauschten. Jenny schloß die Augen, drückte einen Finger gegen ihr Ohr und lehnte den Kopf ein Stück zurück. Sie sang mit solcher Glut und traf jede Note so perfekt, daß Keegan sich nur noch zurücklehnen und sich über ihre unglaubliche Beherrschung wundern konnte. Von einem Liebeslied Gerswhins wechselte sie zu einem Herzensbrecher Billie Holidays, und sie beendete das Potpourri mit einem hohen Akkord, während Kraus und der Bassist Chuck Graves ihr Bestes gaben. Als Jenny fertig war, waren sie alle ein paar Sekunden lang sprachlos, dann brachen sie endlich in einen simultanen Applaus aus.

»Tadellos, Lady, ta-del-los«, sagte Kraus und ließ sein Millionen-Dollar-Lächeln blitzen.

Keegan griff zum zweiten Hörer. »Na?« fragte er.

»Wie schnell könnt ihr in New York sein?«

»Machst du Witze?«

»Diesmal nicht.«

Keegan legte die Hand auf die Sprechmuschel. »Er fragt, wie schnell wir in New York sein können«, sagte er zu Jenny.

Jenny biß sich auf die Unterlippe. Ihr Herz klopfte. Das war die Chance, von der sie geträumt hatte, seit sie ein Kind gewesen war. Aber ... sie hatte andere Verpflichtungen. Tränen stiegen in ihre Augen. Keegan war so glücklich, so *glücklich* ihretwegen. Vielleicht konnten sie für ein paar Wochen nach New York gehen und die Lage peilen. Wenn sie ein Erfolg wurde, konnte sie vielleicht etwas von Bedeutung für ihre Familie und ihre Freunde in Deutschland erreichen. Vielleicht ...

»Los ... los, geh ans Telefon«, sagte Keegan.

»O nein, nein ...«, sagte sie kopfschüttelnd und verlegen. Er nahm ihre Hand und reichte ihr den zweiten Hörer.

»Los, sag mal hallo zu John Hammond«, sagte er und ging an den anderen Apparat.

»Hallo ...«, sagte sie zögernd.

»Miß Gold, Sie haben eine Stimme, die den himmlischen Chor vor Scham erbleichen läßt. Offen gesagt, Sie haben eine *tolle* Stimme, und Sie wissen genau, wie man sie einsetzen muß.«

»Oh, danke«, flüsterte Jenny.

Keegan nahm den anderen Hörer. »Und . . . Wie geht es jetzt weiter?« fragte er Hammond.

»Du bringst sie her, den Rest mach ich dann. Wir stellen sie den Leuten vor und arrangieren vielleicht einen Gastauftritt bei Kelley oder im Onyx; vielleicht auch in einem der Clubs in der Innenstadt. Ich sorge dafür, daß Benny und Bill Basie, vielleicht sogar Lady Day vorbeikommt, um sie sich anzuhören. Mit einer Stimme wie der ihren singt sie sich jede Tür in der Stadt auf.«

»Ja, gut; ja *guuut*!« schrie Keegan.

»Tu mir 'n Gefallen«, sagte Hammond. »Ich rufe jetzt Louis Valdon vom Grammophonaufnahmestudio in Paris an und arrangiere eine Session. Schneidet alle vier Lieder und schick sie mir vorab zu. Ich möchte hören, wie sie sich in Wachs anhört. Und gib mir noch mal kurz Charlie.«

»Geh ins andere Schlafzimmer und schnapp dir das Telefon«, rief Keegan Kraus zu. Kurz darauf hob der elegante Arrangeur ab.

»Charlie, wir machen eine Session mit ihr. Alle vier Songs. Vielleicht kannst du noch 'n Schlagzeug in den Hintergrund bringen, was meinst du?«

»Klingt nicht übel.«

»Kannst du es für mich produzieren? Francis kann das Studio bezahlen, ja, Francis?«

»Alter Geizhals.«

»He, ich hab' gesagt, bring sie nach New York, dann mach ich den Rest. Hör zu, wenn sie in Wachs ebensogut klingt wie am Telefon, krieg ich die ganze Stadt dazu, daß sie auf und nieder hüpft, wenn sie hier ankommt.«

»Dann mach mal los.«

»Ich ruf Louis an und sag ihm, daß er euren Besuch erwarten soll. Laßt mich wissen, wann ihr in New York seid.«

»Danke, John.«

»He«, lachte Hammond. »Da hab' ich nach zehn Jahren endlich doch noch was aus dir rausgeholt.«

An diesem Abend aßen sie allein in einem kleinen unbekannten Restaurant am linken Ufer. Jenny hatte vor, am nächsten Morgen nach Berlin zu fahren, um sich zu verabschieden. Keegan wollte in Paris bleiben, um Reisevorbereitungen zu treffen und fünf Tage später dann nach Berlin fliegen, um sie abzuholen. Er reservierte für den nächsten Morgen einen Platz in der Zehn-Uhr-Maschine nach Berlin für sie.

»Wir fliegen nach London und übernehmen die *Queen Mary*«, sagte er zu ihr.

Nach dem Essen spazierten sie am Flußufer entlang. Die *Bateau-mouche* glitt vorbei, und sie setzten sich einen Augenblick hin, schauten zu und lauschten dem Gelächter der Menschen auf dem Vergnügungsdampfer. Dann gingen sie weiter über die hölzerne Fußgängerbrücke, die über einen kleinen Nebenfluß am Quai de Bethune führte. Von der Mitte aus konnten sie die Wasserspeier von Notre-Dame sehen, die unheimlich im Licht der Scheinwerfer hockten, und dahinter den Eiffelturm, ein strahlendhell erleuchtetes Dreieck.

»Wie ein Diamant, der im Dunkeln glitzert«, sagte Keegan.

»Warum hast du dich entschieden, in Berlin zu leben, als du aus den Staaten kamst?« fragte Jenny. »Mir scheint, du liebst Paris viel mehr.«

»Ich habe in Deutschland Geschäfte gemacht. Und die Leute haben mir wirklich gefallen. Deswegen verstehe ich auch nicht, was mit ihnen passiert ist.«

»Der Teufel hat gesprochen«, sagte sie, »und sie haben auf ihn gehört.«

»Das glaubst du doch nicht im Ernst, oder? Daß Hitler eine Inkarnation des Teufels ist?«

»Doch«, erwiderte sie mit einer Verbitterung, die er noch nie in ihrer Stimme gehört hatte. »Und Himmler, Göring und Goebbels. Sie alle.«

Er nahm sie in die Arme und küßte sanft ihre Lippen, doch sie klammerte sich fest an ihn, als er sie wieder loslassen wollte; es war fast so, als fürchte sie sich vor dem Ertrinken.

»He, was ist mit dir los?« fragte er leise.

»Ich liebe dich, Francis. Ich liebe alles an dir. Du bist komisch, hart und irgendwie geheimnisvoll, und bei dir fühle ich mich sicher. Ich weiß genau, daß mir noch nie jemand solche Gefühle entgegengebracht hat wie du. Und *dafür* liebe ich dich auch.«

»Und ich liebe dich«, antwortete er. »Für alle Zeit und darüber hinaus. Ich verspreche dir, ich werde aus deinem Leben das tollste Abenteuer machen, das du dir ausmalen kannst. Ich werde mein ganzes Leben der Aufgabe widmen, dich glücklich zu machen.«

Sie berührte seine Hand mit den Fingerspitzen.

»Das hast du schon getan«, sagte sie.

Kapitel 27

Der Falke stieß einen schrillen Schrei aus, als er an dem bulligen Turm der unheimlichen Festung vorbeiflog, denn die knisternden Fackeln, deren flackerndes Licht durch die Schießscharten fiel, erschreckten ihn. Himmler stand etwas abseits von den anderen hinter den steinernen Mauern und schaute zu, wie das Ritual voranschritt. Sogar er war von der Wucht der Vorstellung und der Dekoration begeistert. Vierhaus schaute der Darbietung von der anderen Seite des Turms aus zu. Er war zwar neidisch auf Himmlers rühmliche Stunde, aber angesichts dessen, was sich ihm bot, auch voller Ehrfurcht. Dies war die erste Zeremonie im neuen SS-Geheimquartier bei Wewelsberg. Neben ihm, vom hellrot flackernden Licht umgeben, standen Heß, Heydrich, Goebbels und Göring – die Mächte hinter dem Thron.

Die heutige Nacht war die Nacht Himmlers; er war tatsächlich ein Genie. Kein Ort hätte besser gepaßt als die moosbedeckte, feuchtkalte Burg, in deren kalten Gängen teutonische Gespenster wandelten, die bei Turnieren zum Gaudium uralter Könige gestorben waren oder auf irgendwelchen längst vergessenen Schlachtfeldern ihre Breitschwerter hatten aufeinanderprallen lassen.

Himmlers kalte und maushafte Gesichtszüge bebten im Licht der gelben Fackeln, und seine Kinnmuskeln zuckten, als er sich bemühte, seine Emotionen unter Kontrolle zu behalten. Er liebte die Nacht, denn sie paßte zur Finsternis seiner Seele und zu der verrückten Fantasie, die er in dieser gespenstischen Festung zum Leben erweckt hatte. Seine abartige Vorstellungskraft hatte in dieser Festung ein Alptraum-Camelot erschaffen, eine verderbte Tafelrunde. Die mordlustigen Ritter verfügten jetzt über ein geheimes Hauptquartier, in dem sie Adolf Hitler, ihrem neuen König, den Treueeid leisteten. Ihr Eid galt nicht dem Vaterland, sondern ihm.

Sechsunddreißig neu in den Dienst gestellte SS-Offiziere standen in ihren schwarzen Uniformen da. Ihre Augen flammten in hypnotischer Glut; ihr leidenschaftlicher Eid, Hitler zu beschützen, echote durch den siloartigen Turm, während der Wind ächzte und das Licht der Fackeln peitschte. Sie traten jeweils zu viert vor, um die geweihte Kampfstandarte zu berühren – eine Pervertierung des Sanskrit-Hakenkreuzes, eines religiösen Hindu-Symbols, dessen vier Ecken die tierische und die geistige Welt sowie die Hölle und die Erde darstellten. Der linke Haken, den die Nazis für sich reklamierten, stand für die Dunkelheit – für die Mordgöttin Kali und für Schwarze Magie und Hexerei. Schon die Berührung des Flaggenstoffes war für einige der Neulinge sexuell stimulierend.

Die neuen Schwarzen Ritter des Dritten Reiches kehrten wieder an ihre Plätze auf der steinernen Wendeltreppe zurück, rissen die Arme hoch und brüllten:

»Heil Hitler!«

»Heil Hitler!«

»Heil Hitler!«

Sie hatten die geweihte Flagge berührt und den Treueeid abgelegt. Nun schritt Himmler, gefolgt von Heydrich, die

Treppe hinauf. Er gab jedem Neuling einen Degen, den er nur bei offiziellen Anlässen tragen durfte. Außerdem erhielt jeder als Amtsdolch ein langes Messer.

Welch ein Augenblick für Himmler! Hitler hatte ihm die volle Verantwortung für den Aufbau der SS erteilt. Er hatte den Auftrag mit Besessenheit in Angriff genommen, er hatte den Auftrag der SS mit seiner eigenen Fantasie kombiniert und drei Millionen Reichsmark ausgegeben, um die alte westfälische Burg Wewelsberg zu renovieren. So wie die Nazis das Hakenkreuz pervertiert hatten, hatte er die christlichen Feiertage zu SS-Feiertagen pervertiert – zu heidnischen Riten, um Hitlers Geburtstag und den Jahrestag des Putsches zu feiern; nicht zu vergessen die Sonnwendfeiern. Die Beerdigungszeremonien hatte er direkt aus dem Mittelalter übernommen – ein mitternächtliches, von Fackeln beleuchtetes Ritual, das mit einer Verbrennung endete. Er hatte Hexerei und Mythologie verknüpft, daraus einen pseudoreligiösen Orden geschaffen, und verpflichtete und erzog Männer, die zugunsten finsterer Geister mit dem Christentum nichts zu schaffen haben wollten. Männer, die Ares und andere Kriegsgötter anbeteten; die mit von ihren kommandierenden Offizieren ausgewählten arischen Jungfrauen verehelicht wurden. Es waren Männer, die von Chaos, Mord und greulichen Abscheulichkeiten träumten; Männer, deren Psychosen das Dritte Reich genährt und die der Führer auf die Spitze getrieben hatte.

So war die SS entstanden; eine Irrenhausregierung innerhalb der Regierung, von keinen Gesetzen gebunden, mit einer fürchterlichen Macht und einer eigenen Geheimpolizei namens SD ausgestattet. Sie war Hitlers Privatarmee, und Himmler hatte sie sich ausgedacht. Doch wenn er sich diese Maschinerie ausgedacht hatte, hatte Hitler ihr die pervertierte Seele verliehen. Rassismus – hatte er in *Mein Kampf* geschrieben – gebe dem deutschen Volk ›Blut‹ und ›Seele‹. Rassismus identifiziere den gewöhnlichen ›Feind‹. Rassismus stelle das Selbstvertrauen wieder her und erhöhe das Ego der Deutschen. Deswegen hatte er Himmler befohlen, die SS zu gründen. Die SS sollte die Nazilehre vorantreiben, und Goebbels würde sie publizieren. Das Rückgrat des Dritten Reiches bestand aus Haß, Terror und Lügen.

Vierhaus schaute zu Himmler hinab, der am Fuß der Treppe stand und zu den neuen Offizieren hinaufsah. Er lächelte listig. Verrat gebiert Verrat, dachte Vierhaus. Die SS sollte Hitlers Rachearmee gegen seinen ehemaligen Freund Röhm werden, der zum Verräter geworden war. Und gegen dessen primitive SA-Braunhemden.

»Sie gehören nun zum größten Orden der Weltgeschichte«, sagte Himmler. »Morgen werden Sie an einem großen Abenteuer teilnehmen – an einem Abenteuer, das der Welt zeigen wird, daß unser großer Führer, Adolf Hitler, Deutschland *ist*. So wie *wir* die wahren Ritter des Dritten Reiches sind. Sieg Heil!«

»Sieg Heil!« antworteten sie.
»Sieg Heil!«
»Sieg Heil!« antworteten sie.
»Sieg Heil!«
»Sieg Heil!« antworteten sie.
Himmler hob seinen Dolch hoch.
»Geht mit Gott!« rief er aus.

Alles schien ganz in Ordnung zu sein – bis auf das Wetter.

Himmler hatte Samstag, den 30. Juni 1934, zum Tag für das *Unternehmen Kolibri* ausgewählt. Hitler hatte das Datum ohne Einwand akzeptiert, denn wenn Göring der fettleibige Falstaff für König Hitler war, war Himmler sein Merlin. Himmler hatte sich auf seine mystischen Kräfte verlassen, auf sein Wissen über Okkultismus, Hexerei, Astrologie und Numerologie, um diesen Tag zu errechnen. Er hatte die Geister versammelt und seinem Führer geraten, das Wochenende sei die perfekte Zeit für das *Unternehmen Kolibri*. Himmler war der oberste Magier des Dritten Reiches. Wenn der Führer es für nötig hielt, konnte er Beweise für seine Theorien sogar aus dem Kaffeesatz beibringen.

Himmler hatte dem Unternehmen seinen Namen gegeben. Er hatte auch die ersten Einsatzpläne verfaßt, obwohl in der Folgezeit jeder etwas zu der finsteren Verschwörung beigetragen hatte. Theodor Eicke, der sadistische Lagerleiter des KZ Dachau, hatte die erste *Liste* zusammengestellt. Er war sogar alte Zeitungsartikel durchgegangen, um nach Namen zu suchen, die man sonst vielleicht vergessen oder übersehen hätte. Himmler und Göring hatten der wachsenden Liste die Namen ihrer persönlichen Feinde hinzugefügt. Dann hatte Heydrich ein paar Namen beigetragen. Hitler hatte Vierhaus eingeladen, auch die Namen seiner Gegner auf die Liste zu setzen, aber Vierhaus hatte abgelehnt.

»Danke, mein Führer«, hatte er gesagt. »Aber meine Feinde leben schon längst nicht mehr.«

So war die Liste gewachsen. Nicht nur SA-Führer, auch politische Feinde und alte Gegner tauchten in ihr auf. Ende Juni standen über dreitausend Namen auf der Todesliste.

Der schizoide Weg der Täuschung und des Verrats führte schließlich nach Bad Godesberg und in das anheimelnde Hotel Dresden, von dem aus man den Rhein überschauen konnte. In einer Suite im zweiten Stock brütete Hitler vor sich hin. Seine runden, erstaunt blickenden Augen schauten zum südlichen Himmel hinauf, der sich aufgrund zusammenbrauender Gewitterwolken zu früh verdunkelt hatte. Hin und wieder erleuchtete ein gezackter Blitz die Konturen des Rheins, und dann wurde ein polterndes Gedonner laut.

Hitler stand in der offenen Balkontür, hielt die Hände steif hinter dem Rücken verschränkt und zog die Schultern hoch. Es muß sich aufklären, sagte er sich und schlug mit der Faust mehrere Male in seine offene Hand. Es war lebenswichtig, daß es aufklarte. Sein Essen – Obst und Salat – stand unberührt da. Der Raum schien vor Spannung zu knistern. Vierhaus, der sich sehr geehrt fühlte, weil Hitler ihn gebeten hatte, diesen wichtigen Abend in seiner Gesellschaft zu verbringen, hatte den Führer noch nie so hager und nervös gesehen. Seine Augen waren von dunklen Ringen umgeben und wirkten fiebriger als üblich. Seine Wange zuckte unbeherrscht.

Hitler hatte Ernst Röhm, den möglicherweise besten Miliz-Rekrutanten und -Ausbilder der Welt, zum Führer der SA gemacht. Dieser hatte die Mitgliederzahlen in einem Jahr von 600000 auf 3 Millionen Mann vorangetrieben. Eine erstaunliche Leistung. Doch dann hatte er angefangen, eigene Vorstellungen zu entwickeln. Finstere Wahnvorstellungen. Es war nun offensichtlich, daß er den Plan hatte, die SA dazu zu verwenden, Hitler aus dem Sattel zu heben.

Er ist der geborene Soldat, schrie Hitlers innere Stimme. *Ein Krieger, der nur zufrieden ist, wenn er Leichen auftürmen kann. Warum hat er sich gegen mich gewandt? Wie konnte er mir nur so untreu werden?*

Er sah in diesen Elementen eine Tragödie von echt Wagnerschen Dimensionen. Zwei außerordentliche Intriganten, die aufeinanderprallten. Röhm gehörte zu seinen ältesten Freunden. Jetzt war er sein größter Feind. Welche Ironie.

Trotz alledem konnte er sich nicht überwinden, das Unternehmen Kolobri auszulösen. Er mußte Gewißheit haben. Er mußte einen *Beweis* haben, daß Röhm zum Verräter geworden war.

Hitler ging in den Salon zurück. Vierhaus saß auf dem Sofa und las eine Zeitung. Er legte sie weg, als Hitler eintrat.

»Ich brauche eine Zigarette«, sagte Hitler. »Haben Sie eine für mich?«

»Eine Gauloises?«

»Ist mir egal«, sagte Hitler mit einer kurzen Handbewegung, »irgendeine Zigarette.« Er beugte sich vor, damit Vierhaus sie anzünden konnte, dann ging er durch den Raum. Er paffte wie ein Anfänger, hielt das Stäbchen zwischen Daumen und Zeigefinger, machte kurze Züge und blies den Rauch stoßweise aus.

»Ich habe alles für ihn getan, was ich konnte«, sagte er schließlich. »Habe ich ihm nicht sogar zum neuen Jahr ein Dankschreiben geschickt?«

»Jawoll, mein Führer.«

»Ich bedanke mich für die unschätzbaren Dienste, die Du

mir erwiesen hast«, zitierte Hitler in spöttischer Grandeur und schwenkte seine Arme. »Es ist mir eine Ehre – ja, eine *Ehre* –, Männer wie Dich zu meinen Freunden und Kampfgefährten zu zählen.«

Er stampfte wütend mit dem rechten Fuß auf und schlug sich gegen die Schenkel.

»Und was ist der Dank?« sagte er laut. »Betrug! Lügen! Verrat!«

»Jawoll, mein Führer.«

»*Dieser Mann war mein Freund!*« brüllte Hitler und drohte der Decke mit den Fäusten. Er ließ die Arme sinken und wippte auf den Zehen. Dann nahm er die Zeitung an sich.

»Haben Sie den Artikel im *Stürmer* gelesen? Er prahlt in aller Öffentlichkeit mit seiner . . . Abartigkeit. Er vergleicht sich mit anderen Ho . . . mo . . . sex . . . uellen. Mit Alexander dem Großen; mit Julius Cäsar; mit Friedrich dem Großen . . .« Er hielt inne und bemühte sich, seine zunehmende Wut im Zaum zu halten. »Mein Gott, wie viele *Jahre* habe ich darüber hinweggesehen. Es ignoriert. Aber . . .« Er schwenkte die Zeitung über seinem Kopf und warf sie auf den Boden.

»Er hat überhaupt keine Vorstellung davon, wie wichtig die Frau für das Dritte Reich und die Propagierung der arischen Rasse ist. Hören Sie sich das an, hören Sie nur . . .«

Hitler bückte sich, blätterte die zerknüllte Zeitung durch, entnahm ihr eine Seite und deutete mit dem Zeigefinger auf den Artikel.

»Ich schwöre der politischen Ideologie des neuen Deutschland ab, weil sie der Frau in der gegenwärtigen Gesellschaft eine gleichberechtigte Stellung gibt.« Hitler warf die Zeitung erneut zu Boden. »Die Leute nehmen an, daß auch *ich* so denke, Vierhaus!«

Und dann, als wolle er rechtfertigen, was bald geschehen würde, sagte er, immer noch umhergehend: »Am 4. Juni, es ist noch keinen Monat her, habe ich ihn kommen lassen. ›Ernst‹, habe ich gesagt, ›hör mit diesem Irrsinn auf. Du mußt dich den Gesetzen des Dritten Reiches unterwerfen.‹ – ›Ja, mein Führer‹, hat er gesagt. Ich habe ihn an den Putsch in München erinnert, wobei sechzehn unserer Kameraden auf der Straße starben und er verwundet wurde. ›Sämtliche Ideale, für die wir gekämpft haben, sind jetzt in Reichweite‹, habe ich gesagt. ›Du mußt es mir glauben. Mach jetzt keinen Unsinn.‹ – ›Ja, mein Führer‹, hat er gesagt.‹ ›Nehmt einen Monat Urlaub‹, habe ich gesagt. ›Ihr alle. Zieht einen Monat die Uniform aus.‹ – ›Ja, mein Führer‹, hat er gesagt.« Hitler fing nun an zu schreien. »Und jetzt hat er all seine Getreuen zu einem Treffen an den Tegernsee gebeten ... Sie tragen alle Uniform! Er hat mich belogen! *Lügen! Lügen! Lügen!*«

Hitler hielt inne und schüttelte heftig den Kopf. Vierhaus beschloß, die Aufmerksamkeit des Führers auf etwas anderes zu richten, damit ihm Röhm aus dem Kopf ging.

»Ich ... äh ... habe ermutigende Nachrichten, mein Führer. Ich wollte eigentlich damit warten, weil ich dachte, die Anstrengungen dieses Abends ...«

Hitler ließ sich in der Nähe des Fensters schwer in einen Ledersessel fallen. Er machte einen Buckel; seine Augen wirkten wie die eines Wahnsinnigen, das Weiß um seine Pupillen sah in der Dunkelheit gespenstisch aus. Er schaute Vierhaus an.

»Nein, lassen Sie's bleiben, Vierhaus«, sagte er. »Niemand außer mir kann das verstehen.«

Vierhaus sah nun eine Gelegenheit, Hitlers Gunst zu gewinnen und dem Abend seine Schärfe zu nehmen.

»Vielleicht ... Solange wir noch auf Goebbels warten ...«

»Ja, um was geht es denn?«

»Ich kenne den Kopf der Schwarzen Lilie und weiß, wie man ihn schnappen kann.«

Hitlers Gesichtsausdruck veränderte sich nicht, doch sein Blick wurde klarer. »Wer?« Seine Stimme war ein leises Rasseln.

»Der Kopf der Schwarzen Lilie ist ein Jude, der bis vor kurzem noch studiert hat. Sein Name ist Abraham Wolfsson. Ich kenne auch die Namen seiner Unterführer. Und das allerbeste: Ich weiß, wie wir sie schnappen können.«

»Dann schnappen Sie sie *sofort*«, knurrte Hitler. »Sobald wir dies hier hinter uns haben, schlagen Sie zu!«

»Jawoll, mein Führer. Das Verfahren ist bereits eingeleitet. Ich rechne damit, daß wir ihn haben, sobald das Unternehmen Kolibri abgeschlossen ist.«

»Welch ein Augenblick, Vierhaus! Wenn wir Röhm *und* die Schwarze Lilie in einem einzigen Schlag vernichten könnten!«

»Die Schwarze Lilie ist schon so gut wie erledigt, mein Führer.«

»Bringen Sie ihn um, Vierhaus, verstanden?« sagte Hitler. Seine Stimme wurde wieder lauter. »Keine Gerichtsverhandlung, kein Aufsehen, bis es vorbei ist.« Er schlug mit der Faust auf den Tisch. »Bringen Sie ihn *ganz einfach* um!«

»Jawoll, mein Führer.«

Hitler dachte kurz nach, dann sagte er: »Bringen Sie ihn in den Keller nach Landsberg und lassen Sie ihn enthaupten.«

»Jawoll, mein Führer.«

Hitler stand auf und nahm seinen Rundgang wieder auf. »Dann verbrennen Sie ihn und verstreuen seine Asche im Wind.«

»Wie Sie wünschen.«

»Ich möchte ihn *ausradieren*.«

»Ja, mein Führer.«

»Die Macht kommt aus den Gewehrläufen, Vierhaus. Röhm ist auf dem besten Weg, es zu erkennen. Und dieser Wolfs ... wie?«

»Wolfsson.«

»Ja, Wolfsson. Sie haben ihre Särge selbst gezimmert; bald werden sie darin liegen.«

»Jawoll, mein Führer«, sagte Vierhaus und fügte insgeheim hinzu: *Es wird auch Zeit.*

Dann trafen die Meldungen ein. Kuriere, Telefonanrufe, Telegramme; alle meldeten die Vorbereitungen für die teuflischen Aktivitäten der Nacht. Schließlich rief Himmler den Führer persönlich an.

»Mein Führer, wir haben den unwiderlegbaren Beweis, daß die SA für morgen einen Staatsstreich plant.«

»Was?! Wo haben Sie den Beweis her?«

»Ernst hat die SA-Einheiten zu einem allgemeinen Aufstand in Bewegung versetzt.«

Ernst war der SA-Chef von Berlin, ein alter Freund Röhms und ein treuer Sturmtruppler.

»Ist Göring da?« fauchte Hitler. »Ich möchte ihn sprechen.«

»Nein, mein Führer. Er ist draußen. Das ganze Gebiet zwischen der Tiergarten- und der Augustastraße ist abgeriegelt. Die SA sitzt mittendrin fest. Da kommt keiner rein oder raus.«

»Ausgezeichnet. Unternehmen Sie nichts, bevor ich es nicht sage.«

»Gewiß, mein Führer«, antwortete Himmler.

Hitler warf den Hörer auf die Gabel und ging zum Fenster zurück. Die Gewitterwolken jagten am Nachthimmel entlang. Im Norden erhellten die Blitze den Himmel noch immer. Aber es klarte auf. Das Gewitter zog weiter. Hitler nahm es als letztes Zeichen.

Er wirbelte zu Vierhaus herum. »Das Volk muß von der Echtheit des Putschversuchs überzeugt werden«, sagte er. »Wie Sie wissen, ist Röhm nicht unbeliebt.«

»Wenn man es ihm auf die richtige Weise beibringt«, sagte Vierhaus leise, »kann man das Volk dazu bringen, alles zu glauben.«

Hitler nickte heftig. »Ja, ja! Aber ich muß es tun! Mit meinen Worten. Das Volk kennt meinen Stil.«

Er ging im Raum umher, blieb stehen und stierte sehr lange die Wand an.

»Eins will ich Ihnen sagen, Vierhaus«, sagte er. »Angst regiert die Welt. Und das wirkungsvollste politische Instrument der Angst ist der Terror. Terror bringt ein Volk dazu, mit dem Allerschlimmsten zu rechnen. Terror bricht den Willen. Das Volk muß verstehen, daß diese ... Revolte ... nicht toleriert werden kann und *wird*. Daß wir *keine* Revolte tolerieren werden, verstehen Sie?« Er beantwortete seine eigene Frage mit einem zustimmenden Nicken.

»Röhm verfolgt also den ... Plan, den Führer abzusetzen, nicht wahr?« sagte Hitler mit einem zufriedenen Schnauben. »Nun, rufen Sie den Flughafen an. Ich will wissen, wann wir nach München fliegen können. Wir werden das Unternehmen Kolibri auf der Stelle durchführen.«

Er schaute den kleinen Speichellecker an und zischte: »Jetzt machen wir sie nieder.«

Als sie das Braune Haus erreichten, sah Hitler Reinhard Heydrich und ein halbes Dutzend Männer in Habtachtstellung auf der Eingangstreppe stehen. Heydrich war unverwechselbar. Nicht einmal im finstersten Augenblick vor dem Morgengrauen konnte man seine hochaufgeschossene, hagere Gestalt verwechseln. Als sie näher kamen, erhellten die Straßenlaternen seine leichenhaften Gesichtszüge und toten Augen.

Hitler empfand eine plötzliche Kälte. Irgend etwas Unheimliches war an Heydrich. Er war beinahe *zu* effizient; er war wie ein blutleerer Roboter. Aber er hatte ein geschlossenes Weltbild und gehörte zu den Menschen, die Befehle ohne Zögern ausführten. Als Vierhaus erfahren hatte, daß Heydrichs Großmutter Jüdin gewesen war, hatte Hitler ihn offiziell von seinem ›besudelten Blut‹ gereinigt und ihn per Erlaß zum Arier gemacht.

Einer seiner Männer sprang auf den gepanzerten Wagen zu und öffnete die Tür. Als Hitler ausstieg, knallte Heydrich die Hacken zusammen und streckte den Arm zum Nazigruß aus.

»Heil Hitler!«

Hitler nahm seinen Gruß entgegen und fragte: »Na, Heydrich, wie geht's voran?«

»Wir haben Schneidhuber und seinen Assistenten Schmid ohne Zwischenfall festgenommen. Sie und ein Dutzend weiterer SA-Männer stehen unter Bewachung. Sie haben sich alle erbittert beschwert.«

»Natürlich«, fauchte Hitler. Schneidhuber, ein Ex-Oberst der Reichswehr, war der Chef der Münchner Polizei und der höchste SA-Dienstgrad der Stadt. Gerüchten zufolge sollte er Röhms Stabschef werden, wenn die Wehrmacht und die SA sich zusammentaten.

»Schneidhuber«, grollte Hitler leise, als er Heydrich in die Vorhalle des Hauptquartiers folgte. Schneidhuber war Ende Vierzig, ein bulliger Mann, der einen gezwirbelten und eingewachsten Preußen-Schnurrbart trug. Seine dicken Lippen wirkten, als seien sie zu einem ständig höhnischen Lächeln verzogen. Er trug, wie seine rechte Hand Edmund Schmid, eine SA-Uniform. Schmid war eine Nummer kleiner als sein Chef; er war dicklich und wirkte wie ein typischer Jasager.

Als Hitler die beiden sah, bekam er auf der Stelle einen Wutanfall. Sein Gesicht schien anzuschwellen. Die Adern traten auf seiner Stirn hervor; seine Farbe veränderte sich von Weiß zu Rot und dann zu Violett.

»Sie Verräter!« schrie er Schneidhuber an. »Sie elendes Schwein!«

»Mein Führer...«, winselte Schneidhuber. »Ich verstehe n...«

»Maul halten!« brüllte Hitler. »Halten Sie die Schnauze!« Er fing an zu zittern. Dann streckte er plötzlich die Arme aus, packte die Schulterstücke des Polizeichefs und zerrte daran. Er riß den untersetzten Offizier hin und her, bis ein Teil seines Ärmels nachgab.

»Sie sind so eine jämmerliche Figur, Schneidhuber, daß Sie nicht mal der menschlichen Geringschätzung würdig sind«, fauchte Hitler. »Sie... feiger, unfähiger, verlogener...«

Er hielt inne und trat zurück. Er hatte noch immer das Stück Stoff in der Hand, doch er ließ es fallen, um nach seiner Pistole zu greifen.

Heydrich ging um Hitler herum, zog eine P 38 und hielt sie auf Armeslänge von sich. Ihr Lauf war zehn Zentimeter von Schneidhubers Gesicht entfernt.

»Mein Gott!« schrie Schneidhuber. Dann brüllte die Pistole vor seinem Gesicht auf, und er spürte, wie brennende Gase sein Gesicht versengten und eine plötzliche Explosion in seinem Gehirn. Schneidhubers Kopf ruckte nach hinten, und er brach auf dem Boden zusammen. Seine Stirn war von heißem Pulver verbrannt. Ein kleines, neun Millimeter großes Loch befand sich genau zwischen seinen Augen.

Schmid sank gegen die Wand. Seine Knie knickten ein. Er hob eine Hand vor sein Gesicht und winselte: »Bitte . . .«

Heydrich feuerte den ersten Schuß genau ab. Die Kugel fegte durch Schmids Hand und streifte seine Stirn. Der kleine Mann fiel mit einem schrillen Aufschrei zu Boden. Heydrich beugte sich über ihn und verpaßte ihm einen Schuß hinters Ohr.

Dann drehte er sich zu Hitler um. »Die beiden waren Ihrer Kugel nicht würdig, mein Führer.«

»Eben«, sagte Hitler zitternd. »Eben. – Wo sind die anderen? Wie viele sind in dem Hotel?«

»Ein halbes Dutzend«, erwiderte Heydrich. »Der Rest trifft gegen sechs Uhr mit der Bahn ein.«

»Gut. Schicken Sie jemanden mit einem Sonderkommando zum Bahnhof. Sobald sie ankommen, soll man sie verhaften. Sie werden alle exekutiert.« Er blickte auf das Blut, das sich auf dem marmornen Fußboden ausbreitete. »Und lassen Sie hier alles saubermachen. Schaffen Sie sich alle vom Hals, die noch hier sind.«

»Jawoll, mein Führer. – Heil Hitler!«

Hitler hob die Hand zu einem eiligen Salut und ging durch die Tür hinaus. Heydrich nahm sich drei Männer und betrat den Konferenzraum, in dem die sechs SA-Führer unter Arrest standen. Er öffnete die Tür, die in den Hofgarten führte, packte einen Obersturmbannführer am Arm und schob ihn durch die Tür hinaus.

»Was in aller Welt ist los, Heydrich?«

»Der Führer hat Sie zum Tode verurteilt.«

»Warum denn, um Gottes willen? Wir haben doch nichts getan!«

»Die Anklage lautet auf Verrat. – *Heil Hitler!*«

Heydrich schoß dem Mann durch die Brust. Der Obersturmbannführer grunzte, als die Kugel seinen Körper durchschlug und ihm die Worte von den Lippen riß. Er sank in eine sitzende Stellung und schaute genau in dem Moment auf, als Heydrich den zweiten Schuß abgab. Er traf den Mann genau ins Auge. Dann schob man die anderen fünf SA-Führer durch die Tür, obwohl sie mit lautem Geschrei ihre Unschuld beteuerten und um ihr Leben flehten. Man schoß sie zusammen und feuerte auch dann noch auf sie, als sie längst gefallen waren.

Später an diesem Tag saß Hitler im Braunen Haus an seinem Schreibtisch und ruhte sich mit ausgestreckten Armen aus. Vor ihm lag Eickes Todesliste. Vierhaus hatte den ganzen Tag lang sämtliche Namen überprüft.

Himmler hatte den Befehl erteilt, einhundertfünfzig SA-Männer und hundert weitere Braunhemden-Führer in das alte Militärgefängnis bei Berlin zu bringen. Die Todesschwadronen machten sich an die Arbeit. Alle fünfzehn Minuten wurden fünf SA-Leute aus ihren Zellen geholt und, einmal im Freien, schreiend an die rote Gefängnis-Ziegelmauer gezerrt. Man riß ihnen die Hemden auf und malte einen Kreis auf ihre Brust, dann wurden sie von SS-Scharfschützen exekutiert. Als die schreckliche Arbeit getan war, warf man ihre Leichen auf die Tragflächen sogenannter Fleischlaster und brachte sie zu einem kleinen Dorf in der Nähe der Garnison. Dort wurden die Toten verbrannt und ihre Asche in alle Winde verstreut.

Abgehakt ...

Ein Bayer, der vor elf Jahren dabei geholfen hatte, den Hitlerputsch zu inszenieren, doch dagegen war, daß Berlin nun Bayern regierte, wurde in ein Sumpfgebiet verschleppt und mit einer Spitzhacke zu Tode geprügelt.

Abgehakt.

Ein Musikkritiker, der aus seiner sozialistischen Einstellung keinen Hehl machte, wurde in seinem Keller erhängt und von vier Schüssen durchlöchert. Sein Tod wurde als Selbstmord hingestellt.

Abgehakt.

Ein ehemaliger SA-Mann, der Hitlers Leibwächter gewesen war, bevor er in einer Kleinstadt als Bürgermeister Karriere gemacht hatte, wurde von seinem Bauernhof verschleppt. Man brach ihm mit einer Axt beide Arme und Beine und schleifte ihn am Kragen zu einem kleinen See, der zu seinem Besitz gehörte.

»Es ist ein Irrtum«, schrie er. »Ruft den Führer an! Ich war sein Leibwächter!«

»Verräter«, fauchte ein SS-Mann.

»Ich bin *kein* Verräter!« bettelte der Mann.

Sie warfen ihn in den Teich, rauchten eine Zigarette und schauten zu, wie er ertrank.

Abgehakt.

General Kurt von Bredow, der während des Hitlerputsches Adjutant von General Schleicher gewesen war, verließ um halb acht sein Haus, um seinen Dackel zum Morgenspaziergang auszuführen. Er trug den Welpen ins Freie, und als er sich bückte, um ihn an die Leine zu legen, hielt ein schwarzer Mercedes vor seinem Haus.

»General von Bredow?« fragte jemand.

»Ja?«

Die drei Männer hoben ihre Pistolen und feuerten zur gleichen Zeit. Ein Dutzend Kugeln zerfetzten von Bredows Körper.

Abgehakt.

Gustav von Kahr, 73, der ebenfalls an der Niederschlagung des Putsches von 1923 mitgewirkt hatte, wurde in einem Sumpfgelände bei München aufgefunden. Mit einer Spitzhacke zu Tode gehackt.

Abgehakt ...
Abgehakt ...
Abgehakt ...

Bei Sonnenuntergang hatten die von Göring und Himmler geleiteten SS-Schwadronen in Berlin über 1500 Namen aus Eickes Liste abgehakt. Das Münchner Unternehmen hatte noch 300 Opfer mehr gekostet. Vor Einbruch der Nacht waren fast alle Namen auf Eickes Liste durchgestrichen.

Hitler lehnte sich in seinen Stuhl zurück und nickte Vierhaus langsam zu.

»Geschafft«, sagte er erleichtert.
Nur Röhm war noch übrig.

Röhm saß im Keller des Gefängnisses Stadelheim auf einer eisernen Liege. Er schwitzte entsetzlich und hatte sich das Hemd ausgezogen. Auf seiner faßförmigen Brust wuchsen feuchte, schwarze Haare. Als die Zellentür aufflog und Vierhaus eintrat, blickte er auf. Vierhaus händigte ihm Ausgaben verschiedener Zeitungen aus, in denen in knappen Worten über das Unternehmen Kolibri berichtet wurde. Dann legte er eine geladene Pistole auf den Zeitungsstapel.

»Der Führer gibt Ihnen eine Chance, Frieden mit sich selbst zu machen«, sagte Vierhaus.

Röhm schaute zu ihm auf und lachte.

»Wenn ich schon erschossen werden muß, soll Adolf es selbst tun«, sagte er arrogant.

»Das könnte Ihnen so passen«, sagte Vierhaus. Er drehte sich schnell um und verschwand aus der Zelle. Als er nach oben kam, wartete Theodor Eicke auf ihn. Vierhaus zuckte die Achseln.

»Stur bis zum letzten«, sagte er. »Tu du's.«

Sie warteten eine Viertelstunde. Dann prüfte Eicke das Magazin seiner P 38 und sagte: »Heil Hitler.«

»Heil Hitler«, erwiderte Vierhaus.

Eicke ging in die muffig riechende, dunkle Kellerzelle hinab. Die Posten beobachteten ihn, als er die Treppe herunterkam. Sein Umriß wirkte vor dem Sonnenlicht, das aus dem ersten Stock herunterfiel, wie der eines stämmigen Todesengels mit einem Schießeisen in der Hand. Eicke sagte kein Wort. Er ging zu Röhms Zelle und nickte. Ein Posten öffnete die Tür.

Als Eicke eintrat, blickte Röhm auf.

»Na, so was«, sagte er, »mein Freund, der Scharfrichter. Also hat der gute Adolf doch nicht den Mumm, es selbst zu tun.«

»Stabschef, bereithalten«, sagte Eicke.

Röhm warf den Kopf in den Nacken und schrie: »Mein Führer! Mein Führer! Heil Hitler!«

Die Pistole in Eickes Faust bellte. Der erste Schuß traf Röhm in die Brust.

»Oh!« rief er aus und schaute überrascht an sich herunter. Eicke schon noch einmal. Neben dem ersten tat sich ein zweites Loch auf und warf Röhm auf die Seite. Er machte Anstalten, sich wieder zu erheben; sein Kopf baumelte, Blut floß aus seiner Nase.

Eicke trat näher heran und schoß Röhm in die Schläfe. Röhms Kopf zuckte zur Seite, und er versteifte sich. Seine Muskeln schienen sich zu entspannen. Eicke stand über ihm. Er wollte gerade den vierten Schuß abfeuern, als er Röhm heftig ausatmen hörte und sah, wie sein Körper sich versteifte.

Ein paar Minuten später betrat Vierhaus Hitlers Büro.

»Mit Röhm ist es aus«, sagte er.

Hitler musterte ihn finster unter gekrümmten Brauen. Einen Augenblick lang verspürte er fast so etwas wie Reue, doch das verging schnell. Er nickte.

»Dann ist die Oper also aus«, sagte er und klatschte langsam in die Hände. »Bravo . . .«

Jetzt beherrscht er auch die deutsche Wehrmacht, dachte Vierhaus. *Und Himmler kontrolliert nun die deutsche Polizei. Hitler hat in einer Nacht das Herz und die Seele der SA ausradiert – und fast alle offen auftretenden politischen Widersacher. Er ist der absolute Herr Deutschlands. Jetzt hat er ganz Europa im Griff.*

Hitler schaute zu Vierhaus auf; seine Augen funkelten, sein Blutdurst war noch immer nicht gestillt.

»Bringen Sie mir jetzt die Schwarze Lilie«, sagte er.

Kapitel 28

Jenny verließ das Hotel vor acht Uhr und benutzte auf dem Weg zu ihrem Ziel drei verschiedene Droschken. Diesen Trick hatte sie von Abraham gelernt: Man zahlte im voraus, sprang ganz plötzlich in einen anderen Wagen und wiederholte die Prozedur noch einmal. Sie schaute nicht nach, ob ihr jemand folgte. Sie ging einfach davon aus, daß es so war

– ebenso wie damals, als sie die Flugblätter und das *Berliner Gewissen* verteilt hatte. Schließlich nahm sie den Boulevard Ney, der am Arc de Triomphe vorbei südlich um die Stadt herum verlief, und ging zwei Häuserblocks weiter zu einem kleinen Café auf der Rue Longchamps. Sie kaufte sich eine Morgenzeitung und setzte sich an einen Tisch, von dem aus man die Tür beobachten konnte. Sie bestellte Kaffee.

Als sie die Zeitung auseinanderfaltete, zuckte sie zusammen. Der Artikel stand auf der Titelseite.

MEHRERE HUNDERT OPFER BEI NAZI-MASSAKER

Noch überraschender als die Titelgeschichte war der Gastkommentar, den Bert Rudman geschrieben hatte. Warum hat er uns nichts davon gesagt? fragte sie sich. Dann lächelte sie verlegen, denn ihr fiel ein, daß Kee und sie sich bis in die Frühe geliebt und an der Rezeption hinterlassen hatten, keine Gespräche zu ihnen durchzustellen.

Bert Rudmans Kommentar zum *Unternehmen Kolibri* stand auf der ersten Seite, direkt neben der Titelgeschichte. Sie war von einem schwarzen Rand umgeben und trug die Überschrift *Commentaire*.

BERLIN, DEUTSCHLAND, 1. Juli. In der vergangenen Nacht wurde im Lande Brahms', Beethovens, Goethes, Schillers und des Meissener Porzellans der Begriff Brudermord in einem Blutbad, dessen Umfang in der Neuzeit seinesgleichen noch nicht gehabt hat, neu definiert.

1920 schrieb der (damalige) Student Rudolf Heß, der inzwischen Hitlers Stellvertreter ist, in einem Essay: ›Große Fragen der Zeit werden stets mit Hilfe von Blut und Eisen geregelt. Hitler schreckt vor Blutvergießen nicht zurück. Um seine Ziele zu erreichen, wird er auch seine engsten Freunde vernichten.‹

Wie prophetisch!

In einer abscheulichen Mordnacht hat Adolf Hitler den Dolch der Hinterlist gegen seinen Freund Ernst Röhm und die Legionen der Braunhemden gerichtet, die ihm geholfen haben, an die Macht zu kommen. Der Führer Deutschlands hat seiner Leibwache, der SS, befohlen, Hunderte von Braunhemd-Führern zu exekutieren – darunter auch den pädophilen Krieger Röhm, seinen einstigen Freund und Kameraden.

Wie überliefert wurde, waren Röhms letzte Worte »Sieg Heil!« und »Heil Hitler!«

Es fällt einem schwer, Sympathie für Röhm oder seine dezimierten Legionen zu empfinden. Seine Sturmabteilung bestand aus Schlägern, die Geschäfte zertrümmert, unschuldige Menschen zusammengeschlagen und ermordet haben, und dann zum Anschlagbrett für Hitlers Antisemitismus wurden – eine der Lehren der NSDAP und des Dritten Reiches.

Doch die feige Art, in der die Tat in einer Nacht und an einem Tag geschah – wobei der Freund den Freund und der Bruder den Bruder mordete –, läßt einem das Blut in den Adern gefrieren.

Wie Regenwasser nach einem Gewitter sammelte sich das Blut im Hofgarten des Gefängnisses Stadelheim und der SS-Garnison, als die Exekution unschuldiger SA-Anwärter einer Ausbildungseinheit den ganzen Tag über dauerte. Laut vorliegenden Meldungen sind zahlreiche Angehörige der SS-Erschießungskommandos während des schrecklichen Spektakels körperlich erkrankt und mußten ersetzt werden.

Allerdings machte das Gemetzel nicht nur vor Röhm und seinen Komplizen halt. Dutzende politischer Gegner Hitlers wurden ebenfalls ermordet, manche sogar im Schlaf. Man hat der SS in ihrem mörderischen Vorstoß *carte blanche* erteilt. Doch in der Nacht der langen Messer geschahen auch Fehler: Mehrere Personen verloren das Leben, weil man sie mit anderen verwechselte.

Es ist uns gelungen, eine fragmentarische Liste der in der Nacht des Entsetzens Gemordeten zusammenzustellen. Die Schätzungen reichen von zwei-, dreihundert bis zu dreitausend Personen. Die tatsächliche Zahl der Menschen, die in den vergangenen 24 Stunden in Deutschland umgebracht wurden, wird vielleicht nie bekannt werden.

Eins ist offensichtlich: Mit der Zerschlagung der SA, deren Mitglieder dazu beigetragen haben, Hitler an die Macht zu bringen, gibt es niemanden mehr, der die Macht des Führers in Frage stellen kann. Hitlers Leibwache, die unter dem Kürzel ›SS‹ bekannte Schutzstaffel, besteht aus fünfzig- bis sechzigtausend Mann und ist nun der unbestrittene Herr der Straße. Die Geheime Staatspolizei (Gestapo) hat die zivile Polizei ersetzt.

In *Mein Kampf* hat Hitler geschrieben: ›Rassismus gibt den Deutschen Blut und Seele. Rassismus identifiziert den Feind und gibt dem Volk das Gefühl von Selbstidentifikation und Selbstvertrauen.‹ Nun ist der Rassismus in Deutschland zum Gesetz geworden.

Doch diesmal gab es einen Unterschied. Diesmal sind die Nazis nicht gegen die Juden vorgegangen, sondern gegen die Deutschen – Soldat gegen Soldat, Kamerad gegen Kamerad. Es war Massenmord, ein abscheulicher Verstoß gegen die vorherrschende Ethik.

Jene von uns, die die furchterregende Bösartigkeit des Nazismus in diesem Volk haben heranwachsen sehen, erkennen in dieser Säuberungsaktion das Vorspiel zu einem Alptraum. Deutschland hat sich dem Gesetz des Terrors gebeugt, und Hitler hat sich erneut als Meister des Verrats bewiesen.

Jenny faltete die Zeitung zusammen und steckte sie in ihre Tasche. Wie immer war sie stolz auf Bert, daß er kein Blatt vor den Mund nahm. Andererseits war sie von der grauenhaften Nachricht auch gedemütigt – schon wieder eine Erniedrigung, die sie als Deutsche erdulden mußte. Der Führer ihres Landes hatte den *Massenmord* wie irgendein psychopathischer Despot des Mittelalters sanktioniert.

Sie eilte an die nächste Straßenecke und bog in die Rue Fresnel ein, eine kurze, helle Straße, die von fröhlichen Lädchen umsäumt wurde. Ein Blumenstand beherrschte den Mittelpunkt des Blocks. Sie trat heran und warf einen Blick auf die frisch begossenen Sträuße, die im Morgenlicht leuchteten.

»Mam'selle?« sagte der Blumenhändler freundlich.
»Ich suche etwas Besonderes«, sagte sie auf französisch.
»Vielleicht kann ich Ihnen helfen.«
»Ich suche nach schwarzen Lilien«, sagte sie.
Sein Gesichtsausdruck veränderte sich kaum; er machte ein Zeichen mit den Augen und spannte seine Kinnmuskeln an.
»Tut mir leid«, sagte er. »Versuchen Sie es bei der Nummer *deux cent cing*.«
»Merci.«
Der Blumenhändler tippte an seine Mütze und wandte sich einer anderen Kundin zu.
Jenny ging über die Straße und hielt nach den Hausnummern Ausschau. Die Hausnummer 205 befand sich in der Mitte der Häuserzeile. Es war eine kleine Schneiderei und Reinigung, in der es nach Dampf und Reinigungsmitteln roch. Der Laden war bis auf einen jungen Mann mit einem ärmellosen Hemd leer. Er bügelte an einer Maschine Hosen. Als Jenny eintrat, lächelte er.
»Abholen oder was bringen?« fragte er freundlich.
»Ich bin gekommen, um Onkel zu besuchen«, sagte sie leise.
»Onkel?«
Der junge Mann war groß, er hatte langes, strubbliges Haar und sanfte braune Augen. Er schaute aus dem Fenster und nahm flink die Straße in Augenschein.
»Onkel Elias«, sagte Jenny. »Ich habe ihm eine seltene Blume mitgebracht.«
Sein Lächeln wurde noch vorsichtiger.
»Ach? Etwa eine Orchidee?«
»Eine Lilie.«
»So selten sind Lilien aber nicht.«
»Schwarze schon.«
Er nickte und sah sie unverwandt an.
»Das stimmt. Und wen darf ich melden?«
»Jenny Gold. Ich bin Abrahams Schwester.«
Sein Blick erhellte sich.
»Ah, ja«, sagte er entgegenkommend. »Hierher, bitte.«

Er führte sie an dem Dampfbügeleisen vorbei in ein Hinterzimmer. Sie quetschten sich durch Berge frisch gereinigter Kleider zu einer Treppe im Hintergrund des Ladens durch.

»Ich heiße Jules Loehmann«, sagte ihr Führer und geleitete sie über eine schmale Stiege in den zweiten Stock. »Onkel Elias ist mein Vater.«

»Danke, daß Sie mir helfen, Jules.«

»Es ist mir eine Freude und Ehre. Ich habe Abraham vor ein paar Monaten kennengelernt, als er hier war. Ein sehr mutiger Bursche.«

»Er würde sich freuen, das zu hören.«

»Na, fein. Erzählen Sie es ihm.«

Am Ende der Treppe kamen sie in einen kleinen Korridor, und Jules klopfte leise an eine Tür. Dann öffnete er sie und führte sie in einen kleinen, unglaublich vollgestopften Salon. Ein älterer Herr saß an einem Rollschreibtisch und schrieb etwas in ein Journal. Jedes Fleckchen des Tisches war mit Papieren und Umschlägen übersät. Auch ein kleiner Eßzimmertisch war mit Büchern, Papieren und Aktendeckeln beladen. Manche Aktenstapel lagen sogar auf dem Polstersofa und dem Schaukelstuhl, der eine Ecke des Zimmers einnahm. In scharfem Kontrast zum allgemeinen Durcheinander war das Zimmer ein heller und freundlicher Raum und wurde von einem großen Oberlicht erhellt.

Der Alte war so dünn, daß er zerbrechlich wirkte, sein weißes Haar floß unter einem schwarzen Käppi hervor. Seine Haut hatte das weiche, fast durchsichtige Aussehen, das das Alter mit sich bringt, doch obwohl der Raum nicht kalt war, hatte er einen Schal um seine Schultern gelegt. Als Jenny und Jules eintraten, hob er den Kopf und beäugte sie über die Halbgläser seiner Brille hinweg.

»Du hast Besuch. Jenny Gold. Sie ist Abraham Wolfssons Schwester.«

»Halbschwester«, sagte Jenny.

Der Alte stand mit einiger Mühe auf und nahm ihre Hand.

»Nanu«, sagte er mit einem glanzlosen Lächeln. »Welch

nette Art, den neuen Tag anzufangen.« Er küßte Jennys Hand, dann winkte er sie zu einem Sofa. »Jules, mach doch mal Platz.«

Während Jules diverse Aktenstapel forträumte und auf den Boden stapelte, geleitete der Alte sie zu ihrem Sitzplatz.

»Ich mußte Deutschland ziemlich schnell verlassen«, sagte Elias und deutete auf den Raum. »Das hier ist die Summe meiner gesamten Besitztümer. Ich wühle mich jetzt seit einem Jahr durch die Dinge und bin noch immer beim ersten Stapel.«

»Ich muß ins Geschäft zurück«, sagte Jules und entschuldigte sich.

»Dann sind Sie Deutscher?« fragte Jenny.

»Ja«, sagte der Alte ernst. »Ich habe mit Reinhardt und Sternfeld an der Universität gelehrt. Sie haben mich rausgeworfen.« Er hielt einen Moment inne, dann fügte er hinzu: »Die anderen hatten leider kein so großes Glück.«

»Ja, ich weiß. Es tut mir so leid.«

Er musterte sie mit einem freundlichen Blick – weise vom Alter und blaß von der Zeit.

»Sie sehen so . . . überrascht aus«, sagte Elias.

Jenny lachte. »Tut mir leid. Aber irgendwie habe ich Sie mir jünger vorgestellt.«

»Ach! Listig können wohl nur junge Menschen sein, wie?«

»Ich nehme an, genau *das* habe ich gedacht. Ein lächerliches Vorurteil.«

»Die meisten Vorurteile sind lächerlich«, sagte Elias achselzuckend. »Allerdings braucht man einen alten Kopf, um junge Hände ruhig zu halten, meine Liebe. Wer käme außerdem auf die Idee, daß ich noch im Alter von achtundsiebzig zum Verkehrsplanungschef einer subversiven Organisation werde? Ich finde das alles recht belebend. Was also kann ich für Sie tun?«

»Ich muß mit Abraham reden.«

Elias' Gesicht wurde nachdenklich. Er legte die Fingerspitzen aneinander und schaute sie über seine Hände hinweg an. »Das ist sehr schwierig, meine Liebe. Offen gesagt, im Moment ist es unmöglich. Wissen Sie nicht, was passiert ist? In Berlin geht im Augenblick alles drunter und drüber. Es heißt, in der vorgestrigen Nacht seien dreitausend SA-Leute und viele andere umgebracht worden.«

»Ich habe die Zeitung gerade gelesen. Mein Gott, was geht da vor?«

»Ganz allgemein ausgedrückt bedeutet es, daß Hitler nun die absolute Macht hat.«

»Wie können wir damit Schritt halten? Wie kann das Volk damit fertig werden?«

»Das Volk?« sagte Elias tieftraurig. »Es ignoriert es einfach, meine Liebe. Es schaut ganz einfach weg. Da es nicht das geringste dagegen tun kann, tut es so, als sei gar nichts geschehen. Deswegen ist Abraham auch so wichtig. Er ist buchstäblich zur Stimme des deutschen Gewissens geworden. Er erinnert das Volk fortwährend daran, daß das, was passiert, moralisch widerwärtig ist. Nicht nur gesetzwidrig – auch *moralisch* falsch.«

Elias lehnte sich zurück und schaute ins Licht des hellen Sommermorgens hinaus.

»Sie müssen wissen, daß er zu meinen Studenten gehört hat«, sagte er ziemlich wehmütig. »Ich bin sehr stolz auf ihn. Der Mentor einer abweichenden Stimme gewesen zu sein, ist eine Erfüllung.«

»Ich kann es kaum glauben, daß der deutsche Reichskanzler wieder zu kaltblütigem Mord zurückgekehrt ist«, sagte Jenny.

»Ach, das hat er schon vor der fraglichen Nacht getan«, sagte der alte Mann. »Wir haben erfahren, daß die Schwarze Lilie auf seiner Liste jetzt an erster Stelle steht. Deswegen ist es momentan unmöglich, Kontakt mit Abraham aufzunehmen. Er ist unterwegs. Aber ich bin sicher, daß er sich in den nächsten Tagen meldet. Soll ich ihm etwas ausrichten?«

Jenny schüttelte den Kopf, dann erklärte sie, warum sie nach Berlin gehen mußte.

»Vor meiner Abreise hat er gesagt, ich solle mich bei Ihnen melden, falls ich zurückkomme. Er sagte, Sie wüßten, ob mir irgendeine Gefahr droht.«

»Müssen Sie unbedingt jetzt nach Berlin zurück?«

Jenny nickte. »Ich muß ihn von meiner Entscheidung informieren. Er weiß zwar, daß es Francis gibt, aber er ist ihm nie begegnet. Außerdem muß ich mich um meine Wohnung kümmern und meine Familie sprechen. Ich fahre in ein paar Tagen nach Amerika. Ich muß mich verabschieden.«

»Das kann ich für Sie erledigen.«

»Nein, ich kann nicht weg, ohne es Abraham zu erklären.«

»Dann schreiben Sie ihm doch einen Brief.«

»Glauben Sie, daß ich auf der Flüchtlingsliste stehe? Sind Sie deswegen so besorgt über meine Rückkehr?«

Elias schüttelte den Kopf. »Nicht im geringsten. Wenn Sie auf der Liste stünden, würden wir sicher davon wissen. Aber aufgrund Ihrer Beziehungen könnte es momentan gefährlich sein, zurückzukehren.«

»Ich weiß«, sagte Jenny. »Sie glauben, wenn man mich schnappt, könnte man mir bestimmte Informationen entreißen. Aber glauben Sie mir – es ist nicht möglich. Abraham hat mir nichts erzählt. Ich habe nur beim Verteilen der Flugblätter und Zeitungen geholfen.«

»Das allein war schon ein schweres Vergehen, ist Ihnen das nicht klar? Die Nazis haben schon mehr als einen Verteiler des *Berliner Gewissens* nach Stadelheim verschleppt. Sie *enthaupten* sie! Können Sie sich eine solche Barbarei vorstellen? Sie glauben nicht, wie weh es mir tut, daß so etwas möglich ist.«

»Helfen Sie mir, nach Hause zu kommen?« fragte Jenny mit leisem Nachdruck.

Elias schien eine Entscheidung aufzuschieben.

»Sie müssen zugeben, daß es etwas eigenartig ist, jemanden dabei zu helfen, *nach* Deutschland zu gehen«, sagte er, als amüsiere ihn die Vorstellung beinahe.

»Bitte . . .«

Elias zuckte mit den Achseln und wandte den Blick zum Himmel. »Manchmal glaube ich, wir Juden legen zuviel Wert auf die Familie.«

»Ich bin keine Jüdin«, sagte Jenny. »Abraham ist mein Halbbruder. Aber man hat uns als Bruder und Schwester erzogen. Ich bewundere das, was er tut. Es schreckt mich zwar fast zu Tode, aber ich verehre ihn dafür. Daß ich ihm den Grund meines Fortgehens erkläre, ist doch das wenigste, was ich tun kann.«

Elias wedelte zum Zeichen seines Aufgebens mit der Hand und nickte. »Entschuldigen Sie mich«, sagte er. Er erhob sich von seinem Sitz und verließ den Raum. Jenny blieb still sitzen und lauschte dem Klang seiner gedämpften Stimme aus dem Nebenzimmer. Die Furcht fing an, in ihrem Inneren zu nagen. Sie war jetzt nur ein kleiner Funke, doch er konnte sich zu einem Inferno auswachsen. Sie bemühte sich, die Angst zu unterdrücken, doch ihr Mund wurde immer trockener, und sie spürte, wie ihr der Schweiß ausbrach. Sie fürchtete nicht um sich, sondern um Abraham.

Elias kam zurück. Er hielt ein Stück Papier in der Hand.

»Sie werden nach Leipzig fliegen«, sagte er, »dann bringt man Sie mit einem Auto nach Berlin. Die Fahrt dauert nur zwei Stunden. Haben Sie einen Ort, an dem Sie bleiben können?«

»Vor der Abreise bin ich in eine neue Wohnung gezogen. Das Telefon läuft nicht auf meinen Namen. Ich glaube, dort ist es sicher.«

Elias zog einen Stuhl heran, setzte sich hin und beugte sich vor. »Aber nicht für lange«, warnte er. »Wenn herauskommt, daß Sie in Berlin sind, wird man sofort Ausschau nach Ihnen halten. Dann müssen Sie die Stadt so schnell wie möglich verlassen. Wenn Sie abreisebereit sind, müssen Sie schnellstens auf dem gleichen Weg zurück. Vergessen Sie nicht, daß Sie niemandem trauen dürfen.«

»Nicht mal Abraham?«

»Ihm schon. Aber gehen Sie jedem aus dem Weg, der nicht in direktem Kontakt zur Lilie steht. Und suchen Sie nicht nach Abraham; er wird sich mit Ihnen in Verbindung setzen.«

»Ich verstehe.«

»Von hier nach Leipzig geht täglich nur eine Maschine. Sie startet in zwei Stunden. Sie müssen wegen des Passes unter ihrem Namen fliegen. Wir haben keine Zeit, Ihnen einen falschen zu besorgen. Außerdem werden nur die Berlinflüge nach Flüchtlingen überprüft.«

»Ich glaube nicht, daß man Abraham und mich in Verbindung bringt – wir haben verschiedene Familiennamen...«

»Liebe Jenny, wenn man seine Identität kennt, wissen sie kurz darauf auch, daß Sie seine Halbschwester sind.«

»Ich hoffe, sie wissen noch nicht, wer er ist. Er ist Ihnen seit fast einem Jahr entgangen.«

»Glück dauert nicht ewig«, sagte Elias.

Sie tätschelte lächelnd sein Knie. »Seien Sie doch nicht so pessimistisch.«

»Ha!« sagte Elias lächelnd. »Wir Juden, meine Liebe, sind alle Pessimisten. Es liegt an unserer Ernährung. Wenn wir anders wären, wäre es nicht koscher.«

Das fortwährende Klingeln an der Tür seiner Suite weckte Keegan auf. Er griff im Halbschlaf instinktiv zur anderen Seite, um Jenny zu berühren, aber sie war nicht da. Als er nach seinem Morgenmantel griff, fiel ihm auf, daß es Viertel vor neun war. Er sprang auf. Sie würden die Maschine verpassen.

»Jenny?« rief er laut.

Dann sah er den Zettel, den sie auf die Frisierkommode gelegt hatte. Er nahm ihn an sich und las ihn, während er durch den Wohnraum der Suite zur Tür ging.

Lieber Kee,
Du hast geschlafen wie ein Kind, und ich kann Abschiedsszenen nicht ausstehen. Ich nehme ein Taxi zum Flughafen und rufe Dich heute abend an.

Fünf Tage, Liebling, dann sind wir für immer zusammen.
Ich liebe dich von ganzem Herzen.
Danke, daß du mein Leben verändert hast.
Jenny

Er öffnete die Tür. Bert Rudman fegte, wie üblich, ohne dazu aufgefordert worden zu sein, an ihm vorbei. Er schwenkte eine Morgenzeitung über dem Kopf und brabbelte vor sich hin. Keegan hatte ihn noch nie zuvor so aufgedreht gesehen.

»Wo warst du? Warum ist euer Telefon abgestellt? Ich habe die ganze Nacht versucht, dich anzurufen!« sagte er, ohne eine Pause einzulegen.

Keegan schaute ihn schläfrig an, dann warf er wieder einen Blick auf Jennys Zettel.

»Wo ist Jenny?« fragte Rudman und sah sich in der Suite um.

»Sie ist schon weg«, sagte Keegan und gab ihm den Zettel.

»Weg? Wohin?« fragte Rudman, während er ihre Nachricht las.

»Nach Berlin.«

»Und du hast sie gehen lassen?!«

»Ob ich sie habe gehen lassen? Sie ist doch nicht mein *Eigentum*! Außerdem hole ich sie Donnerstag ab. Dann fliegen wir nach London. Was ist überhaupt los?«

»Weißt du denn nicht, was vor sich geht?«

»Wo?«

»In Deutschland! Was glaubst du denn – auf dem Mars? Verdammt noch mal, Kee, die Nazis sind völlig durchgedreht!«

Er händigte Keegan ein Exemplar der Morgenausgabe der *Paris Gazette* aus, die seinen Artikel aus der *Times* nachgedruckt hatte.

»Herr im Himmel!« sagte Keegan, als er mit dem Lesen des Kommentars fertig war. Er schaute seinen Freund an, und sein Blick verriet Hochachtung. Gepaart mit Angst.

»Ich nehme die Nachmittagsmaschine nach Berlin – wegen der Fortsetzung.«

»Du fliegst nach Berlin – nachdem du *das* geschrieben hast? Sie werden dich umlegen, du blöder Hammel!«

»Ich hab' dir doch pausenlos erzählt . . .«

»Ich weiß, ich weiß! Sie werden sich nicht mit der amerikanischen Presse anlegen. Ich will dir mal was sagen: Wenn sie in einer Nacht dreitausend Menschen umlegen können, ist ihnen dein Presseausweis einen *Scheißdreck* wert. – Du machst dir Sorgen um Jenny? Du bist doch wahrscheinlich die Nummer eins in ihrer Hitparade!«

»Sehr schmeichelhaft.«

»Nein, gar nicht; es ist die Wahrheit! Hör zu, Wagehals, ich mag keine Beerdigungen, verstanden? Besonders nicht die, bei denen mein bester Freund die Hauptrolle spielt.«

»Ich kann schon auf mich aufpassen. Aber du mußt Jenny so schnell wie möglich da rausholen.«

Der Zimmerkellner trat ein. Keegan zeichnete die Rechnung ab und nahm seinen Kaffee in Empfang. Rudman ließ sich schwer auf das Sofa fallen, nahm einen langen Schluck aus der Tasse und seufzte.

»Nimmst du die Vier-Uhr-Maschine?« fragte Keegan.

»Yeah, zehn Minuten nach.«

Keegan nippte nachdenklich an seinem Kaffee. Ein plötzlicher Stich der Furcht durchdrang seine Brust. *Ist sie wirklich in Gefahr?* fragte er sich. *Sie ist doch unpolitisch. Aber jetzt scheint das ganze Land verrückt zu spielen. Vielleicht hat Bert recht. Vielleicht sollte ich Jenny lieber da rausholen.* Er griff abrupt zum Telefon.

»Ich versuche mal, meine Maschine aufzutreiben«, sagte er zu Rudman. »Wir können zusammen rüberfliegen.«

Kurz vor zwölf klingelte das Telefon.

»Francis?« sagte eine vertraute Stimme. »Ich bin's, Conrad.«

»Conrad! Bist du hier in Paris?«

»Nein, ich bin in Berlin.«

»Ist es schlimm bei euch?«

»Nur wenn man Zeitung liest. – Francis, ich rufe an, weil Jennifer in ernsthafter Gefahr ist.«

»Was meinst du damit?«

»Ich habe gehört, daß die Gestapo sie festnehmen will, wenn sie nach Berlin zurückkehrt.«

»Woher weißt du das?«

»Das kann ich dir zwar nicht sagen, aber glaube mir, meine Quelle ist sehr verläßlich. Ich gehe zwar schon ein großes Risiko ein, indem ich dich anrufe, aber ich meine, daß ich an eurer kleinen Romanze nicht ganz unschuldig bin. Du mußt sehr vorsichtig sein.«

»Aber warum gerade Jenny? Sie ist doch nicht...«

Er hielt inne; ihre ausdrücklichen Instruktionen fielen ihm wieder ein. *Gib niemandem meine Adresse oder meine Telefonnummer.* Bevor sie nach Paris gekommen war, war sie umgezogen. Vielleicht war sie *doch* in irgend etwas verwickelt.

»Sie ist jetzt schon drüben, Conrad«, sagte Keegan und schaute auf die Uhr. »Sie müßte jetzt ungefähr zu Hause ankommen.«

»Wo wohnt sie? Ich werde sie warnen.«

Kann ich es ihm sagen? Conrad war ein großes Risiko eingegangen, indem er ihn angerufen hatte. Er war bestimmt in Ordnung. Aber trotzdem, sie hatte gesagt, er solle ihre Adresse an *niemanden* weitergeben.

»Ist schon in Ordnung, Conrad; ich rufe sie an. Ich bin sicher, daß sie irgendwo einen Unterschlupf findet, bis ich drüben bin und sie aus dem Land bringen kann.«

»Bitte, vergiß, daß ich dich angerufen habe, klar?«

»Du hast angerufen? – Danke, Conrad. Ich stehe tief in deiner Schuld.«

»Du schuldest mir nichts. Es ist das wenigste, was ich tun kann.«

Conrad Weil legte in Berlin den Telefonhörer auf und ließ sich schwer in einen Sessel fallen. Seine hochgewachsene, elegante Gestalt schien wie ein durchstochener Ballon in sich zusammenzusacken. Ihm gegenüber saß Vierhaus; sein Kinn ruhte auf dem Griff seines Spazierstocks. Er lächelte.

»Na, sehen Sie, wie einfach es war, Weil«, sagte er. »Was haben Sie denn schon getan? Nichts. Sie haben einen Freund gewarnt. Sie haben ihm einen Gefallen getan. Wegen dieser großzügigen Geste wird der Führer ihrem Unternehmen auch weiterhin gestatten, jeden Abend diese... degenerierte Vorstellung vorzuführen.«

Viele Jahre später dachte Keegan manchmal über die Kleinigkeiten nach, die das Leben eines Menschen für immer verändern: Schnelle Entschlüsse. Voreilige Schritte. Manchmal waren sie so simpel wie ein Telefongespräch. Doch an diesem Tag rief er auf der Stelle die Vermittlung an und gab ihr Jennys Berliner Nummer. Es klingelte ein dutzendmal, während Keegan Jenny stumm bat, endlich den Hörer abzunehmen. Aber sie antwortete nicht.

Seine Furcht nahm zu.

Vielleicht, dachte er, als er auflegte, sollte ich Conrad noch einmal anrufen und ihn um Hilfe bitten. Er schaute wieder auf seine Armbanduhr. In zwei Stunden war die Maschine da. Um vier Uhr würde er vor ihrer Tür stehen. Um fünf konnten sie auf dem Rückflug nach Paris sein. Er würde warten.

In der Vermittlung nahm die Telefonistin, die den Ruf für Keegan durchgestellt hatte, den Kopfhörer ab und händigte dem großen Geschäftsmann mit dem deutschen Akzent die Nummer aus.

Von Meister gab ihr mit einem dankbaren Lächeln zwei Hundert-Franc-Scheine. Zweihundert Francs. Sogar in Paris war ein Leben billig.

Kapitel 29

Am Flughafen Tempelhof wurde Keegan durch den Zoll gewinkt. Er hatte kein Gepäck, und mehrere Zöllner kannten ihn wegen seiner regelmäßigen Reisen von und nach Berlin. Rudman hatte weniger Glück. Man durchsuchte seine beiden Koffer und filzte jeden Gegenstand, den sie enthielten, während ein Mann von der Gestapo in der Nähe stand und jeden Schritt beobachtete. Dann führte man Rudman zu einem weiteren Gespräch in ein Büro.

Es war siebzehn Uhr, Keegan brannte darauf, endlich zu Jennys Wohnung zu kommen. Er blieb nervös in dem großen Warteraum zurück und blickte durch eine Scheibe in das Büro hinein, wo Rudman sich mit den Zöllnern stritt. Der Gestapo-Mann lehnte an der Tür, er hatte die Hände in seine Taschen vergraben und den Filzhut tief in die Stirn gezogen. Menschen seines Schlages erkannte man immer, aber so spielte das Leben nun mal. Die bloße Anwesenheit der Geheimen Staatspolizei war eine subtile Bedrohung. Jeder wußte, wer Rudman war; man schikanierte ihn mit Absicht.

Keegan unternahm einen Versuch, Jennys Wohnung von einem öffentlichen Fernsprecher aus anzurufen, aber sie meldete sich auch jetzt nicht.

Wo ist sie?

In seinem Magen zuckte es. Er ließ Rudman die Nachricht zukommen, daß er ihn entweder anrufen oder im Hotel treffen würde, bevor er nach Paris zurückflog.

Die Droschke hatte das Flughafengelände kaum verlassen, als Keegan bemerkte, daß er verfolgt wurde. Ein hellblauer Opel löste sich zwei Fahrzeuge hinter der Droschke vom Randstein. Er behielt den Wagen im Auge, als er zur Stadt fuhr. Als er das Zentrum erreichte, wies er den Fahrer an, ein paar unvorhergesehene Wendungen zu machen und scheuchte ihn ziellos durch die Stadt. Schließlich hielt der Opel vor einem Schutzmann an, der den Verkehr regelte.

»Biegen Sie hier ab«, befahl Keegan. Die Droschke wendete. Er gab dem Fahrer eine Handvoll Markstücke, sprang ins Freie, versteckte sich in einer Toreinfahrt und schaute zu, wie der Opel um die Ecke kam und sich an die Fersen der Droschke heftete.

Keegan nahm zwei weitere Droschken, dann ging er zu Fuß weiter. Er schlenderte durch Gassen und Kaufhäuser, und als er das Gefühl hatte, die Verfolger abgeschüttelt zu haben, ging er zu dem dreistöckigen Wohnhaus, in dem sich Jennys Wohnung befand. Er blieb zehn Minuten lang auf der gegenüberliegenden Straßenseite stehen, bis er ganz sicher war, daß niemand ihn beschattete.

Das Haus war ein altes, unheimlich wirkendes Gebäude, aber es wies den Charme der Alten Welt auf. An den Simsen hockten lauernde Wasserspeier, und über den Wohnungstüren auf jeder Etage befanden sich fleckige Glasfenster. Im Inneren des Hauses war es feucht und finster. Eine breite Treppe führte nach oben. Hohe Decken trugen noch zu dem finsteren Inneren bei. Die Treppenstufen waren so alt, daß sie ächzten, als Keegan zum dritten Stock hinaufging. Je höher er kam, desto öfter klickten hinter ihm Türschlösser und quietschten Scharniere. Jedesmal, wenn er einen Absatz erreicht hatte, hatte er das Gefühl, daß ihn Augen in der Finsternis beobachteten. Als er oben angekommen war, drehte er sich schnell um und schaute ins Treppenhaus hinunter. Im Halbdunkel des Hausflurs hörte er das leise Klicken von zwei oder drei Türen, aber er sah niemanden.

Jennys Wohnung lag hinter der ersten Tür am Ende der Treppe. Keegan hörte im Hausflur etwas knarren. Als er sich umdrehte, sah er eine Frau, die durch einen Türspalt lugte. Sie schloß sie augenblicklich.

Die Furcht legte eine Hand auf Keegans Schulter.

Als erstes fiel ihm auf, daß das Flurlicht ausgegangen war. Der lange Korridor war in dunkle Schatten gehüllt. Nur ein enger Schacht regenbogenfarbenen Sonnenlichts fiel durch den wirbelnden Staub eines einsamen, fleckigen Flurfensters.

Das Schloß von Jennys Wohnungstür war aufgebrochen. Der Türrahmen war zersplittert, die Tür stand drei Zentimeter weit auf. Seine Kehle wurde trocken; ein plötzlicher Schlag zuckte durch seine Brust.

Er stieß die Tür mit dem Handrücken auf.

»Jenny?« fragte er leise.

Keine Antwort.

Er trat vorsichtig ein.

»Jenny?«

Nichts.

Er ging durch einen kurzen Flur und blieb stehen.

Das Wohnzimmer war ein Chaos. Man hatte die Sofakissen und Sessel aufgeschlitzt. Winzige Federn wirbelten träge im Wind eines offenen Fensters. Schubladen standen auf, ihr Inhalt war auf dem Fußboden verstreut.

»Jenny«!

Keegan eilte durch die Wohnung, durchsuchte die Küche, das kleine Eßzimmer und den Schlafraum. Die Zerstörung war gründlich. Im Schlafzimmer hatte man die Matratzen halb vom Bett gerissen und aufgeschlitzt. Textilien hingen aus halbgeöffneten Schubladen und bedeckten den Boden des Kleiderschranks.

Die Wohnung war leer.

»Jenny«! schrie Keegan, obwohl er wußte, daß niemand ihm antworten würde. Wer hatte ihre Wohnung auf den Kopf gestellt? Und wo war sie? Wenn sie sich versteckt hatte – wie würde sie mit ihm Kontakt aufnehmen? Sie wußte doch nicht einmal, daß er in Berlin war!

Keegan ging ins Wohnzimmer zurück und hörte hinter sich in der Finsternis ein Geräusch. Er durchquerte langsam den Raum, kniete sich neben einem Sekretär hin und sammelte ein paar auf dem Boden verstreute Briefe ein. Der Boden knarrte. Er drehte sich vorsichtig um, und plötzlich legte sich ein starker Arm um seinen Hals und nahm ihn in den Schwitzkasten.

Jemand preßte einen Lappen auf sein Gesicht, und er würgte, als der Geruch von Chloroform in seine Nase drang. Er wollte nicht einatmen, aber jemand boxte ihm in die Magengrube, so daß er nach Luft schnappen mußte. Das Zimmer fing an, sich um ihn zu drehen. Seine Arme verloren alle Kraft, und seine Beine wurden taub. Er wußte zwar, daß er sich wehrte, doch der Raum schien um ihn herum zu schrumpfen und wurde zunehmend dunkler. Dann fiel er nach hinten, in die Leere hinein.

Er kam langsam zu sich, als erwachte er aus einem langen Koma. Der Chloroformgeruch war noch an seiner Haut. Man hatte ihm die Augen verbunden und an einen harten Stuhl gefesselt. Ihm war übel, und er schluckte. Er nahm mehrere tiefe Atemzüge. Das Gefühl des Unwohlseins ebbte langsam ab.

»Herr Keegan«, sagte eine Stimme, »ich werde jetzt Ihre Hände frei machen und Ihnen die Binde abnehmen. Außer mir ist noch jemand hier – mit einem Schießeisen. Sollten

Sie einen Versuch machen, vom Stuhl aufzustehen, wird er sie töten.«

Man nahm ihm die Binde ab und löste seine Handfesseln. Keegan blinzelte in einen grellen Scheinwerfer.

»Mein Gott«, krächzte er, als er das Gefühl wieder in seine Handgelenke rieb. Er schirmte seine Augen mit einer Hand ab. Der Umriß eines großen Mannes ragte vor ihm auf, der eine Zigarette rauchte. Hinter ihm befand sich ein anderer, kleinerer; er richtete eine P 38 auf ihn.

»Was wollen Sie von mir?« fragte Keegan.

»Was haben Sie in Fräulein Golds Wohnung gemacht?«

»Sind Sie von der Polizei?«

Schweigen. Dann: »Wir sind von der Staatspolizei. Sie werden beschuldigt, in eine Wohnung eingebrochen zu sein.«

Keegan musterte die beiden Schatten etwas eingehender. Die beiden Kerle waren bärtig und hatten langes, zerzaustes Haar. Sie trugen Arbeitshemden und Kordhosen.

»Tja, dem Anschein nach ist mir jemand zuvorgekommen«, antwortete er, und leise Ironie mischte sich in seine Stimme. »Und wo wir gerade beim Thema sind: Wo ist Fräulein Gold?«

»Ich stelle hier die Fragen.«

»Vielleicht sollten Sie sich mit ihr absprechen, bevor Sie hier weitermachen.«

»Können Sie uns vielleicht sagen, wo sie ist?«

Ein bedrohliches Beben fuhr durch Keegans Brust. *Wollen die mich verarschen? Wenn sie von der Gestapo sind, wo ist dann Jenny, und was haben sie in ihrer Wohnung gemacht? Und wo bin ich, und warum spielen sie mir etwas vor?*

Irgend etwas stimmte hier nicht.

»Sie sind heute abend mit Ihrer Privatmaschine in Tempelhof gelandet, Mr. Keegan. Sie sind einfach durch den Zoll marschiert.«

»Na und?«

»Ohne Zollüberprüfung?«

»Ich hatte kein Gepäck bei mir. Außerdem gehe ich in Tempelhof ein und aus. Die Leute da kennen mich.«

»Dann hat man Sie also durchgelassen, und jemand ist Ihnen zu ihrer Wohnung gefolgt.«

»Unmöglich. Mir ist zwar jemand gefolgt, aber ich habe ihn abgehängt.« Keegan hielt inne, sah seine beiden Häscher kurz an und lächelte. »Natürlich. *Sie* waren es. Sie sind die Leute, die ich abgehängt habe! Und da ich Ihnen entwischt war und Sie sowieso zu ihrer Wohnung wollten, *wußten* Sie auch, wo sie wohnt. Verdammt noch mal ... *Sie* waren hinter mir her. – Warum?«

»Ich stelle die Fragen; sie antworten nur.«

»Okay«, sagte Keegan. »Soll ich Ihnen erzählen, was ich *nicht* glaube?«

»Was glauben Sie nicht, Herr Keegan?«

Keegan hob eine Hand, blockierte das grelle Licht und schaute zwischen seinen Häschern hin und her.

»Ich glaube nicht, daß Sie von der Gestapo sind. Sie sehen nicht so aus. Sie verhalten sich nicht so, und Sie sind eindeutig nicht so gekleidet. Sie haben zu lange Haare, und Sie sind bärtig. Wenn Sie wirklich von der Gestapo wären, würden Sie mir keine Fragen über den Zoll stellen. Außerdem würden wir uns in einem dieser schmuddeligen staatlichen Gebäude aufhalten, und an meinen Hoden wären wahrscheinlich Elektroden befestigt. Auf diese Tour macht die Gestapo es doch, nicht wahr?«

»Sie sind ein aufmerksamer Beobachter, Herr Keegan. Aber das ist uns nicht unbekannt. Was glauben Sie *sonst* nicht?«

»Tja, wenn Sie von der Gestapo sind, dann schätze ich, Sie sind das genaue Gegenteil. Was sind Sie? So etwas wie Vigilanten? Guerillas? Und was mache ich hier? Und warum haben Sie Jenny Golds Wohnung auf den Kopf gestellt?«

»Dafür waren wir nicht verantwortlich.«

»Wer aber dann? Die Gestapo?«

»Sie sind sehr schlau, Mr. Keegan. Die Frage, die sich nun stellt, ist die: Auf welcher Seite stehen Sie?«

»Inwiefern?«

»In bezug auf Vierhaus. Wie eng ist ihre Beziehung zu ihm?«

»Vierhaus? Ich stehe in gar keiner Beziehung zu ihm. Ich habe ihn ein paarmal auf Empfängen gesehen und einmal in der Sauna getroffen. Aber was zum Teufel geht das Sie überhaupt an? Wer zum Teufel sind Sie?«

»Vierhaus ist der Kopf einer Organisation namens *Die Sechs Füchse*«, sagte der Bärtige. »Wußten Sie das nicht?«

»Die Sechs Füchse?« echote Keegan.

»Eine nachrichtendienstliche Sondereinheit, die völlig unabhängig von der SS arbeitet. Vierhaus ist der Leiter dieser Gruppe; er ist nur Hitler gegenüber meldepflichtig.«

»Soll das heißen, Vierhaus ist eine Art Superspion?«

Der große Mann mit dem Bart nickte langsam. »Er ist möglicherweise gefährlicher als Himmler, wahrscheinlich sogar gefährlicher als Heydrich. Womit *diese* Herren sich beschäftigen, weiß jeder, aber Vierhaus ist ein absolutes Fragezeichen. Wir wissen, daß er Hitler berät; deswegen kennen wir auch seinen Einfluß. Und außerdem wissen wir, daß seine Seele so schwarz ist wie mein Bart.«

»Woher wissen Sie das?«

»Es ist meine Aufgabe, es zu wissen, Herr Keegan.«

»Schön, aber was zum Teufel ist Ihre *Aufgabe*? Und was hat das alles mit mir zu tun? Ich bin nicht mal Deutscher.«

»Aber Sie behaupten, Deutschland zu lieben.«

Keegan platzte allmählich der Kragen. *Wo ist Jenny? Wer sind diese beiden Witzbolde? Was soll das ganze Gerede über Vierhaus, Superspione und die Gestapo?* Er sprang so plötzlich auf, daß der Stuhl hinter ihm umkippte und gegen die Wand flog. Der Mann mit dem Schießeisen wurde nervös. Er streckte den Arm aus und richtete die Waffe auf Keegans Kopf.

»Das geht Sie einen Scheißdreck an!« knurrte Keegan und ging auf ihn zu, bis die Mündung nur noch zweieinhalb Zentimeter von seiner Stirn entfernt war. »Ich bin es satt, daß Sie ständig das Ding vor meiner Nase herumschwenken«, sagte er wütend. »Entweder benutzen Sie es, oder Sie stecken es weg.«

»Seien Sie kein Narr.«

»Ich glaube, Sie bluffen nur. Sie haben mich doch nicht

hergebracht, weil Sie Walzer mit mir tanzen wollen! Sie wollen etwas von mir. Warum kommen Sie nicht einfach zur Sache, statt mit diesem Ding herumzufuchteln?«

»Reißen Sie sich zusammen.«

»Was soll ich hier, verdammt?« fragte Keegan. Er trat noch weiter vor – bis die Pistolenmündung seine Stirn berührte. »Da, jetzt können Sie nicht mehr vorbeischießen. Entweder betätigen Sie jetzt den Abzug, oder Sie sagen mir, was Sie wollen. Ich habe Ihnen gesagt, daß ich nichts über Vierhaus weiß. Woher wissen Sie überhaupt von meiner Beziehung zu Jenny? Und was zum Henker geht Sie das eigentlich an?«

Der Bärtige schaute ihn eine Weile an. Dann streckte er die Hand aus und schob den Arm des Bewaffneten nach unten.

»Ich heiße Abraham Wolfsson«, sagte er endlich. »Jenny ist meine Halbschwester.«

»Ihre *Schwester?*« sagte Keegan fassungslos. Er starrte Wolfsson mehrere Sekunden lang an und sagte dann: »Jenny sollte Ihnen den Hintern versohlen, weil Sie mit Schießeisen rumspielen.«

»Müssen Sie über alles Witze reißen?«

»Warum denn nicht? Das Leben ist doch ein Witz. Je älter man wird, desto komischer wird es. Schauen Sie, ich bin gekommen, um meine Verlobte abzuholen, weil ich sie mit nach Paris nehmen will. Ich komme hier an, und ihre Wohnung sieht aus wie eine Müllkippe. Sie ist weg. Ich kriege eine Ladung Chloroform ins Gesicht und wache in einem Lagerhaus auf. Man hält mir einen Scheinwerfer und eine Kanone ins Gesicht und verpaßt mir den Dritten Grad. Und jetzt erzählen Sie mir, Sie seien ihr *Bruder!* Was zum Henker geht hier vor?«

»Ich mußte sichergehen, daß Sie nicht mit Vierhaus unter einer Decke stecken.«

»Warum denn? Wegen Jenny? Ist das irgendeine bizarre Familientradition, um ihre Verehrer einzuschüchtern? Ich *liebe* ihre Schwester. Ich habe ihr einen Heiratsantrag gemacht. Warum zum Teufel sollte ich mit Vierhaus unter einer Decke stecken?«

»Ich weiß nicht, aber außer Ihnen und mir hat niemand gewußt, wo sie wohnt. Jemand war in ihrer Wohnung, und jetzt ist sie fort. Und da *ich* es niemandem erzählt habe, bleiben nur noch Sie übrig.«

Keegan wurde noch wütender, aber er beherrschte sich.

»Ich habe es keiner Menschenseele erzählt«, sagte er.

Die große Frage war: *Warum* war überhaupt jemand hinter Jenny her? *Warum?*

»Was will man von ihr?« fragte Keegan.

»Sie wissen es wirklich nicht, was?«

»Würde ich Sie sonst fragen?«

»Vielleicht doch. Wenn Sie uns überzeugen wollen, daß Sie nichts damit zu tun haben . . .«

»Sie leiden an Verfolgungswahn.«

»Ja, es erhält einen am Leben.«

Wolfsson steckte sich eine neue Zigarette an. Er hielt die Spitze hoch, stieß eine Rauchwolke aus und schaute zu, wie die Zigarette aufglühte. Er nahm sich Zeit für seine Antwort.

»Also los, Wolfsson, warum hechelt die Gestapo hinter mir her?«

»Wegen Jenny. Sie ist das Ziel.«

»Was meinen Sie damit – das Ziel?«

»Ich meine, daß die Gestapo sie haben will. Man hat sie verraten, und wir nehmen an, daß Ihr Freund Vierhaus sie verfolgt.«

»Verraten? Wer? Und aus welchem Grund?«

»Irgendein elender Judenhäscher ist ihr auf die Schliche gekommen.«

»Ein was?«

»Ein Judenhäscher ist ein Jude, der andere Juden jagt. Diese Leute verbringen Stunden damit, Akten zu wälzen. Sie suchen nach entferntesten Verbindungen, spitzen die Ohren und schleichen sich in andere Familien ein . . .«

»Sie haben mir immer noch nicht gesagt, aus welchem Grund.«

»Um *mich* zu schnappen.«

Keegan seufzte. »Na schön, ich hab's kapiert. Und warum ist man hinter *Ihnen* her?«

»Haben Sie schon mal von einer Organisation gehört, die man die Schwarze Lilie nennt?«

»Nein . . . Moment mal! Ich habe den Ausdruck einmal gehört. In der amerikanischen Gesandtschaft.«

»An dem Abend, als Sie sich geweigert haben, Reinhardt zu helfen?«

Keegan sagte eine lange Zeit gar nichts. Er suchte in seinen Taschen nach Zigaretten und Streichhölzern, steckte sich eine an und nickte dann langsam.

»Richtig«, sagte er. »An dem Abend, als ich Reinhardt habe sitzenlassen.« Er rieb seine Augen. »Hören Sie, Wolfsson, heute weiß ich eine Menge Dinge, von denen ich damals noch nichts wußte. Aber was die Schwarze Lilie ist, entzieht sich meiner Kenntnis. Können wir nicht ohne den heißen Scheinwerfer weiterreden? Ich kriege allmählich Kopfschmerzen.«

Wolfsson drehte sich um und machte eine Handbewegung. Das grelle Licht ging aus, an seiner Stelle wurde eine kleine Tischlampe angeknipst. An dem Tisch saß ein dritter Mann. Der Raum schien zu einer kleinen Wohnung zu gehören. Er enthielt ein Bett und ein Schränkchen, einen Tisch und zwei Stühle, einen gepolsterten Schaukelstuhl und eine Stehlampe. Die Fenster waren mit schwarzem Stoff verhängt. In einer Ecke stand ein Tischchen mit einer Kochplatte, auf dem ein Kaffeekessel stand.

Der Mann am Tisch war unbewaffnet; seine Nase war plattgehauen und verschrammt. Er war glattrasiert, hatte einen konventionellen Haarschnitt und trug eine Nickelbrille. Der kleinere Mann mit dem Schießeisen hatte ein Pflaster am Kinn, wies schlimme Schrammen auf und wirkte verschwollen. Er war stämmig, seine muskulösen Arme steckten in aufgekrempelten Ärmeln, und er hatte den wütenden Blick und das Auftreten eines Menschen, der sich nur mit Mühe vor einer Explosion bewahrte. Ein dichter schwarzer Bart trug zu seiner unheilvollen Erscheinung bei. Das linke Auge Wolfssons war ebenfalls geschwollen. Er befand sich in ausgezeichneter körperlicher Verfassung, doch sein Aussehen wirkte eher angespannt als wütend und sein Bart eher gelehrt als bedrohlich. Er war gelassen und völlig beherrscht.

Keiner von ihnen konnte älter als fünfundzwanzig oder sechsundzwanzig Jahre sein.

Nun ja, dachte Keegan, als er sich die Pflaster und Schrammen ansah, *ein paar Haken habe ich wohl noch angebracht.*

»Eine Kanone?« sagte er. »Sie haben nur *eine* lausige Kanone?«

»Wir sind auf der Flucht, und zwar seit Monaten. Aber jetzt wird die Lage immer heikler... Wir sprengen nichts in die Luft. Wir bringen niemanden um. Wir vertreiben Schriften und versuchen den Menschen zu helfen, die Schwierigkeiten mit der Regierung haben. Juden, Christen, Zigeuner, wer auch immer. Wenn man sie aufs Korn nimmt und wir davon erfahren, versuchen wir sie außer Landes zu bringen.«

»Und was hat die Nazis nun plötzlich so heiß gemacht?«

»Wir informieren das Volk über das, was wirklich hier vor sich geht, damit später keiner sagen kann, er hätte von nichts gewußt. Keiner wird es leugnen können; man wird sagen müssen: ›Ja, wir haben es gewußt, aber wir haben weggesehen.‹ Das ist die Aufgabe des *Berliner Gewissens.* Vor ein paar Tagen ist übrigens ein gewisser Hermann Adler gestorben. Er war ein Judenhäscher. Außerdem war er der Onkel von Joachim Weber.« Wolfsson deutete mit dem Kopf auf den jungen Mann am Tisch.

»Ihr Onkel hat Juden an die SS ausgeliefert?«

Joachim nickte und schaute dabei auf den Tisch. »Er hat Abraham und mich verraten«, sagte er und deutete auf den schweigenden jungen Mann mit der Waffe. »Und Werner Gebhart auch.«

»Mein Gott.«

»Adler war einer ihrer besten Spitzel«, sagte Wolfsson. »Er war für die Verhaftung von Dutzenden verantwortlich. Wir haben versucht, vernünftig mit ihm zu reden. Wir haben ihm angeboten, ihn außer Landes zu bringen, aber er war sehr überheblich. Es kam zu einem heftigen Wortwechsel, dann hatte er einen Herzanfall und war plötzlich tot. Adler hat uns leid getan. Er hatte Angst. Er hat das einzige getan, was ihn am Leben erhalten konnte.«

»Er hat zu viele von uns verraten«, sagte sein Neffe Joachim verbittert. »Wir haben nur kurz um ihn getrauert.«

»Dann kam mir die Idee, an ihm ein Exempel zu statuieren«, sagte Wolfsson. »Als Einschüchterung für die anderen Spitzel. Wir haben einen Artikel über seine und die Taten anderer Judenhäscher geschrieben. Jetzt ist mir klar, daß es dumm von uns war. Wir haben den Wolf bloß gewarnt. Die Gestapo hat seither keinen anderen Gedanken mehr, als die Schwarze Lilie auszulöschen.«

»Und Jenny auch?«

»Adler hat sie mit uns in Verbindung gebracht. Aber das wußten wir damals noch nicht.«

»Herrje, warum hat sie mir nichts davon gesagt? Vielleicht hätte ich . . .«

Keegans Stimme ebbte entsetzt ab, als er die Tragweite der Situation erkannte.

»Sie hat uns abgeschirmt«, sagte Weber. »Je weniger Leute Bescheid wissen, desto besser.«

»Ich hätte es vermuten sollen. Sie hat so geheimnisvoll um ihre neue Wohnung getan. Sie wollte nicht, daß jemand ihre Adresse oder ihre Telefonnummer erfährt.«

Weber, der Bursche mit dem wilden Blick und der Kanone, sagte nichts. Er schaute Keegan nur an.

»Das letzte Mal ist sie umgezogen, weil eins unserer Flugblätter in ihrem Briefkasten landete«, sagte Wolfsson. »Sie wußte, daß es ein Trick war; wir hätten ihr natürlich nie etwas zugestellt.«

»Ich verstehe nicht«, sagte Keegan.

»So was macht die Gestapo«, sagte Wolfsson. »Jeder Bürger ist verpflichtet, subversives Material sofort zu melden. Man schickt den Leuten in einer bestimmten Straße unsere Flugblätter zu, und wenn sie den Empfang nicht melden, zeigt man sie wegen subversiver Aktivitäten an.«

»Deswegen ist sie umgezogen?«

Wolfsson nickte. »Die einzige Möglichkeit für die Gestapo, ihre Adresse herauszukriegen, hätte darin bestanden, Ihnen oder mir zu folgen – oder an ihre Telefonnummer heranzukommen, die aber unter einem falschen Namen läuft.«

Keegan schaute still vor sich hin und dachte über Wolfssons Worte nach. *Ich habe die Nummer nicht einmal Bert oder Weil gegeben,* dachte er. *Ich kann es gar nicht gewesen sein.*

»Sie und ich waren die einzigen, die wußten, wo sie war, Keegan.«

Keegan wurde wütender, aber er beherrschte sich. »Ich habe Ihnen doch gesagt, daß ich es keiner Menschenseele erzählt habe!«

»Haben Sie sie von Ihrem Hotel aus angerufen?« fragte Wolfsson.

»Was zum Henker...« Keegan hielt inne. *Ist es möglich, daß sie mein Telefon in Paris angezapft haben? Haben sie so die Nummer bekommen und sie ausfindig gemacht? Mein Gott, bin ich daran schuld?*

»Nun?« fragte Wolfsson.

»Ich habe es versucht. Sie ist nicht rangegangen.«

»Die Nazis stecken überall in Paris. Ich glaube, in dieser Stadt gibt es nicht eine unbestechliche Telefonistin. Man brauchte nur ihre Telefonnummer, um an ihre Adresse heranzukommen.«

»Herr im Himmel.« Keegan ging nervös ein paar Schritte auf und ab und zündete sich an der ersten eine zweite Zigarette an.

»Sie hat in Paris mit der Lilie Kontakt aufgenommen«, sagte Wolfsson. »Sie ist nach Leipzig geflogen und dann nach Berlin gefahren. Also hat Vierhaus sie verloren. Und das hat ihn wütend gemacht.«

Für Keegan paßte nun alles zusammen.

»Also hat er Conrad Weil dazu gebracht, mich anzurufen. Er wußte, daß ich sie anrufen würde. Er war in der Sache mit drin. Mein alter Freund Conrad. Ich hätte mir denken sollen, daß etwas in der Luft liegt, als er mich anrief. Conrad hat mir selbst erzählt, daß er ein Opportunist ist. Von Meister war in Paris; er hat darauf gewartet, daß ich mir den

Köder einverleibe.« Er schüttelte den Kopf. »Es tut mir wirklich leid. Aber was hat Jenny mit all dem zu schaffen?«

»Im Grunde nichts. Ich bin sicher, Vierhaus glaubt, daß sie mich verraten kann, aber das ist nicht so. Sie kennt nicht einmal diese Wohnung. Sie hat das *Berliner Gewissen* und ein paar Flugblätter verteilt, mehr nicht. Die Nazis glauben, daß Sie weiß, wo ich bin. Und mich wollen sie nun mal haben. Mich, Gebhart und Joachim. Wir sind die Anführer der Schwarzen Lilie.«

»Wie hat es angefangen?«

»Die Zeitschrift wurde von unseren Professoren an der Universität gegründet. Sternfeld, Reinhardt und Loehmann. Reinhardt und Sternfeld leben nicht mehr. Loehmann ist in Sicherheit. Er lebt bei seinem Sohn in Paris. Er hat dafür gesorgt, daß Jenny hierherkommen konnte.«

»Und ihr habt das Banner dann hochgehalten, was?«

»Ja, ich glaube, so kann man es nennen. Die Schwarze Lilie ist jetzt sehr wichtig geworden. So wichtig, daß Hitler einen Preis auf uns ausgesetzt und die Organisation zum Hauptfeind der SS erklärt hat.«

In irgendeinem anderen Raum klingelte ein Telefon. Joachim stand vom Tisch auf und ging nach nebenan.

»Drei Studenten und ein Schießeisen«, sagte Keegan. »Und das hat gereicht, um die ganze Gestapo scharfzumachen?«

»Wir sind jetzt mehr als nur drei Studenten«, sagte Wolfsson. »Die ganze Organisation umfaßt inzwischen über zweihundert Köpfe. Wir haben Verbindungen in die Schweiz, nach Frankreich, England und sogar nach Ägypten und Amerika. Bis jetzt haben wir viel Glück gehabt. Aber ein paar unserer Leute ... hatten Pech. Wissen Sie, was passiert, wenn sie einen von uns schnappen?«

»Ich kann's mir vorstellen.«

»Das glaube ich kaum«, sagte Wolfsson. »In Stadelheim werden sie gefoltert. Und dann geköpft.«

»Was?!«

»Ja, Herr Keegan, geköpft. Die meisten sind Studenten.«

Weber kehrte zurück und rief Wolfsson zu sich. Die beiden tauschten sich flüsternd aus, dann kamen sie in den Raum zurück. Wolfsson sah tief betroffen aus. Die Venen an seinem Kinn hatten sich zu blauen Erhebungen verhärtet.

»Die Gestapo hat Jenny festgenommen«, sagte er in einem rauhen Tonfall, der vor Emotion bebte. »Sie ist seit fünf Stunden in Stadelheim. Ich weiß nicht, ob sie noch lebt.«

Keegan fiel aschfahl auf seinen Stuhl zurück.

»Sie müssen sich dem Gedanken stellen, Keegan«, sagte Weber. »Da man annimmt, daß sie mehr weiß, als sie zugibt, wird man nicht gerade sanft mit ihr umspringen.«

»Und wir sitzen hier herum und legen die Hände in den Schoß«, sagte Keegan. »Wir tun nichts!«

»Im Moment können wir nicht das geringste tun«, sagte Wolfsson.

Keegan geriet in Panik.

»Wir müssen sie da rausholen! Eine Kaution stellen, Anwälte alarmieren! Ich werde die Botschaft anrufen, vielleicht kann man dort helfen!«

Doch was konnte die Botschaft schon tun? Und warum sollte sie ihm helfen? Jetzt verstand Keegan, wie Wally an dem Abend zumute gewesen sein mußte, als er versucht hatte, Reinhardt außer Landes zu bringen. Doch in diesem Fall gab es einen großen Unterschied: Die Gestapo hatte Jenny schon.

»Das nützt doch nichts«, sagte Wolfsson.

»Wenn wir sie aus dem Gefängnis rausholen könnten«, sagte Keegan, »bringe ich sie nach New York. Sie könnte nirgendwo sicherer sein.«

Gebhart sagte nun zum erstenmal etwas; seine Stimme bebte vor unterdrückter Wut. »Verdammt noch mal, Mensch, nun begreifen Sie doch endlich! *Es ist zu spät!*«

»Da läuft nichts auf Kaution«, sagte Weber. »Es wird nämlich keine Verhandlung geben.«

Der Schock ebbte allmählich ab, und Keegan wurde langsam klar, wie verzweifelt ihre Lage war. *Sie sagen nichts anderes,* dachte er, *als daß sie schon tot ist!*

»Nein«, sagte er kopfschüttelnd. »Sprechen Sie es bloß nicht aus!«

O Jenny, dachte er, *kriegst du das dafür, daß du mich liebst?* War es eine Art grausamer Scherz? Die verrücktesten Dinge rasten durch seinen Geist. *Gott, vielleicht sehe ich sie nie mehr wieder! Ich kann ihr nicht einmal Lebewohl sagen! Herr im Himmel! Was geht hier vor?*

»Was geht eigentlich hier vor?« schrie er mit geballten Fäusten. Tränen traten in seine Augen, und er bemühte sich, sie zurückzudrängen. »Das kann man doch nicht hinnehmen! Das kann man doch nicht einfach *hinnehmen!* Es muß doch jemanden geben, den wir bestechen können! Oder erpressen, bedrohen . . .!«

Sie starrten ihn traurig an, aber nur mit wenig Mitleid.

»Jetzt wissen Sie, wie es für uns *jeden* Tag ist«, sagte Gebhart mit starkem deutschem Akzent. »Sie holen tagtäglich jemanden ab. Freunde, Geliebte, Kinder. Manchmal verschwinden sogar ganze Familien einfach von der Straße weg.«

»Sehen Sie, Keegan«, sagte Wolfsson leise, »wir wissen, wie Ihnen zumute ist. Mein Haß und meine Wut fressen mich auf. Ich wollte eigentlich Zoologe werden und mit Tieren arbeiten. Schauen Sie mich an. Ich bin ständig auf dem Sprung. Ich kann vielleicht einem von hundert Menschen helfen, die auf der Liste stehen. Ich decke in der ganzen Stadt Menschen mit Pamphleten ein, denen sie völlig gleichgültig sind.«

»Und warum machen Sie es dann?«

»Wir können unser Leben doch nicht einfach wegwerfen, ohne etwas dagegen zu unternehmen«, sagte Weber.

»Ich könnte Vierhaus umbringen«, stieß Keegan hervor. »Ich möchte diesen Schweinehund am liebsten ganz langsam umbringen. Ich will ihn winseln hören . . . um *Gnade* winseln hören. Ich möchte ihn am liebsten an den Füßen aufhängen, seinen verdammten Buckel mit Honig beschmieren und dann die Ratten auf ihn loslassen, damit sie sich in sein schwarzes Herz fressen.«

Er schlug mit der Faust gegen die Wand und setzte sich dann ermattet auf die Bettkante.

»Tut mir leid, Keegan«, sagte Wolfsson. »Wir lieben

Jenny auch. Sie ist meine Schwester. Sie ist nicht nur meine Halbschwester; in meinem Herzen ist sie meine Schwester. Werner liebt sie, seit sie lebt; sie sind zusammen aufgewachsen, in derselben Straße. Joachim ist mit ihnen zur Schule gegangen, bis zum Gymnasium. Wir teilen Ihren Schmerz. Wir verstehen, wie es in Ihnen aussieht. Aber es gibt *nichts ... was ... wir ... tun ... können.*«

Auch Keegan verstand die schreckliche Frustration der Tragödie. Jenny war eine von Hunderten, von Tausenden, die in den Lagern verschwanden. Wolfsson und seine Freunde waren allmählich immun gegen den Schmerz geworden, weil das Problem so gewaltig und aussichtslos war.

»Ich kann mich nicht um alle kümmern«, sagte Keegan aufgebracht und nahm seinen aufgeregten Schritt wieder auf. »Ich kann nicht Tausenden von Menschen helfen; ich kann mich nur um sie kümmern, diese Tragödie allein ist schon mehr, als ich im Augenblick verkraften kann. In diesem Moment hasse ich die ganze Welt – und Sie, weil Sie sagen, die Sache ist hoffnungslos.«

»Ich glaube, es wird Zeit, daß wir uns sämtliche Judenhäscher vom Hals schaffen, damit ihnen klar wird, daß sie aufhören müssen, ihr eigenes Volk zu verraten«, sagte Weber.

Wolfsson schnippte die Asche von seiner Zigarette und zuckte mit den Achseln. »Wir sollen so werden wie sie?«

»Warum denn nicht?« sagte Keegan. »Zum erstenmal im Leben verstehe ich, was ›Auge um Auge‹ wirklich bedeutet.«

»Hören Sie zu«, sagte Wolfsson. »Bitte, es ist wichtig! Das, was wir tun, ist eine heikle und äußerst gefährliche Sache. Aber sie ist wichtig. Selbst dann, wenn wir nur ein einziges Leben retten. Es ist wichtiger, als zu töten.«

»Aber das gilt nicht für das ihre, richtig?«

Gebhart stand dicht neben ihm, seine Augen waren so feucht wie die seinen, und seine Fäuste ebenfalls geballt. »Kapieren Sie es denn nicht? Wenn die Gestapo einen einmal hat, ist es aus! Egal, um wen es geht ... Selbst dann, wenn es meinen Vater oder meine Mutter trifft – es ist aus!

Wir sind keine Soldaten! Wir sind Studenten, Lehrer und alte Männer ohne Ausbildung. Wir können es nicht mit der SS oder der Gestapo aufnehmen. Wir müssen denen helfen, die man noch nicht erwischt hat.«

»Wir verstehen Ihre Gefühle«, sagte Wolfsson. »Bitte, verstehen Sie doch, daß es uns ebenso weh tut.«

Keegan wurde schlagartig klar, wie sehr er sich selbst bemitleidete. Diese drei Männer waren Jennys Familie, sie waren lebenslange Freunde und schweigsame Liebhaber. Sein Zorn war nicht größer als der ihre.

»Tut mir leid«, sagte er. »Ich war sehr egoistisch.«

»Ist schon in Ordnung«, sagte Wolfsson. »Wir kennen das Gefühl auch.« Er legte eine kurze Pause ein, dann sagte er: »Je eher Sie Berlin verlassen, Keegan, desto besser.«

»Ich gehe nicht ohne Jenny«, antwortete Keegan.

»Verstehen Sie doch, Mensch, wenn Sie auf die Liste kommen, foltert man auch Sie. Sie wissen zuviel über uns.«

»Ich weiß nicht mehr als die Nazis.«

»Sie wissen von unserer Verbindung in Paris«, fauchte Weber und kam ihm sehr nahe. »Sie wissen, daß wir Jenny nach Deutschland geholt haben und wie groß die Organisation ist. Solange Sie hier sind, sind Sie eine Gefahr für uns.«

»Es sei denn . . .«, sagte Wolfsson nachdenklich.

»Es sei denn *was*?« fragte Keegan.

»Es sei denn, Sie könnten zu Vierhaus gehen. Sie könnten so tun, als wüßten Sie von nichts. Sie könnten sagen, Jenny sei verschwunden, und ihn um Hilfe bitten.«

»Ihn um Hilfe bitten? Ich würde das Schwein am liebsten umbringen!«

»Genau damit wird er rechnen«, sagte Wolfsson. »Aber wenn Sie ganz gelassen mit ihm reden, überzeugen Sie ihn davon, daß Sie von nichts eine Ahnung haben. Vielleicht gibt er dann eine Information preis, die uns von Nutzen ist.«

»Sie wollen, daß ich für Sie spioniere?«

»Für mich, für Jenny – und für Sie selbst.«

Keegan setzte sich wieder hin. Vielleicht, dachte er, hat der Junge recht. Vielleicht kann ich Vierhaus mit seinen eigenen Waffen schlagen. Einen Versuch war die Sache wert.

»Na schön«, sagte er. »Was soll ich tun?«

»Gehen Sie in Ihr Hotel zurück . . .«

»Ich habe kein Hotel. Ich wollte noch heute abend mit Jenny von hier verschwinden.«

»Normalerweise wohnen Sie im Ritz, nicht wahr? Nehmen Sie sich dort ein Zimmer. Rufen Sie Vierhaus an. Erzählen Sie ihm, daß Sie zurückgekommen sind, um Jenny abzuholen, und daß sie verschwunden ist. Ihre Wohnung ist durchwühlt. Mehr wissen Sie nicht. Das wird ihn in Sicherheit wiegen. Es wird ihn davon überzeugen, daß Sie nichts wissen.«

»Sonst noch was?« fragte Keegan.

»Falls wir herausfinden, daß man aus irgendeinem Grund hinter *Ihnen* her ist«, sagte Wolfsson, »melden wir uns. Die Nachricht wird lauten: ›Hier ist die Schneiderei; Ihr Anzug ist fertig.‹ Wenn Sie diese Nachricht bekommen, machen Sie sich sofort dünn. Und lassen Sie sich nicht verfolgen. Gehen Sie in den Tiergarten. In der Nähe des Karussells steht eine Telefonzelle. Warten Sie dort, bis wir uns melden.«

»Warum sollten Vierhaus' Leute hinter mir her sein?«

»Weil Sie Jenny kennen. Wir arbeiten schon sehr lange so, Keegan. Wenn wir Ihnen Bescheid geben, denken Sie nicht nach. Setzen Sie sich sofort in Bewegung. Verlassen Sie das Hotel, und gehen Sie in den Zoo.«

Schweigen senkte sich auf das Zimmer herab. Die Männer steckten sich Zigaretten an. Wolfsson holte sich eine Tasse Kaffee. Gebhart setzte sich auf einen Stuhl und ließ seine Knöchel knacken.

»Na schön«, sagte Keegan schließlich. »Ich will es mal versuchen. Was, glauben Sie, stellt man wirklich mit ihr an?«

»Sie werden sie foltern. Selbst wenn sie wissen, daß sie nichts weiß. Hitler will sich an der Schwarzen Lilie rächen. Er weiß, daß Jenny mit uns in Verbindung steht. Sie werden alles tun, um rauszukriegen, was sie weiß. Zum Glück weiß sie nicht viel.«

»Was ist das *Beste,* was wir erhoffen können?«

»Daß sie die Gestapo überzeugen kann, daß sie nichts weiß«, antwortete Wolfsson. »Und daß man sie schnell sterben läßt.«

»Und wenn sie überlebt?« sagte Keegan mit fester Stimme.

»Wenn sie überlebt?« fragte Wolfsson. »Dachau.«

»Was ist das?« fragte Keegan.

»Eine Kleinstadt in der Nähe von München«, sagte Wolfsson. »Da haben sie ein riesiges umzäuntes Lager für politische Gefangene gebaut.«

»Wie lange muß sie da bleiben? Was wird man ihr aufbrummen?«

»Sie verstehen es nicht«, sagte Weber.

»Man wird Jenny nicht verurteilen«, sagte Gebhart mit leiser Stimme. »Sie bleibt für immer da. Dachau bedeutet lebenslänglich.«

Kapitel 30

Keegan lag die ganze Nacht auf dem Bett, behielt das Telefon im Auge und wartete darauf, daß Vierhaus seinen Anruf erwiderte. Er hatte dreimal bei ihm angerufen und sich immer mit dem gleichen SS-Telefonisten am anderen Ende der Leitung unterhalten. Beim letzten Anruf war der Mann ausfallend geworden.

»Dohnt ju anderschtänt«, hatte er mit starkem deutschem Akzent gefaucht, »hi iss nott hier! Hi will fohn ju, wenn hi iss räddi tu fohn ju. – Auf Wiedersehen!«

Keegan lag schlaflos und angezogen auf dem Bett und dachte an Jenny. Er fragte sich, wo sie im Augenblick war. Er fragte sich, welche Gemeinheiten die Gestapo mit ihr anstellte. Er stellte sich vor, wie er das Lager angriff, sämtliche Posten umbrachte und Jenny nach einer irrsinnigen, blutigen Metzelei in die Freiheit brachte. Doch so was gab es nur im Film. Aber er wollte es ihnen heimzahlen: Vierhaus, Conrad Weil und von Meister. Jeder hatte auf seine Weise an dieser Tragödie mitgewirkt; jeder aus einem anderen

Grund. Aber alle waren gleichermaßen dafür verantwortlich.

Die Minuten krochen dahin. Die Morgendämmerung lugte durch die Vorhänge und warf einen blutroten Fleck auf den Teppich. Keegan beobachtete den länger und breiter werdenden Lichtspeer, der das Zimmer langsam erhellte.

Das Telefon war eine stumme Bedrohung. Er starrte es an, griff nach ihm und zog die Hand wieder zurück. Er würde den verdammten Schweinehund nicht noch einmal anrufen. Der Schmerz ging ihm auf den Magen. Er streckte die Hand erneut aus, rief den Zimmerkellner an und bestellte Brötchen und Kaffee. Als jemand an die Tür klopfte, öffnete er und rechnete mit dem Zimmerkellner.

Bert Rudman stand vor ihm. »Kann ich reinkommen?« fragte er leise.

Die Angst schnürte Keegan erneut die Kehle zu. Der Schmerz war ihm nun so geläufig, daß er seine Ursache sofort erkannte. Normalerweise fragte Bert Rudman nie, ob er hereinkommen konnte. Normalerweise stürmte er mit wedelnden Armen an ihm vorbei, wie es seine Art war.

»Ich hatte keine Ahnung, daß die Gestapo Jenny erwischt hat.«

»Ich weiß es seit gestern abend. Ich habe die Redaktion angerufen und eine Nachricht für dich hinterlassen.«

»Gott, es tut mir wahnsinnig leid, Kee.«

»Ich weiß nicht, was ich machen soll. Ich habe mich noch nie so ... hilflos gefühlt.«

»Du siehst grauenhaft aus. Hast du geschlafen?«

Keegan schüttelte den Kopf. »Keine Sekunde. – Was hast du herausgekriegt? Ich meine, was weißt du genau?«

»Man hat sie gestern nachmittag um zwei verhaftet ...«

Keegan schlug mit der flachen Hand gegen die Tür. »Verdammt noch mal«, schäumte er, »warum mußte ich bloß bei ihr anrufen!«

»Anrufen?«

Keegan ging im Zimmer auf und ab, verbrannte nervöse Energie und redete leise vor sich hin – als sei Rudman gar nicht da, als spräche er mit einem imaginären Freund. Er rief sich die Schritte in Erinnerung zurück, die zu Jennys Verhaftung geführt hatten.

Rudman ging zu ihm hinüber und sah ihn fragend an.

»Woher weißt du das alles?« fragte er, als Keegan endlich still wurde.

»Ein Teil ist reine Annahme, aber das meiste sind Tatsachen. Ich weiß es, und darauf kannst du Gift nehmen.«

»Was weißt du sonst noch?«

»Daß man sie wahrscheinlich gefoltert hat. Vielleicht ist sie schon tot. Nach allem, was ich gehört habe, ist das hier so Sitte.«

Rudman packte Keegans Arm. »Sie ist nicht tot, Francis.«

»Bist du sicher? Woher weißt du das?« fragte Keegan in einem Atemzug.

»Ich habe einen Tip bekommen. Man hat sie heute morgen um fünf verlegt.«

»Wohin verlegt? Wohin hat man sie gebracht?«

»Man bringt sie nach Dachau, Kee.«

Keegan war zu betäubt, um etwas zu sagen. Er war nicht überrascht. Die Nachricht kam nicht unerwartet. Es war die Realität der Nachricht; das Wissen, daß seine schlimmsten Befürchtungen eingetroffen waren, was ihn packte.

Dachau!

»Nein!« Seine Stimme krächzte.

»Sie waren zu viert. Man hat sie festgenommen, als ...«

»*Nein*«! Keegan schrie jetzt und ballte die Fäuste.

»Hör zu ... Hör mir zu, Francis, man kann ... Man kann im Moment *nichts tun*. Immerhin wissen wir, daß sie noch lebt. Sie ist eine politische Gefangene. Wenn man sie vor Gericht gestellt hätte, wäre sie wegen Hochverrats bestraft worden. Aber es wird keine Verhandlung geben. Man hat sie aus dem Verkehr gezogen, Kee. Vielleicht ...«

»Verdammt noch mal, ist das die Schallplatte, die hier jeder kennt? Ich höre nichts anderes mehr! *Gar nichts*! Ich kann dieses Wort nicht mehr hören!«

»Kee...«

»Ich gehe zur Botschaft. Verdammt noch mal, ich rufe den Präsidenten an...«

»Kee...«

»Verdammt noch mal, wir wollten heiraten! Sie ist drauf und dran, amerikanische Staatsbürgerin zu werden. Verflucht noch mal, sie hat doch *nichts* getan. Ihr Bruder ist...«

»*Kee!*«

Keegan blieb stehen. Er war schweißbedeckt, seine Hände zitterten.

»Hör zu, Mensch«, sagte Bert. »Wenn ich da reinstürmen und sie zu dir zurückbringen könnte, würde ich es tun. Und wenn du nicht mein bester Freund wärst, könnte ich es dir nicht sagen...«

»Dann tu's auch nicht«, schnitt Keegan ihm das Wort ab. »Jetzt hörst du gefälligst mir zu! Ich finde mich nicht damit ab. *Ich – lasse – das – nicht – mit – mir – machen!*«

»Du mußt es aber mit dir machen lassen!« antwortete Bert, ebenfalls lauter werdend. »Du hast gar keine andere Wahl!«

»Du behauptest, du bist mein bester Freund...«

»Herrgott, ich bemühe mich doch nur, ehrlich zu dir zu sein...«

»Scheißdreck! *Scheißdreck!*«

Rudman spürte, wie sein Zorn zunahm, aber er hielt sich bedeckt.

»Hör zu«, fauchte er, »du hast doch gesagt, das ginge dich alles nichts an! Hast du es vergessen? ›Wir sind doch hier zu Hause. Das geht alles vorüber.‹ Das hast du gesagt! Und außerdem hast du gesagt, ich wäre hysterisch. Hysterisch? Schau *dich* doch mal an!«

»Was zum Teufel erwartest du von mir? Daß ich Jitterbug tanze?«

Der Zimmerkellner trat ein, und sie kühlten sich beide ab, während Keegan die Rechnung unterzeichnete. Rudman schenkte ihnen zwei Tassen Kaffee ein, dann setzte er sich aufs Sofa.

»Auf diese Art werden jeden Tag Hunderte – wenn nicht

sogar Tausende – von der Straße weggeschleppt«, sagte Rudman kopfschüttelnd. »Aus Wohnungen, Büros und Geschäften; sogar aus *Schulen*, ohne daß ihre Familien sie je wiedersehen . . .«

»Mit mir machen sie das nicht. Ich bin amerikanischer Staatsbürger.«

»Das ist bedeutungslos, Alter«, unterbrach Rudman ihn. »Das solltest du endlich mal kapieren. Dein Geld und dein Einfluß gelten hier einen Dreck. Sie machen mit dir, was sie *wollen*, Kee. Du erfährst den gleichen Schmerz, den gleichen Zorn, den gleichen . . . Einfach alles. Du bist nur einer aus der großen Masse. Und all die anderen Stimmen überlagern dich.«

»Dann werden wir's der Welt sagen. Schreib einen Artikel über Dachau; schreib über das, was da passiert . . .«

»Verdammt noch mal, begreifst du denn nicht, daß das keinen *interessiert*? Ich habe schon vor drei Monaten für die *Times* einen Artikel über Dachau geschrieben. Die Redaktion hat ihn auf Seite dreißig der New Yorker Ausgabe beerdigt.«

»Dann soll ich mich auf den Rücken legen und toter Mann spielen, was?«

»Kee, du kriegst sie da nicht raus«, sagte Rudman langsam. »Die ganze Welt hat die gleiche Ansicht, die du früher hattest – daß alles nur ein deutsches Problem ist.«

»Du willst doch nur deswegen nichts unternehmen, weil ich dein wertvolles Scheißbüro in Gefahr bringe, gib's doch zu!«

»Um Himmels willen, Kee . . .«

Keegan wirbelte abrupt herum und schmetterte seine Tasse an die Wand. Sie zerbrach, verspritzte im ganzen Zimmer Porzellanscherben und erzeugte einen braunen Fleck auf der Tapete. Seine Schultern sackten herunter.

»Hau ab, raus hier.« Er machte eine wütende Geste. »Laß mich in Ruhe.«

»Wozu?« fragte Rudman. »Damit du in Selbstmitleid baden kannst?«

Keegan ließ sich ohne Antwort in einen Sessel fallen. Das

Gewicht der Tragödie schien ihn schrumpfen zu lassen. Rudman seufzte und ging zur Tür. »Jetzt gehörst du auch zum Klub der Traurigen, Kee. Die Mitgliedschaft wächst von Tag zu Tag.«

Er ging. Als die Tür hinter ihm zufiel, sprang Keegan auf. »Ach, Scheiße«, sagte er und lief hinter ihm her. Das Telefon klingelte.

Vierhaus? dachte er. *Endlich.*

Er eilte zurück und hob ab.

»Ja?« sagte er – viel zu begierig.

»Mr. Keegan?«

»Ja?«

»Hier ist die Schneiderei. Ihr Anzug ist fertig.«

Keegan, desorientiert, wütend, völlig übernächtigt, dachte nicht mehr klar.

»Was?« fauchte er. »Welcher Anzug?«

»Ihr Anzug ist fertig, Mr. Keegan – und wir schließen heute früher.«

Klick.

Keegan kehrte urplötzlich in die Wirklichkeit zurück. War das Wolfsson? fragte er sich. Er hatte die Stimme nicht erkannt, weil alles zu schnell gegangen war. Mein Gott, dachte er, das war die Warnung. War die Gestapo jetzt auch hinter *ihm* her?

Er hielt in der Mitte des Zimmers an und holte tief Luft, um sich abzuregen. Was hatte Wolfsson gesagt? Wenn er sich meldete, sollte er auf der Stelle zum Tiergarten gehen und die Telefonzelle beim Karussell suchen.

Sofort!

Er überprüfte das vordere Fenster der Suite, dann das andere. Nichts Ungewöhnliches. Er ging zum Schrank und nahm das Köfferchen, sein einziges Gepäckstück. Er machte es auf, nahm einen Umschlag heraus, prüfte den Inhalt und schob ihn in seine Innentasche. Das Köfferchen enthielt nichts von wirklichem Wert. Er ließ es auf dem Tisch zurück und warf einen erneuten Blick aus dem Fenster. Eine schwarze Mercedes-Limousine näherte sich dem Hotel und blieb auf der anderen Straßenseite stehen. Vier

Männer in Ledermänteln und schwarzen Hüten stiegen aus. Zwei betraten das Hotel durch den Haupteingang, die beiden anderen marschierten zum hinteren Eingang.

Keegan verließ die Suite und fuhr mit dem Aufzug in den zweiten Stock. Dann ging er schnell die Feuertreppe hinunter. Als er den ersten Stock erreichte, ging die Tür auf. Zwei Schwarzhüte stürmten ins Treppenhaus und blieben zwei Schritte vor ihm stehen.

Ledermäntel, Lederhüte, leere Blicke. Sie waren hager wie Schakale. Der einzige Unterschied zwischen den beiden bestand in ihrer Größe. Der eine war zwei Zentimeter größer als der andere.

Der größere Mann starrte Keegan eine Sekunde überrascht an, dann stieß er hervor: »Herr Keegan?«

Keegan reagierte sofort. Er trat dem Großen mit aller Kraft gegen die Kniescheibe. Der Mann heulte vor Schmerz auf und fiel zu Boden. Im gleichen Augenblick zuckte Keegans Knie in den Schritt des kleineren Mannes, und er packte seinen Kragen und rammte ihn mit dem Kopf gegen die Wand. Die Stirn des Mannes platzte auf. Keegan rammte ihn noch einmal gegen die Wand, und als er hinfiel, langte er in den Mantel des Mannes und packte den Griff seines Schießeisens.

Keegan fuhr zu dem ersten Mann herum und hielt ihm die P 38 unter die Nase.

»Sobald du die Schnauze aufmachst, spritzt dein Gehirn an die Wand. Hast du das verstanden?«

»Ja.« Der Deutsche nickte, sein Gesicht war noch immer schmerzverzerrt.

»Die Autoschlüssel!« fauchte Keegan. »Her damit, aber dalli!«

»Ich habe sie n . . .«

Keegan schob dem Burschen die Mündung der Waffe unters Kinn und drückte seinen Kopf nach hinten.

»Du hast den Wagen gefahren, du dreckiger Lügner. Her mit dem Schlüssel, oder ich leg dich um!«

Der Gestapo-Mann durchwühlte seine Westentasche und händigte ihm einen Schlüsselring aus.

»Mantel ausziehen. Hut her. *Beeilung*!«

Der Mann rappelte sich auf die Knie und zog seinen Mantel aus. Keegan riß ihm den Hut vom Kopf und setzte ihn auf. Er nahm den Mantel, beugte sich vor und schlug den Mann mit der Pistole nieder. Dieser seufzte und verlor das Bewußtsein.

Keegan zog den Mantel an und schob die Waffe in die Tasche. Er zog sich den Hut tief ins Gesicht, betrat die Empfangshalle und ging geradewegs zum Ausgang. Ohne nach links oder rechts zu schauen, verließ er das Hotel, überquerte die Straße, stieg in den Mercedes, ließ ihn an und fuhr los. Er bog an der ersten Straße nach rechts ab und suchte sich einen Weg durch den Verkehr. Zwei Seitenstraßen weiter bog er nach links ab, fuhr eine Straße weiter, bog wieder links ab und hielt an. Er stieg aus und warf die Schlüssel in einen Gully. Dann ging er zur nächsten Ecke und suchte sich eine Droschke.

»Tiergarten«, sagte er, als er einstieg.

Der Regen war zu einem feinen Dunst geworden. Keegan verließ die Droschke und betrat ein Geschäft, das dem Zoo gegenüberlag. Er wartete, bis der Wagen wegfuhr, dann ging er um eine Ecke. Er überquerte festen Schrittes die Straße und war gleich darauf im Zoo. Das Karussell befand sich in der Mitte des Tierparks an einem Teich. Die Telefonzelle stand neben dem Affenhaus, vor dem Weg, der zum Karussell führte.

Keegan blieb mit den Händen in der Tasche stehen und wartete ab.

»Drehen Sie sich nicht um«, sagte eine stark akzentuierte Stimme hinter ihm. »Hören Sie zu. Wir haben erfahren, daß Vierhaus Sie als Spion verhaften will.«

»Ich weiß. Sie waren schon im Hotel.«

»Sie sind in ernsthaften Schwierigkeiten. Gehen Sie jetzt hinter das Karussell. Da ist ein Geräteschuppen. Gehen Sie da rein.«

»Haben Sie schon was Neues über Jen . . .«

»Beeilen Sie sich!«

Ein junges Paar schlenderte vorbei und blieb neben ihm stehen. Sie hielten sich umschlungen, ignorierten den Regen und warfen den Affen Erdnüsse zu. *Die Welt schert sie einen Dreck,* dachte Keegan. *Noch vorgestern hätten Jenny und ich uns ebenso verhalten.* Er wartete, bis das Pärchen weiterging. Als er sich umdrehte, war niemand mehr da.

Er umrundete das Karussell, fand den Geräteschuppen und ging hinein. Eine kleine Werkstatt. Ein großer Arbeitstisch und ein Stuhl nahmen den meisten Platz ein. Eine nackte Glühbirne hing an einer Strippe über dem Tisch. Spinnweben, wie feine Gaze, beherrschten die Ecken.

Werner Gebhart erwartete ihn. Seine kalten Augen sahen Keegan an, als er den Schuppen betrat. Dann nahm er eine Kordhose, eine Tweedmütze, ein Sporthemd, einen ärmellosen Pullover und schwere Stiefel aus einem Rucksack und legte sie auf den Tisch. Schließlich entnahm er dem Rucksack eine blonde Perücke und eine Brille.

»Put das Zeug on«, sagte er in einer komischen Mischung aus Deutsch und Englisch. »Beeilung.«

»Sie sind wirklich auf Notsituationen vorbereitet, was?« sagte Keegan und schälte sich schnell aus Mantel und Hut.

»Wir haben damit gerechnet«, sagte Gebhart kalt. »Was die Nazis auch von Jenny erfahren haben, jetzt nehmen sie an, Sie könnten es bestätigen. – Sie hätten gestern abend verschwinden sollen.«

»Sie bringen Jenny nach Dachau«, sagte Keegan.

»Haben wir heute morgen gehört. Es ist schlimm.«

»Schlimm? Ist das alles, was Sie dazu sagen?«

»Ziehen Sie sich um, Keegan«, sagte Gebhart ernst. »Wir reden später darüber. Ja – das ist alles, was ich dazu zu sagen habe.«

»Sie mögen mich nicht, Werner, stimmt's?« sagte Keegan, der sich so schnell wie möglich umzog.

»Nein.«

»Warum nicht?« fragte Keegan.

»Weil Sie den Helden spielen. Sie sind leichtsinnig und arrogant.«

»Okay«, sagte Keegan. »Wenn ich geschnappt werde,

sind Sie auch dran. Warum sagen Sie mir nicht einfach, wo ich hingehen soll, und ich mache den Rest dann allein?«

»Hören Sie«, sagte Gebhart mit leiser, wütender Stimme. »Ich tue das nicht, um Ihnen zu helfen; ich tue es, um uns zu helfen, weil Sie für uns das reinste Gift sind. Lügen Sie sich nichts in die Tasche; ohne uns wären Sie in zehn Minuten verhaftet. Sie sind ... gefährlich. Sie spielen den Helden. Wenn sie draufgehen, werden eine Menge von uns mit ihnen untergehen.«

»Niemand wird sterben.«

»Hab' ich's nicht gesagt? *Arroganz.* Jeden Tag sterben Menschen.«

»Ich habe die ganze Nacht versucht, Vierhaus zu erreichen«, sagte Keegan und wechselte das Thema. »Er hat meine Anrufe nicht erwidert. Statt dessen hat er die Gestapo geschickt.«

»Er ist sehr schnell, und er betreibt das Spiel schon seit drei oder vier Jahren«, sagte Gebhart. »Sie sind kein Gegner für ihn, egal, was Sie auch denken.« Er nahm den Mantel und den Hut des Gestapo-Mannes und fragte: »Das war keine gute Idee. Wo haben Sie das her?«

Keegan nahm die P 38 aus der Manteltasche und gab sie ihm. »Von der Gestapo. – Hier, das können Sie vielleicht brauchen.«

»Was ist passiert?«

Keegan erzählte es ihm.

»Dann ist Ihnen jetzt die ganze Stadt auf den Fersen«, sagte Gebhart. Er zog Keegan die Perücke über den Kopf und gab ihm einen Dienstausweis der Reichspost. Wie gerissen. Die Nazis bemühten sich stets, den Bürokraten nicht auf die Zehen zu treten.

»Wenn wir anhalten müssen, übernehme ich das Reden.«

»Okay.«

»Jetzt die Mütze und die Brille. Sie ist aus Fensterglas.«

Keegan schaute Gebhart durch den matt beleuchteten Raum an. »Na, wie sehe ich aus?«

»Vergessen Sie nicht, daß wir genau wissen, was wir

tun. Tun Sie, was ich sage; streiten Sie nicht herum. Und tun Sie es schnell, verstanden?«

»Ja«, sagte Keegan. »Mir ist alles klar.«

Sie traten aus dem Schuppen und gingen um den Teich herum zu einem Parkplatz. Dort stiegen sie in den blauen Opel und fuhren mitten durch die Stadt und über die Hauptbrücke zu einem Wohnhaus. Geschäfte und Bürohäuser wechselten sich mit Wohnhäusern ab; es waren mächtige gotische Bauwerke mit großen, gebogenen Fenstern, dicken Eichentüren und grauen Stuckwänden. Sechs oder sieben formten einen langen, grauen Block. Eine Gasse hinter dem granitenen Platz war von hell gestrichenen Garagentüren umgeben. Gebhart fuhr auf eine von ihnen zu und hupte. Eine Minute verging, dann öffnete sich das Garagentor. Gebhart fuhr hinein. Hinter ihnen schloß sich die Tür. Er wartete etwa eine Minute in der Finsternis, dann schaltete er die Wagenlampen ein.

Die Garage war klein und, abgesehen von dem Wagen, leer. Gebhart deutete mit dem Kopf auf eine Tür, die ins Haus hineinführte.

»Gehen Sie da rein«, sagte er. »Viel Glück. Wir werden uns nicht wiedersehen.«

Er streckte die Hand aus, und Keegan schüttelte sie.

»Danke, Werner. Auch Ihnen viel Glück.«

Er betrat das Haus, ging eine kurze Treppe hinauf und kam durch eine spartanisch möblierte Küche in ein Wohnzimmer. Wolfsson war allein dort; er saß vor einer langen Umzugslattenkiste. Es gab keine Möbel, nur eine einzelne Stehlampe mit einem Fransenschirm. Ein Aschenbecher voller Kippen stand neben ihm.

»Willkommen, Herr Keegan. Nehmen Sie sich eine Kiste und setzen Sie sich.«

»Ziehen Sie gerade ein oder aus?«

»Eigentlich ein. Wir reisen sehr viel. Manchmal müssen wir alles zurücklassen. Wir werden eine Weile hierbleiben.«

»Hätten Sie was dagegen, mir zu sagen, was los ist?«

»Wir haben einen ausgezeichneten Kontakt zum SS-

Hauptquartier. Vierhaus hat heute morgen angeordnet, Sie zu verhaften. Man beschuldigt Sie der Spionage.«

»Schwachsinn.«

»Trotzdem. Wenn man Sie kriegt, sind Sie ein toter Mann.«

»Das ist doch alles Wahnsinn. Es ergibt nicht mal einen Sinn.«

»Sicher ist es Wahnsinn. Aber für *sie* hat es Sinn.«

»Was haben Sie also vor?«

»Wir fahren nach München, wenn es dunkel wird. Wir kennen Nebenstraßen ohne viel Verkehr. Wir fahren zu dritt: Sie, ich und Joachim.«

»Habe ich an der Sache irgend etwas mitzubestimmen?«

»Was würden Sie denn am liebsten tun? Zur amerikanischen Botschaft gehen? Wenn Sie da einmal drin sind, kommen Sie nie wieder raus. Sie müßten eine Ewigkeit dort verbringen. Wenn Sie in Berlin bleiben, wird man Sie aller Wahrscheinlichkeit nach schnappen, und nach dem Scharmützel mit der Gestapo bringt man sie bestimmt um. Wenn Sie mit uns gehen, haben wir Sie in achtundvierzig Stunden aus Deutschland heraus.«

»Warum nach München?«

»Wir haben eine starke Gruppierung in München. Wir müssen einen Tag dort verbringen. Es ist sicherer, wenn man in der Nacht reist. Wir brauchen zwei Nächte zur Schweizer Grenze.«

»Aha, dann geht es also in die Schweiz?«

»Ja. Wir haben gute Freunde dort und kennen die sichersten Wege über die Grenze. Wenn alles gutgeht, sind Sie übermorgen ein freier Mann.«

Keegan steckte sich eine Zigarette an und dachte über die Alternativen nach, die sich ihm boten. Wolfsson hatte natürlich recht. Wenn er in Berlin blieb, erreichte er nichts.

»Ich werde den Gedanken nicht los«, sagte er schließlich, »daß ich alle Hoffnung verliere, Jenny zu helfen, wenn ich Deutschland verlasse.«

»Wenn man ihr überhaupt helfen kann, verspreche ich Ihnen, daß wir alles tun, um sie rauszuholen«, sagte Wolfsson.

»Wie hoch sind ihre Fluchtchancen?«

»Praktisch Null. Wir haben drei Ausbrüche organisiert, aber alle sind schiefgegangen. Zwölf Menschen sind dabei gestorben.«

Wolfsson drückte seine Zigarette aus, trat ans Fenster, lugte durch die Gardine und überprüfte die Straße.

Welch eine Art zu leben, dachte Keegan. Ständig auf der Flucht. Nie kann man jemandem trauen. Und immer der Gedanke, daß irgendein blonder Kretin in Landsberg einem den Kopf abhackt, wenn sie einen schnappen.

Schließlich drehte Wolfsson sich wieder um und fragte: »Was wollen Sie tun, wenn Sie wieder in Amerika sind?«

»Weiß ich nicht«, antwortete Keegan. »Es ging alles so schnell. Wahrscheinlich werde ich versuchen, die Leute aufzuwecken und Ihnen zu erklären, was wirklich hier passiert. Ich könnte versuchen, Geld für Sie aufzutreiben. Ich werde irgend etwas tun, das Ihnen hilft.«

»Und was wollen Sie den Leuten erzählen, was Sie nicht schon wissen? Sie hören doch nur das, was sie hören wollen, und möchten im Moment ihr Gewissen nicht belasten. Es ist doch viel einfacher, alles zu ignorieren.«

»Ich habe einflußreiche Freunde, Abraham. Vielleicht kann ich doch etwas erreichen.«

»Politiker?« Wolfsson schüttelte den Kopf. »Die werden Ihnen nicht helfen. Sie bauen auf das Volk, und das Volk möchte von unseren Problemen nichts hören. Das Volk hat seine eigenen Probleme. Glauben Sie mir, ich weiß es.«

Wolfsson streckte sich auf dem Boden aus, legte die Arme hinter seinen Kopf und starrte an die Decke. Mehrere Minuten vergingen in Schweigen. »Es gibt nur einen Weg«, sagte er schließlich, »um jemandem das Grauen zu zeigen, das hier vorherrscht.«

»Welchen?« fragte Keegan.

»Man muß es sehen«, sagte Wolfsson. »Was man mit eigenen Augen gesehen hat, stellt man nicht mehr in Abrede.« Er schloß die Augen. »Wir reden später weiter. Ich brauche etwas Schlaf; wir haben eine lange Fahrt vor uns.«

Keegan lehnte sich rücklings an die Wand, zog die Knie

an sich und stützte das Kinn auf seine Arme. Hier und da huschten Lichtstreifen durch die schweren Vorhänge. Etwa zwei Minuten später wurden Wolfssons Atemzüge tiefer und rhythmischer, und er schlief ein. Keegan beobachtete, wie die Schatten im Zimmer länger wurden. Schließlich döste er selbst ein.

Kapitel 31

Sie waren etwa zweihundert Meter von dem KZ entfernt, versteckt zwischen dichtstehenden Bäumen und struppigen Büschen, die die verräterische Umzäunung vor der Straße verbargen. Man hatte im Umkreis des Lagers einen etwa hundert Meter breiten Landstreifen von sämtlichem Blattwerk befreit. Schilder warnten sie davor, daß der öde Landstrich vermint war. Eine einspurige Straße führte durch die Bäume zum Tor und setzte sich dahinter fort. Eisenbahnschienen glitzerten im morgendlichen Sonnenschein; die Gleise waren abgefahren und glänzten.

Die Linsen ihrer Ferngläser wanderten langsam über das Gelände. Sie nahmen zuerst das Tor aufs Korn, dann den Drahtzaun und schließlich das Lager selbst. Es war ein desolater Ort: trostlos, entmutigend und niederschmetternd; er bestand aus langen grauen Holzbaracken. Dazwischen sah man den fehlgeschlagenen Versuch, zwischen zwei Gebäuden einen Garten anzulegen. Er bestand aus einer kümmerlichen Reihe verdrehter, toter Gewächse, die von Staken herabhingen oder auf dem harten, braunen Boden lagen. Der Boden bestand aus von der Sonne hartgebranntem Fels, die Erdschicht war zu Staub zerrieben und wurde vom leisesten Windhauch fortgeweht. An den Baracken klebte tote Erde.

Und dann der Zaun. Vier Stacheldrahtreihen. Sie waren einen knappen Meter voneinander getrennt und summten mit tödlicher Elektrizität. Danach kamen ein Graben und ein drei Meter hoher Zaun, der ebenfalls unter Strom stand. Auf hohen Masten, die über das ganze Gehege verstreut waren, befanden sich starke Suchscheinwerfer. An den Geländeecken ragten drohende Wachttürme auf.

Keegan suchte das Lager mit dem Fernglas ab und hielt plötzlich inne. Ein alter Mann in gestreifter Tracht hing rücklings an dem inneren Stacheldrahtzaun; seine im Tod steifen Arme waren ausgestreckt. Eins seiner Beine berührte gerade eben den Boden. Sein Fleisch war grau und fing an zu verwesen. Sein weißes Haar wehte im Wind. Fliegen umschwärmten hungrig seine Leiche. Knapp fünfzehn Meter weiter stand eine ältere Frau; sie preßte ein Handtuch über Mund und Nase und sah den Fliegen wie betäubt bei ihrer Arbeit zu. »Gütiger Himmel«, keuchte Keegan.

»Sein Name war Rosenberg. Ein Linzer Bankier. Er war achtundfünfzig Jahre alt. Das da ist seine Frau. Das einzige Verbrechen, das er begangen hat, war das: Jude zu sein. Sie haben ihm sein Geld und seinen Besitz genommen, seine Familie vernichtet und sie dann ins Lager gesteckt. Sie haben den freundlichen alten Mann zerbrochen und ihn dann in den Draht geworfen. Sie lassen ihn dort, bis er verwest. Als Warnung an die anderen.«

Keegan ließ das Fernglas sinken und holte mehrmals tief Luft.

»Sie wollten Dachau sehen«, flüsterte Wolfsson. »Ich wollte ebenfalls, daß Sie es sehen. Jetzt können Sie es glauben. Jetzt können Sie die anderen davon überzeugen, daß es sich nicht nur um ein böses Gerücht handelt.«

»Böse ist es trotzdem«, ächzte Keegan. »Böser, als man es sich ausmalen kann.«

Der dritte Mann, der neben ihnen lag, hieß Moische Golen. Er hatte einen in Stoff gewickelten Fotoapparat bei sich, damit man das Klicken des Verschlusses nicht hören konnte. Der Apparat klickte leise, als Golen eine Aufnahme von der gespenstischen Umzäunung machte.

»Mit den Aufnahmen versuchen wir, den Zustand der Gefangenen zu ermitteln«, sagte Golen leise und hob den Apparat wieder hoch. »Damit wir auf dem laufenden bleiben und wissen, wer gestorben und wer krank ist. Die

Methode ist zwar nicht sehr effektiv, aber wir tun unser Bestes. Sie können sich bestimmt vorstellen, daß es nicht ungefährlich ist, hierherzukommen.«

»Wir können nur eine Minute bleiben«, fügte Wolfsson hinzu. »Sie suchen den Wald ständig mit Hunden ab.«

Sie hatten die Umgebung von Dachau erst kurz vor Morgengrauen erreicht. Das Städtchen war vierzig Minuten von München entfernt. Wolfsson war von der Straße abgebogen, durch den Ort zu Golens Bauernhof gefahren, und hatte den Wagen in seinem Stall abgestellt. Golens Frau hatte ihnen ein Frühstück und starken Kaffee gemacht.

»Gehst du heute in den Wald?« hatte Wolfsson ihren Gastgeber gefragt. »Kannst du uns mitnehmen?«

»Es ist ebenso sicher, als wenn nur einer ginge. Es ist nämlich *nie* sicher. Wenn sie uns erwischen, nehmen sie uns mit – falls sie uns nicht erschießen.«

Wolfsson hatte sich Keegan zugewandt. »Sie wollen uns also helfen? Gut. Wir zeigen Ihnen etwas, das Sie nie wieder vergessen.« Er hatte seine Bedingungen genannt: Folgen Sie allen Befehlen. Reden Sie nur im Flüsterton. Hauen Sie ab, wenn der Befehl dazu erteilt wird.

Sie waren kurz vor Sonnenaufgang mit einem Pferdewagen aufgebrochen, der zum Transport von Feuerholz diente. Der Wagen verfügte über einen hohlen Kern; man konnte ihn von unten durch eine Klappe betreten. Sie hatten ihn etwa zwei Kilometer am Rand einer Lichtung stehenlassen und waren den Rest der Strecke zu Fuß gegangen. Zuerst durch einen Bach, damit die Hunde ihre Witterung nicht aufnahmen, dann durch ein offenes Feld und einen Abflußkanal. Sie waren die letzten fünfzig Meter über den Waldboden gerobbt, hatten sich durch ein Gewirr aus Dornenbüschen und durch von Käfern wimmelndes Gras geschlichen. Dann waren sie an dem Rand der Sicherheitslichtung angekommen und hatten das schreckliche Gelände vor sich gesehen.

Keegans Kehle war beim ersten Anblick trocken geworden. Jetzt lag er flach auf dem Bauch, hielt mit einer Hand das Gras nach unten und suchte das Lager mit dem Fernglas ab. Er suchte es ab, weil er hoffte, Jenny zu sehen. Weil er wissen wollte, ob sie noch am Leben war.

Der größte Schock waren die Insassen selbst. Mager, mit gebücktem Gang, körperlich gebrochen, wirkten sie beinahe so, als stünden sie unter Hypnose. Ihre Augen sagten alles. Sie hatten jegliche Hoffnung verloren, sie empfanden nur noch Schrecken und Resignation. Sie bewegten sich wie Roboter auf dem Erdboden, der die Baracken umgab; sie sprachen kaum ein Wort.

An einer Ecke stand ein alter Mann in gestreifter Tracht, sein weißer Bart rieb sich an seiner Brust. Er stand regungslos da und starrte durch den Maschendraht. Seine Augen bewegte sich nicht. Er sagte nichts. Er stierte einfach nur durch den verwickelten Draht und die hohen Zäune auf die Freiheit.

Das Lager war von einer so niederschmetternden Aura umgeben, daß Keegan das Gefühl hatte, innerlich zu zerbrechen. Seine Schultern sackten herab, durch seine zusammengepreßten Lippen kam ein jämmerliches Stöhnen.

»Pssst!« machte Wolfsson.

»Mein Gott«, sagte Keegan leise. »Es sieht alles so . . . so absolut hoffnungslos aus.«

»So ist es auch für die Leute da drin«, hauchte Golen leise. »Im Lager halten sich nicht nur Juden auf. Die meisten Gefangenen sind Christen. Politische Häftlinge, Hitlers Gegner. Gott weiß, was sie da drinnen mit ihnen anstellen.«

»Kommen Sie, Keegan, wir können hier nicht bleiben«, sagte Wolfsson. »Sonst nehmen die Hunde unsere Witterung auf.«

»Nur noch eine Minute.« Keegan ließ das Fernglas noch einmal über den überfüllten Hof wandern. Dann sah er sie.

»Da!« keuchte er. »An den Baracken! Sie ist gerade herausgekommen.« Jenny kam ihm kleiner vor, fast eingefallen. Ihre Schritte waren kurz und zaudernd. Sie schlang die Arme um ihre Schultern, als sei ihr kalt. Ihr Haar war zerzaust, sie trug ein formloses Kleid, das ihr bis zu den Unterschenkeln reichte.

»Sie sieht so ... so zerbrechlich aus«, keuchte er. »Gott, was haben sie ihr nur angetan.«

»Wenigstens lebt sie noch«, sagte Wolfsson, der sie nun auch sah.

»Das ist doch kein Leben«, antwortete Keegan. »Es ist eine Tortur.« Er biß sich auf die Lippen, um ihren Namen nicht zu rufen. Er wollte sie wissen lassen, daß er in ihrer Nähe war; daß es Hoffnung gab, obwohl er in seinem tiefsten Herzen wußte, daß ihre Lage hoffnungslos war. Er fragte sich, ob Wolfsson ihn wirklich deswegen hergebracht hatte, damit er sah, wie aussichtslos es war.

»Wir müssen jetzt gehen, Keegan«, beharrte Wolfsson.

Kurz darauf hörten sie die Hunde. Wolfsson packte Keegans Arm und zerrte ihn zwischen die Bäume zurück.

»Laufen Sie geduckt«, sagte Golen. »Bevor sie unsere Witterung aufnehmen können, müssen wir durch den Abflußkanal sein.«

Sie liefen geduckt und im Zickzack durch das an ihren Kleidern reißende Dickicht. Dornige Hände schienen nach ihnen zu greifen. Hinter sich hörten sie das aufgebrachte Bellen der näher kommenden Schäferhunde.

»Schneller!« sagte Golen. Keegans Atem kam keuchend. Seine Lungen standen in Flammen, seine Beinmuskeln fingen an, sich zu verknoten. Aber er lief weiter und bemühte sich, einigermaßen gleichmäßig Luft zu holen. Vor ihnen wurde der Wald zunehmend dichter, dann waren sie plötzlich wieder am Rande des Feldes. Dort duckten sie sich in den Abflußkanal, und ihre Schritte echoten in dem engen Schlauch. Sie eilten weiter und kamen am anderen Ende wieder heraus. Sie sprangen einen Meter tief in einen Bach und entfernten sich weiter vom Lager, indem sie durch das knietiefe Wasser rannten. Hinter ihnen ertönte das Bellen, Knurren und Hecheln der Hunde. Ihr Gebell erzeugte Echos.

»Gut«, rief Golen, »jetzt sind die Hunde verwirrt! Sie sind am Kanal; sie haben die Witterung verloren. Wir sind gleich da.«

Er bog scharf ab. Keegan und Wolfsson folgten ihm, als er aus dem Bach sprang und das niedrige Ufer erkletterte.

Pferd und Wagen waren dort, wo sie sie verlassen hatten; das Pferd graste. Wolfsson tauchte unter den Wagen, drehte sich auf den Rücken und öffnete die Klappe. Er und Keegan krabbelten in das dunkle Behältnis hinein. Golen zog sich trockene Hosen und Stiefel an. Er rieb Limburger Käse über seine Stiefel und seine Gelenke, dann duckte er sich unter den Wagen und tat das gleiche mit der Klappe. Schließlich warf er seine nassen Sachen zu ihnen hinein und machte die Klappe zu. Keegan und Wolfsson lagen im Dunkeln auf dem rauhen Boden und rangen nach Luft. Kurz darauf hörten sie Golen Holz schlagen.

»Was macht er da?« flüsterte Keegan.

»Er macht es, damit er ins Schwitzen gerät. Wenn sie uns bis hierhin folgen, werden sie ihn nicht verdächtigen.«

Eine Viertelstunde verging ohne Zwischenfall. Keegan spürte im Innern des Behältnisses, wie der Wagen sackte, als Golen auf den Kutschbock stieg. Kurz darauf setzten sie sich in Bewegung, und das Fuhrwerk ächzte über die Straße der Ortschaft entgegen.

»Sie werden noch heute in die Schweiz gehen«, sagte Wolfsson. »Der Rest der Reise ist ein Kinderspiel.«

»Ich stehe in Ihrer Schuld«, sagte Keegan und kämpfte in der Finsternis mit den Tränen. »Ich war keine hundert Meter von ihr entfernt«, ächzte er. »Keine verfluchten hundert Meter!«

Seine Niederlage, seine Frustration und seine Demütigung waren absolut. Jetzt begriff er die Ausweglosigkeit der Lage vollkommen.

»Setzen Sie Ihren Einfluß ein«, sagte Wolfsson. »Fahren Sie nach Hause, und machen Sie bekannt, was Sie hier gesehen haben. Nehmen Sie das hier.«

»Was ist das?« fragte Keegan. Dann spürte er die kühle, kleine Filmspule in der Hand.

»Es ist der Film, den Golen aufgenommen hat. Nehmen Sie die Bilder mit. Zeigen Sie den Leuten, was hier los ist. Sagen Sie ihnen, wenn sie den Irrsinn nicht stoppen, liegt die Schuld ebenso bei ihnen wie bei allen, die ihren Blick vor der Wahrheit verschließen.«

Kapitel 32

Colebreak lag im südwestlichen Zipfel des Staates Kansas. Das dreistöckige Gerichtsgebäude war das höchste Haus der Stadt. Es verschaffte dem winzigen Dörfchen einen Kern, um das sich ein halbes Dutzend Läden gruppierten. Der einzige Baum, der seinen Namen verdiente, stand vor dem Gericht, und die unter ihm befindliche Bank war ein Versammlungsplatz für die Schnitzer. Hier tauschten sie an Samstagen, wenn ihre Frauen einkaufen gingen, den neuesten Tratsch aus. Colebreak hatte 250 Einwohner.

Auf der Bank saßen drei Männer. Jack Grogan und Dewey Winters spielten Dame. Das Spielbrett lag zwischen ihnen. Hiram Johnson, der dritte Mann, schnitzte aus einem Ast eine Flöte für seinen Enkel. Es war Donnerstag, der Jahrestag des Waffenstillstandes. Es war ungewöhnlich warm für November; die Temperatur lag bei 24 Grad. Der Ort war fast menschenleer.

»Muß am Feiertag liegen«, sagte Grogan. »Sind alle zu Hause oder zu irgendeiner Parade gegangen.«

»Haste nich gehört?« fragte Hiram. »Die ham die Parade nach Lippincott rüber doch abgesagt.«

»Weswegen?«

»Sandsturm. Soll schlimmer sein als der Winternebel vor drei Jahren. Man kann die Hand nich vor Augen sehn.«

»Wer hat das gesagt? – Harvey Logan, wetten?«

»Ja, Old Harve war's.«

»Der lügt doch wie gedruckt«, sagte Grogan. »Der steht im Regen und erzählt einem, die Sonne scheint.«

»Ich weiß nur, daß die Parade abgesagt is. Die ganzen Veteranen mit ihren Mützen und Orden und die Band von der High-School sind in die Aula gegangen, um abzuwarten.«

»Wenn's so wird wie letzten Sommer in Tulsa, können wir uns auf was gefaßt machen«, sagte Dewey. Er spitzte die Lippen, und ein schwarzer Streifen Tabaksaft spritzte ins Gras.

»Ich hab' gehört, daß es noch in Chicago so dunkel wurde wie in der Nacht«, sagte Hiram.

»Yeah«, flötete Dewey. »Inner Zeitung hat gestanden, man konnte es sogar in Albany sehen. In *New York*! Mann, das is doch 'n halbes Land weit weg von hier!«

»Mensch, Hiram, das glaubste doch nich, oder?«

»Zeitungen lügen doch nich.«

»Wer hat das gesagt?«

»Jedenfalls nich über *solche* Sachen.«

»Ach, Scheiße.«

Sie sahen den LaSalle schon, als er noch einen ganzen Kilometer von ihnen entfernt war. Er kam über den flachen Highway auf sie zu und wirbelte den Staub hinter sich auf. Aus der Ferne wirkte er gelb, aber als er näher kam, sahen sie, daß der Wagen blau war. Er wurde nur von einer dicken Staubschicht verhüllt. Der Wagen fuhr in den Ort hinein und blieb am Hauptplatz stehen. Der Fahrer, sein Schlips war vor seinem offenen Hemdkragen herabgezogen, die Ärmel hochgekrempelt, stieg aus und bürstete den Staub von seinen Hosen. Schweißflecke waren unter seinen Achselhöhlen zu sehen; sie reichten ihm fast bis zur Taille.

Ein Vertreter, dachte Hiram. Der Fahrer zog das Hemd von seiner verschwitzten Brust, schlenderte zum Pepsi-Automaten im Vorraum des Gerichts und warf einen Nickel ein.

»Wirklich heiß für November«, sagte er.

Hiram nickte.

Der Vertreter nahm einen großen Schluck aus der Flasche und spülte sich mit der schäumenden Cola den Mund aus, bevor er sie hinunterschluckte.

»Was vakaufn Sie denn?« fragte Grogan.

»Damenwäsche«, sagte der hochgewachsene Mann mit einem Lächeln. »Aber das auch nicht allzu gut.«

»Viel Staub gesehen?«

»Überall. Zwar nicht soviel wie gestern im Süden, aber eins können Sie mir glauben: Ich mußte die Fenster zumachen. Und die Hitze hat mich fast umgebracht. Es ist nicht auszuhalten.« Er schüttelte den Kopf und nahm noch einen Schluck.

»Woher kommen Sie?« fragte Hiram.

»St. Louis.«

»Da sind Sie weit weg von zu Hause.«

»Tja, man braucht 'n großes Land und 'ne Menge Fahrten, um heutzutage sein Auskommen zu haben.«

»Wem sagen Sie das«, stimmte Grogan ihm zu. »Schönes Auto ham Sie da.«

»'s war mal schön – bevor ich gestern in den Sturm reinkam. Jetzt sieht's aus wie Sandpapier. Der Sturm hat mir den Lack von der Haube gerieben.«

Er wischte mit der Hand über den Kühler des Wagens und wirbelte eine kleine Sandwolke auf. Es war so, wie er gesagt hatte; der Sand hatte die blaue Farbe fast abgerieben.

»Mann, seht euch das an«, sagte Grogan.

»Wo wolln Sie denn hin?«

»Dachte, ich fahr bis Lippincott und übernachte da. Hab' vergessen, daß heute 'n Feiertag ist.«

»Der fällt heute aus«, sagte Grogan kopfschüttelnd.

»Warum denn?«

»Schwarzer Blizzard. Mußten die Jahrestagsparade abblasen. Ist so schlimm, daß man keine Hand vor Augen sieht.«

»Könnte hier vorbeiwehen«, sagte Hiram.

»Wissen Sie das genau?«

»Nur Gerede«, sagte Grogan. »Er hat mit dem alten Harvey Logan telefoniert.«

Hiram schüttelte den Kopf. »Könnte hier vorbeiwehen«, wiederholte er.

»Ich werd's sicher erleben«, sagte der Vertreter. »Es kann einen wirklich umbringen. Der Staub ist so dicht, daß man sich kaputthustet. Wenn er kommt, muß man sofort reingehen. Und sich vielleicht 'n Lappen vor den Mund halten.«

»Ich hab' mal von 'nem Mann gehört, der draußen überrascht worden is und tatsächlich Dreck gekotzt hat«, sagte Hiram. »So schlimm ist das.«

»Jetzt fängt er schon *wieder* an«, sagte Grogan.

»Tja, wenn er nach Lippincott weht, werd' ich wohl nicht da hinfahren«, sagte der Vertreter. Er trat an den Rand des Gehweges und schaute über das Band der einspurigen Straße in Richtung Lippincott. »Gibt's hier 'n Hotel?«

»Ungefähr zehn Meilen die Straße lang. Bradyton.«

Der Vertreter kniff die Augen zusammen, konzentrierte sich auf den Horizont und suchte nach der bedrohlichen Sand- und Windwoge, die die Präriestädte nun schon seit Monaten heimsuchte. Im vergangenen Sommer war die Hitze in Kansas sechzig Tage ununterbrochen bei 35 Grad stehengeblieben. Im ganzen Jahr waren nur wenige Millimeter Niederschläge gefallen. Damit hatte es angefangen. Die Erde, ausgelaugt von jahrelang durchgeführten schlechten Anbauverfahren, war getrocknet. Dann war sie aufgebrochen und hatte sich in Schieferton und Staub verwandelt. Darauf waren starke Winde gekommen, hatten die Erde wie eine Riesenhand aufgehoben und in die Luft geworfen. Die Schmutzwolken hatten wellenförmige Saltos geschlagen, sich zu schwarzen Erdozeanen aufgetürmt und alles eingehüllt. Die Straßen verschwanden vor den Wolken. Gewaltige Dünen hatten die Häuser verschlungen. Über Nacht waren ganze Ortschaften verschwunden – begraben unter einem Meer aus Sand. Tiere waren in den Ställen erstickt und Menschen an Lungenentzündung gestorben, denn der Dreck hatte ihre Lungen ruiniert. In neun Monaten waren 100 Millionen Hektar Mutterboden einfach fortgeweht worden. Die tödliche Schüssel reichte von Texas bis an die Grenze Colorados. Die Prärie ähnelte so sehr einem Strand, daß ein Reporter der *Tulsa Tribune* geschrieben hatte: ›Während meiner Fahrt war die Straße plötzlich weg. Dann sah ich ein Hausdach, nur einen Giebel, der aus etwas hervorstach, das aussah wie eine Düne am Strand. Ich rechnete fest damit, gleich salzige Meeresluft zu riechen.‹

Der Vertreter war am Tag zuvor durch einen kleinen Sturm gefahren, der ihm gereicht hatte. Jetzt, als er auf die Straße schaute, wurde die schwarze Wolke, die den Horizont verdeckte, zu einer brodelnden Gewitterwolke. Man hörte noch nichts, nur der sich unheimlich auftürmende schwarze Umhang vor den Sturmwinden ragte zum Himmel hinauf: Er war genau in seine Richtung unterwegs.

»Mein Gott«, keuchte der Vertreter.

Die drei Einheimischen traten zu ihm an den Rinnstein,

folgten seinem Blick und sahen die tödliche Wolke. Während sie sie anstarrten, wirbelte sie noch höher zum Himmel hinauf. Sie wurde dunkler als eine Gewitterwolke, dunkler noch als die Abenddämmerung.

»Allmächtjer!« keuchte Hiram.

»K-k-kommt sie hier her?« stammelte Grogan, dessen Augen beim Anblick der größer werdenden Wolke allmählich hervorquollen.

»Auf Urlaub geht sie bestimmt nich«, sagte Dewey.

»Ich muß nach Hause«, sagte Hiram. »Gott, hoffentlich kriegen wir nich dasselbe ab wie Tulsa!«

»Sie kommt, sie kommt!« schrie Grogan, als sie zu dritt zu ihren Autos rannten. Der Vertreter stand wie hypnotisiert da und schaute zu, wie der Sandsturm sich aufbaute. Dann hörte er den leisen Wind; es war ein dumpfes Poltern, fast wie bei einem Gewitter. Er ist schätzungsweise zwanzig Kilometer weit weg, dachte er, und jetzt schon siebentausend Meter hoch. Er zog sich noch eine Pepsi, stieg in seinen Wagen und raste den Weg zurück, den er gekommen war.

Er fuhr nach Bradyton zurück, ohne einen Gedanken an die Geschwindigkeitsbegrenzung zu vergeuden. Hinter ihm schien eine riesige Schmutzwelle ihn über den Highway zu jagen. Der Vertreter preßte ein Taschentuch vor sein Gesicht und ließ die Fenster wegen der großen Hitze offen. Die Farmen zu beiden Seiten der Straße wirkten verlassen. Schilder, die an den Toren klapperten, verkündeten der Welt, daß Banken nun ihre Eigentümer waren. Einmal kam er an einem Farmer, seiner Frau und zwei Kindern vorbei, die vor ihrem zerbrechlichen Haus hin und her eilten und heldenhaft darum rangen, ihren Besitz auf einen zerbeulten alten Model T. zu stapeln. Der Wind peitschte den Sand um sie herum schon zu wirbelnden Derwischen auf.

Er war drei Meilen vor Bradyton, als ihm der Tankanzeiger auffiel. Die Nadel stand auf leer. Er tippte mit einem Finger dagegen, doch sie blieb auf ›L‹ stehen. In seinem Magen breitete sich Panik aus. Der schwarze Blizzard war ihm dicht auf den Fersen. Vor sich konnte er Malströme aus Sand über den Highway wirbeln sehen. Er spürte, wie der Wind den Wagen prügelte. Dann sah er durch die Sandquirle eine kleine Tankstelle am Rand der Straße. Er steuerte den LaSalle von der Straße herunter und hielt neben der Pumpe an. Es war eine Sinclair-Tankstelle, eine kleine Hütte aus Wellblech und Holz, die schon jetzt vor dem Wüten der Natur erbebte. Er lief zur Tür und schlug gegen das Glas, dann legte er die Hände an sein Gesicht und schaute hinein. Die Bude war verlassen. Er fand eine verrostete alte Brechstange und schlug das Fenster ein. Alles deutete darauf hin, daß der Besitzer in aller Eile aufgebrochen war. Die Registrierkasse stand offen, der Strom war abgedreht. Der Vertreter rannte wieder ins Freie, zerschlug das Yale-Schloß der einzigen Benzinpumpe und fing an, den Tank zu füllen. Dabei bemühte er sich, ihn vor dem heranrasenden Sand abzuschirmen.

Die gewaltige schwarze Woge sank auf ihn herab, heulte wie ein verwundetes Tier und machte den Tag urplötzlich zur Nacht. Der Sand schlitzte mit kleinen Rasiermessern an seinem Gesicht und seinen Händen. Er fuhr den Wagen vor die Bude, knackte das Schloß des Garagentors und öffnete es. Schließlich bekam er den Wagen hinein. Der Wind schlug die Tür hinter ihm zu. Finsternis senkte sich wie dunkler Stoff über ihn. Er schaltete die Scheinwerfer ein, kehrte ins Büro zurück, nahm sich eine Handvoll Kekse und Schokoriegel und stopfte sie in seine Taschen. Mit Hilfe des Brecheisens öffnete er den Cola-Automaten und nahm ein halbes Dutzend Flaschen mit in die Garage. Er stieg in den Wagen, zog die Jacke um sein Gesicht, schloß die Fenster und kuschelte sich hin.

Ein riesiges Meer aus Erde, das siebentausend Meter hoch war und sechzig Kilometer durchmaß, fegte draußen auf die kleine Bude herunter, hüllte sie ein, griff sie an und prügelte sie gnadenlos mit einem Wind, der pro Stunde neunzig Kilometer erreichte. Um sich herum konnte er Metall kreischen und Gegenstände gegen das Häuschen scheppern hören. Das Bauholz ächzte. Eine Ecke des Daches wurde aus den Nägeln gerissen. Der Sturm griff brüllend darunter, schälte es wie eine Orangenhaut ab und peitschte es fort. Sand fiel wie Wasser durch das klaffende Loch an der Decke. Der Wagen fing unter dem Zorn der Natur an zu beben. Der Vertreter klammerte sich an den Lenker, schloß die Augen und biß die Zähne aufeinander, während das Fahrzeug immer mehr hin und her wippte. Der feine Sandstaub drang allmählich durch die Scheiben.

Als der Vertreter schließlich nur noch ein Spielball der Furcht und der Frustration war, schrie er: »*Aufhören! Aufhören! Aufhören!*« Es war so dunkel wie um Mitternacht, und der Alptraum ging weiter.

Der Vertreter verwünschte sich, weil er diese Stelle angenommen hatte. Vor drei Monaten. Er war zuerst durch den Süden und dann nach Norden gefahren, am gewaltigen Mississippi entlang nach St. Louis. Er hatte die Anzeige in der Sonntagszeitung entdeckt und den Job angenommen, weil er ihm perfekt erschienen war. So konnte er die ganze Zeit über auf Achse sein und in den Präriestaaten von einem Dörfchen zum nächsten fahren.

»Sie brauchen nur zwei Dinge«, hatte Albert Kronen am Telefon zu ihm gesagt. »Ein Auto und einen großen Wortschatz.« Sein Territorium umfaßte Kansas, das nördliche Oklahoma und das südliche Nebraska. Er konnte monatelang auf Achse bleiben und seine Waren anbieten: Strumpfhalter, Baumwollstrümpfe, Höschen und einfache Kittel. Ein perfekter Job. Ohne eine Stechuhr zu drücken, ohne sich an Terminpläne halten zu müssen. Er war nur sich selbst verantwortlich.

Die schwarzen Blizzards hatte Kronen nicht erwähnt. Er hatte kein Wort von den riesigen Todeswogen gesagt, die die Präriestaaten in Wüsten und ihre Ortschaften in verlassene Geisterstädte verwandelten und das Farmland in alle Winde zerstreuten.

Der Wagen wippte stärker. Der Rest des Wellblechdachs riß mit einem lauten Kreischen ab, und der Vertreter duckte sich noch tiefer in den Sitz. Er zog den Kopf zwischen die Schultern und kniff die Augen zu, damit der feine Sand, der durch jeden Schlitz und jede Öffnung ins Wageninnere drang, draußen blieb. Wie lange wird es dauern? fragte er sich. Wie lange *kann* es dauern?

Der Wind heulte eine halbe Stunde lang, dann verstummte er so schnell, wie er angefangen hatte. Es wurde totenstill. Der Vertreter saß am Steuer des Wagens und hatte den Geschmack von Erde im Mund. Er blickte in den Rückspiegel und sah eine Erscheinung: Ein verstaubtes Clownsgesicht mit zwei schwarzen Gruben anstelle von Augen. Er wischte sich den Schmutz aus dem Gesicht und stieg aus. Staubregen fiel vom Wagendach, als er die Tür öffnete.

Graues Sonnenlicht fiel durch die klaffenden Löcher des Garagendachs. Die Tür war festgeklemmt. Er preßte seine Schulter dagegen, stemmte sie etwa dreißig Zentimeter weit auf und schob sich hindurch. Er wurde von Sanddünen begrüßt. Sandwehen liefen schräg an den Seiten der mitgenommenen Bude herunter. Von der Straße, die in Richtung Bradyton verlief, war nichts mehr zu sehen. Als er zur Front der Tankstelle wanderte, sank er bis zu den Knöcheln ein. An der Zapfsäule fand er ein großes, halb vergrabenes Blechschild und buddelte es aus. Ein abgerissen aussehender Cowboy mit einer Zigarette, die in seinem Mundwinkel hing, lächelte ihn an.

Als der Vertreter den Werbespruch las, mußte er laut lachen. »Ich gehe meilenweit für eine Camel.«

Er sah sich um. *Ein Kamel könnte ich jetzt auch brauchen*, dachte er. *Aber keins, das man rauchen kann.*

Er verwendete das Schild dazu, den Sand vom Garagentor wegzuräumen und machte den Weg zur Straße frei. Dann aß er einen Schokoriegel, spülte ihn mit einer Flasche Cola hinunter und fuhr auf den Highway hinaus.

Vor dem Eingang des Bradyton-Hotels, einem dreistöckigen gelben Ziegelsteinhaus, das im Zentrum der Ortschaft lag, stand ein Mann, der ebenso vierzig wie achtzig Jahre alt sein konnte. Er trug Jeans und drückte die Fäuste gegen seine Brust. Der Mann blickte an dem Vertreter vorbei. Sein

Gesicht war staubbedeckt, seine Augen und sein Mund waren schwarze Narben in einer pulverigen Fassade. Er schüttelte sich unkontrolliert.

»Alles klar mit Ihnen?« fragte der Vertreter.

»S-s-so was hab ich n-n-noch n-nie gesehen«, stotterte der Alte. Sein entsetzter Blick stierte geradeaus. »E-e-erde, die vom Himmel fällt. Die Hölle auf Erden. Die Hölle auf Erden.«

Eine Frau mit lederbrauner Haut fegte den Sand auf, der in gekräuselten Wellen auf dem Linoleumboden lag. In den Ritzen und Spalten der Fenster steckten geölte Lappen. Er kam in eine nette Empfangshalle mit mehreren Sofas und Schaukelstühlen und sah einen Stapel von Illustrierten und Zeitungen. Neben dem Empfangstisch führte eine Tür in ein winziges Restaurant.

Als der Vertreter eintrat, hob die Frau den Kopf.

»Wollen Sie hier übernachten?« fragte sie.

»Ja«, antwortete er.

»Da haben Sie Glück. Sie können jedes Zimmer haben, das Sie wollen.« Sie stellte den Besen weg, trat hinter den Empfangstisch und drehte das Gästebuch so hin, daß er sich eintragen konnte.

»Vier Dollar pro Nacht. Das schließt sauberes Bettzeug, Waschbecken und Zimmertoilette ein. Das Bad ist am Ende des Korridors. Frühstück findet hier im Haus statt.«

»Ausgezeichnet«, sagte der Vertreter müde und kritzelte seinen Namen in die Kladde. Die Frau drehte sie um und las seinen Namen.

»John Trexler, St. Louis. Ich will Ihnen was sagen, Mr. Trexler. Ich sehe Ihnen an, daß sie einen ebenso miesen Tag hatten wie wir alle. Gehen Sie einfach rauf und nehmen Sie die Suite. Sie hat 'n eigenes Bad und 'ne Dusche. In etwa einer Stunde könnte ich Ihnen was zu essen machen. Bis dahin dürfte die Küche wieder geöffnet sein.«

»Das ist sehr freundlich von Ihnen«, sagte der Vertreter. »Danke.«

Er nahm sich ein paar Zeitungen mit hinauf, setzte sich in eine dampfende Badewanne und schmökerte in einer vier

Tage alten Ausgabe des *Kansas City Star*. Auf den Seiten mit den Stellenangeboten fiel ihm sogleich eine Anzeige auf:

EINMALIGE GELEGENHEIT
Nur für qualifizierte Männer: die Chance, die Pisten eines neuen Wintersportgebiets einzufahren. Sie sollten ein ausgezeichneter Schiläufer und Bergsteiger sein und Erfahrung mit Überlebenstechniken haben. Wöchentlicher Lohn, Zimmer und Verpflegung. Anfragen an Snow Slope, Aspen, Colorado.

Der Vertreter stieg aus der Wanne, trocknete sich ab und holte einen Atlas aus seinem Koffer. Aspen war ein bloßer Punkt in der Mitte der Rocky Mountains und lag etwa zweihundertfünfzig Kilometer von Denver entfernt. Trexler setzte sich auf den Bettrand und zündete sich eine Zigarette an. 27 hatte einen perfekten Ort gefunden, um sich wieder einmal niederzulassen.

Viertes Buch

›Der Baum der Freiheit muß von Zeit zu Zeit
mit dem Blut von
Patrioten und Tyrannen erfrischt werden.
Es ist sein natürlicher Dünger.‹

Thomas Jefferson

Kapitel 33

Rudman schritt durch die Ruinen von Alicante. Die Stadt war dem Erdboden buchstäblich gleichgemacht. Man fand kaum noch eine Mauer, die eineinhalb Meter hoch war. Die Zivilbevölkerung war weg. Die Hunde hatte man verzehrt. Hier gab es nur noch Ratten – und ein zerlumptes Bataillon der Regierungstreuen, das die Stadt hielt, weil sie über einen Hafen verfügte und die Hauptküstenstraße beherrschte.

Es war teuflisch heiß, und überall waren Fliegen. Ein paar kürzlich Verstorbene mußten noch für die Beerdigung eingesammelt werden.

Rudman hatte seit sechs Tagen die gleichen Klamotten an, denn sein Hotel war ausgebombt worden. Er hatte zwar jede Nacht nackt im Meer gebadet, aber dennoch waren seine Kleider steif vor Schmutz. Sein Bart zeigte die ersten grauen Haare, und er hinkte leicht, weil er vor ein paar Monaten einen Schrapnellsplitter abbekommen hatte.

In Alicante waren nur noch ein oder zwei Restaurants und das Telegrafenamt geöffnet. Von hier aus schickten Rudman und die anderen Journalisten ihre täglichen Meldungen über den Bürgerkrieg ab. Auch diesmal trug er einen Artikel in das schlampige Telegrafenamt. Der Telegrafist, ein alter Mann mit dichtem weißem Haar und einem traurig hängenden Schnauzbart, bedachte ihn mit einem müden Lächeln.

»Was, Señor Rudman«, sagte er, »haben Sie denn heute für mich?«

»Immer wieder die gleiche alte Geschichte«, antwortete Rudman müde. »Ich bin seit 1935 laufend hier gewesen. Und jetzt, nachdem ich drei Jahre über dieses Schlachthaus schreibe, klingt allmählich alles gleich für mich.«

Er stand an der Theke, las seinen handgeschriebenen Bericht noch einmal durch und änderte hier und da ein Wort.

ALICANTE, SPANIEN, 22. Juni 1938. Die letzten noch in Alicante verbliebenen Regierungstreuen sehen sich in dieser Stadt an der Südküste heute der Vernichtung gegenüber, denn die faschistischen Truppen Generalissimo Francos rücken immer weiter vor. Nur noch wenig ist von der Stadt übrig, die einst der Urlaubsort der Reichen Europas war. Aber sie unterscheidet sich nicht von den meisten anderen Orten, die in diesem seit drei Jahren andauernden Krieg zerstört wurden – dem schlimmsten Bürgerkrieg seit dem amerikanischen.

Heute morgen haben die Geier die Nazi-Bomber am Himmel über uns ersetzt; sie umkreisen die verwüstete Stadt auf der Suche nach fetter Beute. Das Grauen des brudermörderischen Massentötens hat mich an eine Zeit in Afrika erinnert, als ich Zeuge wurde, wie eine Hyäne – der wirkungsvollste Lumpensammler der Natur – ihre eigenen Eingeweide fraß, nachdem man sie durchlöchert hatte.

In diesem Krieg, der Bruder gegen Bruder, Nachbar gegen Nachbar und die Kirche gegen den Staat ins Feld geführt hat, ist auch Spanien dabei, sich selbst zu verschlingen – und die deutschen und italienischen ›Freunde‹ des Landes sitzen auf der Tribüne und rufen ›Olé!‹

Man hat Franco mit der modernsten und wirkungsvollsten Todesmaschinerie versorgt. Welch zynische Geste – Spanien in ihr persönliches Testgelände zu verwandeln und spanisches Blut für ihre abscheulichen Experimente zu verwenden. Die Waffen, die hier perfektioniert werden, werden die Waffen sein, die man im nächsten Weltkrieg gegen uns anwendet ...

Er legte den Bleistift nieder und rieb sich die Augen.

»Ach, zum Teufel damit«, sagte er. »Geben Sie es durch, Pablo.«

»Si, Señor«, sagte der Telegrafist.

Rudman ging hinaus. Ein Soldat der Regierungstreuen saß auf einem Ziegelsteinstapel und schaufelte mit einem Bajonett, das er als Gabel verwendete, Bohnen aus einer Büchse. Er war so dünn wie ein Palmwedel, seine blassen

Augen lagen tief in ihren Höhlen. Er trug ein zerlumptes weißes Unterhemd, zerrissene Kordhosen und einen breiten Patronengurt um die Schultern. Seine Zehen lugten durch die Spitzen seiner Stiefel. Sein Gewehr, eine alte Mannlicher-Büchse, lehnte neben seinen Beinen an den Ziegeln.

»Americano?« fragte Rudman.

»Yeah«, erwiderte der Soldat. »Du auch?«

»Yeah. Kann ich hierbleiben?«

»Klar, schnapp dir 'nen Stein und setz dich hin.«

Rudman nahm Platz und nahm einen Schluck Wasser aus seiner Feldflasche. »Wie heißt du?«

»Is unwichtig. Ich bin nur 'n Soldat.« Die Stimme des Mannes war heiser vom Staub, der aus den Ruinen hochwehte.

»Bist du Kommunist?« fragte Rudman.

»Nee. Kann nur die Faschisten nich riechen. Wenn man sie hier nich aufhält, sind sie irgendwann auf Coney Island. Hab' ich wenigstens gedacht, bevor ich herkam.«

»Denkst du jetzt nicht mehr so?«

»Teufel noch mal, ich weiß nich mehr, was ich glauben soll. Bevor ich herkam, hatte ich noch nie 'ne Leiche gesehen. Jetzt hab' ich 'ne Bildung.«

»Tut's dir leid, daß du hergekommen bist?«

Der Soldat lachte. »Gibt's überhaupt jemanden, der froh darüber is? Man meint einfach, man müßt es tun. Man kann sich doch nich beschweren, wenn's dann schiefgeht, oder?«

»Wo kommst du her?«

»Boston, Massachusetts. Land der Freiheit. Du bist nicht in 'ner Brigade, oder?«

»Nein, ich bin Korrespondent.«

»Echt? Für wen?«

»Für die *New York Times*.«

»He, du bist 'ne große Nummer, was?«

»Große Nummern wirste hier nicht finden.«

»Tja, da is 'ne Tatsache«, sagte der Soldat. »Das is wirklich 'ne verdammte Tatsache.«

»Wie lange bist du schon hier?«

»Ich war fast von Anfang an dabei«, sagte der Soldat mit heiserer Stimme. »Ich glaub, es war im November 1935. Ist 'ne verdammt lange Zeit. Schätze, ich hab' alles gesehen. Ich war in Tortosa, als die Schweinehunde die Lincoln-Brigade ausradiert haben. Nur 'n Dutzend von uns sind da rausgekommen. Sechs von uns haben versucht, durch den Ebro zu schwimmen. Wollten sich nich ergeben. Gott, war das 'n Tag! Die Panzer haben uns in Stücke geschossen. Da wußte ich, es is aus. Unsere Proletenarmee hält keinen Tag mehr durch. Das Problem is, wir wissen nich, wie wir aufhörn solln. Ich schätze, wir kämpfen weiter, bis wir alle tot sind.«

»Warum haust du nicht einfach in den Sack? Machst dich davon?«

»Wo soll ich denn hingehn?« antwortete der Soldat und schaute Rudman mit einem gequälten Blick an. »Nach Hause kann ich nich. Da sind wir Gesetzesbrecher, weil wir hier kämpfen. Wegen irgend 'ner Neutralitätssache oder so.« Er schaute zum Hafen hinaus. Ein britisches Schiff kroch kraftlos an die mitgenommene Mole. »Und in 'nem spanischen Knast will ich nich verrotten. Da kann ich die Schweinehunde auch so lange killen, bis sie mich erwischen.« Er schaute Rudman wieder an. »Wo kommst du denn her?«

»Ohio.«

»Mann, ich hab' noch nie einen *aus Ohio* getroffen! Warste in letzter Zeit mal zu Hause?«

Rudman musterte ziemlich lange das britische Schiff, bevor er antwortete. »Ich bin seit 1933 nicht mehr in den Staaten gewesen.«

»Gott! Warum das denn?«

»Arbeit. Wirklich, 'ne gute Entschuldigung.«

»Wie lange bist du in Spanien?«

»War von Anfang an immer mal wieder hier. Meist geh ich dann wieder nach Deutschland und mach da was.«

»Du bist hier, weil's zu Ende geht, stimmt's?«

»Ich hoffe nicht.«

»Aber du weißt, daß es so ist. Italienische Panzer, deutsche Stukas ... Wenn man's bedenkt, hatten wir nie 'ne echte Chance.« Der Soldat hielt inne und wechselte das Thema. »Vermißt du sie nich? Die Staaten, mein ich?«

»Klar.«

»Und deine Freunde?«

»Ich habe nur einen Freund in Amerika«, sagte Rudman. »Verdammt, ich weiß nicht mal, wo er ist. Ist fast ... vier Jahre her, seit wir uns das letztemal gesehen haben.«

»Er schreibt wohl nich, was?«

»Nee. Hat nicht viel fürs Schreiben übrig.«

»Und wann gehst du zurück?«

»Wenn die Kriege aus sind.«

»Die *Kriege*?«

»Du glaubst doch nicht, daß die Sache hier aufhört, oder? Das hier dient doch nur zum Aufwärmen. Das ist das Vorspiel, Mann.«

»Du bist aber wirklich 'n Pessimist.«

»Yeah, denke ich auch.« Rudman lachte. »Es liegt wohl an meinem Job.«

»Glaub ich auch ...« Der Soldat hielt plötzlich inne und schaute auf. Sein Blick verengte sich, er legte den Kopf ein Stück auf die Seite.

»Hörst du was?« fragte Rudman, schirmte seine Augen mit der Hand ab und suchte den Himmel ab. »Ich dachte, ich hätte was gehört. Wahrscheinlich nur Einbildung ...«

Er hielt inne. Dann hörte Rudman es auch. Das deutliche Dröhnen von Bombern, deren Triebwerke einstimmig brüllten.

»Herrgott, was gibt's denn hier noch zu bombardieren?« fragte der Soldat verbittert.

»Vielleicht fliegen sie vorbei. Vielleicht haben sie ein anderes Ziel.«

»Im Leben nich. Wir gehen besser in Deckung, falls wir noch eine finden.«

Sie standen auf, nahmen Schritt durch die zerbrochenen Ziegel und Gebäudereste auf, suchten sich einen Weg um die Bretter herum, aus denen Nägel ragten, und näherten sich dem zwei Straßen weit entfernten Bunker. Das Brüllen der Triebwerke wurde ohrenbetäubend. Sie schauten hoch und sahen ein halbes Dutzend deutscher Junkers, die sich aus ihrer Formation lösten und kreischend dem Boden entgegenstürzten.

»Gott, es sind die verdammten Junkers!« schrie der Soldat. »Bloß weg hier!« Sie fingen an zu rennen. Die Triebwerke heulten, als die Stukas der Erde entgegenjagten. Dann kam das schrecklichste Geräusch überhaupt – ein Geräusch, das sie nur allzu gut kannten; ein durchdringendes Kreischen, das noch schriller wurde, als die Bomben sich dem Boden näherten. Die Erde bebte, als sie einschlugen und eine große Schneise in die Trümmer der Stadt brachen. Das Kreischen nahm zu. Sie liefen schneller. Rudman konnte den Bunkereingang sehen, aber gerade wurde die Tür geschlossen.

»Wartet!« schrie er. »Wartet auf...«

Doch seine Bitte wurde vom Kreischen der Bomben übertönt. Es wurde lauter und lauter und schriller und schriller...

»Ladys und Gentlemen, ich bitte um Ihre Aufmerksamkeit! Wir kommen zum Hauptereignis des heutigen Abends. Fünfzehn Runden um die Weltmeisterschaft im Schwergewicht! In dieser Ecke – in schwarzer Hose, mit einem Gewicht von 221 Pfund –: Der Ulan vom Rhein! Aus Berlin, Deutschland, der Herausforderer: Max Schmeling!«

Es buhte und pfiff aus allen Ecken des New Yorker Yankee-Stadions, als der brutalgesichtige, unrasierte und finster dreinblickende Boxer aufstand. Er hatte für die Beleidigungen des Publikums nur höhnische Blicke übrig.

»Er sieht aus wie ein Nazi«, sagte Beerbohm.

»Er hat einen Schädel aus Stein«, antwortete Keegan. »Aber Joe hat den Hammer, um ihn einzuschlagen.«

Er schaute sich um. In der Sonderarena, die man speziell für den keine Kosten scheuenden Kampf zwischen dem Stolz der Arier und dem Schwarzen aus Detroit gebaut hatte, hielten sich fast hunderttausend Menschen auf. Es war die größte Menge, die je gekommen war, um sich einen Boxkampf anzusehen.

Die Masse hatte sich längst ihrer Jacketts und Schlipse entledigt. Alle schwitzten, trotz aufgekrempelter Ärmel, aber niemand störte sich daran. Dies war ein Kampf, um den es sich zu schwitzen lohnte.

»Und in dieser Ecke, mit 212 Pfund, in weißen Hosen – der braune Bomber aus Detroit, der Weltmeister im Schwergewicht . . . Joe Louis!«

Die Menge drehte durch, und Beerbohm und Keegan hielten ihr kräftig die Stange. Alle sprangen auf die Beine, als der hagere Schwarze lässig ins Zentrum des Rings trat und den Arm hob. Die Leute brüllten noch, als der smokingtragende Schiedsrichter die beiden Boxer in die Mitte führte und ihnen seine Anweisungen gab.

Die Luft knisterte vor Elektrizität. Erst vor zwei Jahren hatte Hitler bei den Olympischen Spielen in Berlin Amerikas schwarzen Läuferstolz Jesse Owens beleidigt, indem er sich geweigert hatte, an der Siegerehrung teilzunehmen. Im gleichen Sommer waren Schmeling und Louis zum erstenmal aufeinander getroffen. Schmeling hatte sich in der zwölften Runde mit einer schmetternden Rechten durchgesetzt. Es war das einzige Mal gewesen, daß Louis k. o. gegangen war.

Nun, zwei Jahre später, war der Ausgleich fällig, und dies wußte die Menge. Ein keine Kosten scheuender Kampf? Zum Teufel, dachte Keegan, es ist *der* keine Kosten scheuende Kampf aller Zeiten. Hier geht's um mehr als bei David und Goliath.

Louis sah großartig aus. Louis sah bereit aus. Louis hatte Mord im Blick.

»Ich gebe Schmeling keine fünf Runden«, sagte Keegan.

»Ich weiß nicht, Junge. Er ist kein Schwächling.«

»Willst du quasseln oder wetten?« sagte Keegan aus dem Sitz in der zweiten Reihe und lugte zu den Boxern hinauf. »Sag an!«

»Ich setze zwanzig und behaupte, daß Schmeling in der sechsten das Handtuch wirft.«

»Mal sehen«, sagte Keegan und suchte einen Zwanziger heraus. Beerbohm zückte zwei Zehner. Keegan riß sie ihm aus der Hand, packte sie in seinen Zwanziger und schob das ganze Geld in seine Hemdtasche.

»Wieso sackst *du* das Geld ein?« fragte Beerbohm mit spöttischem Argwohn.

»Weil ich reich bin, Ned. Ich werde mich nicht mit lausigen vierzig Mäusen aus dem Staub machen. Du jedoch bist ... Wie soll ich es sagen ...?«

»Arm«, sagte Beerbohm.

»Yeah«, sagte Keegan nickend. »Arm ist gut. Es trifft den Kern der Sache.« Sie lachten beide. Keegan hatte heute abend Lust auf etwas Neues ...

Ein Jahr nach seiner Rückkehr war sein Onkel Harry an einem Herzinfarkt gestorben und hatte ihm seine Bar Killarney Rose hinterlassen. Keegan hatte ein fast mutloses Jahr damit zugebracht, seine Kraft darauf zu konzentrieren, das oberste Stockwerk des Gebäudes zu renovieren und es in eine private Luxuswohnung umzuwandeln. Doch Jenny Gold war noch immer das wichtigste in seinem Kopf gewesen. Sie war eine offene Wunde und wollte nicht heilen. Sie war bei ihm, wenn er erwachte, und sie blieb bei ihm, bis der Schlaf seinen Schmerz zeitweise löschte. Obwohl er wußte, daß sein Zorn teilweise von der Ungewißheit verursacht wurde, ob sie noch lebte oder tot war, konnte er sie nie aus der vordersten Reihe seiner Gedanken verdrängen. Die Zeit linderte seinen Schmerz nicht. Er hatte sich schrittweise in sich selbst zurückgezogen; er ging alten Freunden aus dem Weg und ignorierte ihre Anrufe. Er war geschäftlich nach Hongkong gefahren, hatte Monate allein auf seiner Pferderanch in Kentucky verbracht und hing den Rest der Zeit in der Nische seiner Bar herum, die er als eine Art Ex-officio-Büro verwendete.

Beerbohm war einer von denen, die jeden Tag in die Killarney Rose kamen – von Dienstag bis Donnerstag, fast immer um die gleiche Zeit, um zehn nach vier. Er saß immer auf dem gleichen Barhocker und trank zwei Beschleuniger

– einen Seagrams Seven und ein Schlitz vom Faß. Er ging stets um zwanzig nach fünf, um den Eilzug um zehn vor sechs nach Jamaica zu kriegen, wo er allein in einem Wohnhaus lebte. Beerbohm hatte zwar keinen Grund, nach Hause zu fahren, aber er war in erster Linie ein Sklave seiner Gewohnheiten. Den Zug um zehn vor sechs zu kriegen, war ein Teil seines täglichen Rituals. Zweitens war er ein potentieller Alkoholiker. Zwei Beschleuniger waren seine Grenze. Sie schubsten ihn bis an den Rand. Wenn er seine beiden Drinks gekippt hatte, konnte ihn schon der bloße Geruch von Whisky zu einem gefühlsduseligen Süffel machen, der erst aufhörte, wenn er umfiel.

Keegan kannte Ned Beerbohm seit zwanzig Jahren – seit seinem fünfzehnten Lebensjahr, als er und Beerbohm zum erstenmal in der Killarney Rose gearbeitet hatten. Beerbohm war den üblichen Weg gegangen: Reporter, Kolumnist, Trinker. Nach seinem ersten Entzug hatte er in der Redaktion neu angefangen und sich langsam zum Nachrichtenredakteur hochgearbeitet. Aber er hatte noch immer den gequälten Blick und das verlegene Verhalten eines Alkoholikers. Er gehörte zu den wenigen Menschen, denen Keegan seine tragische Geschichte nicht erzählt hatte. Warum sollte er ihn damit nerven? Beerbohm war eine wandelnde Enzyklopädie der gegenwärtigen Ereignisse. Er hatte es alles schon gehört.

In der Regel trug er einen zerknitterten blauen oder grauen Anzug. Ein roter, verdrehter und zerknitterter Schlips hing lose vor dem offenen Kragen. Er hatte die Spätausgabe zusammengefaltet in die Jackentasche und den grauen Homburg in den Nacken geschoben. Beerbohm kam immer als erster rein, dann folgten die Reporter und Redakteure des *Mirror*, der *News*, der *Tribune* und des *Journal American*. Das Killarney Rose hatte sich seine Position als Lieblingskneipe der Zeitungsmafia im Lauf der Jahre hart verdient.

Die Thekengespräche variierten nie.

»Puh«, sagte Beerbohm meist und ließ sich wie ein

Sack Steine auf den Barhocker fallen. »Das war vielleicht 'n Tag.« Und darauf Keegan: »Das sagst du immer.«

Dann brachte Tiny, der Zapfer, Beerbohm sein Glas vom Faß und das Pinchen Seagrams Seven, und Ned warf Keegan die Zeitung in die Nische und wartete darauf, daß er eingeladen wurde.

»Deprimierend«, sagte er dann. »Jeder Artikel ist die reinste Apokalypse.«

»Die ganze Welt ist eine Apokalypse, Ned«, sagte Keegan dann, ohne den Kopf zu heben.

Beerbohm schüttelte den Kopf, hielt das Glas über den Bierkrug und ließ es vorsichtig hineinsinken. Er schaute zu, wie es gerade nach unten auf den Glasboden sank, sich dort niederließ und der dicke, ölige Schnaps sich wie eine rauchige Bernsteinspur im Bier ausbreitete. Er hob das Glas zur Decke hoch, schlürfte den Whisky und spülte den bitteren Geschmack dann mit dem Bier fort. Dann fletschte er die Zähne, seufzte und hielt Tiny, dem zweieinhalb Zentner schweren Exringer, der sich um den hinteren Teil der Bar kümmerte, das Glas hin.

Sein Ritus. Fünf Tage pro Woche. So sicher wie der Sonnenaufgang. Sie hatten jene Art von Beziehung zueinander, die man gelegentlich durch eine Fahrt zu einem Ballspiel oder ein besonderes Ereignis wie heute abend würzte ...

Die Gladiatoren kehrten in ihre Ecken zurück. Niemand setzte sich. Das Brüllen nahm zu. Die Luft knisterte vor Spannung.

Louis beugte sich vor, sein Blick war gelassen. Er schaute Schmeling an und schätzte seine Form ab. Schmeling wich seinem Blick aus; er redete mit seinem Betreuer und sah sich in der gewaltigen Arena um.

Die Glocke. Sie gingen aufeinander zu. Schmeling mit seinem schlurfenden Gang: Er bewegte ein Bein und zog das andere hinterher. Louis bewegte sich leichter, geschmeidiger. Sein Körper war so hart wie ein Findling, sein Blick war der einer Kobra, die ihr Opfer maß und auf den richtigen Augenblick wartete. Sie spielten kurz miteinander, dann ließ Schmeling plötzlich die Rechte los; die gleiche, die Louis einst auf die Bretter gelegt hatte.

Er traf ihn hart. Ein seitlicher Schlag gegen das Kinn des braunen Bombers. Louis schüttelte den Kopf und steckte ihn weg. Es war, als hätte Schmeling ihm einen Handkuß gegeben. Louis tat so, als hätte er den Schwinger nie erhalten, und in Schmelings Blick zeigte sich für einen Sekundenbruchteil Angst. Dann fing der Ansturm an.

Louis teilte blitzschnell rechte und linke Haken aus. Sie fegten durch die heiße Luft unter den schweren Lampen und schlugen Schmeling in die Seile. Dann ließ Louis einen linken Haken los. Schmeling sah ihn nicht einmal. Der Hieb warf ihn in die Luft und in die Seile, wo er wie ein Betrunkener hängenblieb. Ein Arm baumelte über dem obersten Strang; er war benebelt, verwirrt, überrascht.

Die Furcht zeigte sich in jeden seiner Gesichtsmuskeln eingebrannt. Louis war über ihm und ballerte ihn mit rechten und linken Haken zu. Schließlich zog der Schiedsrichter ihn zurück. Schmeling wankte auf den Beinen.

»Louis nimmt ihn schon in der ersten auseinander«, sagte Keegan. »Verabschiede dich schon mal von deinem Zwanziger.«

Bei jedem Schlag von Louis' Fäusten empfand Keegan einen Augenblick rauschhafter Freude – als wäre er es selbst, der da die Prügel austeilte. Jeder Blutspritzer aus Schmelings mitgenommenem Gesicht versetzte ihn in einen Zustand heller Freude. Er stand inmitten der brüllenden, schwitzenden Menge, ballte die Fäuste und schrie mit brennenden Augen: »Mach ihn kalt! Mach ihn kalt! Bring das Nazischwein um!« Und das mit solch zügelloser Raserei, daß sogar Beerbohm überrascht war.

Schmeling schaute bittend in die Ecke, drehte sich um und fing sich einen heftigen Schwinger über dem Kinn ein. Trotz des Johlens der Menge hörte Keegan ein knochenbrechendes Geräusch. Der Schwinger warf Schmeling im wahrsten Sinn des Wortes auf die Matte.

Er war verletzt. Seine Augen drehten sich wie irr und versuchten, an Blickfeld zu gewinnen. Bei drei war er wieder auf den Beinen. Er kämpfte sich durch Luft, die so schwer wie Öl war, und wirkte fast wie eine Zeitlupenaufnahme. Die Arme halb hochgerissen, weit offen, verletzt und ohne Verteidigung, schaute er entsetzt drein, als Louis' Rechte seine bereits geschwollenen Kiefer traf. Er ging erneut zu Boden, seine Handschuhe rieben über die Matte. Die Beine waren gespreizt, der Kopf baumelte. Wieder stand er wankend und halbbetäubt auf. Seine Knie waren aus Gummi. Der Bomber fegte heran und verpaßte ihm einen weiteren Hieb.

»Gott!« schrie Beerbohm.

»Mach weiter!« schrie Keegan. »Hau ihm noch eine rein! Hau den Schweinehund bis nach Deutschland, wo er hingehört!«

Als er die Erniedrigung des arischen Apostels sah, empfand er einen kurzen Moment der Erleichterung. Vier Jahre des Schmerzes und der Wut hatten seinen Haß auf die Spitze getrieben. In diesem Augenblick vergaß er sogar fast Jenny Gold und Dachau. Er hatte seine politischen Verbindungen ausgespielt. Er hatte Hunderttausende an Bestechungsgeldern nach Deutschland geschickt, aber er hatte nichts erfahren und nicht das geringste erreicht. Er hatte in der einzigen Sache versagt, in der er je *wirklich* etwas hatte erreichen wollen. Deswegen war die Wut des schwarzen Boxers für ihn die Sekunde, in der er es den Nazis heimzahlte.

Louis schlug erneut zu. Er war eine Springfeder der Zerstörung, die Schmelings böse zugerichtetes Kinn nach unten sacken ließ und seine Hoffnung zerstörte. Der arische Apostel fiel mit dem Gesicht nach unten auf die körnige Matte.

Als Louis in eine neutrale Ecke tänzelte, konnte Keegan die Freude in seinen Augen sehen. Aus dem Augenwinkel sah er, wie aus Schmelings Ecke das weiße Handtuch flog und vor den Beinen des Schiedsrichters landete. Der Schiedsrichter hob es auf und warf es über seine Schulter. Es baumelte über die Seile, als er mit dem Zählen anfing.

»Eins ... zwei ... drei ... vier ... fünf ...«

Die Menge war in Ekstase. Schmelings Betreuer waren eingeschüchtert. Der Schiedsrichter beugte sich über den geschlagenen Schmeling und stellte das Zählen ein. Er breitete deutlich die Hände aus und zeigte mit den Handflächen nach unten. »Sie sind aus!«

In der ersten Runde. Pandämonium. Und so hatte Joe Louis an diesem Juniabend gleichgezogen.

Was Keegan anbetraf, so jubelte sein Herz, als man den zusammengeschlagenen Deutschen in dessen Ecke zog. Es war ein bittersüßer Augenblick, ein Vorgeschmack der Rache. Aber es reichte ihm noch nicht.

Es war nicht genug für all die Jahre. Vier Jahre ohne einen Brief oder ein Wort aus Dachau. Lebte sie, oder war sie tot? Keegan hatte keine Ahnung. Wie hätte es auch genug sein können? Es gab kein Genug.

Kapitel 34

Die Menge im Killarney Rose war siegestrunken. Sie sang, brüllte und tanzte in den Gängen zu einer Schallplatte von Count Basie aus der Musicbox, die sie kaum verstehen konnte. Es war wie am Silvesterabend. Jemand richtete sich an der Theke auf und fing an zu zählen.

»Ein ... zwei ... drei ... vier ... fünf ...«

»Sie sind aus!« brüllte die Meute. Dann stimmte jemand den ›Yankee Doodle‹ an, und alle fielen ein.

Beerbohm und Keegan saßen in der seitlichen Nische. Sie sangen, lachten und schwelgten in nationaler Vergeltung.

»Was für ein herrlicher Augenblick«, sagte Keegan. »Weißt du, einen Moment lang hatte ich das Gefühl ...« Er hielt inne und suchte nach dem passenden Wort.

»... als hättest du einen Ausgleich erzielt?« fragte Beerbohm.

»Ist es das, worum es geht, Ned? Daß man gleichzieht?«

»Du solltest es folgendermaßen sehen«, sagte Beerbohm. »Es ist heutzutage sehr schick zu hassen. Die Deutschen hassen die Juden; die Italiener hassen die Afrikaner; die Japaner hassen die Chinesen; die Faschisten hassen die Kommunisten; und die Spanier hassen sich selbst. Ich will damit sagen, daß ich es nicht kritisiere. – Der Ausgleich hilft. Wenn man sich alles Überflüssige vom Hals geschafft hat, kann man sich auf das konzentrieren, was einen wirklich schmerzt. Irgendwann ist man dann in der Lage, auch damit fertig zu werden.«

»Ich schätze, ich habe die Sache so noch nie gesehen.«

»Man sollte sie aber so sehen. Pater Coughlin ist am Ende. Huey Long ist tot. Den Deutsch-Amerikanischen Bund wird man verbieten. Louis hat Schmeling gerade zur Minna gemacht. Ehrlich, Kumpel, das ist eine Menge Ausgleich.«

»Aber nicht genug.«

»Du willst das große Killen. Na schön. Träum weiter – mit Hitler vor den Augen.«

»Wie bist du so weise geworden?«

»Mit zunehmendem Alter«, sagte Beerbohm.

Keegan sagte lächelnd: »Na, jedenfalls ist es ein toller Abend. Machen wir ihn uns nicht kaputt.«

Ein junger Mann mit Knickerbockerhosen und einer Kappe betrat mit neugierigem Blick die Bar. Er schaute sich das Fest mit großen Augen an und bahnte sich einen Weg an den Tresen. Dort legte er beide Hände an den Mund und schrie Tiny etwas zu. Tiny nickte und deutete auf die Nische. Der Bursche eilte völlig verängstigt und stur geradeaus blickend durch die Menge.

»M-m-mister Beerbohm«, stotterte er.

Ned schaute lächelnd auf.

»He, Shorty, was machst du denn hier?«

»McGregor von der Nachtredaktion hat mich gebeten, Ihnen das hier zu bringen.« Er reichte Beerbohm einen Umschlag.

»Danke, Junge. Shorty, das ist Mr. Keegan. Ihm gehört der Laden. Shorty ist einer von unseren besten Korrektoren.« Er riß den Umschlag auf und entnahm ihm einen Bogen Papier.

»Wie lange sind Sie schon bei der Zeitung?« fragte Keegan.

»Fast ein Jahr, Sir.«

»Gehen Sie doch mal zu Tiny, dem Barmann, und sagen Sie ihm, er soll Ihnen einen Hamburger und eine Cola auf Kosten des Hauses geben.«

»Mann! Danke!«

»Schon gut.«

Der Junge dampfte ab, und Keegan drehte sich zu Beerbohm um. Das Gesicht des Redakteurs war plötzlich grau und blutlos.

»Was zum Henker ist mit dir los, Ned?« sagte Keegan. »Du siehst aus, als hätte gerade der zweite Weltkrieg angefangen.«

»So schlimm ist es auch beinahe«, sagte Beerbohm und schob ihm ein Telegramm über den Tisch. Bevor Keegan es las, wußte er, was darin stand. Er hatte sich seit Jahren vor diesem Telegramm gefürchtet.

»Tut mir leid, daß ausgerechnet ich es dir zeigen muß«, sagte Beerbohm.

Das Telegramm war klar und deutlich und kam sofort zur Sache.

BERT RUDMAN HEUTE MITTAG BEI EINEM BOMBENANGRIFF AUF ALICANTE UMGEKOMMEN. ER WAR BEI DER FÜNFTEN DIVISION. ANGRIFF DURCH DEUTSCHE STUKAS. WAR SOFORT TOT. SPÄTER MEHR. BITTE UM MITTEILUNG WEGEN BEERDIGUNG. MANNERLY, REDAKTIONSLEITER MADRID.

Keegan stierte das Telegramm ein paar Minuten lang an. Er las es in der Hoffnung, daß ihm in der mageren Nachricht etwas entgangen war, immer wieder. Seine Kehle fing an zu schmerzen, die alte Wut wallte wieder in ihm hoch.

»Der Teufel soll sie holen«, sagte er mit gebrochener Stimme. »Der Teufel soll sie holen, diese dreckigen Schweinehunde.« Er schlug mit der Faust auf den Tisch.

»Es tut mir verdammt leid, Junge«, sagte Beerbohm. »Ich weiß, wie nahe ihr euch gestanden habt.«

Keegan verfiel für eine Weile in Schweigen, dann schüttelte er den Kopf. »Nein, weißt du nicht«, sagte er, und in jeder Silbe klang sein Elend mit. »Seit ich aus Europa zurück bin, waren wir uns gar nicht mehr nahe.«

»Ich dachte nur . . .«, sagte Beerbohm überrascht.

»Daß er mein bester Freund wäre? War er auch. Er hat zu denen gehört, die einem das Leben etwas versüßen. Einer von denen, die sich um einen kümmern.«

Er hielt inne, holte tief Luft und versuchte, seinen Schmerz zu beherrschen. Dann legte er los: über Rudman, Jenny und den Sommer in Paris. Er redete über von Meister, Conrad Weil und Vierhaus, den kleinen Schmutzfink mit dem Buckel. Er redete über Freundschaft und Verrat und über dumme Dinge, die man manchmal tut und nie wiedergutmacht.

»Ich glaube, ich habe ihm nie erzählt, für wie gut ich ihn wirklich gehalten habe. Ich habe ihn immer nur aufgezogen . . . Und dabei hatte er mehr Mumm als jeder andere, den ich kenne. Ich habe ihn . . . immer nur aufgezogen. Früher oder später mußte es ja so kommen. Ist es nicht ironisch? Er hat wahrscheinlich über das, was in Deutschland passiert, mehr geschrieben als jeder andere Journalist. Und dann bringt ihn in Spanien ein gottverdammtes deutsches Flugzeug um.«

Er schwieg einen Moment und holte mehrmals tief Luft. »Kann ich es behalten?« fragte er dann und hob das Telegramm hoch.

Beerbohm nickte.

»Mir ist im Moment nicht nach Feiern zumute«, sagte Keegan.

Er blieb eine geraume Weile sitzen und stierte zur Theke hinüber. Seine Brust schmerzte, seine Kehle ebenso. Angesichts des plötzlichen Todes seines Freundes wünschte er sich verzweifelt fünf Minuten, um Bert zu erzählen, was er wirklich von ihm gehalten hatte. Wie er ihn in den letzten Jahren vermißt hatte. Wie sehr er sein Talent, seinen Mut und seinen Scharfblick bewundert hatte. Wieviel er von ihm und Jenny über Liebe und Hingabe gelernt hatte.

Zu spät. Es war zu spät für alles. Er faltete das Telegramm mehrmals und schob es in die Tasche. »Tut mir leid, Alter«, sagte er vor sich hin. »Tut mir wirklich leid.«

Schließlich stand er auf und ging über die Fifth Avenue und an St. Patrick's vorbei. Er überquerte die Third Avenue, wanderte wieder zurück und dachte an seine beiden besten Freunde. Beerbohm hatte recht: Er wollte jemandem weh tun, um einen Ausgleich zu haben. Aber wem konnte er schon weh tun? Er kaufte sich an einem Eckkiosk ein Exemplar der *News*. Auf der Titelseite stand ein Artikel von Bob Considine.

»Hör zu, Kumpel«, fing er an, »das, was du hier liest, schreibt ein Bursche, dessen Handflächen noch feucht, dessen Kehle noch trocken und dessen Kinnlade noch immer runterhängt – von dem unglaublichen Schock, Joe Louis dabei zuzusehen, wie er Max Schmeling k. o. haut . . .«

Gott im Himmel, dachte Keegan, *was tue ich hier? Ich lese einen Artikel über einen Boxkampf?*

Er warf die Zeitung in eine Mülltonne, ging zum Killarney Rose zurück und versteckte sich in der Sicherheit seiner Nische. Doch die Freude der Menge war mehr, als er ertragen konnte, und so ging er in seine Wohnung hinauf. Er nahm eine Flasche Champagner aus dem Kühlschrank, holte sich drei Tulpengläser, ging ins Wohnzimmer und zog ein Notizbuch aus dem Bücherregal. Er setzte sich aufs Sofa, entkorkte die Flasche, füllte die drei Gläser und stieß mit ihnen an.

»Salud«, sagte er.

Das Notizbuch hatte er angelegt, als Rudman nach Äthiopien gegangen war, und jeden seiner Artikel sorgfältig eingeklebt. Er hatte geplant, ihm das Buch als Friedensangebot zu schenken, wenn er endlich aus dem Krieg zurückkam. Nun blätterte er in den Seiten und legte dann und wann eine Pause ein, um einen besonders treffenden oder bedeutungsvollen Artikel zu lesen.

**Mussolini marschiert in Äthiopien ein
Bomber greifen Zivilbevölkerung an**

Von Bert Rudman

ADOWA, ÄTHIOPIEN, 3. Oktober 1935. Die barfüßigen Stämme Haile Selassies, des Löwen von Juda, des Kaisers von Äthiopien, des direkten Nachfahren der Ras-Tafari-Könige, des Prinzen der uralten Nilvölker, wurden heute von Panzern, Bombern und den gestiefelten Legionen des Ex-Barbiers Benito Mussolinis angegriffen, der sich zum Diktator Italiens aufgeschwungen hat.

In einer fast apokalyptischen Vision moderner Kriegführung regnet es aus dem Nachthimmel Bomben und Brandgeschosse auf die hilflose Zivilbevölkerung. In dem darauf folgenden Chaos suchten gewaltige Brände die Stadt heim, und die Verwirrten und Verletzten rasten wie Mäuse in einem Labyrinth durch die flammenden Straßen ...

Und kaum sechs Monate später ...

**Äthiopien bricht zusammen
Italiener schlachten Unschuldige ab**

Von Bert Rudman

ADDIS ABEBA, ÄTHIOPIEN, 28. Februar 1936. Die römischen Legionen des Diktators Mussolini haben den Löwen von Juda in den Käfig gesteckt und gezähmt. Doch mit diesem Sieg hat Italien sein eigenes Haus beschmutzt ...

Im Sommer 1936 war der spanische Bürgerkrieg Wirklichkeit geworden. Rudman war mittendrin gewesen – fast die ganze Zeit, bis zu seinem Tod.

**Todesregen über der spanischen Hauptstadt
Faschisten erklären den Krieg**

Von Bert Rudman

MADRID, SPANIEN, 22. Juli 1936. In der vergangenen

Nacht ist in Spanien, als die faschistischen Rebellen General Francisco Francos die Festung der Regierungstreuen angegriffen haben, der Bürgerkieg ausgebrochen ...

Unschuldige sterben zu Tausenden
Brutale faschistische Vergeltungsschläge

Von Bert Rudman

GUERNICA, SPANIEN, 27. April 1937. Deutsche Stukas und Kampfflugzeuge sind heute ohne Vorwarnung über der baskischen Stadt Guernica aufgetaucht und haben Schulen, Krankenhäuser, Bauernhöfe und den Marktplatz bombardiert. Dabei sind Tausende von unschuldigen Bürgern ums Leben gekommen ...

Seine Arbeit war das verheerende Mosaik einer Welt, die Amok lief. Es war, als hätte sich eine große, finstere Wolke von Europa nach Afrika gelegt. Und je weiter die Finsternis sich ausbreitete, desto mehr geriet Dachau in ihr Zentrum, ein bloßer Punkt im wachsenden faschistischen Weltreich.

Hitler im Triumphzug in Österreich einmarschiert
Massen heißen ihn willkommen

Von Bert Rudman

WIEN, ÖSTERREICH, 14. März 1938. Adolf Hitler, der Österreich als Jugendlicher ohne einen Pfennig den Rücken kehrte, ist heute im Triumphzug zurückgekehrt und hat die Nation zu seinem Eigentum deklamiert.

Zu »Heil-Hitler«- und »Sieg-Heil«-Rufen fuhr der Diktator durch die Straßen der Stadt Wien, während Tausende ihm zujubelten und seinen Weg mit Blumen bestreuten ...

Und noch viel bedrohlicher ...

Deutschland stellt mehrere neue Konzentrationslager fertig

Von Bert Rudman

BERLIN, 7. August 1938. Die Nazis haben in Deutschland drei weitere Konzentrationslager in Betrieb genommen. Mehrere weitere befinden sich laut vertraulichen Quellen im Bau ...

Keegan war betroffen von der Tatsache, daß sein entfremdeter Freund zum Vorboten seiner persönlichen Verzweiflung geworden war. Mit jedem weiteren Artikel kam ihm Jennys schreckliche Situation noch verzweifelter vor. Lebte sie noch? Hatte man sie in diesem berüchtigten Nazipfuhl gefoltert, brutal behandelt?

Das Buch enthielt – ziemlich weit hinten – einen Artikel, der Keegan besonders berührte. Er war von Trauer durchweht, und zwischen den Zeilen las man das Gefühl einer bösen Vorahnung des Untergangs. Der Artikel wirkte, als hätte Rudman in die Zukunft geschaut, als habe er gewußt, daß er das Ende der Fahnenstange erreicht hatte.

Ein schweigsames Neujahrsessen in Barcelona

Von Bert Rudman

BARCELONA, SPANIEN, 1. Januar 1939. Ein paar amerikanische Korrespondenten haben sich heute abend zur traditionellen Neujahrsfeier in unserem Lieblingsbistro getroffen.

Jetzt ist es nur noch ein ausgebombtes Erdloch und mit den Trümmern des Krieges gefüllt. Um uns herum hängt der Geruch des Todes schwer in der Luft der belagerten Stadt.

Eine Laterne, etwas Käse und eine Flasche Wein war alles, was wir mitgebracht hatten. Wir setzten uns auf die zerbrochenen Stühle und sangen um Mitternacht ›Auld Lang Synge‹. Wir weinten um gefallene Freunde auf beiden Seiten des bitteren Kampfes und sprachen über die Heimat, über unsere Familien und unsere Freunde, die wir lange nicht mehr gesehen haben.

Als wir dort saßen und dem schrecklichen Krieg für einen Augenblick entflohen, konnte ich der Erkenntnis nicht entgehen, daß Frankreich zwischen Deutschland und dieser neuen Festung des Faschismus in der Falle sitzt, wenn Franco und seine Horden den Bürgerkrieg gewinnen. Damit fällt Spanien wahrscheinlich der zweifelhafte Ruhm zu, zur letzten Kostümprobe für einen zweiten Weltkrieg zu werden ...

Francis Keegan starrte auf das Buch. Er las nun nicht mehr. Sein Geist wirbelte durch die Zeit, bis er die Türklingel hörte. Er wollte sie ignorieren. Er hoffte, daß es jemand war, der gleich wieder ging. Aber die Klingel war beharrlich, und schließlich stand er auf und öffnete.

Vanessa Bromley stand im Türrahmen.

Kapitel 35

»Hallo, Frankie Kee«, sagte sie leise und ließ ein tolles Lächeln auf ihn los.

Ihr Anblick überraschte ihn so sehr, daß er zögerte, bevor er etwas sagte. Seine Erinnerung war plötzlich wieder am Bahnhof in Berlin. Es war fast fünf Jahre her.

Vannie hatte ihm ihre Baskenmütze zugeworfen. Er war im Regen zum Hotel zurückgegangen und hatte nicht an sie, sondern an Jenny gedacht. Er hatte ihr Blumen geschickt; ohne Begleitschreiben.

Vanessa sah großartig aus. Sie hatte einen schwarzen Chanelhut übers Auge gezogen, ihre langen Beine in schwarze Seide gekleidet, und ihre herrliche Figur wurde von einem grauen Seidenkleid umschmeichelt. Um den Hals schlang sich ein schwarzes Samtband, an dem ein einzelner Diamant hing. Sie war aufgedonnert, und er wußte, daß er die Beute abgeben sollte.

Zum falschen Zeitpunkt, dachte er – bis sie genau das richtige sagte.

»Tut mir wirklich leid, Kee«, sagte sie. »Ich habe das von Bert gerade gehört.«

»Woher wußtest du, daß ich hier bin?«

»Ach . . . ich wußte es einfach«, sagte sie fast wehmütig. »Darf ich reinkommen?«

»Natürlich. Was ist überhaupt mit mir los?« Er trat zurück und schwang die Tür weit für sie auf.

Vanessa sah die drei Gläser auf dem Kaffeetisch neben dem offenen Notizbuch.

»Oh«, stammelte sie, plötzlich verlegen. »Ich wußte nicht, daß du Besuch hast. Wie unverfroren von mir . . .«

»Ich habe keinen Besuch«, sagte er frei heraus.

Sie warf einen weiteren Blick auf die Gläser, und er fragte sich, welchen Eindruck es wohl machte, wenn man mit drei Champagnergläsern allein in seiner Wohnung saß. Wie zum Teufel soll man so was erklären? fragte er sich.

»Ich . . . habe gerade einen zum Abschied auf Bert getrunken. Trinkst du einen mit?«

»Tut mir leid, ich war . . .«

»Ich bin froh, daß du hier bist«, unterbrach er sie. »Komm schon, ich hol dir ein Glas.«

»Ich habe keine Sekunde der beiden Tage in Berlin vergessen«, sagte sie sehr direkt. »Ich weiß auch, was mit deiner Freundin passiert ist. Du hast jetzt genug getrauert, Kee. Du kannst nicht für ewig allein bleiben.«

Er füllte lächelnd ihr Glas. »Steht das für dich fest?«

»Nein«, sagte sie und ließ die Schultern etwas hängen. Sie nahm das Glas und folgte ihm auf den Balkon hinaus. Die zarte Sommerbrise bewegte ihren Kragen. Sie beugte sich über das Geländer und sah sich einen Schlepper auf dem Fluß an. »Ich hoffe es nur – in höchster Verzweiflung.«

»Verzweiflung?«

Sie nahm den Hut ab und schüttelte ihr Haar aus. Es war ihr bis auf die Schultern gewachsen.

»Wenn es um dich geht«, sagte sie, »bin ich völlig schamlos. Seit vier Jahren verpasse ich keinen Ball, keine jeder Galerie-Eröffnung und keine Party. Ich gehe in deine Lieblingsrestaurants, weil ich hoffe, dich irgendwo zufällig zu treffen. Aber du gehst nicht mehr aus. Du gehst auch nicht mehr auf Partys. Ich nehme an, du ißt sogar zu Hause.«

»Ich hab' mich zu 'nem irre guten Koch gemausert, Vannie«, sagte er. »Ich bin einfach noch nicht soweit, mich wieder in Gesellschaft zu bewegen.«

»Nach vier Jahren? Du hast Freunde, die sich Sorgen um dich machen und dich vermissen.« Sie drehte sich zu ihm um und lehnte sich mit dem Rücken gegen die Balkonbrüstung. »Wenigstens einen.«

Sie war zwar immer noch so atemberaubend wie in Berlin, doch der strahlende Blick ihrer Unschuldsaugen war verschwunden. Die ersten Anzeichen von Zynismus hatten ihn ersetzt. Es waren die ersten Züge der Reife.

»Ich habe gehört, du hättest geheiratet.«

»Dann *sprichst* du also doch noch mit den Lebenden.«

»Ich habe eigentlich nie zu deinen Kreisen gehört, Vannie. Das hat mir schon dein Vater klargemacht.«

»Was meinst du damit?«

»Daß man mich nur akzeptiert hat, solange ich nach ihren Regeln gespielt habe.«

»Und du hast beschlossen, es nicht zu tun.«

»Ich bin kein Aristokrat, verdammt. Mein Blut ist ganz bestimmt nicht blau. Die letzte Party, auf der ich war . . . Ich schätze, es war vor drei Jahren, nach der Jungfernfahrt der *Normandie*. Marilyn Martin hat mir erzählt, was du so machst.«

»Ich weiß. Ich habe dich ganz kurz gesehen; ich kam erst, als du gingst. Weißt du noch?«

Keegan nickte langsam. »Klar weiß ich es noch. Du warst die atemberaubendste Frau an Bord . . .«

»Marilyn hat immer schon zuviel geredet«, sagte Vanessa.

»Sie hat so geredet, wie es eine beste Freundin tut. Sie hat sich Sorgen um dich gemacht.«

»Ich weiß. Ich hab's nicht so gemeint. Tatsache ist, daß sie mich überredet hat, hierherzukommen. Allein hätte ich den Mut gar nicht gehabt.«

»Mut?« fragte er.

Sie drehte das Gesicht beiseite. Ihre Stimme war fast ein Flüstern. »O Gott, Kee, weißt du, warum ich wirklich gekommen bin?«

Sie sah ihn immer noch nicht an.

»Ich bin hier, weil ich meinen Mann vor einem Jahr rausgeworfen habe. Ich bin hier, weil ich vierundzwanzig Jahre alt und einsam bin; weil ich seit fünf Jahren an dich denke und seitdem mit dir schlafen möchte. Ich habe nie aufgehört, mit dir schlafen zu wollen: Und wenn mich das zu einem Flittchen macht, oder...«

»He, mach mal Pause«, sagte Keegan leise. Dann lachte er. »Ach, was soll's – du bist doch immer gleich zur Sache gekommen.«

»Nimm mich nur mal in den Arm, Frankie Kee, ja?« sagte sie. »Oder laß mich dich in den Arm nehmen.«

»Verdammt, ich bin nicht gut für dich«, sagte er in einem warnenden Tonfall.

Sie schüttelte den Kopf, wandte ihm den Rücken zu und schaute zum Fluß hinaus.

»Ich weiß eigentlich gar nicht, warum ich es gesagt habe«, sagte sie. »Was ich wirklich brauche, ist jemand, der mich festhält, wenn ich einschlafe; der meine Tränen mit mir teilt; dem es weh tut, wenn es mir weh tut; der lacht, wenn ich lache. Ich brauche jemanden, der an mich glaubt. Ich brauche jemanden, der über meine Fantasien lacht.« Sie sah ihn über die Schulter hinweg an. »Kann man das von niemanden verlangen, Kee?«

»Doch. Es ist eine bescheidene Bitte.«

»Möchtest du es nicht auch?«

»Ich hatte es.«

»Und du hast es verloren?«

»Ich habe aufgehört, daran zu denken.«

»Warum?«

»Als ich sie verlor ... Verdammt, ich weiß es selbst nicht. Vielleicht war die Sache gar nicht so gut, wie ich sie in Erinnerung habe.«

Er hielt inne und durchforstete seine schwärzesten Gedanken. Er befragte seine Erinnerung, wie er es in der Vergangenheit schon oft getan hatte. Und stets mit dem gleichen Schluß.

»Nein«, fuhr er fort, »es ist nicht wahr. Es war ... Es war eine sehr schöne Zeit in meinem Leben. Sie hat nicht lange gedauert. Vielleicht wird jedem von uns im Leben nur eine bestimmte Menge Glück zugeteilt, und wenn wir es verbraucht haben, müssen wir dafür bezahlen. Bloß ist der Preis, den sie bezahlt ... viel zu hoch.«

»Das glaube ich nicht. Ich glaube nicht, daß Gott so grausam ist. Ich habe jedenfalls noch nicht aufgegeben.«

»Du meinst mit deinem Alten?« Keegan kannte ihn, er war ein neureicher, verzogener, brutaler, sexbesessener Lümmel. Er war mit ihm zur Schule gegangen.

»Der Teufel soll ihn holen«, fauchte Vanessa. »Über den bin ich schon lange hinweg.«

»Wo ist er jetzt?«

»Er wohnt im Dakota, in dem riesigen finsteren Gebäude an der Westseite.«

»Ich kenne das Haus.«

»Ich nehme an, da unterhält er seine Tanzmäuse«, sagte sie verbittert. »Wie ich höre, treibt er es am liebsten mit zweien oder dreien auf einmal.«

»Seid ihr schon geschieden?«

»In vierundzwanzig Tagen. Ich streiche jeden auf dem Kalender an.« Sie holte Luft. Tränen standen in ihren Augenwinkeln, und sie versuchte, sie wegzublinzeln. »Ich habe mir solche Mühe gegeben, Kee. Ich wollte eine gute Frau sein und ihn glücklich machen. Es hat ihm nie gereicht. Lyle kriegt von nichts je genug. Seine Appetit auf *alles* ist unersättlich. Gott sei Dank, daß wir keine Kinder haben.«

»Der kleine Schmutzfink«, sagte Keegan rauh. »Er hat

noch nie etwas getaugt. Schon in der Schule war er die reine Pest – und ein Lügner. Er hat praktisch immer gelogen.«

»Ja, darin ist er sehr gut.«

Keegan versuchte, den finsteren Ton des Gesprächs aufzulockern. »Er war wirklich ein Tunichtgut. Er hat so gelogen, daß die Leute es schließlich leid wurden, ihm seine Lügen nachzuweisen.«

Sie nickte lachend. »Ja! Da hast du recht! Genau das machen sie heute noch!«

»Was hast du bloß an dem gefunden?«

»Ach Gott, ich weiß es selbst nicht mehr. Manchmal wache ich mitten in der Nacht auf und stelle mir die gleiche Frage. Und dann denke ich ... Vielleicht bin ich selbst schuld. Vielleicht habe ich gar nichts Besseres *verdient* ...«

»Hör auf damit.«

»Nein, ich ...«

»*Hör auf* damit! Lad dir das ganze Elend nicht auch selbst noch auf. Es gibt haufenweise Lyle Thorntons auf der Welt. Sie verplempern alles, was sie in die Finger kriegen, und sie geben nie etwas zurück.«

Sie sah ihn mit feuchten Augen an. »Das ist nicht alles. Manchmal denke ich ... Wir waren drei Jahre zusammen ... Da meine ich, ich müßte wenigstens *ein paar* glückliche Erinnerungen haben. Er müßte mir doch *etwas* bedeuten. Aber er bedeutet mir nichts.«

»Ich habe einen Partner namens Nayles an der Westküste. Als wir zusammen im Krieg waren, sagte er immer: ›Wir sind ahnungslos in den Krieg gegangen. Wir werden auch wieder da rauskommen, ohne mitzukriegen, um was es eigentlich dabei gegangen ist – und bis dahin beißen wir uns einfach durch.‹ Vielleicht war das die richtige Einstellung. Vielleicht sollen wir aus allem, was uns erwartet, einfach nur das Beste machen.«

»Das tust du doch auch nicht.«

Sie schaute zu ihm auf, und ihr Blick schien aus einem sehr intimen Ort in ihrem Inneren zu kommen. Es war ein warmer, sehnender, liebevoller Blick, der Keegans Panzer wie eine Lanze durchschlug.

»Ach, Kee, was ist nur los mit der Welt? Was passiert mit uns allen?«

Sein Zorn war wie eine eingerollte Schlange, die er in sich gefangenhielt. Plötzlich brach sie aus. Der Ausbruch kam zwar nicht schrill, aber seine Fäuste waren geballt, und er sprach mit einer Stimme, die voller Rage war.

»Was mit uns passiert? Wir leben in einer Welt voller Menschen, die uns glauben machen wollen, daß *ihre* Ansichten und Taten auch *unsere* Ansichten und Taten zu sein haben – und wenn wir es nicht wollen, vernichten sie uns. Erkennst du die Ironie? Diese Leute sind ewig in der Minderheit! Wir nehmen sie gar nicht zur Kenntnis – bis wir eines Morgens aufwachen und sehen, daß es die *Times* an keinem Kiosk mehr gibt und daß alle Bücher aus den Bibliotheken verschwunden sind; daß sie unsere besten Freunde zusammenschlagen und ins Gefängnis stecken, weil ihr Haar die falsche Farbe hat oder ihre Nasen nicht dem Standard entsprechen. Und dann ist es zu spät.«

»Glaubst du wirklich, daß so was hier passieren könnte?«

Keegan nickte fest. »Es gab mal einen Augenblick, Vannie, da bin ich buchstäblich um mein Leben gelaufen. Ich meine es wörtlich: Ich mußte um es *laufen*. Ich weiß nicht, was schlimmer war – die Angst oder die Demütigung, aber ich glaube, jetzt weiß ich besser, was Freiheit eigentlich ist.«

»War es das, was ihr in Deutschland passiert ist?«

»Es ist das, was *Deutschland* passiert ist. Sie wurde bei einem Rundumschlag geschnappt. Du brauchst keine Tränen um mich zu vergießen; spare sie für sie auf. Sie ist lebenslänglich in einem Pfuhl eingeschlossen, in dem Psychopathen das Sagen haben.«

»O mein Gott...«

Sie hob den Arm und fuhr mit der Fingerspitze über seine Wange. Dann schlang sie ihre Arme um seine Taille und hielt ihn fest. Nach einiger Zeit legte er seine Arme um sie, und sie standen lange zusammen auf dem Balkon wie zwei Ertrinkende, die verzweifelt versuchten, einander zu retten.

Sie bauten eine herzliche Freundschaft auf, die mehr oder weniger platonisch blieb. Und Vanessa setzte ihn nicht unter Druck. Sie freute sich, in seiner Nähe zu sein, ihn in seiner Wohnung zu besuchen, ihm das Essen zu machen und gelegentlich hereinzuschauen und ihm zuzuhören, wie er mit Ned die Tagesnachrichten diskutierte. Wenn sie zum Essen ausgingen, gingen sie – meist spät am Abend – in extravagante Restaurants, um keinen alten Freunden zu begegnen. Nur Marilyn teilte ihr Geheimnis. Sie verbrachte manchmal einen Abend bei ihnen, wenn ihr Gatte, ein Chirurg, im Krankenhaus unabkömmlich war. Keegans Emotionen jonglierten zwischen Vergangenheit und Gegenwart. Bis eine Stimme aus der Vergangenheit plötzlich alles veränderte.

Silvester 1939, 15.00 Uhr.

Keegan kehrte aus Vanessas Wohnung zurück. Er suchte gerade nach dem Schlüsselbund, als ihm aus dem Dunkel neben dem Eingang eine Stimme mit deutlich europäischem Akzent etwas zuflüsterte.

»Mr. Keegan?«

Keegan hielt inne und äugte argwöhnisch in das Dunkel. Der Mann trat ein Stück ins Licht. Seinem Umriß nach war er ein paar Zentimeter kleiner als er, aber sicher zehn Pfund schwerer. Er hatte muskulöse Schultern, und sein Brustkorb und seine Arme sprengten beinahe die Ärmel seines schwarzen Wollmantels. Die untere Hälfte seines Gesichts wurde von einem dichten Schwarzbart verhüllt. Er trug eine schwere Matrosenmütze, die er tief ins Gesicht gezogen hatte.

»Kommt drauf an, wer's wissen will«, sagte Keegan vorsichtig.

Der Mann trat ganz ins Licht.

Es war Werner Gebhart. Abraham Wolfssons rechte Hand bei der Schwarzen Lilie.

Kapitel 36

»Kennen Sie mich noch?« flüsterte es aus der Dunkelheit. »Wir haben uns in Berlin kennengelernt.«

Keegan war verblüfft, den jungen Deutschen zu sehen. »Mein Gott, Gebhart! Natürlich erinnere ich mich an Sie«, sagte er und winkte ihn heran. »Kommen Sie rein; kommen Sie rein.«

Gebhart bewegte sich schnell. Sie schüttelten sich die Hände, und Keegan führte ihn durch den Privateingang und den Korridor zu seinem privaten Aufzug. Gebhart sah ängstlich aus, als sie in den Korridor traten, suchte sein Blick panisch die Straße ab.

»Stimmt was nicht?« fragte Keegan.

»Ja«, sagte Gebhart. »Ich bin illegal hier.«

»Das ist *mir* doch wurscht«, sagte Keegan mit einem beruhigenden Lächeln.

»Massel toff«, sagte Gebhart, und in seiner Stimme schwang Erleichterung mit. Keegan hatte ihn als einen unschuldig wirkenden, schlanken Burschen voll jugendlicher Arroganz und Argwohn in Erinnerung. Er hatte gute zwanzig Pfund zugenommen, und an seinem Gesicht konnte man erkennen, daß er harte Zeiten hinter sich hatte. Gebharts Blick wirkte gequält, halb bittend und halb wütend. Er hatte den Blick eines Menschen, der zuviel von dem Bösen gesehen hatte, das jungen Männern die Unschuld nimmt. Sein schwarzer Bart zeigte schon graue Strähnen. Wie alt ist er? fragte Keegan sich. Doch höchstens Mitte Zwanzig. Als er den Preis sah, den ihm die Nazis und die Schwarze Lilie im Laufe der Jahre abverlangt hatten, fragte er sich, was die Zeit mit Abraham Wolfsson angestellt hatte.

»Wie geht's Abraham?« fragte er.

»Er lebt.«

»Geht's ihm gut?«

Gebhart nickte. »Er ist hart geworden. Man sieht es ihm an.«

»Und was ist mit Ihrem anderen Freund?«

»Joachim Weber?« gab Gebhart zurück. »Den haben die Nazis umgebracht.«

Keegans Schultern sanken nach unten. *Mein Gott,* dachte er, *der Wahnsinn hört nie auf.* »Tut mir leid, Werner«, sagte er.

Gebhart nickte nur.

»Seit wann sind Sie hier?« fragte Keegan.

»Seit etwa zehn Uhr.«

»Dann warten Sie schon fünf Stunden?«

»Ja.«

»Wie lange sind Sie im Land?«

»Seit zehn Uhr. Ich bin mit einem Dampfer aus Portugal gekommen.«

»Gut! Sie müssen bei mir bleiben. Hier sind Sie völlig sicher. Meine Leute schweigen wie das Grab.«

Gebhart hob eine Hand. »Bitte, darum hat man sich schon gekümmert. Ich habe eine Unterkunft. Bei jemandem, der seit Jahren für uns arbeitet. Auf der Fifth Avenue. Ich habe gehört, auf der anderen Straßenseite soll ein Park sein.«

Keegan lächelte. »Der Central Park. Da oben gibt's ganz ausgezeichnete Schlupflöcher.«

»Habe ich auch gehört.«

»Sie sind noch nicht dort gewesen?«

Gebhart schüttelte den Kopf. »Ich wollte zuerst zu Ihnen. Es war Abrahams Wunsch, daß ich zuerst Sie aufsuche.«

»Gott, wie schön es ist, Sie wiederzusehen«, sagte Keegan. »Ich habe die ganzen Jahre nichts von Abraham gehört. Ich dachte schon . . . Verdammt, ich habe an *alles* mögliche gedacht.«

»Es ist schon gefährlich, wenn man Briefe abschickt. Aber ich habe ein Geschenk von ihm. Und eine Nachricht für Sie. Er sagt, ich soll Ihnen sagen, es geht um das, was Sie ihm schulden.«

Keegan lachte. »Er hat ein unglaubliches Gedächtnis. Das letzte, was ich zu ihm sagte, war *Ich bin Ihnen etwas schuldig.*«

Er wich der großen Frage aus. Er hatte fast Angst, sie zu stellen. Der Aufzug erreichte das Penthouse, und Keegan geleitete Gebhart in die Küche. »Ich habe eine Köchin«, sagte er, »aber sie kommt erst gegen sieben. Ich bin sicher, wir können uns trotzdem was brutzeln. Wie wär's mit einem Steak und ein paar Eiern?«

»Machen Sie sich keine Mühe.«

»Ziehen Sie den Mantel aus, und nehmen Sie sich einen Stuhl. Es macht gar keine Probleme. Eier aufschlagen und Steaks anbrennen kann ich schon ganz gut.«

Keegan öffnete zwei Flaschen Pilsener und stellte eine davon vor Gebhart hin. Gebhart griff in seine Manteltasche und entnahm ihr ein schmales Päckchen. Er legte es vor Keegan auf den Tisch.

»Von Abraham.«

Keegan nahm es an sich. Es war flach und mit Zwirn verschnürt. Er hielt es einen Moment in den Händen, als ströme es eine Art psychischer Energie aus.

»Na schön«, sagte er endlich. »Wie geht's Jenny?« Er griff in eine Schublade, entnahm ihr eine Schere und zerschnitt den Bindfaden.

»Es steht ... wahrscheinlich in dem Brief«, antwortete Gebhart zurückhaltend.

Keegan schaute ihn an, aber Gebhart wich seinem Blick aus. Er starrte die Bierflasche an und nahm einen langen Schluck.

»Werner?«

Sein Besucher sah ihm langsam in die Augen.

»Werner ... Ist sie tot?«

In dem Augenblick, bevor Gebhart schließlich »Ja« sagte, schien die Zeit stillzustehen. Dann schaute er wieder weg.

Keegan schwieg. In seinem Herzen hatte er es gewußt. Er weinte nicht, sein Schmerzgefühl war taub. Er spürte nur die Wut und den heißen Zorn, der ihn nun schon seit fast fünf Jahren auffraß. Er schaute auf den Tisch und nickte langsam vor sich hin. Sein Gesicht zeigte keinen nennenswerten Ausdruck. Ihm fiel ein, was Beerbohm damals über den Ausgleich gesagt hatte. Doch wie sollte er den Ausgleich erzielen? Er hatte überhaupt keine Möglichkeit, je einen Ausgleich zu erzielen. Mit wem sollte er denn gleichziehen? Dies war ein Teil der Frustration: Es gab niemanden, den man bekämpfen konnte. Es gab niemanden, den man sich greifen konnte.

»Tut mir leid«, sagte Gebhart leise.

Keegan nahm Platz und hielt das ungeöffnete Päckchen zwischen den Fingern. Dann legte er es auf den Tisch zurück.

»Entschuldigen Sie mich«, sagte er mit einer Stimme, die kaum mehr als ein Flüstern war. Er ging zum Spülbecken hinüber, hielt die Hände unter den Hahn und bespritzte sein Gesicht mit kaltem Wasser. Dann setzte er sich wieder an den Tisch, breitete die Hände neben dem Päckchen aus und sah es an.

»Es tut mir auch leid, Gebhart, für Sie.«

»Warum?«

»Weil Sie sie auch geliebt haben. Man hat es deutlich genug gemerkt – so, wie Sie über Jenny geredet und wie Sie geschaut haben, wenn ihr Name fiel. Und weil Sie mich nicht leiden konnten. Sie haben sie doch geliebt, Werner, nicht wahr?«

Der Deutsche sagte eine ganze Minute lang nichts. Die Falten in seinem Gesicht schienen sich zu vertiefen. Dann zuckte er mit den Achseln und lächelte zum erstenmal.

»Ich war schon in sie verliebt, als ich sie das erste Mal sah«, sagte er leise. »Ich war vierzehn, sie war siebzehn. Ihre Eltern sind nebenan eingezogen. Abraham und ich wurden die besten Freunde, aber sie hat mich immer nur so geliebt wie eine Schwester ihren Bruder. Deswegen war sie nur eine gute Freundin für mich. Meine liebe Freundin. Aber ich verstehe, wie Sie sich fühlen. Wenn man so lange gehofft hat . . .«

»Ich habe sie schon vor langer Zeit aufgegeben«, sagte Keegan. »Aber sie hat mich trotzdem nie losgelassen.«

Er ging an den Herd, knackte zwei Eier auf dem Pfannenrand und warf sie neben das Steak. Dann schob er Brot in den Herd, um Toast zu machen. Als alles fertig war, tat er das Essen auf einen Teller und stellte diesen vor seinem Besucher ab.

»Kaffee? Milch? Irgend etwas anderes?«

»Es ist großartig«, sagte Gebhart. »Das Essen auf dem Schiff war . . . weniger begehrenswert.«

»Dann können Sie mir also erzählen«, sagte Keegan, der ihm gegenübersaß, »was passiert ist?«

»Wollen Sie es wirklich hören?«

»Ja. Ich möchte alles wissen, was Sie mir sagen können.«

Gebhart aß wie ein Verhungernder. Zwischen den einzelnen Bissen erzählte er, bar jeder Emotion, in einem monotonen Tonfall, was passiert war.

»Es gab einen Ausbruchsversuch aus Dachau. Ein halbes Dutzend junger Männer wollte den Zaun durchbrechen. Sie haben es mit in der Schlosserei hergestellten Eisenstangen gemacht, um den Strom kurzzuschließen. Drei von ihnen sind tatsächlich rausgekommen, die anderen wurden am Zaun niedergeschossen. Doch das freie Gebiet zwischen Zaun und Waldrand ist ja vermint. Einer der Flüchtenden trat auf eine Mine, und . . . und . . . sie riß ihm die Beine ab.«

Gebhart legte die Gabel hin und schaute weg. »Eicke, der Kommandant, hat daraufhin fünfzig Lagerinsassen in ein Loch stellen und es mit einem Bagger zukippen lassen. Jenny war auch dabei. – Ich möchte lieber nicht weiterreden.«

Sie saßen eine geraume Weile schweigend da. Keegans Gesicht veränderte sich kaum. Abgesehen von seinen unkontrolliert zuckenden Kinnmuskeln war es eine Maske.

»Verzeihen Sie«, sagte er dann heiser. »Ich . . . Ich . . .«

»Schon in Ordnung«, sagte Gebhart schnell. »Mehr gibt es sowieso nicht zu sagen. Wie redet man über das Unaussprechliche? Und wie überbringt man eine solche Nachricht?«

»Wann ist es passiert?« fragte Keegan.

»Im September. Wir wollten es Ihnen früher mitteilen, aber es war kaum möglich, eine Nachricht abzuschicken. Und Ihr Freund Rudman war nicht in Berlin.«

»Rudman ist in Spanien umgekommen.«

»Mein Gott«, sagte Gebhart traurig. »Wann?«

»Im Juni.«

»Es tut mir wirklich leid, Mr. Keegan. Zwei Menschen auf einmal zu verlieren, die einem so . . .«

»Danke.«

»Da feststand, daß ich nach Amerika gehe, hat Abraham zu warten beschlossen, bis ich es Ihnen selbst sagen kann.«

»Warum sind Sie hier? Kann ich Ihnen irgendwie helfen?«

Gebhart schüttelte den Kopf.

»Ich nehme an, das Päckchen wird vieles erklären. Sie sollten wissen, daß Abraham sich sehr verändert hat. Es ist, als hätte ein Dämon ihn an der Angel. Er denkt nur noch ans Töten.«

»Er hat den Nazis den Krieg erklärt, Werner.«

»Ich glaube nicht an diese Art von rachsüchtiger Gewalt. Ich bin Chasside. Auge um Auge ist gegen meinen Glauben. Auch wenn wir Sie damals bedroht haben . . . Es war eine große Anstrengung für mich, die Waffe in die Hand zu nehmen. Sie war nicht mal geladen! Abraham hingegen hat das Feuer der Rache in sich. Irgendwann habe ich ihm klargemacht, daß ich nicht mehr mitmachen kann. Er hatte Verständnis dafür. Er hat mich nach Amerika geschickt, um Geld aufzutreiben und Vorbereitungen für unsere Leute zu treffen, die in die Staaten wollen.«

»Das habe ich auch versucht, aber es ist mir nicht gelungen . . .«

»Sie kannten halt nicht die richtigen Organisationen«, sagte Gebhart. »Man hat Ihnen nicht getraut. Ich weiß, an wen ich mich wenden muß, um meine Mission zu erfüllen. Aber Abraham möchte, daß Sie etwas Wichtigeres erledigen.«

»Was denn?«

»Öffnen Sie bitte das Päckchen.«

Keegan öffnete die Verpackung. Im Inneren des Päckchens befand sich die einfache Zeichnung eines alten Mannes in der demütigend gestreiften Uniform der KZ-Insassen, der aus müden Augen durch den Stacheldraht schaute. Keegan erinnerte sich an den Mann. Der Anblick seiner Hoffnungslosigkeit war für immer in sein Gedächtnis gebrannt.

»Ich erinnere mich an ihn«, sagte er.

»Er lebt nicht mehr. Die Zeichnung ist herausgeschmuggelt worden. Sie werden die Signatur erkennen.«

In der unteren rechten Ecke stand *Jennifer Gold, KZ Dachau, 1937.*

Keegan holte tief Luft. Seine Hand zitterte, als er die Zeichnung umdrehte. Auf der Rückseite befand sich ihr Brief.

Mein liebster Kee,
ich hoffe, daß der Brief irgendwann den Weg zu Dir findet. Wenn ich mir nur vorstelle, daß Du dieses Stück Papier eines Tages in der Hand halten könntest, singt mein Herz.

Wie schade, daß wir uns nie Lebewohl sagen konnten. Wie oft habe ich es vor mich hin gesagt und dabei gehofft, meine Liebe zu Dir könnte stark genug sein, um die Botschaft durch die Luft zu deinem Herzen zu tragen.

Es wäre mir lieber gewesen, wir hätten in einer anderen Epoche gelebt; in einer Zeit, als es auf der Welt statt Haß noch Liebe gab, als man sich umeinander gekümmert hat, statt sich Grausamkeiten anzutun. Aber das ist Wunschdenken!

Meine Zeit mit Dir war die glücklichste meines Lebens. Du hast die Welt mit mir geteilt – eine herrliche Welt! Trotz dieses Elends läßt mich die Erinnerung daran lächeln. Sie läßt mein Herz schneller schlagen und erhellt die abscheulichen Stunden.

Ich denke auch an Bert und daran, wie ernsthaft er in allem ist – wie er dem Rest der Welt klarzumachen versucht, was wirklich hier vor sich geht. Gib ihm einen Kuß von mir, aber behalte meine restlichen für Dich.

Ich liebe Dich. Bitte, erinnere Dich an mich als einen Menschen, der sein Herz freiwillig und gern verschenkt hat und dafür mit Freude, Liebe und Glück belohnt wurde.

Ach, Kee, mein Herz ist bei Dir. Laß es Dir gutgehen.
Jenny, 23. September 1938

An die Zeichnung war eine Notiz geheftet:

Keegan,
Werner wird Ihnen eine Geschichte erzählen. Als wir uns zuletzt gesehen haben, sagten Sie, Sie wären mir etwas schuldig. Werner wird Ihnen sagen, wie Sie diese Schuld begleichen können. Es tut mir leid um Jenny. Auch wenn sie von meinem Blut gewesen wäre – ich hätte sie nicht *mehr* lieben können. Abraham

In dem Päckchen befand sich noch etwas. Es war die Liste sämtlicher Geiseln, die Eicke ermordet hatte. Der erste Name auf der Liste lautete *Jenny Gold*.

Keegan verspürte kalte Wut.

»Sie sollen mir eine Geschichte erzählen«, sagte er.

Es fiel Gebhart nicht leicht. Da er unter den strengen religiösen Gesetzen der disziplinierten Chassidim erzogen worden war, verabscheute er jede Gewalt dermaßen, daß das bewußte Wiedererleben des Abends, den er beschreiben wollte, für ihn eine schmerzhafte Erfahrung war. Doch er hatte Abraham versprochen, Keegan die Botschaft zu überbringen, und er war ein Mann, der zu seinem Wort stand.

»Bevor ich anfange, muß ich Ihnen sagen, daß wir uns nach diesem Abend nicht wiedersehen können. Ich nehme an, Sie werden den Grund verstehen. Ich muß mich darauf verlassen, daß Sie meine Identität nicht preisgeben.«

»Ich könnte Ihnen aber vielleicht helfen.«

Gebhart schüttelte den Kopf. »Wenn ich fertig bin, werden Sie es verstehen.«

Keegan nickte. »Wie Sie wollen. Ich bin zwar traurig, daß wir keine Freunde sein können, aber ich bin einverstanden.«

Gebhart nahm einen Schluck Bier, wischte sich mit dem Handrücken den Mund ab und fing an.

»Ein Spion hat unsere Berliner Gruppe unterwandert. Der Mann war freundlich, ziemlich schlau und immer fix. Er war noch jung und hieß Isaak Fisch. Er war in Vierhaus' Auftrag tätig und kam auf einem ziemlich umständlichen

Weg zu uns – über München, Düsseldorf und Essen. Er hat sich langsam an uns herangearbeitet, bis er in Abrahams Nähe war. Er war angeblich aus Dachau entkommen und hatte den Auftrag, ihn zu töten. Die Nazis tätowieren den Gefangenen jetzt Nummern in die Haut, und Fisch hatte eine solche Nummer.«

»Sie tätowieren ihnen Nummern ein?« fragte Keegan fassungslos.

»Ja. Aber mittlerweile ist es so schlimm, daß es *keinen* mehr gibt, der nicht an Verfolgungswahn leidet. Deshalb hat Abraham beschlossen, Fisch doppelt zu überprüfen. Wir haben eine Liste der Dachau-Insassen bekommen, in der auch Fisch stand, und zwar mit der korrekten Nummer. Das einzige, was nicht stimmte: Der echte Isaak Fisch gehörte zu den Geiseln, die man mit Jenny zusammen umgebracht hat.«

Er deutete auf die Liste, die Keegan in der Hand hielt.

»Abraham ist durchgedreht! Ich habe ihn noch nie so erlebt. Er hat geheult wie ein Tier, als er begriff, daß wir verraten worden waren. Wir haben Fisch zu einem Bauernhof in der Nähe von Berlin gebracht. Angeblich handelte es sich um eine Blitzversammlung der Lilie. Abraham war vorausgefahren und hatte in einer Räucherkammer eine Folterzelle eingerichtet.

Als er Fisch auf den Kopf zu sagte, er sei ein Spitzel, verlor Fisch die Nerven und bat um sein Leben. Abraham hat ihn ausgelacht. Je mehr Fisch um sein Leben bat, desto lauter lachte Abraham. Er... hat die Elektroden einer Zwölf-Volt-Batterie an... an... Fischs Hoden befestigt. Sein Geschrei... war das Schlimmste, was ich je gehört habe. Bei uns war eine Frau. Sie gehörte zu uns; sie war ausgebildete Stenographin und hat jedes von Fischs Worten mitgeschrieben. Er hat die Namen von drei weiteren Agenten ausgeplaudert. Einer von ihnen hat in Zürich die Falle für unseren Freund Joachim aufgestellt. Sie haben ihn auf der Straße in einen Hinterhalt gelockt und ihm die Kehle durchgeschnitten. Er lag da und... konnte nicht mal schreien, wegen der Schmerzen. Er konnte nicht... um Hilfe... rufen.«

Gebhart hielt einen Moment inne. Als er fortfuhr, bebten seine Lippen.

»Ein weiterer Spitzel hatte unsere Gruppe in Wien unterwandert. Als wir erkannten, daß der Mann, der sich Fisch nannte, uns nichts mehr zu berichten hatte, hat Abraham ihm in den Kopf geschossen. Dann hat er geschworen, auch die drei anderen Spitzel umzubringen. Er hat den Mann in Zürich umgebracht und auch den in Wien, aber an den dritten kam er nicht heran.

Dann hat Abraham mir aufgetragen, ich solle mir den gesamten stenographischen Text einprägen, um die Information an Sie weiterzugeben. Nur drei Personen wissen davon, Mr. Keegan – die Frau, die die Niederschrift angefertigt hat, Abraham und ich. Mit Ihnen sind wir vier.«

»Ich bin ganz Ohr.«

»Fisch hat ausgesagt, als man ihn in den bayerischen Alpen ausgebildet habe, sei dort noch ein weiterer Agent gewesen. Ein Mann für Sonderaufträge. Man hielt ihn von den anderen getrennt, und er war nur als *27* bekannt.«

»Siebenundzwanzig?«

»Ja. Er wurde für einen Sonderauftrag ausgebildet; für ein Unternehmen in Amerika.«

Keegan hob den Kopf. Leben trat in seine Augen.

»Er ist hier? In den Staaten?«

»Lassen Sie mich bitte fortfahren.«

»Verzeihung.«

»Fisch wußte nichts über den Auftrag dieses Agenten – laut seiner Aussage wissen nur Hitler und Vierhaus, wozu man ihn ausgebildet hat. Aber er hat gesagt, 27 könne Amerika neutralisieren, wenn England und Frankreich einen Krieg gegen Deutschland wagen.«

»Er könne Amerika *neutralisieren*?«

»Angeblich kann er die USA zwingen, sich aus dem Krieg herauszuhalten.«

»Wie könnte er das wohl anstellen?«

Gebhart schüttelte den Kopf. »Ich weiß nicht. Wir haben Monate darüber spekuliert und uns jede Möglichkeit ausgemalt, aber nichts hat einen Sinn ergeben.«

»Ein einzelner Mann soll das tun?«

Gebhart nickte. »Laut Fisch wird er zwar von irgend jemandem Unterstützung erhalten, aber im Grunde handelt es sich um ein Ein-Mann-Unternehmen. Die restlichen Mitglieder von Vierhaus' Gruppe bezeichnen ihn als *Geisterspion*. 27 ist ein Einzelagent, seine wahre Identität kennen nur Hitler und Vierhaus. Wir haben weder eine Beschreibung von ihm noch seinen Namen. Wir wissen nur, daß er sehr gefährlich und ein Meister der Verkleidung ist. Und ein Experte auf Skiern. Er ist im Spätsommer 1933 hier angekommen, aber im Frühjahr 1934 ist irgend etwas vorgefallen. Er wurde in eine FBI-Untersuchung verwickelt und mußte untertauchen.«

»Aber er ist immer noch hier? Und zwar schon seit . . . Verdammt, seit fast fünf Jahren!«

»Wenn die Information stimmt.«

»Und er hat 1934 Schwierigkeiten mit den Behörden gehabt? Wissen Sie genau, daß es das FBI war?«

»Ja. Aber ganz so war es nicht. Er wurde eher . . . Er wurde eher zufällig in den Fall verwickelt . . .«

»Als Zeuge?«

»Ja, als Zeuge. Weil das FBI die Untersuchung geleitet hat, wollte er sich keinem Verhör aussetzen.«

»Was zum Teufel . . .« Keegan stand auf und ging in der Küche auf und ab. Seine Energie schoß buchstäblich zum Himmel. Ein Superspion, hier in Amerika, um einen Auftrag auszuführen, der so tückisch war, daß er Amerika zwingen konnte, neutral zu bleiben, wenn es mit Deutschland zum Krieg kam? Nun, dachte er, um was es dabei auch geht, die Zeit ist knapp. Die Ereignisse in Europa eskalierten. Vor dem nächsten Neujahr konnte sich Europa im Kriegszustand befinden. Aber um was konnte es bei der Mission dieses 27 gehen? Und wie konnte er den Mann finden? Er hatte keine Personenbeschreibung, keinen Namen und keine Ortsangaben. Und warum wollte Abraham Wolfsson, daß er gefangen wurde?

»Abraham will also, daß *ich* diesen 27 schnappe?«

»Ja.«

»Warum gerade ich?«

»Damit Sie ihn kriegen, bevor die Polizei ihn kriegt. Damit er nicht die Chance bekommt, vor Gericht gestellt und vielleicht im Gefängnis zu landen, statt . . . statt . . .«

»Ich bin kein Detektiv, Werner«, schnitt Keegan ihm das Wort ab. Er ignorierte Gebharts letzte Bemerkung erst einmal. »Ich habe keine Erfahrung mit solchen Dingen.«

»Abraham sagt, Sie würden es tun, weil das, was man Jenny angetan hat, Sie ebenso peinigt wie ihn.«

»Es gibt viele andere, die in solchen Dingen weitaus qualifizierter sind als ich, Werner. Das FBI zum Beispiel. Diese Leute sind dazu ausgebildet.«

»Aber sie werden nicht von dem gleichen Feuer angetrieben . . .«

»Abraham hat in wenigen Tagen viel über mich erfahren.«

»Außerdem würde das FBI Ihnen wahrscheinlich nicht glauben. Und zudem, Mr. Keegan, können Sie dem FBI nicht erzählen, daß *ich* Ihnen diese Nachricht überbracht habe, denn dann wird man *mich* jagen.«

»Yeah. Und außerdem waren das FBI und ich bisher kaum Busenfreunde. Wir haben schon länger Probleme miteinander.«

»Weil Sie früher Gangster waren?« fragte Gebhart unschuldig.

Keegan lachte. »Yeah, Werner, weil ich früher Gangster war.« Dann blieb er stehen. »Moment mal, haben Sie gesagt, Abraham will nicht, daß 27 vor Gericht kommt?«

Gebhart nickte.

»Was will er dann?«

Gebhart sagte so leise, daß man ihn kaum verstehen konnte: »Sie sollen ihn . . . umbringen.«

»Er möchte, daß ich ihn *umbringe*?«

Gebhart senkte den Blick und nickte. »Abraham meint, Deutschlands einzige Chance sei die, daß Amerika, Frankreich und England Hitler den Krieg erklären. Wenn England und Frankreich es tun . . . Glauben Sie, Amerika macht dann auch mit?«

»Ich weiß nicht«, sagte Keegan. »Aber ich habe ernsthafte Zweifel daran.«

»Warum? Sie sind doch Verbündete Amerikas.«

»Ich weiß nicht, ob Sie das verstehen, Werner, aber mir fällt es schwer, wegen der prekären Lage von hunderttausend Menschen Gefühle zu empfinden. Es fällt mir selbst dann schwer, wenn es um nur fünfzig geht. Es erschreckt mich zwar, aber persönlich berühren tut es mich nicht. Aber wenn es um *einen* Menschen geht, den ich kenne ... um jemanden, den ich liebe – so wie Jenny –, dann endlich verstehe ich. Ich glaube, die meisten Amerikaner sind so. Solange hier keine Bomben fallen und keine Menschen sterben, werden sie sich aus Kriegen heraushalten.«

»Glauben Sie die Geschichte, die Fisch erzählt hat?« fragte Gebhart.

»Tun Sie's?«

»Ich war dabei«, sagte Gebhart nickend. »Und eins kann ich Ihnen sagen: *Das* hat er nicht erfunden. Nie! Was er gesagt hat, hat er aus Schmerz und Entsetzen gesagt.«

»Wenn Sie und Abraham davon überzeugt sind, dann glaube ich es auch.«

»Werden Sie ihn also suchen?«

»Ja«, sagte Keegan, ohne zu zögern. Er blickte den Deutschen an, der auf der anderen Seite des Tisches saß, und bemerkte tiefe Trauer in seinem Blick.

»Und bringen Sie ihn um?« fragte Gebhart.

Es war keine Frage, die man ohne weiteres beantworten konnte. Keegan war viele Jahre frustriert und voller Wut gewesen, weil es nicht in seiner Macht gestanden hatte, Jenny zu helfen. Er hatte nichts tun können. Er war Abraham etwas schuldig. Jetzt hatte er sich gemeldet, jetzt konnte er wenigstens etwas *dagegen* tun. Die Vorstellung machte ihn nervös. Wenn die Sicherheit des Landes auf dem Spiel stand, war es Grund genug, den Agenten namens 27 aufzuspüren. Und wenn er es rein aus seinem Rachebedürfnis heraus tat, war es auch in Ordnung. Und wenn das Aufspüren des gefährlichen Spions seinem Leben einen neuen Sinn gab, um so besser.

»Ja, wenn es möglich ist, bringe ich ihn um.«
»Mein ist die Rache, sagt der Herr«, erwiderte Gebhart.
»Bevor man sich wohl fühlt, muß man erst mal den Ausgleich erzielen«, fauchte Keegan zurück. »Das hat Ned Beerbohm gesagt.«
Gebhart sah ihn verwirrt an. »Ich kann nicht einfach aufgeben, was man mich gelehrt hat. Es ist schon schwer genug, Ihnen eine Nachricht zu überbringen, die *unter Umständen* Gewalt hervorruft.«
»Ich will Ihnen mal was sagen, Werner: Früher hatte ich einen ständig wiederkehrenden Traum. In meinem Traum stieß ich in verschiedenen Ecken New Yorks immer wieder auf einen gefesselten Vierhaus. Ich habe einen Käfig hungriger Ratten herangekarrt, habe ihn überall mit Käse beschmiert, die hungrigen Ratten auf ihn losgelassen und zugesehen, wie sie ihn buchstäblich totgebissen haben. Ich hatte diesen Traum sehr oft, und jedesmal wurde ich dabei wach und war naßgeschwitzt und außer Atem. Dann, im Lauf der Zeit, kam er immer weniger. Schließlich blieb er aus, und ich fing an, von Jenny zu träumen. Es waren anfangs schöne Träume, aber auch sie wurden mit der Zeit immer düsterer. Die Nazis hatten sie in ihrer Gewalt, und zwischen uns war eine dicke Glasscheibe, die ich nicht zerschlagen konnte. Was sie mit ihr anstellten, war noch schlimmer als das, was ich mit Vierhaus machte. Bald darauf träumte ich wieder von den Ratten. Der Traum war wie eine Welle im Ozean. Seit fünf Jahren träume ich entweder das eine oder das andere. Wenn ich anfange, gleichgültig zu werden, ist der Rattentraum wieder da. Ich nehme an, ich will damit sagen, daß ich bezüglich dieser Angelegenheit gemischte Gefühle habe. Ich habe, außer im Krieg, noch nie jemanden umgebracht. Ich verspüre keinen Drang, jemanden zu töten, nicht einmal diesen 27, also müssen andere Faktoren eine Rolle spielen. Ich respektiere Ihren religiösen Glauben, aber Sie sollten auch das respektieren, was *ich* fühle.«

Keegan stand auf und deutete Gebhart mit einer Geste an, er solle ihm folgen.

»Kommen Sie, ich möchte Ihnen etwas zeigen.«

Er führte ihn durch die Wohnung und zog die Balkontür auf. Sie gingen hinaus. Kalte Luft ließ sie beide frösteln. Keegan schlug den Jackenkragen hoch. Sein dunstiger Atem wurde vom Wind fortgeweht. Er spürte einen plötzlichen Schub der Erleichterung. Jetzt war er die Angst des Nichtwissens endlich los. Dieser Teil war nun vorbei. Doch mit der Erleichterung kam eine große Last des schlechten Gewissens, und er konnte nichts dagegen tun. Er mußte lernen, damit zu leben.

Keegan deutete auf die unter ihnen liegende Straße.

»Da unten bin ich aufgewachsen«, sagte er mit deutlichem Stolz. »Die Straße unter uns war mein Spielplatz. Ich bin auf eine Oberschule gegangen, sie liegt dahinten, die Straße rauf. Es ist eine äußerst komplizierte Gegend, Werner. Wenn einem da unten jemand was tut, zahlt man es ihm mit doppelter Münze heim. Aus dem einfachen Grund, damit er einem nichts mehr tut und sich ein anderes Opfer aussucht. Man kann es möglicherweise ›Auge um Auge‹ nennen, Werner. Ich nenne es überleben. Und wenn man dort unten überleben will, lernt man drei Dinge sehr schnell: Man haut nie einen Kumpel in die Pfanne. Man nimmt nie sein Wort zurück. Und man zahlt stets seine Schulden. Ich nehme an, näher bin ich an keine Religion herangekommen. Deswegen sage ich es Ihnen gleich: Ich werde 27 finden. Ich weiß zwar noch nicht, wie und wo ich anfangen soll, aber falls ich ihn erwische ... treffe ich meine Entscheidung.«

Doch in seinem Innersten wußte Keegan, daß er 27 sehr wahrscheinlich töten würde, wenn er ihn fand. Nicht deswegen, weil er eine Bedrohung für die USA oder ein Spion der Nazis war. Er würde ihn umbringen, weil er es Abraham schuldete. Und Jenny. Und, wenn man es bis zu Ende dachte, war er es auch sich selbst schuldig.

Kapitel 37

Keegan war überrascht, wie schnell er über die Kassiererin und die Maniküre an den Ladenbesitzer gelangte, der außerdem der Friseur war. Und schließlich erreichte er auch den Mann, den er gesucht hatte. Er erkannte seine schrille, heisere Stimme auf der Stelle.

»Wer, sagen Sie, sind Sie?«

»Ich bin Frankie Kee, Mr. Costello. Erinnern Sie sich noch an mich?«

»Yeah, ich erinnere mich. Fahren Sie noch den Rolls?«

»Ich bin auf einen Zwölf-Zylinder-Packard umgestiegen.«

»Dann sind Sie also *der* Frankie Kee.«

»Genau der.«

»Ich hab' gehört, Sie wären außer Landes.«

»Ich bin wieder da.«

»Wo waren Sie? In Deutschland?«

Costello hatte offenbar noch immer Verbindungen. Er war ein Mensch, der nie etwas vergaß, wie unwichtig es auch scheinen mochte. Alles, was in seinen alten Erinnerungsspeicher hineinging, blieb auch dort.

»Stimmt.«

»Was haben Sie da gemacht?«

»Hitler gehaßt.«

Costello brach in ein Gelächter aus, dann quiekte er auf. »Gott, Tony, du hättest mir fast den Hals abgeschnitten ... Tja, ich kann nichts dafür, der Bursche hat mich zum Lachen gebracht. Sie, Frankie Kee, ihretwegen wäre ich beinah weg gewesen.«

»Tut mir leid, ich wußte nicht, daß Sie sich gerade rasieren lassen.«

»Okay, Sie sind also wieder da. Was ist Ihr Problem?«

»Mr. C, mein Problem ist, daß ich einen Burschen suche und so gut wie nichts habe, woran ich mich halten kann.«

»Einer von unseren Jungs?«

»Nein. Einen Europäer. Hat nichts mit der Branche zu tun.«

»Und warum kommen Sie da zu mir?« In Costellos heiserer Stimme schwang ein Hauch von Irritation mit.

»Weil ich einen Namen brauche. Den Namen von jemanden, der die Klappe halten und mir 'n paar Tips geben kann. Etwa in der Art, wo man jemanden findet, der nicht gefunden werden will.«

»Ist es 'ne persönliche Sache?«

»Sehr persönlich.«

»Es geht mich zwar nichts an, aber der Bursche, den Sie gern anheuern möchten ... Soll er auch noch was anderes tun? Ich meine, wenn er diesen Trottel ausfindig macht, möchten Sie dann, daß er sonst noch was für Sie tut?«

»*Ich* möchte den Mann ausfindig machen, Mr. C. Ich möchte nur wissen, wie man da am besten vorgeht.«

»Muß *wirklich* 'ne persönliche Sache sein«, sagte Costello kichernd.

»Sie haben den Nagel auf den Kopf getroffen.«

Pause. Eine lange Pause. Im Hintergrund konnte Keegan das schwache Summen eines Rasierers hören, der über ein bärtiges Gesicht glitt; das Geräusch von Fingernägeln auf einem Schmirgelbrett, und dann, weiter weg im Hintergrund, H. V. Kaltenborn, der im Radio die täglichen Nachrichten verlas. Schließlich meldete Costello sich wieder.

»Der Bursche, an den ich gerade denke, würde Sie 'ne Stange Geld kosten.«

»Geld spielt keine Rolle.«

»Gott, Sie scheinen ja *wirklich* schwer geladen zu sein! Haben Sie was zum Schreiben da?«

»Ja.«

»Eddie Tangier. Telefon Gramercy 5-66 08. Ist 'n Süßwarengeschäft an der East Side. Da nimmt man Ihre Nachricht auf. Sie können sich auf mich berufen.«

»Danke. Dafür bin ich Ihnen was schuldig.«

»Sie sind okay, Frankie Kee. Ich werd's nicht vergessen. Kann sein, daß Sie eines Tages von mir hören.«

»Grazie. Addio.«

»Addio.«

Um vier Uhr betrat ein Mann die Bar. Er blieb einen Augenblick im Türrahmen stehen – ein dunstiger Umriß, umgeben vom scharfen Sonnenlicht von draußen. Er war untersetzt und vierschrötig, ein kleiner Mann, der die Hände in den Manteltaschen behielt, langsam durch den Raum schlenderte und die Nischen überprüfte. Er ging nach hinten, öffnete die Herrentoilette mit einer Hand, beugte sich vor und schaute unter beide Türen. Das gleiche tat er mit der Damentoilette. Dann ging er wieder nach vorn. Kurz darauf kam ein anderer Mann herein, ein schlanker Bursche, der fast eins achtzig maß und schwarz gekleidet war. Ihm folgten zwei andere, die wie Palastwachen zu beiden Seiten der Tür stehenblieben.

Keegan saß in seiner Nische und las eine Zeitung. Er beobachtete die kleine Aufführung mit beiläufigem Interesse und wandte sich dann wieder dem Revolverblatt zu.

Der hochgewachsene Mann in Schwarz kam vorsichtig auf die Nische zu. Er tat alles vorsichtig: Er ging vorsichtig, sah sich vorsichtig um, redete vorsichtig und setzte sich hin, als erwarte er, das Stuhlkissen sei von unten mit Nägeln gespickt. Er war elegant gekleidet, hatte einen bleistiftdünnen Schnauzbart und trug unter einem schwarzen Chesterfield-Mantel einen Anzug mit Weste. Er ging an der Theke entlang, blieb an der Ecke stehen und starrte Keegan durch den Raum hinweg an, bevor er endlich auf ihn zukam.

»Frankie Kee?«
»Yeah.«
»Alles klar.«

Er setzte sich vor Keegan hin, reckte die Schultern und sah ihn fünfzehn Sekunden lang an. Dann lächelte er.

»Eddie Tangier.« Seine Stimme war leise, weich und fast eintönig.

»Danke, daß Sie gekommen sind.«
»Ist das Ihr Laden?«
»Es ist *eins* meiner Unternehmen.«
»*Eins* meiner Unternehmen, wie ich das mag! Das Uptown-Gelaber geht mir auf den Nerv. Also . . .?«

Er streckte die Hand aus und winkte Keegan mit dem Zeigefinger zu sich heran.

»Ich brauche Rat«, sagte Keegan.

»Von mir?«

»Yeah.«

»Was für 'ne Art Rat?«

»Ich suche einen Kerl.«

»Mich laust der Affe! Glauben Sie vielleicht, ich wär 'ne Tunte?«

»So meine ich es nicht. Es geht um etwas anderes.«

»Und wieso soll ich ihn kennen?«

»Sie kennen ihn nicht. Hören Sie 'ne Minute zu, okay? Ich habe mit Mr. C gesprochen, und er sagt, Sie wären der richtige Mann dafür. Er hat gesagt, Sie finden Gott, wenn das Honorar stimmt.«

»Das hat Costello gesagt?« Tangier lächelte sichtlich geschmeichelt. Er reckte den Hals und setzte sich aufrecht hin. »Tja ... da hat er recht. Mr. C spricht die Wahrheit.«

»Konstruieren wir mal einen hypothetischen Fall.«

»Einen hypo*was*?«

»Ich gebe Ihnen ein Beispiel. Ich suche einen Kerl, aber ich habe nur sehr wenig, was als Spur taugt. Ich möchte Ihr Köpfchen anzapfen, damit ich weiß, wie ich anfangen soll.«

»Dann ist es also gar kein Job! Sie haben mich *umsonst* herbestellt, wie?«

»Ich zahle Ihnen das, was Sie für richtig halten.«

Tangier trommelte mit den Fingern auf den Tisch.

»Sie haben wohl nicht alle, mich einfach anzurufen. Ich denk, das ist 'ne ganz dicke Sache, und jetzt ist es nur 'n Windei!«

»Ich zahle Ihnen fünf Riesen. Und fünf Riesen Bonus, wenn ich den Burschen kriege.«

»Gott! Das ist okay. Ich hätte gern 'n Glas Rotwein. Ich hab 'ne ganz trockene Kehle.«

»Klar. Tiny, eine Flasche vom Besten aufs Haus für Mr. Tangier. Zwei Gläser.«

»Yes, Sir, kommt sofort.«

»Okay, Sie wollen also was von Eddie Tangier wissen. Spucken Sie's aus. Um was geht's?«

»Sie können die Sache als ... äh ... patriotischen Einsatz ansehen.«

»Hm. Schon recht. Muß ich gleich die Flagge grüßen?«

»Ich suche einen Kerl. Ich kenne seinen Namen nicht. Ich weiß nicht, wie er aussieht. Ich weiß nicht, wo er ist. Ich weiß nur, daß er irgendwo im Land ist. Wo fange ich an?«

»Was *soll* das? Wollen Sie mich *verarschen* oder was? Sie suchen einen Burschen, dessen Namen Sie nicht kennen und von dem Sie nicht mal wissen, wie er aussieht? Was hat dieses Phantom denn angestellt?«

»Noch nichts. Ich möchte ihn aufhalten, bevor er etwas tut.«

»Und *was* wird er tun?«

»Ich habe keine Ahnung.«

»Sie haben doch 'n Nagel in der Kappe, Frankie Kee! Ich hätte es ahnen sollen.«

»Ich meine es todernst, Eddie.«

»Ich hab' ja nicht das Gegenteil behauptet. Ich hab' nur gesagt, daß Sie nicht alle Tassen im Schrank haben.«

Tiny kam mit zwei Gläsern und stellte sie mit der Flasche Rotwein auf den Tisch.

»Yeah, danke«, sagte Tangier. Er schüttete sich zwei Zentimeter ein, hielt das Glas hoch, peilte es im Licht an, nahm einen Schluck und nickte beifällig.

»Ein guter spanischer Roter«, sagte er und füllte die beiden Gläser.

»Dann bau ich's mal für Sie auf, okay? Lassen Sie mich ausreden. Auch wenn Sie immer noch denken, ich bin verrückt.«

»Sie sind 'n komischer Kauz, wissen Sie das? Hat Ihnen das schon mal einer gesagt?«

»Fast alle.«

Tangier kicherte. »Okay, dann wissen Sie's also. Legen Sie los.« Er winkte seine beiden Männer von der Tür fort und deutete auf eine Nische. Sie nahmen Platz. »Geben Sie ihnen was zu futtern, während wir reden; die sind schon den ganzen Tag auf den Beinen.«

Keegan nickte Tiny und den beiden Leibwächtern zu.

»Okay«, sagte er dann. »Angenommen, Sie wollen verschwinden, um anderswo ganz neu anzufangen. Sie brauchen eine Identität und einen Führerschein und so weiter. Wie würden Sie das machen? Wie geht so was vor sich?«

»Irgend jemand könnte einen trotzdem wiedererkennen.«

»Nein. Das Phantom kommt über den großen Teich. Er ist Ausländer.«

»He, geht's etwa um Spionage? Hören Sie mal, ich hab' keine Lust, mich mit dem FBI anzulegen.«

»Die Sache ist die, Eddie: Er braucht sich keine Sorgen wegen seines Gesichts zu machen. Was er braucht, ist eine Identität. Kann man so was etwa kaufen?«

Tangier lehnte sich zurück und berührte seine Unterlippe mit dem Rand des Weinglases. Er nahm einen Schluck und stellte das Glas wieder auf den Tisch.

»Hören Sie, warum erzählen Sie das nicht den G-Men? Die haben Zeit und jede Menge Leute.«

»Hab' ich versucht.«

»Und?«

»Ist ihnen zuwenig. Sie haben keine Zeit und keine Leute. Sie halten mich für einen Irren. Sie sind einfach nicht interessiert, blah, blah, blah.«

»Dann lassen Sie's doch bleiben.«

»Ich will es aber nicht lassen.«

»Ist es 'ne persönliche Sache?«

»Und wie.«

»Wollen Sie dem Burschen eins überbraten, wenn Sie ihn kriegen?«

»Wahrscheinlich.«

»Ich hab' gehört, Sie hätten nicht mal 'ne Plempe.«

»Ich weiß aber, wie man damit umgeht.«

Tangier sah sich kurz um, dann sagte er: »Okay, dann erzählen Sie mir *alles*, was Sie über diesen Triefel wissen.«

»Aber anschließend vergessen Sie's wieder, okay?«

»Mann, ich hab' das schlechteste Gedächtnis, das mir je begegnet ist.«

Keegan seufzte. Er steckte sich eine Zigarette an und blies den Rauch an die Decke.

»Der Bursche ist bestens ausgebildet und äußerst gerissen. Er ist 1933 rübergekommen und hat irgendwo ein Jahr zugebracht. Dann, irgendwann im Frühjahr oder Sommer 1934, ist er in irgend etwas mit dem FBI reingeraten. Er war nicht persönlich beteiligt, sondern eher so was wie ein Zuschauer. Jedenfalls mußte er verduften und neu anfangen. Deswegen hat er jetzt eine neue Identität. Ich habe keine Ahnung, wo er steckt. Mehr weiß ich nicht.«

»Überhaupt keine Personenbeschreibung?«

Keegan schüttelte den Kopf.

»Das ist aber scheißig.«

Tangier leerte sein Glas und schenkte sich neu ein. Er dachte kurz nach und sagte: »Da war mal 'n Bursche namens Speed Cicorella. Er war Eintreiber oben in der Bronx und hat mal mächtig in die eigene Tasche abgesahnt. Als die Jungs Wind davon gekriegt haben, haben sie seine Füße und noch 'n paar andere Sachen von ihm ins Feuer gehalten. Speed hat was von dreißig Riesen gebrabbelt, die er holen wollte, aber dann hat er 'n Hasen gemacht, und Mr. C hat mich angerufen.

Speed war 'n sehr schlauer Bursche. Ich seh mich also nach ihm um, aber er ist wirklich abgetaucht. Die einfachste Methode, wenn man verschwinden will, besteht darin, daß man in irgendeine Stadt geht – nicht in eine Großstadt oder 'ne Kleinstadt; irgendwas dazwischen, wie Trenton oder Rochester. Da geht man auf 'n Friedhof und schaut sich die Grabsteine an. Man sucht sich 'n Grab, in dem 'n Baby liegt, das direkt nach der Geburt gestorben ist oder gerade 'ne Woche alt war. Es muß um die Zeit gestorben sein, in der man selbst geboren ist. Man sucht also nach 'nem Grabstein, auf dem steht ›Baby Smith, geboren am Dienstag, gestorben am Donnerstag, du wirst uns fehlen‹ und so weiter. Man macht das besser nicht in 'ner kleinen Stadt, weil da jeder im Amt Baby Smith gekannt hat. Nimmt man 'ne

Großstadt wie New York, latscht man sich in der Bürokratie tot. Deswegen sucht man sich 'ne mittlere Stadt, findet seinen Grabstein, geht zum Rathaus und läßt sich 'ne Geburtsurkunde ausstellen. Dann wird man Baby Smith – bloß daß es dann an die dreißig Jahre alt ist.«

»Und was ist mit den Sterbeurkunden?«

»Da guckt doch keiner rein! Wenn man geboren wird, liegt das Zeug in *dem* Amt; stirbt man, liegt es in 'nem *anderen*. Die vergleichen doch nichts, das macht zuviel Arbeit, und außerdem interessiert es doch kein Schwein, oder? Es ist gar kein Problem, weil die Geburts- und Sterbeurkunden nicht verglichen werden. Das gibt's so gut wie nie.«

»Verstanden.«

»Dann läßt man sich neue Papiere ausstellen. Man kriegt 'n Führerschein. Man kriegt 'n Ausweis. Man kriegt 'n Job. Jetzt ist man Baby Smith, dreißig Jahre alt. Das kann man auf laufenden Meter so machen, Mann! Man kann sich drei, vier Ausweise zulegen und die dann immer auswechseln. Man selbst existiert nicht mehr, klar?

Ich mußte also Speed finden, der siebenunddreißig war und jetzt sonstwo und sonstwer sein konnte. Was mach ich also? Ich überprüf seine Ahnentafel. Er stammt aus 'ner Kleinstadt in Jersey, aus Collingswood, und die liegt auf der anderen Seite von Philly. Ich denk mir, na ja, zum Teufel, irgendwo muß man ja anfangen. Die größte Kleinstadt in der Nähe ist Camden. Ich such die Friedhöfe ab. Ich schreibe mir jedes verstorbene Kind auf, über das ich stolpere, das jetzt fünfunddreißig oder vierzig wäre, wenn's noch strampeln täte. Am Ende hab' ich 'ne List mit zweiunddreißig Namen von 'nem halben Dutzend Friedhöfen. Also zieh ich 'n paar Strippen bei 'n paar Leuten, die ich in Trenton kenn, und laß sie Führerscheine prüfen. Ich such jemanden, der zu einem von den Namen paßt, jemanden, der Ende Dreißig ist und 'n Führerschein beantragt hat. Ich ziehe nur *Nieten*.

Dann beschäftige ich mich mit Speed persönlich. Er liebt das Großstadtleben. Er ist 'n Schürzenjäger. Er zockt gern und setzt auf Pferde. Und dann . . . 'n Volltreffer: Er ist zuckerkrank. Braucht alle naselang 'ne Fixe.«

»Insulin.«

»Genau. Ich denk also, vielleicht ist er über'n Fluß rüber; vielleicht hängt er in Philly rum. Also mach ich die Sache mit dem Führerschein auch in Pennsylvania, und was glauben Sie? Ich hab' Glück! Ich find drei Kerle, drei Adressen, und eine davon ist falsch. Speed ist 'n Typ namens George Bernhart; er hat Diabetes und wohnt irgendwo in Philly. Ich geh also in die Krankenhäuser und erzähl die Geschichte, daß Bernhart, den ich privat nicht kenn, mit 'nem Freund bei mir zu Besuch war und seine Fixe vergessen hat. Ich spiel den Leuten vor, daß ich Angst hab', weil er das Zeug doch braucht. In Philly gibt's zwölf Krankenhäuser. Im neunten lande ich wieder 'n Treffer. Die kennen einen George Bernhart, der achtunddreißig ist, Diabetes hat und da und da wohnt. Ich fahr zu ihm hin – und bums! Da kommt Speedy über die Straße und hat gerade eingekauft. Ich telefoniere. Ich hab' zehn Tage gebraucht. Jetzt ist der Fall Geschichte. Ich bin wieder in Manhattan und hau meine Knete auf 'n Kopf. Alles verstanden?«

»Ja. Manchmal sind es die kleinen Dinge, die zählen.«

»Yeah, genau. Irgend 'ne kleine Zufallsinformation bringt sie zu Fall. Wenn man an die rankommt, kriegt man alles über sie raus, was man will. *Alles.* Natürlich muß man auch 'n bißchen Glück haben.«

»Sie sind wohl ein geborener Glückspilz.«

»Könnte was dran sein.«

»Was ist aus Speedy geworden?«

»Hab' ich nicht nach gefragt. Hat mich nicht interessiert. Ich bin ein Fährtensucher, ich leg keine Leute um. Ich hau Ihnen nicht mal auf die Schnauze, das ist nichts für mich. Jetzt arbeite ich für die Industrie. Ich hab' Lucky Lootch mal 'n Gefallen getan. Hätte ich's nicht getan, würde ich jetzt irgendwo brummen oder wäre vielleicht tot.«

»Was war das für ein Gefallen?« fragte Keegan.

»Ich saß in Untersuchungshaft und hab' darauf gewartet, daß mein Anwalt aufkreuzt. Da war ich zwanzig, nicht mehr als 'n Eierdieb. Na ja, ich sitz also da, und 'n paar von der Kripo kommen rein. Ich höre, wie einer den Namen von 'ner Spielhölle erwähnt, die sie hochnehmen wollen. Ich weiß, daß der Laden Lucky gehört. Also mach ich 'n bißchen Rabbatz, weil der Rechtsverdreher noch nicht da ist, und der Chefbulle läßt mich raus, damit ich noch 'n Anruf machen kann. Ich hab' 'n Burschen angeklingelt, der Lucky kennt, und ihm gesagt, was auf sie zukommt. Als die Bullen bei Lucky aufkreuzen, ist in seinem Laden alles dunkel. Keine Menschenseele auf dem ganzen Grundstück. Tja, dann wurde die Klage gegen mich fallengelassen, und Mr. Lootch hat mir 'n Job angeboten. Da ich 'ne Nase dafür hab', Leute aufzuspüren, die nicht aufgespürt werden wollen, hat er mich auf eigene Rechnung arbeiten lassen. Ich hab' noch jeden gefunden.«

»Dann hat Mr. C also recht gehabt.«

»Da können Sie Ihren Arsch drauf verwetten. Ich glaub, ich möchte auch gern 'n Steak. Medium, und vielleicht 'ne Kartoffel und 'ne Flasche Ketchup.«

»Meine Steaks sind alle aus bestem Rindfleisch; da braucht man keinen Ketchup.«

»Ich hau Ketchup auf alles. Sogar auf mein Butterbrot.«

»Tiny, ein T-Bone, medium, und eine Kartoffel für Mr. Tangier. Und bring die Ketchupflasche mit.«

»Mach ich«, sagte Tiny.

»Wo soll ich also anfangen?« fragte Keegan.

»Wenn Sie mich fragen, fangen Sie mit dem Augenblick an, in dem er verschwunden ist. Kriegen Sie raus, was er 1934 mit dem FBI laufen hatte. Da ist doch irgendwas gewesen. Vielleicht suchen die G-Men immer noch nach was, das mit der Sache zu tun hat.«

»Zum Beispiel?«

»Keine Ahnung. Vielleicht geklaute Autos. 'ne Entführung. Schmuggel. Bankraub. Vielleicht hat irgend jemand *Damen* über 'ne Staatsgrenze gebracht...«

»Mit so was würde er sich nicht abgeben.«

»Gut mitgedacht, Frankie. Jedenfalls nicht dann, wenn er, wie Sie sagen, 'n Maulwurf ist, der darauf wartet, daß was passiert. Er müßte 'ne Nadel in 'nem Heuhaufen sein. Nehmen wir mal an, daß da was passiert ist, an dem er nicht direkt beteiligt war. Etwas, das unseren Mr. X dazu gebracht hat, abzuhauen. Was könnte es sein? Wer macht Mücke, weil G-Men mit einem reden wollen? Einer, der einen anderen deckt? Hat er vielleicht jemanden gekannt, dem etwas zugestoßen ist?«

»Er konnte sich keine Untersuchung leisten. Vielleicht hätte sie seine Tarnung aufgedeckt.«

»Das ist 'n guter Hinweis! Sehen Sie mal nach, wie viele Fälle in den drei, vier Monaten passiert sind, bei denen das FBI dabei war. Jetzt haben wir die Möglichkeiten doch schon eingegrenzt.«

»Wohin würden Sie gehen, wenn Sie dieser Bursche wären?«

»Ich würd' mich irgendwo in Hintertupfingen verkriechen. Auf dem Land, irgendwo hinter Chicago. Mit der Umgebung verschmelzen.«

»Wie wär's mit den Südstaaten?«

»Die Leute da unten sind mir zu neugierig.«

»Ob *er* das auch weiß?«

»Das müßten Sie besser wissen als ich. Außerdem geht man immer so vor, Kumpel: Zuschlagen und abhauen. Sehen Sie's logisch. Versetzen Sie sich in seine Lage. Was würde er als nächstes tun? Verstehen Sie, was ich meine? Ich kann leider nicht tiefer in den Fall einsteigen, wenn das FBI da drin hängt.«

»Klar.«

»Aber ich wünsch Ihnen alles Gute. Ich hoff, Sie kriegen den Kerl.«

»Und *ob* ich ihn kriege!«

»Hm. Das glaub ich Ihnen sogar, Frankie Kee. – Ich frag nur aus reiner Neugier: Wie *sehr* wollen Sie ihn?«

»Ich möchte einen Schmutzfleck auf der Straße aus diesem Schweinehund machen.«

Tangier kicherte. »Tja, falls Sie sich in 'ner Sackgasse verlaufen sollten, Sie haben ja meine Nummer. Rufen Sie mich an.«

»Danke, Eddie.«

»Schon gut. Wo zum Henker bleibt mein Steak? Müssen die das Rindvieh erst noch von der Weide holen?«

Um drei Uhr nachts holte das Telefon Keegan aus dem tiefsten Schlaf. Er tastete in der Dunkelheit nach dem Apparat, bekam ihn schließlich in die Hand und meldete sich schläfrig.

»Yeah?«
»Hier ist noch mal Eddie.«
»Wie spät ist es?«
»Ist doch egal. Hören Sie, ich hab' noch mal über Ihr Problem nachgedacht. Mir sind noch 'n paar Sachen eingefallen. Wenn er über'n Teich gekommen ist, muß er 'n Visum aus dem Land gehabt haben, aus dem er kommt. Das könnte von Bedeutung sein. Zweitens müßte er sich schnell 'ne neue Identität zugelegt haben; er wäre mit 'nem fremden Paß wahrscheinlich nicht lange auf Friedhöfen rumgelaufen.«

»Ich verstehe, was Sie meinen«, sagte Keegan gähnend.

»Ich nehm an, er ist an der Ostküste angekommen und hat nach der Ankunft schnell gehandelt«, fuhr Tangier fort. »Ich schätze, er hat seinen Namen irgendwo im nördlichen Jersey oder im östlichen Pennsylvania gekriegt – zwar außerhalb von Manhattan, aber doch in der Nähe. Dann müßte er 'ne gewisse Entfernung zwischen sich und den Ort gebracht haben, an dem er seinen Ausweis gekriegt hat. Sie sollten irgendwo in der Landesmitte suchen, zumindest für'n Anfang. Suchen Sie also nach 'nem Fall, der in den besagten drei oder vier Monaten irgendwo im Westen passiert ist. Ich weiß zwar, daß es nicht viel ist, aber es ist besser als nichts.«

»Ich weiß Ihre Hilfe zu schätzen, Eddie«, sagte Keegan.

»Wenn Sie den Fall an den Nagel hängen wollen, würd' ich sagen, Sie haben guten Grund dazu. Aber als ich mit Ihnen geredet hab', hatte ich den Eindruck, daß Ihnen die Sache wirklich wichtig ist.«

»Sie ist mir wirklich *sehr* wichtig.«

»Dann vermasseln Sie sie nicht. Sie können den Kerl finden. Aber ich glaub, Sie werden 'ne kleine Hilfe von den

G-Men brauchen, wenn Sie rauskriegen wollen, was ihn damals zur Flucht veranlaßt hat. Wenn er damals verschwunden ist, muß es irgendwo in den Akten stehen.«

»Das ist leichter gesagt als getan.«

»Denken Sie drüber nach. Was ist die perfekte Methode, wenn man untertauchen will? Damit das FBI aufhört, einen zu suchen?«

Keegan lag in seinem Bett und starrte ein paar Sekunden die finstere Decke an. Dann wußte er es.

»Man stirbt. – Teufel, man muß sterben.«

»Der perfekte Abgang, Kumpel. Wenn er seinen Tod vorgetäuscht hat, hat man die Suche nach ihm eingestellt. Damit ist er sauber aus der Sache raus und kann später wieder auftauchen und weiterleben. Ziehen Sie alle Register, Frankie Kee. Leicht wird die Sache bestimmt nicht.«

»Hab' ich verstanden. Danke, Eddie.«

»Ich meld mich wieder.«

Keegan blieb ein paar Minuten in der Dunkelheit liegen. *Ziehen Sie alle Register,* hatte Tangier gesagt.

Er hatte nur noch ein Register, das er ziehen konnte.

Aber es war ein gutes.

Kapitel 38

Kurz vor der Stadtgrenze Princetons bog Keegan vom Highway ab und fuhr etwa vier Meilen bis zu der winzigen Ortschaft Allamuchy. Es war dunkel, und der dunstige Regen, der ihn auf der ganzen Strecke von New York geplagt hatte, verwandelte sich in Nebel. Hätten ihn nicht vier Wagen, die seinen Weg blockierten, zum Anhalten gezwungen, wäre er wahrscheinlich an der Eisenbahnstation vorbeigefahren.

Ein großer Mann mit hageren Zügen und mit ins Gesicht gezogenem Hut tauchte aus dem Nebel auf und leuchtete mit einer Taschenlampe zu ihm hinein.

»Entschuldigen Sie, Sir«, sagte er mit leiser, eintöniger Stimme, »kann ich Ihnen helfen?«

»Mein Name ist Keegan. Ich möchte Waggon C besuchen.«

»Darf ich Ihren Ausweis sehen?«

Keegan händigte ihm Brieftasche und Paß aus. Der Agent prüfte die Unterschrift und den Namen auf seinen Papieren, dann beleuchtete er wieder Keegans Gesicht und das Paßfoto.

»In Ordnung, Sir. Mr. Laster wird mit Ihnen nach unten fahren, wenn Sie nichts dagegen haben.«

»Nicht im geringsten.«

Laster war ein stattlicher, liebenswürdiger Mann und tadellos gekleidet, wenn er auch durchnäßt aussah. Bevor er zu Keegan in den Wagen stieg, schüttelte er sich das Regenwasser vom Hut.

»Verzeihung«, sagte er. »Ich fürchte, ich werde Ihren Sitz naß machen.«

»Das ist mein geringstes Problem«, sagte Keegan.

»Fahren Sie rechts weiter, am Bahnhof vorbei. Da können Sie über die Schienen fahren.«

Als sie über die Bahnlinie fuhren, sagte Laster, er solle scharf nach links abbiegen. Eine gewaltige Dampflok ragte vor ihnen im Nebel auf. Sie fuhren an dem schwarzen Leviathan vorbei. Dampf kräuselte um die gewaltigen Räder und das Fahrgestell, als die Lok tatenlos vor sich hin zischte und darauf wartete, unter Dampf gesetzt zu werden. Der Privatzug bestand aus sieben Waggons und war, wenn man von den schlanken Lichtfingern absah, die unter den herabgezogenen Rollos hervorlugten, dunkel. Als sie an dem Zug entlangfuhren, konnte Keegan die vagen Gestalten von Leibwächtern sehen, die sich in der Finsternis bewegten. Dann, als sie sich dem letzten Waggon näherten, befahl Laster plötzlich: »Bleiben Sie hier stehen.«

Keegan trat auf die Bremse. Eine schlanke Frau mit einem breitkrempigen Hut kam aus dem letzten Waggon; sie hatte den Kragen bis zu den Ohren hochgeklappt. Ein Zivilist half ihr die steilen Metallstufen hinab, dann eilten sie zu zweit durch den Nebel um das Waggonende herum. Kurz darauf sah Keegan auf der Gegenseite des Pullmans die

Scheinwerfer eines Autos aufblitzen und hörte, wie ein Auto wegfuhr.

»Okay«, sagte Laster nach einem Augenblick des Zögerns, »fahren Sie zum Waggonende.« Dann fügte er hinzu: »Vergessen Sie lieber, was Sie gerade gesehen haben.«

»Ich hab' doch gar nichts gesehen«, sagte Keegan.

Laster lächelte vor sich hin und sagte: »Ausgezeichnet.«

Keegan hielt an. Sie stiegen aus.

»Einen Moment noch, bitte«, sagte Laster, als er die Stufen zur rückwärtigen Waggonplattform hinaufstieg. Er verschwand im Inneren des Pullmans. Keegan steckte sich eine Zigarette an und klappte den Mantelkragen hoch. Der Nebel war so dicht, daß er sich an der Krempe seines Filzhutes sammelte und zu Boden troff.

Er verstand jetzt, warum der Privatzug des Präsidenten von Hyde Park nach Washington in diesem praktisch nicht existenten Dörfchen auf dem Abstellgleis stand. Während der letzten Jahre hatte er die Reporter heimlich über FDRs ›Freundin‹ witzeln hören. Sie war ein Presse-Insiderwitz; niemand hatte ihn je in der Zeitung ausgebeutet. Beerbohm hatte Keegan einst im Vertrauen erzählt, daß die Frau Lucy Rutherford hieß und irgendwo in New Jersey lebte. Roosevelt war seit der Vorkriegszeit in sie verliebt; ihre Liebesaffäre war zwar schon fünfundzwanzig Jahre alt, doch die Presse hatte sich entschieden, sie zu ignorieren.

Ein, zwei Minuten verstrichen, dann tauchte Laster wieder an der Tür des Pullmanwagens auf und winkte Keegan herein. Er ging die Stufen hoch und betrat den Privatwaggon.

Dieser war wie ein Büro hergerichtet: die Wände mit dunklem Holz verkleidet, der Boden mit dicken Teppichen ausgelegt. Ein großer Schreibtisch aus Eiche beherrschte den mittleren Teil. Dahinter befand sich eine Bar, linker Hand ein von Tiffany-Stehlampen umsäumtes Ledersofa. Vor dem Schreibtisch stand ein antiker Sessel; das Licht war gedämpft.

Präsident Roosevelt saß hinter dem Schreibtisch in einem automatischen Rollstuhl. Er trug eine scharlachfarbene Smokingjacke und einen dunkelblauen Seidenschlips. Ein Kneifer hockte auf seinem Nasenrücken. Er hielt eine Zigarettenspitze zwischen den Zähnen, und vor ihm stand ein Glas Scotch. Als Keegan eintrat, erhellte sich sein Gesicht zu einem vertrauten, warmen Grinsen.

»Was für eine tolle Überraschung, Francis«, sagte er. »Nach all diesen Jahren!«

»Guten Abend, Mr. President«, sagte Keegan und schüttelte ihm die Hand.

»Schenken Sie sich einen Drink ein, nehmen Sie Platz«, sagte Roosevelt und deutete mit dem Kopf auf den Sessel. »Tut mir leid wegen des Regens. Ich hoffe, die Fahrt aus der Großstadt hierher war nicht allzu unbequem.«

»Nicht im geringsten«, sagte Keegan. Er schüttete sich einen Highball ein und setzte sich. »Ich weiß es sehr zu schätzen, daß Sie sich die Zeit nehmen, sich mit mir zu treffen.«

»Ich lasse es mir nie entgehen, alte Freunde zu sehen«, sagte Roosevelt und betonte jede Silbe seines kultivierten Akzents. »Ich kann Ihnen gar nicht genug für die Beiträge danken, die Sie der Partei in all den Jahren gespendet haben, Francis. Sie sind stets ein großzügiger und treuer Helfer gewesen.«

»Es war mir eine Freude, Mr. President«, sagte Keegan. »Werden Sie einen Präzedenzfall schaffen und sich für eine dritte Legislaturperiode aufstellen lassen?«

»Es steht noch nicht ganz fest, alter Junge«, erwiderte Roosevelt. »Meine Berater betrachten die Sache noch immer mit gemischten Gefühlen.«

»Ich hoffe, Sie tun's doch«, sagte Keegan.

»Danke. Sie sehen abgehärtet aus, Francis. Ich schätze, Ihnen ist es gut ergangen.«

»Kann mich nicht beschweren, Sir.«

»Ausgezeichnet, ausgezeichnet!« sagte der Präsident. »Doch bevor wir uns unterhalten, möchte ich Sie bitten, daß diese Begegnung unter uns bleibt.« Sein Blick zeigte ein beinahe schadenfrohes Glühen. »Mein Grundsatz. Solange ich ihn befolge, werde ich meine paar Haare noch behalten.«

»Völlig einverstanden, Sir«, antwortete Keegan.

»Noch etwas. Sie haben die nationale Sicherheit erwähnt. Hätten Sie etwas dagegen, wenn Bill Donovan zu uns reinkäme? Er gehört zu meinen Beratern.«

Keegan kannte seinen Namen. Er hatte gehört, daß Bill Donovan eine Organisation aufbaute, die Informationen sammelte. Sie sollte das gesamte gegenwärtige, bis zum jetzigen Zeitpunkt keine große Rolle spielende Abwehrsystem reformieren und geheimdienstliche Tätigkeiten ausüben.

»Es wäre nett, Mr. President«, erwiderte Keegan. Doch Roosevelt sah eine Spur von Enttäuschung auf seinem Gesicht. Er beugte sich in seinem Stuhl vor, legte die Hände auf den Tisch und spielte mit einer Zigarette, die er schließlich in die lange Spitze schob und anzündete.

»Wissen Sie, wie viele Spione wir hatten, als der Weltkrieg ausbrach, Francis?« fragte Roosevelt und hielt, bevor Keegan antworten konnte, zwei Finger hoch. »Zwei.«

»Zwei?« sagte Keegan mit einem ungläubigen Lachen.

»Es stimmt, mein Freund, so lächerlich es vielleicht auch klingt. Wir hatten zwei Spione und zwei Verwaltungsangestellte, die ihnen zur Hand gingen. Das war unser ganzer Geheimdienst. Und um die Sache noch schlimmer zu machen: Das, was wir im Krieg an nachrichtendienstlichen Quellen aufgebaut haben, ist seit dem Waffenstillstand von 1918 wieder abgebaut worden. Sie waren in Deutschland, Francis. Sie haben aus erster Hand gesehen, was da vor sich geht. Wir brauchen *sehr dringend* einen erstklassigen Geheimdienst. Bill Donovan wird sich dieser Aufgabe annehmen.«

»Sir, Sie brauchen nicht . . .«

Roosevelt unterbrach ihn mit einer Handbewegung.

»Was ich Ihnen erzähle, ist ein offenes Geheimnis. Aber wenn es in Ihrer Sache *wirklich* um die nationale Sicherheit geht, würde ich es zu schätzen wissen, wenn Sie ihm Ihre

Information mitteilen. Sollte es um eine rein persönliche Sache gehen ... Er wartet im Salonwagen. Ich bin mir ziemlich sicher, daß er sich nicht langweilt, wenn wir ihn dort sitzen lassen.«

»Ich glaube, ein Nachrichtendienst sollte schon über die Sache informiert sein«, sagte Keegan.

»Gut.« Der Präsident griff unter den Tisch und drückte einen Knopf.

Kurz darauf betrat ein großer, attraktiver Mann Ende Vierzig den Waggon von der Frontseite her. Keegan kannte ihn von Fotografien. Er ging aufgerichtet, trug einen dunkelblauen Zweireiher, ein gestärktes weißes Hemd, einen flammendroten Schlips und hielt einen Drink in der Hand.

Der Präsident stellte sie einander vor. »William, das ist mein Freund Francis Keegan. – Bill Donovan, Francis.«

Donovans Händedruck war fest. Seine blauen Augen nahmen Keegan offen aufs Korn. »Nett, Sie kennenzulernen, Keegan«, sagte er schroff.

»Es ist mir eine Ehre, Colonel«, sagte Keegan.

Donovans Pokergesicht veränderte sich nicht. Keegans Bemerkung schmeichelte ihm, aber er zeigte es nicht. Er nahm auf dem Ledersofa an der Wand Platz, schlug die Beine übereinander und nippte an seinem Drink. Donovan ließ Keegan nicht aus den Augen. Er war jahrelang Bezirksstaatsanwalt von West-New York gewesen. Keegan fragte sich, was jetzt in seinem Kopf vorging – immerhin wohnte er einem Treffen zwischen dem Präsidenten und einem Ex-Spritschmuggler bei – einem Mann, den er vor ein paar Jahren noch vor Gericht gebracht hätte. Doch heute ging es um die nationale Sicherheit. Keegan spürte, daß Donovan skeptisch war. Wenn er überhaupt Glaubwürdigkeit besaß, mußte der Präsident sie in jedem Fall bezeugen.

»Herzlichen Glückwunsch zu Ihrem neuen Posten«, sagte Keegan. »Nach allem, was man so hört, brauchen wir Sie.«

»Eigentlich ist es eine recht langweilige Sache«, sagte Donovan.

»Langweilig?« fragte Keegan.

»Klar«, sagte Donovan. »Da sitzen College-Absolventen in Büros und hören sich ausländische Rundfunksendungen an. Sie lesen ausländische Zeitungen und diplomatische Berichte. Sie graben Informationen aus; dann entscheiden Fachleute, ob sie uns zweckdienlich sind. Das, was Spaß macht, das Zeug, das man aus Filmen kennt, ist nur ein kleiner Teil der Sache.«

»Und was ist mit den Botschaften?« fragte Keegan.

»Den Botschaften?« fragte Donovan unschuldig.

»Na, hören Sie, Colonel«, sagte Keegan. »Jeder weiß doch, daß diplomatische Vertretungen nur eine Fassade für Spione sind. Die deutsche Botschaft in Paris ist doch nicht mehr als der Unterschlupf des Geheimdienstes eines gewissen Herrn von Meister.«

Woher, zum Kuckuck, dachte Donovan, *weiß* er das?

»Unsere Botschaften allerdings«, fuhr Keegan fort, »geben nur Partys und üben sich im Arschkriechen, da Mr. Hull der Meinung ist, Spionage wäre für Gentlemen unwürdig.«

Roosevelt lehnte sich in seinen Stuhl zurück und wieherte vor Freude. »Tja, William, was halten Sie von seiner Analyse?«

Donovans kalte Ablehnung weichte sichtlich auf. Er kicherte ebenfalls und sagte: »Nicht übel. Wollen Sie einen Job, Keegan?«

»Danke, nein«, sagte Keegan lächelnd. »Ich hab's schon mal 1917 versucht. Ich bin nicht gut im Ausführen von Befehlen.«

»Sie haben sie aber so gut ausgeführt, daß man Ihnen den Silver Star verliehen hat«, sagte Donovan beiläufig.

Eins zu eins, dachte Keegan.

»Tja, was haben Sie uns also anzubieten?« fragte Roosevelt liebenswürdig.

»Nun, Mr. President«, sagte Keegan, »ich nehme an, Sie wissen, daß ich kein hinterwäldlerischer Schwachkopf bin. Ich weise darauf hin, weil das, was ich Ihnen erzählen will, ziemlich verrückt klingt. Aber Tatsache ist, ich wäre nicht hier, wenn ich mir nicht sicher wäre, daß es stimmt.«

»Hm«, sagte der Präsident. Er war deutlich interessiert. Donovan musterte Keegan noch immer mit einem Pokergesicht.

»Ein Mann, den ich über alles schätze, hat mich darüber in Kenntnis gesetzt, daß ein deutscher Maulwurf in unserem Land zugange ist«, sagte Keegan. »Er ist seit mehreren Jahren hier. Ein Meisterspion. Sein Auftrag – wenn er ihn durchführen kann – besteht darin, die USA zu neutralisieren, falls es zwischen England und Frankreich zu einem Krieg gegen Hitler kommt.«

»Uns zu *neutralisieren*?« sagte Donovan. Er zeigte nur mildes Interesse. »Wie zum Teufel will er das anstellen?«

»Wie immer der Plan auch aussehen mag, der fragliche Mann – sein Tarnname ist 27 – untersteht direkt Hitler. Laut meinem Informanten könnte er uns daran hindern, Deutschland den Krieg zu erklären.«

»Und Sie haben keine Ahnung, wie sein Auftrag lautet?«

Keegan schüttelte den Kopf.

»Das ist doch lächerlich«, schnaubte Donovan und zeigte eine erste Spur von Emotion. »Was kann denn ein einzelner Mann tun, das uns in einem solchen Ausmaß lahmlegen könnte?«

»Ich weiß es nicht, Colonel, aber eins kann ich Ihnen sagen: Die Information stammt von einem deutschen Agenten, der eine Untergrundorganisation unterwandert hat. Er wurde geschnappt und gefoltert. Er hat die Namen von drei Agenten ausgeplaudert. Die Informationen über die beiden anderen waren akkurat. Sie sind liquidiert worden.«

»Welche Untergrundorganisation?« fragte Donovan. Sein Gesicht war nun wieder eine Maske der Beherrschung.

Er ist kein Mann, mit dem man pokert, dachte Keegan und sagte beharrlich: »Meine Quelle ist zuverlässig.«

»Wo haben Sie den Tip her?« fragte Donovan.

»Das kann ich Ihnen nicht sagen«, erwiderte Keegan. »Ich habe es versprochen.«

»Das weiß ich zu schätzen«, sagte Roosevelt. »Aber wir könnten den Wahrheitsgehalt der Sache besser beurteilen, wenn . . .«

»Kennen Sie die Schwarze Lilie?«

Donovans Blick bejahte die Frage. Roosevelt sah ihn fragend an.

»Und wie«, fragte Donovan, »haben die Leute erfahren, daß sich ein Spion bei ihnen eingeschlichen hatte?«

Keegan erzählte es ihm. Dann gab er ihm die Liste der nach dem Fluchtversuch in Dachau ermordeten Geiseln.

»Hier, bitte.«

Donovan nahm das Blatt zögernd an sich und überflog es. Dann schaute er Keegan argwöhnisch an und fragte: »Wo zum Teufel haben Sie das her?«

»Tut mir leid, Colonel. Das kann ich nicht sagen.«

»Erwarten Sie, daß wir Ihnen abnehmen, daß Sie in Dinge dieser Art eingeweiht sind?«

»Ich glaube, die Liste spricht für sich«, antwortete Keegan. »Man hat Fisch die Information ... entlockt. Die Schwarze Lilie hat sich gewandelt. Sie ist inzwischen eine voll ausgerüstete Untergrundbewegung. Die drei Agenten waren Mitglieder einer Einheit namens *Die Sechs Füchse*. Es handelt sich dabei um eine kleine Elitetruppe, die von einem Psychologen namens Wilhelm Vierhaus geleitet wird. Und er wiederum ist nur Hitler verantwortlich.«

»Gott!« explodierte Donovan. »Woher zum Teufel wissen Sie das alles?!«

»Der erste Name auf der Liste lautet Jennifer Gold«, sagte Keegan. »Sie war meine Verlobte – und die Halbschwester von Abraham Wolfsson, dem Anführer der Lilie.«

Stille breitete sich in dem Eisenbahnwaggon aus.

»Kennen Sie diese Einheit, Bill?« fragte Roosevelt.

Donovan nickte langsam.

»Und sie ist *exekutiert* worden?« fragte Roosevelt Keegan leise.

»Lebendig begraben«, sagte Keegan. »Zusammen mit fünfzig anderen Gefangenen.«

»Gütiger Gott!« rief Roosevelt aus.

»Wie alt ist die Information?« fragte Donovan.

»Ich habe vor acht Tagen davon erfahren.«

Roosevelt lehnte sich in seinen Stuhl zurück und blickte

in eine Ecke des Waggons. Hoover zufolge gab es mehrere Nazispione in den Staaten. Das FBI untersuchte ihre Verbindungen zum Deutsch-Amerikanischen Bund seit über einem Jahr. Doch mit einer solch präzisen Information war das FBI noch nicht bei ihm vorstellig geworden.

»Wissen Sie sonst noch etwas über diesen Mann?« fragte Donovan.

Keegan beschloß, ein wenig hinter dem Berg zu bleiben. Er wußte, daß sie jetzt angebissen hatten. Er schüttelte langsam den Kopf.

»Dann haben wir es also mit einem Maulwurf zu tun, der irgendwo in den USA lebt und den Plan hat, uns aus einem Krieg herauszuhalten? *Das ist alles?*«

»Ja, Sir. Aber ich versichere Ihnen noch einmal: Es ist keine Seifenblase. Ich bin davon überzeugt, daß 27 existiert, und da ich Vierhaus kenne, gehe ich davon aus, daß der Plan *irgendeine* Richtigkeit hat. Warum sollten wir das Risiko eingehen?«

»Das ist doch nichts, womit man etwas anfangen kann!« sagte Donovan. »Wir haben keine Informationsquelle in Deutschland, die wir anzapfen könnten, um die Sache zu prüfen. Wir haben keine Beschreibung von ihm, keinen Namen . . .« Er sprach den Satz nicht zu Ende.

»Andererseits«, sagte Roosevelt, »können wir es uns auch nicht leisten, die Sache zu ignorieren. Mir scheint, je näher wir einem Krieg kommen, desto regelmäßiger werden solche Bedrohungen auf uns zukommen.«

»Ich sage ja nicht, daß wir sie ignorieren sollen«, sagte Donovan seufzend. »Aber kehren wir zum gegenwärtigen Problem zurück: Aus juristischer Sicht ist es ein Fall für das FBI.«

»Keinesfalls«, sagte Keegan sofort und mit Nachdruck.

»Wie bitte?« sagte Donovan mit gerunzelter Stirn.

»Colonel, ich gehöre nicht zu Mr. Hoovers Lieblingen«, sagte Keegan. »Er hat ein gutes Gedächtnis. Er würde sich mit Sicherheit ins Fäustchen lachen, wenn er die Information kriegt – und sie dann vergessen. Ich kann ihm keine genaueren Einzelheiten geben, ich kann auch meinen Informanten nicht preisgeben, denn ich werde ihn nicht nennen. Deswegen bin ich zu Ihnen gekommen, Mr. President. Ich weiß nicht, an wen ich mich sonst wenden soll.«

Roosevelt und Donovan wechselten einen schnellen Blick. Keegan hatte etwas Wesentliches angesprochen. In Fragen geheimdienstlicher Tätigkeiten hatte Roosevelt ein Problem mit dem FBI-Chef. J. Edgar Hoover war eine mächtige und populäre Gestalt. Er hatte sich die wöchentlich erscheinende Liste der zehn meistgesuchten Verbrecher ausgedacht, ließ ihre Gesichter in allen Postämtern aushängen und hatte den Bankräubern buchstäblich den Krieg erklärt. In einem Jahr hatten Hoovers aus College-Absolventen bestehende MG-Einheiten unter der Leitung des zähen Melvin Purvis – sein Glaubensbekenntnis lautete ›Zuerst schießen, dann fragen‹ – Pretty Boy Floyd, Ma Barker und ihre Jungs, Machine Gun Kelly, John Dillinger und Homer van Meter umgelegt.

Doch 1935 ging den G-Men allmählich die Beute aus, und da es noch immer keinen effektvollen Geheimdienst gab, hatte er seine Aufmerksamkeit auf die kommunistische Bedrohung gerichtet: Er ließ bekannte KP-Mitglieder beschatten, sammelte Informationen über sie und hatte die Aufgabe übernommen, Nachrichten aus der westlichen Hemisphäre zusammenzutragen.

Das Ansinnen, Donovan einen Geheimdienst auf die Beine stellen zu lassen, hatte Hoover verärgert. Er hatte bisher nur Stillschweigen bewahrt, weil Donovan aus seinem Territorium herausgeblieben war. Es war eine heikle Lage, und Roosevelt mußte sorgfältig abwägen, denn Hoover und seine Agenten hatten kaum Erfahrung im Sammeln und Auswerten nachrichtendienstlicher Daten. Der Kompromiß, den er eingegangen war, bestand darin, daß Donovans Gruppe nur außerhalb von Nord-, Mittel- und Südamerika operieren durfte und Hoover die ganze westliche Hemisphäre überließ.

Roosevelt waren die Gefahren dieses Kompromisses nicht unbekannt: Hoover konnte den gleichen Weg gehen, den Himmler in Deutschland gegangen war. Nach dem

Reichstagsbrand hatte der Führer der SS *seine* Kommunistenliste dazu benutzt, um den Kommunisten die Brandstiftung in die Schuhe zu schieben. Er hatte sie verfolgt und in den Wochen nach dem Brand über tausend KP-Mitglieder ermorden lassen. Hoovers Liste konnte unter Umständen ebenso zu politischen Zwecken mißbraucht werden. Der machthungrige FBI-Direktor stand nicht über einem Mißbrauch seines Amtes.

Keegans Bitte konnte zu einer politischen Krise führen, die Roosevelt sich im Augenblick nicht leisten konnte. Und doch glaubte der Präsident, daß Keegans Information möglicherweise den Tatsachen entsprach. Er sah sich einem außergewöhnlichen Dilemma gegenüber.

»Haben Sie einen Vorschlag?« fragte er Keegan.

»Lassen Sie *mich* den Mann schnappen«, sagte Keegan offen heraus.

»*Was?!*« sagte Donovan.

»Moment, William«, sagte Roosevelt. »Lassen Sie ihn zu Ende reden.«

»Ich brauche Papiere, die mir erlauben, an FBI-Akten heranzukommen und es mir außerdem ermöglichen, Fragen zu stellen.«

»Ohne daß Hoover davon erfährt?« sagte Donovan. »Das ist der Tag, von dem ich träume.«

»Ich verspreche Ihnen, daß ich alles ausschließlich auf diese Ermittlung beschränken werde.«

»Was wissen Sie denn schon vom Führen von Ermittlungen?« fragte Donovan.

»Sie basieren auf Logik. Das ist alles. Auf Logik und Intuition. Vielleicht haben wir Glück. Vielleicht kommen wir ihm auf die Spur. Vielleicht kriegen wir einen Fingerabdruck oder irgend etwas in dieser Art. Ich möchte mir die Akten ansehen. Mal sehen, was dabei rauskommt. Hier geht es um nichts anderes als um eine Spurensuche, Colonel Donovan. Wir suchen nicht nach einem Mörder.«

»Hoover wäre bestimmt anderer Meinung, Keegan«, sagte Donovan stoisch. »Selbst wenn er nicht glaubt, was Sie ihm sagen – er kann sehr gemein werden, wenn er entdeckt, daß ihm jemand auf die Zehen tritt, der nicht zu seinem Laden gehört.«

»Ich brauche nur Zugang zu den Akten aus vier Monaten – sagen wir von März bis Juni 1934.«

Donovan zeigte sich plötzlich sehr interessiert. Er beugte sich auf dem Sofa vor und stellte seinen Drink auf dem Boden ab. Sein Blick verengte sich. »Sie verschweigen uns etwas«, sagte er.

»Alles, was ich Ihnen sonst noch erzählen könnte, wäre reine Annahme.«

»Das möchte ich gern selbst beurteilen«, sagte Donovan.

»Was haben wir denn zu verlieren?« fragte Keegan naiv, ohne sich der politischen Implikationen seiner Bitte bewußt zu sein. »Uns ist klar, daß Hoover meine Information nicht nutzen wird. Warum lassen Sie mich nicht mal versuchen? Muß er es denn überhaupt wissen?«

»Wollen Sie, daß wir ihn beschummeln, Francis?« fragte Roosevelt mit einem verschrobenen Lächeln.

Keegan lächelte. »Ich schätze, so könnte man es nennen, Mr. President.«

»Wie soll man es wohl *sonst* nennen?« fragte Donovan.

Keegan erkannte, daß Roosevelt die Vorstellung gefiel.

»Sie reden hier von einer Menge Zeit und Arbeit, Francis«, sagte der Präsident.

»Ich habe sowieso nichts anderes vor. Wenn ich das Privileg Ihrer Meinung nach mißbrauche, können Sie immer noch meine Bibliotheks-Lesekarte einziehen lassen.«

»Lesekarte«, lachte Roosevelt. »Das ist wirklich gut!«

»Ich trage meine Spesen selbst«, fügte Keegan hinzu.

»Ein Ein-Dollar-pro-Jahr-Mann, was?« sagte Roosevelt.

Die Idee gefiel ihm immer besser. Seit er Präsident geworden war, hatte er sich mit Beratern aus allen Fachgebieten umgeben, die pro Jahr einen Anerkennungsdollar erhielten.

Donovan hob sein Glas wieder auf. Er nahm einen Schluck, ohne den Blick von Keegan abzuwenden.

»Wir befinden uns in einer komischen Lage«, sagte Roosevelt. »Ich glaube, wir stimmen alle darin überein, daß ein

Krieg zwischen England, Frankreich und Deutschland unvermeidlich ist. Das amerikanische Volk will allerdings nichts davon wissen. Ich habe vor kurzem in Chicago eine Rede über die Bedrohung durch den Faschismus gehalten. Ich habe gedacht, sie würde die Leute aufrütteln, aber man hat mich schwer enttäuscht, mein Freund. *Niemand* hat meine Position unterstützt. Man war entrüstet! Man hat mich heftig kritisiert. Es ist ein Scheißgefühl, Freunde, wenn man ein Land führen will und bei einem Blick über die Schulter erkennen muß, daß niemand einem folgt.«

»Amerika ist halt noch nicht bereit, sich der Sachlage zu stellen«, meinte Donovan. »Man hat das letzte Jahr noch nicht vergessen. Wir sind noch immer dabei, die letzten Reste der Depression abzustreifen.«

»Ganz recht, Bill«, sagte Roosevelt. »Die Amerikaner werden die Wirklichkeit des Totalitarismus im Moment noch nicht akzeptieren.« Er hielt kurz inne und nahm einen Schluck Scotch. »In dieser Lage könnte die Verhaftung eines Nazispions einen gewaltigen Eindruck auf die öffentliche Meinung hinterlassen.«

»*Falls* es einen solchen Spion gibt«, sagte Donovan.

»Er *existiert*«, sagte Keegan. »Ich bitte Sie nur, mir die Arbeit ein bißchen zu erleichtern. Ich habe nämlich vor, ihn mir zu kaufen – ob Sie mir nun dabei helfen oder nicht.«

»Mooomentmal...«, setzte Donovan aufgebracht an.

»Beruhigt euch, Jungs«, sagte Roosevelt und setzte ein breites Grinsen auf. »Wir stehen doch alle auf der gleichen Seite.«

»Es gibt Fachleute für solche Dinge, Keegan«, sagte Donovan langsam. »Warum sollen *sie* diese Arbeit nicht tun?«

»Warum sollen sie *mir* nicht dabei helfen?«

»Hören Sie zu...«

Roosevelt warf sich erneut dazwischen.

»Moment mal, Bill. – Francis, ich kann mir vorstellen, daß Ihnen die Entscheidung, mit der Information zu mir zu kommen, nicht leichtgefallen ist. Was halten Sie davon, wenn wir die Sache mal überschlafen? Haben Sie eine Karte, Bill?«

Donovan reichte ihm eine geprägte Visitenkarte. Sein Name stand in der Mitte, in der rechten Ecke stand ›Weißes Haus‹, dazu eine Telefonnummer. Roosevelt drehte sie herum, schrieb ›Franklin‹ auf die Rückseite und riß sie in zwei Stücke. Die eine Hälfte gab er Keegan.

»Wenn wir was zusammen machen, wird ein Mann, der die andere Hälfte dieser Karte hat, Verbindung mit Ihnen aufnehmen. Was auch passiert – bleiben Sie unter allen Umständen diskret. Außer Bill und mir werden wahrscheinlich noch ein, zwei andere Leute davon wissen. Ich muß Sie bitten, Francis, daß Sie alles, was Sie tun, für sich behalten. Es ist wichtig, daß wir die Sache geheimhalten. Wenn Hoover Wind davon kriegt, ist die Hölle los. Dann ist es mit unseren Ermittlungen aus.«

»Ich verstehe, Mr. President.«

»Falls Sie morgen nichts von mir hören, können Sie davon ausgehen, daß ich Ihnen nicht helfen kann.«

»Wie es auch ausgeht«, sagte Donovan, »unser Treffen hat nie stattgefunden.«

»Verstehe«, sagte Keegan.

»Sie waren mir immer ein guter und diskreter Freund, Francis«, sagte Roosevelt. »Ich versichere Ihnen, ich weiß Ihren Einsatz wirklich sehr zu schätzen. Und auch um Ihre Verlobte tut es mir außerordentlich leid.«

»Vielen Dank, Mr. President. Es schmeichelt mir, daß Sie mich überhaupt wiedererkannt haben.«

Roosevelts Augen blitzten. »Wie könnte ich Sie je vergessen, Frankie Kee«, sagte er mit einem Kichern.

Keegan hatte die Tür kaum hinter sich geschlossen, als Donovan sich dem Präsidenten zuwandte.

»Er ist von abscheulicher Arroganz, Mr. President . . .«

»Gewiß, Bill. Aber daß eine Bande sentimentaler Pfarrerssöhne für Sie arbeitet, wollen Sie doch auch nicht, oder?«

Donovan schaute zu Boden und lächelte.

»Es klingt absurd für meine Ohren«, sagte er. »Ich kann mir nichts vorstellen, was die Krauts im Ärmel haben, das uns . . . Was hat er gesagt? Uns *neutralisieren* kann?«

Roosevelt antwortete nicht. Er beschäftigte sich mit seiner Zigarettenspitze. *Das frage ich mich auch,* dachte er. Die Myriaden Möglichkeiten faszinierten ihn.

»Ich klassifiziere Informationen nach Buchstaben und Zahlen«, fuhr Donovan fort. »A-1 wäre eine Spitzenmeldung. A ist eine unanfechtbare Quelle, die 1 eine nachprüfbare Information. Keegans Daten würde ich als . . . D-5 einstufen.«

»Ich würde Ihrer Beurteilung da nicht widersprechen, Bill«, sagte der Präsident.

»Hoover bewacht sein Aufgabengebiet wie ein Zerberus«, sagte Donovan. »Er hat uns klargemacht, daß alles, was in den Staaten passiert, in seinem Zuständigkeitsbereich liegt. Warum geben wir ihm die Information nicht?«

Roosevelt runzelte die Stirn. »Weil ich Keegan ein Versprechen gegeben habe«, sagte er. »Außerdem stimme ich ihm in einer Hinsicht zu: Wenn wir das FBI informieren, wird nichts geschehen. Sie kennen doch Edgar! Wenn es um ein Projekt geht, das seine Leute nicht angeleiert haben, legt er es in den Eingangskorb ganz nach unten.«

»Aber wenn sich die Geschichte als wahr erweist«, sagte Donovan, »muß er den Sündenbock spielen.«

Roosevelts Gesicht umwölkte sich kurz, dann entspannte es sich wieder.

»Wir reden hier nicht darüber, wem wir es in die Schuhe schieben, Bill«, sagte er. »Was ist, wenn Keegans Information sich als A-1 entpuppt und er diesen Maulwurf aufspürt? Es würde Ihnen gut zu Gesicht stehen, wenn Keegan für *Sie* arbeiten würde.«

»Und wenn's einen Reinfall gibt?«

Roosevelt lächelte. »Dann, mein Freund, wird niemand den Unterschied je erfahren. Das Projekt wird als *geheim* eingestuft. Wir legen nicht einmal eine Akte an.«

Donovan war immer noch nicht überzeugt. Er stand auf und verschränkte die Arme hinter dem Rücken.

»Was zum Teufel könnte das Unternehmen eventuell beinhalten?« fragte er. »Meuchelmord? Wenn man – Gott verhüte! – Sie ermorden sollte . . . Auch das würde uns nicht neutralisieren. Sabotage? Was kann ein *einzelner* Mann schon anstellen, das unsere Position neutralisieren würde?«

»Ich habe nicht die geringste Vorstellung. Und Keegan allem Anschein nach auch nicht.«

»Mr. President, ich habe weder genug Männer noch das Budget, um ein Team in Gang zu setzen, das einem Phantom nachjagt, das in einer unbekannten Mission unterwegs ist. Ich bin immer noch im Begriff, meine Organisation erst zusammenzustellen.«

»Aber ich bin kein Freund von Überraschungen, William«, sagte Roosevelt. »Hören Sie, ich schätze Ihre Skepsis. Aber ich habe in dieser Sache auch ein ungutes Gefühl. Hitler ist ein dermaßen widerlicher Schweinehund, daß das Unternehmen deutlich nach ihm klingt. Was hat er schon zu verlieren?«

Donovan steckte sich eine Zigarre an, blies den Rauch an die Spitze und musterte ihr Glühen. Er war tief in Gedanken versunken, als er das Für und Wider der Aussicht überlegte, einen ehemaligen Schnapsschmuggler mit Billigung des Weißen Hauses im ganzen Land umherreisen zu lassen.

»Bill, bevor wir die Sache ausgestanden haben, werden Sie und ich noch eine Menge unorthodoxe Dinge tun«, sagte Roosevelt. »Ich möchte Ihnen zwar nicht auf die Zehen treten, aber ... Halten Sie mich in dieser Angelegenheit auf dem neuesten Stand, ja?«

»Natürlich, Mr. President.«

»Ich werde ihm einen Sicherheitsdienstausweis des Weißen Hauses beschaffen«, warf Roosevelt ein. »Sie beauftragen jemanden, als eine Art Helfer Kontakt mit ihm zu halten. Es wird Sie nur die Zeit dieses Helfers kosten.«

»Und wir lassen Keegan selbst schalten und walten?«

»Warum nicht? Er ist auf eine gewisse Weise ... von der Sache besessen. Wenn sich wirklich ein Maulwurf in den Staaten aufhält, vielleicht hat er sogar Glück.«

»Dann könnten wir ihn aber nicht kontrollieren ...«

»Das stimmt ...«

Donovan blickte den Präsidenten an. »Sie mögen den Burschen, was?«

»Ich weiß, daß man ihm trauen kann. Ich weiß, daß er den Mund halten kann. Und er hat interessante Verbindungen.«

»Weil er ein Gangster war?« sagte Donovan skeptisch.

Roosevelt spitzte die Lippen und nippte an seinem Drink.

»Sagen Sie mal, Bill, wo wollen Sie eigentlich Rekruten für Ihre neue Firma finden? In Yale? Oder Harvard?«

»Stimmt was nicht mit Ihrer alten Alma mater?« fragte Donovan grinsend.

Roosevelt lachte herzlich. »Ganz und gar nicht«, sagte er. »Aber Sie werden auch Leute brauchen, die ... *besondere* Qualifikationen haben. Leute, die sich im Lauf der Zeit ein paar Narben geholt haben. Sie werden für Ihre Firma ein paar robuste Kerle brauchen. Keegan hat genau das richtige Format dafür.« Er lehnte sich in den Stuhl zurück, blickte zur Decke hinauf und genoß sein Ränkespiel. »Keegan ist listig. Er wird allein mit schwierigen Situationen fertig. Er ist sehr erfinderisch. Er ist unabhängig und reich, und ein Ehrenabsolvent des Boston College. Die Tatsache, daß er der Gestapo entwischt ist, diesen Wolfsson persönlich kennt und diesen ... diesen Nazi ...?«

»Vierhaus.«

»Ja. – Er kennt Leute, die Sie nur dem Namen nach kennen. Das sagt doch etwas über ihn aus.«

»Aber er hat kein Interesse daran, in meiner Einheit zu arbeiten, das hat er doch wohl klargemacht.«

»Nu-u-un«, sagte Roosevelt gedehnt, »wenn er wirklich etwas taugt, überlegt er es sich vielleicht noch. Er ist altmodisch. Wenn man ihm einen Gefallen tut, zahlt er ihn irgendwie zurück.«

»Getreu dem Kodex der Unterwelt?« sagte Donovan mit einem Grinsen.

»Kann schon sein. Vielleicht gehört er auch zu der immer seltener werdenden Spezies der Ehrenmänner.«

»Er ist ein Ex-Schnapsschmuggler, verdammt noch mal!«

»Er war *mein* Schnapsschmuggler«, sagte Roosevelt.

Donovan riß überrascht die Augen auf. »Haben Sie deswegen zugestimmt, ihn zu empfangen?«

Roosevelt trank einen Schluck Scotch. »Er hat auch eine Viertelmillion für meinen ersten Wahlkampf gespendet«, fügte er beiläufig hinzu. »Und 1936 noch mal hunderttausend.«

Donovan breitete mit einem leisen Lachen die Arme aus. »Tja, wenn es *so* ist . . .«

»Nein, Sie führen den Laden. Wir haben eine Abmachung. Sie leiten den Laden, ich leite das Land. Wenn Sie Männer und Geld brauchen, kann ich es arrangieren. Wenn Sie sich bei Keegan oder mit der Situation unwohl fühlen . . .«

»Nein, Sir«, sagte Donovan achselzuckend. »Es ist sein Spiel. Soll er es laufen lassen. Ich hoffe nur, er ist nicht enttäuscht, wenn er am Ende der Gelackmeierte ist.«

»Oh, gerade das hoffe *ich*, Bill«, sagte der Präsident. »Genau das hoffe ich.« Er schob eine Chesterfield in seine Zigarettenspitze.

Donovan beugte sich vor und gab ihm Feuer. Dann trat er an die Bar und schenkte sich einen Whisky ein. »Wenn man die Sache richtig betrachtet«, sagte er, »sitzen wir mit Hitler in einem Boot. Auch wir haben nichts zu verlieren.«

Roosevelt lehnte sich mit einem zufriedenen Grinsen zurück.

»Ausgezeichnet«, sagte er. »Freut mich, daß Sie auch dieser Meinung sind.«

Kapitel 39

Der Mann, den Donovan ihm schickte, nannte sich Smith. Er traf sich mit Keegan auf der Fähre nach Staten Island. Smith war groß und blond und erweckte den Eindruck, er sei beim Militär gewesen.

»Ich bin den ganzen Tag observiert worden«, sagte er, nachdem er mit Nachdruck darauf hingewiesen hatte, daß

Smith sein wirklicher Name war. »Ich habe sie erst kurz vor der Fähre abgeschüttelt.«

»Glauben Sie, die Deutschen sind schon hinter Ihnen her?« fragte Keegan. »Ist das nicht leicht paranoid?«

»Nicht die Deutschen, Mr. Keegan«, sagte Smith in einem fast väterlichen Tonfall. »Hoovers Jungs. An mir kleben zwei Teams. Sie wissen, daß ich für Donovan arbeite. Hoover will halt über jeden unserer Schritte orientiert sein. Wenn man uns zusammen sieht, sind Sie ebenfalls dran. Dann kriegen Sie kein Bein mehr auf den Boden.«

»Warum läßt FDR sich von Hoover so nervös machen? Er ist doch der Präsident, verflucht noch mal!«

»Weil Hoover sein Amt auf Lebenszeit hat. Ohne einen handfesten Grund kann ihn niemand feuern. Das macht ihn zu einem sehr mächtigen Mann. Der Präsident möchte ihn nicht zum Gegner haben.«

»Hoover ist also wirklich so, wie man sagt, was?«

»Er ist Klein Napoleon. Es erstaunt mich wirklich, daß er nicht die Hand in seine Weste schiebt und französisch redet.«

»Soll das heißen, daß wir von jetzt an herumschleichen und uns immer so treffen müssen?« fragte Keegan.

»Ich fürchte, ja.«

»Ich komme mir vor wie ein Ehemann, der an seine Gattin gekettet ist, Mr. Smith.«

»Eine bizarre Vorstellung«, sagte Smith.

»Ich nehme an, unsere Abmachung gilt«, sagte Keegan.

»Yeah«, sagte Smith schleppend. »Die Lage ist folgende: Ich bin Ihr Kontaktmann. Wenn Sie was brauchen, sagen Sie's mir – zu jeder Zeit. Wenn Sie in Schwierigkeiten sind, gilt das ebenso. Wenn Sie verhaftet oder krank werden oder ins Hospital müssen, sagen Sie's mir. Keinem anderen. *Nur mir*, okay?«

»Klar.«

»Ich habe gerade eine Tasche in ihrem Kofferraum deponiert. Sie enthält alles, was Sie für den Anfang brauchen. Ich muß sie zurückhaben. Ist mein persönliches Eigentum. Marke Abercrombie & Fitch.«

»Wie zum Henker sind Sie in meinen Kofferraum gekommen?«

»Ich hab' das Schloß geknackt.«

Keegan lachte. »Wir werden miteinander auskommen.«

»Ich hoffe, Sie erschweren mir nicht das Leben, Mr. Keegan. Ich habe so ein Gefühl, als könnten Sie es mir zur Hölle machen.«

Keegan lachte. »Das würde ich *nie* tun, Mr. Smith.«

»Ich würde gerne wissen, was Sie vorhaben. Da ich Ihr einziger Kontakt in Washington bin, ist es wichtig, daß Sie mich auf dem laufenden halten. – Ich weiß zwar nicht, auf was Sie aus sind, aber gehen Sie so subtil wie möglich vor. Sollte Sie jemand fragen, was Sie im Weißen Haus tun, sagen Sie, Sicherheitsüberprüfungen und dergleichen.«

»Sicherheitsüberprüfungen und dergleichen.«

»Richtig. Sie erwähnen Donovan und mich nirgendwo, und den Boß haben Sie natürlich *nie* gesehen.«

»Sie nennen ihn *Boß*? Dann müssen Sie ja ziemlich weit oben stehen.«

»Ich würde keine Privataudienz bei ihm kriegen, nicht mal nach vierundzwanzig Stunden Voranmeldung. *So weit* ist er noch von mir entfernt.«

Keegan lachte leise.

»Sie müssen wirklich was auf dem Kasten haben«, sagte Smith, »daß es Ihnen gelungen ist, ihn und Donovan rumzukriegen.«

»War alles nur Logik«, sagte Keegan.

»Ob es logisch ist, einen wohlhabenden Geschäftsmann auf die Spur eines Nazispions zu setzen?«

»Warum nicht? Wenn ich einen Rat brauche, habe ich unbegrenzte Informanten in jeder Branche, die man sich vorstellen kann. – Experten, Mr. Smith. Wenn ich nicht weiß, wie ich irgend etwas tun soll, kann ich es leicht erfahren. Wenn ich Informationen brauche, besorge ich sie mir. Es ist unproblematisch. Und was das FBI angeht: Ich bin sicher, daß Sie wissen, daß ich ihm sechs Jahre lang durch die Lappen gegangen bin. Das FBI hatte nie eine auch nur annähernd treffende Beschreibung von mir. Ich habe viel über 27 nachgedacht. Wenn wir ihn schnappen wollen, müssen wir mit viel Logik vorgehen – und eine Menge Glück haben. Ich halte was von Logik, und ich hatte eine Menge Glück im Leben. Klar, ich suche ins Blaue hinein. Aber wie sieht die Alternative aus? Hoover meine Information zu geben, damit er sie unter ›Zu vergessen‹ ablegt?«

Smith grunzte.

»Was ist in der Tasche in meinem Wagen?« fragte Keegan.

»Papiere, Telefonnummern, ein bis zwei Kontaktadressen, meine Karte mit meinen Nummern. Anrufe nehme ich natürlich tagsüber am liebsten entgegen.«

»Sind Sie verheiratet?«

»Ich war es. Ich habe in der Botschaft in Shanghai gearbeitet, als die Japse den Krieg anfingen. Meine Frau war gerade auf dem Markt. Die erste Bomberwelle hat sie umgebracht.«

»Tut mir leid.«

»Danke. Der Chef – Donovan läßt sich übrigens gern Chef nennen – ist besorgt, weil er das Gefühl hat, diese Ihre Hexenjagd . . .«

»Es ist keine Hexenjagd, Mr. Smith. Ich versichere Ihnen, daß 27 existiert.«

»Hm. Ich wollte sagen, er befürchtet, daß Ihr Motiv zu persönlich ist. Menschen, die in diesen Dingen persönlich betroffen sind, handeln manchmal ziemlich gnadenlos.«

»Ich werde daran denken.«

»Wenn Sie den Mann durch irgendein Wunder auftreiben, liefern Sie ihn doch an uns aus.« Smith stellte keine Frage, seine Worte waren eher eine Feststellung. »Ihnen ist doch klar, wie wertvoll er für uns sein könnte, Mr. Keegan?«

»Sicher.«

»Sicher was? Liefern Sie ihn *sicher* ab, oder wissen Sie mit Sicherheit, wie wertvoll er ist?«

»Beides.«

»Sie werden ihm doch gewiß nichts antun? Ich meine, Sie

werden ihm doch keine Betonschuhe verpassen und ihn im East River ersäufen?«

»So was tut man nicht mit Schuhen, Mr. Smith. Man verpaßt den Leuten einen Beton*mantel*. Aber so was habe ich noch nie gemacht.«

»Der Chef nimmt offenbar an, daß Sie siebenundachtzig Methoden kennen, sich jemanden vom Hals zu schaffen.«

»Ich habe gesagt, *ich* habe dergleichen noch *nie* getan. Es heißt nicht, daß ich die Methoden nicht kenne.«

»Das beruhigt mich.«

»Wunderbar. Glaubt Donovan mir?«

»Das ist doch unwichtig. Er glaubt, daß *Sie* an Ihre Geschichte glauben, nur das zählt. Er macht einen Versuch. Vergessen Sie nicht: Wenn Hoover davon erfährt, geht's rund. Dann ist Donovan der erste, der Karussell fährt.«

Keegan setzte ein schiefes Grinsen auf und nickte. »Schon verstanden, Mr. Smith.« Der Mann gefiel ihm.

»Brauchen Sie sonst noch was?« fragte Smith.

»Ich glaube, die Transportfrage könnte mein einziges Problem werden«, sagte Keegan. »Ich kann es nicht ausstehen, wenn ich auf Busse und Züge warten muß. Deswegen habe ich mich gefragt, ob Sie mir vielleicht ein Flugzeug besorgen können.«

Smith blieb völlig gelassen. »Ein Flugzeug«, sagte er vor sich hin.

»Yeah, mit einem Piloten, der wirklich was kann.«

»Sie wollen also ein Flugzeug *und* einen Piloten.«

»Es wäre mir eine wirklich große Hilfe.«

»Das kann ich mir vorstellen.«

Smith schälte eine Erdnuß und warf sie sich in den Mund. Er blickte eine geschlagene Minute stur geradeaus.

»Mehr nicht?« fragte er sarkastisch. »Ein Flugzeug und einen Piloten?«

»Im Moment ja«, antwortete Keegan liebenswürdig. Er spürte, daß die Herausforderung Smith im stillen erfreute, auch wenn er nicht bereit war, es zuzugeben.

Er aß noch eine Erdnuß und seufzte. »Ich melde mich wieder«, sagte er. Dann stand er ohne ein weiteres Wort auf.

»War nett, Sie kennenzulernen«, murmelte Keegan vor sich hin.

Als er wieder in seiner Wohnung war, machte er sich einen Drink, legte eine Count-Basie-Platte auf und sortierte das Material in der schwarzen Aktentasche. Er war beeindruckt. Da war eine Ledermappe von der Größe einer Brieftasche, die Papiere enthielt, welche ihn als Angehörigen des ›Stabes des Weißen Hauses, Abteilung Ermittlungen‹ auswiesen. Der Platz für sein Foto war noch frei. Dann fand er eine geheftete, maschinengeschriebene Liste aller Regierungsagenturen mit den geheimen Telefonnummern ihrer Direktoren, einen vorläufigen Ausweis, um die ›Aktenabteilung‹ des FBI betreten zu können, einen Paß, der ihm Zutritt zu US-Militärbasen gewährte, und eine Visitenkarte des Weißen Hauses, die Mr. Smith einfach als Mitarbeiter des ›Stabes‹ identifizierte. Auf ihrer Rückseite stand seine Tages- und seine Nachtnummer. Dazu eine Notiz:

Mr. Keegan,
bitte kleben Sie ein aktuelles Foto von sich an die dafür vorgesehenen Stellen der einzelnen Papiere. Bitte nehmen Sie keine Schaufotos – einfache Paßbilder reichen.
    Lernen Sie die Telefonnummern auswendig, und werfen Sie die Visitenkarte weg.
    Ihr Kontaktmann beim FBI ist Glen Kirbo im 4. Stock des FBI-Gebäudes in Washington. Er hat keine Ahnung, was Sie vorhaben, und will es auch gar nicht wissen.
    Ihre militärische Einstufung gibt Ihnen Zugang zu sämtlichem nichtklassifizierten Material.
    Diskretion ist die Seele der Helden.
    Smith.

Am nächsten Tag kreuzte Dryman auf.

Kapitel 40

Er kam nicht ins Killarney Rose, er wankte hinein. In jedem seiner Schritte war Arroganz, als verachte er jeden in der Bar, der ihn *nicht* kannte. Keegan schätzte ihn auf Anfang Dreißig. Er war groß und stattlich, hatte braunes Haar, ein schiefes Grinsen und sah so aus, als könne er mit der Welt machen, was er wollte. Er bestellte sich einen Drink, schaute Keegan an und sagte: »Ich wette, Sie sind Francis Keegan.«

»Wie kommen Sie darauf?« fragte Keegan.

»Sie sehen so aus, als würde Ihnen der Laden gehören.«

»Nicht übel, Kumpel. Und wer sind Sie?«

Er kam an Keegans Tisch, stellte sein Glas ab und hielt ihm die Hand entgegen.

»Captain John Dryman, Heeresflieger.«

»Freut mich, Captain«, sagte Keegan und musterte seine leicht schlampige Pilotenuniform. »Machen Sie Urlaub?«

»Bin im Dienst«, sagte Dryman und nahm einen langen Schluck Whisky.

»Hier? In New York?«

Dryman sah ihn überrascht an. »Hier – in *dieser* Bar. Bei Ihnen. Mein Dienst fängt...« Er schaute auf seine Uhr. »...in einer Stunde an.«

Keegan runzelte die Stirn.

»Ach! Und was haben Sie vor?«

»Ich dachte, *Sie* würden es mir erzählen. Man hat mich dem Sicherheitsdienst des Weißen Hauses zugeteilt.« Dryman sah sich kichernd um. »Meine Kiste steht in Mitchell Field.«

»Kiste?«

»Die alte Delilah, eine zweisitzige AT-6. Ich würde nirgendwo ohne sie hingehen.« Er hielt inne. »Ist mir echt schwergefallen, es zu glauben. Offen gesagt, es ist der Traum jedes Piloten: In eine Bar versetzt zu werden und die Befehle des Wirtes entgegenzunehmen. Das glaubt mir kein Schwein.«

»Es soll auch niemand davon erfahren, Captain«, sagte

Keegan ernst. »Von jetzt an vergessen Sie alles, was Sie sehen, hören und tun, okay? Das ist der erste – und wahrscheinlich auch der letzte – Befehl, den Sie von mir kriegen.«

Dryman beugte sich vor und flüsterte: »Geht's um irgendwelche Spionage?«

»Das kriegen Sie noch früh genug raus. Wie nennt man Sie?«

»H. P.«

»H. P.? Ich dachte, Sie heißen John.«

»Richtig«, sagte Dryman grinsend. »H. P. ist die Abkürzung für ›Heißer Pilot‹.«

»Wenn Sie so ein heißer Pilot sind, H. P.«, sagte Keegan, »wieso machen Sie dann Kurierflüge fürs Weiße Haus?«

Dryman schob seine Mütze in den Nacken und lehnte sich zurück.

»Genau besehen . . . war ich beim Bodenpersonal, als das Weiße Haus mich anrief.«

»Beim Bodenpersonal?« rief Keegan alarmiert aus. »Weswegen?«

»Ich glaube, die Anklage lautete auf ›unautorisierte Flugpraxis‹«, sagte Dryman und nahm noch einen Schluck.

»Und worin bestand diese ungewöhnliche Flugpraxis?«

»Unautorisierte«, korrigierte Dryman ihn. »Alles, was man in einem Flugzeug tut, ist *ungewöhnlich*, Mr. Keegan. Es gibt nur zwei Sachen, die ich gut kann. Fliegen ist die eine – aber darin bin ich verflucht besser als bei allen anderen. Glauben Sie mir, ich kann alles fliegen, was einen Motor und zwei Tragflächen hat. Ich fliege überall hin, zu jeder Zeit und bei jedem vorstellbaren Wetter. Man hat mich zum Fliegen *erschaffen*, Mr. Keegan. Ich bin am glücklichsten, wenn sich meine Füße dreitausend Meter über dem Erdboden befinden.«

»Das ist zwar sehr interessant, beantwortet aber nicht meine Frage.«

»Wenn man – wie ich – zu lange als Fluglehrer tätig war, geht einem die Arbeit irgendwann auf den Keks. Jeden Tag das gleiche. Man muß den Kadetten ein gutes Beispiel geben und alles nach Vorschrift tun. Zum Henker, ich habe ein Jahr lang Post geflogen – und das bei einem Wetter, das so schlecht war, daß ich mir eine Tasse auf den Schoß stellen mußte, um rauszukriegen, ob ich auf dem Kopf flog oder nicht! Dann haben Sie mich plötzlich in die Ausbildung gesteckt, und ich durfte eine Bande von College-Boys instruieren! Na, und um ein bißchen Dampf abzulassen, habe ich mit drei anderen Fluglehrern ein Rennen veranstaltet, über fünfzig Kilometer. Die Ziellinie war eine Brücke am Coast Highway. – Tja ... und dafür habe ich neunzig Tage Bodendienst gekriegt.« Dryman lehnte sich zurück und grinste. »Aber jetzt ist Gott mir wieder wohlgesonnen!«

»Was genau hat man Ihnen erzählt?« fragte Keegan und fragte sich, wo Smith diesen Irren aufgetrieben hatte.

»Man hat mir gesagt, daß ich nun Kurier des Weißen Hauses bin und mich bei Ihnen melden soll. Ich soll alles tun, was Sie mir sagen ... innerhalb der Grenzen der Vernunft.« Er kicherte. »Was immer das bedeuten soll.«

»Es bedeutet, daß es uns das Leben kosten kann, H. P.«

»Ach was«, sagte Dryman, als sei ihm schon die Vorstellung seines Todes lächerlich. »Was muß ich als erstes wissen?«

»Im Moment nichts. Ich suche einen Mann. Ich weiß nicht, wie er aussieht, wie er heißt, was er macht oder wo er ist. Und so, wie die Welt momentan aussieht, habe ich vielleicht nicht viel Zeit, ihn aufzuspüren.«

Dryman sah ihn lange an und kicherte.

»Okay.« Er beugte sich über den Tisch. »Und was machen wir *wirklich*?«

»Das, was ich Ihnen gesagt habe, H. P. Ich weiß zwar nicht, wie die Sache ausgeht, aber wir fangen damit an, indem wir morgen früh nach Washington fliegen. Sie wohnen oben in meinem Penthouse. Sie sind vierundzwanzig Stunden am Tag im Dienst. Wenn wir nicht arbeiten, ist es mir egal, was Sie tun. Ich habe drei Autos. Sie können den Rolls benutzen. Ich fahre ihn nicht mehr oft.«

Dryman maß ihn mit einem ehrfürchtigen Blick.

»Einen Rolls?« fragte er verträumt. »Meinen Sie einen Rolls-Royce?«

»Yeah.«

Drymans Grinsen wurde breiter, dann lachte er brüllend auf. Er sah sich noch einmal in der Bar um und sagte: »Also so sieht er aus.«

»Wer?« fragte Keegan.

»Na, der Himmel, Chef«, rief Dryman und trocknete sich die Freudentränen. »*Der Himmel!*«

Kapitel 41

Das Archiv des FBI war so fleckenlos wie der Operationssaal eines Krankenhauses. Auf Lampen und Tischen fand sich kein Staubkorn, und der Boden war geradezu gefährlich glatt gebohnert. Die Reihen der Aktenschränke zogen sich über die gesamte Länge der Abteilung hin. Reihe für Reihe nur graue, metallene Schubfächer.

Kirbo war ein großer, zurückhaltender Mann mit schütterem Blondhaar und freundlichen Augen. Über einem weißen Hemd und einer gestreiften Krawatte trug er einen weißen Kittel und war so makellos wie der Raum selbst. Er stand hinter seinem Schreibtisch auf und hinkte durch den Raum, um Keegan und Dryman zu begrüßen.

»Ich habe Sie erwartet«, sagte er entgegenkommend, als sie sich vorgestellt hatten. »Sie sind ja ziemlich flott hier.«

»Wir haben keine Zeit zu verlieren, Mr. Kirbo«, sagte Keegan. »Ich weiß Ihre Hilfe zu schätzen.«

Kirbo führte sie zu einem hölzernen Schreibtisch, der zwar einige Zeichen der Zeit aufwies, ansonsten aber ebenso sauber war wie der Rest des Archivs.

»Wonach suchen Sie denn?« fragte er. »Vielleicht kann ich Ihnen helfen. Ich verwalte die Akten jetzt seit fünf Jahren.« Er legte eine Hand auf sein Knie. »Bin von einem Autodieb angefahren worden. Von einem achtzehnjährigen Jungen.«

»Schlimm«, sagte Keegan. »Tut mir leid.«

»Ich glaube, meine Frau hält es für einen guten Tausch. Jetzt bin ich jeden Abend zu Hause. Bloß Tennis kann ich nicht mehr spielen. Na ... Wonach suchen wir denn?«

»Nach einem Mann, der entweder Zeuge eines Kapitalverbrechens war, oder dem ein Verhör drohte. Er war wahrscheinlich nicht in den Fall verwickelt – obwohl ich mir in dieser Hinsicht nicht ganz sicher bin.«

»Bei was für einem Fall?«

»Das weiß ich nicht.«

»Wie heißt der Gesuchte?«

»Das weiß ich auch nicht.«

»Wie sieht er aus?«

»Keine Ahnung.«

»Was wissen Sie denn?« fragte Kirbo.

»Gar nichts, Mr. Kirbo. Ich weiß nicht das geringste über ihn – nur daß er ein guter Skiläufer, ein Meister der Verkleidung und, obwohl er wahrscheinlich amerikanische Papiere hat, von Geburt Deutscher ist. Er ist 1933 ins Land gekommen und im Frühjahr 1934 verschwunden, weil er in eine FBI-Ermittlung hineingeriet und ihm der Boden zu heiß wurde. Er ist ein Jahr später wieder aufgetaucht, wahrscheinlich mit einer neuen Identität.«

»Mehr haben Sie nicht?« fragte Kirbo.

»*Das* und den starken Hang, ihn zu finden.«

»Und wie wollen Sie das machen?«

»Es geht doch nur um drei Monate: März, April und Mai 1934. Ich dachte, H. P. und ich gehen die Akten dieser drei Monate in der Hoffnung durch, daß uns irgendwas auffällt.«

Der FBI-Agent lachte. Er stand auf, hinkte an einer Aktenschrankreihe vorbei, zog die Schubladen auf und sagte: »Wir haben Akten über unterschlagenes Staatseigentum, über Erpressung, gestohlene Fahrzeuge, Entführungen, Banküberfälle und Gesetzesübertretungen auf der Flucht vor Verfolgung. Wir haben Mord in Tateinheit mit anderen Delikten, die auf Regierungsgrundstücken geschehen sind – Indianerreservate, Schiffe auf See und Nationalparks ausgenommen. Und wir haben Sklavenhandel,

Grenzübertretung mit gestohlenen Waren, Fälschungen . . .«

Am Ende der Reihe drehte er sich um. »Über den Daumen gepeilt würde ich sagen, vor Ihnen liegen zweihundertfünfzig bis dreihundert Fälle pro Monat.«

»Pro *Monat*!« keuchte Dryman.

»Es ist nur eine Schätzung. Es sind wahrscheinlich um die siebenhundert. Aber Falschmünzerei und Schwarzbrennerei können wir sicher ausnehmen. Das betrifft nur das Schatzamt.«

»Ah«, sagte Dryman. »Welche Erleichterung!«

»1934 hatten wir etwa dreißig Filialen und zwanzig bis fünfundzwanzig Agenten in jedem Büro. Wir waren sehr beschäftigt.«

»Mr. Kirbo«, sagte Keegan, »nach den mageren Informationen, die ich habe . . . Wo würden Sie – Ihrem Instinkt nach – anfangen?«

Kirbo schloß die Schubfächer und nahm wieder Platz.

»Der Gesuchte hat zweifellos Dreck am Stecken, sonst wäre er nicht geflüchtet. Aber darüber muß das FBI nicht informiert gewesen sein. Ich nehme an, er hatte Angst vor der Aufdeckung seiner falschen Identität. Vielleicht liegt ein Haftbefehl gegen ihn vor. Aber das muß nicht sein. Das hängt davon ab, wie wichtig er für das FBI gewesen wäre. Mal sehen, was in diesem Zeitraum an außergewöhnlichen Fällen vorgelegen hat.« Er schrieb etwas auf, dann legte er den Bleistift kopfschüttelnd hin.

»Es könnte alles mögliche gewesen sein«, sagte er. »Er könnte in einer Behörde gearbeitet haben, die ausgeraubt wurde, oder dergleichen . . .« Er zuckte hilflos mit den Achseln. »In einer solchen Situation verhören wir sicher hundert Menschen.«

»Ich stelle es mir so vor«, sagte Keegan. »Als die G-Men kamen, hatte er wenig Zeit zur Flucht. Wahrscheinlich ist er aus einem Ort verschwunden, an dem die Einheimischen ihn gekannt haben. Er mußte, ohne Argwohn zu erwecken, schnell verschwinden, bevor die G-Men in diesem Ort eintrafen. Ich schätze, es war eine Kleinstadt, möglicherweise im Mittelwesten; ein Ort, den Ihre Kollegen erst in ein, zwei Stunden erreichen konnten.«

»Vielleicht war er einfach nur sehr vorsichtig«, wandte Dryman ein.

»Das engt die Kategorien aber noch nicht ein«, sagte Kirbo. »Gehen wir systematisch vor. Die Akten sind alle mit einem Titelblatt versehen. Agenten, die einen Fall bearbeiten, schreiben stets einen Bericht, eine Art Zusammenfassung des Falls. Hinter dem Titelblatt liegen dann die gesammelten Aussagen. Falls Mr. X so nervös war, daß er die Fliege gemacht hat, schätze ich ihn entweder als Zeugen ein, oder er wußte etwas, das mit irgendeinem Verbrechen zusammenhing. Meiner Meinung nach wäre er nur dann so schnell abgehauen, wenn er sicher gewesen wäre, daß das FBI seine Identität aufdecken würde. Erste Runde. Engen wir ein: Wir suchen einen untergetauchten Zeugen oder jemanden, der in einer Kleinstadt im Mittelwesten in ein Kapitalverbrechen verwickelt war. Wir fangen in der ersten Märzwoche an und prüfen zuerst die Titelblätter.« Kirbo schaute Keegan und Dryman an. »Es ist die Suche nach der legendären Stecknadel im Heuhaufen, Gentlemen.«

Sie arbeiteten stundenlang und verließen das Archiv kaum vor zehn oder elf Uhr abends. In der ersten Woche wateten sie durch mehr als dreihundert Akten und Dutzende alter Haftbefehle. Zwei Dutzend Fälle legten sie sich beiseite, in denen Zeugen oder Verdächtige verschwunden waren. Meist hatten sie es mit bekannten Kriminellen zu tun, die – wie Kirbo es ausdrückte – ›einen Hasen gemacht‹ hatten, weil sie entweder selbst an dem Verbrechen beteiligt gewesen waren oder aus anderen Gründen gesucht wurden. Aber sie mußten überprüft werden. Keegan schnappte sich jede Akte, in der vermißte Personen eine Rolle spielten. Der zu überprüfende Aktenberg wurde immer höher.

Bei den Fällen ging es um simple gestohlene Fahrzeuge bis zu gerissenen Betrugsmanövern, um dem Innenministerium Hunderttausende von Dollars abzuschwindeln. Es ging um verschwundene Ehemänner, Ehefrauen, Söhne und Töchter. Meist waren die Geflüchteten nebenher in andere Verbrechen verwickelt; man konnte sie schnell aufgrund ihres Alters, ihres Geschlechts oder leicht nachprüfbaren familiären Beziehungen beiseite legen.

Sie flogen nach Akron in Ohio und nach Buffalo, aber beide Fälle brachten nichts.

Sobald ein Aktenstapel kleiner wurde, wuchs der nächste an. Sie telefonierten immer öfter, um die Hintergründe von ›wahrscheinlichen‹ Fällen zu überprüfen. Die Zeugen konnten sich an nichts mehr erinnern. Die Amateurermittler hörten eine Menge Gerüchte und Tratsch. Nichts brachte etwas in ihnen zum Klingeln.

Sie flogen nach Pittsburgh – wieder eine sinnlose Jagd. Dryman liebte das Reisen. Hin und wieder ging er in einen Sturzflug über, um die ›Sonnenbadenden zu überprüfen‹, oder er machte plötzlich einen langsamen Looping oder drehte eine Schleife, um die Monotonie des Fluges zu überbrücken. Manchmal sang er mit brüllender Stimme Cowboylieder. Das Fliegen mit H. P. war niemals langweilig.

»He, Chef, werden Sie mir je erzählen, um was es überhaupt geht?« fragte er, als sie von einem weiteren sinnlosen Flug aus Illinois zurückkehrten.

»Ich bezweifle es.«

»Warum?«

»Weil es als ›Geheim‹ eingestuft ist.«

»Soll das 'n Witz sein? *Ich* bin als ›Streng geheim‹ eingestuft! Teufel auch, was Geheimeres als mich gibt es gar nicht!«

»Oh, doch. Wenn *ich* ein Geheimnis habe.« Keegan lachte.

H. P. machte eine Rolle, die ihnen fast den Hals brach.

An Vanessas Geburtstag richtete Keegan sich neben ihr im Bett auf, reichte ihr ein Glas Champagner, griff dann in die Schublade des Nachttisches und entnahm ihr eine kleine, in Silberpapier verpackte Schachtel.

»Herzlichen Glückwunsch.«

»Oh, Kee, danke!« rief sie erfreut.

Auf der Karte stand: »Für Vanessa, die meinen Glauben an das Glück wiederhergestellt hat – mit aller Liebe.«

Sie packte die Schachtel langsam aus. Diese enthielt eine kleine, elegante Brosche in Kleeblattform. Ihre vier Blätter waren in Diamanten eingefaßt.

»Oh, Kee, wie schöööön!«

»Zu schade, daß du sie jetzt nicht anstecken kannst«, sagte er und tätschelte ihren nackten Bauch. Er warf sich nach hinten und zog sie auf sich.

Das Telefon klingelte.

»Laß es . . .«, flüsterte sie.

Aber es hörte nicht auf. Schließlich nahm Vanessa ab und hielt ihm den Hörer ans Ohr.

»Hallo?« sagte er und versuchte, schläfrig zu klingen.

»Mr. Keegan?«

»Yeah?«

»Hier ist Mr. Smith. Haben Sie Radio gehört?«

»Es ist mitten in der Nacht, Mr. Smith. Nein, ich habe kein Radio gehört.«

»Das sollten Sie aber«, sagte Smith. »Die Deutschen mobilisieren ihre Truppen an der polnischen Grenze. Sollten sie in Polen einfallen, werden England und Frankreich ihnen sofort den Krieg erklären. Wenn Sie 27 noch erwischen wollen, müssen Sie sich beeilen. Ich glaube, wir können das FBI nicht mehr lange aus der Sache raushalten.«

»Wir sind fast fertig mit den Akten«, sagte Keegan trübsinnig. »Geben Sie mir noch ein paar Tage. Wenn es nicht hinhaut, weiß ich sowieso nicht mehr weiter.«

Er hängte ein.

»Wer ist Mr. Smith?« fragte Vanessa.

»Der größte Organisator der Welt«, sagte Keegan.

»Der *was*?«

»Es war nur 'n Witz«, sagte er, ohne daß Humor in seiner Stimme mitschwang. »Ich fliege morgen wieder nach Washington«, fuhr er fort. »Aber ich glaube, ich bleibe nicht lange weg.«

»Du klingst nicht sehr erfreut«, sagte sie.

»Ich habe jemandem ein Versprechen gegeben«, sagte Keegan. »Und jetzt sieht es so aus, als könnte ich es nicht halten.«

»Hast du's denn versucht?«

»Ich habe mein Bestes getan«, sagte er.

»Dann wird Gott dir vergeben«, sagte sie leise.

»Ich wußte gar nicht, daß es so viele schräge Vögel auf der Welt gibt«, stöhnte Dryman, als ihre Arbeitszeit immer länger wurde und die Tage sich nur so dahinschleppten. Kirbo half, wo er konnte; er ging methodisch und langsam vor und übersah nichts. Ihre Konzentration und Energie nahm rapide ab. Keegan fragte sich allmählich, ob es eine gute Idee gewesen war, die Akten durchzusehen. Aber sie hatten keine andere Wahl. Sie rissen Witze, um die Langeweile zu vertreiben; manchmal lasen sie sich auch an einem ungewöhnlichen Fall fest und brachten Stunden damit zu, die Zusatzprotokolle durchzublättern.

»Wie wär's denn mit einem toten Zeugen?« sagte Dryman eines Abends, als er lustlos eine Akte durchblätterte.

»Wir haben genug lebende, H. P.«, antwortete Keegan.

»Mensch, der hier hatte wirklich 'n verfluchtes Pech«, sagte Dryman. »Zuerst raubt Dillinger seine Bank aus, und als wenn das noch nicht genug wäre, kommt er noch am gleichen Tag bei einem Autounfall ums Leben.«

»Eins steht fest: Der Kerl, den wir suchen, hat sich nicht bei einem Autounfall den Hals gebrochen. Wenn Sie ein echtes Drama wollen – da gibt's einen großartigen Report über einen Bankraub, den Pretty Boy Floyd in Wisconsin verübt hat.«

»Er ist ertrunken.«

»Wie bitte?«

»Er hat sich nicht den Hals gebrochen, er ist ertrunken.«

»Weitermachen, Captain. Ich möchte lebende Zeugen.«

Dryman warf die Akte auf den Erledigtstapel und nahm sich die nächste vor. Stunden später, als sie sich darauf vorbereiteten, das Haus über Nacht zu verlassen, nahm er sie noch einmal an sich und las sie durch. Er sah sich die Zusatzprotokolle an, die auf der Titelseite erwähnt wurden. Er wußte nicht warum, es war ein Impuls.

»Das kommt mir aber komisch vor«, sagte Dryman vor sich hin.

»Was brabbeln Sie da?« fragte Keegan.

»Es kommt mir komisch vor. Der Bursche war Kreditsachbearbeiter in einer Bank, die überfallen wurde. Dann ist er auf dem Weg zum Essen mit seiner Freundin in einen Fluß gefahren.«

»Pech, echtes Pech«, sagte Keegan und legte die fertigen Akten weg. Dryman blätterte weiter in seiner Akte.

»Sie haben den Polizeichef umgebracht«, sagte er.

»Wer?«

»Die Dillinger-Gang. Sie haben den Polizeichef des kleinen Städtchens umgebracht. Es war in . . . äh . . . Drew City, Iowa.«

»Aha«, sagte Keegan und stapelte die Akten wieder in die Schubladen zurück.

Dann, als Dryman die seine weglegen wollte, hielt er plötzlich inne und sagte: »He, Chef?«

»Yeah?«

»Der Kerl in dem Dillinger-Fall, der ertrunken ist . . .«

»Yeah?«

»Seine Leiche ist nie gefunden worden.«

Kapitel 42

»Wieso landen wir eigentlich nie auf Flughäfen?« sagte Keegan, als sie auf der Hauptstraße von Drew City aus der alten AT-6 kletterten.

Dryman ignorierte seine Bemerkung. »Da kommt ein Empfangskomitee«, sagte er.

Eine Meute Halbwüchsiger kam aus der Ortsmitte; ihnen folgten mehrere Erwachsene, die etwas reservierter wirkten. Ein Polizeiwagen fegte an ihnen vorbei und blieb ein paar Schritte vor der Maschine stehen.

»Alles in Ordnung?« fragte der junge Polizist, als er aus

dem Wagen sprang. Keegan sah, daß er den Stern des Sheriffs trug.

»Es geht«, sagte er.

»Ich bin Luther Conklin, Sir, stets zu Diensten. Kommt nicht oft vor, daß Flugzeuge hier landen.«

Keegan zückte seinen Ausweis und sagte: »Francis Keegan, Weißes Haus, Sicherheitsdienst.« Die Reaktion war immer gleich. Kurze Aufregung, dann Neugier (»Was will der hier?«), und schließlich: »Weißes Haus, *was*?«

»Wir sind hier, um einen Mann zu überprüfen, der vor einigen Jahren umgekommen ist. Sie erinnern sich vielleicht an ihn; es war an dem Tag, als Dillinger die hiesige Bank ausgeraubt hat.«

»Gewiß, Sir. Tyler Oglesby, mein Chef, ist an dem Tag ums Leben gekommen. Sie haben ihn kaltblütig abgeknallt. Aber Sie meinen wohl Fred Dempsey.«

»Richtig. Fred Dempsey. Kannten Sie ihn?«

»Recht gut sogar. Er hat mir mal einen Kredit gegeben – nur auf meinen Namen hin.«

»Ein netter Kerl, wie?«

»Ja, Sir. Ein ruhiger Bursche. Es war wirklich eine Tragödie. Er und Louise Scoby sind umgekommen. Der Wagen ist hinten an der Brücke von der Straße abgekommen und in den Fluß gestürzt. Louises Vater war Freds Chef. Ben Scoby ist Geschäftsführer der Bank. Es hat ihn fast umgebracht.«

»Kann ich mir vorstellen, Luther. Es heißt, die Leichen seien nie gefunden worden.«

»Doch – Louise hat man einen Tag später gefunden. Aber wir hatten Frühlingstau, und es hat wahnsinnig geregnet. Der Fluß kann Fred ... siebzig Kilometer weit mitgerissen haben. Vielleicht ist er unterwegs irgendwo an 'nem Stamm hängengeblieben.«

»Möglicherweise. Erzählen Sie mir was über ihn. Wie groß war er? Wie sah er aus?«

»Wie groß? Na, ich schätze so um die eins achtzig. Für einen Bücherwurm war er recht muskulös. Hatte dunkles Haar, war leicht grau an den Schläfen. Graue Augen. An seine durchdringenden grauen Augen erinnere ich mich gut. Ich glaube, er und Louise mochten sich gern. Alle haben damit gerechnet, daß sie heiraten. Roger, ihren Bruder, hat es besonders hart getroffen. Er hat Fred geliebt. Fred war gut zu ihm. Er war ihm eher ein Vater als der alte Ben.«

»Wie alt ist der Junge?«

»Er müßte jetzt dreizehn sein. Arbeitet nachmittags an der Tankstelle.«

»Und sein Vater ist Chef der Bank?«

»Ja, Sir. Ein netter Mensch. Wieso interessieren Sie sich eigentlich für Fred?«

»Wir schließen die Dillinger-Akten fürs Archiv ab«, sagte Keegan beiläufig. »Und da sind noch ein paar Fragen offen.«

»Ach so.«

»Ob Ben Scoby jetzt in der Bank ist?«

Luther schaute auf seine Taschenuhr. »Er ist jetzt wahrscheinlich gerade zum Essen zu Hause.«

»Könnten Sie mich zu ihm fahren? Captain Dryman könnte sich inzwischen in der Stadt umsehen und mit den Leuten reden, die Dempsey gekannt haben.«

Daß Ben Scoby älter aussah, als er war, lag an der hinter ihm liegenden Tragödie. Sein dünnes Haar wies graue Strähnen auf, seine Augen blickten stumpf und glanzlos, und seine Stimme war leise. Er bat Keegan in einen Salon, der zwar ordentlich, aber verstaubt war: ein Raum voller Möbel und Tinnef, die kleinen Schätze seines Lebens. Der Raum sah aus, als sei die Zeit in ihm stehengeblieben. Scoby hatte sein Jackett abgelegt; Hosenträger baumelten an seinen Hüften. Eine vergessene Serviette hing unter seinem Kinn; als er Platz nahm, bemerkte er sie und nahm sie mit einem verlegenen Lächeln ab.

»Tja«, sagte er leise, »ich bin noch nie jemandem aus dem Weißen Haus begegnet. Kann ich Ihnen etwas anbieten? Limonade? Oder vielleicht einen Kaffee?«

»Danke, nein«, sagte Keegan. »Wir schließen nur ein paar alte Akten, Mr. Scoby. Und da ist noch eine Frage über Fred Dempsey offen. Wie Sie wissen, ist seine Leiche nie gefunden worden, und ... ähm ...«

Er ließ den Satz in der Luft hängen und hoffte, daß Scoby auf ihn reagieren würde. Doch er nickte nur und machte: »Hm. Hm.«

»Ihre Familie stand ihm nahe?«

»Ja, Sir. Unser Roger hat ihn sehr gern gehabt. Ich habe damit gerechnet, daß er und meine Tochter Louise heiraten würden. Es war . . . Es war eine . . . verheerende Erfahrung. Sinnlose Verschwendung . . .«

Er schüttelte den Kopf und schaute auf seine Hände.

»Mr. Scoby, kann ich mich auf Ihre Diskretion verlassen? Ich meine . . . Wenn ich Ihnen etwas anvertraue, könnten Sie es für sich behalten?«

»Ich schätze doch, Mr. Keegan. Ich habe nie viel vom Tratschen gehalten.«

»Es ist natürlich reine Spekulation. Angenommen, es *bestünde* die Möglichkeit, daß Fred Dempsey bei dem Unfall nicht ums Leben gekommen ist . . . daß es ihm gelungen ist, aus dem Wagen und aus dem Fluß herauszukommen . . . Oder daß er vielleicht nie im Fluß gelandet ist . . .«

»Das ist eine Lüge!« schrie jemand von der Tür her. Sie schauten auf und sahen einen mageren Jungen mit hochgekrempelten Kordhosen und einem offenen Hemd, dessen Augen wütende Blitze versprühten.

»Das hat Fred nicht getan«, beharrte der Junge zornig. »Fred hätte versucht, Weezie zu retten; deswegen ist er auch ertrunken. Das hat Mr. Taggart gesagt! Und so war es auch!«

»Roger, du sollst doch nicht lauschen«, sagte Scoby finster. »Das ist mein Sohn Roger. Roger, dieser Gentleman ist vom Weißen Haus in Washington.«

»Ist mir egal, wer der Kerl ist – er lügt!« sagte der Junge und deutete auf Keegan.

»*Roger!*«

»Ich sagte *angenommen*«, sagte Keegan. »Ich habe nur spekuliert. Es war nur eine Art Spiel . . .«

»Es ist ein schmutziges Spiel. Fred war mein Freund! Mit Toten spielt man nicht! Sie sind ein Lügner, und jetzt verschwinden Sie!«

»Roger!« fauchte Scoby.

»Ist schon in Ordnung«, sagte Keegan. »Treue ist eine seltene Eigenschaft, Mr. Scoby. Ich bewundere seinen Mumm.«

»Geh nach oben und mach deine Hausaufgaben, Junge«, befahl Scoby.

»Die sind schon fertig.«

»Dann geh eben *so* nach oben!« fauchte Scoby.

»Ja, Vater.« Roger ging, doch dann drehte er sich zu Keegan um. »Es ist nicht recht, so über einen Toten zu sprechen«, wies er Keegan zurecht, bevor er hinausging.

»Er hat den Unfall nie verwunden«, sagte Scoby und schloß die Tür. »Sie standen sich wirklich sehr nahe. Was haben Sie gesagt . . .?«

»Wer ist Taggart?« fragte Keegan.

»Der Gerichtsmediziner in Lafayette. Warum sollte Fred so was überhaupt tun? Wenn er rausgekommen ist, warum hat er's uns dann nicht gesagt? Warum hätte er ohne ein Wort von hier verschwinden sollen? Das ergibt doch keinen Sinn, Mr. . . . . äh . . .«

»Keegan. Ich bin ganz Ihrer Meinung, aber Sie wissen doch, wie die Bürokraten sind. Sie mögen keine offenen Fragen.«

Ein Nazispion, der sich in Drew City versteckt, bei ihm in der Bank arbeitet und seine Tochter liebt? dachte Keegan. *Er wird mich für völlig verrückt halten, wenn ich ihm damit komme.*

»Sie haben völlig recht, Mr. Scoby. Es ergibt wirklich nicht viel Sinn. Es ist nur so, daß wir alle Möglichkeiten prüfen müssen, weil seine Leiche nicht gefunden wurde. Wir wollen den Fall ein für allemal abschließen. Tut mir leid, daß ich den Jungen erschreckt habe.«

»Er ist nie darüber hinweggekommen«, sagte Scoby traurig. »Und das gilt auch für mich. Fred hat meiner Tochter die letzten Lebensmonate wirklich verschönt. Bevor er hierherzog, war sie sehr unglücklich. Als Roger geboren wurde, hat sie ihre Mutter verloren, und später mußte sie ihm und mir das Haus machen. Fred hat wieder Glanz in ihren Blick gebracht. Ich werde ihm dafür immer etwas schuldig sein.«

»Gewiß, Sir. Können Sie sich sonst noch an irgend etwas erinnern? Haben Sie zufällig ein Foto von ihm?«

»Nein, Sir. Fred war kein Mann für Schnappschüsse. Er war sehr zurückhaltend und nur mit seinen Freunden zusammen. Er war kein Salonlöwe oder so was.«

»Hatte er irgendwelche Eigenarten? Komische Verhaltensweisen?«

Scoby spitzte die Lippen und kratzte sich mit dem Zeigefinger an der Stirn.

»Ich . . . äh . . . Es ist lange her, Mr. Keegan. Letzten Mai waren es fünf Jahre. Da vergißt man schon mal was.«

»Sicher.«

»Fred war im Grunde ein ziemlich durchschnittlicher Mensch. Er hat mich und die Kinder mit viel Liebe und Achtsamkeit behandelt. Er ging gern ins Kino und mochte gern ein Bier zum Essen. Er war aber kein Trinker. Er hat sich die Zigaretten selbst gedreht. Er mochte die fertigen aus dem Laden nicht. Prinz-Albert-Pfeifentabak, fällt mir ein. Er hatte ein goldenes Feuerzeug, auf das er sehr stolz war. Ein Familienerbstück, wie er sagte.«

»Was für ein Feuerzeug?«

»Es war rechteckig, etwa sieben bis acht Zentimeter lang.« Scoby deutete die Länge mit Daumen und Zeigefinger an. »So ungefähr. Es hatte glatte Seiten, und oben war ein Wolfskopf eingraviert. Es war echtes Gold, kein Doublé. Ein sehr hübsches Ding. Sah teuer aus. Er war wirklich stolz auf das Feuerzeug.«

»Könnten Sie es mir vielleicht aufzeichnen?«

Keegan reichte Scoby ein Notizbuch und einen Bleistift, und er zeichnete mit einer Hand, die im Laufe der Zeit zu zittern anfing, ein getreues Abbild des Feuerzeugs.

»Seine Mutter wohnte in Chicago«, redete Scoby beim Zeichnen weiter. »Sie war kränklich. Er hat sie hin und wieder besucht.«

»War ihr Name Dempsey?«

»Tja, das nehme ich an.«

»Sie könnte auch geschieden und wieder verheiratet gewesen sein.«

»Hm. Hab' ich nie nach gefragt. Er hat auch nie viel von sich erzählt, Sir.«

»Wissen Sie noch, wo er geboren wurde, Mr. Scoby?«

Scoby sah ihn überrascht an und lächelte. »Geboren?«

»Ja, Sir. Wo kam er her?«

»Verzeihen Sie, daß ich lache, aber die Frage kam mir komisch vor. Ich erinnere mich in der Tat daran. Er ist in Erie, Pennsylvania, zur Welt gekommen. Es stand auf seinem Einstellungsbogen. Ich habe den Ort mal im Atlas gesucht, aus purer Neugier...«

»Sonst noch etwas? College? Vorherige Arbeitsstellen?«

Scoby schaute ihn ein paar Sekunden an, dann schüttelte er den Kopf.

»Na schön«, sagte Keegan und stand auf. »Mr. Scoby, Sie waren uns eine große Hilfe. Wie ich schon sagte, wir wollen nur ein paar offene Fragen klären, damit wir die Akte schließen können. Noch einmal: Vielen Dank für Ihre Zeit.«

Als sie in der Haustür standen, sagte Scoby: »Eins fällt mir noch zu Fred ein. Ich habe niemandem davon erzählt, nicht mal dem Bankvorstand. – Er hatte ein Empfehlungsschreiben von der First Manhattan Bank in New York. Ich habe ihn eingestellt, weil er mir gefiel und weil er ein ordentliches Empfehlungsschreiben hatte. Er kam mir klug und ehrlich vor und hat mir erzählt, er sei schon seit langer Zeit auf Arbeitssuche. Vergessen Sie nicht – es war mitten in der Zeit der Wirtschaftskrise. Ich hatte den Brief vergessen, doch einen Monat später stieß ich wieder auf ihn und rief aus reiner Gewohnheit die Bank an. Dort hatte man nie von Fred Dempsey gehört.«

»Sie haben ihn trotzdem behalten?«

»Gott, so wie die Zeiten damals waren... Viele Menschen waren verzweifelt. Ich wußte inzwischen, daß er ehrlich und ein fleißiger Arbeiter war. Er war sein Empfehlungsschreiben wert. Außerdem waren Fred und Weezie damals schon zusammen. Ich nahm mir vor, mir selbst ein Urteil über ihn zu bilden, statt die Sache zur Sprache zu bringen. Sie sind der erste, dem ich davon erzähle.«

»Ich weiß Ihr Vertrauen zu schätzen. Nochmals danke. Viel Glück, Mr. Scoby.«

Auf dem Rückweg zum Flugzeug bog Conklin von der Hauptstraße ab, fuhr über eine Brücke und parkte auf der anderen Seite des Flusses.

»Ich dachte, Sie würden die Stelle gern sehen«, sagte er. »Genau hier ist der Wagen von der Straße abgekommen. Muß gerutscht sein. Der Wagen lag ...« Er deutete fünfzig Meter weit den Fluß hinauf. »... da oben, als wir ihn gefunden haben. Weezie war noch drin. Sie hatte einen Fetzen von Freds Jacke in der Hand. Er muß abgetrieben worden sein. Der Fluß war an dem Abend außer Rand und Band.«

Keegan schaute sich um. Ein öder Fleck. Keine Häuser in der Nähe, nur die am Fluß entlang verlaufende Bahnlinie. Wenn Fred Dempsey hier sein Ableben hatte inszenieren wollen, war es der perfekte Platz.

»Ich habe nicht viel rausgekriegt«, sagte Dryman, als sie wieder in die Maschine stiegen. »Die Sache ist zu lange her. Die Leute erinnern sich nicht mehr sehr deutlich an ihn. Wollen Sie was Komisches hören? In der Nacht nach dem Bankraub kam es in einem Hobolager hier in der Nähe zu einer wüsten Schlägerei. Dabei sind zwei Leute ums Leben gekommen.«

»In einem Hobolager? Wo war das?«

»In Lafayette.«

»Wirklich? Glauben Sie, Sie können Lafayette finden, H. P.? Und einen Flugplatz? Ich hab' es satt, immer in den Vorgärtchen irgendwelcher Leute zu landen.«

»Was wollen wir in Lafayette?«

»Ich möchte mit dem Gerichtsmediziner reden.«

Elmo Taggart, der in Lafayette sowohl Beerdigungsunternehmer als auch Leichenbeschauer war, holte sie mit einem Leichenwagen am Flugplatz ab.

»Als Sie angerufen haben, habe ich mir die Mühe gemacht, meinen Bericht über Louise Scoby aus den Akten rauszusuchen«, sagte er und reichte Keegan einen braunen Umschlag. Er nahm den Bericht heraus und überflog ihn.

»Sie war schon tot, als sie ins Wasser fiel?« fragte Keegan.

»Ja, Sir. Wahrscheinlich Genickbruch, als der Wagen aufs Wasser prallte. Vielleicht ist es auch passiert, als er von der Straße abkam. Ihr Hals war so sauber gebrochen wie ein trockener Zweig. Sie war sofort tot, deswegen hatte sie auch kein Wasser in der Lunge.«

»Abschürfungen?«

»Mehrere, wie zu erwarten war. Der Wagen ist fast sieben Meter tief gefallen, bevor er aufs Wasser traf. Ich nehme an, sie hat im Moment des Aufpralls nach hinten oder aus dem Fenster geschaut. Das hat zu einer Art Drehbruch geführt.«

»Zu einem Drehbruch, sagen Sie?«

»Yep.« Taggart schnippte mit den Fingern und sagte: »Krack! So einfach.« Dryman verzog das Gesicht.

»Da ist aber noch etwas, das ich Ihnen erzählen sollte«, fuhr er fort. »Wenn ich auch nicht einsehe, daß es einen Unterschied macht. Ich kenne Ben Scoby seit der High-School, Mr. Keegan. Und da ich es ihm nicht noch schwerer machen wollte, als es ohnehin schon war, habe ich es nicht erwähnt. Aber... Louise hatte Samen in der Vagina, als sie starb. Allem Anschein nach hatten sie und Fred Dempsey noch kurz vor ihrem Tod Geschlechtsverkehr.«

Gott, dachte Keegan, kann ein Mensch so kalt sein? Hatte er sie ins Haus gelockt, um es mit ihr zu treiben, und sie dann umgebracht und in den Fluß geworfen? Nimmt ein Mensch, der auf der Flucht vor dem FBI ist, sich die Zeit, noch eine Nummer zu schieben, bevor er den eigenen Tod simuliert? Er konnte es nicht geplant haben. Er hatte nicht gewußt, daß John Dillinger die Bank ausrauben würde. Alles, was er an diesem Tag getan hatte, mußte improvisiert gewesen sein. War 27 wirklich *so* kaltblütig?

»Was war mit Dempsey?« fragte Keegan.

»Nichts. Sie hatte ein Stück seines Jacketts in der Hand, als hätte sie sich im Augenblick des Todes an ihn geklammert. Ich nehme an, die Tür ist aufgeflogen, und Dempsey wurde aus dem Wagen gespült.«

»Hätte er nicht irgendwann wieder hochkommen müssen?«

»Nicht unbedingt. Der Fluß ist 250 Kilometer lang, Mr. Keegan. Da gibt's weite Gegenden, an denen niemand wohnt. Und im Frühjahr schleppt er viel Treibholz mit. Er könnte irgendwo unter dem Zeug eingeklemmt sein ...«

Keegan schob den Bericht wieder in den Umschlag.

»Erzählen Sie mir was über die Schlägerei, zu der es an diesem Abend in dem Hobolager kam«, sagte er.

»Sie wissen davon?«

»Jemand hat die Sache Captain Dryman gegenüber erwähnt.«

»Tja, Sir, eigentlich ist niemand stolz auf das, was sich da abgespielt hat«, sagte Taggart. »Die Leute im Ort haben sich über das Hooverville geärgert, weil es immer größer wurde. Die Eisenbahner waren besonders sauer auf die Hobos. Da haben sie beschlossen, das Lager auszuräuchern. Ein paar Zelte fingen Feuer. Eine schwangere Frau hatte eine Fehlgeburt. Zwölf Leute mußten ins Krankenhaus. Und es gab zwei Tote; einen Bahnpolizisten und einen Hobo.«

»Wie sind sie umgekommen?«

»Der Cop wurde mit 'nem Baseballschläger erschlagen. Der Hobo wurde erstochen. Tiefe Wunde. Unter die Rippen, direkt hier, und rauf ins Herz. Schlimme Wunde. Muß ein verdammt langes Messer gewesen sein.«

Taggart bog von der Straße ab und blieb auf dem Seitenstreifen stehen.

»Da ist es passiert, direkt da drüben im Barrow Park«, sagte er und deutete hinaus. Neben der Eisenbahnlinie befand sich ein breiter Grünstreifen. »Das Hobolager ging vom Flußufer bis zum Stadtrand runter. Es war wirklich ein Schandfleck für die Augen.«

»Aus welcher Richtung kam die Bahn?« fragte Keegan.

»Aus Richtung Logansport.«

»Über Drew City?«

»Yep.«

»Hat es Zeugen der Morde gegeben?«

Taggart nickte. »Einer hat die ganze Sache beobachtet; er hat sogar den Messerstecher gesehen. Joe Cobb. Hat für die Bahn gearbeitet. Wohnt auf der Elm Street.«

»Kann man mit ihm reden?«

»Klar. Old Joe redet mit jedem, der ihm zuhört. Bloß nimmt ihn keiner ernst.«

»Warum das?« fragte Dryman.

»Weil er so blind ist wie 'n Maulwurf.«

Joe Cobb saß auf der Veranda in einem Schaukelstuhl und hatte eine dunkle Brille auf der Nase. Seine Hände hielten sich an den Lehnen fest, als befürchte er, aus dem Stuhl zu fallen. Die Jahre des Nichtstuns hatten seine Muskeln in Fett verwandelt. Er hatte eine über seinen Gürtel quellende Wampe, gewaltige Schultern und einen Hals wie ein Baumstamm. Der Stuhl knirschte, wenn er vor und zurück wippte.

»Ob ich mich an den Abend erinnere?« sagte er. »Na und ob! Da hab' ich Gottes Erde zum letztenmal gesehen. Hören Sie, ich habe nie was gegen die Leute gehabt. Das waren doch nur Pechvögel, die versucht haben, wieder auf die Beine zu kommen. Na ja, aber manche haben auch geklaut, und da wurden die Leute eben nervös. Die Eisenbahn wollte sie nicht haben. Die Stadt wollte sie nicht haben. *Keiner* wollte sie haben. Gegen halb acht kam der örtliche Güterzug an...«

»Der Zug, der durch Drew City fuhr?« fragte Keegan.

»Yeah. Da sprang 'ne Hobo-Meute ab und rannte zum Lager runter. Etwa zehn von uns Eisenbahnern waren hinter ihnen her.«

Und ob Cobb sich an den Abend erinnerte! Der Alptraum hatte sich in seinen Geist eingebrannt. Umrisse von Menschen vor Lagerfeuern; Funken flogen zum schwarzen, windlosen Himmel hoch. Schmutzige Finger, die aus löchrigen roten Wollhandschuhen hervorlugten. Pappdeckelhütten, fadenscheinige Leinwandzelte, Buden aus Papier. Die müden, ausgebrannten Gesichter der Geschlagenen und die furchterregenden Geräusche des Angriffs. Eine schreiende Frau. Der Klang von Knüppeln, die auf Körper einschlugen. Die Lichter von Taschenlampen, die durch das Lager fetzten. Menschen, die aus ihren Hütten rannten, in der Finsternis aufeinanderprallten, sich alle Mühe gaben, das Lager zu verlassen. Der Klang eines Schusses. Ein wildäugiger Tramp, über dessen Gesicht Blut floß, der eine Bibel schwenkte und schrie: »Sie kommen, sie kommen! Die Heiden kommen! Rettet euch, ihr Sünder . . .« Und die brutale Antwort: »Komm her, du elender Spinner.«

Chaos.

O ja. Er erinnerte sich daran.

»Wir gingen auf zwei Burschen zu, die am Rand des Bahndamms saßen und nach Luft schnappten«, fuhr Cobb fort. »Als sie mich und Harry Baker sahen, sprangen sie auf. Da sind noch zwei! schrie Harry, und wir rannten mit unseren Louisville-Baseballschlägern hinter ihnen her. Harry hat einen in den Rücken getroffen, aber der Bursche sprang wie 'n Tiger rum, legte die Arme um seinen Hals, nahm ihn in den Schwitzkasten. Harry ging zu Boden. Der Hobo nahm seinen Knüppel und hat ihn erschlagen. Dann hat er mir den Knüppel in den Bauch gehauen. Der andere Hobo sagte ›Laß uns abhauen‹, aber der erste beugte sich vor, zog ein Messer aus dem Stiefel und hat ihn erstochen. Ganz einfach so. ›Tut mir leid‹, hat er gesagt, ›aber du hast zuviel gesehen.‹ Es war wirklich 'n verdammt langes Messer. Kein Jagdmesser. Es hatte 'ne lange, schmale Klinge und war auf beiden Seiten scharf.«

»Wie ein Dolch?« fragte Keegan.

»Yeah, wie ein Dolch. Ich hab' versucht, wieder auf die Beine zu kommen, und als ich den Kopf hob, hat er den verdammten Knüppel noch mal gehoben und mich mitten im Gesicht getroffen. Direkt in die Augen.«

»Wissen Sie noch, wie er aussah?«

»Ob ich es noch weiß? Soll das 'n Witz sein? Es war das letzte, was ich gesehen habe! Er war groß, etwa eins achtzig, kräftig, hatte schwarzes Haar und . . . war komisch angezogen. Gar nicht wie ein Hobo. Er hatte ein Flanellhemd an, 'ne schöne Hose und nagelneue Stiefel. Der war noch nicht lange auf der Walze, das konnte man an seinen Klamotten sehen. Und da war noch was: Er hatte verschiedenfarbene Augen.«

»Verschiedenfarbene Augen?« echote Dryman und schenkte Keegan einen skeptischen Blick.

»Yeah. Ein graues und ein grünes.«

Kapitel 43

Im Osten Pennsylvanias herrschte Altweibersommer. Die goldenen Herbstfarben ersetzten das sommerliche Grün, und eine sanfte Brise bewegte die Friedhofsbäume. Keegan war mehr denn je davon überzeugt, daß Fred Dempsey der Mann war, den sie suchten. Obwohl Dryman als erster auf ihn gestoßen war, war er noch skeptisch.

»Der Zug ist genau da langgefahren, wo der Wagen in den Fluß gestürzt ist«, hatte Keegan ihm erklärt. »Und er endet in Lafayette. Angenommen, Sie hätten gerade Ihren Tod vorgetäuscht und müßten aus der Stadt verschwinden. Wie würden Sie es anstellen? Sie können weder den Bus nehmen noch per Anhalter fahren, weil Sie es sich nicht leisten können, erkannt zu werden. Aber Sie könnten auf einen Zug aufspringen. Und wenn Dempsey das getan hat, wäre er mitten in die Schlägerei in Hooverville hineingeraten.«

»Wenn, wenn, wenn«, brummte Dryman. Keegan packte seine Schulter und deutete auf ein Grab. Auf dem großen Grabstein, der dazu gehörte, stand

Frederick Dempsey
3. 2. 1900 – 7. 2. 1900
Nach vier Tagen von dieser Erde genommen,
doch ewiglich unvergessen

»Überzeugt?« rief der erleichterte Keegan aus.

Doch er war selbst noch nicht zufrieden. Tangiers Worte fielen ihm ein – daß Menschen auf der Flucht sich meist mit mehreren Identitäten versehen. Sie überprüften den Rest des Friedhofes und fünf weitere in der Stadt. Sie liefen durch die Grabreihen und notierten sich die Namen aller männlichen Kinder, die zwischen 1890 und 1910 geboren und bis zu zwei Wochen später gestorben waren. Am Ende des Tages hatten sie zwölf Namen, die es zu überprüfen galt. Vor ihnen lag eine Menge Arbeit, aber das war die Suche nach Fred Dempsey auch gewesen.

Sie hatten kaum Schwierigkeiten, an die Geburtsurkunden der zwölf Verstorbenen heranzukommen. Die Sterbeunterlagen wurden im Rathaus auf einer anderen Etage verwaltet. Eddie Tangier hatte recht gehabt; der Staat stimmte Leben und Tod nicht aufeinander ab. Niemand verglich die Unterlagen. Laut Meinung der Angestellten in der Statistikabteilung weilte Fred Dempsey unter den Lebenden. Wie lebendig er wirklich war, war ihr nicht im geringsten bewußt.

Keegan traf Mr. Smith in einem kleinen chinesischen Restaurant in Georgetown. Er war zufällig als erster da und wurde in ein kleines Hinterzimmer geleitet. Smith tauchte zehn Minuten später auf. Er kam durch eine Hintertür, nachdem er sein übliches Ablenkungsmanöver durchgeführt hatte. Er hörte Keegan geduldig zu, als dieser seine Reise nach Drew City und Erie schilderte.

»Jetzt wissen wir, daß unser Mr. X die Identität Fred Dempseys angenommen hat«, schloß Keegan. »Er hat neun Monate in Drew City gewohnt. Er hatte nie Schwierigkeiten und hätte Louise Scoby sogar heiraten können, wenn ihm das Schicksal nicht in Gestalt John Dillingers über den Weg gelaufen wäre.«

»Ihre Annahme, daß er der Killer aus dem Hobolager sein könnte, erscheint mir doch etwas weit hergeholt«, sagte Smith.

»Und wieso?«

»Es gibt keinen Beweis . . .«

»Ich versichere Ihnen, Mr. Smith, daß Fred Dempsey und 27 ein und dieselbe Person sind. Er ist nicht tot. Er lebt. Er ist eins achtzig groß und hat grüne Augen. Allem Anschein nach hat er diese neuen Farb-Kontaktlinsen getragen. Eine davon hat er bei der Schlägerei am Bahndamm verloren.«

»Woher wollen Sie das wissen?« fragte Smith skeptisch.

»Wir wissen, daß er ein Meister der Maske ist. In Drew City hatte er graue Augen. Joe Cobb hat einen Mann mit einem grünen und einem grauen Auge gesehen. Also hat er eine *graue* Linse verloren. Da er sich überhaupt die Mühe gemacht hat, seine Augenfarbe zu verschleiern, ist er als Deutscher vielleicht sogar blond. Er hat ein goldenes Feuerzeug mit einem Wolfskopf, dreht sich seine Zigaretten mit Prinz-Albert-Tabak, geht ins Kino, liebt die Damen und spricht keinerlei Akzent. Der Bursche ist knochenhart. Er hat sich noch mit Louise Scoby vergnügt, *obwohl er wußte, daß die G-Men im Anmarsch waren*. Er bringt gern Menschen um, Mr. Smith. Er war viele Monate mit Louise Scoby zusammen, und trotzdem hat er ihr das Genick gebrochen und sie eiskalt in den Fluß geworfen . . .« Er schnippte mit den Fingern. ». . . um sich ein Alibi zu verschaffen. Er hat zwei Männer umgebracht und einen dritten zum Krüppel geschlagen, weil sie ihn gesehen haben und ihn hätten identifizieren können. Ich verstehe allmählich, wie er denkt und vorgeht.«

»Wenn es stimmt, was Sie sagen, ist er gefährlicher, als wir angenommen haben.«

Keegan zog seine Namensliste aus der Tasche.

»Hier sind zwölf Namen. Ich nehme an, einer davon ist unser Maulwurf . . . Wenn ich recht habe, hat er sich im Mai 1933 *zwei* Ausweise ausstellen lassen; einen als Fred Dempsey; den anderen unter einem dieser Namen. Er wollte in der Lage sein, nach Europa zu verschwinden, falls etwas schiefgegangen wäre. – Wenn ich seine Ausweis-Anträge sehe, erfahre ich, wie er aussieht und wo er heute lebt.«

»Ist es nicht wahrscheinlich, daß er die Identität inzwischen erneut gewechselt hat?«

»Warum denn? Er hat doch keine Ahnung, daß wir hinter ihm her sind. Wenn er sich – wie in Drew City – irgendwo niedergelassen hat, warum sollte er sie ändern? Je freundlicher man ihn aufnimmt, desto sicherer ist er.«

»Immer vorausgesetzt, Dempsey ist der richtige Mann.«

»Er muß es sein.«

»Aber angenommen, er ist es nicht, Mr. Keegan?«

»Dann habe ich verloren«, sagte Keegan. »Aber das glaube ich nicht. Wenn auch nur einer der Toten auf dieser Liste einen Ausweis beantragt hat, haben wir unseren Mann.«

»Informationen dieser Art sind höchst vertraulich. Es ist keine leichte Aufgabe.«

»Ich bitte Sie! Auch nicht für den besten Organisator der Welt?«

Smith seufzte. »Mal sehen, was ich tun kann.«

Keegan und Dryman mieteten sich, um das Ergebnis von Smith' Ermittlungen abzuwarten, im Mayflower ein. Zwei Tage später trafen sie sich im Hinterzimmer des Regal-Restaurants am Capitol.

»Die ganze Stadt ist in Aufruhr«, sagte Smith. »Alle rechnen damit, daß es nur noch eine Frage von Tagen ist, bis Hitler in Polen einmarschiert.« Er legte einen kleinen braunen Umschlag vor Keegan auf den Tisch.

Als er den Umschlaginhalt begierig überprüfte, sagte Smith: »Eins sollten Sie wissen, Mr. Keegan: Wenn diese Spur nichts ergibt und Deutschland Polen angreift, sind Sie aus dem Fall raus. Hoover wird schäumen, weil er nicht früher davon erfahren hat. – Ich habe mindestens drei Gesetze gebrochen, um an diese Informationen heranzukommen.«

Keegan las einen Antrag, und sein Herz schlug ein paar Takte schneller. Es lag zwar kein Foto dabei, aber eine Zeichnung, die einen stattlichen Mann mit dunklem Bart, langem Haar und Brille zeigte.

»Ich konnte das Foto nicht klauen«, sagte Smith, »deswegen habe ich die Zeichnung anfertigen lassen. Natürlich kann er sich den Bart abrasiert und seine Haarfarbe geändert haben. – Tja, was meinen Sie?«

»Er könnte es sein«, sagte Keegan fest.

Er las den Text.

John Trexler, geboren am 2. November 1898 in Erie, Pennsylvania
Paßausstellung: 12. August 1933. Verlängert: 9. Februar 1938
Beruf: Skilehrer
Adresse: Mountain Ways, Aspen, Colorado.

Keegan verbarg seine Erregung. Jetzt war er sicher, daß John Trexler Fred Dempsey war – und beide waren 27. Er wußte, daß der echte John Trexler an diesem Tag in Erie zur Welt gekommen und eine Woche später gestorben war. Trexler mußte ihr Mann sein!

»Hören Sie zu, Keegan«, sagte Smith und bewies zum erstenmal Mitgefühl an diesem Fall, »kein packender Endkampf in der Sache, verstanden? – Wenn Sie sicher sind, daß er es ist, kriegen Sie jede Menge Hilfe.«

»Oh, absolut, Mr. Smith. Absolut.«

Sie waren von Bergen umgeben, und der Schnee klatschte gegen die Cockpitfenster. Dryman scherte auf einer Schwinge aus und jagte an der Seite eines Berges entlang. Schließlich fegten sie in einer Höhe von etwa zweihundert Metern über Aspen dahin. Sie hatten kaum noch Sprit im Tank.

»Ich glaube, der Flugplatz ist irgendwo da drüben«, sagte er und deutete vage nach links.

»Sie wissen es nicht genau?«

»He, Chef, ich kann doch nichts sehen! Im Moment fliege ich rein nach Gefühl.«

Plötzlich sahen sie unter sich durch die peitschenden Schneeflocken Scheinwerfer aufflammen.

»Yippie!« schrie Dryman. »Da ist er! Jetzt brauchen wir nur noch zu landen.«

Die Maschine brüllte über den Ost-West-Streifen und hielt auf Süden zu. Dryman scherte aus, ließ die Maschine auf der Tragfläche stehen und schwang in einer Höhe von dreißig Metern in einem engen Bogen heraus. Kurz darauf nahm er wieder einen geraden Kurs, sank tiefer und hüpfte über das Dach eines Fahrzeugs, das er um knappe zwei Meter verfehlte.

»Festhalten!« schrie er, als er den Motor abschaltete und den Bug hochriß. Die Maschine sank nach unten und klatschte hart auf den gefrorenen Boden. Schnee spritzte über den Flügeln auf und klatschte gegen das Cockpit. Dryman trat auf die Bremse und versuchte die Maschine daran zu hindern, unter ihnen wegzurutschen. Die Maschine drehte sich zweimal um ihre Achse und blieb stehen.

Sie blieben eine volle Minute sitzen und sahen sich das sie umgebende Schneegestöber an.

»Wunderbar«, sagte Dryman halblaut. Er drehte sich um und warf einen Blick aus dem Heckfenster. Ein bleicher Keegan lächelte ihm matt zu und hob einen Daumen in die Luft.

Der Flugplatz-Manager kam durch den Schnee auf sie zugefahren, die Ketten an seinen Reifen klirrten. Er sprang hinaus, ein junger, rothaariger Mann Mitte Zwanzig. Sein Blick war noch immer fasziniert von dem Landespektakel, dessen Zeuge er geworden war.

»Alles klar, Jungs?« fragte er, als sie aus der Maschine stiegen.

»Ich bin zehn Jahre älter als vor einer Stunde«, erwiderte Keegan seufzend.

»Unheimlich! *Unheimlich!*« rief der junge Mann aus. »So hab' ich noch *keinen* fliegen sehen!«

»Wirst du wahrscheinlich auch nie wieder«, sagte Dryman und stieg ebenfalls aus. »Wie heißt du, Junge?«

»Jesse Manners«, sagte der Manager und reichte Dryman die Hand. Keegan sprang von der Tragfläche herab und bahnte sich eine Gasse durch den knöcheltiefen Schnee, um ihm ebenfalls die Hand zu geben.

»Keegan, Sicherheitsdienst Weißes Haus«, sagte er. »Das ist mein Pilot, Captain Dryman.«

Während Dryman die Maschine in den Hangar fuhr, damit sie nicht anfror, wartete er in Manners' Büro auf Harris, den Stellvertreter des momentan abwesenden Sheriffs. Harris war der örtliche Wildhüter. Manners servierte ihm heißen Kaffee und ging in den Hangar, um Dryman zu helfen. Beide kamen kurz darauf wieder zurück. Eine halbe Stunde später trat der kräftige Wildhüter in einer dicken Schafsfelljacke ein. Er war Ende Zwanzig, ein netter Mann mit zerzaustem Haar, dem Ansatz eines Bartes und einem flinken Lächeln.

»Ich bin Duane Harris von der Forstverwaltung«, stellte er sich vor.

»Nett, Sie kennenzulernen«, sagte Keegan. »Ich weiß Ihre Hilfe in dieser Angelegenheit sehr zu schätzen.« Er stellte ihm Dryman vor und zeigte ihm seinen Ausweis. Dann zog er den Ranger beiseite und unterhielt sich leise mit ihm. Manners, eine der größten Klatschtanten Aspens, tat zwar so, als ignoriere er sie, aber natürlich spitzte er seine neugierigen Ohren.

»Ich suche einen Mann namens John Trexler. Kennen Sie ihn?«

»Aber klar. Jeder hier kennt Johnny Trexler. Er arbeitet für die Highlands Resort-Skipatrouille. Gibt's Probleme mit ihm?«

»Ich muß nur mit ihm reden«, sagte Keegan. »Ich bitte Sie zwar nicht gern darum, aber da der Sheriff nicht in der Stadt ist ... Könnten Sie uns vielleicht helfen?«

»Aber sicher. – Wie sind Sie überhaupt hergekommen?«

»Mit einem großartigen Piloten und viel Glück«, sagte Keegan mit einem Lächeln. Sie gingen in den Schneesturm hinaus.

Jesse Manners konnte es kaum erwarten, daß sie verschwunden waren; dann griff er zum Telefon.

In seiner Hütte warf John Trexler geistig eine Münze. Er hatte geplant, über das Wochenende die achtzig Kilometer nach Leadville zu fahren, aber jetzt, wo der Sturm aufzog, überlegte er es sich noch einmal. Das Telefon klingelte. Jesse Manners vom Flughafen war am Apparat.

»He, Johnny«, fragte er, »hast du jemanden vergrätzt?«
»Wie meinst du das?«
»Etwa im Weißen Haus?«

»In welchem Weißen Haus?«

»Na, in *dem* Weißen Haus. Oder bist du 'ne große Nummer?«

»Wovon zum Kuckuck redest du überhaupt, Jesse?«

»Hier ist gerade 'ne Heeresflieger-Maschine gelandet. Mitten im Unwetter. Zwei Burschen aus dem Weißen Haus. Sie sind hier, um mit dir zu reden. Was hast du angestellt, alter Junge?«

»Sie sind vom Weißen Haus?« wiederholte Trexler.

»Haben Sie gesagt. Weißes Haus, Sicherheitsdienst.«

Weißes Haus, Sicherheitsdienst? Trexlers Verstand fing an zu rasen. *Was kann das bedeuten?*

»Ist 'n Geheimnis, Kleiner«, sagte er gelassen. »Ich erzähl dir später davon. Und ... Hör mal, Jesse, behalt es für dich, ja? Es ist 'ne Überraschung.«

»Klar, Johnny.«

Trexler legte auf und blieb bewegungslos im Raum stehen. Sein Geist wurde von Fragen bombardiert. Was zum Henker wollten zwei Männer vom Sicherheitsdienst des Weißen Hauses von ihm? Was war überhaupt der Sicherheitsdienst des Weißen Hauses? Hatte der Verein etwas mit der Einwanderungsbehörde zu tun? War irgend jemand aus Zufall über seine falsche Identität gestolpert?

Hatte er einen Fehler gemacht?

Unmöglich! Vierhaus, Hitler und Ludwig waren die einzigen, die von seiner Existenz wußten. Und doch ... Von allen Möglichkeiten, die ihm einfielen, schien dies die logischste zu sein.

Die Frage war müßig. Er konnte kein Risiko eingehen. Er mußte weg. Für das, was vor ihm lag, brauchte er Zeit und einen Haufen Glück. Er mußte erneut eine Illusion erschaffen.

Sein Rucksack war gepackt. Nach dem Zwischenfall in Drew City war er stets auf dem Sprung gewesen, sofort zu verschwinden. Er ging ins Schlafzimmer und zog die Leiter herunter, die zum Dachboden führte. Dann stieg er mit einer Taschenlampe hinauf, schloß eine dort abgestellte Feldkiste auf und entnahm ihr den Rucksack. In der Kiste befand sich alles, was er brauchte: Papiere, Bargeld, das lange Messer, ein .45er Colt Automatic und Kleidung. Er band den SS-Dolch an seinem rechten Unterschenkel fest und schnallte sich den Geldgürtel um.

Während er sich ankleidete, arbeitete er an einem Plan – an einer Option, die er im Laufe der Jahre ausgearbeitet hatte. Rasch ging er wieder hinunter und warf nur so viele Kleider in seine Tasche, damit der Eindruck entstünde, er wolle ein paar Tage verreisen.

Er ging ins Wohnzimmer zurück und rief das Skipatrouillenbüro im Blockhaus an. Wes Childress, der Chef, hob ab.

»Wes, hier ist Johnny«, sagte er so beiläufig wie möglich. »Nur damit du Bescheid weißt: Ich fahre nach Leadville rüber. Wenn die Straßen sauber sind, bin ich Montag wieder hier.«

»Das schaffst du nicht, Alter«, antwortete Childress. »Der Blizzard steht schon vor der Tür.«

»Wenn ich mich beeile, kann ich über die Route 82 und dann zum Highway. – Will Soapie immer noch zum Copperhead Ridge rüber?«

»Yeah, ich hab' gerade mit ihm gesprochen.«

»Braucht er Hilfe?«

»Nee, du kennst den alten Soapie doch. Er ist an seinen Scheiß gewöhnt.«

»Okay. Also bis Montag.«

»Du hast sie wirklich nicht alle, Kumpel. Viel Glück.«

»Danke.«

Trexler schaute auf seine Uhr. Im besten Fall hatte er eine halbe Stunde. Er verließ die Hütte, schloß sie ab, warf die Tasche in den Kofferraum seines Wagens und fuhr den zweihundert Meter langen Weg zur Bergstraße hinab, die zur Ortschaft führte. Aber er wandte sich ihr nicht zu, sondern fuhr den Berg hinauf zu Soapies Hütte.

Kapitel 44

Auf dem Weg zum Ort funkte Harris das Büro der Skipatrouille im Highlands Resort an, bei dem Trexler beschäftigt war. »He, Wes, ich bin's, Duane. Weißt du, wo John Trexler steckt?«

»Yeah. Er war noch vor zehn Minuten in seiner Hütte. Aber er will nach Leadville fahren. Ich glaube, er hat da 'ne Freundin.«

»Wie will er da hinkommen?«

»Über die Route 82. Die ist noch frei. Warum?«

»Ich hab' Besuch für ihn bei mir.«

»Ihr könntet ihn knapp verpassen.«

»Danke«, sagte Harris und legte das Funkmikro neben sich auf den Sitz.

Sie fuhren durch das kleine, malerische Dörfchen, und als sie zwei Kilometer hinter sich hatten, wurde Harris langsamer.

»Der Weg hier führt zu ihm rauf«, sagte er. »Es geht ungefähr einen Kilometer nach oben. Seine Hütte steht knapp zweihundert Meter von der Straße weg.« Er schaute aus dem Seitenfenster und bog in einen schmalen Weg ein, der zwischen Bäumen hindurchführte. Jungfräuliche Schneehügel säumten die schmale Gasse.

»Wir haben Glück«, sagte Harris. »Keine Reifenspuren. Dann muß er noch da oben sein.«

»Gibt's hier noch 'ne andere Straße?« fragte Keegan.

»Nee. Die hier endet als Sackgasse oben an Soapie Kramers Forsthaus.«

»Wie weit ist das?«

»Sechs, sieben Kilometer.«

Harris wechselte den Gang und fuhr weiter.

»Wie lange kennen Sie Trexler schon?« fragte Keegan.

»Ach, Johnny ist schon 'n paar Jahre in der Gegend. Er hat im Lauf der Zeit für alle Sportanlagen gearbeitet. Ein halbes Dutzend Firmen haben hier erfolglos versucht, Geld zu machen. Jetzt arbeitet er für die Highland-Leute; es sieht so aus, als würden sie hier bleiben.«

»Was ist er für ein Mensch?«

»Ein ganz normaler. Alle mögen ihn. Unheimlich guter Skiläufer. Er und Soapie haben letztes Jahr auf dem Mount Elbert 'n Dutzend Touristen gerettet. Sie hingen fast auf dem Gipfel fest, und das Wetter war schlimmer als heute. Als Sie sagten, Sie kämen vom Weißen Haus, dachte ich schon, der Präsident würde ihnen 'n Orden oder so was verleihen.«

»Davon wußten wir ja gar nichts«, sagte Keegan zynisch. Er griff in seine Achselhöhle, zog einen .45er hervor und überprüfte den Sicherungshebel. Dryman tat das gleiche. Harris schaute ihn überrascht an und sagte: »He, was soll das werden?«

»Ich weihe Sie jetzt ein, Duane«, sagte Keegan. »Wenn Trexler der Bursche ist, den wir suchen, ist er sehr, sehr gefährlich.«

»John *Trexler*?«

»Ja. Wir gehen folgendermaßen vor: Sobald er die Tür aufmacht, schnappen wir ihn und machen ihn kampfunfähig.«

»Was hat er angestellt?« fragte Harris. Er war deutlich entsetzt.

»Bis jetzt wissen wir nur von drei Menschen, die er umgebracht hat«, sagte Keegan.

»Gütiger Gott!« sagte Harris.

»Was ist, wenn er durchdreht?« fragte Dryman. »Was ist, wenn er 'ne Kanone hat?«

Keegans Herz schlug wild, aber äußerlich war er ruhig. »Dann blase ich ihm das Gehirn aus dem Schädel«, sagte er ohne zu zögern.

»Vielleicht rufe ich lieber meinen Chef an«, sagte Harris nervös. »Vielleicht fahren wir lieber nach Aspen zurück und holen uns Verstärkung.«

»Machen Sie sich keine Sorgen«, sagte Keegan. »Er rechnet nicht mit uns. Wir bleiben ganz ruhig und gelassen, wenn wir bei ihm sind. Wenn er rauskommt, stellen Sie uns einfach als Kollegen aus Denver vor. Dann schnappen wir ihn uns.«

»Ich hab' so was aber noch nie gemacht!« sagte Harris.

»Schon okay«, sagte Keegan. »Wir auch noch nicht.«

Als sie den Weg erreichten, der zu Trexlers Hütte führte, hielt Harris an. Das Schneetreiben und der Wind nahmen zu. »Wo ist denn sein Wagen?« sagte er. Er drehte die Scheibe herunter und überprüfte den Boden. »Komisch, daß keine Spuren nach unten führen. Sie gehen alle den Abhang rauf.«

»Was ist überhaupt da oben?« fragte Keegan.

»Ein Forsthaus. Soapie Kramer wohnt da. Aber er wollte zum Copperhead Ridge hinüber, auf Lawinenpatrouille.«

Er ist abgehauen, dachte Keegan. *Jemand hat dem Hundesohn einen Tip gegeben.* »Wie gut ist dieser Kramer?« fragte er Harris.

»Ist seit zwölf Jahren hier in den Bergen. Ich glaube, es gibt keinen Besseren.«

»Und Sie, Duane?«

»Nicht so gut.«

»Und Trexler?« fragte Dryman.

»Der ist auch verdammt gut«, sagte Harris. »Könnte Soapie ziemlich gefährlich werden, ist aber nicht an Wettkämpfen interessiert. Liebt das ruhige Leben.«

»Raucht er?« fragte Keegan.

»Ob er raucht? Yeah. Dreht selbst.«

»Hat er ein Feuerzeug?« sagte Dryman.

»Ja, sicher...«

»Ein goldenes, mit einem Wolfskopf?« fragte Keegan.

»Yeah«, sagte Harris überrascht. »Sie scheinen ihn ja sehr gut zu kennen.«

»Ich kenne ihn auch gut«, sagte Keegan fest. »Was meinen Sie? Wollen wir es versuchen?«

»Der Hügel da hat 'ne Steigung von fünfundzwanzig Grad«, sagte Harris. »Versprechen kann ich nichts.«

»Ich bin sicher, Sie werden Ihr Bestes tun«, sagte Keegan.

Trexler fuhr so schnell, wie sein Hudson-Terraplane es gestattete, um den Weg nach Dutchman Flat und zu Soapie

Kramers Hütte hinter sich zu bringen. Er dachte über seinen Plan nach und untersuchte ihn nach Lücken.

Endlich verlief der Weg wieder gerade. Trexler legte an Tempo zu, fuhr durch das Kammwäldchen und kam plötzlich wieder auf flaches Land – ein Plateau in der Nähe des Berggipfels. Das Schneegestöber fing wieder an, dicke Wolken ragten über den Gipfeln auf und brachten starken Wind mit.

Was hat die Natur bloß gegen mich? fragte er sich. Zuerst die Sandstürme und jetzt das. Aber er beschwerte sich nicht. Ein Schneesturm konnte ihm nur Deckung geben. Er brauchte ein paar Tage Vorsprung, und die konnte der sich zusammenbrauende Sturm ihm verschaffen. Er stellte den Wagen in der Nähe von Soapies Hütte ab und richtete ihn auf den See hinaus, der neben Kramers Grundstück lag. Schneeflocken tanzten über die vereiste Oberfläche. Trexler ging direkt zur Ecke der Hütte. Die Telefonleitung verlief an der Seite der Hütten entlang und durch einen Durchlaß am Fundament in sie hinein. Er klappte sein Taschenmesser auf und zerschnitt das Kabel.

Dann ging er zur Frontseite und lugte durch das Glasfenster.

Gott sei Dank! Kramer war noch da.

Der Schnee peitschte gegen die Windschutzscheibe. Harris beugte sich mit zusammengekniffenen Lidern vor, als er den rutschenden schwarzen Ford den steilen Weg hinaufjagte.

»Das schaffen wir nicht, Gentlemen«, sagte er. »Ich brauche Schneeketten. Ich hab' nur Winterreifen drauf.«

Keegan konzentrierte sich ebenfalls auf die Straße.

»Versuchen Sie's weiter«, sagte er.

Kurz darauf rutschte der Wagen von der Fahrbahn ab und blieb am Wegrand in einem Loch stecken. Sie hingen fest, das rechte Hinterrad drehte sich in der Luft.

Harris stieg aus und schätzte die Situation ab.

»Vielleicht krieg ich ihn mit roher Gewalt da raus«, sagte er fröstelnd. »Wenn ich ihn wieder in die Spur kriege...«

»Wie weit ist es von hier aus noch?« fragte Keegan.
»Hier kommen wir ohne Schneeketten nicht weiter.«
»Wie weit ist es noch?« wiederholte Keegan.
»Mindestens eineinhalb Kilometer.«
»Dann gehen wir zu Fuß.«
»Bei *dem* Wetter?« sagte Harris erstaunt. Er schüttelte den Kopf. »Keine Chance. Ich kenne die Gegend besser als mein Schlafzimmer. Bei dem Wetter könnten wir glatt an der Hütte vorbeilaufen. Hier kann man sich sehr leicht verirren. Zum Teufel, bevor wir da oben sind, sind wir erfroren! Bei einem Blizzard sind eineinhalb Kilometer eine Ewigkeit!«

Keegan schlug mit der Faust auf den Kühler und schrie: »Gottverdammt, wir haben den Kerl doch schon fast!«

»Haben Sie was dagegen, wenn wir uns zum Nachdenken in den Wagen setzen?« schrie Harris zurück. Sie stiegen wieder ein. Keegan zog die Handschuhe aus und blies auf seine kalten Finger.

»Bei dem Wetter kann er nicht weiter«, sagte Harris und rang nach Atem. »Er und Soapie werden sich da oben eingraben müssen.«

»Der Bursche gräbt sich nirgendwo ein«, sagte Keegan. »Ich kenne ihn. Der macht weiter. Er ist fanatisch. Er muß einen Auftrag erledigen. Und er ist auf der Flucht. Ich will Ihnen mal was sagen, Duane: Wenn er auf der Flucht ist, ist er schwerer zu stoppen als eine Lokomotive.«

»Trexler ist zwar gut, aber durch den Sturm, der sich da zusammenbraut, kommt keiner; auch nicht mit Skiern.«

»Er kann und wird es tun. Und wir können ihn nicht aufhalten, weil wir hier *festsitzen*!« Keegan richtete sich gerade auf und sagte: »Mein Gott, ich weiß, was er plant. Harris, funken Sie! Sagen Sie, man soll sich sofort mit Soapie Kramer in Verbindung setzen. Wenn Trexler sich bei ihm zeigt, soll er ihn mit seiner Kanone in Schach halten. Er ist sehr gefährlich.«

»Man wird mir nicht glauben!«

»Dann sage ich es ihnen! Los! Soapies Leben hängt davon ab!«

»Kee . . .«, setzte Dryman an.

»Klappe halten.«

»Aber . . .«

Keegan wußte, was Dryman Sorgen machte. Angenommen, sie hatten sich in bezug auf Trexler geirrt? Was war, wenn Soapie *zu* nervös wurde?

»Es könnte um Soapies Leben gehen, Dry«, sagte Keegan leise.

Harris funkte seine Basis an, aber der Empfang war schlecht. Aus dem Lautsprecher knatterten Störgeräusche.

»Basis, hier ist Harris. Mr. Keegan vom Stab des Weißen Hauses sagt, Sie sollen Soapie Kramer sofort anfunken und ihm sagen, daß Trexler gefährlich ist. Er soll ihn festnehmen.«

Das Funkgerät rülpste und fauchte. Dann: ». . . Empfang. Bitte wiederholen . . .«

»Gott, Sie hören uns nicht«, sagte Keegan.

Der Ranger wiederholte die Botschaft. Durch die Störgeräusche empfingen sie so etwas wie eine Antwort.

». . . ler vor einer Stunde . . . Leadville gefahren . . . Soapie . . . zum Copperhead Ridge . . . Lager . . . Funkgerät abgestellt.«

Keegans Schultern sackten herab.

»Er wird es *wieder* tun«, sagte er halblaut.

»Was?« fragte Harris.

Wie in Drew City, dachte Keegan. Es hat einmal geklappt, und deswegen macht er es noch mal.

Ich kenne dich, du Hundesohn. Ich weiß, wie du denkst. Bist stets fluchtbereit. Findest immer eine Hintertür.

»Was tut er *wieder*?« wiederholte Harris.

»Entkommen«, antwortete Keegan.

Sie mußten etwas unternehmen.

»Zum Teufel«, sagte Harris schließlich. »Versuchen wir's zu Trexlers Hütte zurück, da erfrieren wir wenigstens nicht.«

Er schaltete schnell zwischen dem ersten und dem Rückwärtsgang hin und her, so daß der Wagen anfing zu wackeln. Der Reifen faßte Grund und sprang wieder auf die

Straße, aber dann rutschte er erneut ab, und der Wagen drehte sich seitwärts.

»Himmel, wir kippen!« schrie Harris, als das Heck des Fords über den Abgrund rutschte, der Wagen sich auf die Seite legte und mit dem Dach nach unten in die Schlucht fiel.

Trexler zerrte in der Hütte die in einen Teppich gewickelte Leiche Kramers die Eingangsstufen hinunter und legte sie am Heck seines Wagens nieder. Er öffnete den Kofferraum, schob Kramer hinein und eilte in die Hütte zurück, wo er Soapies fertig gepackten Rucksack durchsuchte. Er fand einen .45er Colt und eine Schachtel Patronen und schob alles in seinen eigenen. Dann ging er wieder ins Freie und warf den Rucksack neben die Leiche, knallte den Deckel zu, stieg ein und fuhr an den Rand des Sees. Er hielt an, ging mit einem Stock auf das Eis hinaus und versuchte, ein Loch zu bohren. Zu dick. Vornübergebeugt umrundete er vorsichtig den Teich, bis er unter der Eisdecke einen großen, klaren Raum fand, eine etwa eineinhalb Meter durchmessende Luftblase. Er bohrte den Stock ins Eis, bis er hindurchging. Die Eisdecke war etwa zweieinhalb Zentimeter dick.

Trexler eilte zum Wagen zurück und legte den Gang ein. Er fuhr mit offener Tür, steuerte auf den Teich hinaus und hielt auf das Luftloch zu. Dann trat er das Gaspedal nieder. Er rollte sich aus dem Wagen und rutschte über die gefrorene Oberfläche, bis er schlitternd zum Halten kam. Er erhob sich auf die Knie und kroch auf allen vieren ans Ufer. Der Wagen verlangsamte und rollte in der Mitte des Teiches aus. Trotz des Windes hörte Trexler das Knirschen. Er erreichte festen Boden und blickte zurück. Der Wagen war stehengeblieben und zur Seite gerutscht. Das Eis ächzte erneut, dann ertönte ein scharfes Krachen, wie bei einem Blitz. Dann noch eins, noch lauter, und plötzlich brachen die Vorderräder durch das Eis. Die Oberfläche brach, das Auto kippte mit dem Bug zuerst durch das Eis. Eine große Luftblase brach durch das Loch.

Dann war nur noch der Wind zu hören.

Trexler riß einen Kiefernzweig ab und glättete und verwischte die Spuren des Wagens und seine eigenen. Dann ging er zur Hütte zurück.

Keegan lag rücklings auf der Wagentür. Der Ford hatte drei Viertel einer Drehung gemacht und hing nun zwei Meter über dem Boden an einem dicken Kiefernstamm. Harris' Kopf ruhte in Keegans Schoß; er war bewußtlos. Keegan lugte vorsichtig über die Schulter aus dem Fenster und blickte genau in einen tiefen Wasserlauf.

Er bemühte sich, die Füße unter den Leib zu bekommen. Seine Rippen waren verstaucht, sonst aber war er unverletzt. Harris' rechtes Bein war grotesk verdreht und klemmte zwischen der Kupplung und der Bremse. Dryman lag mit angezogenen Knien auf dem Rücksitz, auf seiner Stirn nahm eine große Schramme allmählich Farbe an.

»Alles klar?« fragte Keegan.

»Yeah«, sagte Dryman, betastete seinen Kopf und zuckte zusammen. »Aber ich habe die schlimmsten Kopfschmerzen aller Zeiten.«

»Harris ist weggetreten. Wie wär's mit Erster Hilfe?«

»Ich hab' den Kursus vor zehn Jahren gemacht.«

»Na, Sie sind mir einer«, sagte Keegan. Er stützte Harris mit der Schulter ab und befreite vorsichtig sein Bein.

»Er hat sich den Knöchel gebrochen«, sagte er. »Der Knochen sticht raus. Wir müssen das Bein schienen und ihn zu Trexlers Hütte bringen.«

Er drückte auf Harris' Seite vorsichtig die Tür auf und zog sich aus dem Wagen. Als er auf der Seite hockte, blickte er zur Straße hinauf. Der Wagen schien an dem Baum sicher zu sein. Keegan streckte sich aus und öffnete den Gepäckträger am Heck. Darin befanden sich ein Erste-Hilfe-Koffer, Decken, ein langes Seil und eine große Werkzeugkiste. Er zog die Decken, den Koffer und das Seil an sich und bahnte sich wieder einen Weg hinein.

»Wir haben Glück«, sagte er. »Er hat genug Zeug bei sich, um ein Lazarett aufzumachen. Schienen Sie sein Bein, und wickeln Sie ihn in eine Decke, damit er keinen Schock kriegt. Ich wickle das Seil um den Baum, dann können wir ihn herunterlassen.«

»Wir müßten eigentlich tot sein«, sagte Dryman. »Wir müßten eigentlich da unten in dem Bach liegen.«

»Sind wir aber nicht«, sagte Keegan.

Sie machten sich an die Arbeit.

In Kramers Hütte arbeitete Trexler fieberhaft daran, sich für den Weg über den Berg zum Copperhead Ridge fertigzumachen. Er überprüfte sorgfältig die Hütte und zog einen zusätzlichen Pullover und seine Schafswolljacke an. Dann setzte er eine Skimaske und eine Schutzbrille auf und zog Kramers Mütze über seine eigene. Es war wichtig, den Kopf warmzuhalten. Wenn sein Kopf kalt wurde, sank seine Körpertemperatur dementsprechend. Er schnallte seinen Rucksack über, zog Handschuhe an und ging in das Unwetter hinaus.

Der Grat neigte sich abwärts und verschwand im Blizzard. Trexler konnte kaum zehn Meter weit sehen. Zwar kannte er den Weg, aber er kannte weder die kritischen Stellen noch die Senken und Rutschbahnen. Siebenhundert Meter unter ihm breitete sich ein plötzlicher, hundert Meter tiefer Abhang aus. Er konnte es sich nicht leisten, dort hinunterzutreiben und der Klippe zu nahe zu kommen.

Trexler schob die Füße durch die Lederschlaufen seiner hölzernen Skier und schloß die Riemen um Knöchel und Ferse.

Der Weg, der vor ihm lag, verlief drei- bis vierhundert Meter weit gerade, dann stieg er scharf nach rechts hinan. Die letzten zweihundert Meter waren das Problem – ein Hang von vierzig Grad führte im offenen Wind zur Hütte von Copperhead Ridge hinauf. Bei diesen Windverhältnissen konnte ein Ausrutscher einen grenzenlosen Sturz bedeuten – bis zum Fuß des Berges waren es zwölfhundert Meter. Da war nichts, was einen aufhalten konnte. Auf dem Hang wuchsen nicht mal Gänseblümchen.

Trexler lächelte vor sich hin. Dann schrie er aus vollem

Hals »Heil Hitler!«, zog den Kopf zwischen die Schultern und stürzte sich geradewegs in das Unwetter hinein.

Kapitel 45

Morgengrauen. Es schneite immer noch. Trexler hatte es kurz vor Eintreten der Dunkelheit zum Copperhead Ridge geschafft. Er war die letzten zweihundert Meter auf dem Bauch von einem Felsen zum nächsten gekrochen, um nicht vom heulenden Wind fortgeweht zu werden. Als er die Hütte erreicht hatte, hatte er Feuer gemacht, etwas gegessen und acht Stunden geschlafen. Hier hinauf würde niemand ihm folgen, da war er ganz sicher.

Er erwachte lange vor Sonnenaufgang und war bereit, die andere Seite der Copperhead Ridge hinabzufahren, sobald das Licht es erlaubte. In den Stunden vor der Morgendämmerung hatte der Wind nachgelassen. Gegen halb sieben war er wieder unterwegs. Er fuhr bedächtig weiter, bis die Sonne im Osten über der Sawatch-Kette auftauchte. Als die Sichtweite zunahm, fuhr er schneller und blieb auf den hohen Kämmen. Gegen Mittag war er fast am Mount Harvard. Doch der Wind nahm zu, schwenkte nach Westen und verlangsamte ihn. Seine Hände und Füße wurden allmählich taub, die Sichtweite verringerte sich auf zehn bis zwölf Meter. Er erreichte ein Kiefernwäldchen und ging, statt zu fahren.

Dann: ein Augenblick der Panik. Vor ihm, scharf rechts, kräuselte sich der Schnee aufwärts. Kurz darauf bemerkte er den Aufwind. Er war fast am Klippenrand. Trexler hielt inne und schwenkte den Hang hinauf. Er atmete schwerer. Durch die eisigen Wirbel links von sich sah er etwas. Zuerst dachte er an die Wurzel eines umgestürzten Baumes, doch als er näher kam, erkannte er, daß es sich um eine Höhle handelte, ein klaffendes, fast eineinhalb Meter breites Loch im Antlitz des Berges. Er arbeitete sich zu dem Loch hinauf, schob den Rucksack in die Öffnung, nahm die Skier ab und schob sie dann ebenfalls hinein. Dann sammelte er etwas

Holz und kroch in das Loch hinein. Er zückte seine Taschenlampe: Vor ihm lag ein schachtartiger Spalt, der sich zehn oder zwölf Meter weiter zu einer kleineren Öffnung verengte. Blätter und abgebrochene Zweige, vom Wind hereingeblasen, bedeckten den Boden.

Trexler zündete in der Nähe der Öffnung ein Feuer an und ließ den Rauch vom Aufwind hinaussaugen. Er zog seine Stiefel aus und wärmte seine Hände und Füße über dem Feuer. Dann zog er frische Socken an. Er aß etwas Fleisch aus der Dose und eine Orange, dann leerte er fast eine ganze Feldflasche mit Wasser.

Eine Stunde verging. Der Schneeschauer flaute ab, der Wind drehte sich. Draußen wurde es heller. Der Wind blies den Rauch nun in die Höhle hinein. Trexler nahm seinen Rucksack und bereitete sich auf das Weiterfahren vor.

Dann hörte er etwas. Zuerst war es ein leises Grollen. Er lugte in die dunkle Höhle hinein, ohne etwas zu sehen, und griff nach der Taschenlampe. Dann hörte er es wieder, diesmal lauter. Er spürte eine Bewegung; dann wußte er, was es war. Er blies ins Feuer, damit es heller wurde, und tastete nach der .45er.

Die Bestie stieß ein unmißverständliches Brüllen aus und nahm in der Dunkelheit Formen an. Ein Grizzly, vom Rauch aus dem Winterschlaf geweckt, kam im Halbschlaf mit gefletschten Zähnen und wütend funkelnden Augen auf ihn zu.

»*Gott!*« schrie Trexler laut, als das gewaltige Geschöpf sich ihm näherte. Er warf dem Bären die Taschenlampe ins Gesicht und stülpte seinen Rucksack um, bis er den kalten Eisengriff des Colts in der Hand spürte. Der Bär griff an, er schlug mit der Tatze nach ihm. Seine Krallen rissen an Trexlers Wange, zogen drei tiefe Schrammen von seinem Backenknochen zum Kinn und warfen ihn nach hinten in die Höhlenöffnung.

Trexler schrie vor Schmerz auf, als er nach hinten fiel, und trat das brennende Holz in Richtung auf die riesige Bestie. Der Grizzly wich nur kurz aus. Trexler streckte seinen Waffenarm, zielte auf den Kopf des Bären und drückte ab.

Die Kugel fegte dicht über die Stirn des Grizzlys und streifte seinen Schädel. Der Bär griff erneut an. Er ragte über Trexler auf, der einen Schuß nach dem anderen abgab. Die Kugeln krachten wirkungslos gegen seinen feisten Wanst. Mit jedem Treffer brüllte die Bestie lauter auf und wurde wütender. Trexler stolperte rückwärts, um ihr aus dem Weg zu gehen.

Er trat gegen einen Ski, der umkippte und aus der Höhle rutschte. Trexler griff panisch nach ihm, bekam ihn aber nicht zu fassen. Der Ski fegte den steilen Hang hinab und verschwand aus seinem Blickfeld.

Als der Bär laut brüllend erneut angriff, fuhr Trexler herum, riß die Waffe hoch und feuerte den letzten Schuß ab. Die Kugel traf den Grizzly ins Auge, das wie eine Frucht zerplatzte. Der Kopf des Bären flog nach hinten; er schüttelte ihn heftig und fiel um – genau über Trexlers Beine.

Trexler befreite ein Bein und trat so lange gegen die verendende Bestie, bis er auch das andere wieder bewegen konnte. Er nahm das Magazin aus der Pistole, fand eine Patronenschachtel, füllte es nervös mit sechs Schuß, schob es wieder in die Waffe, hielt es zehn Zentimeter vom Kopf des Bären entfernt und gab drei weitere Schüsse ab. Dann ließ er die Waffe fallen, stöhnte wegen der schrecklichen Verletzungen in seinem Gesicht auf, kroch ins Freie und wusch seine Wunden mit Schnee ab.

Nun war ihm nicht mehr kalt. In seinen Adern brüllte das Adrenalin. Er nahm die Taschenlampe und ließ den Strahl durch die Höhle wandern. Sie schien leer zu sein. Auf dem Bauch liegend schaute er den Abhang hinunter. Der Ski war weg. Irgendwo dreihundert Meter unter ihm im Tal.

Und vor ihm lagen noch fünfzehn Kilometer.

Trexler nahm einen Spiegel aus seinem Erste-Hilfe-Satz und verstrich mit einem Läppchen Jod auf der Wunde. Das Antiseptikum jagte eine Schmerzwelle über sein Gesicht. Er fiel nach Luft ringend gegen die Höhlenwand, während Tränen seine blutigen Wangen mit nassen Streifen versahen. Dann warf er den Kopf zurück und heulte wie ein verwundetes Tier. Der Schrei echote durch die Klamm und zurück.

Als die Hunde anschlugen, schaltete Lamar Trammel im Parterre gerade die Lampen aus. Es war fast zehn Uhr, und der Schnee lag gut einen halben Meter hoch. Das Bellen war beharrlich. Lamars Familie war zwar auf dem Weg ins Bett, aber der Radau machte sie nachdenklich. Jetzt heulten die im Stall untergebrachten Tiere sogar wie auf der Jagd. Lamar nahm seine Taschenlampe, ging zur Hintertür und schloß sie auf. Als er sie öffnete, zuckte er erschreckt zurück. Hinter ihm schrie sein Sohn Byron überrascht auf.

Im Türrahmen stand ein schneebedeckter Mann. Seine behandschuhten Finger wirkten verkrüppelt und erfroren. Er musterte sie mit einem wilden Blick durch die Schlitze einer Skimaske. Er streckte die Arme und wollte etwas sagen, dann brach er an der Tür zusammen.

Trexler erwachte durch das Gefühl belebend warmen Wassers auf seinem Gesicht und öffnete die Augen. Eine stattliche Frau mit langem braunem Haar, das hinten zusammengebunden war, säuberte seine Wunden.

»Sind Sie ein Engel?« murmelte er. »Bin ich tot?«

Die Frau lächelte herzlich und sagte leise: »Gott sei Dank, Sie sind wach.« Dann drehte sie sich um und rief: »Lamar!«

Ein hochgewachsener, zäh aussehender Mann trat ein. Hinter ihm kamen zwei Halbwüchsige.

»Wie läuft's?« fragte er.

»Ich weiß nicht. Wo bin ich?«

»In Pitkin. Wir wohnen 'n paar Meilen von der Stadt entfernt.«

»In Pitkin?« sagte Trexler überrascht. »Wie bin ich denn hier runtergekommen?«

»Wir sind die Trammels«, sagte Lamar. »Melinda, Byron, Gracie. Ich bin Lamar. Sie haben vor 'ner Stunde vor unserer Tür gestanden und uns zu Tode erschreckt.«

»Er meint, Sie waren ein schrecklicher Anblick«, fügte seine Frau Melinda hinzu.

»Ich fürchte, wir können Ihnen keinen Arzt holen«, sagte Lamar. »Das Telefon ist kaputt, und auf der Straße liegt ziemlich hoher Schnee.«

»Ich habe Ihre Verletzungen gesäubert und verbunden«, sagte Melinda. »Sie müssen sie nur reinhalten.«

»Das wird schon wieder«, sagte Trexler. »Mein Name ist Clark; Sam Clark.«

Sie schüttelten sich die Hände.

»Wollen Sie uns was erzählen?« fragte Lamar.

»Klar. Ich war am Harvard Peak oben, bin Ski gelaufen, und da hat mich der Schnee überrascht. Ich habe 'ne Höhle gefunden, und als ich mich gerade häuslich niederlassen wollte, stellte sich raus, daß sie 'nem Grizzly gehörte.«

»Heiliger Bimbam!« rief Byron aus. »Wie groß war er?«

»Byron!« ermahnte ihn seine Mutter, weil er ihrem Gast ins Wort gefallen war.

»Verzeihung«, murmelte Byron.

»Schon okay«, sagte Trexler. »Ich habe noch lauter geschrien, als ich ihn sah. Er sah größer als King Kong aus. Mein Feuerrauch hat ihn wohl husten lassen. Er kam aus dem Winterschlaf und war mächtig geladen.«

»Wie sind Sie da rausgekommen?« fragte das Mädchen.

»Ich hab' ihn mit meiner alten Armeepistole erschossen.«

»Donnerwetter!« sagte Lamar. »Sie haben einen Grizzly mit einer Pistole erledigt?«

»Glücksschuß. Er war schon an mir dran. Hab' ihn ins Auge getroffen.«

»Mann!« sagte Byron sichtlich beeindruckt.

»Haben Sie Hunger?« fragte Melinda. »Ich könnte Ihnen etwas Eintopf aufwärmen oder Ihnen einen Teller Suppe machen.«

»Ich nehme an, Sie möchten alle wieder ins Bett.«

»Ach was«, sagte Gracie. »Vor morgen können wir sowieso nicht aus dem Haus. Wir können die Nacht über aufbleiben und uns um Sie kümmern.«

»Mr. Clark ist wahrscheinlich müde, Gracie.«

Trexler überdachte seine Kräfte. Im Morgengrauen mußte er weg sein. Es waren nur ein paar Stunden. Er brauchte etwas zu essen und Schlaf.

»Ein Teller Eintopf klingt wahnsinnig einladend«, sagte er.

»Großartig!« sagte Melinda strahlend. »Ich mache den Herd wieder an. Dauert nur ein paar Minuten.«

»Wunderbar. Ich weiß nicht, wie ich Ihnen danken soll. Wäre ich nicht über Ihr Haus gestolpert, wäre ich sicher schon tot.«

»Sehr wahrscheinlich«, sagte Lamar. »Ich werde ihr beim Feuermachen helfen.«

Alle außer Byron, der im Türrahmen stehenblieb, gingen hinaus. »Ich hätte fast auch mal einen Grizzly erwischt«, sagte er. »Am Haubenkamm oben. Aber er war schneller als ich.«

»Was für 'ne Waffe hattest du denn?« fragte Trexler.

»Eine Winchester mit einem Johnson-Zielfernrohr. Dad hatte seine eigene Kugelspritze mit. Sie müssen sie sich mal ansehen. Er hat sie vor zwei Jahren beim Truthahnschießen in Garrison gewonnen. Soll ich sie mal holen?«

»Klar«, sagte Trexler lächelnd. »Hört sich an wie 'n echter Schatz.«

Kapitel 46

Innerhalb von achtundvierzig Stunden hatte es zwei Stürme gegeben, und dazwischen nur sechs Stunden Pause. Die Telefonleitungen waren noch unterbrochen, man fing gerade erst an, die Straßen freizumachen. Keegan und Dryman – wegen des kalten Windes, der nun etwas nachließ, dick vermummt – eilten die Straße entlang und betraten die Wildhüterstation. Es war acht Uhr morgens, die Sonne war gerade im Begriff, über die Berge zu klettern. Sie waren zwei Tage lang in ihrem Hotel eingeschlossen gewesen.

Jack Lancey, ein weißhaariger Wildhüter, saß hinter dem Schreibtisch, auf dem seine Füße lagen, und trank eine Tasse heißen Kakao.

»Howdy, Gents«, sagte er. »Nebenan auf dem Ofen stehen Kakao und Kaffee. Ist zwar nicht das Weiße Haus hier, wird aber auch so reichen.«

»Wie geht's Duanes Knöchel?« fragte Keegan.

»Etwas besser. Ist 'n glatter Bruch. Es wird ihn für 'ne Weile ausschalten. Sie haben ihn gut geschient, Dryman. Er hätte sonst für sein Leben 'n Krüppel bleiben können.«

»Tut mir leid, daß ich ihn so weit getrieben habe«, sagte Keegan.

»Es ist sein Job, Mr. Keegan. Er war schon in schlimmeren Situationen.«

»Was Neues von Kramers Hütte?«

Lancey schüttelte den Kopf. »Es ist eine einmalige Scheiße«, sagte er. »Wir kriegen ihn nicht ans Funkgerät, und das Telefon klappt auch nicht. Ich hab' keine Ahnung, ob Soapie nun zum Copperhead rübergefahren oder in der Hütte geblieben ist. Verdammt, es sieht so aus, als wäre Trexler ebenfalls im Abgrund gelandet. Er könnte jetzt schon 'n Eiswürfel sein.«

»Im Leben nicht«, grollte Keegan. »Haben Sie eine Landkarte von der Gegend hier, Jack?«

»Im Funkraum, Gents. Fast lebensgroß.«

Sie gingen nach nebenan und sahen sich die Karte an, die fast die ganze Wand einnahm. Lancey deutete mit seinem Bleistift auf eine Stelle und sagte: »Hier sind wir.«

»Mal angenommen, er ist auf Skiern von Kramers Hütte weg. Wohin wäre er dann wohl gegangen?«

Lancey sah sich die Karte eine ganze Weile an.

»Tja, wahrscheinlich zuerst zur Hütte am Copperhead Ridge. Von da aus kann er in jede Richtung runterfahren. Da unten gibt's 'n Haufen winziger Dörfer; in die könnte er gegangen sein. Aber er ist wahrscheinlich nach Südosten gegangen, damit er nicht über den Fluß muß. Irgendwo hier drüben. Almont, Gunnison, Sapinero.«

»Was ist das da?« fragte Keegan und verfolgte mit dem Finger eine unterbrochene Linie in der Kartenmitte.

»Die kontinentale Wasserscheide.«

»Und Sie meinen, er wäre bestimmt nach Süden gegangen, ja?«

»Müßte er. Ist zu schwierig im Norden. Auch wenn er noch so gut ist.«

»Also irgendwo hier unten«, sagte Keegan. Er kniete sich hin und musterte das untere Ende der Landkarte.

»Das meine ich aber wirklich nur rein theoretisch«, sagte Lancey. »Kein Mensch kann bei dem Wetter über vierzig Kilometer auf Skiern zurücklegen. Wenn er's versucht hat, ist er tot.«

»Was würde er tun, wenn er in irgendein kleines Kaff kommt?« fragte Dryman. »In ein Kaff, aus dem niemand raus kann, weil alles unter meterhohem Schnee liegt und sämtliche Straßen unpassierbar sind?«

»Die Schneepflüge und Streuwagen sind gestern abend erst spät losgefahren«, sagte Lancey.

»Ich wette, er ist irgendwo dort unten. Vielleicht sitzt er fest; aber er ist da unten.«

»Woher wollen Sie das wissen?«

»Weil er denkt, daß wir annehmen, er hätte es *nicht* geschafft. Außerdem glauben alle, er sei nach Leadville gefahren. Er fühlt sich wahrscheinlich jetzt sicher.«

Lancey seufzte.

»Na ja«, sagte er dann. »Wir haben einen Wagen mit Allradantrieb und Raupenketten. Kommen Sie, wir holen den Sheriff ab und sehen mal nach, ob wir es bis zu Kramers Hütte schaffen. Wir können uns ja mal dort oben umsehen.«

Der Sheriff war ein Riese von fast eins neunzig und wog über zwei Zentner. Seine Haut hatte die Farbe von Zimt. Er wirkte ruhig, zeigte ein ständiges Lächeln und hatte wache Augen. Er trug ein kariertes Hemd, Kordhosen und eine sperrige Schafsfelljacke, die ihn noch größer machte. Ein zerknautschter Filzhut bedeckte seine Glatze. Er stieg neben Lancey in den Wagen ein, drehte sich mühsam um und reichte Keegan und Dryman seine riesige Hand.

»Sidney Dowd«, stellte er sich vor. »Ich bin der Sheriff hier.«

Keegan drückte seine Pranke. »Francis Keegan, Sicherheitsdienst Weißes Haus. Das ist John Dryman, mein Partner.«

»Sicherheitsdienst des Weißen Hauses?« sagte Dowd. »Seid ihr von der Einheit, die dem Präsidenten vorausreist, um zu überprüfen, ob alles in Ordnung ist?«

»Nein«, sagte Keegan, »wir sind Sonderermittler.« Er ließ es in der Hoffnung dabei bewenden, daß Dowd nicht wieder auf das Thema zu sprechen kam. Aber es war reines Wunschdenken.

»Was hat Johnny Trexler angestellt?«

»Wir müssen ihn verhören«, sagte Dryman. »Es hängt mit einer laufenden Ermittlung zusammen.«

»Ich hab' mir die Freiheit genommen, im Weißen Haus anzurufen«, sagte Dowd. »Ich hab' mit einem Burschen namens Smith gesprochen, der 'n bißchen überrascht wirkte, als er hörte, daß Sie hier draußen sind. Aber er hat gesagt, daß Sie Beamte sind und daß die Ermittlung im höchsten Grad vertraulich ist.« Nach einer Pause fügte er hinzu: »Was immer das auch bedeuten soll.«

»Wir wollten nur nicht, daß er Wind von uns kriegt und sich aus dem Staub macht«, sagte Keegan. »Aber irgend jemand hat ihm einen Tip gegeben.«

»Ich glaub nicht, daß an dem Anruf irgendwas war, das Ihren Argwohn erwecken sollte«, sagte Dowd. »Jesse Manners hat gehört, wie Sie seinen Namen erwähnt haben; da hat er ihn angerufen, weil er sich gefragt hat, ob Trexler etwa ins Weiße Haus eingeladen wird.«

»Das freut uns«, sagte Keegan. »Ich war, ehrlich gesagt, ein wenig durchgedreht wegen dieser Sache.«

»Sie sind hier in 'ner Kleinstadt, Gentlemen. Da wird eben auch getratscht.«

»Ich hab' gedacht, wir gehen vielleicht mal bei Trexlers Hütte vorbei, wenn wir den Berg rauffahren«, sagte Keegan. »Für 'ne kleine Überprüfung.«

»Glauben Sie, er ist zu Soapies Hütte rauf und hat ihn umgebracht, statt nach Leadville zu fahren?«

»Ja, das glauben wir«, antwortete Keegan.

»Also, das bezweifle ich«, sagte Dowd. Von nun an hielt er die Klappe.

Als sie Trexlers Hütte erreichten, stiegen sie aus und näherten sich ihr. Nachdem sie sich durch den hoch angewehten Schnee einen Weg gebahnt hatten, nahm Keegan Drymans Arm und hielt ihn zurück.

»Besorgen Sie sich einen Schraubenzieher«, sagte er. »Und schrauben Sie den Griff der Toilettenspülung ab. Ziehen Sie Handschuhe an.«

»Den Griff der *Toilettenspülung*?« fragte Dryman.

»Wegen der Fingerabdrücke. Kein Mensch zieht sich beim Kacken Handschuhe an.«

Dryman dachte kurz nach und nickte. »Stimmt.«

Die Hütte war klein und aufgeräumt. Keegan überprüfte sämtliche Schränke. Er fand keine Koffer. Er prüfte Trexlers Schuhgröße – 44 – und steckte eine Haarbürste ein, an deren Borsten noch einzelne Haare klebten. Trexlers Skier und Stöcke standen an der Hintertür.

»Sieht nicht so aus, als wäre er auf Skiern unterwegs«, sagte Dowd.

»Weil er den Eindruck erwecken möchte, er hätte die Hütte nur für ein paar Tage verlassen«, sagte Keegan. »Ich wette, daß er den Plan hatte, Kramers Skier zu nehmen. Fällt Ihnen nichts auf? Hier gibt's nirgendwo ein Bild. Keinerlei persönliche Gegenstände.«

Dowd zuckte die Achseln. »Na schön, Johnny ist vielleicht etwas exzentrisch. Aber ich glaube noch immer nicht, daß das einen Killer aus ihm macht.«

»Wo Sie gerade von Fotos reden«, sagte Lancey und kam in die Küche. »Wenn's ums Fotografieren ging, war er immer ziemlich komisch. Er hat nie stillgestanden. Er hat immer gesagt, so was brächte Pech.«

Lancey sah sich den Kühlschrank an. Stachelbeereiskrem. Mehrere Dosen geräucherten Hering. Grillwürstchen. Pfannkuchenteig. Drei Flaschen Ahornsirup. Zwei Milky-Way-Riegel, gefroren, im Eisfach.

»Das muß 'ne ganz neue Leckerei sein«, sagte Dowd. »Hab' ich noch nie probiert.«

»Hab' nie gewußt, daß Trexler 'n Leckermaul ist«, sagte Lancey.

»Wie wär's denn damit?« sagte Dowd, der die Tür eines

Geschirrschranks geöffnet hatte. Sie blickten hinein. Auf dem Boden stand eine Kiste französischer Champagner.

»Süßigkeiten und Champagner«, sagte Dowd achselzuckend. »Er hat zwar seltsame Eßgewohnheiten, aber auch das macht ihn noch lange nicht zu 'nem Massenmörder.«

Dryman kam aus dem Bad in die Küche und zwinkerte Keegan zu.

»Dann fahren wir mal zu Kramers Hütte«, sagte Keegan.

Sie brauchten eine Dreiviertelstunde dazu. Dowd stieg aus dem Laster und steckte sich eine Zigarre an. Sie waren auf einer ausgedehnten Fläche, fast in Gipfelnähe. Die Hütte stand am Rand einer Klippe, die über das Tal hinwegsah. Hinter ihr war eine große Wiese mit einem von Krüppelkiefern umgebenen Teich. Hinter den Bäumen fiel das Land wieder ab, und unter ihnen schnitt sich das Tal an drei Seiten seinen Weg durch das Gebirge.

Ist es möglich, daß der Hundesohn von hier entkommen ist? fragte Keegan sich. Allmählich schlichen sich Zweifel in seine Theorie.

Die Hütte war verwaist. Das Funkgerät war abgeschaltet, der Stecker herausgezogen, was aber üblich war. Kramers Rucksack und seine Skier fehlten. Sein Kühlschrank war leer.

Lancey schüttelte den Kopf. »Nichts Ungewöhnliches, Mr. Keegan. Er hat nur 'n paar große Landkarten mitgenommen, aber vielleicht hat er geglaubt, daß er sie braucht.«

»Hmm . . .«, machte Keegan.

Lancey ging in die Funkbude. Er richtete das dort stehende Teleskop auf einen hohen Gipfel im Westen und lugte hindurch.

»Da ist der Snowmass, ein Riesending«, sagte er. »Ist über viertausend Meter hoch. Copperhead Ridge liegt an der Seite. Schauen Sie doch mal.«

Keegan blickte durch das Rohr und sah eine schneebedeckte Hütte, die an der Seite des Berges klebte. Er musterte sie mehrere Minuten lang. Sie war allem Anschein nach verlassen.

Der Sheriff trat ein. »Nirgendwo ein Wagen zu sehen«, sagte er.

Dryman suchte die Hütte von außen ab. An einer Ecke fand er den Stumpf der Telefonleitung. Er trat den Schnee beiseite und fand schließlich auch den anderen Teil der Strippe. Er ging in die Hütte zurück.

»Kee?«

»Ja?«

»Die Telefonleitung ist durchgeschnitten. Sie führt von draußen ins Haus.«

Keegan schüttelte den Kopf. »Okay, die Strippe ist durchgeschnitten. Das Funkgerät ist abgeschaltet, Kramer ist weg. Und mit ihm seine Landkarten . . .«

»Moment«, sagte Dowd. »Die Leitung könnte auch der Wind gekappt haben. Und daß Kramer das Funkgerät abgeschaltet und den Rucksack mitgenommen hat, ist doch nur natürlich. Die Landkarten hätte jeder mitgenommen, der bei diesem Wetter rausgehen wollte.«

»Hm«, machte Keegan. »Kommen Sie doch mal mit.«

Er führte die anderen ins Freie und watete durch den tiefen Schnee zum Rand des vereisten Teiches.

»Erstens«, sagte er, »*wissen* wir, daß er hier oben war. Er ist *nicht* zum Highway runtergefahren, das beweisen seine Reifenspuren. Zweitens ist er nicht zurückgefahren. Er wäre uns begegnet. Was hat er also hier oben gewollt? Und die wichtigste Frage: Wo steckt sein Wagen?«

Dowd starrte ihn an; sein Atem warf eine Dunstwolke um seinen Mund. Er beobachtete Keegan, der nun schneidig auf den Teich hinausging und vorsichtig auf dem gefrorenen Eis hüpfte. Dann kniete er sich hin und suchte die Oberfläche ab. Sie war zentimeterhoch mit vom Wind gewelltem Schnee bedeckt, und am Ufer lagen Wehen.

»Ich schätze, Trexlers Wagen liegt hier drin, Soapie Kramer wahrscheinlich im Kofferraum.«

»Warum gerade hier im Teich?« fragte Dowd.

»Wo könnte man hier sonst ein Auto verstecken?« Keegans Blick suchte das vereiste Gewässer ab. »Wenn er es in einen Abgrund hätte stürzen lassen, wäre es leicht zu finden. Aber in einen Teich, der noch monatelang zugefroren sein wird?« Er hielt inne, dann sagte er: »Außerdem hat er so was schon mal gemacht.«

»Sie nehmen also an, daß er irgendwo hier draußen ist?« fragte Dowd und deutete mit dem Kopf auf die schneebedeckten Berge.

»Ja.«

»Ich kenne keinen, der auf Skiern durch dieses Unwetter gekommen wäre«, sagte Lancey kopfschüttelnd. »Verflucht noch mal, in sechsunddreißig Stunden ist über ein halber Meter Schnee gefallen!«

»Und wenn fünf Meter Schnee gefallen wären – er hätte es geschafft, mein Freund. – Trexler ist ein Fanatiker, Sheriff. Er ist ein Getriebener. Er ist diabolisch, gerissen, zäh und findig. Ein Mann, der weiß, was er will, und er hat nicht die geringste Spur eines Gewissens. Ich sage es zwar nicht gern, aber er ist der Unbesiegbarkeit verdammt nahe.«

Der Sheriff runzelte die Stirn.

»Ich habe gesagt, er ist ihr *nahe*«, sagte Keegan.

»Klingt, als hätten Sie 'ne Art neidischen Respekt vor ihm«, sagte Dowd.

»Nein, verstehen Sie mich nicht falsch. Ich *verstehe* ihn. Ich könnte ihn nie respektieren. Ich hasse diesen Menschen mit einer Inbrunst, die ich nicht mal erklären kann. Aber ich bringe ihn zur Strecke, das schwöre ich Ihnen.«

»Sie klingen selbst ein wenig getrieben, Mr. Keegan«, sagte Dowd.

»Bin ich vielleicht auch«, sagte Keegan mit einem schiefen Lächeln.

»Haben Sie *Moby Dick* gelesen?« fragte Dowd und zündete seine erloschene Zigarre wieder an.

Keegan lächelte. »Wer, glauben Sie, bin ich? Ahab oder der Wal?«

Einer von Dowds Gehilfen rief vom Laster her: »Sheriff, 'n Funkspruch für Sie! Sie sollten ihn lieber persönlich annehmen.«

»Entschuldigen Sie mich«, sagte Dowd und ging zum Wagen hinüber. Er blieb ein paar Minuten am Funkgerät und kam dann durch den tiefen Schnee zurück. Er wirkte durcheinander. Die Zigarre wechselte von einem Mundwinkel zum anderen.

»Offen gesagt, Mr. Keegan, auf dem Weg hier rauf habe ich Sie für ganz schön irre gehalten. Aber jetzt sehe ich die Sache anders.«

»Was ist passiert?«

»In Pitkin ist eine ganze Familie abgeschlachtet worden. Vater, Mutter und zwei halbwüchsige Kinder. Mit einem Schießeisen.«

»Der Hundesohn«, sagte Keegan wütend. »Wie weit ist es bis dorthin?«

Dowd schaute nach Süden, in das schroffe Tal hinab.

»Auf dem Landweg?« sagte er. »Etwa fünfzig Kilometer.«

In Gunnison, knapp fünfunddreißig Kilometer vom Tatort entfernt, gab es eine Landebahn. Dowd war sofort bereit gewesen, mit ihnen zu fliegen. Er saß mit angezogenen Beinen hinter Keegan im Sitz des Bordkanoniers und verzog keine Miene, als die Maschine durch die Canyons fegte. Der Flug dauerte eine halbe Stunde.

Ein jugendlicher Polizist namens Joshua Hoganberry nahm sie in Empfang.

»Hallo, Josh«, sagte Dowd und stellte ihm Keegan und Dryman vor. »Tut mir leid, daß du bei dem Wetter hier draußen Dienst schieben mußt.«

»Schon in Ordnung, Sheriff. Aber wir brauchen jede Unterstützung, die wir kriegen können. Bei den Trammels oben sieht's grauenhaft aus.«

»Freunde von Ihnen?« fragte Dryman.

»Und ob«, sagte Hoganberry, immer noch erschüttert. »Ich hab' Lamar seit meiner Geburt gekannt. Ein netter, ruhiger Kerl. Hat immer nur gearbeitet. Liebe Kinder, haben nie Ärger gemacht. Und seine Melinda war so schön wie 'ne Frühlingsblume.«

»Was ist passiert?« fragte Keegan.

»Irgendein Schweinehund hat sie erschossen. Lamar las gerade die Zeitung. Der Schuß ging mittendurch. Als Byron und Gracie – ihre Kinder – weglaufen wollten, hat er ihnen in den Rücken geschossen.«

»Wer hat sie gefunden?«

»Es war wirklich 'n Zufall. Doc Newton hatte bei den McCardles gerade 'n Baby zur Welt gebracht. Auf dem Rückweg sah er, daß bei den Trammels die Tür offenstand. Er ist reingegangen und hat sie gefunden.«

Das Ranchgebäude war acht Kilometer von der Ortschaft entfernt und lag zwischen Gunnison und Pitkin. Es war ein zweistöckiges Ziegelhaus. Die Straße, die ein Schneepflug inzwischen freigemacht hatte, führte etwa dreißig Meter weiter an ihm vorbei. Zwei Polizeiwagen und eine Ambulanz standen vor dem Haus. Hoganberry hielt seine Ford-Limousine an. Ein Fußweg führte durch den Schnee zur Haustür.

»Mein Gott«, sagte Dowd, als sie vor den schrecklich zugerichteten Leichen standen.

Sie suchten das Haus methodisch ab, ein Zimmer nach dem anderen. Im Parterre stieß Keegan auf ein blutiges Handtuch, es lag im Bad in einem Mülleimer. Auf dem Nachttisch neben dem Bett fand er ein halbvolles Wasserglas und eine leere Packung BC-Pulver. Er hüllte beides ein und steckte es in seine Manteltasche. Als er wieder ins Freie kam, standen Dowd und Hoganberry auf der Vorderveranda.

»Das macht Ihre Theorie, daß er Soapie umgebracht hat, um sich ein Alibi zu verschaffen, zunichte, nicht wahr?« sagte Dowd und steckte sich eine Zigarre an. »Er muß doch gewußt haben, daß wir ihm früher oder später auf die Schliche kommen.«

»Überhaupt nicht. Ich habe doch gesagt, daß er sehr findig ist. Wenn er aus den Bergen verschwindet, ist er für uns unerreichbar. Bis hierher hat er es geschafft. Alles deutet darauf hin, daß er sich irgendwie verletzt hat. Die Trammels haben ihm geholfen, und er hat ihnen ihre Freundlichkeit vergolten, indem er sie umgebracht hat.«

»Und warum? Wir wissen doch alle, wie er aussieht.«

»Um Zeit zu gewinnen, Sheriff. Er hat wahrscheinlich damit gerechnet, daß es vier oder fünf Tage dauert, bis die Trammels gefunden werden. Bis dahin wäre er längst über alle Berge gewesen.«

Keegan blickte über die zackige Landschaft, deren geheime Gefahren unter einem hohen Wall von Schnee verborgen waren.

»Ich glaube, er ist auf Skiern nach Pitkin runtergefahren. Wahrscheinlich vor dem zweiten Schneesturm. Man sieht keine Spuren mehr.«

»Wenn es so war, ist er noch da.«

»Überprüfen wir's.«

»Ich kann Ihnen jetzt schon sagen, daß in Pitkin keine Fremden sind, Sir«, sagte Hoganberry und schob ein Stück Kautabak in seinen Mund. »Ich wohne in Pitkin. Sobald Sie beim Essen einen ziehen lassen, weiß es die ganze Stadt, bevor Sie beim Nachtisch angekommen sind.«

»Dann ist er nach Süden gegangen, durch den Wald da unten.«

»Da muß er aber ein irre guter Skiläufer sein«, sagte Hoganberry.

»Er ist von Aspen aus nach hier gelangt«, sagte Keegan. »Das sind fast fünfzig Kilometer – in einem Blizzard. Was liegt südlich von hier?«

»Salida. Geht über die Felsplatte dort, ungefähr dreißig Kilometer. Er müßte nach Südosten gegangen sein, damit er um den Antero Peak herumkommt. Das ist ein Viertausender. Über die Straße sind es mehr als sechzig Kilometer.«

»Wie groß ist Salida?«

»Na, für diese Gegend ganz schön groß«, sagte Dowd. »Da leben fast viertausend Menschen. Und es gibt sogar einen kleinen Flugplatz.«

Keegan schaute den Sheriff an.

»Da gibt es einen Flugplatz?« fragte er. »Stehen da auch Flugzeuge?«

»Tja, das haben Flugplätze nun mal so an sich, Mr. Keegan«, sagte der Sheriff lächelnd.

»Könnte er eine Maschine chartern, um nach – sagen wir – Denver zu fliegen?«

»So was macht Billy Wisdoms Firma« sagte Hoganberry. »Für den richtigen Preis fliegt er Sie zum Mond. Billy war früher mal Schauflieger.«

»Sind die Telefonleitungen zwischen hier und Salida in Ordnung?« fragte Keegan.

»Yep.«

»Reden wir doch mal mit Mr. Wisdom.«

Hoganberry fuhr sie zur Landebahn von Gunnison hinaus. Dowd hatte einen seiner Gehilfen aus Aspen kommen lassen, der ihn abholte. Er hatte für heute genug vom Fliegen. Keegan und Dryman wollten in südlicher Richtung nach Albuquerque weiterfliegen.

»Tja«, sagte Dowd, »ich muß zugeben, daß John Trexler uns alle an der Nase herumgeführt hat. Aber mußte dieser irre Billy Wisdom ihn auch noch nach New Mexico fliegen?«

»Er ist verschwunden wie ein Wassertropfen auf einem Gehsteig im Sommer«, sagte Keegan.

Sie erreichten den kleinen Flugplatz. Als Keegan und Dryman aussteigen wollten, drehte sich der Sheriff zu ihnen um und sagte: »Mr. Keegan, es war mir eine Ehre, wenn sie auch erschöpfend war.«

»Danke, Sir. Die Ehre ist ganz unsererseits. Sie waren uns eine große Hilfe.«

»Da ist noch was.«

»Yeah?«

»Ich möchte Ihnen einen Vorschlag machen.«

»Welchen?« fragte Keegan neugierig.

»Wenn Sie mir Kopien der Blutuntersuchung des Handtuchs und der Fingerabdrücke auf dem Glas schicken, verhafte ich Sie *nicht* wegen Stehlens von Beweismaterial«, erwiderte der Sheriff. »In unserem Knast ist im Moment die Heizung kaputt, deswegen ist es da verdammt ungemütlich. Außerdem kenne ich südlich von Denver niemanden, der etwas mit einem Fingerabdruck anfangen könnte, wenn er einen finden würde.«

»Danke, Sheriff.«

»Ich wünsche Ihnen viel Glück. Hoffentlich finden Sie diesen Schweinehund.«

»Oh, das werden wir schon. Darauf können Sie sich verlassen.«

Keegan schaute über die schneebedeckte Landschaft bis zu den Bergen. Irgendwo da draußen war 27 auf der Flucht. Jetzt wußte er, daß sie hinter ihm her waren. Wahrscheinlich hatte er seine Identität inzwischen erneut geändert. Doch Keegan war nicht mutlos.

»Hau ruhig ab, du Schwein, hau ruhig ab«, sagte er leise vor sich hin. »Jetzt hängst du uns nicht mehr ab. Mach bloß keine Pause, um Luft zu holen. Wenn du's tust, bist du ein toter Mann.«

Zwei Tage später, am 1. September 1939, fiel Deutschland in Polen ein. Der zweite Weltkrieg hatte begonnen.

Kapitel 47

Keegan saß in seiner Nische im Killarney Rose. Der Tisch war voll mit Zeitungs- und Zeitschriftenausschnitten. Die, die er gelesen hatte, legte er beiseite. Er hatte Platz für einen dritten Stapel gelassen, aber der war noch leer. Zwei Ausschnittdienste, die er abonniert hatte, versorgten ihn mit Artikeln über Morde und Kapitalverbrechen aus allen vorstellbaren Presseorganen. Täglich trafen dicke Umschläge bei ihm ein. Er sah sich die Zeitungsausschnitte an, weil er nach *irgend etwas* suchte, das ihn wieder auf die Spur des Gesuchten bringen konnte.

Ein großer, schlaksiger Mann betrat das Lokal. Keegan erkannte ihn sofort wieder, auch wenn er nur eine vom durch die Tür fallenden Sonnenlicht umrahmte Silhouette war.

Smith.

Das bedeutete schlechte Nachrichten.

Smith durchquerte den Raum, nahm Platz und winkte Tiny zu sich. »Kann ich bitte ein Glas von Ihrem besten Weißwein haben?« fragte er freundlich.

»Wie haben Sie die Schnüffler diesmal abgehängt?« fragte Keegan.

»Hoover hat sie zurückgepfiffen. Er ist so sehr damit beschäftigt, verdächtige Elemente aufzuspüren, daß er jeden Mann braucht.« Tiny brachte den Wein, und Smith deutete auf die Zeitungsausschnitte. »Was soll das denn werden?«

Keegan erklärte es ihm.

»Er wird nichts anstellen, was ihn in Gefahr bringt«, sagte Smith.

»Er ist doch nicht perfekt«, antwortete Keegan.

»Niemand ist perfekt. Irgendwann macht er einen Fehler, und wenn es soweit ist, erfahre ich davon. Und wenn ich es nicht lese oder höre, werde ich es spüren. Ich spüre, wie sein Herz schlägt. Ich spüre den Schweiß auf seinen Händen.« Er nickte. »Ich kriege es raus.«

»Mr. Keegan, Sie sind jetzt ein Jahr hinter dem Kerl her, aber Sie sind ihm nicht näher gekommen als am Anfang.«

»Falsch, Mr. Smith. Vor einer Woche war ich keine fünf Kilometer von ihm entfernt. Ich weiß folgendes über ihn: Er ist eins zweiundachtzig groß, blond und hat wahrscheinlich grüne Augen. Er ist körperlich bestens in Form und ein sympathischer Mensch. Und er hat drei häßliche Wunden auf der linken Wange. Das wissen wir von dem Piloten, der ihn nach Albuquerque geflogen hat. Er besitzt ein goldenes Dunhill-Feuerzeug mit einem Wolfskopf. Ich habe seine Fingerabdrücke. Wir wissen, daß er sich Fred Dempsey genannt hat. Der Kerl ist ein Chamäleon. Er kann seine Identität schneller wechseln als Sie ein Hemd. Er ist zu allem bereit, wenn's ums Überleben geht. Er wird stehlen und morden. Er hat, soweit wir wissen, bisher acht Menschen umgebracht. Wenn er untertaucht, läßt er es so aussehen, als sei er gestorben. Er ist nicht, was logisch gewesen wäre, nach Denver geflogen, sondern nach Albuquerque. Er tut also nicht das, was man vermutet. Wären wir ihm nicht auf den Fersen gewesen, säße er jetzt noch im trockenen. Das gleiche Ding hat er in Drew City gedreht.«

»Aber er ist weg, Keegan. Inzwischen kann er überall sein. In jeder Verkleidung, mit neuen Papieren. Und jetzt ... weiß er, daß jemand hinter ihm her ist.«

»Das wird ihn auch nicht ändern, Mr. Smith«, sagte Keegan. »Wir haben es mit einem klassischen Psychopathen zu tun. Er mordet sogar dann, wenn es unnötig ist.«

Smith zuckte mit den Achseln und sagte: »Er hinterläßt eben nicht gern Spuren. Im nachrichtendienstlichen Umfeld ist das nicht ungewöhnlich.«

»Soll das heißen, es wird einem vergeben?«

Smith setzte eine finstere Miene auf, weil er die Frage für naiv hielt. »Es wird einem nichts vergeben. Aber es ist auch nichts verboten. Solche Dinge kommen vor, ohne daß man darüber spricht. Wenn man einen Mann wie ihn losläßt, ist das Überleben sein Hauptziel. Er muß einen Auftrag ausführen. Er ist Agent und lebt Tausende von Kilometern von seiner Heimat entfernt im Feindesland. Was würden Sie an seiner Stelle tun? Aber das ist sowieso eine rein hypothetische Frage, Mr. Keegan. Was haben Sie jetzt vor? Sie haben ihn verloren.«

»Ich weiß es nicht, aber ich sage Ihnen, daß ich diesen Burschen besser kenne als das ganze FBI. Ich kenne ihn sogar besser als *jeder andere* Mensch. Wenn man ihn *überhaupt* schnappen kann, kann ich ihn auch schnappen.«

»Hoover wird auf seine Weise damit umgehen«, sagte Smith sachlich. »Außerdem hält er den Spionageaspekt für einen Witz. Daß er sich überhaupt für 27 interessiert, liegt daran, daß er ihn für einen Massenmörder hält.«

»Ach ja? Dann soll er doch seinen Steckbrief aushängen, die Presse einschalten und die Bevölkerung heiß machen.«

»Unmöglich«, sagte Smith kopfschüttelnd. »Wenn sich die Sache als Fehlalarm herausstellt, steht er dumm da. Hoover würde sich lieber einen Fuß abschießen, als dumm auszusehen.«

»Offen gesagt, es würde sowieso nicht klappen. Eins verspreche ich Ihnen: 27 arbeitet nach Plan. Und ohne Plan kriegt man ihn nie. Jetzt, wo er weiß, daß wir von ihm wissen, hat er sicher auch dafür einen Plan.«

»Was ist, wenn man ihn schon aktiviert hat?« fragte Smith.

»Ich weiß nicht«, sagte Keegan achselzuckend. »Verdammt, ich brauche einen Ansatzpunkt. Wenn ich den nicht finde, richtet er genau das an, was er anrichten soll. Fragen Sie mich nicht, was es ist. Ich habe mir schon den Kopf zermartert, um es rauszukriegen.«

Smith seufzte und trank noch einen Schluck Wein.

»Soll das FBI auf seine Weise arbeiten«, sagte Keegan. »Ich arbeite auf meine. Was haben wir schon zu verlieren?«

»Es ist nur eine Frage der Zeit, bis das FBI erfährt, wer Sie sind. Und wenn es soweit ist, brauchen wir eine Ballonsonde, um Hoover von der Decke zu holen.«

»Allem Anschein nach glaubt er wohl nicht, daß Menschen sich auch bessern können.«

»Wollen Sie mich verscheißern? Wenn Hoover das Sagen hätte, würde er sämtliche Gerichte abschaffen und das Spazierengehen zum Kapitalverbrechen erheben. Tut mir leid, Mr. Keegan. Donovan und ich sind zwar beeindruckt von Ihrer Leistung, aber jetzt ist die Sache ein FBI-Fall. Sie sind draußen.«

»Was?« schrie Keegan. Die Gäste in der Bar schauten erschreckt auf. Er stand auf. »Scheißdreck!«

»Tut mir leid«, sagte Smith abwehrend. »Das FBI hat den Fall an sich gerissen, weil 27 eine Staatsgrenze überschritten hat. Spionage hat damit nichts zu tun.«

»Dann suche ich eben allein weiter«, sagte Keegan störrisch.

Smith schüttelte lachend den Kopf. »Wie denn? Sie wissen doch nicht mal, wo Sie anfangen sollen.«

Keegan antwortete nicht. Er wußte zwar, daß die Zeitungsausschnitte viel mehr Arbeit machten als das Studium von FBI-Akten, aber sie waren sein letzter Strohhalm.

»Es gibt allerdings«, sagte Smith, »noch eine andere Möglichkeit.«

Keegan sah ihn argwöhnisch an. »Und welche?«

»Sie unterschreiben eine Vereinbarung mit dem Büro für

Informationskoordination«, sagte Smith. »So können wir eine weitere Ermittlung auf der Grundlage rechtfertigen, daß wir 27 verdächtigen, ein feindlicher Spion zu sein. Hoover interessiert sich momentan nur für ihn, weil er getürmt ist.«

»Ich bin kein Spion, Mr. Smith. Ich passe nicht in Donovans Firma.«

»Er stellt Leute jeder Art ein«, sagte Smith. »Außerdem sind der Boß und ich der Meinung, daß Sie wahnsinnig gute Arbeit geleistet haben.«

»Soll das heißen, daß ich weitermachen kann, wenn ich dem neuen Geheimdienst beitrete?«

»Für den Moment ja.«

»Und dann?«

»Dann werden Sie einem Team zugeteilt.«

»Und anschließend muß ich nach Ihrer Pfeife tanzen?«

Smith nickte langsam. »Nächstes Jahr ziehen wir in Boston einen Ausbildungskurs durch. Er dauert zwei Monate. Wir würden davon ausgehen, daß Sie an ihm teilnehmen. Zum Teufel, Keegan, stellen Sie sich doch nicht quer. Über kurz oder lang sind wir ohnehin an diesem Krieg beteiligt.«

»Nicht, wenn 27 es verhindern kann.«

Smith öffnete seine Aktentasche, entnahm ihm einen Vertrag und reichte ihn Keegan.

»Überlegen Sie es sich«, sagte er.

»Was ist mit Dryman?«

»Ich glaube, es ist nicht mehr zu rechtfertigen, daß wir einen Heeresflieger und seine Maschine beanspruchen. Dryman wird in zwei Monaten sowieso entlassen. Er wird in seine alte Einheit zurückkehren, bis seine Entlassung eingeleitet ist.«

»Kriege ich Papiere?«

»Sie müssen sich der Autorität des Weißen Hauses unterwerfen. Nach Abschluß des Kurses kriegen Sie dann neue Papiere.«

»Bis dahin hat 27 längst zugeschlagen. Dann befinden sich England und Frankreich mit Deutschland im Krieg.«

»Und das FBI ist auf seiner Spur.«

Keegan schnaubte. »Aus völlig falschen Gründen.«
»Unterschätzen Sie das FBI nicht. Es könnte durchaus sein, daß man ihn mit den Informationen aufstöbert, die man von uns hat. Das FBI hat Mittel, die Sie nicht haben.«

Keegan spielte mit dem Vertrag. Schließlich faltete er ihn zusammen und schob ihn in die Innentasche seines Jacketts.

»Ich denke drüber nach«, sagte er.

»Ausgezeichnet«, sagte Smith mit einem schiefen Grinsen. »Sie hören von mir.«

Im Planungsraum seines Münchener Hauptquartiers stand Adolf Hitler vor der riesigen Landkarte Europas und musterte selbstgefällig die farbigen Linien, die seinen Blitzkrieg gegen Polen dokumentierten. Seine Truppen waren innerhalb von zwei Wochen wie zwei Eiszangen durch den polnischen Korridor nach Süden und Osten vorgestoßen und hatten sich dann wieder mit seinen nördlichen Divisionen vereinigt. Warschau war umzingelt und wurde seit zwei Wochen durch verheerende Bombenangriffe mürbe gemacht.

Polen gehörte ihm. Er lachte laut. Vierhaus stand hinter ihm und applaudierte erfreut.

»Herzlichen Glückwunsch, mein Führer. Inzwischen kennt die ganze Welt das Wort *Blitzkrieg*.«

Hitler nickte, seine Augen brannten im Fieber des Sieges. »Genau wie geplant«, sagte er leise. »Sechzigtausend Tote, zweihunderttausend Verwundete, siebzigtausend Gefangene. Und das nach nur drei Wochen.«

»Als nächstes kommt Frankreich an die Reihe. Und dann jagen wir die Engländer durch den Kanal, nicht wahr, mein Führer?«

Die bloße Erwähnung des Ärmelkanals nagte an Hitlers Magen. Er sah sich den schmalen Wasserstreifen an, der Europa von Großbritannien trennte. Obwohl er nie darüber redete, stellte der Kanal die größte Bedrohung für ihn dar. Er war nicht der Meinung, über die nötigen Mittel zu verfügen, um eine Invasion Englands in Angriff zu nehmen.

»Man sollte seinen Gegner nie unterschätzen, Vierhaus«, sagte Hitler und hob schulmeisterhaft einen Finger. Er umrundete den Schreibtisch und drückte die Hände an die Hosennaht. »Der Engländer ist zäh. Stolz. Hartnäckig. Er ist ein Ausbeuter. Er ist eine psychologische Kraft, die die ganze Welt umspannt. Und er wird von einer großartigen Marine und einer sehr mutigen Luftwaffe beschützt.«

»Und er wird vom Amerikaner unterstützt«, fügte Vierhaus hinzu.

»Genau«, sagte Hitler. »Sie verstehen, was ich damit sagen will, Vierhaus?«

»Jawoll, mein Führer.«

»Wie schnell können Sie 27 aktivieren?«

»Ich kann das U-Boot sofort nach Süden schicken, mein Führer.«

»Wer ist der Kommandant?«

»Kapitän Fritz Leiger.«

»Ah!« sagte Hitler erfreut. »Die U-17.«

»Wir stehen mit 27 über die Presse in Verbindung. Wir können ihn jederzeit in Marsch setzen.«

Hitler sah Vierhaus argwöhnisch an.

»Sie haben meine Entscheidung erwartet?«

»So kann man es nicht sagen, mein Führer«, erwiderte Vierhaus, dem nicht daran gelegen war, dem zerbrechlichen Ego des Führers eine Schramme zuzufügen. »Aber in der gegenwärtigen Lage fürchte ich, daß Leiger seine Pläne ändern und die Position wechseln könnte. Es könnte unsere letzte Möglichkeit sein.«

Hitler lächelte. »Ihnen ist natürlich klar, daß das Unternehmen Gespenst zur offenen Konfrontation mit dem Amerikaner führen wird.«

»Die Amerikaner unterstützen die Engländer sowieso. Sie brauchen zum Eingreifen nur eine Entschuldigung. Sie haben gerade fünfundachtzig Millionen Dollar für neue Flugzeuge bewilligt, und wir nehmen an, daß der größte Teil des Geldes an die Alliierten geht. Die Zeit ist reif, mein Führer. Je eher wir die Amerikaner ausschalten können, desto besser.«

»Natürlich, ich bin ganz Ihrer Meinung. Außerdem haben wir nichts zu verlieren. Wann ist das U-Boot in Position?«

»Es dürfte etwa drei Wochen dauern.«

»Wann wollen Sie das Unternehmen durchführen?«

»In der dritten Novemberwoche. Am amerikanischen Erntedanktag. Eine bessere Zeit gibt es nicht.«

Hitler lächelte. Er trat wieder hinter den Schreibtisch, strich fast feierlich mit der Hand darüber und nickte.

»Gut, Vierhaus. Sie haben ausgezeichnete Arbeit geleistet. Das gilt auch für 27. Aktivieren Sie ihn sofort. Er hat lange genug gewartet. Und wir auch.«

Der Kommandoturm durchschnitt die glatte Meeresoberfläche wie ein Messer. Kurz darauf tauchte das U-Boot lautlos auf. Der Kapitän stieg schnell durch den engen Turm die Leiter hinauf, öffnete die Luke und trat in die kühle Septemberbrise hinaus. Zwei Offiziere folgten ihm. Unter ihnen kamen zwei Kanoniere aus der Deckschleuse, um die 8,8-Kanone zu bemannen. Alles ging völlig lautlos vor sich.

Der Kapitän blickte durch ein Fernglas, suchte das schwarze Meer ab, das vor ihnen lag, und spitzte die Ohren. In der Stille vernahm er das dumpfe Rumpeln der Maschinen; es war kaum hörbar. Er strengte seine Augen an. In der Finsternis nahmen allmählich Schiffe Gestalt an. Der Kapitän zählte sie. Hundert Meter von ihm entfernt, auf der Steuerbordseite, war das zweite U-Boot aufgetaucht – die U-22.

»Ein kleiner Konvoi«, sagte der Kapitän leise. »Sechs Schiffe. Noch keine Eskorte sichtbar.«

»Soll ich Signal geben?« fragte der Erste Offizier.

»Noch nicht.«

Wie viele U-Boot-Kommandanten war auch Fritz Leiger kein Nazi. Er hatte bei der Marine Karriere gemacht und war ein Militarist, der sich kaum für Politik interessierte. Wie die meisten deutschen Offiziere hatte er für den Versailler Vertrag nur Abscheu übrig, weil er dem Stolz seines Volkes und der Wirtschaft Deutschlands großen Schaden zugefügt hatte. Deswegen war er für einen Krieg gegen die Briten und Franzosen. Leiger war ein kleiner, untersetzter Österreicher mit dichtem Schnauzbart und ruhigem Charakter. Er kannte die Gefahren, denen man als U-Boot-Fahrer ausgesetzt war, ebensogut wie den Streß, den die Mannschaft noch erleiden würde, bis der Krieg beendet war. Unter seinen Leuten hatte er nur wenig Freunde. Obwohl er ein fairer und mitfühlender Kommandant war, glaubte er, sich den Luxus der Kameradschaft nicht leisten zu können.

In diesem – ersten – Monat des zweiten Weltkriegs hielten sich zweiundfünfzig U-Boote des Typs VIIC im Nordatlantik auf. Leigers Boot hatte eine Besatzung von vierundvierzig Mann, eine Deckskanone, zwei Anti-Flugzeug-Kanonen und fünf Torpedorohre. Leiger gehörte zu den ältesten U-Boot-Kommandanten. Er hatte an der Entwicklung der Wolfsrudel-Strategie mitgearbeitet – dem Aufspüren von Konvois und dem Herbeirufen weiterer U-Boote, die nachts an der Oberfläche Angriffe gegen britische Schiffe fuhren, die amerikanische Flugzeuge und Waffen geladen hatten. In den bisher achtundzwanzig Kriegstagen hatten die Wolfsrudel neunzehn britische Schiffe versenkt. Leigers U-17, ein schlanker, grauer Hai, hatte sich allein vier Schiffe gutschreiben können – einschließlich des Passagierschiffes *Athenia*, das mit eintausendvierhundert Mann – unter ihnen achtundzwanzig Amerikaner – gesunken war.

Leiger stellte seine nächtliche Suchaktion plötzlich ein und beugte sich vor. Er justierte das Fernglas neu und erblickte das, was U-Boot-Fahrer am meisten fürchteten – das blasenwerfende Wasser, das vom Bug eines britischen Zerstörers spritzte. Er kreuzte weit vor dem Konvoi und kam gerade auf sie zu. Die U-17 lag genau auf seinem Kurs.

»Zerstörer!« schrie er durch den Turm nach unten. »Fertigmachen zum Tauchen!«

Ein Horn blökte, als Leiger und der Oberbootsmann durch den Schleusengang hechteten und durch den engen Schlauch auf das Kommandodeck stürzten. Der Oberbootsmann zog die Luke hinter sich zu und verschloß sie.

»Turm klar!« schrie er.

»Tauchtiefe dreißig Meter!« befahl der Kapitän. »Oben können wir keinen Schuß riskieren. Periskop auf!«

Er schob die Mütze in den Nacken, und als das U-Boot gerade Kurs aufnahm und das Periskop hochfuhr, schwang er es herum. Der Zerstörer befand sich im Fadenkreuz. Er war tausend Meter von ihnen entfernt und kam schneller näher. Leiger konnte seine Silhouette an der Stelle, wo er durch die Wellen pflügte, deutlich sehen. Er schwang das Teleskop erneut herum und konzentrierte sich auf den Konvoi.

»Entfernung?« fragte er.

»Sechshundertfünfzig Meter«, kam die Antwort.

Leiger zögerte kurz, dann faßte er einen Entschluß.

»Erster?« sagte er, ohne das Periskop zu verlassen.

»Herr Kapitän?«

»Wir nehmen die beiden vorderen Schiffe. Torpedos klarmachen. Geschwindigkeit fünfunddreißig. Anschließend gehen wir sofort auf sechzig Meter und verschwinden unter dem Konvoi.«

»*Unter* den Konvoi, Herr Kapitän?« fragte der Erste Offizier überrascht.

»Genau. Der Zerstörer kommt schnell näher. Wenn wir feuern, wird man auf dieser Seite des Konvois nach uns suchen.«

Der Erste Offizier nickte schnell.

»Jawoll, Herr Kapitän!«

Leiger ignorierte den Zerstörer und richtete das Fadenkreuz auf das erste Schiff in der Reihe. Direkt hinter ihm, von seinem Schatten teilweise verdeckt, befand sich ein zweites. Laut Plan würde das zweite U-Boot sich die beiden letzten Konvoischiffe vornehmen. Für das Entkommen war jedes U-Boot selbst verantwortlich.

»Entfernung?« fragte der Kapitän.

»Fünfhundert Meter.«

»Periskop einziehen.«

Das schlanke Rohr glitt lautlos wieder unter Deck. Leiger schaute auf seine Uhr und zählte stumm vor sich hin.

»Eins abfeuern.«

»Eins abfeuern ... Unterwegs.«

»Zwei abfeuern.«

Leiger und der Erste Offizier wiederholten das Ritual, bis vier Torpedos abgefeuert waren. Dann:

»Tauchtiefe sechzig Meter. Zehn Grad links. Volle Kraft voraus.«

Das U-Boot kippte scharf. Als das schlanke Gefährt tiefer ging und geradeaus Fahrt aufnahm, ertönte überall das Gescheppere fallender Gegenstände. Man konnte hören, wie der eiserne Fisch durch das Wasser heulte. Kurz darauf vernahmen sie die erste Explosion, dann die zweite.

»Nummer eins«, sagte Leiger lächelnd. Sie warteten und hörten, daß das Geräusch des dritten Torpedos leiser ausfiel.

»Vorbei«, sagte der Kapitän enttäuscht. Dann traf der vierte.

Eine Reihe von Detonationen echote durch die See, als die Kessel des ersten Schiffes explodierten. Dann flog das zweite in die Luft. Die U-Boot-Mannschaft blieb auf ihren Stellungen und blickte auf die über ihr liegende eiserne Hülle wie auf einen Spiegel, der die Meeresoberfläche reflektiert. Sie fragten sich, wo der britische Zerstörer war.

Dann hörten sie, wie vier weitere Torpedos durch den Ozean kreischten, und vernahmen zwei weitere Explosionen.

»Gut«, sagte Leiger. »Die U-22 hat auch eins erwischt.«

Als die U-17 lautlos unter den Konvoi gelangte, nahm das Gedonner der Schiffsmotoren über ihnen zu. Das U-Boot war von zahlreichen Geräuschen erfüllt – brummenden Motoren; gefoltertem Stahl, als das erste Schiff in den Wellen versank; dem Ächzen stählerner Platten und dem scharfen Knacken, als sie sich unter dem Wasserdruck verbogen und platzten und das in Stücke gerissene Schiff dem Meeresboden entgegenfiel. Sie hörten das matte *Fuuuhm* der Wasserbomben, als der Zerstörer die U-22 unter Feuer nahm.

Auf der anderen Seite des angeschlagenen Konvois in Sicherheit, ließ Leiger die U-17 auf zwanzig Meter steigen und fuhr das Periskop aus. Der dunkle Himmel glühte. Zwei der torpedierten Schiffe lagen zwar noch über Wasser, aber sie brannten lichterloh. Der Rest des Konvois zerstreute sich in einem Ausweichmanöver. Dahinter torkelte der Zerstörer in einem geisterhaft roten Licht durch die See und warf vom Heck aus Wasserbomben ab.

Wir können leicht noch zwei abfeuern, dachte Leiger. Eins der Schiffe, ein Tanker, dessen Schandeckel fast vom Gewicht seiner Ölladung überspült wurden, nahm eine scharfe Wendung vor und wurde plötzlich zu einem perfekten Ziel. Fünfhundert Meter entfernt.

»Ist der Heckschacht geladen?«

»Jawoll, Käpt'n.«

»Zwei Drittel Kraft zurück. Abschuß vorbereiten. Vierhundert Meter. Fünf abfeuern. Volle Kraft voraus.«

Er musterte den Tanker durch das Periskop und zählte stumm die Sekunden. Dann schlug der Torpedo ein. Das ganze Schiff schien in einem gewaltigen, kochenden Inferno zu explodieren. Wenige Sekunden später hörten sie die Explosion und spürten, wie das U-Boot leise bebte.

»Volltreffer mittschiffs!« schrie Leiger. Die Mannschaft jubelte.

Eine Stunde später hatten sie den schwer mitgenommenen Konvoi und seinen Geleitschutz hinter sich gelassen und waren in Sicherheit. Die Mannschaft schwieg, sie war gar nicht mehr heiter. Man hatte nichts mehr von der U-22 gehört und nahm an, daß sie gesunken war.

»Eine ausgezeichnete Vorstellung, meine Herren«, sagte Leiger zu seinen Leuten, um die Moral zu heben. »Wir kreuzen eine halbe Stunde in zwanzig Meter Tiefe, dann gehen wir wieder an die frische Luft.«

Er ging in seine Kabine. Zehn Minuten später erschien der Funker an seiner Tür.

»Eine Nachricht für Sie, Herr Kapitän.«

»Ja?«

»Sie ist von *Mutter*. Sie besteht nur aus einem Wort. – Halloween.«

Leigers Gesichtsausdruck veränderte sich kaum. Er nickte. »Danke.«

Als der Funker gegangen war, schloß Leiger seine Kabinentür ab.

»Verdammt«, sagte er vor sich hin. Er öffnete den Safe und entnahm ihm einen versiegelten Umschlag mit dem Stempel *Geheim*. Darunter stand *Gespenst*.

»Um was zum Teufel geht es jetzt wieder?« fragte er sich wütend und entnahm dem Umschlag die Befehle für seine Mission.

Leiger war neugierig und verärgert zugleich. Man befahl ihm, nach Süden zu fahren, fort von den Zonen, in denen etwas los war – hinaus in die klaren Gewässer des Südatlantiks, wo man die siebzig Meter lange Zigarre aus der Luft leicht erkennen konnte.

Um die Sache noch schlimmer zu machen, unterstand er nun dem Kommando der *Sechs Füchse*, einer Nachrichteneinheit der SS. Wie die meisten Angehörigen der Wehrmacht konnte Leiger die SS und die Gestapo nicht ausstehen. Er hielt Hitler und seine Kumpane für Psychopathen, und Professor Vierhaus war in seinen Augen der schlimmste. Obwohl sie sich nur einmal begegnet waren, war ihm der verkrüppelte Chef der Organisation auf der Stelle unsympathisch gewesen. Vierhaus war so überheblich und siegeshungrig, daß er jeden Sinn für Ehre verloren hatte.

Leiger brütete mit einem Navigationsbesteck über den Seekarten und maß die Entfernung zu seinem Bestimmungsort, der Ostküste der Insel Grand Bahama. Sein Schiff hatte eine Oberflächengeschwindigkeit von etwa siebzehn Knoten. Unter Wasser brachte die U-17 sieben Knoten. Sie konnte, wenn es nötig war, eine Tauchtiefe von hundertzwanzig Metern erreichen. Sie konnten vierundzwanzig Stunden lang tauchen und sich dabei mit vier Knoten ›kriechend‹ voranbewegen.

Leiger berechnete die Entfernung und kam zu dem Schluß, daß die Reise von ihrer Position im Südosten Grönlands bis nach Grand Bahama etwa siebzehn Tage dauern würde, wenn er nachts mit maximalem Oberflächentempo und tagsüber unter Wasser fuhr, um der Entdeckung zu entgehen. Vorausgesetzt, das Wetter blieb so.

Er hatte drei Wochen, um die Strecke hinter sich zu bringen.

»Verdammt!« sagte er wütend, weil man ihn aus dem Kriegsgeschehen zu irgendeiner dämlichen ›Geheimdienstmission‹ abkommandiert hatte.

In der kaum 2500 Einwohner zählenden Stadt Bromley in New Hampshire schlurfte ein alter Mann durch die Empfangshalle des einzigen Hotels. Sein Haar war ein weißer Flausch, sein Gesicht so faltig wie eine Trockenpflaume. Seine Kleider, obwohl ordentlich und sauber, waren eine Nummer zu groß und hingen an einem Körper, der deutlich vom hohen Alter geschrumpft war. Sein Rücken war krumm, und er trug einen Nickelbrille. Er ging am Stock, um sein rechtes Bein zu stützen, das so aussah, als sei es durch einen Schlaganfall beeinträchtigt worden.

»Guten Morgen, Mr. Hempstead«, sagte der Mann am Empfang.

»Hallo, Harry«, antwortete Hempstead mit zittriger Stimme. »Ist heute Post für mich gekommen?«

Harry prüfte das Postfach, obwohl er wußte, daß es leer war. Hempstead hielt sich nun seit fast einem Monat in diesem Hotel auf. Er erwartete täglich einen Brief von seinem Sohn, aber seit er hier zu Gast war, hatte er noch keine Post erhalten.

»Tut mir leid«, sagte Harry.

Der alte Mann schlurfte zur Tür hinaus und begab sich zum Speiseraum. Unterwegs blieb er am Zeitungsstand stehen und kaufte eine *New York Times*. Als er weiterging, war 27 sehr stolz auf sich. Seine Verkleidung war perfekt. Die Falten seines Gesichts verbargen die drei Vertiefungen in seiner Wange. Es war unwahrscheinlich, daß jemand, der nach ihm suchte, im südlichen New Hampshire nach einem Siebzigjährigen Ausschau hielt. Er nahm in einer Ecknische des Speiseraums Platz, bestellte Wurst, Brötchen und Kaffee und wandte sich den Kleinanzeigenseiten zu.

Sein Kode hieß *Schlüssel 3*, und er identifizierte die an ihn gerichtete simple Nachricht anhand einer Zahlenreihe. Die

Nachricht stand in der dritten Spalte; es war die Nachricht, auf die er sechs Jahre lang gewartet hatte. ›Charles: Reserviere 8 Plätze für die Vorstellung am 14. Ich treffe Dich um 9.00 Uhr an der Haltestelle 86. Straße. Elizabeth.«

»Mein Gott«, sagte er, kaum fähig, seine Erregung zu verbergen. »Jetzt geht es los.«

Achtzehn Tage später, in der letzten Oktoberwoche, umrundete U-17 das Ostufer von Grand Bahama und suchte sich im Gestrüpp der östlichen Landzunge ein passendes Versteck, das sie vor den wachsamen Augen der Patrouillenboote der US-Marine verbarg, die das ganze Meer kontrollierten. Nachdem Leiger überall Wachen aufgestellt hatte, erlaubte er seinen Männern den Luxus des Schwimmengehens. Sie angelten und kauften bei vorsichtigen Besuchen in den umliegenden Dörfern frisches Obst und Eier ein. Leiger war angewiesen worden, fast einen Monat in diesen Gewässern zu bleiben. Sein Plan bestand darin, den Liegeplatz der U-17 alle drei bis vier Tage zu wechseln.

Bevor er weiter ins Meer hinausfuhr, um einen zweiten versiegelten Umschlag mit Befehlen zu öffnen, sollte er ein Signal abwarten, das von einem Mutterschiff kam. Doch nun, wo er sicher auf der Leeseite Grand Bahamas lag, konnte er es nicht mehr erwarten. Leiger verschloß seine Kabinentür, öffnete den Safe, nahm den Umschlag heraus und riß ihn auf.

Langsam las er die Instruktionen, und während er die Befehle überflog, trommelte er mit den Fingerspitzen auf die Oberfläche seines Schreibtisches. Als Leiger sich beruhigt hatte, schob er die Papiere in den Umschlag zurück und legte ihn wieder in den Safe. Erst dann setzte er sich hin, um das, was er gerade gelesen hatte, geistig zu verdauen.

»Mein Gott«, sagte er halblaut. Ein waghalsiger Plan. Ein wahnwitziger Plan.

Und doch . . . Er konnte gelingen.

Kapitel 48

Der tote Briefkasten war ein Schließfach in der Manhattan National Bank, zu der 27 und der New Yorker Kurier Zugang hatten. Der Kurier konnte im Schließfach eine Nachricht hinterlegen, die 27 lesen und am gleichen Tag beantworten sollte, oder umgekehrt.

27 fuhr mit dem Bus nach New York und nahm sich ein Zimmer in einem bescheidenen Hotel. Er trat in einer neuen Maske auf und trug einen dazu passenden Anzug. Als er sich dem Schließfachwächter vorstellte, erweckte er den Eindruck eines wohlhabenden siebzigjährigen Anwalts oder Bankiers. Der Fachschlüssel hatte zu seinen bestbewachten Besitztümern gehört.

»Schließfach 23476«, sagte er.

»Name?«

»Schwan.« Er hatte den Namen seit sechs Jahren nicht mehr benutzt. Jetzt verwendete er ihn zum letztenmal.

»Ja, Mr. Schwan. Unterzeichnen Sie bitte hier.«

Dann saß er in einem kleinen Raum und untersuchte den Inhalt des Stahlbehälters. Er fand einen großen Umschlag, der einen Paß, einen Führerschein, ein Ledermäppchen mit Visitenkarten und eine Geburtsurkunde enthielt. Er hieß nun John Ward Allenbee und war 1895 in Chicago geboren. Er war Importeur und hatte ein Büro in San Francisco.

Allenbee entfaltete eine Notiz, die zu den Dokumenten gehörte. Sie klärte ihn über seine ›Vergangenheit‹ auf. Er war ein konservativer amerikanischer Geschäftsmann mit zwei Bankkonten über 20 000 und 30 000 Dollar. Scheckhefte anbei. Außerdem hatte er ein 50 000-Dollar-Konto bei der Manhattan National. Er hatte während der letzten eineinhalb Jahre die ganze Welt bereist. »Unterzeichnen Sie die beiliegenden Bankformulare«, hieß es weiter. »Sie verfügen ab sofort über ein anderes Schließfach. Der Schlüssel liegt anbei. *Dieses* Fach ist nicht mehr aktiv. Legen Sie sich ein neues Paßfoto zu und hinterlegen Sie einen Abzug in diesem Fach. Wenn Sie neue Garderobe brauchen, gehen Sie zu Balaban in die 51. Straße, am Park. Man wird wegen weiterer Details Kontakt mit Ihnen aufnehmen.«

27 dachte nicht im Traum daran, ein Foto von sich zu hinterlegen. Statt dessen forderte er den Kurier schriftlich auf, *sein* Foto zu hinterlegen, damit er ihn identifizieren konnte, und verlangte Details über seinen Auftrag.

Sobald er den Auftrag kannte, würde er den Kurier töten. Er konnte es nicht riskieren, von jemanden identifiziert zu werden. So unterzeichnete er die neuen Bankformulare, hinterließ sie beim Wächter und kehrte ins Hotel zurück. Dann nahm er seinen Schminkkoffer und verwandelte sich in einen anderen. Die Verletzungen, die ihm der Bär beigebracht hatte, waren auf seiner rechten Gesichtshälfte nur noch als drei rote Linien zu erkennen. Er schnitt sein Haar, färbte es und veränderte seine Augenfarbe mit blaßblauen Kontaktlinsen. Dann machte er sich an die Arbeit.

Am nächsten Tag ging Ward Allenbee zur Bank und überprüfte das neue Schließfach. In ihm lag nur ein Zettel.

Das Gespenst ist frei.

Er faltete den Zettel, schob ihn in die Tasche und verschloß das Fach. Dann ging er hinauf und stellte sich Raymond Denton vor. Denton war Vizepräsident der Bank, ein nervöser Mann in den Dreißigern und ein Schmeichler. Allenbee mochte es zwar nicht, wenn man ihm um den Bart ging, aber es war notwendig, daß er damit anfing, seine neue Identität mit Leben zu erfüllen.

Lady Penelope Traynor, die gerade einen Scheck eingelöst hatte, schaute durch die marmorne Banklobby und sah den stattlichen Mann in Dentons Büro. Er schloß allem Anschein nach gerade ein Geschäft ab. Recht attraktiv, dachte sie. Und so wie Denton ihm um den Bart ging, mußte er wichtig sein. Als die beiden Dentons Büro verließen, schlenderte sie ihnen entgegen.

Denton erblickte sie und strahlte. *Was für ein Speichellecker*, dachte Lady Penelope, aber sie erwiderte sein Lächeln und begrüßte ihn.

»Lady Penelope, welche Freude! Darf ich vorstellen? Lady Penelope Traynor, Mr. Ward Allenbee. Mr. Allenbee ist ein neuer Kunde unserer Bank. Wir sind sehr erfreut, daß er zu uns gekommen ist.«

Als sie Denton verließen, schlenderten sie zusammen zum Ausgang und plauderten miteinander.

»Leben Sie in New York?« fragte Lady Penelope lächelnd.

»Ja, ich habe ein Apartment im Pierre.«

»Wie hübsch. Mein Vater und ich haben Suiten im Waldorf. Was machen Sie, Mr. Allenbee?«

»Ich bin Importeur«, sagte er.

»Wirklich?« fragte sie. »Kunst?«

»Antiquitäten.«

»Wie interessant.«

»Ja, manchmal schon. Sind Sie schon lange hier? Sie kommen doch aus England?«

»Wir haben ein Landhaus bei London, aber wir reisen die meiste Zeit. Deswegen haben wir auch hier eine Basis. Ich arbeite als Rechercheurin für meinen Vater. Er schreibt eine Zeitungskolumne. Sein Name ist Sir Colin Willoughby. Kennen Sie den ›Willow-Report‹?«

»Natürlich. Ich habe seine Artikel gelesen. Sie sind recht scharfsinnig. Sie waren erst kürzlich im Orient, nicht wahr?«

»Ja.«

»Er hat interessante Beobachtungen über die politische Lage in Japan gemacht. Glaubt er wirklich, wir können einen Krieg gegen Japan vermeiden?«

»Nun, man sollte es wenigstens versuchen. Die Lage in Japan ist nämlich ziemlich verzweifelt. Der Tenno scheint gar nicht recht zu wissen, was sich da zusammenbraut. Im Grunde wird das Land von Tojo und einer starken rechten Militärfraktion regiert. Das Heer und die Luftwaffe Japans sind ziemlich stark, und sie haben auch eine äußerst mächtige Marine.«

Allenbee lächelte. Es war erfrischend, eine Frau kennenzulernen, die intelligent und scharfsinnig war.

»Ich habe meinen Wagen mit«, sagte sie. »Kann ich Sie irgendwo absetzen?«

»Darf ich so vermessen sein, Sie zu einem Drink einzuladen? Die neue Bar im Empire State Building ist gleich um die Ecke. Sie soll äußerst exquisit sein.«

»Klingt entzückend«, sagte Lady Penelope. »Aber ich habe nur eine Stunde Zeit.«

Ihr Wagen war ein Packard mit Chauffeur. Sir Colin schien eine Menge Geld zu verdienen. Kurz darauf saßen sie in einer Barnische und nippten einen Martini. Lady Penelope musterte Allenbee interessiert. Sein gepflegter Prinz-Albert-Bart gefiel ihr besonders. Er war teuer angezogen, hatte eine volltönende Stimme und einen großen Wortschatz. Und er war intelligent und gut informiert. Ein sehr interessanter Mann, dachte sie.

27 sah eine Frau von Ende Dreißig vor sich – hübsch und wohlbestallt, aber irgendwie kalt und berechnend. Ihre Pose war überkorrekt, ihre klassischen Züge etwas zu perfekt, und ihr rotes Haar zu sauber gekämmt. Sie war ein bestens informierter arroganter Snob, mit einer eigenen Meinung, und ließ beiläufig Namen von Prominenten fallen. Manchen Männern wäre sie bedrohlich erschienen, aber 27 sah in ihr eine frustrierte und unterdrückte Frau aus besseren Kreisen, die seit Jahren Witwe war und dringend aufs Kreuz gelegt werden mußte. Eine wunderbare Ablenkung, während er auf den nächsten Schritt seines Auftrags wartete.

Aus einem Drink wurden zwei, dann drei. Die erste Stunde verging, dann war die zweite herum, und schließlich schlug er ihr ein Essen bei Delmonico vor. Sie beäugte ihn kurz, dann lächelte sie und sagte: »Warum eigentlich nicht? Aber zuerst müssen wir zu mir. Ich muß mich umziehen.«

Ihre Suite im Waldorf lag neben der ihres Vaters. Sie war hübsch möbliert.

»Es dauert bestimmt nicht lange«, sagte sie. »Ich mache Ihnen einen Drink, bevor ich mich umkleide.« Sie trat an die Bar an der Ecke und mixte ihm noch einen Martini.

Er nippte daran und nickte betont.

»Ausgezeichnet«, sagte er. »Sie haben wirklich Klasse.

Sie sind ein wandelndes Ereignisjournal. Sie sind sehr hübsch und machen großartige Martinis. Sie sind voller Überraschungen, Lady Penelope.«

Er streckte den Arm aus und streichelte ihr Haar. Dann ihren Hals. Er trat näher, nahm ihr Gesicht in beide Hände und küßte sanft ihre Lippen. Sie erwiderte seinen Kuß voller Gier. Sie war halt eine Frau, die tugendhaft gewesen war und Männern seit Jahren nicht mehr traute.

Sie war scharf auf ihn. Sie spürte, daß er ein sicherer Hafen in ihrem ansonsten stürmischen Leben war. Aber das konnte warten. Als er sie in seine Arme nahm, preßte sie ihr Gesicht an seinen Hals und flüsterte ihm in deutscher Sprache ins Ohr: »Das Gespenst ist frei.«

Kapitel 49

Es erschreckte 27, als er sie das Kodewort flüstern hörte. War sie wirklich seine Kontaktperson?

Diese reiche englische Lady, deren Vater, ein international bekannter Journalist, in den letzten Jahren manche Breitseite auf den Führer abgefeuert hatte? Er war völlig sprachlos, als Lady Penelope durch den Raum ging und die Verbindungstür zur Suite ihres Vaters öffnete.

»Daddy?« sagte sie.

Der tadellos und schick gekleidete Engländer trat ein. Er trug eine rote Samtsmokingjacke und einen breiten blauen Schlips. Er war ein stattlicher Mann mit einem gewachsten, sauber gestutzten Schnauzbart und manikürten Händen. Sein silbernes Haar war perfekt geschnitten, seine Pose die eines Soldaten. Er strahlte Gelassenheit und Unnahbarkeit aus. Das war also der Autor des berühmten ›Willow-Report‹. 27 erkannte eine vertraute Ähnlichkeit mit Lady Penelope. Auch er nahm eine übertrieben korrekte Pose ein und hatte eine arrogante Ausstrahlung.

Willoughby streckte die Hand aus.

»Endlich lernen wir uns kennen. Wir haben lange auf diesen Augenblick gewartet.«

»Sir Colin?« sagte 27 vorsichtig.

Der Engländer beugte sich vor und sagte in deutscher Sprache: »Willkommen, 27.«

Sie schüttelten sich die Hände.

»Es ist also soweit«, sagte Willoughby lächelnd, »daß wir unseren Beitrag für das Dritte Reich leisten, was?«

»Wie haben Sie mich in der Bank erkannt?« fragte 27 Lady Penelope.

»Da Sie kein Foto hinterlegen wollten, habe ich beobachtet, wer in den Schließfachraum ging. Sie haben die Papiere gestern abgeholt, also hatte ich eine grobe Vorstellung, wie Sie als John Allenbee aussehen würden. Aber ich muß zugeben, daß der Bart mich verwirrt hat. Es war eigentlich nur Glück. Ich habe nach einem Mann gesucht, mit dem ich mich gern verloben würde.«

»Verloben?«

»Später«, sagte Willoughby. »Sie haben uns erschreckt, als wir aus Ihrer Kleinanzeige erfuhren, daß Sie auf der Flucht sind. Was ist passiert?«

»Jemand war hinter mir her.«

Willoughbys Gesicht wurde fahl. Dann riß er sich schnell wieder zusammen. »Wer?«

»Jemand von einer Regierungsbehörde, die sich Sicherheitsdienst des Weißen Hauses nennt.«

Willoughby zuckte die Achseln. »Das ist doch höchstens eine Tor- oder Saalwache . . .«

»Das glaube ich nicht«, sagte 27. »Sie kannten meinen Namen, meine Adresse und meinen Beruf. Sie haben zuerst nach dem Sheriff gefragt, dann haben sie einen Wildhüter gebeten, sie zu mir zu bringen.«

»Wo war das?«

»In Aspen, Colorado.«

»Was haben Sie da gemacht?«

»Skihütten gebaut, Strecken kartographiert, Basislager errichtet und Lawinenpatrouillen gelaufen. Eine nette Stelle, bis die beiden aus Washington kamen.«

»Wie sind Sie entkommen?« fragte Lady Penelope.

27 sah sie an, dann lächelte er.

»Unter großen Schwierigkeiten.«

»Was wollten die beiden von Ihnen?« fragte sie.

»Keine Ahnung. Ich habe nicht darauf gewartet, daß sie es mir erzählen.«

»Na ja«, sagte Willoughby grinsend. »Sie haben sie doch abgehängt. Sie sind hier. Jetzt geht's an die Arbeit, Herr Schwan.«

»Mein Name ist Allenbee«, sagte 27 ernst. »Streichen Sie Schwan aus Ihrem Gedächtnis. Er existiert nicht mehr. Ich will nichts Deutsches mehr hören. Sie sind Engländer, ich bin Amerikaner.«

»Ja, ja, natürlich«, sagte Willoughby errötend. »Es wird nicht wieder vorkommen.«

»Wehe, wenn doch«, sagte 27. »Wie sieht der Plan aus?«

Sie gingen in Willoughbys Suite. Willoughby nahm mit Allenbees Hilfe ein Degas-Gemälde von der Wand und riß einen braunen Packpapierbogen von der Rückwand. Dahinter befanden sich zwei Landkarten und eine detaillierte Blaupause. Eine der Karten zeigte die Ostküste der USA; die andere war eine Vergrößerung eines kleinen Teils derselben. Ein Pfeil deutete auf einen Fleck an der Küste von Georgia, in der Nähe der Grenze nach Florida.

»Das ist unser Ziel«, sagte Willoughby und fuhr mit dem Finger über die größere Karte, bis er Brunswick erreichte. »Etwa fünfundsiebzig Kilometer nördlich der Grenze liegt die Insel Jekyll. Die kleine Karte zeigt sie deutlicher. Man braucht vom Festland nur durchs Watt. Eine kurze Bootsfahrt, weiter nichts. Die Insel nördlich von Jekyll heißt St. Simons. Sie sind durch einen etwa vierhundert Meter breiten Sund getrennt.

Jekyll Island hat eine ziemlich farbige Vergangenheit. Unter anderem hat dort das letzte Sklavenschiff angelegt, das nach Amerika kam. Ich will Sie nicht mit Geschichte langweilen, aber auf der Insel befindet sich jetzt der reichste und exklusivste Privatklub der Welt. Ein paar reiche Amerikaner haben das Eiland 1885 gekauft und es sich als Privatspielplatz eingerichtet. J. P. Morgan, die Vanderbilts, George Pullman, James Hill, Richard Crane, die Goodyears, die Astors, die Rockefellers, Joseph Pulitzer ... Verstehen Sie, was ich meine? Die *reichsten* und *mächtigsten* Männer der Vereinigten Staaten. Man kann die Liste noch weiter fortsetzen.«

Willoughby hielt inne und wartete auf eine Reaktion.

27 beugte sich vor und musterte die Inselkette, die an der Südküste zu sehen war.

»Im Laufe der Zeit haben sie ein luxuriöses Klubhaus, zwei Wohnhäuser und mehrere Landhäuser dort errichtet. Am Anfang war alles noch relativ bescheiden, aber im Laufe der Jahre wurden die Landhäuser immer protziger. Seit Anfang der dreißiger Jahre reisen bestimmte Angehörige der siebenundzwanzig Familien zum Erntedankfest dorthin und bleiben bis kurz vor Ostern. Penny und ich sind als Gäste der Vanderbilts mal dort gewesen. Seither sind wir öfters da. Schon auf der ersten Reise ist mir aufgefallen, wie einfach es wäre, dort jemanden zu entführen. Dann habe ich intensiver darüber nachgedacht. Warum eigentlich nicht *alle*? Ich habe Vierhaus über meine Idee informiert, und er hat sie dem Führer vorgelegt, der fasziniert davon war.«

Willoughby drehte sich zu 27 um.

»Es handelt sich um die fettesten Schweine der amerikanischen Industrie und Gesellschaft«, sagte er mit erregt leuchtenden Augen. »Stellen Sie sich vor ... Die Kapitäne der US-Industrie, die reichsten und mächtigsten Familien Amerikas. Sie haben Milliarden auf ausländischen Banken liegen. Alle zusammen an einem einzigen Platz, vom Festland isoliert, buchstäblich ohne Schutz. Sie sind eine leichte Beute. – Öl, Stahl, Kohle, Transportwesen, Presse, Reedereien, Waffen, Munition, Autos, Banken. Die Börse! Die Chefs der beiden größten amerikanischen Börsenmaklerfirmen. Mein Gott, Allenbee, diese Männer werden Amerikas Arsenale füttern, wenn es zum Krieg gegen uns kommt. Sie versorgen England schon jetzt mit allem, was das Land braucht, um gegen uns zu kämpfen.«

27 steckte sich mit seinem goldenen Feuerzeug einen Zigarillo an. Er blickte wortlos auf die Landkarte. Sein Gesicht war eine gefühllose Maske.

»Der Plan ist einfach«, fuhr Willoughby fort. »Man hat uns für drei Wochen eingeladen. In diesem Augenblick liegt ein U-Boot vor Grand Bahama, etwa dreihundert Kilometer südlich von Jekyll Island. Es kommt in der Nacht des 23. November die Küste hinauf...«

»Erntedank?« fragte 27.

»Genau. Es legt an der Jachtpier an; dann nehmen wir die siebenundzwanzig reichsten Männer der USA als Geiseln und bringen sie erst mal nach Grand Bahama. Wir werden mit Roosevelt verhandeln. Wenn die USA neutral bleiben, lassen wir sie nach Kriegsende wieder frei.«

»Und wie kriegen wir sie von Grand Bahama weg?«

»In Andros stößt ein weiteres U-Boot zu uns. Man wird die Geiseln in zwei Gruppen aufteilen, damit es in den U-Booten nicht zu eng wird. Wir bringen sie auf ein Mutterschiff in den mittleren Atlantik und von dort auf einen Klipper, der sie nach Spanien bringt. Wir können sie in... sieben Tagen auf unserem Boden haben.«

»Und das haben *Sie* sich ausgedacht?«

Willoughby nickte; er schien auf seine Reaktion zu warten. Doch es kam keine. Der Mann, der sich nun Allenbee nannte, stand auf und trat an den Tisch. Er studierte die Papiere, die Dokumente und die Karte.

»Das U-Boot ist schon an seinem Standort«, fuhr Willoughby fort. »Die kodierte Nachricht, die Sie dem Kommandanten senden werden, befindet sich in diesem Umschlag.«

Er gab Allenbee den Umschlag.

»Und wann soll es soweit sein?«

»Der Privatzug fährt in zehn Tagen ab. Die Reise dauert fünf. Der Zeitplan steht. Polen gehört uns. In Frankreich geht alles drunter und drüber. Die Engländer haben vier Divisionen an der französischen Westfront. Wenn Amerika neutralisiert ist, werden Frankreich und England um Frieden winseln.«

»Sie vereinfachen.«

»Überhaupt nicht. Die Wehrmacht wird zur Küste vorrücken und sich auf eine Invasion vorbereiten. Und dann sitzt England allein da . . . mit heruntergelassenen Hosen.«

»Und wir«, sagte Allenbee, »haben die industrielle und finanzielle Macht Amerikas in unserer Hand.«

»Genau.«

»Wie ist aus einem alten britischen Hundesohn wie Ihnen ein so guter Nazi geworden, Willoughby?« fragte 27 mit monotoner Stimme und ohne irgendeine Reaktion auf den Plan zu zeigen.

Willoughby kicherte. Er nahm hinter dem Schreibtisch Platz und lehnte sich in seinen Stuhl zurück.

»Ich habe 1927 das erste Interview mit dem Führer gemacht«, sagte er. »Damals hat er zwar noch keine Rolle gespielt, aber ich habe *gespürt,* daß etwas in ihm steckt. Dann habe ich *Mein Kampf* gelesen. Ich habe jahrelang für Juden gearbeitet und mich von ihnen ausnehmen lassen. Mit dem britischen Weltreich ist es aus, Allenbee! König Edward, der Lump, hat sich mit einer amerikanischen Schlampe davongemacht. Kanada ist weg. Indien wird auch bald weg sein. Ist nur eine Frage der Zeit. Ein riesiges Imperium, das vor sich hinrottet, weil es von feigen Gimpeln regiert wird. Wollen Sie noch mehr hören?«

27 schüttelte den Kopf. »Und Sie, Lady Penelope?«

»Was hat England denn für mich getan?« fragte sie kalt.

»Und als was trete ich auf?« fragte 27.

»Nun, natürlich als Penelopes Verlobter, alter Junge«, sagte Willoughby mit einem leicht schiefen Grinsen. »Wir geben die Verlobung zwei Tage vor unserer Abreise auf einer Cocktailparty bekannt, damit niemand mehr Zeit hat, um Erkundigungen über Sie einzuziehen, falls es jemand vorhaben sollte. Aber das bezweifle ich. Wir fahren in Andrew Gahagans Salonwagen. Der Zug besteht aus insgesamt zwölf Waggons. Zuerst schreibe ich einen kleinen Artikel über die anstehenden Feierlichkeiten – aus väterlichem Stolz und so weiter. Falls sich jemand von der Presse zu sehr für Ihre Vergangenheit interessieren sollte, ist es dann zu spät. Dann sind wir schon in Georgia.«

»Und was soll in der Geschichte stehen?« fragte 27 Lady Penelope.

»Daß wir uns in Hongkong verliebt haben und daß Sie mit mir zurückgekommen sind. Es ist alles sehr romantisch.«

»Man wird Sie mit offenen Armen willkommen heißen«, sagte Willoughby. »Ich habe immer herzzerreißende Geschichten über die Insel geschrieben, so daß sie mich ins Herz geschlossen haben. Sie werden feststellen, daß die Reichen ebenso eitel sind wie alle anderen; vielleicht sogar noch eitler.«

»Erzählen Sie mir mehr über den Plan. Ich habe keinen Bedarf für Vorlesungen über den menschlichen Charakter.«

»Die Insel ist klein, sie mißt an der breitesten Stelle drei und ist etwa acht Kilometer lang. Die Landhäuser stehen alle in einem netten kleinen Haufen um das Klubhaus herum – kaum hundert Meter von den Jachtliegeplätzen entfernt. An der Stelle ist es tief genug für ein U-Boot, um dreißig Leute an Bord zu nehmen.«

»Ich denke, es sind siebenundzwanzig.«

»Dazu Sie, ich und Penny.«

»Okay. Dann halten sich dort also siebenundzwanzig Millionäre und deren Frauen und Gäste auf. Ist das alles?«

»Es sind zweiunddreißig. Als wir den Plan gemacht haben, waren es nur siebenundzwanzig. Seither hat ein gewisser Aktivistenaustausch stattgefunden.«

»Aber wir nehmen siebenundzwanzig Leute mit?«

»Wir haben eine Liste hier.«

27 sah sie sich an.

»An diesem Abend werden sich sämtliche Anwesenden um 18.00 Uhr im Speisesaal aufhalten.«

»Wie viele Leute gehen insgesamt zu diesem Essen?«

Willoughby blätterte in einem Aktenordner. »Hier ist die Liste aller Mitglieder und Gäste. Zweiunddreißig Mitglieder und ihre Frauen; dazu Kinder, Kindermädchen und Sekretärinnen. Zusammen hundertzwölf. Dann dreiunddreißig Gäste. Macht hundertfünfundvierzig Leute beim Essen.«

»An achtzehn Tischen?«

»Nein. Kindermädchen, Sekretärinnen und Kleinkinder essen im Speisesaal des Personals. Er liegt neben dem Hauptsaal.« Willoughby deutete auf den Lageplan. »Der Speisesaal hat zwölf Tische für je acht Personen.«

»Dann müssen wir zwei Räume im Auge behalten.«

»Aber sie sind verbunden.«

»Kein Wachpersonal?«

»Nur eine Nachtstreife, um Diebe davon abzuhalten, an Land zu kommen und zu stehlen.«

»Wie viele?«

»Drei.«

»Sonstiges Personal?«

Willoughby öffnete eine Aktenmappe, blätterte durch ein halbes Dutzend Papiere und nahm eins davon heraus.

»Sieben in der Küche; zwanzig Kellner . . .«

»Zwanzig!«

»Einen für zwei Tische.«

»Das ist ja richtig ausschweifend, nicht wahr?«

»Kann man wohl sagen. Menschen dieser Art sind daran gewöhnt, daß man ihnen jeden Wunsch erfüllt.«

»Auch das wird sich ändern.«

Willoughby fuhr fort: »Dazu zwei Funker, eine Vermittlerin und der Ingenieur, der sich um die Anlage kümmert. – Die Gouvernanten, Zofen, Caddies und Putzfrauen setzen alle um 18.00 Uhr mit einem Boot zum Festland über.«

»Das macht vierunddreißig; die Reichen nicht gerechnet.«

»Genau.«

»Das sind insgesamt 179 Menschen.«

»Ja, aber Sie brauchen dem U-Boot nur zu melden, daß alles klar ist – und dafür zu sorgen, daß es bis zur Ankunft auch so bleibt.«

27 lachte. »Sie sind vielleicht naiv!«

»Naiv?« fragte Willoughby beleidigt.

»Auf der Insel befinden sich Funkgeräte und Telefone. Sie müssen ausgeschaltet werden. Es gibt drei Wachen. Sie müssen ausgeschaltet werden. Es halten sich etwa hundertfünfzig Leute im Speisesaal auf – nicht mitgerechnet die,

die vielleicht an diesem Abend krank sind und in ihrem Quartier bleiben. Wir müssen hundertfünfzig Leute in Schach halten, bis das U-Boot uns zu Hilfe kommt.«

»Ich, äh . . . Ich bin nicht besonders gut als . . .«

»Jetzt sage *ich* Ihnen, was wir machen«, fauchte 27. »Es ist mein Unternehmen, also machen wir es so, wie ich es will! Sie werden genau das tun, was ich sage, verstanden?«

»Deswegen hat man Sie doch für diesen Auftrag ausgewählt, Schwan. Sie . . .«

»Allenbee, verdammt noch mal! Mein Name ist *Allenbee*! Schwan existiert nicht mehr!«

»Natürlich, natürlich«, stammelte Willoughby. »Es war ein dummer Fehler. Es kommt nicht wieder vor.«

»Das rate ich Ihnen auch! Ich möchte nicht, daß wir die ganze Sache wegen einer solch dämlichen Stümperei abblasen müssen.«

»Ich habe doch gesagt, daß ich es bedaure. Kommt nicht wieder vor.«

»Also«, sagte 27. Er trat von der Karte zurück und blickte sie mit vor der Brust verschränkten Armen an. »Wir müssen also ganz allein eine ganze Insel und ungefähr hundertfünfzig Personen in Schach halten, bis das U-Boot zu uns stößt.«

»Wir können das Risiko nicht eingehen, noch mehr Leute in den Plan einzuweihen«, sagte Lady Penelope. »Von Anfang an war unsere größte Angst ein mögliches Leck in der Geheimhaltung. Im Moment sind nur sechs Personen über das Unternehmen im Bilde: Wir drei, Vierhaus, Hitler und der Kommandant des U-Bootes. Wenn wir noch mehr Leute in die Sache einweihen, wird das Risiko eines Fehlschlages zu groß.«

»Das Risiko eines Fehlschlages?« sagte Allenbee schroff. »Es wird keinen Fehlschlag geben! Ich habe sechs Jahre auf diesen Auftrag gewartet. Ich werde jeden umbringen, der das Unternehmen sabotiert oder sich mir in den Weg stellt. Und das schließt Sie beide mit ein, verstanden?«

»Absolut«, sagte Lady Penelope.

»Ich darf Sie vielleicht daran erinnern, Sir«, warf Willoughby ein, »daß es sich hier um *meinen* Plan handelt. Wenn ich nicht gewesen wäre, hätte man Sie gar nicht erst zu dieser Mission berufen . . .«

»Und ich erinnere Sie daran, Sir, daß ich, wenn es nicht anders geht, auch ohne ihre verdammte Einladung auf die Insel gehen und den Auftrag durchführen werde!« fauchte Allenbee, ohne den Blick von der Landkarte zu heben. »Der Plan wird in zwei Punkten geändert. Erstens bringen wir einen unserer Millionäre um, bevor wir verschwinden . . .«

»Was?!«

»Wir wählen einen aus, der wichtig, aber nicht lebenswichtig ist, und bringen ihn um. Dann weiß der Rest, daß wir es ernst meinen. Zweitens teilen wir die Leute in zwei Gruppen auf und bringen sie auf unsere U-Boote. Wir lassen Mr. Roosevelt wissen, daß wir jedesmal, wenn die Engländer ein deutsches U-Boot versenken, zwei amerikanische Millionäre töten. Und jedesmal, wenn es dazu kommt, werden wir ihn darüber informieren. *So* werden wir das Spiel spielen, Sir Colin.«

27 drehte sich zu Penelope um.

»Sollten wir uns nicht ein paar Ringe zulegen, Liebling?«

Willoughby griff in seine Westentasche, entnahm ihr eine kleine schwarze Dose und öffnete sie. Ein blauer Diamant von der halben Größe einer Murmel funkelte auf einem Samtkissen.

»Das hier dürfte passend sein. Zwei Karat, perfekter Schnitt. Direkt von Tiffany.«

»Wieviel habe ich dafür ausgegeben?«

»Bloß dreißigtausend.«

Endlich lächelte 27.

Er nahm Penelopes Hand, steckte ihr den Ring an den Finger, zog sie an sich und küßte sie grob auf den Mund. Als er sie losließ, sagte er grinsend: »Auf eine ruhmreiche Zukunft, mein Liebling.«

Kapitel 50

Um die Mittagszeit hielten Keegan und Vanessa sich in der Küche auf und bereiteten die Füllung für den Erntedank-Truthahn vor. Keegan stand vor einem Hackbrett und würzte Sellerie. Vanessa saß hinter ihm an der Küchenzeile und massierte mit den Füßen seinen Rücken. Sie hatten vor, für ihre Freundin Marilyn, ihren Gatten und Dryman, der den Entschluß gefaßt hatte, den Entlassungsurlaub in seinem Gästezimmer zu verbringen, eine Mahlzeit herzurichten.

»Meine Maschine mußte ich zwar aufgeben«, hatte Dryman gesagt, »aber nicht die Bar und den Rolls-Royce.«

»Kann das wirklich nicht bis morgen warten?« fragte Vanessa.

»Es ist 'n altes Familienrezept«, erwiderte Keegan. »Es muß die ganze Nacht köcheln.« Er schob die Hände in die Teigmischung und fing an, sie zu kneten. »Neben dem, was ich hier zubereite, wird der Küchenchef von Jekyll Island wie ein Tellerwäscher aussehen. Freut mich, daß du nicht hingefahren bist.«

»Ich auch«, sagte sie und schlang die Arme um seinen Rücken.

»Und du vermißt die Bande wirklich nicht?«

»Diesmal sind über dreißig Gäste da«, sagte sie. »Da ist es doch wie im Zoo.«

»Da hätte ich gut hingepaßt«, sagte Keegan.

Sie sah ihn listig an. »Du hättest mit den Damen flirten können.«

»Au ja.«

»Mit einer mindestens. Lady Penelope Traynor würde dir bestimmt gefallen.«

»Was macht ihr Vater? Verkauft er Gold an die Bundesbank?«

»Er ist Journalist. Sie reist immer mit ihm rum. Wenn er nicht so alt wäre, könnte man auf Inzest tippen.«

»Du kannst manchmal wirklich biestig sein, Vannie.«

»Ich weiß.« Sie lachte. »Aber du hättest sowieso keine

Chancen bei ihr. Sie hat nämlich jetzt einen Beau. – John Ward Allenbee der Dritte.«

»Unter dem Dritten tut er's wohl nicht?«

»Sie sind wahrhaft ein tolles Paar. Die Cocktailparty kürzlich hat mich für ewig geheilt. Es war so langweilig, daß es eine Sünde war.«

»Ich dachte, die Leute wären alte Freunde von dir.«

»Sie ist ... na ja, keine *alte* Freundin. Sie und ihr Vater fahren schon seit Jahren nach Jekyll Island. Meist als Gäste von Grant Peabody. Alle mögen den alten Willoughby, weil er für die Zeitung schreibt. Sie sieht zwar aus wie ein rechter Feger, ist aber kalt wie eine Hundeschnauze.«

» *Wie* heißt ihr Alter?«

»Willoughby. Sir Colin Willoughby.«

Keegan ging zur Spüle und wusch sich die Hände.

»Mann, ich kenne die beiden«, sagte er. »Hab' sie mal getroffen ... Mein Gott, es muß im Sommer 1934 gewesen sein. Auf der Rennbahn von Longchamps, glaube ich. Ihr Mann war Soldat ... Nein, Testpilot. Ist umgekommen.«

»Richtig, sie ist Witwe. Na, jedenfalls ist es da unten nicht mehr so wie in den alten Zeiten.«

»In den alten Zeiten? Du bist gerade erst dreißig geworden, meine Liebe. Wie lang soll das her sein?«

»Ach, du weißt doch, was ich meine. Die alte Bande war spaßig; sie hätte dir gefallen. Zwischen meinem sechsten und sechzehnten Lebensjahr war es wunderbar. Wir haben immer das Erntedankfest dort verbracht und sind zu Ostern wieder nach Hause gefahren. Wir hatten eine eigene kleine Schule dort und Lehrer. Wir haben uns nie überschlagen, es war alles sehr entspannt. Die Leute waren alle sehr nett. Natürlich hat es auch schon mal Krach gegeben. Einmal hatten Onkel Billy und Vincent einen wahnsinnigen Streit. Vincent hat seine Jacht immer vor dem Platz der Vanderbilts vor Anker gehen lassen und ihm die Sicht verbaut.«

»Manchmal, Vannie, vergesse ich glatt, wie stinkreich du bist.«

»Und *du*?«

»Ich meine *wirklich* reich. Wie die Astors und die Vanderbilts. Die, denen ein Teil der Welt gehört. Dein Alter gehört auch dazu. Wie viele von den reichen Knaben haben in den alten Zeiten zu der ›Bande‹, wie du sie nennst, gehört?«

»Tja, mal sehen ... Da war Cornelius Lee, Mr. Morgan ...«

»J. P. Morgan?«

»Junior.« Sie nickte.

»Gott! Hat König Midas auch mal reingeschaut?«

Vanessa kicherte. »Nein, aber die Goodyears, der junge Ed Gould, Charlie Maurice, die Rockefellers, Mr. Jim Hill ...«

»Und die sozialen Aufsteiger aus dem Adel: Lady Penelope und Sowieso der Dritte.«

»Das sind keine sozialen Aufsteiger, mein Lieber. Sir Colin ist Ritter!«

»Das ist in England jeder zweite Klempner«, sagte Keegan.

»Tja, ich will nur sagen, daß die beiden unsägliche Angeber sind. Sie tun so, als würden sie jeden kennen. Und Penelopes neuer Verlobter ist auch nicht besser.«

»Wirklich? Wen kennt er denn?«

»Den Prinzen von Wales.«

»Meinst du Edward? Den, der abgedankt hat?«

»Ja.«

»Wie macht man das, wenn man beiläufig erwähnt, daß man den Ex-König von England kennt?«

»Wir haben sein Feuerzeug bewundert, und da hat er erwähnt, es sei ein Geschenk von ihm.«

»Welche Art Feuerzeug verschenkt Prinz Edward denn?« fragte Keegan und schob die Hände wieder in den Teig.

»Goldene natürlich.«

»Was sonst noch? Sag's mir – bloß für den Fall, daß ich Prinz Eddie mal einen Gefallen tu.«

»Es war ein Dunhill, glaube ich«, sagte Vannie. »Mit einem eingravierten Wolfsschädel. Es war ziemlich ...«

Keegan hörte sie nicht mehr. Sein Herz klopfte zu laut.

»Hör zu«, sagte er wie gebannt, »hat der Bursche mit dem Feuerzeug drei Narben im Gesicht?«

»Drei Narben?« Sie schaute ihm eine ganze Weile in die Augen. »Ich habe keine Ahnung, Kee. Er trägt einen Bart. – Sag mal, was ist denn in dich gefahren?«

»Gott im Himmel! Die Bande, von der du gesprochen hast, Vannie, wie viele gehören dazu? Weißt du es genau?«

»Genau? Mal sehen, da waren Onkel Joe und . . .«

»Mein Gott, mußt du sie alle aufzählen?«

Vanessa schloß die Augen, zählte im Geist die Gesichter und wedelte abwehrend mit der Hand. »Moment . . . Moment . . . Äh, fünfundzwanzig . . . sechsundzwanzig . . . Und der alte Crane, den wir immer den Toilettenmann genannt haben, weil er in seinen Bädern überall goldene Hähne hat, und . . .«

»Es waren *siebenundzwanzig*?«

»Soweit ich mich erinnern kann, ja . . .«

Ihre Antwort interessierte Keegan im Grunde nicht. Sein Geist raste. *Siebenundzwanzig Millionäre*, dachte er. *Auf einer abgelegenen Insel vor der Küste von Georgia.*

»Mein Gott!« rief er aus. »Das ist es! Das *muß* es sein! Wie heißt der Kerl noch mal?«

»Wer?«

»Der, der Penelope heiraten will . . .« Er hielt inne. »Gott«, sagte er dann laut. »Dann stecken die beiden auch mit in der Sache drin. Sie sind seine Verbindungsleute!«

»Kee!«

Die siebenundzwanzig reichsten Männer des Landes, die mächtigsten Männer der Vereinigten Staaten. Menschen, die fast jede Branche der Wirtschaft kontrollierten. Isoliert auf einer kleinen Insel.

Siebenundzwanzig! Und der Agent mit dem gleichen Namen würde Amerika neutralisieren. Gab es einen besseren Plan, als die siebenundzwanzig Männer als Geiseln zu nehmen?

Aber . . . es konnte nicht klappen. Es ging nicht. Ein Mann konnte keine ganze Insel in Schach halten. Es sei denn, er hatte vor, sie von dort wegzubringen . . .

Keegan nahm einen Atlas und fand Brunswick in Georgia. Die Insel war nur ein Fleck auf der Landkarte. Die nächste halbe Stunde verbrachte er am Telefon. Doch um eins in der Frühe, einen Tag vor einem Feiertag, konnte er Smith nicht erreichen. Schließlich gab er auf.

Und das ließ ihm nur noch eine Wahl.

Als Keegan mit Vanessa im Schlepptau in sein Zimmer stürmte, hatte Dryman gerade eine Viertelstunde geschlafen. Keegan hielt eine Tasse Kaffee und zwei Aspirin in der Hand.

»H. P., ich bin's. Aufwachen.«

Dryman schlief wie ein Bär. Er rührte sich nicht. Keegan rüttelte ihn fest.

»Dryman!« schrie er. »Aufstehen!«

»Häh?« murmelte der Pilot, ohne die Augen zu öffnen.

»Frühstück!« flötete Vanessa.

Dryman drehte sich auf die Seite und machte ein Auge auf. »Wie spät isses denn?«

»*Sehr* spät«, sagte Keegan. »Hier, runter mit den Tabletten. Dann geht's gleich besser.«

»Ach, nee«, ächzte Dryman. »Heute ist doch 'n Feiertag...«

»Aufwachen, H. P.«, sagte Keegan. »Aber dalli!«

»Yeah, yeah«, murmelte Dryman.

»Sind Sie jetzt wach?«

»Ja, ich bin wach.«

»Ich weiß, was 27 bedeutet, H. P.«, sagte Keegan. »Ich weiß auch, wer er ist und was er vorhat.«

Drymans leicht getrübter Blick wurde klarer. Er starrte Keegan an und sagte: »Sie haben einen gesoffen.«

»Sie haben mich schon richtig verstanden, Kumpel. Er ist auf Jekyll Island, vor der Küste von Georgia. Er nennt sich John Ward Allenbee der Dritte und hat vor, die siebenundzwanzig reichsten Männer Amerikas als Geiseln zu nehmen.« Und er erzählte ihm, wie er darauf gekommen war.

»Heiliger Bimbam«, sagte Dryman. »Ist das eine Scheiße! Da wird man um halb eins aus dem Schlaf gerissen und dazu gezwungen, sich einen dämlichen Witz anzuhören.«

»Mir war noch nie ernster zumute«, sagte Keegan. »Wissen Sie noch, daß ich Ihnen erzählt habe, Vannie sei von ein paar reichen Knaben zum Erntedankfest auf eine Insel eingeladen worden?«

»Yeah.«

»Tja, aber dabei handelt es sich nicht nur um *reiche* Knaben, sondern um die Leute, die die amerikanische Industrie kontrollieren. Sie sind jetzt alle auf einer Insel an der Küste von Georgia. Sie sitzen schutzlos mitten im Ozean, und unser Freund 27 hockt direkt in ihrer Mitte.«

»Und jetzt wollen Sie . . .«

»Hören Sie, Captain«, fuhr er anschließend fort, »ich kann Smith nicht erreichen. Jeder, der was zu sagen hat, hat Urlaub genommen. Das FBI lacht mich aus, wenn ich mit dieser Geschichte ankomme. Wir müssen sofort da runter fliegen.«

»Verdammt noch mal, wir sind doch aus der Sache raus! Wir haben nicht mal mehr Papiere! Wir haben nur 'ne fantastische Geschichte. Außerdem habe ich *Urlaub* und bin in vier Wochen Zivilist. Wir haben *nicht mal ein Flugzeug*!«

»Trinken Sie den Kaffee. Die Sache ist erst dann aus, wenn ich es sage, Kumpel. Vor uns liegt ein langer Flug.«

»Es sind über fünfzehnhundert Kilometer bis dahin.«

»Etwa zwölfhundert, wenn man geradeaus fliegt.«

»Was sollen wir denn machen? Vom Dach springen und mit den Armen wedeln?«

»Wir brauchen ein Flugzeug.«

»Wo sollen wir denn *heute* ein Flugzeug herkriegen? Wer könnte uns eins leihen? Ich *kenne* nicht mal jemanden, der schon mal eins gemietet hat!«

»Dann denken Sie nach. Sie *müssen* jemanden kennen!«

Das Städtchen Farmingdale auf Long Island war kaum mehr als eine Kreuzung. Dryman bog auf eine unbefestigte Straße ab und näherte sich einer windschiefen Hangarhütte, die zu einer Farm gehörte. Die Anlage sah öde aus.

»Da hinten ist die Landebahn«, sagte er miesepetrig.

»Wie lange kennen Sie den Burschen?« fragte Keegan.

»Wir sind 'ne Weile zusammen geflogen. Er hat in Panama City das Dach des Offizierskasinos mitgenommen, da hat man ihn zum Bodenpersonal versetzt. Als seine Zeit um war, hat er in den Sack gehauen.«

»Hat die Air Force eigentlich überhaupt keine geistig gesunden Piloten, H. P.?«

»Ich hab' mal gehört, in Westover Field soll es einen geben, aber das war auch nur 'n Gerücht.«

Barney Garrison erwartete sie in seinem Hangarbüro. Er hockte zwischen einem Ölofen und einer Schreibtischruine. Als Dryman und Keegan den kleinen Raum betraten, grinste er sie an.

»H. P., alter Sausack! Hätte nicht gedacht, daß ich dich mal wiedersehe.«

»Wie geht's, Dachabdecker?« sagte Dryman. Er nahm den hageren, sommersprossigen, von Wind und Wetter gegerbten Flieger in die Arme und stellte ihn Keegan vor.

»Kann mich nicht beschweren. Ich hab' die Farm; es geht soweit ganz gut. Ist besser, als sich von 'nem Schreibtischflieger-Arsch was befehlen zu lassen. Überrascht mich, daß du noch bei den Soldaten bist, Alter.«

»Bin auf Entlassungsurlaub. Nach Weihnachten hau ich ab nach China.«

»Um mit Chennault zu fliegen?«

Dryman nickte. »Solltest du dir auch mal überlegen, Mann. Die zahlen gut. Wird 'n Picknick werden.«

Garrison schüttelte den Kopf und schnaubte. »Mann, und ich hab' gedacht, du wärst inzwischen vernünftig geworden. China – ich kann's nicht fassen! Da wohnen doch nur Nudelfresser. Na, kommt her. Seht euch die alte Lady an.«

Die alte Lady war eine blaugelbe PT-17, ein einmotoriger Doppeldecker mit einem selbstgemachten Baldachin über dem Doppelcockpit. Sie sah aus wie eine Antiquität aus dem Ersten Weltkrieg. Keegan lugte in erstauntem Schweigen durch schlierige Fenster.

»Ihr habt Glück. Ich bin mit dem Felderbestäuben fertig und hab' sie gerade saubergemacht. Der Motor ist überholt. Sind auch neue Zündkerzen drin.«

»Was bringt sie denn?«

»Mit 'n bißchen Rückenwind würd ich hundertfünfzig sagen.«

Dryman drehte sich mit einem mürrischen Blick zu Keegan um.

»Das bedeutet sechs Stunden in einem zugigen Cockpit – und das ohne Heizung und bei Temperaturen, die . . .«

»Da friert man sich den Sack ab«, warf Garrison ein.

»Irgend 'n Funkgerät?«

»Nee. Brauch ich nicht.«

»Interkom?«

»Da ist 'n kleines Rohr, durch das man hin und her schreien kann. Wo wollt ihr noch mal hin?«

»Brunswick, Georgia.«

»Wo zum Teufel ist das denn?« fragte Garrison. Er öffnete eine Schreibtischschublade. Der Boden fiel heraus und spuckte ein Dutzend eselsohriger, ölfleckiger Landkarten auf den Boden. »Hier ist es ja«, sagte er, als er die richtige gefunden hatte. »He, da gibt's ja sogar 'ne kleine Landebahn. Und hier hinten ist eine Heeresbasis.«

»Ohne Funk können wir doch keine Heeresbasis anfliegen«, sagte Dryman. »Die denken doch, wir greifen sie an.«

»*Damit?*« sagte Keegan und deutete auf den Doppeldekker.

Garrison kaute auf einem Zahnstocher und dachte kurz nach. »Hör mal«, sagte er zu Dryman, »meine Versicherung ist nicht so hoch, daß ihr euch mehr als 'n Plattfuß leisten könnt. Habt ihr genug Geld, um für eventuelle Maschinenschäden aufzukommen?«

»Ich kaufe Ihnen eine neue«, sagte Keegan.

»Das kann er wirklich«, sagte Dryman.

»Okay, H. P.«, sagte Garrison, »wenn du es sagst . . .« Trotzdem war noch immer Skepsis in seinem Tonfall. Er warf noch einen Blick auf die Landkarte und zuckte mit den Achseln.

»Teufel noch mal, ihr schafft es schon«, sagte er.

Äußerst zweifelnd.

Kapitel 51

Als sie in Hampton, Virginia, zum Auftanken landeten, prüfte Dryman das Wetter. Der Sturm hatte an Intensität zugenommen und jagte auf die Küste zu. Cape Fear, an der Küste von North Carolina, meldete einen wolkigen Himmel und stoßweisen Regen. Laut der Wettervorhersage mußte der Sturm die Nordküste Georgias etwa um die gleiche Zeit erreichen wie sie.

»Er fegt vom Meer her geradewegs zur Küste«, sagte Dryman, als er auf die Karte schaute. »Wenn wir Glück haben, kommen wir genau nach ihm an.«

»Und wenn nicht?« fragte Keegan, als sie wieder in die klapprige alte Kiste stiegen.

»Tja, dann hat er uns voll am Arsch«, brummte Dryman.

Leiger spähte durch das Periskop. Er drehte es langsam und beobachtete die vorbeigleitende Küstenlinie. Er sah Pinien und Weiden am Ufer. Sonst nichts.

»Ein schönes Land«, sagte er vor sich hin. »Sieht warm aus. Ganz anders als zu Hause. Fruchtbar. Sehr üppig. Als würden die Bäume bis ans Meer wachsen.« Er wandte sich dem Chefingenieur zu. »Da würde ich gern picknicken.«

Der Chefingenieur riskierte selbst einen Blick. »Ist es hier immer grün?« fragte er.

»Keine Ahnung«, sagte Leiger und drehte sich zum Navigator um. »Wie ist unsere Position?«

»Wir sind dreißig Kilometer südlich von der Jekyll-Insel, Herr Kapitän.«

Leiger übernahm wieder das Periskop und suchte den Horizont ab. Der Wind nahm zu, es wurde zunehmend wolkiger. Nicht ganz zwei Kilometer vor ihnen dümpelten zwei Garnelenfischer auf der schäumenden See. Weiter draußen, an Steuerbord, sah er einen Tanker. Er lag wie eine dicke schwarze Katze schwer im Wasser. Voll mit Öl, auf dem Weg ins offene Meer. Nach England.

»Entfernung?« fragte Leiger.

»Viertausend Meter.«

Leichte Beute, dachte er. Aber seine Befehle verboten ihm, feindliche Schiffe zu versenken. Er verwünschte sich und schaute auf seine Uhr. Zwanzig nach zwei. Noch fünf Stunden, um in Stellung zu gehen.

»Tauchtiefe fünfzehn Meter, volle Kraft voraus«, sagte Leiger. »Periskop im Auge behalten. Falls Flugzeuge auftauchen, gehen wir auf siebzig Meter. Da sehen sie uns nicht mehr.«

»Jawoll, Herr Kapitän.«

»Wenn wir die Kanalmündung erreicht haben, haben wir noch genug Zeit«, sagte Leiger.

Auf der Jekyll-Insel saß Allenbee in einem luxuriösen Zimmer und sah sich noch einmal die Liste an, die er angelegt hatte. Er hatte den Beschluß gefaßt, den schwerreichen Grant Peabody zu töten, wenn sie von hier verschwanden. Sein Tod würde für das amerikanische Nervensystem ein wirkungsvoller Schock sein.

Er wollte pünktlich um halb sieben losschlagen und um fünf vor halb acht in den Speisesaal zurückkehren. Wenn das U-Boot pünktlich kam, brauchte er nur noch fünf Minuten mit der drohenden Hysterie fertig zu werden. Wenn die Leute verrückt spielten, mußte Peabody halt sofort dran glauben. Das würde sie schon zur Vernunft bringen.

Sein Adrenalin war in Bewegung. Allenbee rieb sich lächelnd die Hände. Drei Stunden. Noch drei Stunden, dann war er auf dem Heimweg – zusammen mit dem größten Geschenk, das je ein Mensch dem Führer gemacht hatte.

Der Sturm, der sich vor Keegan und Dryman ausbreitete, sah aus wie eine schwarze Wand. Gewitterwolken ragten über sechstausend Meter in die Höhe. Ihre Spitzen wirbelten sogar noch höher – wie aus Schornsteinen quellender Rauch. Blitze zuckten vom flachen Boden der drohenden Sturmwolken auf und schlugen vom regennassen Himmel zu Boden nieder. Als sie sich der Sturmfront näherten, erkannten sie, daß der Wind nun dabei war, am Boden die Bäume zu bearbeiten.

Keegan blickte auf die Karte in seinem Schoß. Er navigierte wie ein Lotse und instruierte Dryman durch das Sprechrohr. Sie hatten Ossabaw Island nun hinter sich und näherten sich St. Catherines. Bis zu ihrem Ziel waren es keine fünfzig Kilometer mehr. Allerdings würden es keine leichten fünfzig Kilometer werden. Der Wind war jetzt schon dabei, die kleine Maschine zu schütteln. Der Regen prasselte gegen den selbstgemachten Baldachin über den Cockpits.

Dryman drückte den Knüppel nach vorn und tauchte auf zweihundertfünfzig Meter hinunter, um unter die Wolken zu kommen. Sie hatten in Charleston aufgetankt, Sprit war also kein Problem. Er drückte das Gaspedal bis an die Grenze, um das Tempo zu halten.

Sie kämpften sich weiter voran, überflogen den Rand von St. Catherines und wurden plötzlich von einem brüllenden Wind über die Insel geschoben.

»Ich bin zwar schon in schlimmerem Wetter geflogen«, brüllte Dryman durch das Rohr, »aber nicht mit einer solchen Kiste!«

»Ich habe Vertrauen zu Ihnen«, erwiderte Keegan. »Schließlich nennt man Sie nicht ohne Grund H. P.«

»*Jetzt* bestimmt nicht mehr.«

»Und ich bin ja *auch* noch da.«

»Wirklich, sehr komisch!«

Der Wind schüttelte das Maschinchen wie ein Blatt. Anfangs ließ Dryman die Kiste einfach auf den Windströmungen hüpfen, doch dann wurden die Turbulenzen schlimmer. Sie verloren an Höhe. Dryman kämpfte mit den Kontrollen und brach den plötzlichen Abstieg ab. Er ging bei zweihundert Meter in eine horizontale Lage, denn die Maschine wippte nur noch am Himmel hin und her.

Dann, kaum hörbar im heulenden Wind, vernahm Dryman ein reißendes Geräusch. Als er hinaussah, stellte er fest, daß das Schwingengewebe im Begriff war, sich abzupellen. Der tobende Sturm riß es einfach weg. Die Verstrebungen bebten. Ein Spanndraht riß und klatschte gegen den Rumpf der Maschine zurück.

»Gott im Himmel, wir brechen auseinander!« schrie Dryman in das Rohr hinein. »Suchen Sie einen leeren Fleck, wir müssen landen!«

Im gleichen Moment riß ein weiterer Spanndraht. Eine Verstrebung löste sich allmählich von der Schwinge. Noch mehr Gewebe kräuselte sich von der Schwingenoberfläche und klatschte wie verrückt im brüllenden Wind.

Keegan starrte durch das neblige Chaos und suchte am Boden nach einer leeren Fläche. Sie befanden sich über dem Küsten-Highway, einer zweispurigen Asphaltstraße, an deren schmalen Rändern Kiefern wuchsen. Die Straße war leer – bis auf einen kleinen Laster, der sich durch das Unwetter kämpfte. Das Licht seiner Scheinwerfer wurde vom trommelnden Regen verschluckt. Im Osten lagen das öde Marschland und die See.

»Ich glaube«, schrie Dryman, »wir haben ein *Problem*!«

Die Maschine schlingerte plötzlich auf einer Tragfläche nach oben und scherte aus. Der Motor grollte, als sie dem Boden entgegenrutschte. Um sie herum zuckten Blitze. Als Dryman darum kämpfte, die Kiste wieder unter Kontrolle zu kriegen, riß die Schwingenverstrebung ab und wurde vom Sturm fortgerissen. Die Tragfläche, jetzt nur noch von einer Strebe und zwei Spanndrähten gehalten, vibrierte wie verrückt. Mehr Gewebe löste sich. Sie flogen schon fast in Baumhöhe und waren der Gnade des heulenden Windes ausgeliefert, als plötzlich der Baldachin erzitterte und nachgab. Keegan duckte sich, als er sich in Massen aus Glas und Holz auflöste und fortgepeitscht wurde.

»Wir müssen runter!« schrie Dryman.

»Wo denn?« fragte Keegan.

»Am Sumpfrand!« brüllte Dryman zurück. »Schnallen Sie den Gurt enger, und halten Sie sich fest – der Flügel ist auch gleich weg!«

Keegan tat, wie ihm geheißen. Als Dryman einen Versuch machte, die wild und unstet umherwirbelnde Maschine über die Bäume auf den flachen Sumpf zu steuern, preßte er seine Arme gegen das Armaturenbrett.

Die Räder knallten gegen die Baumwipfel und lösten

sich. Die Maschine kippte; im gleichen Moment löste sich die obere Tragfläche. Streben und Drähte gaben nach, dann lösten sich beide Tragflächen. Mit einer letzten gewaltigen Anstrengung zog Dryman den Knüppel zurück und hoffte, daß er die glücklose Maschine wieder aufrichten konnte.

Mit lose hängenden Rädern rutschten sie über das hohe Gras des Sumpfgeländes. Die Räder rissen ab, der Bug bohrte sich in den windgepeitschten Morast. Die rechten Tragflächen rissen ebenfalls ab, und der Benzintank, der sich im oberen Tragwerk über dem Cockpit befand, wurde leck. Wasser, Schlamm und Treibstoff spritzten über die Maschine, als sie sich um die eigene Achse drehte und auf dem Kopf zum Halten kam.

Keegan, benommen, doch unverletzt, schaute nach unten und erblickte durchnäßte Erde. Er griff zur Seite, löste seinen Gurt und schwang sich aus dem Cockpit. Er landete unterschenkeltief im schmutzigen Wasser. Um ihn herum blitzte es. Der Motor, vom Aufprall in Stücke gerissen und aus dem Wasser ragend, ging mit einem dumpfen *Fumpf!* in Flammen auf.

»H. P.!« schrie Keegan durch den brüllenden Sturm, als er durch den Morast zum Bug der Maschine platschte. Dryman hing mit dem Kopf nach unten, sein Fuß klemmte zwischen den Steuerpedalen. Keegan stützte ihn mit der Schulter ab, griff nach oben und löste den Sicherheitsgurt. Die beiden Männer fielen in den Sumpf, als die Flammen über die feuchte Tragfläche nach hinten zum Benzintank sprangen.

Keegan packte Dryman unter die Arme, wuchtete sich auf die Knie und hob ihn hoch. Auf Drymans Stirn war eine tiefe Schramme, sein Bein war grotesk verdreht.

»H. P.!« schrie er.

Dryman stöhnte und schaute durch den Regen zu Keegan hinauf.

»Leben wir noch?« stammelte er.

»So ungefähr.«

»Und die Kiste?«

»War einmal.«

Dryman lächelte, dann stöhnte er vor Schmerz. »War 'ne gute Landung«, stöhnte er. »Das macht mir so leicht keiner nach.«

Durch den heulenden Wind hörte Keegan das Ächzen eines Motors, dann sah er Scheinwerfer. Ein Laster schlingerte über die verschlammte Straße und hielt am Rand des Sumpfes an. Der Fahrer öffnete die Tür, beugte sich in den Regen hinaus und rief: »Lebt ihr noch?«

»Yeah«, schrie Keegan zurück, »aber wir können Hilfe brauchen!« Er stand auf und hob Dryman auf ein Bein. Zusammen humpelten sie durch den Sumpf auf den Laster zu.

»Mann, was für 'n Schrotthaufen«, sagte der Fahrer, der sich anschaute, was von Garrisons PT-17 übriggeblieben war.

Die Klinik war ein einstöckiges Ziegelhaus mit zwei Büros, einem Labor, zwei Untersuchungszimmern, einem Warteraum und zwei Zimmern mit Bad für Patienten. Während der Arzt sich mit Dryman beschäftigte, benutzte Keegan eins der Bäder, um sich zu säubern. Er musterte sich im Spiegel. Seine Kleider waren naß und verschlammt. Er hatte ein Loch in der Hose und einen Spritzer von Drymans Blut an der Schulter, aber sonst war er bis auf ein paar Schrammen unverletzt.

Er wischte seine Kleider mit einem Handtuch ab und kehrte ins Wartezimmer zurück. Der Lastwagenfahrer, der sie mitgenommen hatte, war nicht mehr da, doch in dem Raum saß ein großer, schlaksiger Mann von Ende Zwanzig, der nervös eine Zigarette rauchte.

»Sind Sie okay?« fragte er.

»Bestens.«

»Hab' noch keinen gesehen, der 'n Flugzeugabsturz überlebt hat.«

»Ich hatte 'n guten Piloten.«

»Der da drüben?« fragte der Mann und deutete auf das Untersuchungszimmer.

Keegan nickte.

»Wie geht's ihm?«

»Keine Ahnung.«

»Der alte Ben ist 'n guter Arzt. Der macht das schon. Ich heiß Tommy Smoot. Meine Frau hat grad 'n kleinen Jungen gekriegt. Wir waren schon hier, als Sie gekommen sind.«

»Glückwunsch«, sagte Keegan und schüttelte ihm die Hand. »Ich bin Frank.«

»Wo wollt ihr hin?«

»Brunswick. Eigentlich nach Jekyll Island. Kennste die?«

»Klar. Ich arbeite da auf 'ner Reederei.«

»Kennst du jemanden mit 'nem Boot? Ich muß zur Insel rüber.«

»Was denn, heute abend?«

»So schnell wie möglich.«

»Und wie kommste nach Brunswick?«

»Nicht die geringste Ahnung. 'n Taxi gibt's hier wohl nicht?«

Smoot lachte herzlich. »'n Taxi? Ich glaub, die Leute hier wissen nich mal, was das ist. Was willste denn auf der Insel?«

»Ich habe eine sehr wichtige Verabredung.«

Smoot dachte kurz nach, dann sagte er: »Meine Frau bleibt sowieso die Nacht über hier. Wenn's wirklich wichtig ist, kann ich dich nach Brunswick fahren.«

»Und *ob* es wichtig ist.«

»Okay, Frank, dann mach ich's. In 'ner halben Stunde sind wir da. Aber 'n Boot finden dürfte nicht so einfach sein.«

Dr. Galloway kam aus seinem Büro und wischte sich die Hände an einem gestreiften Handtuch ab. Er war ein netter Mann mit einer angenehmen Stimme.

»Sie haben Glück gehabt, Sir«, sagte er. »Ihr Freund hat sich nur den Knöchel und zwei Rippen gebrochen. Den kriegen wir schon wieder hin.«

»Kann ich mit ihm reden?«

»Natürlich, aber ich habe ihm ein Beruhigungsmittel gegeben. Er wird gleich einschlafen, also beeilen Sie sich.«

Keegan trat in das kleine Untersuchungszimmer. Dryman lag mit verbundenem Kopf ausgestreckt unter einer Decke.

»Wir sind in Darien, fünfzehn Meilen von Brunswick entfernt«, sagte er. »Ich habe einen Fahrer gefunden. Sie kommen wieder in Ordnung, Kumpel. Wenn ich den Job erledigt habe, komme ich zurück.«

Dryman zwinkerte müde mit den Augen.

»Fühl mich großartig ...«

»Yeah, dafür hat der Doktor schon gesorgt.«

»Und die Kiste? Ist sie hin?«

»Sie waren großartig. Die Kiste ist wirklich hin.«

Dryman verzog das Gesicht. »Ach, Scheiße ... der arme alte Garrison ...«

»Ich kauf ihm 'ne neue«, sagte Keegan.

Sie lachten beide.

»Ich muß jetzt gehen, Alter«, sagte Keegan. »Machen Sie ein Nickerchen. Wenn Sie wach werden, bin ich wieder hier.«

»Kee ...«

»Yeah?«

»Seien Sie vorsichtig, ja? Halten Sie die Augen auf ...«

»Darauf können Sie sich verlassen.«

»Tut mir leid ...«

Und dann schlief er ein.

Als sie die Außenbezirke von Brunswick erreichten, prasselte der Regen auf Smoots zweitürigen Chevy nieder. Das einzige Licht kam von den Scheinwerfern, die auf den Schotterweg fielen. Keegan schaute auf die Uhr. Es war Viertel vor sieben.

»Der einzige, den ich kenne, der verrückt genug ist, in so 'ner Nacht nach Jekyll Island überzusetzen, ist Tully Moyes«, sagte Smoot. »Er ist Garnelenfänger und wohnt draußen am Watt. Aber der Weg könnte überschwemmt sein.«

»Bring mich so nah ran, wie es geht, und zeig mir den Weg«, sagte Keegan. Er griff in seine Tasche, zog einen Stapel Geldscheine hervor, zählte drei Hunderter ab und behielt sie in der Hand. Im blauen Licht der Blitze sah er vor sich ein ausgedehntes sumpfiges Land. Ein zweistöckiges Haus ragte am Rand der Bucht zu ihrer Linken auf. Dahinter, über dem Sund, hockte Jekyll Island in der Finsternis. Es war Flut, und die schmale unbefestigte Straße, die zu dem Haus führte, wurde allmählich überflutet. Der Chevy wurde immer langsamer.

»Laß mich hier raus, Tommy. Ich kann den Rest zu Fuß gehen. Du willst doch nicht hier draußen steckenbleiben, wo dein Kleiner auf dich wartet. Ich kann dir gar nicht genug danken.«

»Das ist die Gastfreundschaft des Südens, Frank. Gott war heute abend gut zu mir. Ich geb's nur weiter.«

Sie schüttelten sich die Hand, und Keegan schob die Scheine in Smoots Faust. Der junge Mann sah sie sich an und schüttelte den Kopf.

»Glaub mir, Tommy, du hast heute abend einem Haufen Menschen einen großen Dienst erwiesen. Nimm das für euer Baby. Danke.«

Er knallte die Tür zu und rutschte über die verschlammte Straße zu Tully Moyes Haus. Es war eine verschachtelte Hütte am Rand der Bucht, mit einem hölzernen Gehweg, der vom Ende der Straße zu einer Veranda führte, die den ersten Stock des Hauses umgab. Krebsfallen, Fischernetze und aufgerollte Taue hingen am Treppengeländer. Keegan klopfte an die Tür, die fast augenblicklich von einem hochgewachsenen, schlanken, vom Wetter abgehärteten Mann mit grauem Bart und dünnem Haar geöffnet wurde. Er musterte Keegan, der wie eine ertrunkene Ratte aussah und den Kopf wegen des Regens einzog.

»Mr. Moyes?« sagte Keegan. »Mein Name ist Frank Keegan. Ich arbeite für den US-Geheimdienst. Kann ich mal mit Ihnen reden?«

Moyes schaute ihn von oben bis unten an.

»Sie sehen ja schrecklich aus, Mr. Keegan«, sagte er dann. »Treten Sie ein. Können Sie sich irgendwie ausweisen?«

»Das einzige, was ich kann, Mr. Moyes, ist folgendes:

Ich kann Ihnen die verrückteste Geschichte erzählen, die Sie je gehört haben. Und dann müssen Sie mir einen großen Gefallen tun.«

Kapitel 52

Moyes brachte lachend eine Flasche Brandy ins Wohnzimmer, dann stellte er zwei Wassergläser auf den Tisch und füllte sie.

»Dann sind Sie also durch dieses Sauwetter gelaufen, um mir diese Räuberpistole zu erzählen?« sagte er, immer noch lachend.

Sein Wohnzimmer war ein Durcheinander aus alten Fotos, Fischereiausrüstungsgegenständen, schiefem Mobiliar und allerlei Tand. Keegan entdeckte mehrere Fotos eines Jungen in den verschiedensten Stadien des Heranwachsens; das letzte zeigte ihn in Mütze und Anzug auf der Abschlußfeier seiner Schule. Er sah auch mehrere Fotos einer resolut aussehenden Frau. Doch der Raum, in dem er sich befand, deutete nicht darauf hin, daß die beiden in diesem Haus lebten.

Draußen raste der Sturm gegen die Küste an. Der Regen klatschte gegen die Scheiben und Mauern.

»Mr. Moyes . . .«

»Nennen Sie mich Tully.«

»Tully, ich weiß, daß die Geschichte, die ich Ihnen erzählt habe, unglaublich klingt. Aber glauben Sie mir, sie ist wahr. Ich bin zu Ihnen gekommen, weil Tommy Smoot sagt, Sie wären der einzige, der verrückt genug ist, in einer solchen Nacht nach Jekyll hinauszufahren.«

»Bei diesem Sauwetter?«

»Ja.«

»Das können Sie doch nicht ernst meinen.«

»Mir ist noch nie im Leben etwas so ernst gewesen. Wenn Sie mir nicht helfen können . . . Können Sie jemanden anrufen, der es wagen würde?«

»Nee«, sagte der hagere Mann und kratzte seinen Bart.

»Warum nicht?«

»Weil das Telefon kaputt ist. Selbst wenn ich es wollte, könnte ich es nicht tun. Und wenn ich jemanden anrufen würde, dann höchstens die Küstenwache. Die würde Ihnen zwar auch nichts glauben, aber wenigstens würde man mich nicht auslachen. Nein, Sir, wir können niemanden anrufen, und in den Ort zurück können Sie auch nicht. Es sind mehr als drei Kilometer bis dorthin, und das Wasser reicht einem draußen schon bis an die Knie.«

»Ich werde zu der Insel übersetzen, Tully, und wenn ich rüberschwimmen muß!«

»Hören Sie, Mr. Keegan ...«

Keegan zückte seine Brieftasche, zählte zehn Hunderter ab und legte sie auf den Tisch.

»Reicht Ihnen das?«

Moyes beäugte die Scheine, dann strich er sie mit einem spitzen Finger auseinander.

»Das sind ja tausend Dollar!«

»Ganz recht.«

»Sie bieten mir tausend Dollar an, damit ich Sie da rüberbringe?« Er deutete mit dem Daumen auf die Insel.

Keegan nickte.

»Die Regierung scheint euch ja ganz gut zu bezahlen.«

Moyes trank einen Schluck von seinem Brandy, dann stand er auf und warf ein Holzscheit ins Feuer. »Sie müssen wissen, daß mein Sohn in einer solchen Nacht gestorben ist.« Er trat ans Fenster, lugte durch ein Messingfernrohr und richtete es auf die Insel. »Es ist fast vier Jahre her. In der Nacht nach der Schulabschlußfeier hat er mit einem Freund ein paar Bier getrunken, und dann haben sie eine Wette gemacht. Sind mit dem Boot rausgefahren.« Er kehrte wieder an den Tisch zurück und leerte sein Glas.

»Meine Frau ist voriges Jahr gestorben. Sie hat es nie verwunden. Wollte einfach nicht mehr essen. Ich glaube, sie ist wirklich an gebrochenem Herzen gestorben. Wir waren sechsundzwanzig Jahre verheiratet.«

»Tut mir leid«, sagte Keegan. »Ich weiß, wie es ist, wenn man jemanden verliert, den man liebt. Die Nazis haben meine Verlobte in ein KZ verschleppt. Sie ist dort gestorben.«

Moyes gab keine Antwort. Er sah Keegan über den Tisch hinweg an.

»Ihr Bruder hat mich auf die Spur dieses Nazi-Agenten gebracht. Er leitet in Deutschland eine Widerstandsorganisation. Zuerst hat mir keiner geglaubt. Sie haben mich alle für verrückt gehalten. Aber ich habe immer gewußt, daß ich ihn schnappen würde.« Er berichtete, wie sie Fred Dempsey und später John Trexler ausfindig gemacht hatten, und erzählte ihm, was aus der Familie Trammel geworden war.

»Gibt es eine bessere Möglichkeit für diesen Kerl, als heute abend zuzuschlagen?« sagte er dann. »An einem Feiertag? Alles ist geschlossen, und finsterer kann es nicht mehr werden. Der Bursche ist jetzt seit Samstag oder Sonntag auf der Insel...«

»Seit Montagmorgen. Ich habe sie ankommen sehen.«

»Okay, dann seit Montagmorgen. Aber er wird nicht auf den Winter warten, um die Leute festzusetzen. Er wird es schnell tun... und er ist schon seit vier Tagen dort drüben.«

Keegan leerte sein Glas. Moyes sah ihn eine geraume Weile wortlos an, dann schenkte er ihm einen neuen Brandy ein.

»Danke«, sagte Keegan, »aber ich habe genug.«

»Trinken Sie's; Sie werden es brauchen. Es sind zwar nur eineinhalb Kilometer bis da rüber, aber die Fahrt wird verdammt naß.«

»Soll das heißen, Sie bringen mich doch rüber?«

»Wissen Sie, wie man ein Boot steuert?«

»Ein solches nicht.«

»Können Sie Steuerbord von Backbord unterscheiden?«

»Aber sicher.«

»Tja...« Moyes steckte das Geld ein. »Ich hatte heute abend sowieso nichts vor. Außerdem ist dieser Job viel bequemer als das Fangen von Garnelen – und viel, viel lukrativer.«

Im Speisesaal des mit Türmchen verzierten Klubhauses erschienen die Frauen im Abendkleid und die Männer in Smoking oder Frack. Es sollte ein Galafest werden; die Stimmung war trotz des wütenden Sturms heiter.

»So was gehört nun mal zum Inselleben«, scherzte Grant Peabody, als sie durch den Regen eilten und unter dem geräumigen Säulengang Zuflucht suchten, der das Klubhaus umgab.

27 beobachtete sie aus einer Ansammlung von Bäumen. Vor ihm lag ein Wächter, sein SS-Dolch hatte ihn erledigt. Der zweite Wachmann trieb mit dem Gesicht nach unten und aufgeschlitzter Kehle in der Hafeneinfahrt. Der dritte Mann machte gerade seine Runde. Er trottete mit eingezogenem Kopf von einem Landhaus zum anderen und fluchte auf das miese Wetter. Er hatte Hunger und freute sich auf das Essen. Ihm und seinen Kollegen wurde erst serviert, wenn die anderen fertig waren. Er war froh, als er endlich einen Unterschlupf in der Funkbude fand.

Im Licht der Blitze sahen der Wächter und der Funker einen Mann, der durch das vom Regen fleckige Fenster zu ihnen hineinschaute. Dann trat er ein.

»Sie haben uns vielleicht erschreckt, Sir«, sagte der Wächter. »Es sah so aus, als würde ein Gespenst zu uns reinsehen.«

Der Mann, der sich Allenbee nannte, lächelte und sagte: »Ich *bin* auch ein Gespenst.«

Alle lachten.

»Erwarten Sie eine Nachricht?« fragte der Funker.

27 beugte sich von hinten über ihn. Er legte die Hand flach unter das Kinn des Funkers, die andere auf seinen Kopf und brach ihm das Genick. Der völlig überraschte Wächter starrte ihn mit offenem Mund an, dann steckte auch schon das Messer in seiner Brust.

27 machte das Funkgerät unbrauchbar und eilte über das Grundstück zum Telefonraum. Er war leer, denn die Fernsprecher waren seit Stunden ausgefallen. Er zerschnitt sämtliche Leitungen, überprüfte die Magazine seiner MP und seines .38er und sah auf die Uhr.

Zwanzig nach sieben. Perfekt. Er eilte zum Klubhaus zurück und sah durch ein Fenster, als das Küchen- und Servierpersonal ins Nebenzimmer ging. Lady Penelope trat mit einem Geburtstagskuchen voller brennender Kerzen ein und begab sich zum vorderen Teil des Raumes. 27 umrundete das Gebäude und trat durch eine seitlich gelegene Balkontür in den Speisesaal.

Die Gäste schauten ihn überrascht an. Er war bis auf die Haut durchnäßt, und das Haar klebte an seiner Stirn. Er sah wie eine Geistererscheinung aus.

»Gütiger Himmel«, sagte Peabody, »was ist denn mit Ihnen passiert?«

27 riß die MP hoch und feuerte eine Salve an die Decke. Gips klatschte vor ihm auf den Boden. Schreie ertönten. Die Männer schauten ihn schockiert an.

»Alle Mann die Klappe halten!« befahl 27. Dennoch brach ein Chaos aus. Er zielte auf den Hauptkronleuchter und gab eine weitere Salve ab. Kristall explodierte. Die Kugeln durchdrangen den Halter, der das gewaltige Ding festhielt, und es fiel von der Decke und krachte auf einen Tisch.

»Klappe halten, habe ich gesagt!« befahl 27.

Niemand hielt sich daran.

»Was glauben Sie eigentlich, wer Sie sind?« fragte Peabody.

27 bedachte ihn mit einem finsteren Blick und richtete die MP auf seine Brust.

»Hinsetzen, Peabody«, sagte er mit einer Stimme, die sehr ernst klang, »oder Sie sind eine Leiche!«

Auf der *Dolly D* füllte Keegan Moyes' Automatikgewehr mit Patronen, dann überprüfte er seinen .45er. Er hatte zwei Reservemagazine mitgenommen, die er in die Jakkentaschen steckte.

»Wollen Sie den Mann umbringen?« fragte Moyes.

»Ich gehe davon aus, daß er sich nicht anders zähmen läßt. Er gehört nicht zu denen, die sich ergeben.«

»Haben Sie einen Plan?«

»Nee. Ich kann nur hoffen, daß ich auf die Insel komme und ihn vor die Flinte kriege.«

Als sie die Nordwestspitze von Jekyll Island umrundeten, erhellte ein Blitz die gesamte Bucht. In seinem geisterhaften Licht sah Moyes backbord einen fünfzig Meter breiten Streifen auf der Wasseroberfläche. Kleine Wellen rannten gegen die vom Wind erzeugten Wogen an. Er blickte in die Finsternis hinein. Noch ein Blitz. Und noch einer. Die kleinen Wellen wurden zu Wogen, dann brach plötzlich der Kommandoturm der U-17 durch den Wasserspiegel.

»Allmächtiger Gott!« schrie Moyes. »Ein gottverdammtes U-Boot, fünfzig Meter backbord!«

Keegan blickte über das turbulente Wasser. Da die Blitze nicht weniger wurden, sah er, wie sich der graue Turm aus dem Wasser schob und durch die kleinen Brecher glitt. Hinter ihm befanden sich Jekyll Island und der Jachthafen.

»Sie haben uns noch nicht gesehen!« rief er.

»Sie halten auf die Reede zu!« rief Moyes zurück.

Der Bug des U-Bootes durchbrach die Oberfläche. Das lange, aalartige Ungeheuer hielt genau auf die Bucht zu und setzte Kurs auf den Anlegeplatz. Die *Dolly D* hielt genau auf die U-17 zu.

Jetzt gab es kein Zurück mehr. Wenn sie einen Fluchtversuch machten, würde das U-Boot sie in Stücke schießen. Aber wenn seine Heckballasttanks noch voll sind, dachte Moyes, kann ich es rammen. Ein glücklicher Treffer, dann kippt der Kommandoturm um. Wenn die Luken noch auf sind, wird es überflutet und sinkt. Die Fahrrinne zum Anlegeplatz war knapp zwölf Meter tief, der schwere Garnelenfänger konnte den Bastard glatt überrennen.

Moyes faßte sofort einen Entschluß. Er trat voll aufs Gas.

»Ich werde den Schweinehund rammen!« rief er Keegan durch den heulenden Wind zu. »Halten Sie sich fest!«

Als die Luke aufflog und zwei deutsche Seeleute an Deck kamen, schaltete Moyes seinen Scheinwerfer ein. Die Männer fuhren erschreckt herum und blickten in das helle Licht, das immer schneller auf sie zukam. Der erste Mann rannte auf das MG zu, das sich vor dem Turm befand. Keegan sah ihn in seinem Fernglas wie einen grauen Schatten, dann tauchte ein Gesicht auf dem Turm auf. Der Mann trug eine weiße Mütze mit Biesen und drehte sich sofort zu Moyes' Boot um. Seine Augen waren überrascht aufgerissen, und er schien der MG-Mannschaft Befehle zuzurufen. Als die Schützen die schwere Persenning von dem MG zogen und es luden, rannte Keegan auf das schlüpfrige Deck hinaus, legte das automatische Gewehr auf die Reling und gab zwei Salven ab. Die erste schlug knapp hinter dem deutschen Seemann ein, doch als er den MG-Knauf berührte, traf ihn die zweite in die Brust. Er warf die Arme in die Luft, fiel nach hinten und rutschte seitwärts ab. Sein Gefährte griff nach dem MG, schwang es herum und gab eine Salve auf die *Dolly D* ab.

Scheiben zersplitterten. Glas- und Holzsplitter hüllten Moyes ein. Er schob beide Arme durch das Ruder, um das Boot auf Kurs zu halten, doch kurz darauf fegte noch eine Salve durch die kleine Brücke und zerriß seine Schulter. Er schrie auf: es war ein Wut-, kein Schmerzensschrei.

Kapitän Leiger sah nur das geisterhafte Licht, das durch den trommelnden Regen auf sie zu eilte. Blitze zerteilten den Himmel, das gezackte Licht enthüllte die Bäume am Ufer. In ihrem Licht sah er den Umriß des schweren Garnelenfängers, der zehn Meter von ihm entfernt die Wogen durchpflügte. Sie hatten den Anlegeplatz zwar fast erreicht, doch nun begriff Leiger, daß sie es nicht schaffen würden.

Bevor er sich ducken und im Inneren des Turms verschwinden konnte, schlug die *Dolly D* zu. Das U-Boot machte einen Satz, als das schwere Holzboot gegen den Turm krachte. Leiger griff nach der Luke, konnte sie aber nicht errreichen. Er flog mit dem Kopf zuerst durch den engen Schacht und fiel in den Kontrollraum, während der schwere Holzbug des Garnelenfängers sich in die U-17 verkeilte. Die stählerne Hülle des U-Bootes schnitt in den hölzernen Rumpf der *Dolly D* und riß sie auf. Doch es war schon tödlich verletzt. Die Kollision hatte einen zackigen

Riß in die Turmwand geschlitzt; das U-Boot lag auf der Seite und drehte sich weiter. Als sein Boot umkippte, landete Kapitän Leiger auf dem Rücken. Das Warnsignal blökte. Die Männer schrien auf. Die See strömte durch die beiden offenen Luken und den Riß im Turm in das getroffene Boot. Der an Deck verbliebene MG-Schütze wurde über Bord gespült.

Moyes' Boot ächzte, als es auf dem Turm hing, die U-17 seitlich nach unten drückte und gegen die Pier rammte. Planken knirschten und brachen, als die beiden Schiffe gegen die Mole krachten. Keegan wurde gegen die Spanten geworfen. Leinen rissen und flogen ihm um die Ohren. Moyes' Boot richtete sich hoch aus dem Wasser auf, ritt über die U-17 hinweg und krachte gegen die zerstörte Pier. Das Gewicht der *Dolly D* und das in das U-Boot strömende Wasser drückten den tödlich verwundeten stählernen Fisch in den Boden, in Schlamm und Schlick.

Im Inneren der U-17 herrschte ein Chaos. Die Mannschaft zappelte panisch und völlig desorientiert in der Dunkelheit umher, als der Riesenfisch sich drehte und sein Turm in den schlammigen Boden griff. Überall im Boot versuchte man erfolglos, die wasserdichten Türen zu finden, um sie zu schließen. Aber niemand fand sich im Dunkeln zurecht, alle wurden von der über sie hereinbrechenden Wasserströmung weggespült. In der Steuerzentrale kämpfte der Kapitän panisch um sein Leben und hielt sich an einem Tischbein fest. Doch als das U-Boot sich drehte, verlor er den Halt und wurde ebenfalls wie ein Blatt durch den Bauch seines Schiffes gespült. Die Schreie der Ertrinkenden erstarben einer nach dem anderen, bis nur noch das Stöhnen des Seeungeheuers zu hören war, das sich zehn Meter unter der Oberfläche in den Dreck wühlte.

Keegan kam taumelnd auf die Beine und stolperte wieder auf die Brücke. Tully Moyes lag über dem Steuerrad. Er stöhnte, dann fiel er rücklings zu Boden. Keegan sah ein Einschußloch in seiner Schulter und eine Schramme über seinem Auge, doch der Fischer winkte ab.

»Machen Sie weiter, Keegan«, sagte er. »Ich bin noch nicht tot.«

Keegan zog die Webley aus Moyes' Gürtel und steckte sie zu seinem eigenen Schießeisen. Mit dem Gewehr und dem .45er in der Hand rannte er zum Bug des Schiffes und sprang an Land. Links von ihm bewegte sich etwas. Er eilte hinter einen Baum und sah sich um. Dann erhellte ein Blitz die Umgebung, und er sah den zweiten MG-Schützen, der gerade an Land gekrochen kam.

»Stehenbleiben!« schrie Keegan, aber der Wind verschluckte seine Warnung. Er lief parallel zu dem Deutschen und nutzte die Bäume als Deckung. Sie rannten beide auf den hohen Klubhausturm zu.

Im Inneren des Speisesaals herrschte noch immer Chaos. Willoughby, dessen Augen vor Angst und Panik hervortraten, stierte durch ein Fenster. Im Licht der grellen Blitze sah er zuerst das U-Boot und dann den hellen Scheinwerfer. Dann hörte er das Knirschen der Kollision.

»Mein Gott!« schrie er. »Das U-Boot ist gerammt worden!«

»Klappe halten!« befahl 27, während die Anwesenden anfingen, nach vorn zu stürmen. Er drehte sich um, richtete die MP auf Grant Peabody und fauchte: »Stehenbleiben, oder ich bringe Peabody um! Auf der Stelle!«

Der Ansturm ebbte für einen Moment ab, dann schrie Peabody: »Sie können uns *nicht alle* töten!«

»Nein«, sagte 27, »aber wenn sich auch jemand nur um einen Zentimeter bewegt, sind Sie die erste Leiche.«

Er trat ans Fenster zurück und schaute hinaus. Durch den Sturm sah er jemand auf den Speisesaal zurennen. Dahinter entdeckte er den Bugspriet von Moyes' Boot, das quer an der Pier lag. Kein Zeichen von einem U-Boot.

Keegan jagte den deutschen Seemann durch den Sturm, doch der Mann erreichte das Klubhaus als erster. Er sprang auf die Veranda und eilte durch die offene Balkontür. Keegan war sieben Meter hinter ihm.

Als der Seemann durch die Tür stolperte, wirbelte 27 herum und schoß ihm zweimal durch die Brust. Erst als der Mann tot am Boden lag, wurde ihm klar, was er getan hatte. Der Raum war erfüllt von panischem Geschrei. 27 zuckte herum und blickte durch die offene Tür. Eine Sekunde lang, in der Helligkeit eines Blitzes, sah er Keegan im Regen stehen. Er sah, wie er den Arm hob und hörte den Pistolenschuß. Die Kugel streifte seine Wange und riß ein Stück von seinem Ohrläppchen ab, und er sprang durch die Tür und feuerte mehrere Schüsse auf die durchnäßte Gestalt ab. Doch Keegan war schon in der Dunkelheit verschwunden.

Der völlig verwirrte Willoughby starrte den toten U-Boot-Fahrer an.

»Mein Gott! Sie haben einen von *unseren* Leuten umgebracht!«

»Sie verdammter Idiot, mit dem U-Boot ist es aus!«

»Nein!« schrie der Engländer. »Nein, das kann nicht sein!« Er lief zur immer noch offenen Tür, die vom Wind hin und her geschlagen wurde. 27 feuerte mit einem tierischen Knurren eine Salve auf Willoughby ab. Die Kugeln zerfetzten die Brust des Mannes und warfen ihn in einem Schauer von Tellern, Gläsern und Nahrung rückwärts über einen Tisch. Dort blieb er, alle viere von sich gestreckt, liegen; seine Beine baumelten herab.

Die Leute im Speisesaal drehten durch. Die schreienden Anwesenden gerieten plötzlich in Panik und eilten auf die rückwärtigen Ausgänge zu. 27 erkannte, daß er die Situation nicht mehr beherrschte. Seine Nemesis hockte irgendwo dort draußen – und er bot ihm in dem hell erleuchteten Raum ein prächtiges Ziel. Er packte einen Stuhl, warf ihn durch eine Scheibe und sprang hinaus.

Kurz darauf stand der völlig durchnäßte Keegan im Speisesaal. Die chaotische Menge wandte sich sofort zu ihm um. Er hob eine Hand. »Mein Name ist Keegan, ich bin beim US-Geheimdienst. Bitte ... Niemand verläßt diesen Raum. Wenn Sie ins Freie gehen, verwirren sie die Lage nur noch mehr. Kommt er statt meiner zurück, bringen Sie den Schweinehund um. In dem Boot an der Pier liegt ein Verwundeter. Er braucht Hilfe.« Er blickte Lady Penelope Traynor an. »Und behalten Sie auch ihre Hoheit im Auge.«

Keegan sprang durch das eingeschlagene Fenster, durch das 27 geflohen war.

Eine MP ratterte, die Salve schlug hinter Keegan im

Schlamm ein, als er landete und sich hinter einen Baum rollte. Dann wurde der Baum von einer Salve getroffen. Keegan robbte über den Boden und feuerte mehrmals in die regennasse Dunkelheit. Dann sprang er auf, lief zur Seite des Klubhauses, duckte sich hin und lauschte. Er hörte nur das Grollen des Donners und das Klatschen des Regens. Er wartete darauf, daß ein Blitz das Gelände erhellte.

27 schlich wie ein in die Enge getriebener Fuchs rückwärts durch die Bäume. Auch er wartete darauf, daß die Natur das Schlachtfeld erhellte. Als der nächste Blitz vom Himmel zuckte, feuerte er eine weitere Salve ab. Der Fremde erwiderte es sofort. 27 drückte sich mit dem Rücken gegen ein Gebäude. Eine Kugel krachte neben seinem Kopf in die Hauswand. Er rannte geduckt an der Wand entlang und stellte fest, daß es sich um eine Tennishalle handelte. Die Tür war abgeschlossen. Er schlug die Türscheibe mit dem Ellbogen ein, öffnete sie mit einem Griff nach innen und eilte hinein.

Keegan hörte das Klirren der zerbrochenen Scheibe und machte sich an die Verfolgung. Als er an die Tür kam, feuerte er blindlings zwei Schüsse in die Halle ab. Eine MP-Salve antwortete ihm. Keegan sprang geduckt über die Schwelle und kniff die Augen zusammen.

Wo steckt er? fragte er sich.

In der ihm gegenüberliegenden Ecke hockte 27 in der Dunkelheit und hatte nur den Gedanken, sich seines Gegners zu entledigen. Er zwang sich, seine Wut zu unterdrücken, damit sie seine Wahrnehmungsfähigkeit nicht beeinträchtigte. Er hatte zu viele Jahre gewartet, um sich nun als totaler Versager zu entpuppen. Sein Geist formte einen Plan. Das Unternehmen war kein absoluter Fehlschlag. Zuerst mußte er den Eindringling vernichten. Ja, er würde den Fremden eliminieren und zum Klubhaus zurückkehren. Er würde die Yankee-Millionäre umbringen, bis er keine Munition mehr hatte. Dann würde er durch das Wattenmeer schwimmen und zum Festland zurückkehren. Er hatte in New York noch Geld. Mit etwas Glück konnte er nach Deutschland zurückkehren.

Aber eins nach dem anderen. *Wo* war der Amerikaner?

Dreißig Meter von 27 entfernt prüfte Keegan seine Chancen. Der Regen und das Gewitter waren zu laut, um seinen Gegner atmen zu hören.

Er griff langsam in einen vor ihm stehenden Eimer, entnahm ihm einen Tennisball und warf ihn durch den Raum. 27 wirbelte sofort herum und schoß auf ihn. Kugeln zerfetzten die Wand. Dann ertönte ein unmißverständliches Klicken, das anzeigte, daß das Magazin seiner MP leer war. 27 warf die leere Waffe vor Wut schäumend durch den Raum, und im gleichen Moment schleuderte Keegan ihm den Inhalt des ganzen Eimers entgegen. Die Tennisbälle hopsten um 27 herum, sie prallten von den Wänden ab und verwirrten ihn. Er sah, wie Keegan sich hinter einem Tisch aufrichtete und auf ihn zuhechtete, dann trat er auf einen Tennisball und verlor die Balance. Keegan sprang aus dem Dunkel auf ihn zu und bohrte eine Schulter in den Magen seines Gegners. Sie flogen beide durch die Fenster und stürzten in einem Scherbenregen in den Schlamm.

Blinde Wut ersetzte den gesunden Menschenverstand des deutschen Agenten. Er war irrsinnig vor Frustration und Zorn. *Mein Gott!* dachte er. *Soll unser gesamter Plan auf diesem lächerlichen Stück Land enden? Niemals!* Wenn es das Ende war, wollte er wenigstens den Yankee-Hundesohn umbringen.

27 griff an seinen Unterschenkel und zog den SS-Dolch aus der Scheide. Er rappelte sich auf die Knie hoch, und als Keegan ihn packen wollte, ließ er das Messer durch die Luft zischen. Die Klinge grub sich in Keegans Wange, schlitzte sich durch seine Augenhöhle hoch und biß in seinen Schädel. Der Schmerz explodierte in Keegans Gesicht; er wurde beinahe ohnmächtig. Aber er war zu nahe an 27 herangekommen, um nun aufzugeben. Er wollte und durfte nicht versagen. Der Schmerz war nichts gegen die Schmerzen Jennys und aller anderen Opfer dieses Mannes. Keegan packte das Handgelenk des Agenten, drehte es herum und hörte Knochen brechen. Er sah, wie der Dolch durch die Luft flog, drosch mit der Faust auf das Gesicht des Deut-

schen ein und versetzte ihm einen Schwinger nach dem anderen. Der Mann flog nach hinten, bis er sich losreißen konnte und taumelnd zurückwich. Im Licht der Blitze sah 27, wie Keegans unverletztes Auge ihn ansah; sein Gesicht war vor Haß und Zorn verzerrt.

27 zuckte zur Seite, ließ einen Fuß vorschnellen und trat Keegan in den Magen. Keegan stieß die Luft aus und wurde gegen die Wand der Tennishalle geworfen. Er sank auf die Knie, und 27 kam näher. Keegan sah die gleißende Klinge des Nazidolches im Schmutz liegen, der Griff war drei Zentimeter von seiner Hand entfernt. Er riß ihn an sich, und als 27 seine Schulter packte, schwang er den Arm blindlings herum. Das Messer funkelte im Strahl eines Blitzes, und Keegan spürte, wie es traf und durch Fleisch schnitt, als er die Drehung vollendete und wieder auf die Knie zurückfiel.

27 schrie vor Schmerzen auf. Er wankte zurück, griff an seine Kehle, taumelte gegen einen Baum und brach vor ihm zusammen. Keegan zückte ein Taschentuch und preßte es gegen sein pulsierendes Auge. Er rappelte sich hoch und warf einen Blick auf den Agenten.

Die Schmerzen ließen den Leib des Deutschen zucken; brennendes Feuer raste durch seine Kehle und fuhr bis in seine Fingerspitzen und Zehen. Alles wurde taub. Im zackigen Schein des Lichts sah er seinen Gegner zum erstenmal aus nächster Nähe. 27 wollte schreien, aber seine Stimmbänder gehorchten ihm nicht mehr. Er konnte nicht mehr atmen. Das Salz seines Blutes füllte seine Mundhöhle. Er war am ganzen Leib gefühllos.

Seine Lippen bebten stumm, als er einen letzten Versuch unternahm, seinen Zorn auszudrücken. Vergeblich.

27 drückte seinen Rücken gegen den Baum und rang nach Luft. Sein furchtsames Röcheln wurde von seinem eigenen Blut erstickt. Das scharfe Messer hatte seine Luftröhre und seine Schlagader durchtrennt. Seine Füße bohrten sich in den Schmutz, dann fing er unkontrolliert an zu zittern und hustete sich buchstäblich zu Tode. Er versteifte sich und ließ ein ersticktes, bemitleidenswert tierisches Winseln erklingen. Dann fiel er zur Seite in den Dreck.

Keegan schaute auf seinen toten Gegner hinab. Der Mund des Mannes stand offen. Regen klatschte in seine glasigen Augen. Blut strömte in die schmutzigen Lachen über sein Gesicht. Keegan richtete sich auf und lehnte sich an die Wand der Tennishalle. Zum erstenmal seit vielen Jahren war er wieder in der Lage, erleichtert aufzuatmen.

Dann kehrte er schleppend zum Klubhaus zurück. Er ging auf wankenden Beinen in den Speisesaal und hielt das blutdurchtränkte Taschentuch gegen sein Auge gepreßt, den Dolch noch immer in der Hand.

»Holt den Doktor«, sagte irgend jemand.

Ohne den Schritt zu verlangsamen, schob Keegan sich durch die verwirrte Menge und trat an den Tisch, an dem Lady Penelope Traynor saß. Sie blickte ihn ängstlich an. Er hob die Hand mit dem Dolch und ließ sie nach unten zukken. Die Messerspitze drang in die Tischplatte ein. Ein Blutfleck glänzte auf der nassen Klinge. Lady Penelope stierte die Waffe und das Hakenkreuz mit den SS-Runen am Griff düster an. Es waren die Symbole ihrer nicht mehr vorhandenen Macht.

»Tut mir leid, Lady Penelope«, sagte Keegan krächzend, »aber Ihre Hochzeit müssen Sie wohl abblasen.«

EPILOG

Österreich, 7. Mai 1945

Eine Staubwolke hinter sich herziehend, fuhr der Jeep schnell über die unbefestigte Straße auf eine ausgebrannte Burgruine zu. Neben dem Fahrer saß ein Amerikaner mit einer abgetragenen Lederjacke, den Rangabzeichen eines Majors und einer Offiziersmütze, die er weit in den Nacken geschoben hatte. Er trug keine Uniform. Seine Hosen waren aus braunem Kord, sein Hemd aus dunkelblauer Wolle. Eine schwarze Klappe verdeckte sein rechtes Auge, unter ihr verlief eine dünne Narbe zu seiner Wange.

Auf dem Rücksitz saß ein dunkelhaariger, bärtiger Mann, die Arme hinter dem Kopf verschränkt. Er trug eine dunkle Arbeitshose, einen schwarzen Rollkragenpullover und eine Tweedmütze. Ein Gewehr lag lässig über seinen Knien.

An den Straßenrändern lagen die letzten Überreste des Dritten Reiches: ausgebrannte deutsche Panzer, Fahrzeuge und Motorräder. Müde lächelnde GIs, die am Straßenrand kampierten, grüßten den Major mit der Augenklappe, als der Jeep an ihnen vorbeirollte.

Im Radio lief das Programm des Soldatensenders. Man hörte die aufgeregte Stimme eines Diskjockeys schon seit einer Stunde. Die Anstrengung machte ihn allmählich heiser.

»Es stimmt, Jungs«, sagte er gerade, »die Sache ist wirklich zu Ende! Der Krieg in Europa ist aus. Deutschland hat sich um zwanzig nach zwei bedingungslos ergeben. Vergeßt diesen Tag nicht, Jungs, es ist der Tag der Freiheit! Der siebente Mai 1945, der Tag, an dem wir den Krieg gewonnen haben . . .«

Der Major beugte sich vor und schaltete das Radio aus.

»Mann«, sagte der Fahrer zu dem Major, »der Krieg ist aus!«

»Er ist erst aus, wenn ich es sage«, sagte Keegan.

Der Bärtige auf dem Rücksitz sagte nichts. Er schaute geradeaus.

Der Wagen erreichte die alte österreichische Burg, beschrieb einen langen Bogen und blieb vor einer breiten marmornen Treppe stehen, die zum Eingang führte. Über dem Torbogen wehte eine amerikanische Flagge.

Das uralte Bauwerk hatte die Kämpfe nicht sonderlich gut überstanden: Die Scheiben waren herausgeflogen und die Fensteröffnungen mit zerfetzter Leinwand bedeckt. Ein Flügel der Burg war bombardiert worden und lag nun in Trümmern. Das Dach des Hauptgebäudes war abgebrannt, das Äußere der alten Residenz vom Feuer geschwärzt.

Ein Corporal der Militärpolizei musterte Keegans selbstgemachte Uniform und seine Rangabzeichen mit einem argwöhnischen Blick, ehe er sich entschied, den Offizier zu grüßen.

»Ich bin Major Keegan, Corporal. Das ist mein Adjutant. Ich glaube, Sie erwarten mich.«

Als der Corporal seinen Namen hörte, nahm er Haltung an. »Jawohl, Sir! Folgen Sie mir bitte, Sir.«

Er führte Keegan und den Bärtigen in das finstere Innere der Burg. Sie kamen in eine große marmorne Halle mit einer hohen Decke. Bevor sie den ersten Stock erreichten, endete die Treppe abrupt. Ein klaffendes Loch in der Wand hinter ihr, mit Brettern vernagelt.

»Wie das hier aussieht...«, sagte Keegan.

»Irgendein Krautgeneral hat die Burg als Kommandoposten verwendet«, sagte der Corporal. »Eine P-51-Schwadron hat den ganzen Sch... äh... Mist hier rausgekarrt.«

»Sie können ruhig *Scheiß* sagen, Corporal«, sagte Keegan. »Ich bin nämlich schon volljährig.«

»Yes, Sir.«

»Was ist mit dem General passiert?«

»Ich hab' gehört, man hat ihn von der Wand gekratzt.

Aber den Alten haben wir unten im Weinkeller gefunden. Er war wirklich 'n Anblick.«

Sie gingen fast bis zum Ende der Halle. Der Corporal deutete mit dem Kopf auf eine Tür.

»Da drin, Sir.«

»Danke, Corporal. Und herzlichen Glückwunsch.«

»Wofür, Sir?«

»Daß du den Krieg gewonnen hast, Junge«, sagte Keegan und betrat den Raum.

Es war eine ehemalige Bibliothek, der jetzt eine ganze Wand fehlte. Reste von Büchern füllten den Raum. Gewaltige Bücherregale beherrschten zwei Wände. Die vierte bestand aus einem riesigen, schmutzigen Glasfenster, das die Bomben irgendwie überstanden hatte. Eine Rolleiter gestattete Zugriff zu den höheren Regalreihen.

In einer Ecke stand ein Feldbett mit einer Decke. Der einzige andere Gegenstand in diesem Raum war ein großer, handgearbeiteter Schreibtisch aus Eichenholz. Er war, wie das hinter ihm liegende Fenster, unbeschädigt.

Der Alte saß gebückt hinter dem Tisch. Vor ihm lagen ein Bücherstapel und ein aufgeschlagenes Buch. Er machte sich Notizen auf einem Block Heerespapier. Sein zerzaustes Haar war so dünn wie Nebel und völlig weiß, seine Augen dunkle Höhlen in einem fahlen Gesicht. Er brauchte eine Rasur. Ein handgestrickter Schal schlang sich über seine runden Schultern.

Als Keegan und sein Adjutant den Raum durchquerten, hob er den Kopf. Sie blieben vor ihm stehen.

»Professor Wilhelm Vierhaus?«

Der Alte schaute auf. »Ja?«

»Sie stehen unter Arrest.«

»Ich stehe seit über einer Woche unter Arrest, Herr Major.«

»Nein, man hat sie widerrechtlich festgehalten. Man hätte sie wahrscheinlich heute entlassen, da sie offiziell Zivilist sind und der Krieg aus ist. Aber ich habe einen Haftbefehl gegen Sie. Die Anklage lautet auf vorsätzlichen Mord.«

»Wie bitte?«

»Mord, Herr Professor. Sie sind Zivilist, und man beschuldigt sie, einen Zivilisten ermordet zu haben.«

»Wen denn?«

»Es geht um Jennifer Gold.«

»Jennif...« Vierhaus schüttelte den Kopf und versuchte sich zu erinnern.

»Ihr Bruder heißt Abraham Wolfsson.«

Vierhaus sah ihn erschreckt an. Sein Blick verengte sich.

»Von der Schwarzen Lilie?«

»Genau. Sie haben seine Schwester nach Dachau geschickt, und dort ist sie ermordet worden.«

»Und *das* wollen Sie *mir* in die Schuhe schieben?« fragte Vierhaus beinahe höhnisch.

»Ganz recht. Und noch etwas, Vierhaus: Ich habe die Absicht, sie verurteilt und hängen zu sehen.«

»Ich habe niemanden umgebracht!«

»Sie haben sie nach Dachau geschickt, damit sie dort umkommt.«

»Und wer sind Ihre Zeugen, mein Herr?«

»Zum Beispiel Jennifers Bruder. Vielleicht ist es an der Zeit, daß Sie ihn kennenlernen. Sie haben zwölf Jahre lang nichts unversucht gelassen, ihn ebenfalls zu töten. – Abi?«

Der Bärtige trat vor.

»Das ist Abraham Wolfsson, Herr Professor.«

Vierhaus reagierte mit einer Kombination von Emotionen: Überraschung, Haß, Neugier. Und Furcht.

»Jenny Gold war seine Schwester. Sie wurde verhaftet und ermordet, weil Sie über sie an ihn herankommen wollten.«

Vierhaus richtete die Aufmerksamkeit wieder auf Keegan.

»Wer sind *Sie*?« fragte er furchtsam. »Kennen wir uns?«

»Wir haben uns einmal getroffen. Im Grand Hotel, in der Sauna.«

»In der Sauna?« Vierhaus musterte Keegans Gesicht.

»Damals hatte ich die Augenklappe noch nicht.«

Vierhaus erkannte ihn trotzdem nicht. Keegan nahm ein

Päckchen Zigaretten aus der Tasche und bot ihm eine an. »Vielleicht entspannt Sie eine Zigarette. Vielleicht regt sie Ihr Gedächtnis wieder an.« Er zückte das goldene Feuerzeug mit dem Wolfskopf, hielt es ihm unter die Nase und ließ es aufschnappen. Vierhaus stierte es an, dann richtete er den Blick wieder auf Keegan.

»Das hier«, sagte Keegan, »ist mein Glücksbringer. Ich habe es in diesem ganzen Scheißkrieg immer bei mir getragen. Und immer, wenn ich bis zum Hals in der Scheiße steckte, habe ich es in die Hand genommen und um Glück gebetet.«

Er rieb mit dem Daumen über das Feuerzeug und lächelte. Vierhaus schwieg.

»Hübsch, nicht wahr?« sagte Keegan. »Von Lady Penelope weiß ich, daß Sie es dem Schauspieler gegeben haben. Es hat ihm im Endeffekt den Hals gebrochen. Ich habe es von ihm, Vierhaus – von 27. Ich habe es seit dem Abend, an dem ich ihn gestellt und umgebracht habe. Und wissen Sie, von wem ich den Tip bekam? Von Abraham Wolfsson.«

Vierhaus' Blick fuhr zwischen Wolfsson, Keegan und dem Feuerzeug hin und her.

»Es sollte Ihnen zu denken geben. Ihr Deutschen liebt doch die Ironie. Sie haben Jenny Gold wegen der Schwarzen Lilie nach Dachau geschickt, und die Schwarze Lilie hat 27 den Hals gebrochen. Und nun wird sie das gleiche mit dem Ihren tun.«

»Wer . . . sind . . . Sie?« krächzte Vierhaus.

»Ich bin der Verlobte der Ermordeten. Der Mann, den Sie aus Deutschland vertrieben haben. Der Mann, der 27 ausgeschaltet hat.«

»Keegan . . .«, flüsterte Vierhaus plötzlich.

»Ausgezeichnet«, sagte Keegan sarkastisch. »Ich habe 27 fast ein Jahr gejagt. Dann habe ich sechs Jahre auf diesen Tag gewartet. Haben Sie noch irgendwelche Zweifel daran, daß ich auch Ihr Grab schaufeln werde? Wenn Sie glauben, es könnte Ihren Arsch retten, wenn sie sich hinter einem Mantel und einem Schlips verstecken, sind Sie schief gewickelt. Sie sind ebenso schuldig wie Himmler, Göring und der Rest der Bande dieses Anstreichers. Sie zu schnappen, wollte ich mir nicht entgehen lassen.«

Der verwirrte Vierhaus rieb mit dem Handrücken über seine Wange und fragte: »Wie haben Sie mich gefunden?«

»Durch Ihren alten Freund Danzler in Dachau. Wir waren dabei, als das Lager befreit wurde. Abraham hat Danzler überredet, uns Ihr Versteck zu nennen.«

Vierhaus' Augen traten hervor, als Wolfsson näher kam; er musterte den Mann, den Hitler mit psychotischer Wut gehaßt hatte. Wolfsson sah ausdruckslos auf ihn herunter.

»Und um was geht es Ihnen jetzt?« fragte er. »Um Vergeltung, was, Keegan?«

»Nein, es geht nur um mich, Vierhaus. Damit ich die letzten zwölf Jahre vergessen, zu meiner Frau und meiner kleinen Tochter zurückkehren und mich am Rest meines Lebens erfreuen kann. Es geht aber auch um kleine Ungeheuer wie Sie. Beinahe wären Sie davongekommen, Vierhaus. Aber ich kenne Sie. Ich weiß, auch Sie haben Hitler Obszönitäten ins Ohr geflüstert. Daß ich den Schauspieler umgebracht habe, war reine Notwehr. Aber Sie, Vierhaus, Sie sind die Kirsche auf dem Kuchen.«

»Dann wissen Sie also, wer er war, was?«

»Ich habe es mir ausgerechnet – mit Hilfe von Freunden im militärischen Geheimdienst und ein paar alten Zeitungen. Wissen Sie, ich mußte den Burschen so gut kennenlernen wie mich selbst. Einer seiner Tricks war folgender: Wenn er verschwinden wollte, ließ er jedermann glauben, er sei tot. Also haben wir uns die in Berlin erbeuteten Akten angesehen und erfahren, wann er in die SS aufgenommen wurde. Danach war alles nur noch ein Kinderspiel. Ich habe Zeitungen durchgeblättert und Nachrufe gelesen – in der Hoffnung, daß irgend etwas bei mir klicken würde. Und dann lag es vor mir, mit einer großen, fetten Überschrift: ›Schauspieler bei Autounfall in den Bergen umgekommen.‹ Der Mann ohne Gesicht. Der erste Schauspieler Deutschlands. Der Mann, der alle möglichen Dialekte und sechs Sprachen beherrschte.«

Keegan breitete die Arme aus. »Und das ist alles.«

Vierhaus schüttelte ungläubig den Kopf. »Sie war nur eine von sechs Millionen. Nur ein Moment in der Zeit.«

Keegan drehte sich zu Wolfsson um. »Entschuldigst du uns mal für 'ne Sekunde, Abi?«

Der hochgewachsene Freiheitskämpfer verließ den Raum.

»Dies ist ein offizieller Haftbefehl«, sagte Keegan und legte ein zusammengefaltetes Blatt Papier vor Vierhaus auf den Tisch. »Sie sind Zivilist, Vierhaus. Es geht nicht um Völkermord oder ein Verbrechen gegen die Menschlichkeit. Man beschuldigt Sie offiziell nur einen einzigen Mordes. Ich werde aus der ersten Reihe zusehen, wie man Sie verurteilt und hängt. Ich weiß natürlich nicht, ob Sie das verstehen können, aber ich hoffe es wenigstens. Sie haben so viele Menschen auf dem Gewissen, daß Sie gar nicht mehr in der Lage sind, den Wert eines einzelnen Lebens einzuschätzen. Es sei denn, es geht um Ihr eigenes.«

Vierhaus antwortete nicht. Er starrte auf seine schmutzigen Fingernägel.

»Doch andererseits«, fuhr Keegan fort, »möchte ich auch gern wieder nach Hause.« Er zog eine P-38 aus der Tasche. Vierhaus' Blick verengte sich. Plötzlich stand Furcht in seinen rotumrandeten Augen.

»Ich habe keine Lust zu warten, bis man Sie vor Gericht stellt«, sagte Keegan. »Ich habe die Schnauze endgültig voll.«

»Dann glauben Sie also nicht, daß man seinen Feinden vergeben soll?« fragte Vierhaus nervös.

»Ich glaube an eine alte irische Redensart, Vierhaus. – Vergib deinen Feinden – aber erst, nachdem du mit ihnen gleichgezogen hast.«

Er nahm das Magazin aus der Pistole und ließ sie auf den Tisch fallen. Die Waffe rollte gegen ein Buch. Keegan legte eine einzelne Patrone auf den Tisch.

»Wiedersehen, Vierhaus«, sagte er dann und verließ die Bibliothek. Vierhaus blickte hinter ihm her. Dann sah er sich im Raum um; sein Blick fiel auf die Waffe.

Keegan und Wolfsson gingen durch die Marmorhalle.

»Glaubst du, daß wir ihn kriegen?« fragte Wolfsson.
»Mit der Mordanklage?«
»Ja.«
»Ich bezweifle es.«
»Glaubst du, er kommt frei?«
»Nein, daß er freikommt, glaube ich nicht.«
»Was machen wir jetzt?«

Wolfsson hatte das letzte Wort kaum ausgesprochen, als der Schuß krachte und sein Echo durch die Halle rollte.

»Allmächtiger Gott!« schrie der Corporal und rannte durch den Korridor.

Keegan ging die lange Freitreppe hinunter. Wolfsson kam hinter ihm her. Sie stiegen in den Jeep.

»Okay«, sagte Keegan, »*jetzt* ist der Krieg aus.« Er beugte sich vor und schaltete das Radio ein. »Mit Volldampf zurück nach München«, sagte er zu dem Fahrer. »Heute gebe ich einen aus.«

Der Diskjockey brabbelte noch immer, er war von Glück erfüllt. »Es geht nach Hause, Jungs! Es geht *nach Hause*! Jetzt spielen wir einen Klassiker von einem Mann, von dem wir uns alle wünschen, er könnte heute mit uns feiern! Der unsterbliche Glenn Miller – und ein Song, der auf dieser Seite des großen Teiches für uns alle zu einer Hymne geworden ist!«

Als das Lied anfing, lehnte Keegan sich zurück. Und als die Modernaires mit dem Gesang einsetzten, fiel er ein.

> Don't sit under the apple tree,
> With anyone else but me,
> Anyone else but me
> Anyone else but me, no, no, no,
> Don't sit under the apple tree,
> With anyone else but me,
> Till I come marching home . . .

JOHN LE CARRÉ

Perfekt konstruierte Thriller, spannend und mit äußerster Präzision erzählt.

01/6565

01/6679

01/6785

01/7720

01/7762

01/7836

01/7921

01/8052

Wilhelm Heyne Verlag München

RIDLEY PEARSON

Ein amerikanischer Spannungsautor der neuen Generation. Seinen fesselnden Thrillern kann man sich einfach nicht entziehen.

Wilhelm Heyne Verlag München

TOP-THRILLER

Wer Spannung sagt, meint Heyne-Taschenbücher

50/38

50/13

01/8045

01/6481

01/7946

01/6644

01/7969

01/8078